GOLDMANN

Autorin

Mary Margaret Kaye wurde in Simmla, einer Stadt im Vorhimalaja, geboren. Ihre Familie ist fest in Indien verwurzelt: Schon ihr Großvater war in Kolonialdiensten dort. Den größten Teil ihrer Kindheit verlebte sie in Indien, heute ist sie in ihre Heimat England zurückgekehrt. Spätestens seit dem *Palast der Winde* gehört M. M. Kaye zu den erfolgreichsten Schriftstellerinnen unserer Zeit. Auch ihr zweites Buch *Inseln im Sturm* war ein Beweis dafür, daß hier eine Erzählerin schreibt, die in einem Atemzug mit Margaret Mitchells *Vom Winde verweht* zu nennen ist.

Die in diesem Band enthaltenen Romane sind außerdem in Einzelauflagen als Goldmann-Taschenbücher erschienen:

Es geschah auf Zypern. Roman (6749)
Tod in Kenia. Roman (6682)

Außer dem vorliegenden Band sind von M. M. Kaye als Goldmann-Taschenbücher erschienen:

Die Spur führt nach Berlin. Roman (8352)
Vollmond über Kaschmir. Roman (6842)
Nacht über den Inseln. Roman (9106)
Tod in Sansibar. Roman (6648)

M. M. KAYE

Es geschah auf Zypern

Tod in Kenia

Zwei Romane in einem Band

GOLDMANN VERLAG

Der Goldmann Verlag
ist ein Unternehmen der Verlagsgruppe Bertelsmann

Made in Germany · 7/89 · 1. Auflage

Umschlaggestaltung: Design Team München
Umschlagbild: The Image Bank, Jay Grayson, München
Druck: Elsnerdruck, Berlin
Verlagsnummer: 11941
UK · Herstellung: Heidrun Nawrot
ISBN 3-442-11941-3

Es geschah auf Zypern

Aus dem Englischen übertragen
von Maria Quatmann

Titel der Originalausgabe: Death in Cyprus
Zum ersten Mal erschienen 1956 unter dem Titel:
Death Walked in Cyprus
Die überarbeitete Neuausgabe erschien 1984
im Verlag Allen Lane, London

Vorbemerkung der Autorin

Im Jahre 1949, das Regiment meines Mannes war zu jener Zeit in Ägypten stationiert, und wir lebten in einer Armeesiedlung in Fayid, das damals als die Suez-Kanal-Zone bekannt war, beschlossen eine Freundin und ich, unsere Ferien auf Zypern zu verbringen, um dort zu malen. Wir fuhren mit dem Schiff von Port Said nach Limassol. Auf der Insel angekommen, mieteten wir einen Leihwagen (damals hatten die Autos noch Trittbretter und anstelle eines Kofferraums eine Kofferbrücke). Wir wohnten in dem herrlichen Haus in Kyrenia, von dem ich in dieser Geschichte noch erzählen werde. Die Handlung wurde mir quasi durch verschiedene interessante Zwischenfälle, die sich während unseres Aufenthalts ereigneten, zugetragen. Da ich aber sehr viel malte und später wegen mehrerer Truppenverlegungen daran gehindert wurde, bin ich ungefähr fünf Jahre lang nicht dazu gekommen, dieses Buch zu schreiben. Wenn ich es jetzt lese, erscheint es mir im nachhinein interessant, daß mir sogar während dieser friedlichen Ferien bewußt gewesen sein muß, daß das damalige Zypern zu schön war, um zu währen. Eines Tages würde politischer Egoismus es wohl zwangsläufig zerstören. Dieser Tag kam schon früher, als ich dachte; heute ist die Insel in zwei feindliche Lager geteilt. Kyrenia, St. Hilarion, das schöne Aiyos Epiktitos, das wundervolle Bellapais und die meisten Orte, die ich sehr gut kannte, sind nun in den Händen der türkischen Zyprioten. Die griechischen Zyprioten, die den Rest der Insel besitzen, haben aus ihren verschlafenen Küstenstädtchen gigantische Touristenorte gemacht, mit riesigen Hotels und »Erholungszentren«.

So weit ist es also gekommen...!

I

Amanda fürchtete sich erst, als sie die Flasche fand. Natürlich war sie entsetzt. Unglauben und Schock erschütterten sie, aber sie verspürte keine Angst. Sie hatte nur diese beklemmende Vorahnung einer nahenden Katastrophe.

Noch eine Minute zuvor war Julia Blaine am Leben gewesen und hatte mit hysterisch schluchzender Stimme gesprochen. Jetzt war sie tot und lag, bekleidet mit einem Satinkleid, in ihrer ganzen Körperfülle ausgestreckt auf dem Fußboden in Amandas Kabine.

Es war alles so plötzlich und ohne irgendeine Vorwarnung geschehen. Oder hatte es vielleicht doch eine Andeutung gegeben? Hatten die Geschehnisse der letzten Tage und Wochen einen Hinweis darauf enthalten, daß etwas so Entsetzliches geschehen könnte?

Amanda Derington war zu Besuch bei ihrer Tante in Fayid, in der Suez-Kanal-Zone, gewesen. Ihr Onkel und Vormund, Oswin Derington von Derington & Co., unternahm indessen eine Geschäftsreise durch den krisengeschüttelten Nahen Osten.

Im Herbst 1940 hatte ein nächtlicher Bombenangriff auf London Amanda beide Eltern geraubt. Ihr Onkel Oswin hatte sie in der Folge eigenmächtig in seine Obhut genommen, obwohl es mehrere wohlmeinende Tanten gab, die sich um das Kind nur allzugern gekümmert hätten. Oswin Derington seinerseits wollte nichts von ihnen wissen. Er war Junggeselle und ein Frauenhasser und hatte für seine Schwestern nichts als Geringschätzung übrig. Er wußte alles besser und fühlte sich selbst zur Kindererziehung berufen.

Das Oberhaupt des Hauses Derington, jener Firma, deren Name überall dort auftauchte, wo der Kolonialismus Fuß faßte, war ein unerbittlicher Moralist. Der calvinistische Hintergrund seiner Familie war nicht zu übersehen. Hinzu kam, daß er erfolgreich, selbstgefällig und egoistisch war, verbunden mit einem Hang zur Wichtigtuerei. Es war seine feste Überzeugung, daß die Mehrheit seiner Mitmenschen ein sündhaftes und unmoralisches Leben führte. Wenn man ihm bei seinem Lieblingsthema zuhörte, mußte man den Eindruck gewinnen, daß, zumindest in seinen Augen, die gesamte Menschheit sich einem lasterhaften und zügellosen Leben hingab. Die einzige Ausnahme bildete, als Anständigkeit in Person, er selbst, Oswin Greatorex Derington.

Zweifellos reihte Onkel Oswin auch Amandas Tanten in die Reihe der Gottlosen ein. Sein anmaßendes Verhalten, das einzige Kind seines Bruders Anthony allein der eigenen Obhut zu unterstellen, wurde einerseits von dem Wunsch geleitet, das zarte Kind nicht zu verderben, und andererseits konnte er nun seine abgestandenen Theorien über Kindererziehung in die Tat umsetzen. Anthony hatte ein Testament hinterlassen, in dem er leichtsinnigerweise seinen Bruder zum Bevollmächtigten und einzigen Vormund seiner Tochter bestimmt hatte. Und daran konnte niemand etwas ändern.

Amandas Aussichten wären wirklich trübe gewesen, hätte sie nicht ihrer Mutter Schönheit und ihres Vaters Fröhlichkeit und Mut geerbt. Leider wurden diese drei Wesensmerkmale durch etliche strenge Pensionate fortwährend erschüttert. Die egoistischen, viktorianischen Ideen ihres Onkels Oswin über die korrekten Umgangsformen junger Mädchen aus gutem Hause waren für sie nicht weniger belastend.

In den Jahren nach der Zerstörung Hiroshimas war ein erschreckender Rückgang jener rosa Farbtupfer auf der Landkarte festzustellen, die diejenigen Territorien markierten, die von der britischen Krone regiert wurden oder ihr zumindest untertan waren. Auch die Firma Derington & Co. war in dieser Zeit vielen Veränderungen unterworfen. Vor allem im Fernen Osten mußten diverse Niederlassungen unerwartet plötzlich schließen. Aber dafür traten neue Geschäfte an ihre Stelle. Eines Tages beschloß Oswin Derington seine Geschäfte mit einer Erholungsreise zu verbinden. Sein zwar lästiger, aber fähiger Arzt hatte ihm empfohlen, eine lange Seereise zu unternehmen. Also machte er sich auf den Weg, einige ausgewählte Vorposten seines Unternehmens zu inspizieren.

Amanda, inzwischen 20 Jahre alt, nahm er mit sich. Es war seine feste Überzeugung, und er ließ sich nur zu gern darüber aus, daß Frauen einen besseren Instinkt für Fehler und Verstöße besitzen. Außerdem, so glaubte er, sei kein auch noch so tüchtiger Geschäftsführer in der Lage, künftige Entwicklungen genau vorauszuahnen.

Ursprünglich beabsichtigte er Alexandria, Kairo, Aden, Mombasa und Nairobi zu bereisen, um dann via Tripolis zurückzufahren. Als sich aber herausstellte, daß es, um diese Städte aufzusuchen, zu vieler unangenehmer Anstrengungen bedurfte, wollte er seine Nichte von Kairo aus nach England zurückschicken und allein weiterreisen. Es bestand jedoch im Moment keine Möglichkeit, mit dem Schiff zurückzureisen, und einen Rückflug gestattete er nicht, weil er eine tiefe Abneigung gegen das Fliegen hegte. Deshalb brachte er Amanda vorübergehend bei einer seiner Schwestern unter, deren Mann, ein Brigadegeneral, in Fayid stationiert war.

Verärgert mußte Oswin feststellen, daß neuerdings unter manchen Farbigen die Tendenz herrschte, ihre Kolonialherren mit anderen Augen als bisher zu betrachten. Damit noch nicht genug, auch Amanda hielt eine unangenehme Überraschung für ihren Onkel bereit. Ihr gefiel es nämlich in Fayid, und sie eröffnete Oswin, daß sie mehrere Monate zu bleiben gedenke und danach Zypern besuchen werde.

Oswin seinerseits hatte auf diese Entscheidung wenig Einflußmöglichkeiten, denn mittlerweile war Amanda volljährig und verfügte über ein zwar niedriges, aber ausreichendes Einkommen. Bis zur Erschöpfung und dennoch ohne Erfolg versuchte er auf sie einzuwirken. Höflich, aber bestimmt beharrte seine Nichte auf ihrem Entschluß und erhielt dabei von ihrer Tante moralische Rückendeckung. Oswins Schwester Muriel wartete nämlich schon seit vielen

Jahren auf eine passende Gelegenheit, es ihrem Bruder heimzuzahlen. Wegen der Wahl ihres Ehemannes, einem damals sehr lebensfrohen Leutnant der berittenen Artillerie, hatte ihr Bruder sie nämlich aufs schärfste kritisiert.

Amanda hatte ihren Aufenthalt in Fayid verlängert. Sie hatte die Absicht, Zypern zu besuchen und ein Hotelzimmer in Kyrenia zu nehmen.

Nach etlichen Wochen schmollenden Schweigens schaltete sich Onkel Oswin nochmals ein.

Wie sich herausstellte, besaßen die Deringtons einen Weinhandel auf Zypern. Sie hatten das Geschäft nach dem Kriege erstanden, und es war eigentlich so unbedeutend, daß Oswin es nicht persönlich hätte besuchen müssen. Die Weinhandlung führte ein gewisser Glennister Barton. In einem an Amanda gerichteten Brief schrieb Oswin, daß, falls sie schon darauf bestehe, so undamenhaft im Nahen Osten herumzuziehen, sie zumindest auf den guten Ruf der Familie, wenn schon nicht auf ihren eigenen Rücksicht nehmen könne. Darüber hinaus solle sie doch anstelle eines Hotels lieber ein gutes Privatquartier suchen. Er hatte den Bartons bereits die Ankunft seiner Nichte angekündigt und sie gebeten, Amanda bei sich aufzunehmen, ihr zur Seite zu stehen und sie vor Schaden zu bewahren. Mr. und Mrs. Barton hatten ihm eine positive Antwort geschickt und erwarteten Amanda in Limassol.

»Du solltest auf keinen Fall fliegen. Erst letzte Woche hat sich wieder ein Flugzeugabsturz ereignet. Außerdem habe ich Informationen darüber, daß sich unter den Zyprioten antibritische Strömungen ausbreiten. Sie unterstützen Enosis und betreiben den Anschluß der Insel an Griechenland. Wenn Du auch nur das Geringste für den Namen Derington übrig hättest, würdest Du dieses unweibliche und waghalsige Unternehmen aufgeben und nach Hampshire zurückkehren«, schrieb Onkel Oswin, obwohl er diesbezüglich wenig zuversichtlich war.

Amanda las den Brief und seufzte. Viel lieber wäre sie, um unabhängig zu bleiben, in einem Hotel abgestiegen.

Aber in gewisser Weise fühlte sie sich ihrem Onkel gegenüber verpflichtet, obgleich sie ihn nicht besonders gut leiden konnte. Abgesehen von seiner Egozentrik und Überheblichkeit und der ihm eigenen Überzeugung, daß er auf der Welt sei, um alle Laster anzuprangern und das Viktorianische Zeitalter wieder aufleben zu lassen, blieb er, oder war es doch zumindest gewesen, ihr gesetzlicher Vormund. Da er es nun einmal so eingerichtet hatte, daß sie auf Zypern unter der Aufsicht jener Bartons stehen sollte, beschloß sie, ihn nicht von neuem zu verstimmen, indem sie ablehnte, deren Gast zu sein. In einem an die Bartons gerichteten Brief bedankte sie sich für deren Gastfreundschaft und nahm die Einladung an.

Amanda buchte eine Seereise auf der ›S. S. Orantares‹ von Port Said nach Limassol. Ihre Tante und ihr Onkel waren darüber nicht sehr glücklich. Sie mußte in einem bewaffneten Konvoi reisen und darüber hinaus auch noch die ägyptische Grenze passieren. Als sie jedoch herausfanden, daß noch andere Bekannte aus Fayid auf demselben Weg nach Zypern fahren wollten, waren sie erleichtert. Zu den Fahrgästen zählten: Captain Gates, Major Blaine mit Gattin und Persis Halliday.

Captain Tobias John Allerton Gates war ein netter junger Mann. Sein ansonsten so anziehendes Wesen litt allerdings unter seiner derzeitigen seelischen Verfassung. Toby war verliebt, und das nicht zum ersten Mal. Seine bis dahin ungetrübte Lebenslust war erschüttert, weil es ihm bislang noch nicht gelungen war, die Aufmerksamkeit von Amanda Derington, der Frau seiner Zuneigung, auf sich zu lenken.

Toby hatte ursprünglich nicht beabsichtigt, seinen Urlaub auf Zypern zu verbringen. Eigentlich wollte er in England Roehampton oder Cowdray Park besuchen. Als er aber hörte, daß Miß Derington vorhatte, nach Zypern zu fahren, warf er seine alten Pläne über Bord. Er buchte ein Hotelzimmer in eben dem Hotel, in dem auch seine Angebetete eigentlich absteigen wollte. Doch jetzt sah es so aus, als würde sie gar nicht dort wohnen, ja nicht einmal in Kyrenia sein. Sie würde sich statt dessen in Nikosia bei dem Geschäftsführer der Derington-Niederlassung aufhalten. Toby fragte sich darüber hinaus, ob es wohl noch möglich sein werde, sein Zimmer im Dome-Hotel zu stornieren und ein Zimmer in einem Hotel in Nikosia zu nehmen.

Major Alastair Blaine und seine Frau Julia wollten drei Wochen in einem Haus von Verwandten in Kyrenia verbringen. Sie reisten mit dem Schiff, weil die abergläubische Julia sich geweigert hatte, die einzigen noch erhältlichen Flugscheine zu nehmen. Denn dies hätte bedeutet, daß sie an einem unheilvollen Dreizehnten hätten fliegen müssen. Die Fünfte in der Runde war Persis Halliday. Außerhalb ihres Heimatlandes war Mrs. Halliday vielleicht nicht so bekannt, aber in den Vereinigten Staaten hätte man sie niemandem vorzustellen brauchen. Persis schrieb Liebesromane und war im Gegensatz zu den meisten anderen Autorinnen auch erfolgreich damit. Ihre Bücher fanden reißenden Absatz. Allein ihr Name auf dem Titelblatt irgendeiner Frauenzeitschrift garantierte schon eine enorme Auflagensteigerung. Persis Hallidays Gatte war vor drei Jahren bei einem Flugzeugabsturz ums Leben gekommen. Im Moment unternahm sie gerade eine Weltreise und sammelte neues Material für ein Buch. Außerdem war sie mit Amandas Tante befreundet.

Einmal hatte Amanda erwähnt, daß einer Sage zufolge die Liebesgöttin Aphrodite aus dem Meeresschaum nahe der zypriotischen Küste aufgestiegen sein soll. Daraufhin beschloß Persis, die Insel ebenfalls zu besuchen.

»Aber sicher, ich fahre mit. Den Geburtsort der Liebesgöttin muß ich einfach gesehen haben. Das ist ja prima, die Gelegenheit nehme ich wahr.«

»Wenn man bedenkt, wieviel Geld sie schon mit dieser Frau gemacht hat«, kommentierte Julia Blaine bitter. »Es ist doch wohl das mindeste, wenigstens ihrem Geburtsort einen Besuch abzustatten.«

Diese Unterhaltung fand während einer Tanzveranstaltung des Fayider Offiziersclubs statt. Julias harter Ton veranlaßte Persis, in echter oder vielleicht auch nur gespielter Verärgerung die Stirn zu runzeln. Gleich darauf schwebte sie lachend von dannen, und nur der Duft ihres teuren Parfüms blieb zurück.

»Albernes Gewäsch«, sagte Mrs. Blaine verärgert.

»Was ist los?« wollte Amanda wissen. Die vorausgegangene Szene hatte sie überrascht.

»Ach, ihre Bücher! Die sind doch nichts als dummer, sentimentaler Kitsch mit einem ekligen Anstrich von Sex. Ich verstehe gar nicht, wer diesen Quatsch überhaupt liest.«

»Aber hören Sie mal«, warf Amanda ein, »denken Sie doch nur einmal über das Leben der meisten jungen Mädchen nach. Nichts als eine todlangweilige Qual. Wenn sie dann eines von Persis' Büchern lesen, sagen solche Mädchen sich in ihren Tagträumen, daß es so wie in diesen Liebesromanen sein könnte, und es geht ihnen viel besser.«

»Wollen Sie damit etwa sagen, daß Sie dieses Zeug auch lesen?« fragte Mrs. Blaine ganz ungläubig.

»Früher ja, aber dann hat die Direktorin meiner ehemaligen Schule die Lektüre verboten, und zwar wegen eines Buches über ein armes, aber ehrliches Mädchen, das in Ganoventum, Rauschgift- und Mädchenhandel verwickelt wurde. Natürlich überstand es diese Abenteuer völlig unbeschadet, wie alle Hauptfiguren in Persis Hallidays Büchern. Auf alle Fälle hat uns das Verbot dazu verleitet, diese Bücher dutzendweise in unsere Schlafsäle zu schmuggeln und sie mit um so größerem Vergnügen zu lesen.«

Julia Blaine schnaufte heftig und sagte dann mit scharfer Stimme: »Das bekräftigt doch nur, was ich gerade gesagt habe, nur kichernde Schulmädchen lesen solche Bücher.« Dann stand sie plötzlich auf und zog verärgert an einem langen Chiffontuch, das sie um ihre nackten rundlichen Schultern trug und dessen Ende sich an ihrem Stuhl verfangen hatte.

»Dumme Ziege«, sagte Amandas Tante ärgerlich. »Arme Julia, sie hat selbst einmal geschrieben oder es zumindest versucht. Einmal hat sogar eine Zeitschrift eine ihrer Kurzgeschichten angenommen, und sie glaubte schon, dies sei der Durchbruch. Es kam aber nichts dabei heraus, und sie hat das Schreiben aufgegeben. Irgendwie ist bei Julia immer alles schiefgelaufen.«

»Wessen Schuld ist denn das wohl?« murrte der Brigadegeneral. Er tupfte sich den Schweiß von der Stirn und versuchte den Sessel so zu drehen, daß er möglichst viel Wind von dem nahe stehenden Ventilator abbekam.

»Ich weiß, sie ist deine Cousine, aber es tut mir leid, diese Frau ist verrückt.«

»Du hast recht, die Ärmste. Ja, sie ist wirklich schwierig«, seufzte Amandas Tante. »Über irgend etwas regt sie sich immer auf, meistens sogar über völlig unwichtige Dinge, wie beispielsweise Persis Hallidays Bücher. Und wenn es nichts gäbe, worüber sie sich ärgern könnte, würde sie sicher etwas finden. Es ist einfach eine Angewohnheit. Leider hat sie nie Kinder bekommen. Alastairs Vater stammte aus einer achtzehnköpfigen Familie. Nur zwei von den Kindern haben geheiratet. Er ist der allerletzte Blaine of Tetworth, und ich habe den Eindruck, daß Julia darunter leidet. Vielleicht ist sie deshalb so verschroben. Dabei gibt es eigentlich gar keinen Grund dafür. Füllige Frauen wie sie sind doch in der Regel heiter und gelassen.«

»Sie trinkt literweise Zitronensaft mit eisgekühltem Wasser. Das hier ist wohl das Ergebnis. Da muß man doch versauern. Ich verstehe überhaupt nicht, warum sie dies Zeug trinkt«, sagte der Brigadegeneral.

»Um abzunehmen, obwohl kein großer Erfolg dabei zu verzeichnen ist«, bemerkte Amandas Tante ironisch. »Wie dem auch sei, es ist auf jeden Fall albern von ihr, gegenüber Persis so unverschämt zu sein. Persis ist vielleicht etwas herausgeputzt und oberflächlich, aber sie meint es doch nur gut. Und selbst wenn ihre Bücher von Gefühl auch nur so triefen, so besitzt sie doch eine gesunde Selbsteinschätzung. Sonst hätte sie es nicht so weit gebracht. Auch wenn sie sich über ihre eigenen Bücher lustig macht, heißt das noch lange nicht, daß sie sich nicht verletzt fühlt, wenn andere das gleiche tun.«

»Julia ist doch nur eifersüchtig«, meinte der Brigadegeneral.

»Ja, ich weiß. Sie war schon immer so. Sie ist hübsch oder war es zumindest, und sie hat viel Geld. Nichts wäre ihr aber lieber, als berühmt und steinreich zu sein. Deshalb ist sie automatisch eifersüchtig auf jeden, der mehr hat als sie.«

»Das wollte ich damit nicht sagen, ich meinte Alastair«, erklärte Amandas Onkel.

»Ach so, das ist ihr übliches Leiden. Sie hat tagelang nicht mit Amanda gesprochen, nur weil Alastair ihr Reitstunden gegeben hat, und sie schmollt noch immer, wenn er Amanda zum Tanzen auffordert«, entgegnete seine Frau.

Amanda mußte lachen. »Ich frage mich, warum. Er ist wirklich sehr nett, und sein Benehmen ist äußerst angenehm. Aber er strotzt nur so vor Langeweile. Hat Julias Unzufriedenheit nicht eher mit den anstrengenden und seltsamen Umständen, unter denen sie hier leben, zu tun? Ich kann mir nicht vorstellen, daß man, selbst bei genauerem Hinsehen, etwas Besonderes an ihm finden würde. Er ist einfach wie ein gutes Glas Wasser. Man trinkt es zum Essen, ohne großartig darüber nachzudenken, und wenn einem etwas Besseres angeboten wird, lehnt man das Wasser einfach ab.«

»Etwas Besseres? Was zum Beispiel? Vielleicht Champagner? Ist dir schon mal jemand wie Champagner über den Weg gelaufen, Kleines?« wollte der Brigadegeneral von Amanda wissen.

»Ja!« Amandas Gesichtsausdruck bekräftigte die Antwort.

Sie hatten alle drei in der Ecke des Tanzsaales gesessen. Amandas Tante hatte sich so in ihren Sessel gesetzt, daß sie Persis Halliday und Major Blaine beim Tanzen beobachten konnte.

Alastair Blaine war kein besonders gut aussehender Mann. Trotzdem war er eine angenehme Erscheinung. Sein braungebranntes Gesicht trug schmale Züge, sein Haar war dicht und blond, und er hatte graublaue Augen. Er war schon vierzig Jahre alt. Doch schätzten ihn viele Leute um wenigstens fünf Jahre jünger als seine korpulente und ständig nörgelnde achtunddreißigjährige Frau. Besonders unter seinen männlichen Freunden war er sehr beliebt, und obwohl seine Frau ständig meckerte und mit sich unzufrieden war, verhielt er sich ihr gegenüber durchaus anständig. Es war sicher nicht gerade leicht, mit einer solchen Frau verheiratet zu sein. Julia Blaine war das verwöhnte Einzelkind wohlhabender und schon etwas betagter Eltern. Sie war ein zwar pummeliges, aber hübsches Mädchen mit beträchtlichem Vermögen gewesen, als sie sich in ihren späteren Ehemann verliebte. Alastair war gerade von Indien nach England gekommen, um dort seinen Heimaturlaub zu verbringen.

Aber Julia hatte es dann später in Indien nicht gefallen. Ihr Mann hatte damals einen niedrigen Offiziersrang im indischen Kavallerieregiment bekleidet. In Julias Augen kannte er zu viele Leute und hatte zu viele Freunde. Sie war schlichtweg eifersüchtig auf alles und jeden, der auch nur in irgendeiner Weise Alastairs Aufmerksamkeit von ihr ablenkte. Damit fing es dann an. Die Weichen für eine unglückliche und unruhige Ehe waren gestellt. Egal wo, ob auf einer Party, einem Ball oder irgendeiner anderen öffentlichen Veranstaltung, Julia bekam plötzlich Kopfweh oder fühlte sich unwohl, wenn sie merkte, daß Alastair sich amüsierte. Sie erwartete dann, von ihm nach Hause begleitet zu werden.

Es wurde ihr zur Gewohnheit, Besitzansprüche an ihn zu stellen und auf seiner uneingeschränkten Aufmerksamkeit zu bestehen. Auf diese Weise konnte sie ihre fordernden, eifersüchtigen und herrischen Ansprüche befriedigen. Denn sie konnte es nicht ertragen, daß Alastair außer ihr noch andere Interessen hatte. Ihre Liebe zu ihm war voller Bitterkeit und Mißtrauen und nahm beinahe krankhafte Züge an. Ihre letzte Waffe war, daß, wenn er schon nicht so funktionieren wollte, wie sie es sich wünschte, sie ihn zumindest verletzen konnte. Ihr Mann entfernte sich dabei zwangsläufig immer mehr von ihr. Anfangs bildete sie sich nur ein, krank zu sein. Mit der Zeit aber steigerte sie sich so hysterisch in diesen Zustand hinein, daß sie tatsächlich krank wurde.

Vielleicht hätte sie ihre Energie und Gefühle in andere Bahnen lenken können, wenn sie Kinder gehabt hätte. Obgleich pummelig, war sie als Teenager durchaus anziehend gewesen. Jetzt jedoch war sie schlichtweg fett. Lästermäuler gingen sogar so weit, zu behaupten, Alastair halte es nur ihres Geldes wegen bei ihr aus, sonst wäre er sicher schon längst mit einer jüngeren und attraktiveren Frau durchgebrannt. Bislang war aber über ein solches Verhältnis nichts bekannt. Er war bei jedermann beliebt. Die Eifersucht seiner Frau war aber wirklich völlig ungerechtfertigt. Man konnte bei ihm nicht einmal ein auffallendes Interesse an anderen Frauen feststellen. Auffallend war aber wohl, daß er noch nie zuvor einer anderen Frau so viel Aufmerksamkeit gewidmet hatte wie Amanda Derington.

Augenblicklich tanzte Alastair gerade mit Persis Halliday. Persis machte eine gute Figur in ihrem auffälligen feuerroten Chiffonkleid. Ganz offensichtlich flirtete sie aus reiner Boshaftigkeit mit Alastair, um Julia zu ärgern.

»Persis sollte noch einmal darüber nachdenken, ob sie wirklich nach Zypern fahren will«, murmelte Amandas Tante und beobachtete Mrs. Halliday dabei mit besorgtem Blick. »Julia ist von der Idee nicht gerade begeistert, und sie hat dringend eine Erholung nötig. Die Hitze hat ihr sehr zu schaffen gemacht, und es geht ihr gar nicht gut.«

»Du willst damit sagen, daß sie zu fett ist«, sagte Amanda in ihrem jugendlichen Übermut. »Es würde ihr schon viel besser gehen, wenn sie, anstatt diesen verdünnten Saft zu trinken, etwas mehr Sport treiben würde. Übrigens, was ich dich noch fragen wollte, was sind das eigentlich für Leute, bei denen Julia und Alastair auf Zypern wohnen werden?«

»Die Normans. Er ist Alastairs Cousin und der zukünftige Erbe von Tetworth, falls Alastair kinderlos bleibt, und so sieht es ja wohl aus. Ich habe sie im letzten Jahr auf Zypern kennengelernt. Sie besitzen ein wunderschönes Haus in Kyrenia. Soweit ich orientiert bin, ist Claire Norman etwas kränklich, die Lungen, glaube ich, und deshalb leben sie dort in dem warmen Klima. Sie scheinen sehr reich zu sein, denn George Norman übt keinen Beruf aus. Julia hat mir übrigens erzählt, daß sie mit demselben Schiff wie du fahren werden. Sie besuchen nämlich gerade Freunde in Alexandria. Du wirst sie also noch ziemlich oft sehen.«

»Das will ich nicht hoffen! Zumindest dann nicht, wenn es bedeutet, daß ich Mrs. Blaine auch häufig sehen müßte. Die wäre wohl am besten auf der Couch eines Psychiaters aufgehoben. Ich glaube, man kann Mrs. Halliday keinen Vorwurf dafür machen, daß sie versucht, Julia zu provozieren. Julia war Persis gegenüber den ganzen Abend unverschämt. Ob das die richtige Art ist, einen Ehemann zu halten?«

»Wenn du erst mal deinen eigenen hast, Kleines, kannst du mir ja zeigen, wie man es richtig anstellt«, sagte der Brigadegeneral trocken.

Amanda mußte lachen und schnitt ihm eine Grimasse. »Wenn du es unbedingt wissen willst: Ich habe mich entschlossen, ledig zu bleiben und eine dieser alten Jungfern zu werden.«

»Willst du damit sagen, daß du auf keinen dieser vielen Männer hier ein Auge geworfen hast?«

»Doch, auf einen«, gab Amanda nachdenklich zur Antwort, »Anwesende natürlich ausgeschlossen.«

»Aha, das ist also der Champagner, von dem du vorhin sprachst. Erzähl mir nicht, daß es sich dabei um Toby Gates handelt. Wo steckt er überhaupt?«

»Er mußte gehen, um einen Wachsoldaten zurechtzuweisen oder um sonst irgend etwas Militärisches zu tun. Aber er kommt zurück. Nein! Toby entspricht nun wirklich nicht meinem Geschmack, armer Kerl.«

»Andrew Carron doch wohl auch nicht? Oder ist es sogar der junge Haigh oder etwa der Sohn der Pumblys. Ich kann mir nicht vorstellen, daß es Major Cotter ist. Nein!«

»Du kennst ihn gar nicht«, bedauerte Amanda. »Ich kenne ihn ja selbst nicht einmal.«

Mit einer kurzen Handbewegung deutete sie auf einen Mann; er saß jenseits der Tür, die aus dem Tanzsaal herausführte, in einem Sessel auf der Terrasse. Er hatte die Beine ausgestreckt und die Hände tief in den Hosentaschen vergraben. Er trug eine weite orangefarbene Hose, nach Art der bretonischen Fischer.

»Um Gottes willen«, der Brigadegeneral schien aufgebracht. »Der Künstler da?«

»Genau«, gestand Amanda. »Findest du nicht auch, daß er interessant aussieht?«

»Ganz und gar nicht. Außerdem sollte er sich mal die Haare schneiden lassen. Wo hast du den Burschen denn kennengelernt?«

»Ich kenne ihn gar nicht. Ich habe ihn nur hin und wieder gesehen. Aber da ich sowieso am Montag nach Zypern fahre, werde ich ihn auch wohl nicht mehr kennenlernen. Schade! Er wäre genau mein Typ.«

»Dein Geschmack scheint mir etwas verwirrt«, war der Kommentar des Brigadegenerals. Er verrückte seinen Stuhl, um besser sehen zu können. »Wahrscheinlich trägt er Sandalen, manikürt seine Zehennägel und findet Picasso ungeheuer gut.«

»Ich auch, falls du es unbedingt wissen willst!«

»Tsss, ihr seid doch alle gleich. Da laufen nun Tausende anständiger und normaler Männer herum, aber ihr schaut sie euch nicht einmal an. Und verliebt euch auf der Stelle in den erstbesten langhaarigen Nichtsnutz, der behauptet, sich mit Kunst zu befassen. Was macht er eigentlich?«

»Er malt die Pyramiden«, sagte Amandas Tante mit einem Seufzer. »Das ist genau das richtige.« Sie lächelte ihre Nichte liebevoll an: »Du hast recht, Kleines. Er scheint mehr zu bieten als gechlortes Trinkwasser oder Gin mit Lemon. Ich muß ihn unbedingt kennenlernen?«

»Wovon um alles in der Welt redet ihr überhaupt?« Der Brigadegeneral war konsterniert.

»Von Champagner natürlich, der ist doch viel aufregender und reizvoller als, na, zum Beispiel Bier«, warf Amandas Tante ein und verließ den Saal.

»Muriel«, rief ihr Mann ganz entsetzt, »auch in deinem Alter kann man nicht einfach wildfremde Männer ansprechen.«

»Sprichst du mit mir?« wollte Amandas Tante wissen. Weg war sie!

Etwa eine halbe Stunde später verließ auch Amanda den Tanzsaal, um auf der Terrasse frische Luft zu schnappen. Plötzlich rief ihr ihre Tante zu: »Amanda, komm doch mal herüber. Ich möchte dich mit Steven Howard bekannt machen. Mr. Howard – meine Nichte, Amanda Derington.«

Mr. Howard erhob sich, und Amanda reichte ihm die Hand. In seinen haselnußbraunen Augen lag ein neugieriger Schimmer nachdenklichen Interesses. Sein Blick drückte aber weder Bewunderung noch die Feststellung aus, daß Amanda ein außergewöhnlich attraktives Mädchen war. Es fand sich darin nur dieses merkwürdige, nachdenkliche Interesse.

Braunes Haar, hellbraune Augen, braungebranntes Gesicht, um die Dreißig, nicht unbedingt besonders gutaussehend. Amandas Gedanken waren etwas konfus. Er hat leicht unregelmäßige Gesichtszüge, und deshalb wirkt er wohl so anziehend, dachte sie bei sich.

In Mr. Howards Mundwinkel zuckte es. Jetzt erst wurde Amanda klar, daß sie bereits seit einer ganzen Minute ihre Hand in der seinen hielt. Sie entzog sie ihm schnell und errötete. Plötzlich wurde sie wütend auf sich selbst und, eigentlich ganz zu Unrecht, auch auf Steven Howard.

»Mr. Howard ist von Beruf Künstler. Er malt«, versuchte Amandas Tante einzulenken. »Im Moment sammelt er gerade Material für eine Ausstellung im Herbst.«

»Aha, interessant«, lautete Amandas kurze Antwort.

»Ich glaube, Ihre Tante übertreibt ein bißchen. Um ehrlich zu sein, die Kunst ist für mich eher eine gute Rechtfertigung dafür, nicht zu arbeiten und mich in der

Sonne zu aalen.« Steven sprach, ein Lachen unterdrückend, mit langsamer und angenehmer Stimme. Etwas gelangweilt sagte Amanda: »Nicht übel!« Die Tanzkapelle setzte gerade mit »La Vie en Rose« ein.

»Schade, daß ich Sie nicht zum Tanzen auffordern kann«, fügte Mr. Howard hinzu. »Aber wie Sie ja sehen, bin ich nicht entsprechend gekleidet. Vielleicht ein anderes Mal!«

»Dann werde ich wohl nicht mehr hier sein«, sagte Amanda inzwischen völlig desinteressiert. »Ich fahre am Montag fort. Toby, wir wollten doch tanzen!«

Sie drehte sich abrupt um und ging davon. Nach dem Tanz kehrten Amanda und Toby auf die Terrasse zurück. Aber Steven Howard war nicht mehr da!

»Ich dachte, du wolltest ihn unbedingt kennenlernen, Kleines«, beklagte sich Amandas Tante. »Warum hast du den armen Mann so abgefertigt, wo ich mich doch so bemüht habe?«

»Weiß ich nicht«, mußte Amanda reuevoll zugeben. »Vielleicht, weil ich mich nicht nur zur Schau stellen wollte. Außerdem kann ich es nicht leiden, wenn man über mich lacht. Ich hatte auch gar nicht den Eindruck, daß er sich abgefertigt fühlte. Er hat sich über mich lustig gemacht. Ich kann ihn, glaube ich, überhaupt nicht ausstehen.«

»Wie du meinst. Du wirst ihn wahrscheinlich ja sowieso nie mehr wiedersehen«, sagte Amandas Tante.

Darin aber sollte sie sich gewaltig irren. Amanda sah ihn wieder, ehe Julia auch nur fünf Minuten tot war.

2

Die ›S. S. Orantares‹ war kurz vor dem Auslaufen, die Decks vollgepfropft mit Menschen, und es herrschte eine sengende Hitze. Die Gruppe der Mitreisenden aus Fayid hatte Zuflucht in der Lounge gesucht und dort darum gebeten, alle Ventilatoren einzuschalten.

Mr. und Mrs. Norman waren schon morgens aus Alexandria eingetroffen und hatten sich zu ihnen gesellt. Claire Norman war eine zierliche kleine, hellhäutige Frau. Ihre großen grauen Augen wurden von samtigen schwarzen Wimpern umrahmt. Ihr kurzgeschnittenes dunkles und lockiges Haar erinnerte an die Frisur eines Kindes. Nicht daß sie auffallend hübsch gewesen wäre, aber ihre kleine Statur und ihre Feinheit erweckten den Eindruck von Zerbrechlichkeit und ließen im Vergleich zu ihr jede andere Frau plump und zu groß erscheinen. Außerdem hatte sie eine wohlklingend sanfte Stimme. Ihr erstklassig geschnittenes blaßgrünes Leinenkleid, ihr kleiner weißer Hut und der unaufdringliche Hauch leichten Parfüms, der sie umgab, ließen sie wie eine taufrische Frühlingsblume erscheinen.

Ihr Gatte, George Norman, paßte äußerlich ganz und gar nicht zu ihr. Er wirkte geradezu aufdringlich und schwerfällig, wenn er seine Frau in der Art eines Bernhardiners umsorgte. Sein reizloses viereckiges Gesicht war von der Sonne knallrot, und in seinem dichten braunen Haar fanden sich bereits graue Strähnen. In der heißen, prunkvollen, mit Menschen aller Nationalitäten vollgepackten Lounge wirkte er völlig fehl am Platze. Man brauchte ihn nur anzusehen, um zu wissen, daß er sich in einer abgetragenen Tweedhose, mit einem alten Hut und beim Biertrinken in einem englischen Landpub viel wohler gefühlt hätte, anstatt in einem leichten Tropenanzug herumzulaufen und sich von einem kaffeebraunen Steward mit rotem Tarbusch Gin mit Eiswürfeln reichen zu lassen.

»Oh, diese Hitze«, stöhnte Claire Norman, »ich bin total erschöpft.«

»Claire wird so schnell müde«, erklärte George Norman der versammelten Gesellschaft.

»Warum legst du dich nicht einfach etwas hin. In der Kabine ist es wahrscheinlich sehr viel kühler, mein Schatz.«

»Und was ist mit Julia und Alastair? Wir haben uns doch gerade erst getroffen. Ich bleibe hier, wo ich mich doch so darauf gefreut habe, sie wiederzusehen. Es kommt mir so vor, als hätten wir uns eine Ewigkeit nicht gesehen.«

»Das letzte Mal im Januar, also vor sechs Monaten«, sagte Julia nüchtern.

»Genau, aber es kommt mir trotzdem wie eine Ewigkeit vor. Schrecklich, wie sehr man gute Freunde manchmal vermißt.«

»Und davor haben wir uns im September gesehen«, fuhr Julia fort, als habe Claire überhaupt nichts gesagt.

»Und heute wieder. Schön, euch wiederzusehen, Julia, und dich natürlich auch, Alastair.« Dabei legte sie eine ihrer kleinen Hände zärtlich auf Alastairs braungebrannte, magere Hand. Amanda bemerkte, wie ihm das Blut in den Kopf schoß. Für einen kurzen Moment lag ein seltsamer, schwer zu deutender Ausdruck auf seinem Gesicht.

Julia stellte ihr Glas ab und sagte mit einer Grimasse: »Pfui, da ist ja Zucker drin, laß mir sofort ein anderes Glas bringen. Ich habe ausdrücklich Wasser mit Zitrone, nicht Zitronenlimonade bestellt. Aber die hören einem ja nicht einmal zu.«

Sofort bestellte ihr Mann bei einem gerade vorbeikommenden Steward ein neues Getränk.

»Schön, daß ihr da seid, Julia. Auf Zypern bin ich manchmal so furchtbar einsam, ohne Heimat und ohne Freunde.«

»Warum lebst du dann dort?« wollte Julia wissen.

Claire Norman seufzte, dann lächelte sie wehmütig und hauchte: »Die Ärzte! Sie haben mir gesagt, daß ich wohl nie wieder ..., aber laßt uns über etwas anderes sprechen. Über etwas Interessanteres. Über dich, zum Beispiel, Julia. Du siehst einfach toll aus! Wenn ich doch auch nur ein wenig zunehmen würde. George läßt mich pfundweise Butter essen, aber es hilft alles nichts. Ich nehme nicht ein Gramm zu. Mein Vater hat immer gesagt, ich sei ein Spätzchen und eigentlich viel zu klein, um überhaupt zu leben.«

Persis verschluckte sich an ihrem Gin mit Lemon. Sie tupfte sich den Mund mit einem Chiffontaschentuch ab und murmelte etwas in sich hinein, das ungefähr so klang wie: »Ist sie nicht süß.« Amanda konnte sich das Lachen nicht verkneifen. Sie drehte sich schnell zur Seite, schaute aus dem Fenster und sagte ablenkend: »Ich glaube, wir legen ab. Sie holen die Gangway ein.«

Dann war plötzlich lautes Rumoren und Schimpfen zu vernehmen. Zwei weitere Passagiere, die um Haaresbreite das Schiff verpaßt hätten, kamen die Gangway hinauf und standen jetzt außer Atem und keuchend an Deck.

Rein äußerlich paßten sie gar nicht zueinander. Die hübsche, dunkelhaarige Frau war genauso teuer und elegant gekleidet wie Persis. Sie trug ein rosa Leinenkleid, und trotz der Hitze und des Staubes waren die weißen Handschuhe sowie die Straßenschuhe sauber und gepflegt. In der einen Hand trug sie einen weißen Lederkoffer, in der anderen etwas, das wie eine Staffelei aussah. Im Gegensatz zu ihr wirkte der Begleiter verschwitzt und ungewaschen. Außerdem war er auffallend nachlässig gekleidet. Über der stark verschmutzten blauen Leinenhose trug er ein orangefarbenes Sporthemd, das auch eine Wäsche nötig gehabt hätte. Darüber hinaus fiel er durch den eher dünnen Bart und eine schwarze Baskenmütze auf.

Der ist sicher Künstler, dachte Amanda und wurde plötzlich wieder an Steven Howard erinnert. Auf den ersten Blick war Mr. Howard schwer einzuordnen. Auch er hatte zwar eine auffällige Hose getragen, aber viele der Passagiere trugen die gleiche. Darüber hinaus hätte man seinen Beruf aber nicht unbedingt an der Kleidung erkennen können. Er hätte alles mögliche sein können: Klempner zum Beispiel, Schneider, Soldat oder auch ein Seemann. Amanda grübelte und wunderte sich darüber, daß sie ihn noch so klar vor Augen hatte. Sie vermochte sich an jede Linie seines Gesichts zu erinnern.

Der offensichtlich etwas dreiste Künstler setzte seine zwei Koffer und ein schmieriges Paket ab, das Leinwände enthielt. Er sagte verärgert, als würde er eine vorausgegangene Unterhaltung weiterführen:

»Natürlich habe ich sie verzollt. Was ist das eigentlich für ein Land! Man kann hier ja nicht einmal brauchbare Farbe kaufen. Nur Wasserfarben, wie sie in den Schulen verwendet werden. Stell es doch wieder hin. Es ist noch nicht trocken, Himmel noch mal!«

George Norman, den die heftige Szene an Deck neugierig gemacht hatte, stand auf, um aus dem Fenster, das sich unmittelbar über Amandas Platz befand, zu blicken.

»Das dachte ich mir doch schon. Dieser merkwürdige Potter hat sich auch noch eingeschlichen«, bemerkte er.

Auch Claire zeigte sich sofort interessiert: »Lumley? Wie kommt denn das? Was treibt der denn hier?« fragte sie.

»Er wird wohl die Pyramiden gemalt haben«, war die Antwort ihres Mannes.

»Geh doch bitte zu ihm und frag ihn, ob er sich nicht zu uns gesellen will«, sagte Claire. Dann wandte sie sich an Major Blaine: »Kannst du dich noch an Lumley Potter erinnern? Er hat ein Atelier in Famagusta. Du hast ihn im letzten Jahr kennengelernt, als du und Julia bei uns zu Besuch waren. Ich meine sogar, du hast dir seine Bilder angesehen.«

»Genau«, entfuhr es Julia, »Lumley, das ist doch sicher nicht sein richtiger Name. Im letzten Winter habe ich eine Mrs. Deadon in Kairo getroffen. Und die wußte alles über ihn. Es überrascht mich ganz und gar nicht, daß er sich auf Zypern niedergelassen hat. Denn, was seine Bilder betrifft, die könnte ich mit geschlossenen Augen genauso gut, wenn nicht besser malen. Wenn das Kunst sein soll.«

»Aber, Julia, natürlich ist das Kunst«, sagte Claire und hob dabei das Wort Kunst besonders hervor. »Warum bist du nur so furchtbar konventionell? Lumley malt nun mal nicht das, was gewöhnliche und konventionelle Menschen sehen. Er malt ›die Seele‹ eines Ortes, sozusagen die geistige Atmosphäre!«

»Erzähl doch nicht so einen Blödsinn, Claire«, entfuhr es Julia. »Dieser Potter ist schlichtweg eine Niete, ein Versager, eine Attrappe. Das weißt du doch ganz genau. Da er nicht malen kann, zieht er sich etwas ausgefallen an, läßt sich einen Bart stehen, redet viel unsinniges Zeug, malt, so schlecht er nur kann, in der Hoffnung, möglichst viele Möchte-gern-

Kunstliebhaber glauben zu machen, er sei geradezu genial. Und genau das habe ich ihm auch erzählt.«

»Ja, ich erinnere mich. Damit hast du ihm dann auch eine Stange Geld vermasselt. Dieses neureiche australische Ehepaar, weißt du noch? Sie hatten ihm praktisch schon acht Bilder abgekauft. Als sie dich aber gehört haben, haben sie die Finger davon gelassen. Alastair jedenfalls ist in diesem Punkt ja wohl auch nicht deiner Meinung. Schließlich hat er Lumley ein Bild abgekauft«, sagte Claire trocken. »Stimmt's, Alastair?«

»Aber nur, weil er sich dazu genötigt gefühlt hat. Er dachte, er müsse ihn dafür entschädigen, daß die Blaggs seine schrecklichen Schmierereien nicht kauften.«

»Aber, Julia, du hast eine völlig falsche Meinung von Alastair. Er versteht wirklich etwas von Kunst.«

»Vielen Dank, Claire. Ich verstehe Alastair sehr gut«, erwiderte Julia giftig.

Es war deutlich zu spüren, daß Alastair sich unbehaglich fühlte. Persis erhob sich und sagte mit Bestimmtheit: »Ich für meinen Teil habe jedenfalls genug Gin getrunken. Wie wäre es, Alastair, wenn die Frauen sich weiter über ihr subtiles Kunstverständnis unterhalten und Sie mich an Deck begleiten würden? Ich würde gern noch einmal die Reling entlanggehen, bevor wir endgültig ablegen. Leihen Sie ihn mir aus, Julia?« fragte Persis heiter.

Major Blaine erhob sich bereitwillig und half Persis dabei, Handtasche und Handschuhe einzusammeln. Claire beobachtete sie mit finsterem Blick. Kurz darauf wandte sie sich schroff an ihren Mann und sagte: »George, ich habe dich doch darum gebeten, Lumley Potter an unseren Tisch zu holen.«

George Norman schaute empört und sagte unter merklichem Zögern: »Hm, vielleicht sollte ich besser nicht zu ihm gehen. Er hat noch jemanden bei sich.«

»Oh, wen denn? Jemand, den wir kennen?«

»Anita.«

»Wen?« fragte Major Blaine aufgewühlt. »Aber, ich

dachte...« Er sah flüchtig zu Amanda hinüber, konnte seinen Satz aber nicht mehr beenden, weil Persis sich bei ihm einhakte und sagte: »Kommen Sie, wir wollen gehen.«

»Anita!« Claire Norman, die eher zu Blässe neigte, bekam plötzlich vor Aufregung glühende Wangen. Sie verzog den Mund so, daß ihre Konturen schmal und hart erschienen. Für einen Moment wirkte ihr Gesicht wie versteinert.

Kurz darauf hatte sie sich wieder unter Kontrolle. Jetzt waren der kleine Schmollmund, die Wehmut in den Augen und ihre Zerbrechlichkeit wieder zurückgekehrt. Mrs. Norman sagte mit leiser Stimme und um sich gleichzeitig zu entschuldigen: »Ich glaube, ich lege mich etwas hin. Nach dem ganzen Rummel bin ich einfach müde. George, kommst du bitte. Bis zum Abendessen, Julia, wenn ich mich bis dahin besser fühle.«

Dann schenkte sie Amanda und Toby Gates noch ein flüchtiges Lächeln, hakte ihren zarten Arm in gewohnter Weise bei ihrem Mann unter und ging anmutig davon.

Julia Blaine saß ganz ruhig da und sah Claire hinterher. Amanda stellte mit Erstaunen fest, daß Julias Gesicht jegliche Farbe verloren hatte und daß ihre großen, starren Augen Furcht ausdrückten. Es lag etwas Unbehagliches auf diesem Gesicht. Amanda hätte das Thema gern auf etwas Nettes und Belangloses lenken wollen, um dieses unangenehme Schweigen zu brechen. Ehe sie jedoch die Gelegenheit dazu hatte, etwas zu sagen, stand Mrs. Blaine auf, rückte ihren Stuhl so heftig zurück, daß er auf den dicken Teppich fiel, und verließ eiligst den Raum.

Etwa zehn Minuten später hatte das Schiff Fahrt aufgenommen. Amanda und Toby hatten sich an Deck begeben, um sich das glitzernde Wasser anzusehen. Die Sonne fiel auf die vorbeiziehenden Bäume.

Einheimische Feluccas mit ihren geschwungenen Bugs und mächtigen dreieckigen Segeln zogen vorüber. Es herrschte ein unvorstellbares Gewimmel von Schiffen, die unter jeder nur denkbaren Flagge fuhren: ein englischer

Zerstörer mit Bestimmungsort Colombo und Ferner Osten, Öltanker unter englischer, amerikanischer, holländischer und französischer Flagge. Ein Linienschiff der P & O-Reederei, ein wahres Traumschiff in blendendem Weiß, ein Truppentransporter auf der Rückfahrt von Singapur, eine Dhan aus Dakka und ein brasilianischer Frachter.

Sie zogen langsam an der langen steinernen Mole vorüber, auf der die Statue von Lesseps unbeweglich über jenen schmalen Wasserarm blickt, der sein Denkmal für Zeit und Ewigkeit ist. Hinter der grünen Bronzefigur lag eine unübersehbare Flotte von Fischerbooten reglos auf dem Wasser. Geïsterhaft ragten ihre Segel in die Mittagshitze. Sie verschwammen am Horizont mit der Wasserstraße, die nach Damietta und schließlich zum Nildelta führt. Von der offenen See wehte eine kühle Brise über das von der Sonne erhitzte Schiffsdeck, als die ›Orantares‹ Kurs auf Zypern nahm. Nachdem die weißen Giebel und bunten Türme von Port Said schließlich im Mittagsdunst verschwammen, stieg Amanda hinunter in ihre Kabine, um sich frisch zu machen.

Der Flur des Schiffes war heiß und muffig. Essensgeruch, Desinfektionsmittel, Maschinenöl und dieser alles durchdringende, ganz typische Schiffsgeruch vermischten sich. Auf dem Korridor standen einige Passagiere. Aus dem ganzen Stimmengewirr war nur eine Person deutlich herauszuhören: Julia Blaine!

»Das ist mir egal«, schimpfte sie. »Besorgen Sie mir auf jeden Fall eine andere Kabine. Ich habe es vorhin noch nicht bemerkt, sonst hätte ich Sie das Gepäck gar nicht erst hineintragen lassen. Wir brauchen gar nicht darüber zu diskutieren. Hier schlafe ich jedenfalls nicht.«

Mrs. Blaine wirkte erregt und verärgert. Sie drängte sich durch die Menschenmenge und erblickte Amanda.

»Also wirklich, die Leute hier sind unmöglich«, rief sie erhitzt aus. »Dabei muß es jede Menge freier Kabinen geben.«

»Was ist denn nur los?« wollte Amanda wissen. »Ist mit Ihrer Kabine etwas nicht in Ordnung?«

»Ach, die Nummer«, sagte Julia bitter. »Es ist die Nummer dreizehn. Da kann ich unmöglich übernachten. Lieber schlafe ich an Deck. Das Schiff scheint doch gar nicht ausgebucht zu sein. Es ist halb leer. Ich bin nun einmal, zumindest in dem Punkt, abergläubisch. Katzen oder Laufmaschen zum Beispiel lassen mich kalt. Aber die Dreizehn ...«

»Also, ich bin nicht abergläubisch«, sagte Amanda freundlich. »Wenn Sie wollen, können wir unsere Kabinen einfach tauschen. Ich habe eine Doppelkoje für mich allein.«

»Würden Sie das wirklich machen?«

»Natürlich. Ich habe noch gar nicht ausgepackt. Also, es geht ganz schnell. Ich habe die Vierzehn, gleich nebenan.«

Die Stewardeß, der Steward, ein zypriotischer Matrose, der gerade staubsaugte, und ein Mann, offensichtlich der Proviantmeister, schienen erleichtert. Die Angelegenheit war innerhalb von Minuten erledigt.

»Das ist wirklich sehr nett von Ihnen.« Julia Blaine war etwas verlegen. Sie stand in der Tür ihrer alten Kabine und sprach mit zögernder, verhaltener Stimme: »Es ist vielleicht albern von mir, so abergläubisch zu sein, aber als ich die Nummer an der Tür las, schien mir das ein schlechtes Omen zu sein. Und ich wollte so gern, daß die Reise schön wird. Einfach weg von der unerträglichen Hitze und von Fayid.« Ihre Stimme klang müde, und sie hielt plötzlich inne.

Amanda lächelte sie wohlwollend an. Julia ihrerseits reagierte aber nicht darauf. Statt dessen betrachtete sie sich in dem Spiegel, der über Amandas Kopf hing. Die Furcht stand ihr ins Gesicht geschrieben, und sie sah blaß aus.

Amanda und Toby Gates tranken Tee in der Lounge. Die Sonne war in einem prachtvollen Farbenmeer untergegangen, und sie hatten im Salon gespeist. Sie, das waren Amanda, Toby, Julia und Alastair Blaine, die Normans und Persis Halliday.

Der Salon war alles andere als gut besucht. Amanda konnte den bärtigen Maler, der sich so merkwürdig benahm, ungestört beobachten. Er speiste an einem kleinen runden

Tisch mit derselben Dame wie am Nachmittag. Anstelle des Leinenkleides trug seine Tischnachbarin jetzt ein scharlachrotes Spitzenkleid ohne Träger.

Amanda hatte sich nur ein anderes Baumwollkleid angezogen, und Julia Blaine hatte sich gar nicht erst die Mühe gemacht, sich umzukleiden. Im Gegensatz zu Julia sah Claire Norman in ihrem weißen Chiffonkleid und dem Perlenschmuck geradezu hinreißend aus. Trotz der Hitze hatte Persis Halliday sich für ein Goldlamékleid entschieden. Dazu trug sie einen wunderschönen Smaragdschmuck. Ein glänzendes Tuch um den Kopf hob den Glanz des kastanienfarbenen Haars besonders hervor. Die Smaragde verwandelten ihre Augenfarbe in ein klares, glänzendes Grün. Persis sah umwerfend gut aus, und dessen war sie sich auch bewußt. Sie amüsierte sich, indem sie ganz unverhohlen mit George Norman flirtete.

Alastair Blaine saß zwar neben Amanda, aber Claire Norman, auf der anderen Seite, nahm ihn fast ausschließlich für sich in Beschlag, und Julias sonst so giftige Zunge war ausnahmsweise verstummt. Sie beobachtete mit einer verstohlenen und nahezu ängstlichen Aufmerksamkeit gespannt ihren Mann und Claire Norman. Aber selbst wenn Alastair Blaine Julias Kummer bemerkt hätte, würde er darauf keine Rücksicht genommen haben. Major Blaine hatte nämlich zu tief ins Glas geschaut.

In diesem Zustand hatte Amanda ihn zuvor noch nie gesehen. Sein Gesicht war unnatürlich gerötet, seine blauen Augen übergroß, und er sprach etwas undeutlich.

Sie hatten schon eine Weile gesessen, als Claire sich um eine Unterhaltung mit Amanda bemühte:

»Alastair erzählte mir gerade, Sie seien noch nie auf Zypern gewesen, Amanda. Ich darf Sie doch Amanda nennen? Beabsichtigen Sie länger dort zu bleiben?«

»Nein, nur für zehn Tage«, sagte Amanda bedauernd. »Das ist eigentlich nicht lange genug.«

»Na ja, die Insel ist aber auch klein. Wo wohnen Sie denn? In Kyrenia?«

»Nein, leider nicht. Ich persönlich würde zwar viel lieber am Meer bleiben, aber mein Onkel hat mich einfach in Nikosia untergebracht.«

»Bei Leuten von der Armee, nehme ich an. Die haben ja fast alle mit der Armee zu tun, die Ärmsten.«

Amanda schüttelte den Kopf. »Nein, sie haben mit Wein zu tun. Ihr Name ist Barton.«

»Barton, Sie meinen doch nicht etwa Glenn Barton?«

»Ja, so heißt er, glaube ich. Glennister Barton. Warum, kennen Sie ihn?«

»Aber sicher, die Bartons kenne ich sogar sehr gut. Aber ich kann mir nicht vorstellen, daß Sie in der Villa Sosis wohnen werden. Warum ...«, Claire stockte plötzlich und biß sich auf die Lippen.

»Doch, ich werde dort wohnen«, sagte Amanda lachend. »Oder glauben Sie, die Bartons sind momentan nicht da?«

»Nein, das nicht gerade. Ich meine ...«, und schon wieder beendete Claire ihren Satz nicht. Amanda hatte irgendwie den Eindruck, daß Claire sowohl irritiert als auch ärgerlich war. »Nun gut, wir werden ja sehen. Ich bin schon gespannt darauf. Von Glenn hätte ich allerdings, ehrlich gesagt, erwartet, daß er mehr Rücksicht auf Konventionen nimmt. Wo er doch sonst so ein Anstandskrämer ist.«

Mit dieser geheimnisvollen Bemerkung wandte sie sich Toby Gates zu. Amanda hatte daraufhin keine Möglichkeit mehr, auf das Thema zurückzukommen. Der Künstler, jener Mr. Potter, und seine Begleiterin erhoben sich nämlich gerade, um den Salon zu verlassen. Dann verweilten sie jedoch noch kurz an ihrem Tisch. Amanda sah sich um und bemerkte, daß der Mann versuchte, die Frau dazu zu bewegen, den Raum schleunigst zu verlassen. Sie wehrte sich aber entschieden dagegen und rief mit hoher, lauter Stimme:

»Guten Abend, Claire. Guten Abend, Mrs. Blaine. Guten Abend, Alastair. Daß man sich ausgerechnet hier wiedersieht.«

Alastair Blaine erhob sich sofort und sagte etwas unsicher: »Hallo, Anita, was machen Sie denn hier?«

»Als ob Sie das nicht wüßten«, spöttelte sie. »Und falls Sie es wirklich noch nicht wissen sollten, wird es Claire ohne jeden Zweifel eine Freude sein, Sie darüber aufzuklären. Hab' ich recht, Claire?«

Claire Norman saß wie erstarrt da. Nur ganz allmählich wandte sie sich um, und es dauerte wohl eine ganze Minute, ehe sie sich entschloß, Anita zu begrüßen:

»Hallo, Anita, Ich hatte Sie hier eigentlich auch nicht erwartet. Ich dachte, Sie...« Sie unterbrach den Satz mit einem Achselzucken und lachte albern. »Außerdem geht mich das doch alles gar nichts an, oder? Hallo, Lumley. Sie erinnern sich doch sicher noch an Major und Mrs. Blaine, nicht wahr?«

Claire machte keinerlei Anstalten, die Frau, die sie soeben mit Anita angesprochen hatte, vorzustellen. Statt dessen widmete sie sich wieder den drei Herren an ihrem Tisch. »Setzt euch doch, und laßt das Essen nicht kalt werden. Die beiden wollten sowieso gerade gehen.«

Mr. Potters Gesicht glühte bereits vor Unbehagen, und es rötete sich zunehmend, als er zu sprechen anhob: »Ja, sicher, wir, äh, wir wollten eigentlich an Deck gehen. Komm, Anita.« Er ergriff den Arm seiner Begleiterin und zog sie mehr oder weniger aus dem Salon.

»Sagen Sie mal, wer war diese Dame?« fragte Persis sichtlich interessiert.

»Bedauerlicherweise kennen wir sie.« Damit wechselte Claire das Thema.

Persis rümpfte nur die Nase. Kurz darauf gingen sie alle in die Lounge, um Kaffee zu trinken. Irgendwer legte eine Schallplatte auf, und sie tanzten unter dem Sternenhimmel.

Etwa gegen 23 Uhr wollte Amanda sich schlafen legen. Nur ein zypriotischer Matrose ging den langen, hellerleuchteten Korridor entlang, sonst war es ruhig und leer. Im Gegensatz zu der kühlen Abendluft an Deck war es in Amandas Kabine heiß und schwül. Auf einem Hocker neben der Koje stand ein gefülltes Glas mit Zitronenwasser. Amanda freute sich über die zuvorkommende Geste der

Stewardeß. Doch schon kurz darauf wurde ihr klar, daß das Getränk wohl von Julia bestellt worden war und daß es aus Versehen in ihrer Kabine gelandet war, in der ja ursprünglich Julia hätte wohnen sollen. Also mußte sie es zu Julia hinüberbringen. Da sie aber bereits ihr Kleid ausgezogen hatte, wollte sie zuerst ihre Abendtoilette machen. Sie streifte sich ein dünnes Seidennachthemd über, wusch sich mit kaltem Wasser, entfernte die Haarnadeln und bürstete ihr langes, glänzendes Haar. Sie hatte wunderschönes Haar, dessen Farbe in der Sonne in allen möglichen Tönen schimmerte. Eigentlich hatte es einen altmodischen Schnitt, aber es fiel lang und wellig bis weit über ihre schlanke Taille. Es hätte es spielend mit Montezumas berühmtem Federmantel aufnehmen können. Jetzt, während sie es kämmte, bedauerte sie, nicht genügend Mut aufzubringen, sich ihrem Onkel zu widersetzen und es einfach abzuschneiden. In Anbetracht der unerträglichen Hitze hatte sie diesen Gedanken in letzter Zeit häufiger gehabt.

Oswin Derington war nämlich der Ansicht, kurzes Haar gezieme sich nicht für wohlerzogene Damen. Amanda war zwar eigentlich alt genug und hatte ihre Unabhängigkeit inzwischen ja auch genügend unter Beweis gestellt, sie scheute aber die aufbrausende Wut ihres Onkels, würde sie ihr Haar abschneiden lassen.

Amanda seufzte und suchte in ihrem Koffer nach einem Band, mit dem sie ihr Haar zusammenbinden konnte. Sie machte gerade eine Schleife, als die Kabinentür aufflog und Julia Blaine, ohne geklopft zu haben, in der Tür stand. Julia trug einen rosa Satinmorgenrock, der großzügig mit Spitze besetzt war, ein enganliegendes rosa Satinnachthemd und federbesetzte Hausschuhe. Mrs. Blaine knallte die Tür hinter sich zu und ließ sich schwerfällig auf das Ende von Amandas Koje sinken. Sie zitterte am ganzen Leib, und ihre Zähne klapperten, als sei ihr kalt.

»Was ist denn nur los mit Ihnen?« fragte Amanda besorgt. Der Anblick dieses völlig verwirrten, alternden Gesichtes berührte sie heftig. »Fehlt Ihnen etwas? Soll ich die Stewardeß rufen?«

»Nein, es ist wegen Alastair«, sagte Mrs. Blaine mit heiserer Stimme.

»Alastair? Ist er etwa krank?«

»Nein, aber er ist noch immer nicht zu Bett gegangen. Er hat getanzt, und ich habe ihm gesagt, daß ich mich nicht wohl fühle und mich hinlegen müsse. Er hat darauf aber nicht reagiert und ist nicht mitgegangen. Er konnte mich nicht einmal zur Kabine begleiten, sondern meinte lediglich, ich könne den Weg schon selbst finden. Ich habe dann gewartet und gewartet. Als er immer noch nicht kam, habe ich die Stewardeß beauftragt, ihm zu sagen, daß es mir sehr schlecht geht. Und was tut er? Er ließ mir ausrichten, ich solle doch ein Aspirin nehmen, er könne jetzt noch nicht kommen. So ein Blödsinn! Es ist doch nur wegen dieser Frau. Aber ich hätte es mir ja denken können. Eigentlich habe ich schon immer gewußt, daß es eines Tages passieren müßte. Alastair, Alastair ...!«

Danach brach sie in ein hysterisches Schluchzen aus.

»Aber, Mrs. Blaine«, Amandas Stimme klang freundlich, »wäre es nicht besser, wenn Sie zurück in Ihre Kabine gingen und sich hinlegten?«

Aber Julia Blaine war mit Vernunft nicht mehr beizukommen. Sie mußte einfach reden, und wenn Amanda nicht gewesen wäre, hätte sie sich jemand anderen gesucht, irgendwen, die Stewardeß zum Beispiel oder auch einen Fremden. Julias Stimme erhob sich: »Ich sage es, und ich meine es auch so. Und meinetwegen soll es ein jeder wissen. Jeder! Es war schon immer klar, daß er mich eines Tages verlassen würde. Ich habe es geahnt!«

Dann schlug sie sich mit geballten Fäusten gegen die bebende Brust, und große Tränen rannen über das dickliche, blasse Gesicht.

»Bisher konnte er mich ja noch nicht verlassen! Ich hatte das Geld, und genau das brauchte er. In einem indischen Kavallerieregiment wäre er wohl nicht so sehr darauf angewiesen gewesen. Als er dann aber nach England zurückging, da brauchte er Geld. Und ich hatte Geld, sehr viel sogar, viel mehr als die anderen. Es gab wohl hübschere Frauen, auch jüngere und schlankere als mich, Anita zum Beispiel. Das Geld für die vielen Pferde, Autos und sonstigen Annehmlichkeiten aber hatte ich. Jetzt sieht es natürlich ganz anders aus. Diese Amerikanerin ist auch reich. Haben Sie ihre Smaragde gesehen? Die müssen ein Vermögen gekostet haben. Bei Claire ist es ähnlich. George hat auch kein Geld. Deshalb sitzt er auf Zypern, obwohl es ihm hier gar nicht gefällt. Es hat ihm nie gefallen. Wenn er sich aber von Claire trennen würde, hätte er keine müde Mark mehr, und er hat noch nie in seinem Leben arbeiten müssen. Als Claire ihn endlich dazu überredet hatte, die Armee zu verlassen, versprach sie ihm, in England eine Farm zu kaufen. Das hat sie dann natürlich nicht getan. George hat aber nicht lange genug gedient, um Anspruch auf eine Pension zu haben. Jetzt hat sie ihn da, wo sie ihn haben wollte. Daß sie ein Auge auf Alastair geworfen hat, habe ich zuerst gar nicht registriert. Aber das darf er mir nicht antun!«

Sie weinte laut und schaukelte dabei mit ihrem fülligen Körper hin und her. Amanda setzte sich zu ihr und legte den Arm um ihre Schultern. Dabei suchte sie verzweifelt nach den passenden Worten, um diese hysterische, unglückliche Frau zu trösten.

»Ich bin sicher, ganz sicher sogar, daß Sie sich das alles nur einbilden«, sagte Amanda hilflos.

»Ich kenne ihn besser als Sie«, schluchzte Julia. »So wie heute hat er sich noch nie benommen. Aber sie wird ihn nicht bekommen. Vorher bringe ich mich um! Lieber ein Ende mit Schrecken als ein Schrecken ohne Ende.«

Amanda fragte sich, ob sie nicht doch lieber die Stewardeß oder den Arzt um ein Beruhigungsmittel bitten sollte. Etwas zögernd fragte sie schließlich: »Wollen Sie nicht vielleicht doch ein Aspirin nehmen?«

Mrs. Blaine drehte langsam den Kopf. Sie sah Amanda so an, als erwache sie gerade aus einem tiefen Schlaf oder einer Narkose. Ihr fleckiges, tränenüberströmtes Gesicht rötete sich langsam. Dann wand sie sich aus Amandas Armen und stand abrupt auf:

»Genau das hat Alastair auch gesagt. Er sagte, ich solle ein Aspirin einnehmen. Die Stewardeß, die mir seine Nachricht überbrachte, hat mir die Tabletten gleich mitgebracht.«

Julia öffnete ihre Hand, in der zwei weiße Tabletten lagen, die allmählich bröslig wurden.

»Die nehmen Sie jetzt ein, und dann legen Sie sich schlafen. Morgen früh sind Sie ausgeschlafen und denken ganz anders über die Sache«, sagte Amanda.

»Ja, vielleicht ist es wegen der Hitze, da geht es mir immer furchtbar schlecht. Es ist einfach entsetzlich, so viel Zeit im Nahen Osten verbringen zu müssen. Das Armeeleben habe ich noch nie gemocht, aber Alastair gefällt es. Ja, vielleicht sollte ich wirklich schlafen«, sagte Julia mit langsamer Stimme.

Sie steckte die Tabletten in den Mund und griff nach dem Glas am Ende der Koje. Die Diamanten an ihrer Hand funkelten und glitzerten im Licht der Deckenbeleuchtung. Sie führte das Glas an die Lippen und trank einen großen Schluck.

Dabei machte sie eine angewiderte Grimasse und trank noch einmal. Sie schwankte ein wenig und sagte flüsternd: »Ich bin verrückt gewesen, ich hätte es nicht zulassen sollen, daß er wieder nach Zypern fährt. Aber ich hätte nie gedacht... Claire ist einfach zu raffiniert. Wir waren im letzten Jahr schon einmal bei ihnen zu Besuch, wissen Sie. Dann haben wir uns Neujahr wieder in Nikosia getroffen. Er schien sich aber nicht weiter für sie zu interessieren. Und er hat immer gesagt, daß er kleine Frauen nicht besonders mag. Aber heute abend, heute abend...«

Wieder schwankte sie, suchte Halt am Ende der unteren Koje und sagte mit einer Stimme, die nicht länger hysterisch, sondern kalt und giftig klang. »Aber er kann sich nicht von mir scheiden lassen, und ich lasse mich nicht von ihm scheiden. Nie im Leben! Alastair weiß das auch. Lieber bringe ich mich um!«

Sie klammerte sich an die Kante der Koje, atmete heftig und unregelmäßig und starrte durch die kleine Kabine. Die

Schweißtropfen auf ihrer Stirn mischten sich mit den Tränen auf den feuchten Wangen. Die Stille der Kabine wurde nur durch ihr heiseres Keuchen unterbrochen. Die Stimmung wurde immer bedrückender.

Amanda beobachtete Julia ängstlich und sagte dann: »Jetzt gehen Sie aber ins Bett. Sie regen sich doch nur unnütz auf. Sicher kommt Ihr Mann bald nach.«

Julia sah Amanda mit verschwommenem Blick wie eine Fremde an. Sie hielt das Glas noch in der Hand, setzte es an die Lippen und trank ein letztes Mal.

Ein oder zwei Minuten später schwankte Julia plötzlich. Sie stolperte und schien nach Luft zu ringen. Ihre Hand löste sich von der Koje, sie krümmte sich zusammen, erbrach sich, und die Augen quollen hervor.

Das Glas fiel ihr aus der Hand und rollte beiseite. Das restliche Wasser, die Zitronenscheiben und die Eiswürfel ergossen sich auf den Kabinenboden.

Dann entfuhr ihr ein sonderbares Röcheln, ehe sie mit dem Gesicht nach vorn zu Boden fiel.

3

Sie ist bewußtlos, dachte Amanda in Panik. Was um alles in der Welt macht man mit einer Bewußtlosen? Oh, zum Teufel mit der Frau!

Mit einem Satz hatte sie die Klingel erreicht und drückte kräftig darauf. Die Stewardeß würde schon wissen, was zu tun war.

Amanda beugte sich vor und versuchte den schlaffen Körper aufzuheben. Es gelang ihr aber lediglich, Mrs. Blaine umzudrehen. Als sie aber das verzerrte Gesicht sah, traf sie fast der Schlag. Julia Blaines Mund war geöffnet, und ihre Augen starrten ins Leere.

»Die ist nicht ohnmächtig, sie hat einen Herzanfall gehabt.« Amanda war völlig durcheinander und bemerkte nicht einmal, daß sie soeben laut zu sich selbst gesprochen hatte. Sie griff nach dem noch heilen Glas, füllte es mit kaltem Wasser und goß es Mrs. Blaine ins Gesicht. Das Wasser rann über die verzerrten Gesichtszüge und ihre weit geöffneten, starren Augen. Die Lider schlossen sich nicht.

Amanda richtete sich auf. Sie spürte eine plötzliche Kälte in sich aufsteigen. Nochmals eilte sie zur Klingel, drückte darauf. Sie fühlte sich völlig hilflos und verzweifelt. Dann erschauderte sie vor Entsetzen, riß die Tür auf und stürzte auf den hellerleuchteten Korridor, der sich weit und leer nach beiden Seiten erstreckte. Amanda hatte keine Ahnung, an welchem Ende des Ganges die Stewardeß ihre Kabine hatte oder wo sie zu finden sein könnte.

Julias Kabine war leer. In Nummer 12 war es dunkel, und die Tür stand offen. Verzweifelt hämmerte sie gegen die Tür der nächsten Kabine.

»Ja, wer ist da?« fragte eine ungeduldige Männerstimme.

Amanda versuchte zu sprechen, brachte aber keinen Ton heraus. Im nächsten Augenblick wurde die Tür geöffnet, und Steven Howard stand, mit einem Pyjama bekleidet, verschlafen vor ihr. Sein Blick war halb amüsiert und halb erstaunt.

»Na, was gibt es denn?« fragte Mr. Howard herzlich, und dabei entging seinem neugierigen Blick keine Einzelheit ihres ungewöhnlichen Aufzugs. Dann bemerkte er ihr blasses Gesicht. Plötzlich schien ein ganz anderer Mensch vor Amanda zu stehen. Er legte seinen Arm beruhigend um ihre Schulter.

»Was ist los?«

»Mrs. Blaine«, sagte Amanda zitternd. »Sie ist in meiner Kabine. Ich, ich glaube, sie hat einen Herzanfall erlitten. Sie kommt nicht wieder zu sich. Ich habe geklingelt und geklingelt, aber es ist niemand gekommen und ...«

Mr. Howard sagte mit aufmunternder Stimme: »Einen Moment.« Er nahm seinen Morgenmantel, zog ihn an und sagte: »Wo ist sie?«

Amanda zeigte ihm den Weg zu ihrer Kabine und trat

zurück, um ihn einzulassen. Steven kniete sich sofort neben den ausgestreckten Körper.

Nach einer kurzen Weile hob er den Kopf und sagte knapp: »Sie ist tot.«

Er erhob sich nur langsam und sah Amanda an. Es war derselbe, abwägende Blick, grübelnd und aufmerksam, wie auf der Terrasse im Club von Fayid.

»O nein«, flüsterte Amanda. »Nein, sie kann doch nicht... sie hat doch gerade noch mit mir gesprochen. Warum rufen Sie nicht einen Arzt? So tun Sie doch etwas! Wenn es ein Herzanfall ist, kann der Arzt...«

Mr. Howard schnitt ihr das Wort ab. »Ich bin nicht sicher, daß es ein Herzanfall war.«

»Aber was könnte es denn sonst sein?«

»Vielleicht war es auch Selbstmord.«

»Nein, sicher nicht«, sagte Amanda laut und entschieden. »Das hätte sie doch niemals getan, dann könnte er ja...« Sie brach plötzlich ab.

»Dann könnte wer was?« fragte Steven Howard mit leiser Stimme.

»Ach, nichts«, sagte Amanda verwirrt. »Ich wollte nicht... Ich meine, sie hat nur vorhin etwas gesagt...«

Mr. Howard schloß die Kabinentür.

»Ich glaube, es wäre besser, wenn Sie mir genau erzählen, was hier vor sich gegangen ist«, sagte er.

»Schnell, bevor jemand kommt. Die Stewardeß wird wohl jeden Moment hier sein. Sie haben doch geläutet. Also, heraus mit der Sprache.«

Er sprach sehr ruhig, aber mit einer Bestimmtheit und Autorität in der Stimme, die Amanda aus irgendeinem Grund einfach akzeptierte. Zu ihrem eigenen Erstaunen erzählte sie bis in alle Einzelheiten, was Julia Blaine gesagt und getan hatte. Sie vermochte deren hysterischen Ausbruch fast wortwörtlich wiederzugeben.

»Dann haben Sie also selbst gesehen, daß sie die Tabletten geschluckt hat?« fragte Mr. Howard.

»Ja, sie nahm sie in den Mund, trank etwas Zitronenwasser, und nur kurze Zeit später fühlte sie sich unwohl. Dann fiel sie, so wie sie hier liegt, zu Boden, mit dem Gesicht nach vorn.«

»Ist das das Glas?«

»Ja«, Amandas Zähne klapperten, und sie biß sich auf die Unterlippe.

Mr. Howard ergriff das Glas und hielt es mit spitzen Fingern am äußersten Rand fest. Dann roch er daran, stellte es wieder hin und sagte: »Wie kommt das ganze Wasser auf Julias Kleid? Es kann doch nicht alles aus diesem einen Glas sein, oder?«

»Ich habe es noch einmal gefüllt und über sie geschüttet. Ich hoffte, sie würde vielleicht wieder zu Bewußtsein kommen.«

»Ach ja, verstehe.« Er kniete sich wieder hin, betrachtete das verzerrte, starre Gesicht und hob dann nacheinander die schlaffen Hände. Einige Krümel des weißen Pulvers hafteten noch an der feuchten Handfläche. Steven Howard schnupperte daran, pickte etwas davon mit den Fingern auf, führte es vorsichtig an seine Zunge und runzelte die Stirn.

Dann schaute er sich den Fußboden genau an und meinte: »Wie lauteten ihre letzten Worte?«

»Sie sagte, sie würde sich lieber umbringen. Aber ich glaube nicht, daß sie das auch wirklich so gemeint hat. Ich glaube, sie war nur ...«

»Nun«, sagte Mr. Howard knapp. »Wie dem auch sei, es sieht so aus, als habe sie es so gemeint.«

Nachdenklich und mit gerunzelter Stirn sah er auf Julias plumpe Finger mit den funkelnden Ringen daran. Dann stand er plötzlich auf:

»Es sieht nicht so aus, als würde jemand auf die Klingel reagieren. Schauen Sie doch vorsichtshalber einmal nach, ob Sie nicht irgendwen finden können. Versuchen Sie, den Steward oder die Stewardeß aufzutreiben, oder schnappen Sie sich den Ersten Schiffsoffizier, und sagen Sie ihm, er möge einen Arzt hierherschicken.«

Dann sah er Amanda noch einmal genauer an und fügte

trocken hinzu: »Wenn ich Sie wäre, würde ich einen Morgenmantel anziehen.«

Etwa eine Stunde später hatte man Julia Blaines Leiche in der Krankenkabine untergebracht, und das verschüttete Wasser in Amandas Kabine war aufgewischt worden. Amanda hatte, nachdem sie die Geschichte, allerdings mit Einschränkungen, wohl sechsmal wiedergegeben hatte, endlich ihre Ruhe.

Auch der Schiffsarzt konnte über die Todesursache keine verbindliche Aussage machen. Er hatte aber die Möglichkeit eines Selbstmordes nicht ausgeschlossen. Die Stewardeß hatte fast hysterisch und energisch beschworen, Mrs. Blaine nur zwei Aspirin und sonst nichts gegeben zu haben. Sie hatte das fragliche Röhrchen hervorgeholt, der Arzt hatte es an sich genommen und nach sorgfältiger Überprüfung die Tabletten für harmlos erklärt.

Alastair Blaine war aschfahl und konnte noch immer nicht begreifen, was geschehen war. Er hatte zugegeben, daß seine Frau in letzter Zeit depressiv gewesen war, aber obwohl ihr Gesundheitszustand nicht der beste gewesen sei, habe sie niemals Schwierigkeiten mit dem Herzen gehabt, und er könne sich nicht vorstellen, wie sie an Gift herangekommen sein könnte.

»Ach, das ist im Nahen Osten doch kein Problem«, hatte der Kapitän trocken kommentiert. »Etwas Geld, und die Sache ist erledigt«, sagte er und machte dabei eine verschlagene, vielsagende, typisch orientalische Geste.

Amanda hatte, nach Rücksprache mit Steven Howard, zugegeben, daß Mrs. Blaine von Selbstmordabsichten gesprochen hatte. Als sie jedoch in Alastair Blaines gequältes Gesicht sah, hatte sie weder Namen noch Beweggründe genannt. Nun konnten die Nerven, ihr angegriffener Gesundheitszustand und auch die Hitze für Mrs. Blaines Zusammenbruch verantwortlich gemacht werden. Während Amanda sprach, hatte sie Steven Howard nicht angesehen. Sie war sehr erleichtert, daß er nicht darauf hinwies, daß ihre jetzige Version erheblich von der, die sie ihm kurz zuvor gegeben hatte, abwich. Im übrigen hatte er sowieso kaum gesprochen. Sie konnte zwar nicht genau begründen, warum, aber irgendwie hatte Amanda den Eindruck, daß Steven Howard den Verlauf des Verhörs geleitet und eventuell verfängliche Fragen vermieden hatte. Schließlich hatte er es sogar auf geschickte Art und Weise geschafft, den Kapitän, den Ersten Offizier, den Arzt, die Stewardeß und zahllose Schaulustige, die hereingekommen waren, um wild durcheinander Fragen zu stellen, loszuwerden. Er selbst war als letzter gegangen, hatte noch mit den Händen in den Taschen seines Morgenmantels in der Tür gestanden und nachdenklich auf Amanda hinuntergesehen.

»Ist wirklich alles in Ordnung mit Ihnen? Oder soll ich lieber Mrs. Halliday oder die Stewardeß bitten, in der oberen Koje bei Ihnen zu übernachten?«

»Nein, vielen Dank«, sagte Amanda müde und erschöpft. »Es geht schon wieder. Man sollte zwar nicht meinen, daß man nach so einem Erlebnis schläfrig sein kann, aber ich fühle mich völlig ausgelaugt und matt.«

»Das ist der Schock«, sagte Mr. Howard. »Sollte Sie auch nur irgend etwas erschrecken, dann warten Sie nicht so lange, bis jemand auf Ihr Klingeln reagiert, sondern gehen Sie auf den Flur und rufen Sie laut um Hilfe!«

»Wer oder was sollte mich schon erschrecken?« fragte Amanda ehrlich erstaunt.

»Keine Ahnung! Hoffentlich nichts«, antwortete Steven Howard ruhig.

Er schaute sich in der engen Kabine um, als wollte er sichergehen, daß sich auch wirklich niemand darin versteckt hielt, und schon wieder vertiefte sich seine Stirnfalte. Dann zuckte er mit den Schultern, lächelte noch einmal flüchtig und war verschwunden.

Amanda mußte gähnen, sie war unglaublich erschöpft. Schnell schlüpfte sie aus dem Morgenmantel, ließ ihn auf den Fußboden gleiten, stieg in ihre Koje und knipste das Licht aus.

Ein oder zwei Minuten später wurde ihr klar, daß sich

entweder in oder unter dem Kissen etwas Rundes, Hartes befand. Mit schläfriger Hand tastete sie danach.

Und so fand sie das Röhrchen.

Es war ein kleines Röhrchen, und irgend etwas klapperte darin. Eine Weile lang lag Amanda im Halbdunkel, drehte es in ihrer Hand und fragte sich, wie es wohl unter das Kissen gekommen sein mochte. Dann schaltete sie das Licht wieder an, um sich den Fund etwas genauer anzusehen.

Es sah aus wie ein ganz normales Aspirinröhrchen. Darin lagen drei kleine Tabletten, und es hatte ein auffälliges, rotes Etikett. Darauf stand in schwarzer Schrift nur ein einziges, alarmierendes Wort: Gift!

Amanda fürchtete sich plötzlich. Sie war zwar schon durch Julias Zusammenbruch aufgeschreckt und verwirrt, und auch die matten, toten Augen, die keine Reaktion mehr zeigten, als sie sie mit Wasser bespritzt hatte, hatten sie in Furcht versetzt. Jetzt aber verspürte sie eine Angst, die sie nicht zu deuten vermochte. Ihr schien das Blut in den Adern zu stocken. Amanda war sich ganz sicher, daß sich das Röhrchen zuvor nicht unter dem Kissen befunden hatte. Und zwar aus folgendem Grund:

Ehe sie sich nämlich für das Abendessen umgezogen hatte, hatte sie in der Mitte der Koje gesessen, um noch ein paar Briefe zu lesen. Sie hatte nach dem Kissen gegriffen und es sich in den Nacken geschoben.

Irgendwer mußte es also irgendwann nach 20.00 Uhr dort hingelegt haben. Sollte es etwa Julia selbst gewesen sein? Julia hatte sich aber gar nicht in der Nähe des Kissens befunden. Sie hatte am Fußende der Koje gesessen, und erst als sie die besagten Tabletten in den Mund gesteckt und nach dem Wasser gegriffen hatte, war sie aufgestanden. Amanda selbst hatte zwischen Julia Blaine und dem Kissen gesessen. Es stand auch völlig außer Frage, daß sie sich über Amanda gebeugt und etwas unter das Kissen gelegt haben könnte. Denn das hätte Amanda merken müssen.

Aber wer, um Himmels willen, war es gewesen? Und zu welchem Zweck?

Ganz plötzlich kam ihr ein Gedanke, und es war, als habe ein Fremder ihn ihr eingegeben.

Weder war Julia Blaine an einem Herzanfall gestorben, noch hatte sie sich umgebracht. Sie war schlichtweg ermordet worden. Das kleine Röhrchen mit dem Giftetikett war der Beweis dafür!

Die Tabletten, die Julia Blaine eingenommen hatte, waren nichts als das Aspirin gewesen, das ihr die Stewardeß gegeben hatte. Das Gift war demnach in dem Glas gewesen. In diesem an sich harmlosen Zitronenwasser, dessen Säure den Giftgeschmack verbarg.

Die tödliche Falle war ihr also von jemandem gestellt worden, der zwar wußte, daß Julia Zitronenwasser trank, der aber über den Kabinentausch zwischen den beiden Damen nicht unterrichtet war. Julia hätte in ihrer eigenen Kabine aus diesem Glas trinken sollen, und sie wäre dort einfach tot aufgefunden worden. Danach wäre das Röhrchen dann unter dem Kissen entdeckt worden, und auf dem Totenschein hätte Selbstmord gestanden.

Das Schicksal war somit auf der Seite des Mörders gewesen. Julia hatte ihre ehemalige Kabine wieder aufgesucht, letztlich sogar aus dem Glas getrunken und war gestorben. Jetzt aber hatte Amanda das Röhrchen gefunden. Es hatte unter dem falschen Kissen gelegen und deutete nicht länger auf Selbstmord, sondern war ein klares Indiz für Mord.

»O nein«, rief Amanda laut in die heiße enge Kabine hinein. »Nein.«

Ohne daß sie eigentlich wußte, was sie jetzt zu tun gedachte, schlüpfte sie aus dem Bett. Der Teppich unter ihren Füßen war noch feucht und ein wenig klebrig. Sie tastete nach ihrem Morgenmantel, zog ihn an und läutete. Dieses Mal ließ man sie nicht warten.

Amanda konnte hören, wie die Stewardeß den Gang entlanghastete.

Die gestärkte Uniform strahlte Kompetenz und Sicherheit aus. Amanda fühlte sich sofort ruhiger.

»Was fehlt Ihnen? Können Sie nicht schlafen?« Die Stewardeß war eine untersetzte Frau in den mittleren Jahren, mütterlich und offensichtlich Engländerin.

Amanda fragte eilig: »Haben Sie vielleicht zufällig ein Glas Zitronenwasser für Mrs. Blaine in diese Kabine gestellt?«

Die Stewardeß schaute fragend: »Zitronenwasser? Nein, aber hätten Sie gern eines?«

»Nein, vielen Dank. Aber als ich heute abend in die Kabine kam, stand hier ein Glas Zitronenwasser. Da auf dem Hocker. Haben Sie es dorthin gestellt?«

»Ich? Nein, bestimmt nicht. Wir versorgen die Passagiere nur mit Getränken, wenn sie uns darum bitten. Aber man muß nur läuten und ...«

»Hat Mrs. Blaine heute abend etwas bestellt? Dies war nämlich ursprünglich ihre Kabine, wissen Sie, und ich meine, äh, ich dachte, daß man das Glas eventuell versehentlich hierher gestellt hat.«

»Die arme Seele. Nein, sie hat mich nicht darum gebeten. Jeder wußte übrigens von dem Kabinentausch. Und niemand, der mit dem Kabinenservice zu tun hat, hätte einen solchen Fehler begangen. Da können Sie sicher sein. Kann ich sonst noch etwas für Sie tun?«

»Ach, das war eigentlich alles. Danke!« sagte Amanda kreidebleich. »Ich dachte nur ... Wissen Sie, als Mrs. Blaine diese Tabletten einnahm, trank sie aus dem Glas, das auf dem Hocker stand. Ich frage mich also, wer es dorthin gestellt haben könnte.«

»Nun hören Sie mal gut zu. Ich sage Ihnen jetzt einmal, was mit Ihnen los ist«, sagte die Stewardeß freundlich. »Das sind die Nachwirkungen eines Schocks. Lassen Sie sich keine grauen Haare darüber wachsen. Die arme Frau muß doch völlig durcheinander gewesen sein. Nun versuchen Sie einfach, alles zu vergessen. Legen Sie sich schlafen. Ich vermute, daß sie aus dem Zahnbecher da drüben getrunken hat.«

»Nein, mit Sicherheit nicht. Sie trank aus einem Glas«, bemerkte Amanda. »Und wo ist es jetzt?«

Amanda drehte sich um und schaute herum. Es war nirgends ein Glas zu sehen.

»Wie dem auch sei!« sagte die Stewardeß beruhigend. »Ich glaube, Ihre Nerven gehen allmählich mit Ihnen durch. Wen sollte das auch wundern? Ich hole Ihnen jetzt eine Tasse heiße Milch, und Sie werden sehen, daß Sie dann bald einschlafen.«

»Nein, besten Dank. Das ist zwar sehr lieb von Ihnen, aber ich möchte jetzt nichts trinken«, sagte Amanda mit unsicherer Stimme. »Es tut mir leid, Sie überhaupt gestört zu haben.«

»Das macht doch nichts«, wandte die Stewardeß besänftigend ein. »Legen Sie sich jetzt wieder zu Bett, und schalten Sie das Licht aus. Und sollten Sie doch noch Wünsche haben, so brauchen Sie nur zu klingeln. Ich bin dann sofort bei Ihnen.«

Sie deckte Amanda liebevoll zu und verließ die Kabine. Dann raschelte sie mit ihrem gestärkten Rock flink den Gang entlang. Irgendwo in der Nähe hörte man eine Tür leise ins Schloß fallen.

Vom Gang drang schwaches Licht durch einen schmalen Luftschlitz über der Tür herein. Über der offenen Luke stand der helle Mond.

Außer dem beruhigenden Rauschen des Meeres und dem gedämpften, rhythmischen Rattern der Motoren war die Nacht ruhig und still. Amanda hatte auch keinerlei Schritte vernommen. Doch plötzlich bemerkte sie, daß ihre Kabinentür sich öffnete und wieder schloß. Es stand also irgendwer neben ihr. Amanda erkannte aber in der schwacherleuchteten Kabine nur einen Schatten.

Ihr Herz schien auszusetzen. Sie setzte sich auf, drückte sich schutzsuchend in die äußerste Ecke ihrer Koje und versuchte zu schreien. Aber sie brachte keinen Ton hervor. Ihre Kehle war trocken und vor Entsetzen wie zugeschnürt. Dann legte jemand eine Hand auf ihren Mund.

Als nächstes hörte sie eine Stimme: »Machen Sie keinen Lärm. Ich bin es, Steven Howard!«

Amanda war nur noch ein schluchzendes Häufchen Elend. Steven setzte sich neben sie auf die Koje und legte seinen starken Arm um sie.

»Es tut mir aufrichtig leid. Ich wollte Sie nicht erschrekken.« Er dämpfte seine Stimme zu einem kaum hörbaren Flüstern. »Aber ich muß mit Ihnen reden. Los, Amanda. Reißen Sie sich zusammen.«

Amanda befreite sich aus seinem Arm und fuhr ihn mit tränenerstickter Stimme an: »Verlassen Sie den Raum!«

»Das ist schon besser«, sagte er beschwichtigend. Dann nahm er ein Taschentuch und trocknete ihre Tränen. Amanda entriß ihm das Taschentuch, schneuzte sich und wollte gerade das Licht einschalten.

Aber er griff nach ihrem Handgelenk. »Nein, machen Sie das Licht nicht an. Ich möchte nicht, daß die Stewardeß hereinkommt und feststellt, daß Sie immer noch nicht schlafen. Was haben Sie ihr denn über das Glas erzählt? Ich habe Sie beide sprechen hören. Ihre Kabinentür war geöffnet. Also, Amanda, wie war das mit dem Glas?«

Amanda zitterte am ganzen Leib. In der Stille der Nacht war das leise Klappern ihrer Zähne zu hören. Mit bebender Stimme sagte sie: »Als ich heute abend zu Bett gehen wollte, hat in der Kabine ein Glas Wasser gestanden, Zitronenwasser, genauer gesagt. Mrs. Blaine trinkt – trank – nämlich immer Zitronenwasser. Sie wollte auf diese Weise abnehmen. Ja, und dann haben wir die Kabinen getauscht.«

»Wann war das?« Sein Flüstern hatte plötzlich einen scharfen Unterton angenommen. »Und warum haben Sie die Kabinen getauscht?«

»Dieses war ursprünglich Julias Kabine. Sie hat sich aber geweigert, den Raum auch nur zu betreten, als sie die Nummer sah. Die 13. Sie war nämlich abergläubisch. Deshalb habe ich ihr meine Kabine angeboten. Das war heute nachmittag, kurz bevor wir Tee tranken.«

»Wer wußte von dem Tausch?«

»Keine Ahnung. Die Stewardeß sagte auf jeden Fall, daß die Angestellten alle davon wußten. Aber ich nehme an, sonst niemand. Abgesehen natürlich von Alastair, ihrem Mann. Die Stewardeß meinte, das Glas müsse von einem Passagier hereingestellt worden sein.«

»Ja, ich weiß. Das habe ich gehört. Warum haben Sie sie überhaupt danach gefragt?«

»Weil, nun, ich bekam plötzlich Angst. Mrs. Blaine hat daraus getrunken, jetzt ist es aber nicht mehr in meiner Kabine. Irgend jemand muß es weggenommen haben.«

»Ja, und zwar ich«, sagte Steven Howard ruhig.

»Sie? Das verstehe ich nicht. Aber warum denn?«

»Das verstehen Sie nicht? Und warum bekommen Sie Angst? Nur weil Mrs. Blaine daraus getrunken hat?«

»Wegen des Röhrchens«, hauchte Amanda mit Zittern in der Stimme. »Dort unter dem Kissen war ein Röhrchen versteckt, und ich dachte ...«

»Was ist denn das schon wieder?« Obwohl die Frage nur geflüstert war, zerschnitt sie die nächtliche Stille wie ein Peitschenschlag.

Amanda drehte sich um und schob eine zitternde Hand unter das Kopfkissen, griff nach dem Röhrchen und hielt es Steven Howard entgegen.

Mr. Howard nahm das Röhrchen mit einer raschen Bewegung an sich, betastete es mit äußerster Vorsicht und hielt es gegen das Licht, das durch den Luftschlitz über der Tür fiel. Jetzt schien die kleine Kabine nicht mehr so dunkel. Amandas Augen hatten sich an das schwache Licht gewöhnt, und das Wort auf dem roten Etikett war deutlich lesbar.

Er wandte sich ihr wieder zu und sagte: »Wie sind Sie denn daran geraten?«

»Das habe ich Ihnen doch schon erklärt. Es lag unter meinem Kopfkissen. Aber es hat vorher nicht dort gelegen.« Und Amanda erzählte ihm ausführlich, warum sie sich so sicher war, daß sich das Röhrchen vor 20.00 Uhr noch nicht unter dem Kissen befunden hatte.

»Glauben Sie nicht, daß Mrs. Blaine es vielleicht während Ihrer Unterhaltung dorthin gelegt haben könnte?« Das war eigentlich nur eine rhetorische Frage.

»Nein, da bin ich ganz sicher.«

»Und wer, glauben Sie, hat es dorthin gelegt?«

Amanda antwortete nicht. Statt dessen starrte sie auf das kleine Röhrchen, das Steven Howard ganz vorsichtig mit der Spitze seines Taschentuchs hielt.

»Warum haben Sie sich gefürchtet?«

Amanda sah langsam zu ihm auf. Steven stand mit dem Rücken zur Tür. Die Dunkelheit verbarg sein Gesicht, so daß Amanda nur die Konturen und das Glänzen seiner Augen sehen konnte.

Dann sagte sie: »Aber das wissen Sie doch, nicht wahr? Deshalb haben Sie doch auch das Glas an sich genommen.«

»Psst, still. Ja, Sie glauben also auch nicht mehr daran, daß Julia Blaine an einem Herzanfall gestorben ist oder daß sie Selbstmord begangen hat. So ist es doch, nicht wahr?«

»Was sollte ich denn sonst glauben?« sagte Amanda zitternd. »Wenn Gift in dem Wasser war und die Tabletten wirklich nur Aspirin waren, dann muß es doch ...«

»... Mord gewesen sein«, Steven Howard beendete den Satz mit ruhiger Stimme. »Ja, genau, und ich befürchte, Sie haben recht. Mrs. Blaine hat zwei Aspirin eingenommen. Das Zeug, das sie tötete, war Gift, und es befand sich in dem Glas.«

»Aber woher wollen Sie das so genau wissen?« fragte Amanda flüsternd.

»Es sind nur zwei verschiedene Fingerabdrücke auf dem Glas. Beide sind sehr deutlich zu erkennen.«

»Aber natürlich sind nur zwei Abdrücke darauf. Es haben ja auch nur zwei Personen das Glas berührt. Nämlich Mrs. Blaine und ich selbst. Ach ja, und Sie«, sagte Amanda.

Mr. Howard schüttelte den Kopf. »Ich habe es nur am Rande gehalten. Das kann man auch noch erkennen. Aber was ist mit der Person, die das Glas hereingebracht hat? Es müßten wenigstens drei Fingerabdrücke darauf sein.«

Amandas Kehle schnürte sich zusammen. »Dann war es einwandfrei Mord. Nein, das kann einfach nicht wahr sein!«

Ihre Stimme wurde lauter, doch Steven Howard hielt ihr

sofort die Hand vor den Mund. Amanda entwand sich ihm und sagte flüsternd und erschauernd: »Aber verstehen Sie denn nicht? Das würde bedeuten, daß es jemand war, den Julia kannte. Den ich auch kenne! Persis oder Toby vielleicht. Nein, unmöglich. Das ist völlig ausgeschlossen.«

»Aber es muß so sein. Es sei denn...«

Er unterbrach sich, und Amanda fragte ganz außer Atem: »Es sei denn, was?«

Mr. Howard antwortete ihr nicht. Seine Augen beobachteten unaufhörlich ihr Gesicht, und er lauschte angestrengt. Dann schloß sich seine Hand warnend um ihr Handgelenk.

Irgend jemand war auf dem Korridor. Amanda konnte sich nicht erklären, warum sie oder Steven Howard es wußten. Sie hatten keinerlei Schritte vernommen. Vielleicht hatte jemand im Vorübergehen die Tür gestreift, oder ein Schatten war flüchtig an der weißen Wand aufgetaucht.

Steven Howard saß zwischen Amanda und der Tür, so daß sie nur den Türrand erkennen konnte. Die Türe schloß nicht richtig, und dort, wo der Zahn der Zeit am Holz genagt hatte, war ein schmaler Lichtstreifen erkennbar. Doch gerade als Amanda hinsah, verschwand der Lichtstreifen auch schon wieder.

Steven sah, wie sich Amandas Augen weiteten, und für einen Augenblick verstärkte sich der Druck seiner Hand. Unendlich vorsichtig drehte er seinen Kopf beiseite und zog etwas aus der Tasche seines Morgenmantels. Amanda sah das durch die Luke eindringende Mondlicht auf dem Lauf der Pistole. Ihr kam der absurde Gedanke: Er ist ja Linkshänder!

Am anderen Ende des Ganges hörte man Stiefel geräuschvoll die Kajütentreppe hinunterklappern. Der dünne Lichtstreifen erschien augenblicklich wieder auf der Türkante. Wer immer es war, der vor Amandas Kabinentür stehengeblieben war, er war genauso lautlos wieder verschwunden, wie er gekommen war.

Irgendwer, es hörte sich nach einem Schiffsoffizier an, ging mit schnellen Schritten über den Gang. In der Ferne hörte man eine Tür knallen. Mr. Howard schob die Pistole in seine Tasche zurück und stöhnte:

»Das habe ich schon befürchtet«, sagte er leise.

»Was haben Sie schon befürchtet?« hauchte Amanda. Steven wandte sich wieder ihr zu. »Ich will den Teufel nicht an die Wand malen«, sagte er, »aber ich glaube, Sie sollten sich in den nächsten Tagen sehr vorsichtig verhalten. Ich würde an Ihrer Stelle sogar soweit gehen, mir ein dringendes Telegramm schicken zu lassen. Fliegen Sie mit dem nächstbesten Flugzeug nach England zurück, wenn Sie meinen unmaßgeblichen Rat hören wollen.«

»Aber warum denn?« fragte Amanda. »Ich verstehe Sie nicht.«

»Wirklich nicht? Ich dachte, das wäre ganz leicht zu verstehen. Nach allem, was wir bisher wissen, sieht es doch so aus, als habe jemand einen Mord geplant, der nach Selbstmord aussehen sollte. Entweder hat derjenige schon oder er wird bald erfahren, daß die Sache schiefgegangen ist. Und zwar deshalb, weil Sie anstelle von Mrs. Blaine in Kabine Nummer 13 wohnen. Der Mörder kann sich also an fünf Fingern ausrechnen, daß Sie wissen oder doch zumindest vermuten, daß Mrs. Blaine ermordet wurde. Deshalb wird die Person, die das Röhrchen unter Ihr Kopfkissen gelegt hat, auch einige Schwierigkeiten bekommen, um es zurückzubekommen.«

»Und was wollen Sie jetzt damit machen?« flüsterte Amanda.

»Es loswerden.«

»Aber das geht doch nicht. Der Kapitän muß es sehen und die Polizei auch. Wenn Sie es ihnen nicht erzählen wollen, dann werde ich es eben tun.«

Mr. Howard erhob sich. »An Ihrer Stelle würde ich das nicht tun«, sagte er ruhig. »Es sei denn, Sie möchten gern verhaftet werden.«

Amanda fuhr vor Schreck zusammen und schnappte nach Luft. »Was wollen Sie damit sagen?«

Er schaute von oben auf sie herunter, die Hände in den

Taschen, und sagte nach kurzem Zögern mit weicher, aber bestimmter Stimme: »Wissen Sie, es könnte doch auch der Verdacht entstehen, daß Sie selbst die ganze Geschichte geplant haben.«

Für längere Zeit war es still in der Kabine. Nur von draußen drangen wieder die verschiedenen Geräusche herein: das Plätschern des Wassers, das monotone Geräusch der Motoren und das ständige Knarren, Klappern und Quietschen, verursacht durch die Vibration der Schiffsschraube.

Schließlich fand Amanda ihre Sprache wieder. »Das glauben Sie doch selbst nicht. Das ist ja völlig ausgeschlossen.«

»Es ist im Moment einerlei, was ich glaube. Es wird eine Leichenschau geben, und die Polizei wird eventuell..., wenn sich herausstellt, daß es sich um Mord handelt. Verstehen Sie doch, die Polizei hätte nur Ihre Aussage darüber, was in der Kabine vor sich ging und wie Sie in den Besitz des Röhrchens gelangten. Sollte sich aber herausstellen, daß es sich um das Gift handelt, mit dem auch Mrs. Blaine getötet wurde, könnte man Ihnen sogar vorwerfen, Sie hätten Julia zu sich gerufen, um mit ihr zu sprechen. Jetzt, wo Alastair Blaine vermutlich das ganze Vermögen erbt, wird er eine ausgezeichnete Partie sein. Und Sie haben ihn in Fayid doch recht häufig gesehen, wenn ich mich nicht irre.«

Amanda schnappte empört nach Luft. Wütend flüsterte sie: »Raus hier! Raus hier, bevor ich jemanden rufe, der Sie hinauswirft!«

»Seien Sie doch nicht albern, Amanda.« Steven Howards Stimme war nicht lauter geworden, aber er sprach in solch schneidendem Ton, daß seine Worte wie ein Schlag ins Gesicht wirkten. »Sie können es sich gar nicht erlauben, sich so dumm zu verhalten. Und Sie haben keine Vorstellung davon, was es heißt, im Orient Schwierigkeiten mit der Polizei zu bekommen. Unter diesen Umständen wäre es die Hölle. Wenn Sie auch nur einen Funken Verstand in Ihrem bezaubernden Köpfchen haben, dann erwähnen Sie weder das Röhrchen noch das Glas und belassen es dabei, daß Mrs. Blaine Selbstmord begangen hat. Alles andere kann Ihnen furchtbare Schwierigkeiten bereiten, wenn es Sie nicht sogar in Gefahr bringt. Ihre Lage ist ohnehin schon brenzlig genug.«

Amanda sagte: »Wer sind Sie überhaupt?«

Mr. Howard grinste völlig unerwartet und sagte: »Ich heiße Howard. Meine Freunde nennen mich Steven. Ich male mittelmäßige Bilder und mische mich leidenschaftlich gern in anderer Leute Angelegenheiten ein. Möchten Sie sonst noch etwas wissen?«

»Ja«, sagte Amanda. »Wer sind Sie wirklich? Warum tragen Sie eine Pistole bei sich? Was haben Sie mit all dem hier zu tun? Erzählen Sie mir nicht, Sie seien ausschließlich hier, um zu malen. Ich glaube Ihnen kein Wort davon.«

Mr. Howard lachte. »In Ordnung, ich bin hier aus Gründen, die nur mich etwas angehen. Ein oder zwei Leute auf diesem Schiff hier interessieren mich.«

»Sind Sie von der Polizei?« fragte Amanda spontan.

»Nein!«

»Und warum mischen Sie sich dann in fremde Angelegenheiten ein?«

Steven Howard grinste erneut: »Nennen Sie mich meinetwegen einen fahrenden Ritter oder, wenn Sie wollen, auch einen Schnüffler. So, und jetzt wäre es wohl besser, Sie gingen zu Bett. Ich glaube, Sie können nun schlafen. Übrigens, an der Tür ist ein Riegel, den Sie besser vorschieben sollten. Gute Nacht, Amarantha.« Mit diesen Worten schloß sich die Tür leise hinter ihm.

4

Mit zitternden Fingern schob Amanda den Riegel vor ihre Kabinentür. Sie kehrte zu ihrer Koje zurück, setzte sich aufrecht hin, umschloß mit den Armen ihre Knie, lauschte angespannt und fuhr bei jedem unbekannten Geräusch zusammen.

Gerade erst war ihr die volle Bedeutung von Mr. Howards Worten bewußt geworden. Früher oder später mußte also irgend jemand herausfinden, daß ihm von Amanda Gefahr drohte, entlarvt zu werden. Denn sie, als einzige Bewohnerin von Kabine 13, mußte zwangsläufig auf die Beweismittel stoßen. Es war ein äußerst unangenehmer Gedanke, und noch unangenehmer war die Erkenntnis, daß sie selbst das Glas in Julias Kabine getragen hätte, wäre Julia nicht zu ihr herübergekommen. Man hätte ihre Fingerabdrücke darauf gefunden, und es wäre mehr als fraglich gewesen, ob die Polizei ihren Erklärungen Glauben geschenkt hätte. Man hätte sie vermutlich als Mörderin von Alastairs Ehefrau verhaftet.

Alastairs Ehefrau ...? War das der Schlüssel zu diesem grausamen Mord? Hatte etwa Alastair? Nein, das war abwegig. Alastair konnte es nicht gewesen sein, denn er wußte von dem Kabinentausch. Aber wer dann? Auf jeden Fall jemand, der Julia gut genug kannte und von ihrer Marotte wußte, mit Hilfe von Zitronenwasser abnehmen zu wollen. Diese Person mußte auch Julias Kabinennummer gekannt, aber nicht bemerkt haben, daß sie die Kabine mit Amanda getauscht hatte. Vielleicht Mrs. Norman? George Norman? Persis? Oder gar Toby? Nein, unmöglich! Irgend etwas stimmt da nicht. Vielleicht ist Julia letztlich doch an einem Herzschlag gestorben, oder sie hat tatsächlich Selbstmord begangen. Für dieses Röhrchen unter dem Kissen muß es dann eine andere Erklärung geben. Es muß eine andere Erklärung geben!

Oh, warum nur, dachte Amanda verzweifelt. Warum habe ich Julia nur angeboten, die Kabine mit ihr zu tauschen? Niemand hätte sonst auf die Idee kommen können, daß es sich um Mord handelt. Niemand hätte es je herausgefunden. Aber nun, nach dem Kabinentausch, wußte sie, und jener andere mußte es auch ahnen, daß sie wußte, daß Julias Tod nicht Selbstmord, sondern ein sorgfältig geplanter Mord gewesen war.

Am Himmel zeigten sich schon die ersten Spuren des erwachenden Morgens. Ein neuer Tag kündigte sich an. Amanda schlief endlich vor Erschöpfung ein. Sie erwachte schließlich durch ein lautes Türklopfen. Zu Tode erschrokken fuhr sie in die Höhe. Die Kabine war von Sonnenlicht überflutet, und die Stewardeß brachte die obligatorische Tasse lauwarmen Tees.

In dieser heiteren Morgensonne konnte Amanda sich nicht mehr vorstellen, warum sie solche Angst gehabt hatte. Zuerst glaubte sie, einen besonders intensiven Alptraum gehabt zu haben. Sie wurde aber sehr schnell in die Wirklichkeit zurückgerufen. Denn die Stewardeß berichtete schon beim Eintreten voller Sensationslust, die Polizei sei an Bord und der Kapitän erwarte Amanda so bald wie möglich in seiner Kabine.

Amanda bemerkte mit Staunen, daß die Wellen nicht mehr an die Bordwand schlugen und daß die Maschinen verstummt waren.

»Sind wir schon da?«

»Ja, wir sind vor etwa einer Stunde angekommen«, sagte die Stewardeß. »Wir sind in Limassol. Ich hätte Sie schon früher geweckt, aber der Herr von Nummer 11 meinte, ich solle Sie noch etwas schlafen lassen. Er ist ja so ein netter Mann. So mitfühlend. Das trifft man heutzutage kaum noch. Möchten Sie frühstücken, Miß Derington? Sie sehen etwas übermüdet aus. Ist ja auch kein Wunder nach der Aufregung.«

»Nein, vielen Dank«, sagte Amanda. »Vielleicht einen Kaffee, wenn Sie so lieb wären. Was will der Kapitän übrigens von mir?«

»Ich habe wirklich keine Ahnung. Wahrscheinlich sollen

Sie der Polizei erzählen, was gestern abend passiert ist, bevor man die arme Frau begräbt. Reine Formsache! Ihr Mann ist völlig fertig. Er sieht aus wie ein Gespenst. Die Dame von Nummer 31 ist auch ganz aufgebracht. Als sie die Nachricht erhielt, war sie furchtbar erschüttert. Die Tote und ihr Gatte wollten den Urlaub in ihrem Haus verbringen. Stellen Sie sich das vor! Ich glaube, sie sind irgendwie verwandt. Mrs. Norman heißt sie, soweit ich weiß. Sie ist sehr zart besaitet. Ich habe den Eindruck, daß sie sich die Sache sehr zu Herzen nimmt. Sie war schrecklich aufgeregt. ›Aber, Mrs. Norman‹, habe ich zu ihr gesagt...«

Ein Klopfen an der Tür machte dem Redefluß ein gnädiges Ende. Toby Gates erkundigte sich mit besorgter Stimme nach Amandas Befinden und bekundete sein Mitgefühl.

Amanda versprach ihm, in fünf Minuten fertig zu sein. Während die Stewardeß den Kaffee holte, kleidete Amanda sich eilig an, flocht ihr Haar zu zwei dicken Zöpfen und steckte es um den Kopf fest, anstatt es zu einem schweren Knoten zu schlingen. Das hätte beträchtlich mehr Zeit in Anspruch genommen.

Das sommerliche gelbe Kleid, das sie am Tag zuvor getragen hatte, schien ihr gänzlich ungeeignet, um nach einem plötzlichen Todesfall zum polizeilichen Verhör zu erscheinen. Sie kramte hastig in ihrem Koffer herum, wählte ein silbergraues Popelinkleid und einen engen, weißen Gürtel. Dann stürzte sie den Kaffee, den die Stewardeß inzwischen gebracht hatte, eilig hinunter und schlüpfte in ein Paar weiße Sandalen. Toby Gates erwartete sie am Ende des Ganges.

»Sie wollen uns alle befragen, das heißt diejenigen von uns, die sie kannten«, sagte Toby. Er nahm Amanda am Arm und eilte mit ihr die Treppen hinunter. »Sie muß wohl in geistiger Umnachtung gehandelt haben. Ich hatte schon immer den Eindruck, daß sie etwas sonderbar war. Entsetzlich für Alastair, armer Teufel. Er macht jetzt die Hölle durch.«

Amanda fragte bekümmert: »Was wollen sie denn von uns, Toby?«

»Ach, die wollen sich nur ein Bild von der Sachlage machen, nehme ich an. Reine Formsache! Alastair haben sie schon über eine halbe Stunde mit Fragen geplagt. Ein schöner Urlaubsanfang für uns alle, kann man da nur sagen.«

An der Küste bot sich ihnen der Anblick einer Stadt mit weißen Häusern, grünem Gebüsch und Olivenbäumen. Im Hintergrund waren niedrige, kahle Hügel zu erkennen. Die Sonne stach von einem wolkenlosen Himmel und spiegelte sich in den tanzenden Wellen. Sie färbte das tiefblaue Meer stellenweise lebhaft smaragdgrün oder himmelblau. Beim Anblick dieser malerischen Landschaft konnte Amanda sich kaum mehr vorstellen, daß die dramatischen Ereignisse der letzten Nacht Wirklichkeit waren und daß Julia Blaine tot sein sollte.

Toby sagte: »Jetzt noch diese Treppe hier hinauf, dann nach links, und wir sind da.«

Die Kapitänskabine schien zum Bersten voll. Neben dem Kapitän, dem Ersten Offizier, dem Arzt, dem Proviantmeister und der Stewardeß waren drei unbekannte Männer in Uniform anwesend. Vermutlich waren es Polizisten, von denen zumindest einer Engländer war. Alastair Blaine, die Normans und Persis Halliday waren ebenfalls zugegen. Ebenso Steven Howard. Er stand am anderen Ende des Raumes, gegen das Fenster gelehnt, und sah über das sonnenhelle Deck auf das Städtchen Limassol. Als Amanda und Toby eintraten, sah er sich um, sagte aber nichts und fuhr fort, verträumt die Landschaft zu betrachten.

Alastair Blaine sah faltig und grau aus. Er schien um Jahre gealtert, und das erbarmungslose Morgenlicht enthüllte unerwartet silberne Fäden in seinem dicken, blonden Haar.

Persis Halliday war wie immer wie aus dem Ei gepellt. Sie saß auf der Lehne eines Chintzsessels, entnahm ihrer eleganten Krokohandtasche eine Zigarette und drehte sie, ohne sie anzuzünden, nervös zwischen den Fingern. Als Amanda eintrat, sah sie auf und sagte: »Guten Morgen. Eine schöne Bescherung, finden Sie nicht? Haben Sie wenigstens schlafen können?«

Claire Norman sagte mit tragisch zitternder Stimme: »Schlafen, wer von uns wird schon geschlafen haben? Wie könnten wir auch! Arme Julia! Das werde ich mir nie verzeihen. Niemals! Zu tanzen, während sie stirbt!«

In einem ihrer vielen Koffer hatte Claire ein schlichtes, schwarzes Leinenkleid gefunden. Es kleidete sie ausgezeichnet und ließ sie blasser und zerbrechlicher denn je erscheinen.

George Norman klopfte ihr unbeholfen und doch zärtlich auf die Schulter, und Persis wandte sich ihr zu und sagte: »Dann haben Sie also schon letzte Nacht davon erfahren? Sieh mal einer an! Das klingt ja interessant. Ich habe erst heute morgen davon gehört. Diese Stewardeß konnte es einfach nicht für sich behalten. Wie haben Sie denn davon erfahren?«

Einen kurzen Augenblick lang zeigten sich zwei kleine, rote Flecken auf Claire Normans sonst vornehm blassen Wangen. Plötzlich wurde sie ganz still. Ihre Augen, die gerade noch so tragisch geblickt hatten, wurden aufmerksam und gespannt. Sie beantwortete Persis Hallidays Frage nicht. Ihr Mann George war es, der schließlich das Schweigen brach.

»Wir haben es auch erst heute morgen erfahren«, sagte er. »Claire hat es doch nur im übertragenen Sinne gemeint. Sie ist etwas aufgeregt.«

Langsam wich die Starre aus Claire Normans zartem Körper. Sie widersprach ihrem Mann nicht, und die Unterhaltung wurde jäh abgebrochen. Der Kapitän, der ganz offensichtlich ungeduldig war und die Angelegenheit schnell hinter sich gebracht haben wollte, stellte die Polizeibeamten vor und drängte zur Eile. Es stellte sich für Amanda heraus, daß es dieselben Fragen und Antworten waren, wie schon in der Nacht zuvor, nur mit dem Unterschied, daß jetzt vier Freunde und Bekannte der verstorbenen Mrs. Blaine anwesend waren. Jeder von ihnen gab seinen ganz persönlichen Standpunkt zu deren Geisteszustand ab.

Amanda wurde schließlich gebeten, ihre Erlebnisse vom vergangenen Abend zu schildern. Das tat sie dann auch, ließ aber dieselben Einzelheiten aus, wie schon in der Nacht zuvor. Mrs. Blaine, so sagte Amanda, habe auf sie einen aufgeregten und nervösen Eindruck gemacht. Zwar sei ihr die Hitze wohl auch nicht gut bekommen, aber insbesondere habe sie sich über den Orient und das Soldatenleben ihres Mannes beklagt. Sie habe davon gesprochen, sich das Leben zu nehmen. Sie habe einige Tabletten in der Hand gehalten – wie viele, könne sie nicht mehr sagen – und habe sie geschluckt.

Amandas Stimme geriet plötzlich ins Stocken. Hinter dem Kapitän sah sie Steven Howard mit gespieltem Desinteresse am Fenster stehen, und ihre Blicke trafen sich. Er schüttelte unmerklich den Kopf. Es war zwar nur eine flüchtige Geste, unter diesen Umständen aber absolut unmißverständlich. Amanda wandte den Blick von ihm ab und wieder den anderen zu. Sie sahen sie schweigend an. Das Gesicht des Kapitäns war rot und drückte Ungeduld aus, die Stewardeß lauschte sensationslüstern, der Schiffsarzt trug Spuren von Müdigkeit und Resignation auf seinem Gesicht, und die Gesichter der Polizeibeamten waren aufmerksam und konzentriert. Amanda beendete schließlich ihre Aussage, ohne das Glas in ihrer Kabine erwähnt zu haben. Zwar hatte sie Steven Howard inzwischen nicht mehr angesehen, aber sie spürte förmlich, wie seine Spannung nachließ.

Die Polizeibeamten waren höflich und verständnisvoll. Der Kapitän hingegen konnte es kaum erwarten, die ganze Angelegenheit hinter sich zu bringen. Nachdem alle ihre Namen und persönlichen Daten hinterlassen und noch einige Formulare ausgefüllt hatten, wurden die Passagiere aus der Kabine hinauskomplimentiert und erhielten die Erlaubnis, an Land zu gehen.

Ungefähr zehn Minuten später gingen sie die Gangway

hinunter und wurden an Land gerudert. Das Wasser war so kristallklar, daß, als sie sich dem Ufer näherten, Felsbrokken, Kieselsteine und Muscheln auf dem Meeresboden deutlich zu erkennen waren. Sogar die Jahresringe auf dem Panzer einer riesigen Schildkröte, die mit trägen Flossenschlägen neben ihnen durchs Wasser glitt, konnte man zählen.

Ein Mann wartete am Kai. Er trug keinen Hut und war aller Wahrscheinlichkeit nach Engländer, denn er war mit einem gutgeschnittenen, typisch englischen Tweedmantel bekleidet. Es war ein schlanker Mann, und er war vermutlich Ende Dreißig und mittelgroß. Sein Gesicht war von Sonne und Wind so gebräunt, daß die Augen und das krause, sonnengebleichte, schon leicht ergraute Haar um so heller erschienen. Obwohl er so braungebrannt war, wirkte er merkwürdig blaß. Hinzu kamen tiefe Ringe unter den Augen. Er hatte ein schmales, sympathisches Gesicht, das man sogar hätte hübsch nennen können, wäre es nicht von großer Müdigkeit, Überdruß und Sorge gezeichnet gewesen.

»Dort steht Glenn«, sagte George Norman. »Glaubst du, daß er . . .« Er biß sich auf die Lippen. Das Boot lief auf Steine auf, und kurz darauf waren die Passagiere an Land. Claire Norman streckte dem Mann im Tweedmantel ihre kleine, weiße Hand entgegen:

»Glenn, das ist aber eine Überraschung. Ich nehme an, Sie wollen Miß Derington abholen. Oder erwarten Sie etwa jemand anderen?«

Sie machte eine kurze Pause. Eine tiefe Röte überzog Mr. Bartons braungebranntes Gesicht. Es nahm einen gespannten Ausdruck an. Claire Norman sagte:

»Amanda, darf ich Ihnen Glenn Barton vorstellen. Er wird Ihr Gastgeber auf Zypern sein.«

Amanda reichte ihm die Hand. Der Ausdruck seiner Augen verriet Verzweiflung und Kummer. Amanda konnte nicht genau sagen, warum, aber sie war über Mrs. Norman verärgert. Denn sie hatte etwas gesagt, das Amanda zwar nicht verstanden, das diesen sympathischen und eher schüchternen Mann aber zweifellos verletzt und getroffen hatte.

Glenn Barton gab Amanda nur flüchtig die Hand. Man stellte ihm die übrige Reisegesellschaft vor und wechselte einige Höflichkeiten. Mr. Barton erkundigte sich nach Amandas Onkel Oswin und kümmerte sich um ihr Gepäck. Er half ihr bei der Erledigung der Zollformalitäten und führte sie zu einer großen, grauen Limousine, die in der Nähe geparkt war. Amanda hatte eigentlich damit gerechnet, auch Mrs. Barton hier zu treffen, es sah aber nicht so aus, als sei sie mitgekommen. Nachdem Glenn Barton Amandas Koffer auf dem Rücksitz verstaut hatte, hielt er ihr die Beifahrertür auf.

Persis rief noch schnell: »Amanda, wir sehen uns in Kyrenia!« Toby Gates sah ihr traurig nach und sagte mit drängendem Unterton in der Stimme: »Ich darf Sie doch besuchen, nicht wahr?«

Amanda schaute sich verstohlen und unruhig um. Steven Howard lehnte träge, mit dem Rücken zu ihr gewandt, an einer Säule, die Hände in den Hosentaschen, und sprach mit Claire Norman. Schließlich stieg Amanda ein. Sie wandte sich noch einmal zu Toby um und sagte gespielt herzlich und mit Betonung: »Aber natürlich, Toby.« Kurz darauf startete Glenn Barton den Wagen, und sie glitten aus dem Schatten in das helle Sonnenlicht der Straße nach Nikosia.

Das Wasser schimmerte jadeblau und türkis. Je weiter sie sich von der Küste entfernten, desto ausgebleichter und farbloser wurde die Landschaft. Die Vegetation bestand lediglich aus niederen Sträuchern, und abgesehen von einem gelegentlichen Olivenhain, gab es nur wenig Grün und kaum Schatten. Die Straße wand sich kurvenreich durch eine dürre Hügellandschaft sowie durch ausgetrocknete Flußläufe. Die sengende Hitze waberte über den Steinen und Felsblöcken.

Für Amanda war die Landschaft fremdartig und ungewöhnlich. Sie wäre sicher begeistert gewesen, wäre ihr

Gastgeber nicht so unheimlich schweigsam gewesen. Amanda fragte sich, ob es nur Schüchternheit war oder ob die scheinbar unschuldige Bemerkung Claire Normans dazu beigetragen hatte, daß er gar nicht redete und so schnell fuhr. Sie rasten mit bedrohlicher Geschwindigkeit dahin. Glenn Barton schnitt die Kurven mit quietschenden Reifen, und auf geraden Strecken flog der Wagen dahin wie ein Pfeil. Amanda, die sonst nicht zu Nervosität neigte, klammerte sich jetzt unbewußt an ihren Sitz und beobachtete mit starrem Blick die tanzende Tachonadel.

Kurze Zeit später zwang sie sich, den Blick von der Nadel zu lösen, und beobachtete unauffällig ihren zukünftigen Gastgeber. Er saß ein wenig zusammengekrümmt hinter dem Steuer seines Wagens und glich einem Reiter, der auf nervösem Pferd auf ein gefährliches Hindernis zurast. Jede Faser seines schlanken Körpers drückte Spannung und Nervosität aus. Die Hände umklammerten das Steuerrad so fest, daß die Fingerknöchel weiß wurden. Auf der Stirn bildete sich eine tiefe Furche. Amanda dachte, sie habe noch nie im Leben einen so unglücklichen Menschen gesehen. Sie schaute verstört und beunruhigt beiseite.

Die Tachonadel blieb vibrierend bei 130 Stundenkilometern stehen. Amanda umklammerte ihren Sitz noch fester, schloß für einen Moment die Augen und schluckte. Mit geradezu heroischer Anstrengung machte sie ein paar höfliche Bemerkungen über die herrliche Landschaft. Mr. Barton seinerseits antwortete genauso höflich, aber mit knappen Sätzen. Die Limousine schoß jetzt pfeilschnell zwischen einem Ochsenkarren und einem Bus voller zypriotischer Bauern hindurch, die sich auf dem Weg zum Markt befanden. Beide wurden nur um Haaresbreite verfehlt. Dann brausten sie an einer kleinen Kamelkarawane vorbei, und weiter ging es über eine schmale Brücke. Einen auf einem Esel reitenden kleinen Jungen verfehlten sie ebenfalls nur um Millimeter.

Amanda kniff noch einmal die Augen zu, und Mr. Barton fragte, ob sie eine angenehme Reise gehabt habe.

»Nein«, sagte Amanda aus tiefstem Herzen. »Sie war entsetzlich!« Dann erzählte sie ihm von Julia Blaines Tod. Mr. Barton drückte förmlich sein Mitgefühl aus, zeigte sich aber keineswegs überrascht.

»Haben Sie schon davon gehört?« fragte Amanda.

»Ja, wir exportieren einen Großteil unserer Weine über Limassol. Deshalb sind immer einige unserer Angestellten auf den Schiffen oder den Docks, und so habe ich davon erfahren. Es wurde natürlich viel darüber gesprochen. Die Blaines waren im letzten Jahr schon einige Wochen hier. Sie wohnten bei Claire und George Norman. Ich glaube, sie sind sogar verwandt. Ich habe sie allerdings nicht kennengelernt, weil ich auf einer Geschäftsreise war, aber meine Frau kannte sie flüchtig.« Er schwieg wiederum für eine Weile und fügte dann entschuldigend hinzu: »Ich habe allerdings nicht gewußt, daß Mrs. Blaine in Ihrer Kabine gestorben ist. Sonst hätte ich Ihnen keine solch taktlose Frage gestellt. Es muß ein äußerst unerfreuliches Erlebnis für Sie gewesen sein. Es tut mir aufrichtig leid, daß die Überfahrt so unangenehm war.«

Er sah Amanda von der Seite an, und sein unglückliches Gesicht verzog sich zu einem Lächeln. Amanda empfand dieses Lächeln als außerordentlich freundlich, und sie erwiderte es offen und herzlich.

Eigentlich ist er wirklich nett, dachte sie. Aber irgend etwas scheint ihn zu quälen. Er ist müde und abgehetzt und macht sich schreckliche Sorgen. Zu all dem Ärger, den er schon hat, muß er auch noch mich abholen und den guten Gastgeber spielen.

»Es ist sehr liebenswürdig von Ihnen und Ihrer Frau, mich bei sich aufzunehmen«, sagte Amanda schnell. »Ich hoffe, ich falle Ihnen nicht zu sehr zur Last. Mir ist gar nicht wohl bei dem Gedanken, mich Ihnen so aufzudrängen. Und ich befürchte, Onkel Oswin hat Ihnen keine andere Wahl gelassen, nicht wahr?«

»Nun, ja, Sie haben recht«, sagte Glenn Barton mit schwachem Lächeln, und die tiefe Furche auf seiner Stirn kehrte wieder. »Aber ...«

Er drosselte die Geschwindigkeit und sagte spontan: »Wie wäre es mit einem kleinen Imbiß? Gleich da vorn ist ein Gasthaus. Wenn Sie möchten, können wir etwas Brot mit Käse und Oliven essen und Ziegenmilch dazu trinken.«

»Das ist eine gute Idee!« sagte Amanda. Erst jetzt wurde ihr klar, daß sie ja noch nicht einmal gefrühstückt hatte. Mr. Barton nahm den Fuß vom Gaspedal und hielt vor einem kleinen, schäbigen Gebäude, das halb verdeckt unter Bäumen stand.

Das kleine Gasthaus bestand aus einem einzigen großen Raum und war mit schlichten Holzstühlen und Tischen eingerichtet. Bilder des griechischen Königspaars, die offensichtlich aus alten Illustrierten herausgerissen waren, schmückten die Wände. Aus einem grünen Laubkranz lugte das zarte Gesicht der sympathischen Königin Friederike hervor. Amanda kam zu Bewußtsein, daß sie sich auf einer Insel befand, auf der viele Einwohner etwas gegen die britische Besatzung einzuwenden hatten und viel lieber zu Griechenland gehören wollten.

In dem Raum befanden sich viele schwarzhaarige, dunkeläugige Einheimische. Es roch nach schalem Wein, und in der Luft hing eine Knoblauchwolke. Die Inhaberin, eine mollige, rotwangige Frau, wies ihnen einen Platz an einem der Tische zu. Sie servierte knuspriges Brot, Weintrauben, Feigen und Käse, der aus Ziegenmilch gemacht war. Sie schien Mr. Barton gut zu kennen und redete in schnellem Griechisch auf ihn ein. Auf Mr. Bartons Wunsch stellte sie eine Flasche farbloser Flüssigkeit auf den Tisch, die wie Gin aussah, dazu eine Karaffe mit Wasser und zwei Gläser.

Amanda aß mit Appetit. Glenn Barton goß etwas von der Flüssigkeit in jedes Glas und fügte Wasser hinzu. Daraufhin ergab sich eine milchigweiße Mischung.

»Was ist das?« wollte Amanda wissen.

»Ouzo. Das Nationalgetränk. Sehen Sie den alten Mann da drüben?« Amanda drehte sich um und sah einen alternden, gebrechlichen, graubärtigen Mann, der gemütlich auf seinem Stuhl vor sich hin döste. »Das ist der Mann der

Inhaberin. Als ich damals nach Zypern kam, war er noch ein ganzer Kerl, dann aber hat er das Zeug hier nur noch pur getrunken. Es wird gesagt, daß man überschnappt, wenn man zuviel davon trinkt. In kleinen Mengen ist es aber völlig harmlos. Probieren Sie doch einmal.«

Amanda erhob das ihr angebotene Glas, roch daran und rümpfte vielsagend die Nase. Glenn Barton konnte sich das Lachen nicht verkneifen. »Es riecht ziemlich stark und stechend. Das kommt vom Anis. Mögen Sie ihn nicht?«

»Nein«, sagte Amanda offen heraus. »Ich kann Anis nicht riechen. In meiner Kindergartenzeit saß neben mir ein kleiner Junge, der ununterbrochen Anisbonbons lutschte. Ich konnte ihn nicht ausstehen und seine Bonbons ebensowenig.«

»Der Ouzo schmeckt aber besser, als er riecht«, sagte Glenn Barton. Er erhob sein Glas. »Auf Ihren ersten Besuch in Zypern. Möge es ein angenehmer Aufenthalt werden.«

»Danke«, sagte Amanda und lächelte ihn an.

Mr. Barton trank aus und schob das Glas von sich. Von neuem erschien die tiefe Furche auf seiner Stirn. Amanda fiel auf, daß seine Hände stark zitterten. Er bot ihr eine Zigarette an, aber Amanda lehnte dankend ab. Dann zündete er sich selbst eine an und sagte mühsam und mit stockender Stimme: »Es ist mir wirklich unangenehm, aber ich kann Sie leider nicht in meinem Haus aufnehmen. Sehen Sie, meiner Frau geht es nicht gut, und ich könnte Ihnen nicht zumuten, bei uns zu wohnen, während ...«

Er unterbrach den Satz und fuhr sich mit der Hand nervös durch das Haar. Er wirkte sichtlich verzweifelt.

»Das ist völlig in Ordnung«, sagte Amanda und verspürte dabei plötzlich Mitleid mit diesem Mann. »Denken Sie nicht länger darüber nach. Es tut mir leid, daß es Ihrer Frau so schlecht geht. Kann ich Ihnen vielleicht irgendwie behilflich sein?«

»Nein, vielen Dank!« sagte Glenn Barton mit kläglichem Ton. »Ich bin sehr erleichtert, daß Sie die Nachricht so gut aufnehmen. Es ist mir wirklich furchtbar unangenehm.

Zuerst zu sagen, daß wir Ihnen Unterkunft bieten, und dann zu warten, bis Sie hier sind, um Sie einfach im Stich zu lassen.«

»Unsinn!« sagte Amanda aufmunternd. »Es macht mir überhaupt nichts aus. Ich gehe gern in ein Hotel.«

»Nein, auf keinen Fall. Das könnte ich nicht zulassen. Ich habe schon alles arrangiert.« Glenn Barton hob die Augen und sah Amanda ernst an. »Eine Freundin von mir in Kyrenia, eine gewisse Miß Moon, wird Sie aufnehmen. Sie ist zwar leicht exzentrisch, aber sehr nett. Ich bin sicher, daß sie Ihnen gefallen wird.«

Amanda erwiderte empört: »Aber ich kann mich doch nicht einfach Ihren Freunden aufdrängen. Es war schon schlimm genug, daß Onkel Oswin so aufdringlich war, aber ...«

»Ich bitte Sie«, unterbrach Glenn Barton mit gequältem Lächeln. »Sie sind sehr freundlich und behandeln mich besser, als ich es verdient habe. Ich wäre Ihnen wirklich dankbar, wenn Sie mir den Gefallen tun würden, bei Miß Moon zu wohnen. Mir wäre dann viel wohler. Außerdem erwartet sie Sie schon. Sie ist eine sympathische Person und begeistert von der Idee, Sie bei sich aufzunehmen. Sie mag junge Leute, besonders wenn sie auch noch hübsch sind.«

Sein Lächeln unterstrich das Kompliment. Amanda lachte und gab resigniert auf. Ursprünglich war sie enttäuscht darüber gewesen, daß sie anstatt an der Küste in Nikosia wohnen sollte. Persis und Toby waren ja schließlich auch in Kyrenia. Lieber wäre sie völlig unabhängig gewesen und hätte in einem Hotel gewohnt. Aber um nicht unhöflich zu erscheinen, mußte Amanda das Angebot wohl oder übel annehmen.

»Dann ist das also erledigt«, sagte Mr. Barton. »Ich muß noch kurz in meinem Büro in Nikosia vorbeischauen. Aber zum Mittagessen werden wir trotzdem pünktlich in Kyrenia sein. Wenn Sie den Ouzo tatsächlich nicht kosten möchten, sollten wir uns besser auf den Weg machen.«

5

Die korpulente Wirtin legte die Rechnung vor und begann eine angeregte Unterhaltung mit Glenn Barton. Aus ihrem Lachen schloß Amanda, daß sie selbst Gegenstand der Unterhaltung war.

»Was hat sie gesagt?« fragte Amanda neugierig.

»Sie wollte wissen, woher Sie sind. Außerdem findet sie Sie sehr schön und möchte wissen, ob Sie, wenn Sie das Haar lösen, darauf sitzen können«, sagte Glenn Barton lächelnd.

Amanda mußte lachen. »Sie können ihr sagen, es geht gerade so.«

»Sie mit ›Orantares‹ kommen, ja? Von Port Said?« fragte die Frau in gebrochenem Englisch. »Meine Mann auch, ist schöne Schiff.«

Sie schenkte Amanda ein breites Lächeln und nahm mit geschickter Handbewegung rasch die Handvoll Münzen an sich, die Mr. Barton auf den Tisch gelegt hatte. Dann schwirrte sie von dannen, um sich um einen ungeduldigen Gast zu kümmern.

»Sind die Menschen hier alle so freundlich und vergnügt?« fragte Amanda.

»Die meisten. Warum? Sie klingen so, als hätten Sie das nicht erwartet.«

»Ja, das stimmt«, gab Amanda zu. »Das einzige, was man bei uns aus den Zeitungen über Zypern erfährt, ist, daß die Bevölkerung mit der britischen Besatzung unzufrieden ist.«

Glenn Barton lächelte und sagte: »Ich bin sicher, daß Sie sie als freundliche Menschen kennenlernen werden.«

Er ließ den Zigarettenstummel in Amandas Glas fallen, wo er unter heftigem Zischen erlosch. Er betrachtete für eine geraume Zeit das Schauspiel, wobei sein Gesicht alles andere als fröhlich wirkte. Schließlich seufzte er tief und erhob sich.

»Wollen wir gehen?«

Draußen schien die helle Sonne. Sie stiegen wieder in das

Auto und setzten mit einer weniger tollkühnen Geschwindigkeit die Fahrt in Richtung Nikosia fort. Der Zwischenaufenthalt in dem Gasthof schien Glenn Bartons Nervosität und Spannung verringert zu haben. Er war jetzt gesprächiger und etwas entkrampft. Die Krankheit seiner Frau erwähnte er allerdings mit keiner Silbe mehr. Amanda schloß daraus, daß er darüber auch nicht mehr sprechen wollte.

Amanda dachte darüber nach, was für eine Frau diese Mrs. Barton wohl sein mochte und ob sie sie wohl kennenlernen würde. Dann schoß ihr plötzlich der Gedanke an Steven Howard wieder durch den Kopf. Sie fragte sich, ob sie ihn wiedersehen würde und warum sie sich überhaupt Gedanken darum machte. Mr. Howard war ihr gegenüber brüsk, launenhaft und grob gewesen. Er hatte sogar die Unverschämtheit besessen, anzudeuten, sie, Amanda, habe eventuell den Mord an Julia Blaine geplant, weil sie ein Verhältnis mit Julias Ehemann Alastair gehabt habe. Er hatte zwar nicht gesagt, daß er selbst das glaube, aber allein die Tatsache, daß er überhaupt so etwas denken konnte, machte sie wütend und ärgerlich. Eigentlich sollte sie dankbar dafür sein, ihn nicht mehr sehen zu müssen, ihn sich aus dem Kopf schlagen zu können und ihn einfach zu vergessen.

Amanda konnte aber nicht verhindern, ständig an ihn zu denken. Wer war er? Warum war er auf der ›Orantares‹ gewesen? Was hatte er in Fayid zu suchen gehabt? Wem war er nach Zypern gefolgt?

Die Straße wand sich abwärts durch die sonnengebleichten Hügel und führte schließlich auf die weite, flache, staubbedeckte Ebene im Inneren der Insel. Es wurde Mittag, bis schließlich vor ihnen die grünen Bäume, enggedrängten Dächer, byzantinischen Kirchen und die Moscheen von Nikosia auftauchten.

Die Hitze flimmerte in den engen, belebten Straßen. Die Sonne strahlte auf die Minarette und Dome, die für die Insel typischen Balkone, die Betonwände, die Dächer der zahllosen, monotonen Neubauten, die Tankstellen, die Jeeps, die Armeelastwagen und auf die knarrenden, von Ochsen gezogenen Karren.

Dann bog der Wagen in eine Einfahrt ein, die von weißgetünchten Torpfosten und Oleander eingefaßt war. Schließlich hielten sie vor einem kleinen Bungalow.

»Das hier ist unser Büro in Nikosia«, erklärte Glenn Barton. »Möchten Sie mit hineinkommen? Es wird nicht lange dauern.«

Die Büroräume hatten kahle, weißgetünchte Wände, und auf dem Fußboden lagen große Läufer. Grüne, hölzerne Läden vor den Fenstern hielten die Mittagshitze draußen, machten die Räume kühl und erfüllten sie mit einem dämmrigen Licht. Eine Frau, die an einem papierübersäten Schreibtisch gesessen hatte, erhob sich sofort, als sie eintraten und Glenn Barton sagte: »Darf ich vorstellen, Miß Ford, meine Sekretärin. Monica, das ist Miß Derington.«

Miß Ford war eine unscheinbare Frau mittleren Alters. Sie hatte leicht vorstehende Zähne, und ihr Haar war von einer undefinierbaren Farbe. Es war lose zurückgebunden und im Nacken zu einem kleinen Knoten geschlungen.

Glenn Barton fuhr fort: »Monica, ich hatte Sie heute eigentlich gar nicht hier erwartet. Geht es Ihnen besser? Sie hätten wirklich nicht zu kommen brauchen.« Besorgnis klang aus seiner Stimme. Dann legte er eine Hand auf die Schulter seiner Sekretärin und drückte sie liebevoll. Sich wieder an Amanda wendend sagte er: »Sie müssen nämlich wissen, Monica ist nicht nur meine Sekretärin. Sie ist meine rechte Hand – meine linke übrigens auch. Ich wüßte nicht, was ich ohne sie tun würde. Sie schmeißt praktisch den Laden.«

Auf Miß Fords blassem Gesicht zeigte sich eine freudige Röte und ließ sie einen Augenblick lang geradezu mädchenhaft erscheinen. »Das stimmt natürlich nicht«, sagte sie zu Amanda. »Glenn arbeitet wie ein Tier. Ich sage ihm immer, daß er seine Gesundheit ruinieren wird, wenn er sich nicht etwas mehr schont. Wie geht es übrigens Ihrem Onkel? Ich habe ihn schon seit über einem Jahr nicht mehr gesehen. Er hat mir diese Stellung hier besorgt, wissen Sie. Ich habe früher in seinem Londoner Büro gearbeitet.«

»Ach, Onkel Oswin geht es gut«, sagte Amanda. »Er eilt durch den Nahen Osten und sorgt dafür, daß seine Angestellten in der Furcht des Herrn leben, was für ihn die höchste Seligkeit bedeutet.«

Glenn Bartons Mund verzog sich zu einem Lächeln. »Dann können wir ja heilfroh sein, daß er uns eine so reizende Stellvertreterin geschickt hat, statt uns selbst zu beehren.«

»Ich bin gar nicht seine Stellvertreterin«, sagte Amanda und lächelte zurück. »Ich verbringe lediglich meinen Urlaub auf Zypern. Onkel Oswin wäre selbst gekommen, wenn er es hätte einrichten können. Aber es ging nicht. Und wenn er erst einmal ein Programm aufgestellt hat, kann ihn nichts dazu bewegen, es auch nur um eine Stunde zu ändern, geschweige denn um einen ganzen Tag. Darum hat er sich schweren Herzens dazu durchgerungen, Sie für dieses Mal noch zu verschonen.«

»Es ist wirklich schade, daß er nicht kommen konnte«, seufzte Glenn Barton. »Wir müssen hier mit vielen Problemen fertig werden, die Ihr Onkel nur verstehen kann, wenn er sie vor Ort sieht. In einem offiziellen Arbeitsbericht klingt das alles nicht so dramatisch. Deshalb wäre es gut, wenn Ihr Onkel für ein paar Tage hierherkäme. Er könnte sich dann ein ganz anderes Bild von unserer Problematik machen. Vielleicht können Sie ihn dazu überreden, auf dem Rückweg vorbeizukommen.«

»Das glaube ich nicht«, sagte Amanda unbesonnen. »Zur Zeit ist er in Kenia, und am Wochenende fliegt er für einige Tage nach Tripolis. Von dort aus fliegt er dann zu einer Konferenz nach London. Und ich befürchte, er würde seine Pläne nicht einmal bei Bombendrohung ändern. Es sei denn, Sie würden sich einen tollen Köder für ihn ausdenken. Zum Beispiel Beweise für offenkundige Schamlosigkeit der Angestellten. Auf solche Dinge ist Onkel Oswin ganz wild. Die Moral der Firma ist sein Hobby.«

Amanda lachte, fand aber bei ihren Gesprächspartnern keinerlei Resonanz. Im Gegenteil, sie hatte offensichtlich eine ausgesprochen taktlose Bemerkung gemacht. Denn Glenn Barton kniff schon wieder den Mund zusammen, während Miß Fords farbloses Gesicht sich mit einer tiefen Röte überzog, was ihr diesmal aber gar nicht so gut stand.

Der kurze Moment unangenehmen Schweigens wurde von Miß Ford unterbrochen, die sich eilig an Mr. Barton wandte:

»Übrigens, Glenn, Kostos ist hier. Er ist kurz vor Ihnen hier eingetroffen. Ich verstehe gar nicht, daß er Sie nicht in Limassol getroffen hat, um sich den langen Weg zu sparen. Ich glaube, die werden es nie mehr lernen, mitzudenken.«

»Er konnte mich dort gar nicht treffen, weil es auf dem Schiff Schwierigkeiten gegeben hat. Ein weiblicher Passagier ist gestorben, und alles hat sich etwas verzögert. Ich werde gleich mit ihm sprechen. Kümmern Sie sich inzwischen um Miß Derington?«

»Ja, natürlich. Möchten Sie sich nicht etwas frisch machen, Miß Derington? Diese Straße ist schrecklich staubig. Darf ich Ihnen etwas zu trinken anbieten? Orangensaft, einen Sherry oder sonst etwas? Vielleicht einen eisgekühlten Kaffee? Glenn wird in zehn bis fünfzehn Minuten fertig sein, vermute ich. Es liegen da noch ein paar Rechnungen, die er sich ansehen muß.«

»Eisgekühlter Kaffee klingt prima«, sagte Amanda. »Ich würde mich auch gern ein wenig frisch machen.«

Glenn Barton sagte: »Ich werde mich beeilen«, und ging.

Miß Ford zeigte Amanda den Weg zum Bad und sagte: »Kommen Sie auf die Veranda, wenn Sie fertig sind. Durch die Tür dahinten. Ich werde Ihnen einen Kaffee bereitstellen.«

Die Veranda war groß und schattig. Aber nach dem gedämpften Licht im Inneren des Hauses schien sie unerträglich hell. Monica hatte zwei Sessel herausgestellt und schenkte aus einem beschlagenen Krug eisgekühlten Kaffee ein.

»Das tut gut«, bemerkte Amanda und trank in großen Zügen. »Es ist genau das, was ich jetzt brauche.«

Sie lächelte Miß Ford dankbar an. Im vollen Sonnenlicht der Veranda wirkte ihr blasses, schmales Gesicht älter und irgendwie krank. Unter den Augen hatte sie tiefe Schatten, die auch durch das breite rosa Plastikgestell ihrer Brille nicht verborgen blieben. Amanda vermutete, daß Miß Ford geweint hatte. Das unscheinbare Gesicht mit den blaß blauen Augen und den hellen Wimpern ohne jedes Make-up wirkte nüchtern und arbeitsam. Die Wahl ihrer Kleidung machte diesen Eindruck aber zunichte. Miß Ford trug nämlich ein Baumwollkleid in fröhlich bunten Farben, dessen Schnitt ihre rundlichen Hüften unvorteilhaft hervorhob. Ihr ungeschminktes Gesicht wirkte durch die Farben noch blasser. Um das Maß ihrer Geschmacklosigkeit voll zu machen, hatte sie sich eine Plastikkette und Blumenohrringe angelegt und sich großzügig mit einem billigen Parfüm besprüht, das einen aufdringlichen Duft verbreitete.

Amanda nahm an, daß zumindest die Ohrringe eine neue Errungenschaft sein mußten, denn Miß Ford fingerte ständig an ihnen herum. Sie schien Probleme damit zu haben. Während sie sprach, lockerte sie ständig die Schräubchen und zog sie dann wieder an. Ihre kräftigen Hände, mit den dicklichen Fingern und den kurzen, unlackierten Fingernägeln bildeten einen deutlichen Kontrast zu den glitzernden, durchsichtigen Blütenblättern der Plastikblumen.

Wie sie Amanda erzählte, war Miß Ford vor knapp einem Jahr nach Zypern gekommen. Und zwar auf Drängen Mr. Oswin Deringtons, in dessen Büro sie zuvor fünf Jahre lang gearbeitet hatte. »Er war der Meinung, daß Mr. Barton Hilfe brauchte«, erklärte sie Amanda. »Anfangs lief das Geschäft hier nicht so gut, und diese kleinen, einheimischen Stenotypistinnen sind meistens nicht nur unfähig, sondern verursachen eher noch mehr Schwierigkeiten. Sie können sich gar nicht vorstellen, womit Glenn zu kämpfen hatte. Probleme mit den Arbeitern, mit dem Zoll, mit Vorurteilen und Nationalstolz. Niemand half ihm oder ermutigte ihn auch nur. Er hat es wirklich schwer gehabt. Jetzt sollte er endlich einmal einen Urlaub machen. Aber er weigert sich strikt und arbeitet lieber bis zum Umfallen. Er kann sich nicht schonen. Manche Männer sind nun mal so. Bobby war auch so ...«

Miß Fords Stimme versagte plötzlich, und sie hielt inne. Zu ihrem Entsetzen sah Amanda, daß sich Monicas Augen mit Tränen gefüllt hatten.

Dann fummelte sie in einer der großen Taschen herum, die ihren Rock verzierten, holte ein feuchtes Taschentuch hervor und schneuzte sich heftig. »Entschuldigen Sie, mir geht es heute nicht sehr gut. Wissen Sie, dieser Heuschnupfen.«

»Wie furchtbar für Sie«, sagte Amanda höflich. »Bei dem überwältigenden Blütenmeer wundert mich das allerdings nicht.«

»Ja, das ist traumhaft, finden Sie nicht?« sagte Miß Ford und beruhigte sich allmählich. »Komisch, wenn ich bedenke, daß ich überhaupt nicht nach Zypern kommen wollte.«

»Dann gefällt es Ihnen hier jetzt?«

»Und ob!« sagte Miß Ford mit überzeugender Geste. »Es ist einfach himmlisch hier. Ich möchte auf jeden Fall hierbleiben. Auf jeden Fall! Ich werde sicher nicht ... Ich ...«

Sie beendete den Satz nicht. Schon wieder stieg die Röte in ihre bleichen Wangen. Nach einem kurzen, peinlichen Schweigen sagte Amanda mitfühlend: »Will Onkel Oswin Sie etwa nach London oder Liverpool zurückholen? Er ist und bleibt nun einmal ein Tyrann. Machen Sie sich keine Sorgen. Ich selbst habe auch jahrelang vor ihm gebibbert; ich habe mich mit Erfolg widersetzt. Jetzt läßt er mich in Ruhe. Sie müssen lernen, sich gegen ihn durchzusetzen. Und Sie werden sehen, daß Sie prima mit ihm zurechtkommen können.«

Monica Ford lächelte unsicher, dann fragte sie: »Möchten Sie noch etwas Kaffee, Miß Derington?«

»O ja, sehr gern.« Amanda reichte ihr das Glas hinüber

und sagte: »Ich habe gehört, daß Mrs. Barton krank ist. Was fehlt ihr eigentlich? Ich wollte Mr. Barton nicht danach fragen, weil er sich offensichtlich große Sorgen um sie macht. Geht es ihr wirklich so schlecht?«

Amanda stellte mit Staunen fest, daß sich die Röte auf Miß Fords unauffälligem Gesicht noch mehr vertiefte. Sie hantierte so ungeschickt mit dem Krug, daß sich der Kaffee in einem bräunlichen Strom über ihr buntgemustertes Kleid ergoß. Sie sprang auf, das Gesicht purpurrot, und sagte mit erstickter Stimme: »Ach, du meine Güte! Das gibt entsetzliche Flecken. Wenn Sie mich für einen Moment entschuldigen wollen.« Damit eilte sie von der Terrasse.

Amanda sah ihr konsterniert nach. Was war nur mit Mrs. Barton los? War sie am Ende vielleicht übergeschnappt? Oder hatte sie sich gar mit einer schlimmen Krankheit wie Kinderlähmung infiziert und versuchte, dies den Behörden aus Angst vor einer Panik zu vertuschen? Amanda kam das alles etwas rätselhaft vor, und sie empfand plötzlich tiefes Mitgefühl für Glenn Barton. Er hatte so viel Arbeit und Sorgen. Eine kranke Frau und eine Sekretärin, die ganz offensichtlich unter hysterischen Anfällen litt, denn die Geschichte mit dem Heuschnupfen glaubte Amanda nicht. Für Glenn Barton mußte Amanda doch der sprichwörtliche Tropfen sein, der das Faß zum Überlaufen bringt.

Am anderen Ende der Veranda öffnete sich eine Tür, und Mr. Barton kam mit raschen Schritten zu Amanda herüber.

»Tut mir leid, daß ich Sie habe warten lassen. Hoffentlich hat Miß Ford Sie gut unterhalten. Wo ist sie überhaupt?«

»Sie hat sich Kaffee auf ihr Kleid geschüttet und wäscht es sich gerade aus«, sagte Amanda und erhob sich. »Ich glaube, sie fühlt sich nicht wohl.«

Glenn Bartons Gesichtsausdruck veränderte sich. Er blickte rasch zur Tür und sagte mit gesenkter Stimme:

»Ich weiß, die Ärmste. Sie hat Schreckliches durchgemacht. Aber sie hält sich tapfer und beherrscht sich großartig. Erst gestern hat sie erfahren, daß ihr Bruder von Mau-Mau-Terroristen in Kenia erschossen wurde. Er besaß dort eine Farm. Sie wurde dem Erdboden gleichgemacht. Die Bewohner wurden angegriffen und getötet. Monica hat keine weiteren Angehörigen mehr, soweit ich informiert bin. Ihr Bruder war ihr ein und alles.«

»Das ist ja entsetzlich!« sagte Amanda wie erschlagen. »Wie grausam für Miß Ford. Kein Wunder, daß es ihr schlechtgeht.«

Sie drehte sich um, um sich den sonnenüberfluteten Garten mit all seiner Blütenpracht anzusehen. Ganz plötzlich, als wäre ihr kalt, erschauerte sie trotz der glühenden Mittagshitze.

»Fehlt Ihnen etwas?« fragte Glenn Barton mit freundlicher Stimme.

»Nein, es geht schon wieder. Ich dachte nur darüber nach, daß es eigentlich ein so schöner Tag ist. Man kann sich kaum vorstellen, daß so entsetzliche, tragische Dinge geschehen können. Aber sie geschehen, und das Schicksal macht auch nicht halt vor so lieben Menschen wie Alastair Blaine oder Miß Ford.«

»Ich hätte Ihnen das gar nicht erzählen sollen«, sagte Glenn Barton reuevoll. »Entschuldigen Sie. Sie haben in der letzten Nacht selbst genug mitgemacht. Der Jugend sollte man nicht mit Tragödien kommen. Sie sollte ihr Leben genießen. Vergessen Sie, was ich Ihnen von Monica Ford erzählt habe. Denn der Tag ist wirklich schön.«

Er nahm Amanda am Arm und sagte: »Kommen Sie, wir müssen gehen. Sonst kommen wir zu spät zum Mittagessen, und das würde mir Miß Moon nie verzeihen.«

6

Die Straße von Nikosia nach Kyrenia führt ein paar Meilen über die Ebene und dann die schmale, lange Hügelkette hinunter, die wie ein Schutzwall zwischen der Ebene und der Nordküste der Insel aufragt.

Der Wagen überquerte den Paß. Die Straße wand sich kurvenreich bergab. Unter ihnen lag das Meer und schimmerte in den herrlichsten Blautönen – von Himmelblau über Saphir, bis hin zu einem tiefen Grün. Der wunderbare weiße Strand verlor sich am Horizont, wo Himmel, Meer und Küste zu verschmelzen schienen.

In den Olivenhainen standen Baumstämme, die so knorrig und altersschwach waren, daß sie womöglich noch das Kommen und Gehen der Kreuzfahrer auf der Insel miterlebt hatten. Nun hoben sie sich dunkel von der glitzernden Fläche ab, und unter ihnen in der sengenden Mittagshitze lag die kleine, weiße Stadt Kyrenia. Der Anblick erweckte den Eindruck, als habe das Meer eine Handvoll Perlen und Kieselsteine angeschwemmt.

Sie fuhren eine lange, gewundene Straße entlang, zwischen Olivenbäumen, Zypressen, Johannisbrotbäumen, Bergkiefern und Maulbeerbäumen. Der Weg führte direkt zum Meer.

Etwa eine Viertelmeile vom Hafen entfernt bog der Wagen in eine Seitenstraße ein und hielt vor einem großen quadratischen, zweistöckigen Haus, das durch eine weiße Mauer, eine Reihe Zypressen und Oleandersträucher von der Straße abgetrennt war.

»Da wären wir«, sagte Glenn Barton. »Dies ist die Villa Oleander. Andreas wird Ihr Gepäck hineintragen.«

Es war ein altes Haus. Die Jahre hatten ihre Spuren hinterlassen und es dadurch nur noch schöner gemacht. Von den Wänden blätterte teilweise die rosa Farbe ab, oder sie war unregelmäßig aprikosenfarben verblichen. Die schmiedeeisernen Balkone und die hölzernen Fensterläden waren von einem blassen, staubigen, zarten Smaragdgrün. Die Dachziegel stammten vermutlich aus Südfrankreich. Sie waren nicht rot, sondern von einem wundervollen, tiefen Rosa. Jeder einzelne Ziegel war herrlich geschwungen und mit einem Herzen verziert.

Ein kurzer Kiesweg und sechs flache Steinstufen führten zu einer gewaltigen Haustür, deren schwerer Bronzetürgriff schon grün vom Alter war. Der Garten bestand aus einem verwilderten Durcheinander von Orangen-, Zitronen-, Feigen- und Pflaumenbäumen. Ferner befanden sich hier Oleander, Rosen und Kaskaden gelben und weißen Jasmins. Ein Weinstock rankte von der Haustür zum schmiedeeisernen Balkon. Aus dem Maul eines bronzenen Delphins rann Wasser in ein tiefes Becken voller Wasserlilien und Schilf. Das Plätschern des Wassers mischte sich mit dem Gurren der Tauben auf dem alten Olivenbaum.

Amanda stand, die Hände am Tor, ehrfürchtig da. Mit Staunen in den Augen sah sie sich um. Es war wie aus dem Bilderbuch, eine heitere Verzauberung.

Glenn Barton beobachtete sie und sagte etwas besorgt: »Leider ist hier alles etwas heruntergekommen. Aber Miß Moon sagt, sie könne sich nicht auch noch um den Garten kümmern und ihr gefalle es so, wie es ist.«

»Ja, mir auch«, sagte Amanda außer sich vor Entzücken. »Es ist wunderschön! Genauso habe ich mir die Häuser am Mittelmeer immer vorgestellt. Aber ich hatte schon Angst davor, enttäuscht zu werden. Ein traumhaft schönes Haus.«

Glenn Barton sah erleichtert aus, schien jedoch wenig Verständnis für Amandas Begeisterung aufzubringen. Er selbst empfand wenig für dieses verkommene Haus und den verwilderten Garten. Schließlich geleitete er Amanda die Steintreppe zur Haustür hinauf und betätigte den Türklopfer. Es waren eilige Schritte zu vernehmen, und die Tür öffnete sich lautlos. Vor ihnen stand eine südländische, untersetzte Frau. Sie trug eine ziemlich schmutzige Schürze und hatte ein auffallend buntes Tuch um ihr graues Haar gebunden.

»Ah, Kyrie Barton! Kalossorisis. Ti habaria. Kopiase messa!«

»Euridice«, stellte Mr. Barton die Frau vor. »Sie ist Köchin, Haushälterin und Hausmädchen in einer Person.«

Amanda lächelte sie an. Die Frau strahlte zurück und redete ununterbrochen in einer für Amanda unverständlichen Sprache. Sie führte sie durch die große Halle, in ein riesiges, dunkles Wohnzimmer, in dem sich altes, wunderschönes Mobiliar befand. Es war wie ein staubbedecktes Kuriositätenkabinett. Die Fensterläden waren wegen der Hitze geschlossen.

»Spricht sie kein Englisch?« flüsterte Amanda irritiert.

»Ziemlich gut sogar. Sie werden sehen, daß sie gut damit zurechtkommt. Aber Miß Moon hat es schlichtweg abgelehnt, griechisch mit ihr zu sprechen. Deshalb hat Euridice, die schon seit dreißig Jahren im Haus ist, sich geweigert, englisch zu sprechen. Es ist wohl auf beiden Seiten Patriotismus.«

»Und wie verständigen sie sich?«

»Sie sprechen sehr langsam, und so laut sie nur können miteinander, in jeweils ihrer Muttersprache. Aber, ich glaube, hier kommt Ihre Gastgeberin.«

Das Geklapper von hochhackigen Schuhen war von der Treppe in der Halle zu vernehmen. Dann hörte man das Geräusch von Schmuck, und ein penetranter Parfümgeruch machte sich breit. Miß Moon war bei ihnen.

Sie war von kleiner Gestalt, knochig und zierlich wie ein Vögelchen. Sie sah aus wie ein Spatz, der sich für einen Kostümball als Pfau verkleidet hatte. Ihr dünnes Haar, von dem sie glaubte, daß es kräftig rot gefärbt schick sei, trug sie in steifen Löckchen. Es wurde von einer koketten, lila Seidenschleife geschmückt. Ihr Kleid war ebenfalls in Violett und Mauve gehalten. Vom Schnitt her war es früheren Generationen wohl als Gesellschaftskleid bekannt. Über der Hüfte hielt sie es mit einem breiten Silberfiligrangürtel zusammen, den eine Emailleschließe mit Irisornamenten zierte. Sie hatte sich mit etlichen Halsketten und Armbändern behängt, die aus silbernem Filigran, Amethysten und Opalen gearbeitet waren. Dazu passend trug sie ein Paar Ohrringe mit Amethysten im Rokokostil.

»Glenn, guter Junge. Wie ich mich freue, Sie wiederzusehen. Ist das Amanda? Lassen Sie sich anschauen. Wunderschön! Eine Augenweide! Schön, daß Sie mich mit Ihrem Besuch beehren. Es gibt heutzutage leider nur wenige junge

Menschen, die alten Leuten eine Freude bereiten. Es wird gut sein, Sie im Hause zu haben. Das Haus braucht eine Aufmunterung und ich auch. Wie ich sehe, schauen Sie sich mein Kleid an. Es ist nicht unbedingt passend, Besuch damit zu empfangen. Rosa wäre da angebrachter. Rosa drückt Freude aus. Aber heute ist Dienstag, und deshalb mußte es Mauve sein. Mauve trage ich dienstags immer. Montags trage ich Rosa. Ich kann es nicht leiden, wenn die Leute vom blauen Montag reden. Warum auch, der Montag ist ein neuer Anfang! Eine Woche beginnt, alles mögliche kann passieren. Deshalb trage ich also montags immer Rosa. Zur Begrüßung der neuen Woche sozusagen. Ich glaube, daß Farben sehr bedeutsam sind. Aber was mache ich eigentlich? Ich rede und rede, während Sie halb verhungert sind. Glenn, wollen Sie Ihre Meinung nicht ändern und doch zum Essen bleiben?«

»Das würde ich wirklich sehr gern, aber es geht nun mal nicht. Ich muß Gavriledes im Dome-Hotel treffen. Er hat mich zu einem Geschäftsessen eingeladen.«

»Schade. Haben Sie übrigens gewußt, daß Lumley Potter die obere Etage eines der Häuser unten am Hafen gemietet hat? Er kommt heute an.«

»Potter? Woher wissen Sie das?« Glenn Bartons Gesicht wurde plötzlich kreidebleich.

»Dann haben Sie es also nicht gewußt? Ich dachte, Anita habe es Ihnen vielleicht erzählt. Es wäre doch unangenehm, wenn Sie sich träfen. Lady Cooper-Foot hat es mir erzählt. Die Wohnung, wenn man es so nennen kann, gehört dem Cousin ihres Kochs. Mr. Potter will ein Studio daraus machen.«

»Aber ich dachte, er wolle noch in Famagusta bleiben.«

»Nein, er bleibt jetzt in Kyrenia. Famagusta hat nicht genügend *genius loci.* Das hätte ich ihm gleich sagen können.«

Glenn Bartons Augen wurden groß und ausdruckslos. Er wandte sich Amanda zu, als wolle er etwas sagen, biß sich aber statt dessen auf die Lippen und schwieg. Kurz darauf sagte er in unsicherem, förmlichen Ton: »Ich muß jetzt gehen. Ich hoffe, Sie bald wiederzusehen. Wenn Sie Ihrem Onkel schreiben sollten, geben Sie mir den Brief, und ich werde dafür sorgen, daß er mit der Büropost zusammen abgeschickt wird. Dann kommt er früher an. Ich werde veranlassen, daß man Sie täglich anruft, für den Fall, daß Sie Post haben. Darüber hinaus wird Miß Moon sich sicher um Sie kümmern. Ich sage nicht auf Wiedersehen, sondern bis bald.«

Dann nahm er Miß Moons faltige Hand, küßte sie mit liebevoller Geste, die keineswegs gespielt war, und ging eilig fort.

Miß Moon seufzte vielsagend: »Armer Mann, wie kann diese Frau auch nur ... Aber ich will hier nicht herumstehen und klatschen. Kommen Sie, ich zeige Ihnen Ihr Zimmer. Andreas wird Ihr Gepäck schon hinaufgeschafft haben. Dann wollen wir essen und uns gegenseitig allerhand erzählen. Es gibt doch nichts Schöneres.«

Sie gingen durch die hohe, dunkle Halle und dann eine große, flache Treppe hinauf. »Das hier ist das Badezimmer, Amanda, und dort ist die Toilette. Das da ist mein Zimmer, und in diesem werden Sie wohnen.«

Miß Moon öffnete die Tür, und Amanda sah in einen großen, hohen Raum hinein, der zartgrün gestrichen und mit schlichten Läufern ausgelegt war. In großen Vasen standen Blumen. Das Mobiliar war, wie schon im Wohnzimmer, alt und schön, aber auch staubig und vernachlässigt. An der einen Wand hing das Bild eines Mädchens mit grünem Satinkleid aus der Zeit der Restauration. Ein riesiger, silberner Spiegel befand sich an einer anderen Wand. Er war vom Alter blind und mit Girlanden, vergoldeten Schriften und Amoretten geschmückt. Unter dem Spiegel stand ein kleiner bemalter, französischer Sekretär, der als Toilettentisch diente. Ein wunderschöner venezianischer Kronleuchter aus Glas, allerdings nicht ganz ohne Spinnweben, schmückte die Decke. Nur das Bett paßte einfach nicht dazu. Es hatte ein schmales billiges, eisernes Bettgestell.

Verschieden lange Stangen waren mit Bindfäden daran befestigt und hielten ein ziemlich geflicktes Moskitonetz. Die Fensterläden waren wegen der Hitze des Tages geschlossen. Im Zimmer lag ein grünliches Halbdunkel. Es duftete nach Lilien und Flieder, nach Moder und Staub.

Mit glänzenden Augen wandte sich Amanda an ihre Gastgeberin. »Ich freue mich, daß ich Ihr Gast sein darf. Dies ist das schönste Haus, das ich je gesehen habe.«

»Es freut mich, daß es Ihnen gefällt.« Miß Moon umarmte Amanda plötzlich. »Ich wußte in dem Augenblick, als ich Sie sah, daß Sie ein guter Kerl sind und daß das Haus Sie mögen würde. So viele Leute verstehen einfach nicht, daß auch Häuser eine Seele haben. Das ist jammerschade. Denn das Haus ist wirklich wunderschön, wie die ganze Insel. Ich bin vor dreiundvierzig Jahren mit meinem lieben Papa hierhergekommen. Eine lange Zeit, nicht wahr? Damals war ich wahrscheinlich in Ihrem Alter. Er ist hier gestorben. Eigentlich wollte ich nach Norfolk zurückgehen. Irgendwie habe ich es aber nie geschafft. Ich war wie Alice im Wunderland durch den Spiegel gegangen und konnte nicht zurückfinden. Ich war wie verzaubert. Dann habe ich dieses Haus gekauft und bin geblieben. Wenn ich sterbe, werde ich im Garten unter den Zitronenbäumen und Olivenbüschen begraben. Ich habe schon alles arrangiert. Oh, Kyrenia! Schon der Name klingt wie Musik, finden Sie nicht auch? Es wäre großartig, wenn Sie das auch so empfänden. Nun, mein liebes Kind, Euridice wartet schon mit dem Mittagessen.«

Aus dem Eßzimmerfenster sah man über einige Zitronenbäume auf eine dicke, alte Mauer mit Bogenfenstern, die sich bereits im fortgeschrittenen Stadium des Verfalls befanden. In den Nischen trippelten und gurrten Tauben. Als Vorspeise gab es Obst. Tiefrote und grüne Feigen, Melonen, Orangen, Weintrauben und winzige Pflaumen. Das Obst war eisgekühlt. Es war nachlässig auf flache, venezianische Glasteller gehäuft und bot ein pittoreskes Bild. Ferner standen große grüne venezianische Gläser auf dem

Tisch, von denen die Vergoldung abgeblättert war. In eines dieser Gläser schenkte Miß Moon Weißwein ein, der in der Umgebung gekeltert worden war.

»Er ist ganz leicht. Sogar ein Kind könnte ihn trinken. Glenn bringt ihn mir immer. Die Firma exportiert ihn in Flaschen. Aber man sagt, daß das Abfüllen das Aroma verdirbt. Dieser hier kommt direkt aus dem Faß und ist wirklich angenehm. Das hat man mir zumindest versichert. Ich trinke nämlich ausschließlich Kräutertee. Euridice brüht ihn mir stets frisch auf.«

Amanda sagte: »Wissen Sie, ich glaube, ich werde Mrs. Barton noch sehr dankbar dafür sein, daß sie krank ist.«

»Krank?« fragte Miß Moon scharf. »Wer hat Ihnen denn erzählt, daß sie krank ist?«

»Mr. Barton. Deshalb wohne ich ja bei Ihnen. Ursprünglich sollte ich bei den Bartons in Nikosia wohnen. Mein Onkel hatte das so arrangiert. Aber sie konnten mich nicht unterbringen, weil Mrs. Barton krank ist. Hat er Ihnen das denn nicht erzählt?«

»Doch, ja, jetzt, wo Sie es sagen, erinnere ich mich. Ich hätte aber nie gedacht, daß er das tun würde. Vorzutäuschen, daß sie krank ist. Ich meine, es ist doch sehr viel besser, einfach bei der Wahrheit zu bleiben. Wenngleich es auch unangenehm sein mag. Es gibt doch keinen vernünftigen Grund dafür, daß er seine Frau auf seine Kosten schützt. Er bat mich, Ihnen nichts davon zu erzählen, aber jetzt, wo Potter und Glenns Frau zusammen in Kyrenia sein werden, werden sie es ja sowieso herausfinden.«

»Was werde ich herausfinden?« fragte Amanda verwirrt. »Ist Mrs. Barton denn nicht wirklich krank?«

»Höchstwahrscheinlich ist sie nicht krank!« sagte Miß Moon und klimperte ungehalten mit ihren Armbändern. »Im Gegenteil, ihr Ehemann scheint mir einem Nervenzusammenbruch nahe. Ich verstehe das einfach nicht. Sie war doch so ein nettes Mädchen. Als ich jung war, hatte man für Frauen wie Anita einen bestimmten Ausdruck. Wissen Sie, was eine Schlampe ist?«

»Anita?« Amanda kam der Name bekannt vor. Sie begann sich zu erinnern.

»Ja, so heißt sie«, sagte Miß Moon mit einem Seufzer in der Stimme. »Das hätte ich ihr nie zugetraut. Ich nehme an, sie hat sich mit Glenn gelangweilt. Er war völlig überarbeitet, und sie ist außergewöhnlich attraktiv. Wahrscheinlich brauchte sie mehr Abwechslung, Aufmerksamkeit und Anerkennung, als er ihr bieten konnte. Nein, sie ist nicht krank. Sie hat Glenn einfach verlassen und ist mit einem Maler namens Potter durchgebrannt. Sie besaß nicht einmal soviel Taktgefühl, Zypern zu verlassen. Sie leben ganz frech zusammen, und sie hat versucht, ihr schamloses, unmoralisches Leben zu rechtfertigen, indem sie ihrem Mann und seiner Sekretärin Miß Ford ein Verhältnis anhängte.«

»Das darf doch nicht wahr sein!« Amanda schnaufte, und ihre Augen weiteten sich vor Bestürzung. Deshalb also... Sie erinnerte sich an ihre unüberlegte Bemerkung vom Vormittag, als sie über ihren Onkel Oswin und dessen Moralvorstellungen gesprochen hatte. Hatten Glenn Barton und Monica Ford etwa angenommen, sie habe das Thema angeschnitten, um ihnen absichtlich weh zu tun? Ihre Wangen färbten sich rot bei dem Gedanken, welches Mißverständnis sie durch ihre Bemerkung eventuell provoziert hatte.

»Amanda, was ist denn los mit Ihnen?«

»Ach, nichts«, sagte Amanda eilfertig. »Ich mußte nur daran denken, was ich heute zu Miß Ford gesagt habe.«

»Dann haben Sie sie schon kennengelernt?«

»Ja, auf dem Weg nach Nikosia waren wir kurz in Glenn Bartons Büro.«

»Dann werden Sie ja auch verstehen, wenn ich behaupte, daß Anita nicht mehr ihrer fünf Sinne mächtig ist. Wenn sie schon glaubt, daß sie Glenn Übles nachsagen muß, um ihr eigenes unentschuldbares Betragen zu rechtfertigen, sollte sie sich wenigstens eine glaubhaftere Geschichte ausdenken. Monica Ford ist eine nette, vernünftige Person und eine ungeheuer tüchtige Sekretärin. Außerdem verehrt sie Glenn geradezu. Aber, ohne ihr Böses nachsagen zu wollen, sie hat nicht den mindesten weiblichen Charme. Es gibt jede Menge hübscher Mädchen auf Zypern, und wenn Glenn es darauf anlegte, hätte er sich schon längst eine aussuchen können. Aber ausgerechnet Monica Ford.«

Amanda dachte plötzlich an Julia Blaine und deren genauso grundlose Verdächtigungen. Sie schob den Gedanken schnell beiseite und sagte beiläufig: »Ja, sie ist nicht gerade umwerfend.«

»Nicht umwerfend? Das arme Mädchen ist schlicht und einfach farblos. Wenn sie wenigstens häßlich wäre, dann hätte sie womöglich noch eine Chance gehabt. Häßlichkeit ist zumindest ein Blickfang. Glenn Bartons Problem ist, daß er zu gutmütig ist. Wenn man ein Mädchen wie Anita heiratet, muß man hart sein, genauso hart, wenn nicht härter als sie. Sie hat ihm vorgeworfen, daß er sich mit allen möglichen Leuten einläßt. Mit Claire Norman zum Beispiel. Ich möchte Claire nichts nachsagen, aber ich weiß ganz genau, daß sie mit ihm anbandeln möchte. Natürlich sehr diskret, Claire ist immer diskret. Sie wird ihm nie vergeben, daß er nicht darauf eingegangen ist. Ach, du meine Güte! Was erzähle ich Ihnen da bloß für Klatschgeschichten. Aber es ist so aufregend. Wissen Sie, liebes Kind, es gibt eine ganze Menge Frauen, die einen Eid darauf schwören würden, daß sie niemals tratschen und daß sie jeden Klatsch aus tiefstem Herzen verabscheuen. Es stimmt so gut wie nie; am schlimmsten sind nämlich diejenigen, die sagen, daß sie niemals klatschen. Aber wenn es wahr wäre, würde ihnen sehr viel entgehen. Stellen Sie sich nur vor, was uns allen entgangen wäre, wenn es Somerset Maugham für unter seiner Würde gehalten hätte, auf Klatschgeschichten zu achten. Übrigens, was möchten Sie heute nachmittag unternehmen?«

»Ich möchte nur noch schlafen«, erwiderte Amanda prompt. »Das klingt, als wäre ich desinteressiert, aber ich könnte jetzt wirklich endlos schlafen. Es ist inzwischen soviel passiert. Und . . . und außerdem habe ich in der letzten Nacht nicht sehr viel geschlafen.«

»Es war doch hoffentlich keine stürmische Überfahrt?«

»Nein«, sagte Amanda mit belegter Stimme und erzählte zum dritten Mal an diesem Tag die tragische Geschichte von Julia. Natürlich ließ sie dabei wieder einige Details aus.

»Armes Kind«, rief Miß Moon erschüttert. »Wie schrecklich. Das ist einfach entsetzlich. Was für ein Glück, daß heute Dienstag ist. Du lieber Gott, ich hätte es mir nie verziehen, wenn ich bei Ihrer Ankunft Orange oder Gelb getragen hätte. Das sind so aufregende Farben. Blau vielleicht, Blau ist beruhigend. Aber sicher nicht Orange! Natürlich müssen Sie jetzt schlafen. Das ist in dieser Situation das einzig Vernünftige.«

Sie begleitete Amanda nach Beendigung der Mahlzeit zu ihrem Zimmer. »Kommen Sie einfach herunter, wenn Sie aufgewacht sind«, sagte Miß Moon. »Wir leben hier nicht nach der Uhr. Wir lassen uns nicht zu Sklaven der Zeit machen. Die Zeit ist unser Sklave, Amanda. – Amanda! So ein hübscher Name. Und so ungewöhnlich. Amanda, allein der Name ist es wert, geliebt zu werden.«

Amanda sagte plötzlich einer Eingebung folgend: »Haben Sie jemals von jemandem namens Amarantha gehört?«

»Ich möchte gerne wissen, wer Sie so genannt hat«, strahlte Miß Moon. »Natürlich ein Mann. Ein Mann, der es versteht, Komplimente zu machen. Nicht Glennister Barton, der hat leider überhaupt nichts für Literatur übrig. Amarantha war die Heldin eines bezaubernden Liebesgedichts, von einem gewissen Richard Lovelace. Er überschrieb ein Gedicht ›An Amarantha, damit sie ihr Haar löse!‹ Ich bin nicht sicher, ob ich es noch richtig zitieren kann. Mein Gedächtnis ist nicht mehr das, was es einmal war. Aber probieren wir es doch einfach:

›Amarantha, Märchenfee, zart und wunderbar,
feßle nicht länger dein glänzendes Haar.
Wenn meine Hände sich an dich schmiegen,
laß deine güldenen Locken fliegen‹

... ungefähr so. Aha, Sie werden ja verlegen. Es ist aber auch ein bezauberndes Kompliment. Wenn Sie ausgeschlafen haben, müssen Sie mir alles über ihn erzählen.«

Miß Moon zog sich zurück. Der Geruch ihres auffälligen Parfüms mischte sich mit dem Duft der Lilien und des Flieders und dem Geruch nach Moder und Staub. Amanda machte sich kaum die Mühe, aus ihrem Kleid zu schlüpfen und ihre Schuhe auszuziehen. Sie kroch sofort unter das Moskitonetz und fiel augenblicklich in einen tiefen Schlaf.

7

Als Amanda endlich aufgestanden war, war es schon zu spät gewesen, um sich noch in Kyrenia umzusehen. Aber gleich am nächsten Morgen, kurz nach dem Frühstück, stand Toby Gates vor der Tür der Villa Oleander.

»Ich habe erfahren, daß Sie jetzt hier wohnen«, erzählte er Amanda. »Mrs. Norman hat es erzählt. Wir waren gestern abend alle bei ihr zum Abendessen eingeladen. Ich meine, diejenigen von uns, die auf dem Schiff waren. Von Limassol sind wir im Wagen der Normans hierhergefahren. Das Hotel hatte zwar einen Wagen geschickt, aber kurz vor Nikosia stieß er mit einem Jeep zusammen. So mußten wir uns dann alle in das Auto der Normans quetschen.«

»Wer ist wir?« wollte Amanda wissen. Sie sog genießerisch den Duft des Jasmins ein, der durch die weitgeöffneten Fenster des Wohnzimmers hereinströmte.

»Claire, Persis, Howard und ich. Claire, ich meine Mrs. Norman, sagte, sie sei sich ganz sicher, daß Sie nicht bei den Bartons wohnen könnten, weil Mrs. Barton mit diesem Maler durchgebrannt ist. Es war ihr klar, daß Sie nicht gut allein mit Mr. Barton in dessen Haus wohnen könnten. Komisch, daß wir die beiden schon auf dem Schiff getroffen haben.«

Also war auch Steven Howard in Kyrenia. Amanda sagte schnell: »Und wo war Mr. Norman? Ist er mit dem Bus gefahren?«

»Oh, er ist noch in Limassol geblieben, um Alastair

Blaine zur Seite zu stehen. Sie sind erst am späten Abend eingetroffen. Soweit ich unterrichtet bin, wurde die Leiche zur Obduktion in ein Krankenhaus nach Nikosia gebracht. Alastair muß heute nachmittag noch einmal nach Nikosia fahren, um irgendwelche Fragen zu beantworten. Das Begräbnis war aber schon gestern abend.«

»So schnell?« sagte Amanda überrascht und bekümmert. Sie konnte sich nicht genau erklären, warum, aber irgendwie kam es ihr so vor, als sei Julia Blaine erst in diesem Moment wirklich tot, jetzt, nachdem sie begraben war, begraben in fremder Erde, in einem fernen Land. Diese Endgültigkeit rief in Amanda einen neuen Schock hervor.

»Nun, es ist sehr heiß hier«, fügte Toby unbehaglich hinzu. »In diesem Klima muß man die Menschen ziemlich schnell beerdigen.«

»Was will er denn jetzt machen, ich meine Alastair?«

»Er bleibt vorerst bei den Normans. Mehr ist wohl noch nicht geplant. Alastair und George Norman sind gegen 22 Uhr angekommen und sofort zu Bett gegangen. Barton hat Claire gestern nachmittag in der Stadt getroffen und ihr erzählt, daß Sie jetzt in der Villa Oleander wohnen. Dann haben wir dort angerufen, um Sie zu fragen, ob Sie sich uns anschließen wollten. Diese Miß Moon sagte aber, Sie schliefen noch und sie wolle sie nicht wecken.« Toby senkte seine Stimme und sagte unter verschwörerischem Flüstern: »Ich hatte den Eindruck, daß sie etwas merkwürdig ist. Stimmt das? Das erste, was sie mir sagte, war, ich solle kein blaues Hemd tragen, weil Mittwoch sei. Glauben Sie, sie ist ganz bei Verstand?«

»Sie ist völlig ungefährlich, falls Sie das meinen sollten.« Amanda lachte. »Sie hat ihre eigenen Ansichten darüber, welche Farben man an welchem Wochentag trägt. Wären Sie in Kirschrot erschienen, hätten Sie ihren Geschmack genau getroffen.«

Toby schaute erleichtert. »Ich verstehe, ich dachte schon, die alte Dame sei etwas verwirrt. Dann fragte sie mich nämlich noch, ob ich anrufe, um Amarantha zu sprechen. Eigentlich wollte ich Miß Derington sprechen, sagte ich zu ihr, und sie: ›Das hätte mich auch sehr gewundert; Sie erwecken nicht den Eindruck, als wollten Sie goldene Locken im Winde fliegen lassen.‹ Ich dachte, ich sei an die hiesige Klapsmühle geraten. Was um alles in der Welt kann sie damit gemeint haben?«

»Keine Ahnung«, log Amanda schamlos.

»Übrigens«, sagte Toby etwas eingeschüchtert, »ich habe sie gefragt, ob sie etwas dagegen habe, wenn ich Sie zum Mittagessen ausführe. Sie war damit einverstanden. Also, was meinen Sie? Es werden aber leider noch andere Leute dabeisein. Wir haben gestern abend ausgemacht, daß wir heute alle zusammen im Dome-Hotel zu Mittag essen. Claire, also Mrs. Norman, meinte, es würde Alastair Abwechslung verschaffen. Außerdem hat ihr Koch heute seinen freien Tag. Ich habe ihr gesagt, daß ich Sie auch dazu einladen werde. Also, kommen Sie mit?«

»Ja, sehr gern.«

»Das ist prima«, sagte Toby überschwenglich. »Gehen wir jetzt.«

»Es ist ja noch nicht einmal zehn Uhr«, stellte Amanda fest. »Und ich möchte heute vormittag noch viel erledigen. Ich würde gern etwas herumstöbern und die Gegend erforschen.«

»Ich werde Sie begleiten. Ich muß mir auch noch ein Auto besorgen. Howard hat sich eines gemietet. Es kostet, glaube ich, ein Pfund pro Tag, ohne Chauffeur. Wissen Sie, für einen Künstler ist er ein erstaunlich netter Typ.«

»Was meinen Sie damit, ›für einen Künstler‹?« fragte Amanda. Sie wußte selbst nicht, warum sie sich plötzlich ärgerte.

»Ach, ich weiß nicht so recht. Die meisten sehen doch so aus wie dieser bärtige Kerl mit den Sandalen. Wie der, mit dem Bartons Frau durchgebrannt ist. Was ich damit sagen will, ist, daß sich ein guter Künstler nicht in ein Faschingskostüm werfen muß, um damit seine Fähigkeiten unter Beweis zu stellen.«

»Unsinn!« sagte Amanda scharf. »Sehen Sie sich doch einmal selbst an, wenn Sie im Dienst sind. Sie tragen doch auch eine merkwürdige Khaki-Uniform mit all diesen Rangabzeichen, Schulterklappen und einen lächerlichen Hut mit Federn daran. Jeder Mann würde sich totlachen, wenn seine Frau solch einen Hut tragen würde. Wenn Sie in einem solchen Aufzug herumlaufen können, nur um zu zeigen, was Sie sind, warum sollte Lumley Potter nicht das gleiche tun dürfen? Da fällt mir ein, ich muß noch schnell meinen Sonnenhut holen. Ich bin gleich zurück.«

Den Vormittag über schlenderten sie durch Kyrenia, und gegen zwölf Uhr mittags gingen sie zu dem kleinen Hafen hinunter. Die pastellfarbenen Häuser, die uralten, schimmernden Mauern des Kastells, das Minarett einer Moschee und die weißen Mauern der griechisch-orthodoxen Kirche spiegelten sich im klaren Wasser des Hafenbeckens. Das Ganze erweckte den Eindruck, als habe ein Künstler ein Wandgemälde vom sonnigen Süden entworfen.

Jemand grüßte Amanda mit lauter Stimme von der anderen Straßenseite herüber. Draußen vor einem Café am Kai saß Persis an einem kleinen Tisch. Sie war so schön wie der junge Tag.

»Hallo, Amanda! Ich habe gehört, daß Sie nun doch hier in Kyrenia gelandet sind. Gut gemacht! Das bißchen, das ich von Nikosia gesehen habe, hat mir auch gereicht. Eine schreckliche Stadt. Aber hier, das ist wirklich ein entzükkendes Städtchen. Ich werde einen Liebesroman darüber schreiben, der ein absoluter Bestseller wird. Das hier ist genau die richtige Szenerie dafür. Ich muß mir nur noch einen Liebhaber anlachen.«

»Reicht denn deine Phantasie nicht dazu aus?« fragte Toby spitzbübisch.

»Ich habe wirklich reichlich Phantasie, was aber die Liebe angeht, bevorzuge ich echte Männer.«

»Wie wäre es denn mit mir?« bot Toby sich großzügig an.

»Das ist wirklich nett von dir. Aber ich möchte, daß mein Liebhaber ganz bei der Sache ist. Und wenn du immer mit einem Auge nach Amanda schielst, verdirbt mir das den Spaß. Außerdem gibt es hier genügend junge Talente, dafür aber auch eine ziemlich starke weibliche Konkurrenz.«

»Meinen Sie etwa mich?« fragte Amanda verschmitzt.

»Natürlich, wen sonst? Obwohl ich, ehrlich gesagt, mehr an Mrs. Norman gedacht habe. Die weiß, wie man es anstellen muß. Ich bin zwar selbst nicht gerade unerfahren, und ich achte natürlich auch auf meine Linie. Aber in Claires Gegenwart fühle ich mich wie ein häßliches Entlein. Darüber hinaus hat sie Heimvorteil. Das hier ist ihr Spielfeld, und es sieht ganz danach aus, als habe sie sich bisher tapfer geschlagen. Können Sie sich an diesen bärtigen Paradiesvogel erinnern?«

»Sie sprechen sicher von Lumley Potter«, sagte Amanda.

»Ja, so heißt der Mann. Das ist der, der ein Verhältnis mit der Frau Ihres Freundes Barton hat. Nun, wer, glauben Sie, hat vorgestern nacht an Deck unseres Schiffes um zwei Uhr noch mit ihm gesprochen? Es war Claire Norman und sonst niemand.«

Toby sagte mit scharfer Stimme: »Das ist doch nicht möglich. Woher wissen Sie denn das?«

»Woher ich das weiß? Wofür habe ich meine großen Augen im Kopf? Die winzige Kabine, in der ich übernachtete, war so heiß wie der Broadway im Sommer. Ich ging also etwas frische Luft schnappen und kam an der Kabine Nummer einunddreißig vorbei. Die Normans hatten sie gemietet. George schnarchte so laut, daß er die Schiffsmaschinen übertönte. Ich hatte wirklich Mitleid mit der Frau, die Tisch und Bett mit ihm teilt. Das war aber, wie sich herausstellen sollte, völlig überflüssig. Denn seine kleine Frau befand sich an Deck und schien sich rasend für Kunst zu interessieren. Ein Teufelsweib, das muß man schon sagen.«

»Aber er ist doch mit Bartons Frau durchgebrannt!« sagte Toby indigniert.

»Vielleicht ist er polygam.«

Amanda sagte langsam: »Ach so, deshalb wußte sie also schon...«

»Von Julias Tod? Ja, das nehme ich auch an. Dieser Potter hatte es wahrscheinlich schon vom Ersten Offizier, dem Arzt oder sonst jemandem erfahren. Es wurde ja auch viel darüber getuschelt, denke ich mir. Denjenigen Passagieren, die noch nicht zu Bett gegangen waren, wird es wohl noch nachts zu Ohren gekommen sein. Ja, Claire ist mit Sicherheit eine harte Konkurrenz. Ich glaube, ich muß meine Strategie ändern.«

»Und mit wem wollen Sie anfangen?« fragte Toby interessiert.

»Mit Major Blaine zum Beispiel. Wenn es auch geschmacklos erscheint, einem trauernden Witwer nachzusetzen, so hat unsere Gastgeberin gestern abend doch ausdrücklich darauf hingewiesen, daß wir uns bemühen sollten, Alastair nicht in Depressionen verfallen zu lassen. Deshalb sollte ich mich vielleicht einmal als Trösterin versuchen. Dann wäre da noch Steven Howard. Der scheint mir auch passabel. Er sieht einfach umwerfend aus, und außerdem hat er dieses gewisse Etwas. Claire scheint er auch schon aufgefallen zu sein.«

»Er sieht nicht gut aus!« entfuhr es Amanda. »Er hat ein total unregelmäßiges Gesicht.«

»Nun, für meinen Geschmack kann es so bleiben, wie es ist.«

Toby sagte: »Persis, es ist mir bislang noch gar nicht aufgefallen, daß du mit so starkem amerikanischen Einschlag sprichst. Hast du schon immer so gesprochen?«

»Wenn ich in den Staaten bin, nicht«, antwortete Persis gelassen. »Das bewahre ich mir für meine Reisen auf. Es belustigt die Eingeborenen.«

Toby lachte: »Du bist wirklich ein Original, und ich himmle dich an.«

Persis warf ihm einen komischen, schrägen Blick zu und sagte dann: »Wirklich, Toby? Das war vielleicht einmal. Oder bist du etwa auch wie dieser Potter – oder die meisten anderen Männer – im Grunde deines Herzens polygam?«

Aus Persis Hallidays schneidender Stimme klang für

einen Augenblick ein Anflug von Bitterkeit. Toby sagte schnell: »Was trinkst du da eigentlich? Sieht aus wie Ammoniak.«

»Vielleicht ist es das auch. Der Mann mit der kleinen Schürze da nennt es Ouzo oder so ähnlich. Es schmeckt ekelerregend! Aber ich probiere alles einmal aus. Nehmt euch doch einen Stuhl und setzt euch zu mir.«

»Soll das heißen, daß du dir hier allein, ohne Begleitung, einen antrinkst?« fragte Toby verdutzt.

»Nein, nicht so ganz. Ich habe noch immer nicht vergessen, was man von mir erwartet. Meine Begleitung ist dahinten. Er versucht gerade, etwas unter der Hand zu kaufen, glaube ich. Aber da kommt er ja. Alles in Ordnung, George?«

George Norman kam aus dem Café und hielt eine Flasche Bier in der Hand. »Ich habe es geschafft!« verkündete er triumphierend. »Dachte ich mir doch, daß sie etwas beiseite geschafft haben. Guten Morgen, Miß Derington! Morgen, Gates! Ich zeige Mrs. Halliday die Sehenswürdigkeiten dieses Städtchens.«

Toby sagte: »Ist Ihre Frau auch hier?«

»Sie muß jeden Moment kommen. Alastair mußte noch einige Telegramme aufgeben, und sie hat ihn zur Post begleitet. Aber da kommen sie gerade.«

Claire Norman trug noch immer Schwarz. Sie hatte sich einen breitkrempigen, schwarzen Hut aufgesetzt, der ihr kleines Gesicht vorzüglich zur Geltung brachte. Claire und Alastair bogen gerade unten am Kai um die Ecke, und Claire hatte sich bei Alastair untergehakt. Major Blaine sah müde und finster drein, so, als ob er besonders wenig, wenn überhaupt während der letzten zwei Tage und Nächte geschlafen habe.

»Amanda, das ist aber eine Überraschung«, sagte Claire mit ihrer zarten, hohen Stimme. »Schön, Sie hier zu sehen. Hallo, Toby! Haben Sie sich die Hafengegend schon angesehen?«

»Nein, wir sind in der Stadt herumspaziert. Den Hafen

möchte ich mir jetzt gern einmal vom Pier aus ansehen«, sagte Amanda.

»Ich werde Sie begleiten«, sagte Toby.

»Nein, das möchte ich aber nicht, Toby«, sagte Amanda störrisch. »Ich möchte mich allein dort hinsetzen, mir die Gegend ansehen und mit niemandem reden. Ich bin bald zurück.« Sie drehte sich auf dem Absatz um und ging eilig davon.

Toby machte eine Geste, als wollte er ihr folgen. Aber Claire Norman legte eine Hand auf seinen Arm und bat ihn höflich, ihr einen Stuhl zu holen. Als er das erledigt hatte, war Amanda bereits gegangen. Ein langer Steinwall mit einem Leuchtturm schirmte den kleinen Hafen gegen das Meer hin ab. Amanda wanderte darauf entlang und blickte über das glasklare Wasser zu den hochragenden Wällen des alten Kastells, das wohl aus der Zeit der Kreuzzüge stammte. Die wunderschön geschwungene Küstenlinie verlor sich im Sonnenglast jenseits der uralten Stützpfeiler.

Es waren noch mehrere Leute auf dem Wall. Einer von ihnen, ein Mann, saß zum Hafen gerichtet auf der Mauerkante und ließ seine Beine über dem Wasser baumeln. Er wurde von neugierigen Kindern umringt und skizzierte schwungvoll mit raschen, kühnen Strichen auf einem großen Zeichenblock. Amanda blieb unwillkürlich stehen. Das helle, muntere Kinderlachen hatte sie angezogen.

»Guten Morgen, Amarantha«, sagte der vor sich hin zeichnende Mann, ohne sich umzudrehen.

»Woher um alles in der Welt wußten Sie, daß ich hier bin?« fragte Amanda verblüfft.

Steven drehte sich jetzt zu ihr um und grinste sie an. »Ich habe auch Augen in meinem Hinterkopf, wußten Sie das noch nicht? Vielleicht bin ich aber auch nur wie dieser Kerl in ›Maud‹, der da sagte: ›Egal wie leicht ihr Fuß sie trug, sein Herz erspäht' sie, und es schlug.‹«

Amanda errötete und wandte den Kopf beiseite. Mr. Howard sagte etwas in schnellem Griechisch, und Amandas Weg wurde augenblicklich von einem halben Dutzend

Kindern versperrt, während drei weitere sich ihr an den Arm und den Gürtel ihres grünen Leinenkleides hängten. Amanda ließ sich von der allgemeinen Fröhlichkeit anstekken und lachte mit.

»Ist das eine Sperre?«

»Sehr wohl. Nun kommen Sie schon endlich von Ihrem hohen Roß herunter, Amarantha. Setzen Sie sich, und atmen Sie tief durch. Ich muß mit Ihnen sprechen. Sie können sich auf...«

Er riß ein Blatt Papier von seinem Zeichenblock und legte es an den Rand der Hafenmauer. Amanda ergab sich der Übermacht und ihrer eigenen Neugier. Sie setzte sich neben Steven Howard. Dann sah sie in das klare Hafenwasser hinunter und baumelte ebenfalls mit den Füßen. Plötzlich erspähte sie ihr eigenes und das Spiegelbild der Kinder im Hintergrund im Wasser.

»Das sind also Ihre Augen im Hinterkopf. Sie haben mein Spiegelbild gesehen.«

»Sehr richtig«, stimmte Steven zu.

Amanda setzte sich so, daß sie ihn sehen konnte. Dabei fiel ihr Blick auf den Zeichenblock in seiner Hand. Das Blatt war, zu ihrem Erstaunen, mit schnellen, lebhaften Skizzen von Elefanten, Tigern, einem Seemann in Uniform, einer auf einem Besen reitenden Hexe, einem angsteinflößenden Drachen, einer riesigen Seeschlange und einem säbelschwingenden Piraten bemalt.

Mr. Howard sah immerhin verlegen aus. »Das ist zwar nicht unbedingt das, was man unter ernsthafter Arbeit versteht, aber meinen Zuschauern gefällt es«, bemerkte er.

Amanda sagte mit offener Begeisterung in der Stimme: »Aber Sie können ja tatsächlich malen!«

»Was soll diese wenig schmeichelhafte Ungläubigkeit? Oder sehe ich etwa aus wie ein hochtalentierter Kollege, dieser feurige Ehebrecher Potter?«

Amanda errötete erneut und biß sich auf die Lippen.

»Nein, aber ich dachte...«, begann sie und brach ab.

»Sie haben wohl gedacht, ich tue nur so, als ob. Aber man

sollte den Leuten nur dann ein Schauspiel vorführen, wenn man damit auch überzeugen kann.«

Er warf mit ein paar nachlässigen Strichen Gesicht und Figur eines Mädchens aufs Papier. Plötzlich entpuppte sich Amanda daraus. Sie sah genauso aus wie in der Nacht auf der ›Orantares‹. Bekleidet war sie mit einem Nachthemd, ihr langes Haar fiel bis zur Hüfte. Die Augen waren weit geöffnet und drückten Angst aus.

Die Kinder erkannten Amanda und waren begeistert. Amanda griff nach dem Bleistift, entwand ihn ihm und sagte abrupt: »Worüber wollten Sie denn mit mir reden?«

Steven wandte sich an seine jungen Zuschauer und erhielt begeisterte Zustimmung.

Amanda wollte wissen: »Was haben Sie zu ihnen gesagt? Und wie kommt es, daß Sie die griechische Sprache so gut beherrschen?«

»Nun, ich habe unendlich viele Talente«, sagte Steven Howard leichthin. »Wenn Sie es aber wirklich wissen wollen, ich habe ihnen erzählt, daß ich dieser wundervollen Dame eine Liebeserklärung machen möchte. Sie werden uns warnen, falls einer unserer englischen Freunde auftauchen sollte. Wir können jetzt also in Ruhe miteinander sprechen, ohne befürchten zu müssen, belauscht zu werden.«

»So ist das«, sagte Amanda mit leiser Stimme.

Steven lachte. »Keine Angst. Liebesgeschichten wickele ich immer bei Mondschein ab. Im Moment, schlage ich vor, sollten wir uns über den Mord unterhalten.«

Er nahm sich den Bleistift zurück. Erneut schlug er eine Seite seines Zeichenblocks um und machte sich daran, die Häuser am anderen Ende des Hafens zu zeichnen. Jetzt aber lachte er nicht mehr. Er sprach kurz und bündig und mit tieftönender Stimme.

»Die Obduktion hat ergeben, daß Mrs. Blaine Gift genommen hat. Übrigens, mit dem Glas in Ihrer Kabine hatte ich recht. Es sind nur zwei verschiedene Fingerabdrücke darauf. Und zwar Ihre und die von Mrs. Blaine. Auf dem Röhrchen befanden sich nur die Fingerabdrücke einer

Person, nämlich Ihre. Das bedeutet also, daß es, bevor es unter das Kissen gelangte, sorgfältig abgewischt wurde. Wahrscheinlich benutzte die Person sogar Handschuhe. Die Tabletten in dem Röhrchen waren die gleichen wie die in dem Glas aufgelösten. Es handelt sich um Pilocarpin, ein in dieser Dosierung schnellwirkendes Gift.«

»Aber woher wollen Sie so genau wissen, daß außer Zitronenwasser noch etwas anderes in dem Glas war?« fragte Amanda. Dabei stieß sie die Worte mit belegter Stimme hervor. »Ich habe das Glas doch noch einmal mit Wasser gefüllt und es über Julia geschüttet.«

»Ja, ich weiß. Die Reste der ursprünglichen Flüssigkeit waren in den Teppich eingedrungen, und ich habe etwas davon mit einem Taschentuch aufgewischt. Es war zwar nicht viel, aber mit ein wenig Zitronenschale ausreichend. Die Laboruntersuchung hat ergeben, daß Pilocarpin darin enthalten war. Die Menge hätte wahrscheinlich ausgereicht, um eine ganze Fußballmannschaft zu töten. Ein einziger Schluck aus diesem Glas hätte schon gereicht, Mrs. Blaine zu töten. Obwohl es dann etwas länger gedauert hätte.«

Amanda sagte: »Aber das Röhrchen! Nein, das kann nicht wahr sein. Denn wenn ich die Kabine nicht mit Julia getauscht hätte, hätte es überhaupt keine Fingerabdrücke darauf gegeben. Das hätte doch auffallen müssen.«

»Ich weiß nicht so recht. Wie haben Sie es denn gefunden?«

»Ich habe etwas Hartes unter dem Kopf gespürt, als ich mich hinlegte.«

»Dann haben Sie es quasi sofort entdeckt, als Sie das Kissen berührten. Höchstwahrscheinlich hätte Mrs. Blaine dasselbe gemacht. Auch sie hätte es dann berührt, genauso wie Sie, und vermutet, daß es von einem früheren Kabinenbewohner liegengelassen wurde. Für Sie hatte das Röhrchen nur eine Bedeutung, weil Sie Mrs. Blaine an Gift sterben sahen. Selbst wenn Julia es nicht gefunden hätte, können Sie darauf wetten, daß mehrere Leute es in die Hand genommen hätten, bevor auch nur irgendwer daran gedacht hätte, daß sich darauf eventuell interessante Fingerabdrücke befinden könnten. Aber erzählen Sie noch einmal. Und zwar von Anfang an. Gab es irgend etwas, das Ihnen in Fayid an den Leuten aufgefallen wäre? Wissen Sie, warum Sie hier auf Zypern sind? Woran können Sie sich noch erinnern? Was haben Ihre Mitreisenden gemacht? Ist Ihnen irgend etwas aufgefallen? Vielleicht auf dem Weg nach Port Said oder auf dem Schiff? Erzählen Sie mir einfach alles.«

Amanda schaute Steven ins Gesicht. Es schien, als sei seine ganze Aufmerksamkeit der Zeichnung, die er gerade machte, gewidmet. Es formte sich unter bedachten, sicheren Strichen ein Bild daraus.

Amanda sagte unsicher: »Dann sind Sie also...«

Steven warf einen kurzen Blick auf das Café am Kai. Persis Halliday, die Normans, Major Blaine und Toby Gates saßen an einem kleinen Tisch. Dann sagte er kurz angebunden: »Schnell, Amanda.«

Es gab eigentlich nicht viel zu erzählen. Und das, was es zu berichten gab, hatte sich hauptsächlich an dem Abend im Club von Fayid zugetragen, an dem Abend, an dem ihre Tante sie mit Steven Howard bekanntgemacht hatte. Amanda hatte irgendwie das eigentümliche Gefühl, daß des Rätsels Lösung noch weiter zurückliegend gesucht werden mußte. Sie glaubte auch, daß Steven aus ganz bestimmten Gründen in Fayid gewesen war. Und zwar aus Gründen, die mit Kunst überhaupt nichts zu tun hatten. Auch seine Anwesenheit im Offiziersclub von Fayid konnte nicht zufällig gewesen sein.

Sie erzählte alles, was sie wußte, und dachte sich dabei, daß ihr das alles sehr trivial und unwichtig erschien. Steven aber fragte und fragte. An einigen Punkten schien er besonders interessiert. Zum Beispiel daran, daß Toby Gates Persis Halliday bereits aus den Vereinigten Staaten kannte. Er hatte sie kennengelernt, als er seine dort verheiratete Schwester besuchte, deren Mann bei der Botschaft in Washington beschäftigt ist. Dann wiederholte sie, wie sie an Julia Blaines Kabine geraten war und wie die letzte Unterhaltung mit Julia verlaufen war.

Steven sagte: »Wann sind Sie in Ihre Kabine hinuntergegangen? War Julia Blaine noch an Deck, als Sie gingen?«

»Nein, sie ging schon sehr früh. Ungefähr gegen 22 Uhr. Irgend jemand legte plötzlich eine Schallplatte auf, und es wurde getanzt. Alastair tanzte mit Mrs. Norman, und ich glaube, Julia ging dann bald. Sie sagte, sie habe Kopfweh, und machte viel Aufhebens darum. Dann ging sie in ihre Kabine.«

»Und wann sind Sie selbst hinuntergegangen?«

»So gegen 23 Uhr. Ich kann mich an die Uhrzeit deshalb so genau erinnern, weil ich meine Armbanduhr aufgezogen habe, als ich sie abnahm, um mich zu waschen.«

»Und Mrs. Blaine kam dann fünf oder zehn Minuten später, richtig?«

»Ja!«

Steven war für einen Moment ruhig. Dann sagte er: »Wußten alle von Mrs. Blaines Angewohnheit, ungesüßtes Zitronenwasser zu trinken?«

»Ja, sie hat ja auch geradezu eine Tugend daraus gemacht. Sie trank es, um abzunehmen. Mir ist schon des öfteren aufgefallen, daß die Leute alle über ihre jeweiligen Diäten reden müssen. Julia jedenfalls trank niemals Gesüßtes. Andererseits aß sie tonnenweise Eis, Desserts und Schokolade.«

»Sind Sie ganz sicher, daß Sie mir alles erzählt haben, was Sie wissen?« fragte Steven inquisitorisch.

»Bestimmt! Oh, doch, da ist noch eine Sache, aber sie kann damit eigentlich nichts zu tun haben.«

»Trotzdem, erzählen Sie.«

»Persis erzählte, daß sie spät in der Nacht noch einmal an Deck ging, weil es in ihrer Kabine so heiß war, und dabei habe sie Mrs. Norman und Lumley Potter zusammen an Deck gesehen.«

Steven hielt für einen Moment inne. Er hörte auf zu zeichnen, saß ganz unbeweglich da und starrte über den herrlichen Hafen hinweg. Seine Augen schienen die Schönheit der Landschaft aber nicht wahrzunehmen.

Nach kurzem Zögern zuckte er die Schultern und nahm

seine Arbeit wieder auf. Plötzlich rief eines der Kinder etwas für Amanda Unverständliches zu ihnen herüber. Steven sah sich um.

»Ich befürchte, daß man einen Suchtrupp nach Ihnen ausgeschickt hat. Wir sollten jetzt deutlich und verständlich von etwas anderem reden. Was machen Sie überhaupt in Kyrenia?«

»Sie wissen doch schon, weshalb ich jetzt hier wohne«, sagte Amanda vorwurfsvoll. »Sie haben doch gestern abend auch bei Mrs. Norman zu Abend gegessen, und sie hat die ganze Geschichte doch schon gründlich verbreitet.«

»Ja, natürlich! Sie hätten doch auch unmöglich ohne Anstandsdame bei dem Geschäftsführer Ihres Onkels wohnen können. Zu unser aller Vergnügen hat Sie dieser Barton jetzt also bei Miß Moon untergebracht. Hatten Sie eine angenehme Fahrt von Limassol hierher?«

Amanda begann eine ausführliche Erzählung über die Autofahrt, den Aufenthalt in Nikosia und ihre Ankunft im Hause von Miß Moon. Sie sprach noch immer, als sich plötzlich ein Schatten über sie warf und Claire Normans flötende Stimme erklang: »Ach, Sie sind es, Steven. Ich hatte keine Ahnung, daß Sie sich hier mit Amanda unterhalten. Wir haben uns schon gefragt, was sie so lange hier macht. Sind Sie den ganzen Morgen hier gewesen? Sie wollten uns doch um dreizehn Uhr am Dome-Hotel treffen, und jetzt ist es schon fünf Minuten nach eins. Haben Sie das etwa vergessen?«

Steven klappte den Zeichenblock zu, steckte den Bleistift in die Tasche und stand auf:

»Hallo, Mrs. Norman! Guten Tag, Gates! Ja, ich bin meiner Berufung gefolgt. Miß Derington hat mich beraten.«

Er lehnte sich zu Amanda hinunter und half ihr auf die Beine.

»Lassen Sie mal sehen«, bat Claire Norman. »Sie können sich gar nicht vorstellen, wie sehr ich wirklich kreative Menschen beneide. Zeigen Sie uns doch einmal, was Sie gezeichnet haben.«

Steven hielt ihnen das Blatt mit der Hafenzeichnung hin. Toby Gates entfuhr es unwillkürlich: »Mensch, das ist verdammt gut! Sie machen sicher eine Stange Geld damit.«

»Leider nein!« seufzte Mr. Howard bedauernd. »Ich werde auch wohl nie sehr viel damit verdienen. Meine Bilder haben nämlich einen entscheidenden Fehler. Man kann sofort erkennen, was sie darstellen. Heutzutage kann man mit Kunst aber nur Geld verdienen, wenn man seine Kreativität so einsetzt, daß die potente Kundschaft die Bilder verkehrt herum aufhängen kann, ohne daß es irgendwer bemerkt. Geschweige denn der Künstler selbst.«

Eine plötzliche, unerwartete Brise bewegte das ruhige Wasser und schlug dabei eine Seite des Zeichenblocks um. Nur kurz, aber lange genug, hatten sowohl Claire Norman als auch Toby Gates die Möglichkeit, das schöne Porträt eines Mädchens mit gelöstem Haar zu betrachten.

Toby Gates sagte wie vom Donner gerührt: »Das ist ja Amanda. Wie um Himmels willen ...« Er hielt mit gerötetem Gesicht inne und blickte finster. Claire Norman lachte laut und sagte: »Na, Steven. Das haben Sie aber geschickt verheimlicht! Ich wußte ja gar nicht, daß Sie Amanda so nahestehen.«

Steven schloß das Skizzenbuch, klemmte es unter den Arm und lächelte Claire mit gespielter Freundlichkeit zu. Amanda wurde plötzlich bewußt, daß sie ohne jeden erkennbaren Grund wütend war.

»Ich befürchte«, sagte Steven sanft, »daß es sich bei dem Bild nur um das handelt, was man allgemein als künstlerische Freiheit bezeichnet. Ich kenne Miß Derington nicht sehr gut. Das läßt sich aber, Gott sei Dank, ändern. Aber jetzt wollen wir essen.«

Claire Normans Blicke schweiften geschwind von Mr. Howards lachendem Gesicht zu Amandas ausgesprochen trostloser Miene, dann wanderten sie weiter zu Captain Gates finsterem Ausdruck. Sie lachte erneut. Diesmal klang ihr Gelächter jedoch weniger gelöst.

»Ja, wir wollen etwas essen. Ich sterbe vor Hunger.«

Sie hakte sich bei Steven Howard und Toby ein. In einer Reihe gingen sie zum Dome-Hotel. Die Sonne warf ihre verkürzten Schatten auf die heißen Steine.

8

Der Speisesaal des Dome-Hotels war großzügig angelegt und gut belüftet. Eine erfrischende Brise wehte durch die Fensterreihe, von der aus man das strahlend blaue Meer und den Himmel sehen konnte.

Amanda sah sich interessiert um und stellte fest, daß die meisten Gäste Touristen waren. Die Einheimischen machten nur einen verschwindend kleinen Anteil aus. Die Normans und Alastair Blaine hatten sich an einen kleinen Tisch gesetzt. Er befand sich direkt neben dem von Persis, Steven Howard, Toby und Amanda. Claire Norman hatte nämlich gemeint, daß es sich für einen erst seit kurzem verwitweten Mann nicht gezieme, sich an einen langen Tisch mit fröhlicher Gesellschaft zu setzen. Das hätte Gerede verursachen können.

Amanda verstand nicht, warum Claire unter diesen besonderen Umständen nicht dafür gesorgt hatte, daß Alastair in ihrem Hause aß, wo es nicht soviel Unruhe gegeben hätte. Aber Claire ließ sich nun einmal nichts sagen, und Alastair, der völlig in sich gekehrt und niedergeschmettert war, ließ in seiner Verfassung alles mit sich geschehen.

Amandas Blick blieb an einem trägerlosen, am Rücken weit ausgeschnittenen weißen Strandkleid hängen, das mit scharlachroten Rosen übersät war. Sie fragte sich, wie es wohl seinen Halt erhielt. Über das Geheimnis dieses Kleides, das alle Blicke auf sich zog, grübelte sie gerade noch nach, als sie plötzlich erkannte, wer dessen Trägerin war. Die Dame in dem äußerst gewagten Kleid war niemand anderes als Mr. Glennister Bartons untreue Gattin. Ihr Begleiter, der zeitweise durch einen gerade beschäftigten

Ober verdeckt wurde, war vermutlich ihr Geliebter, dieser komische Potter.

Amanda war sowohl neugierig als auch überrascht. Sie hatte nicht erwartet, daß Anita Barton ihre Liaison in aller Öffentlichkeit zur Schau tragen würde. Jetzt aber saß sie hier ganz ungeniert mit ihrem Liebhaber im Speisesaal des Dome-Hotels. Der Ober entfernte sich, und Amanda konnte ungehindert zu dem Tisch der beiden hinübersehen. Sie beobachtete das Paar mit steigendem Interesse.

Lumley Potter, hatte sie den Eindruck, amüsierte sich ganz und gar nicht. Er erweckte einen mürrischen und mehr als besorgten Eindruck. Seine Blicke streiften fortwährend den Tisch der Normans. Anita Barton hingegen wirkte völlig entspannt. Sie lachte und erzählte, schien allerdings dabei eine Nuance zu laut.

Mrs. Barton war eine etwa fünfundzwanzigjährige dunkelhaarige Frau. Sie hatte eine ausgezeichnete Figur und war ungewöhnlich hübsch. Das äußerst üppig aufgetragene Make-up machte sie noch auffallender. Sie sah absolut nicht so aus, wie man sich die Ehefrau Glenn Bartons, dieses so ruhigen und feinfühligen Mannes, vorgestellt hätte.

Als hätte sie Amandas Blick gespürt, drehte sie sich um und sah Amanda gerade ins Gesicht. Sie sah sie mit weit geöffneten Augen an und versprühte dabei kühle und überlegene Unverschämtheit. Ihr leuchtendroter Mund verzog sich belustigt. Plötzlich bemerkte Amanda, daß Anita nicht mehr sie, sondern jemand anderen, der hinter ihr saß, ansah, und drehte sich unwillkürlich um.

Glenn Barton stand im Eingang und sah mit bekümmerten Augen um sich. Aber er bemerkte seine Frau nicht. Als er Amanda erspähte, ging er schnell zwischen den Tischen hindurch auf sie zu.

»Glenn!« Claire Normans Stimme hielt ihn fest, obwohl er schon beinahe an ihr vorbei war. Sie sah mit großen, leuchtenden Augen zu ihm auf und sagte vorwurfsvoll: »Glenn, Sie sind ja schon wieder völlig überarbeitet. Sie sehen aus, als hätten Sie seit Wochen nicht mehr geschlafen.

Kennen Sie Major Blaine? Nein, Sie waren, glaube ich, auf Geschäftsreise im Libanon, als die Blaines im letzten Jahr hier waren.«

»Nein, wir haben uns noch nicht kennengelernt. Aber ich habe natürlich schon von Ihnen gehört und von ...«

Glenn hielt plötzlich inne, und Claire sagte: »Bleiben Sie doch, und essen Sie etwas. Wir haben gerade erst begonnen.«

»Das geht leider nicht. Ich habe schrecklich viel zu tun.«

»Dann kommen Sie doch auf dem Rückweg zum Tee vorbei.«

»Ja, ich werde mal sehen«, sagte Mr. Barton zögernd.

»Wir erwarten Sie«, sagte Claire mit einem freundlichen Lächeln.

Er nickte abwesend und steuerte auf Amanda zu. Claires Lächeln erstarb, und ihre großen Kinderaugen waren plötzlich nachdenklich.

Amanda wandte sich ihm zu: »Guten Tag, Mr. Barton. Haben Sie mich gesucht? Persis, darf ich vorstellen – Mr. Barton. Er hat mich freundlicherweise in Limassol abgeholt.«

»Ja, wir haben uns schon gesehen«, sagte Persis und setzte ihr blendendes Lächeln auf. »Es feut mich, Sie wiederzusehen, Mr. Barton. Amandas Freunde sind auch meine Freunde. Warum holen Sie sich nicht einfach einen Stuhl und setzen sich zu uns?«

Mr. Barton blinzelte, und auf seinem versteinerten Gesicht machte sich ein entspanntes Lächeln breit.

»Das würde ich gern, aber ich habe leider keine Zeit.«

»Dann ein anderes Mal«, sagte Persis herzlich.

Als gehörnter Ehemann war Glenn Barton eine lokale Berühmtheit geworden. Persis, die sich insbesondere wegen der ungewöhnlichen Verhältnisse für Mr. Barton interessierte, war entschlossen, seine nähere Bekanntschaft zu machen. Wäre er allerdings nebenbei nicht auch noch ein stattlicher Mann gewesen, hätte sich ihr Interesse sicher in Grenzen gehalten.

»Ein anderes Mal gern«, tröstete Glenn Barton sie, und zu Amanda gewandt sagte er: »Ich bin eigentlich gekommen, um Sie zu fragen, ob Sie heute nachmittag zu Hause sind. Ich meine, in der Villa Oleander. Hätten Sie gegen fünfzehn Uhr eine halbe Stunde Zeit für mich? Ich...« Er zögerte, bemerkte die ungeniert lauschenden Tischgenossen und ergänzte: »Ich habe einen Brief von Ihrem Onkel. Er wünscht, daß ich Ihnen eine Nachricht zukommen lasse.«

»Natürlich«, sagte Amanda. »Ich erwarte Sie gegen fünfzehn Uhr.«

»Ich werde versuchen, mich nicht zu verspäten.«

Persis mischte sich noch einmal ein: »Sagen Sie, Mr. Barton, ich habe gehört, daß Sie einen Weinhandel leiten. Ich sehe die Weinberge direkt vor mir. Die Weinlese mit den großen Bottichen und schönen Weinpflückerinnen...«

»Ja, er leitet einen Weinhandel«, sagte Amanda. »Miß Moon hat mich gestern von seinem Produkt kosten lassen. Der Wein ist vorzüglich.«

Glenn Barton lachte. »Freut mich, daß er Ihnen geschmeckt hat. Sie können Gott dafür danken, daß Sie keinen Kräutertee trinken mußten. Ich dachte, das sei das einzige, was Miß Moon trinkt.«

»Das stimmt auch. Aber mit ihren Gästen hat sie Erbarmen.«

Persis wechselte das Thema: »Um noch einmal auf die Weinberge zurückzukommen, Mr. Barton, ich interessiere mich wahnsinnig dafür. Wären Sie so liebenswürdig, einer unwissenden Ausländerin einmal eine Führung zu geben?«

»Ja, sehr gern.«

»Wie wäre es morgen?«

»Du kannst dir die Weinberge morgen nicht anschauen, Persis«, sagte Toby bestimmt. »Wir wollten doch alle zusammen ein Picknick in St. Hilarion machen. Hast du das nicht erst heute morgen mit George Norman arrangiert?«

»Ach ja, richtig! Und wie wäre es, wenn Sie auch zu unserem Picknick kämen, Mr. Barton? Dann könnten wir bei der Gelegenheit auch einen Termin für unsere Weinbergführung ausmachen. Also, morgen um 14.30 Uhr. Sie könnten mich übrigens nach St. Hilarion mitnehmen. Ist das ein Angebot?«

»Nein, das geht leider nicht«, sagte Glenn Barton mit bedauerndem Lachen. »Ich bin im Moment ziemlich beschäftigt. Aber ich werde trotzdem kommen. Nur werde ich Sie nicht mitnehmen können. Ich könnte frühestens gegen 16 Uhr in St. Hilarion sein, wenn Sie damit einverstanden sind.«

»Ja, sicher, bis dann.«

Glenn Barton lächelte sie an, drehte sich um und hielt plötzlich inne. Amanda folgte seinem Blick und sah, daß er seine Frau erblickt hatte. Bisher hatte er sie offensichtlich noch nicht entdeckt, und er hatte wohl auch nicht damit gerechnet, daß sie öffentlich mit Lumley Potter im Dome-Hotel speisen würde.

Anita Barton hatte sich so gesetzt, daß sie ihm direkt ins Gesicht schauen konnte. Ihre Augen waren feindselig und abweisend, ihr geschminkter Mund hart und häßlich. Der Raum war erfüllt von Stimmengemurmel, dem Klirren von Gläsern und dem Klappern von Geschirr. Vor lauter Verlegenheit und Neugier war es an Amandas und Claires Tisch still geworden.

Glenn Bartons hageres, sonnengebräuntes Gesicht bekam eine seltsam graue Tönung. Seine Lippen waren fest aufeinandergepreßt. Er schluckte, und seine Hände waren zu Fäusten geballt, so daß die Knöchel weiß durchschimmerten.

Wohl für eine volle Minute stand er so da. Dann drehte er sich ruckartig um und verließ eiligen Schrittes und unsicher den Raum.

»Hat man so was schon gesehen?« unterbrach Persis die Stille. »Haben Sie sein Gesicht gesehen? Wie oft habe ich in meinen Büchern geschrieben: ›Fahle Blässe überzog sein Gesicht.‹ Wenn ich für jedes Mal auch nur einen einzigen Dollar bekäme, könnte ich mir den berühmten Kohinoor kaufen. Aber so wahr ich hier sitze, mit eigenen Augen hatte ich es noch nie gesehen. Die besten Geschichten schreibt doch noch immer das Leben.«

»Sind alle Amerikanerinnen so erbarmungslos wie Sie, Miß Halliday?« wollte Steven Howard wissen.

»Persis für Sie, Steven. Warum erbarmungslos? Ich war doch ausgesprochen reizend zu dem armen Mann.«

»Genau das meine ich ja«, sagte Steven lächelnd. »Aber was werden Sie mit ihm machen, wenn Sie ihn sich erst einmal geangelt haben? Werden Sie ihn braten, oder werden Sie ihn wieder ins kalte Wasser zurückwerfen?«

»Aber, Steven, ich möchte ihn doch nur kennenlernen. Sehen Sie denn nicht, was für ein seltsames Exemplar er ist?«

»Doch, das sehe ich. Sie sind ein grausamer Vamp, Persis, und sollten hinter Schloß und Riegel gehalten werden. Und schauen Sie mich nicht so verführerisch an. Ich reagiere auf so etwas nämlich äußerst empfindlich.«

»Das ist ja hervorragend«, sagte Persis herzlich. »Dann haben wir ja vieles gemeinsam. Sie dürfen mich nach St. Hilarion fahren.«

»Abgemacht«, sagte Mr. Howard.

Toby begleitete Amanda nach dem Essen zur Villa Oleander zurück, und sie verabschiedeten sich am Tor. Amanda war unzufrieden, ruhelos und erschöpft. Jetzt spürte sie die Verzauberung, die sie bei der Ankunft in der Villa Oleander so stark empfunden hatte, nicht mehr. Miß Moon spähte schon über das Treppengeländer, als Amanda die Tür hinter sich schloß.

»Ah, da sind Sie ja wieder. Glenn Barton hat nach Ihnen gefragt. Ich habe ihm gesagt, Sie seien wahrscheinlich zum Mittagessen im Dome-Hotel.«

»Wir haben uns noch getroffen. Danke, Miß Moon. Er kommt heute nachmittag hier vorbei. Ich hoffe, es ist Ihnen recht. Mein Onkel hat ihm geschrieben. Er muß sich ja immer in meine Angelegenheiten mischen.«

»Es ist völlig in Ordnung, daß Glenn Barton Sie hier besucht. Ich schlafe nachmittags sowieso immer. Dann haben Sie das Wohnzimmer für sich. Ich werde um 16 Uhr aufstehen. Bitten Sie Glenn doch, zum Tee zu bleiben. Er findet auch allein herein. Euridice ist für eine Stunde außer Haus.«

Miß Moon zog sich zurück, und Amanda hörte die Schlafzimmertür ins Schloß fallen. In der Halle schlug die Uhr dreimal. Draußen ging jemand mit raschen Schritten den gepflasterten Steinweg entlang, und pünktlich auf die Minute erschien Glenn Barton. Er atmete hastig, als habe er sich sehr beeilt.

»Hoffentlich habe ich Sie nicht warten lassen!« sagte er besorgt.

»Etwa zwei Sekunden«, sagte Amanda lachend. Sie führte ihn ins Wohnzimmer und setzte sich auf einen der Stühle mit den hohen Lehnen. Sie waren vergoldet und mit verblichenem, grünen Samt bezogen. Glenn Barton sah auf Amanda hinunter. Zwischen den Brauen zeigte sich eine tiefe Falte. Er sagte nichts.

»Nehmen Sie doch Platz. Was ist denn los? Hat mein Onkel Sie etwa auf mich gehetzt?« fragte Amanda schließlich.

Glenn Barton setzte sich auf das Sofa und fuhr sich mit der Hand durch das Haar. Es war dieselbe jungenhafte und verzweifelte Geste, die Amanda noch vom Tag zuvor in Erinnerung geblieben war.

Dann sagte er plötzlich auffahrend: »Ich habe von Ihrem Onkel nichts gehört. Ich brauchte nur einen Vorwand, um mit Ihnen sprechen zu können. Ich muß Ihnen unbedingt etwas erzählen.«

Er sah auf und schaute Amanda unglücklich an. Glennister Barton war wenigstens fünfzehn Jahre älter als Amanda, und seine Schläfen waren bereits graumeliert. Aber in dieser Situation hatte Amanda ganz überraschend das Gefühl, doppelt so alt wie er zu sein. Es schien ihr, als habe sie es mit einem kleinen Jungen zu tun, der in Schwierigkeiten geraten war.

Sie sagte warmherzig und schnell: »Aber was ist denn nur los? Was quält Sie denn?«

»Ich muß es Ihnen sagen ...«, seine Stimme klang abgehackt. »Ich muß Ihnen etwas erzählen. Über Anita, meine Frau. Wissen Sie, ich hatte wirklich keine Ahnung davon, daß sie hier sein würde. Ich hatte gehofft, daß Sie es nicht erfahren würden. Deshalb habe ich Ihnen gesagt, sie sei krank. Das war natürlich eine Lüge.«

»Hören Sie, Glenn«, sagte Amanda, ohne sich darüber im klaren zu sein, daß sie ihn beim Vornamen genannt hatte. »Das macht doch nichts. Sie wollten sie doch nur in Schutz nehmen. Was hätten Sie sonst auch tun können? Ich verstehe das nur zu gut. Machen Sie sich darüber keine Gedanken.«

Glenn stützte seinen Kopf in die Hände und sagte mit leiser, zitternder Stimme: »So ein Ärger. Ich hätte nie gedacht, daß sie das tun würde. Aber sie hat es getan. Was die anderen Leute darüber denken, ist mir egal. Aber der gute Ruf der Firma steht auf dem Spiel. Und Sie sind schließlich eine Derington. Ich hätte es gerne vertuscht, aber das ist jetzt nicht länger möglich. Ich habe getan, was ich konnte.«

»Ja, das glaube ich Ihnen doch auch«, tröstete Amanda Glenn Barton. Betrübt fügte sie hinzu: »Aber, warum um alles in der Welt sollten Sie Ihre Frau in Schutz nehmen, wenn sie selbst überhaupt nichts auf das Gerede der Leute gibt?«

»Ich verstehe das einfach nicht«, sagte Glenn Barton müde. »Warum benimmt sie sich nur so? Vielleicht ist es eine Art Schutzmechanismus. In Wirklichkeit ist sie noch ein Kind. Und zwar ein verwöhntes Kind, das versucht, seine eigenen Unzulänglichkeiten zu verteidigen, indem es anderen Leuten den Schwarzen Peter zuschiebt.«

»Sprechen Sie die Geschichte mit Miß Ford an?« fragte Amanda.

Glenn sah auf und sagte mit versteinertem Gesicht: »Sie sind davon auch schon unterrichtet?«

»Miß Moon hat es mir erzählt. Machen Sie sich aber deshalb keine Sorgen. Sie sagte auch, daß niemand die Geschichte glaubt.«

»Woher will sie das wissen? Es gibt Leute, die glauben einfach alles«, sagte Glenn Barton bitter.

Erneut stützte er seinen Kopf mit den Händen. Nach einer Pause sagte er in fast unhörbarem Ton, so, als habe er Amandas Anwesenheit vergessen und verschaffe sich Erleichterung, indem er seine Sorgen aussprach:

»Anita kann Monica nicht ausstehen. Sie mochte sie noch nie. Monica ist ausgesprochen tüchtig und intelligent. Aber sie besitzt keinerlei Taktgefühl. Anita ist ein fröhlicher Mensch. Geldangelegenheiten und Haushaltsführung interessieren sie überhaupt nicht. Was sie mag, sind teure Kleider, Partys bis spät in die Nacht und die Bewunderung der Leute. Sie ist noch sehr jung, da ist das nur natürlich. Ich glaube, ich war einfach zu schwer von Begriff. Es gab hier immer viel Arbeit, und zu allem Überfluß machte Monica auch noch ausgesprochen taktlose Bemerkungen. Anita wurde wütend. Eines Tages fuhr sie aus der Haut, und die beiden gerieten in einen fürchterlichen Streit. Einen dummen und ziemlich kindischen Streit.«

Glenn Barton seufzte und fuhr sich mit der Hand durch das Haar. »Anita hat mich vor die Alternative gestellt: Entweder Monica Ford geht, oder sie selbst würde diesen Schritt unternehmen. Sie wollte einfach nicht einsehen, daß ich Monica nicht von heute auf morgen gehen lassen konnte. Schließlich hat Mr. Derington sie persönlich für den Posten bestimmt. Bevor sie kam, ging es im Büro drunter und drüber. Monica hat alles in Ordnung gebracht und wie verrückt gearbeitet. Ich hätte sie nicht ersetzen können, ohne die Interessen der Firma aufs Spiel zu setzen. Ich habe versucht, Anita zu erklären, daß sie sich aus dem Weg gehen könnten. Ich hätte schon dafür gesorgt, daß sie sich nicht begegnet wären, und daß sie nicht miteinander hätten sprechen müssen. Aber Monica mußte bleiben. Es gab keinen Ausweg. Denn neben meiner vielen Arbeit hätte ich unmöglich auch noch Monicas Teil mitverrichten können. Das war völlig ausgeschlossen. Anita hat das nicht eingesehen. Sie beharrte weiterhin darauf, daß, wenn Monica bleibe, sie gehen werde. Ich hätte nie gedacht, daß es ihr wirklich ernst mit ihrer Drohung war. Aber sie ging tatsächlich. Jetzt, nachdem sie mich verlassen hat, ist sie zu stolz und wohl auch noch zu jung, sich die Wahrheit einzugestehen. Deshalb hat sie überall verbreitet, sie sei gezwungen worden zu gehen, weil ich eine Affäre mit Monica Ford hätte. Ich und eine Affäre mit Monica Ford! Ausgerechnet mit Monica Ford! Mein Gott, das Ganze ist so komisch, daß man schon fast wieder darüber lachen kann.«

Amanda sah Glenn verständnisvoll an. Sie empfand tiefes Mitleid mit diesem Mann und mußte plötzlich wieder an Julia Blaine denken. Julias eifersüchtige Liebe hatte sie auch dazu getrieben, ihrem Mann alle möglichen Abenteuer mit allen nur denkbaren Frauen anzuhängen. War Mrs. Barton genauso? Liebte auch sie ihren Mann mit demselben Egoismus, derselben krankhaften Eifersucht, wie Julia Alastair geliebt hatte? Hatte Glenn seine Frau wegen der vielen Arbeit vernachlässigt und sie dadurch zu demselben hysterischen Verhalten getrieben wie Alastair seinerzeit Julia? Geschahen so fürchterliche Dinge unter dem Deckmantel der Liebe? Konnte die Liebe tatsächlich so erbarmungslose Wege nehmen?

Amanda sagte schnell: »Glenn, jetzt hören Sie mir einmal zu! Ohne überheblich zu sein, darf ich doch wohl sagen, daß ein jeder, der Monica Ford einmal gesehen hat, weiß, daß die Geschichte völlig aus der Luft gegriffen ist. Niemand kann das wirklich glauben!«

Glenn hob den Kopf und sah zu Amanda hinüber.

»Nein«, sagte er mit schiefem Lächeln. »Das glaube ich auch nicht. Aber es gibt genügend Leute, die sie noch nicht gesehen haben. Die Geschichte ist einfach geschmacklos. Obwohl ich Monica momentan eigentlich gar nicht entbehren kann, habe ich versucht, sie zu veranlassen, selbst zu gehen. Ich kann sie doch nicht auf der ganzen Insel zum Gespött der Leute werden lassen. Das wäre ihr gegenüber nicht fair. Ich bin der Frau in gewisser Weise verpflichtet und Ihrem Onkel natürlich auch. Aber sie will einfach nicht gehen. Sie sagt, wenn sie jetzt gehen würde, käme das einem Schuldgeständnis gleich. Und sie lasse sich auf keinen Fall wegen dieses unhaltbaren Geredes zwingen, zu gehen. Ich habe versucht, sie davon zu überzeugen, daß es besser für sie wäre zu gehen, aber ohne Erfolg.«

»Sie hat ja auch recht«, sagte Amanda liebevoll. »Es wäre vielleicht noch verständlich gewesen, wenn Sie sie nach der Auseinandersetzung mit Ihrer Frau entlassen hätten. Jetzt aber gibt es keinen plausiblen Grund mehr für sie, die Flucht zu ergreifen. Oder sollte sie etwa, nur weil Ihre Frau behauptet, Sie hätten eine ...« Amanda brach abrupt ab und errötete.

»Liebschaft«, beendete Glenn Barton den Satz. »Ich stimme Ihnen zu. Aber sie ist die einzige, um die ich mir Sorgen mache. Die anderen können sich selbst wehren.«

»Welche anderen?« rätselte Amanda.

»Hat Miß Moon Ihnen das noch nicht erzählt?« fragte Glenn bitter. »Miß Ford ist doch nicht die einzige, mit der ich angeblich eine Affäre habe. Anita ist sehr großzügig mit ihren Anschuldigungen. Mir wird von ihr unterstellt, noch mit etwa einem halben Dutzend anderer Frauen etwas gehabt zu haben. Mit Mrs. Norman zum Beispiel. Es hat den Anschein, als sei keine Frau sicher vor mir. Ich sehe eigentlich gar nicht danach aus, oder hätten Sie das vermutet?«

Er lachte erneut. Es war ein schrilles und verbittertes Lachen.

»Warum erwürgen Sie sie nicht einfach?« fragte Amanda entrüstet.

»Wen, Anita?«

»Ja, ich glaube, das alles würde einen Totschlag rechtfertigen.«

Glenn lächelte verschämt. »Sie verstehen das nicht. Wissen Sie, sie meint es nicht so. Sie ist ein verwöhntes Kind, das gerade festgestellt hat, daß sich nicht alles nach ihrer Nase dreht. Außerdem trinkt sie unmäßig viel, und das löst ihre Probleme auch nicht. Sie verteilt nur Schläge, weil sie sich langweilt und enttäuscht ist. Enttäuscht von mir, von der Ehe und von Zypern.«

»Das klingt so, als ob sie einmal eine gehörige Tracht Prügel benötigte. Schade, daß Sie es noch nicht ausprobiert haben«, sagte Amanda aufrichtig.

»Vielleicht haben Sie gar nicht so unrecht«, sagte Glenn und zog eine Grimasse. »Aber jetzt ist es ohnehin zu spät. Anita will sich von mir scheiden lassen.«

Amanda sagte: »Sie werden doch einwilligen?«

Glenn Barton stand plötzlich auf und ging zu den geöffneten französischen Fenstern hinüber. Von dort hatte man einen herrlichen Blick auf die kleine Veranda, die mit Jasmin und Kletterrosen bepflanzt war. Den Rücken Amanda zugewandt, die Hände in den Hosentaschen, sprach er weiter mit Amanda, ohne sich umzudrehen.

»Das kann ich nicht.«

»Aber warum denn nicht, Glenn? Etwa wegen Ihrer Arbeit? Onkel Oswin ist zwar im allgemeinen entschieden gegen Scheidungen. In diesem Fall aber ist es doch nicht Ihre Schuld.«

»Nein, nicht wegen der Arbeit«, sagte Glenn Barton, ohne sich umzusehen. »Darum gebe ich nicht sehr viel. Es ist wegen Anita. Ich liebe sie nun einmal.«

Plötzlich drehte er sich ruckartig um, sah Amanda ins Gesicht und sagte in hartem Ton: »Das können Sie wahrscheinlich nicht nachvollziehen. Es ist absurd, ich weiß. Jemanden zu lieben, der so viel Unheil angerichtet hat. Es ist zwar unlogisch, aber ich kann es nicht ändern. Ich möchte, daß sie zu mir zurückkommt. Koste es, was es wolle. Ich glaube einfach nicht, daß sie Lumley Potter wirklich liebt. Es ist nur ein dummer Seitensprung! Wenn ich mich nicht scheiden lasse, wird sie ihn eines Tages vergessen und zu mir zurückkehren.«

Er sah Amanda beschwörend an. Seine müden, verzweifelten Augen flehten um ihre Zustimmung. Amanda erhob sich und faßte ihn beim Arm:

»Nur Mut, Glenn! Bitte! Es wird sich schon alles wieder einrenken. Vielleicht sollte ich einmal mit ihr reden...«

Sein Gesichtsausdruck veränderte sich ganz plötzlich. Er

wirkte geradezu hoffnungsfroh, so, als sei der Kampf noch nicht verloren. Doch schon im nächsten Moment sank er wieder in sich zusammen.

»Nein, das wäre wirklich zuviel von Ihnen verlangt. Ich hätte Ihnen das alles gar nicht erzählen dürfen. Ich wollte Sie da nicht hineinziehen, bestimmt nicht. Aber Sie mußten es früher oder später doch erfahren. Schließlich sind Sie eine Derington. Entschuldigen Sie, daß ich Sie zunächst belogen habe. Es ist unverzeihbar von mir, Sie mit meinen privaten Angelegenheiten behelligt zu haben. Können Sie mir noch einmal verzeihen? Versuchen Sie zu vergessen, was ich soeben gesagt habe.«

Er nahm Amandas Hände in die seinen. Sie waren unruhig und trotz der südländischen Hitze kalt.

»Jetzt seien Sie doch nicht albern«, sagte Amanda mit hellem Lächeln. »Sie wissen doch ganz genau, daß Sie sich nicht zu entschuldigen brauchen. Wenn irgend jemand sich zu entschuldigen hat, dann doch wohl ich. Sie befinden sich in der schlimmsten Krise Ihres Lebens, und da komme ich daher. Mein Onkel setzt Ihnen quasi die Pistole auf die Brust und erwartet von Ihnen, daß Sie mich bei sich aufnehmen und mir die Gegend zeigen. Sie haben mich sicher zum Teufel gewünscht!«

Glenns kalte Hände umschlossen Amandas noch fester. Dann sagte er schnell: »Reden Sie nicht so. Das konnten Sie doch gar nicht wissen. Wenn ich nur etwas mehr Courage hätte, dann hätte ich Ihrem Onkel geschrieben und die ganze Angelegenheit erklärt. Aber ich wollte einfach nicht glauben, daß sie nicht zu mir zurückkommt. Ich konnte an nichts anderes mehr denken. Mein Verstand schien ausgesetzt zu haben. Wenn nicht Monica Ford gewesen wäre, dann hätte ich jetzt wahrscheinlich weder eine Arbeit noch eine Frau. – Es hat mir sehr geholfen, mit Ihnen sprechen zu dürfen. Aber ich darf Sie nicht noch tiefer in die Geschichte verwickeln. Denken Sie an das Zitat aus der Bibel: ›Wer Pech angreift, besudelt sich.‹«

»Unsinn!« sagte Amanda herzlich. »Sie selbst haben

doch gesagt, daß der gute Ruf der Firma auf dem Spiel steht. Ich bin nun einmal eine Derington, daran läßt sich nichts ändern. Wenn Sie wirklich möchten, daß ich mit Ihrer Frau spreche, dann werde ich es auch tun.«

Glenn drehte sich erneut um und sah auf den sonnenüberfluteten Garten jenseits der kühlen Veranda.

Er sagte langsam: »Ich weiß es nicht. Ich weiß es wirklich nicht. Sie weigert sich strikt, mich zu sehen. Wahrscheinlich liest sie meine Briefe nicht einmal. Sie hat gesagt, daß sie so lange nicht mit mir reden will, bis ich in die Scheidung einwillige. Wenn ich doch nur mit ihr reden könnte. Ja, vielleicht würde sie wenigstens mit Ihnen sprechen.«

»Es ist einen Versuch wert«, sagte Amanda. »Schlimmstenfalls wirft sie mich zur Tür hinaus, und nachdem ich von Onkel Oswin erzogen wurde, bin ich solchen Dingen gegenüber praktisch immun.«

Glenn Barton wandte sich wieder Amanda zu und umschloß noch einmal mit festem Griff ihre Hände.

»Sie sind ein famoser Kerl, Amanda. Ich kann Ihnen gar nicht genug danken. Eigentlich sollte ich es nicht zulassen, und es wird auch wohl nichts dabei herauskommen. Ich habe aber ein Stadium erreicht, wo ich so gut wie alles versuchen würde!«

»Dann ist es also abgemacht«, sagte Amanda. »Wann kann ich Anita am besten treffen? Jetzt gleich?«

»Etwas später, würde ich vorschlagen. Mit ziemlicher Sicherheit ist sie jetzt schwimmen gegangen, oder sie sieht Lumley Potter beim Malen zu. Der Haken an der Sache ist natürlich Lumley. Er wird auch anwesend sein.«

»Ich werde heute nach dem Abendessen zu ihr gehen«, sagte Amanda entschlossen. »Ich werde einfach zur Tür hineingehen. Mit Potter haben Sie allerdings recht. Er wird uns furchtbar stören. Wir müssen uns überlegen, wie wir ihn am besten loswerden. Sei es auch nur für eine Stunde.«

Glenn Barton runzelte nachdenklich die Stirn. »Ja«, sagte er mit Zögern. »Ich glaube, ich habe da eine Idee. Ich könnte ihm eine Nachricht zukommen lassen.«

»Genau, das ist es«, sagte Amanda voller Begeisterung. »Wir täuschen einfach vor, daß jemand im Hotel seine Bilder sehen will und vielleicht sogar eines kauft. Darauf geht er sicher ein. Ich werde Toby dazu bewegen, sich unterdessen mit Potter zu beschäftigen.«

Glenn Barton gab zu bedenken: »Das sollte ich besser selbst besorgen. Ich möchte diese unangenehme Geschichte nicht auch noch einem Dritten anvertrauen.«

»Das müssen Sie ja auch nicht. Ihretwegen würde Mr. Potter wahrscheinlich sowieso nicht zum Hotel kommen. Ich werde Toby lediglich sagen, daß ich eine Verabredung mit Ihrer Frau habe und daß ich Lumley Potter nicht dabeihaben möchte. Er möge bitte so gut sein, ihn mir für eine Stunde vom Hals zu halten. Ich bin sicher, daß er das tun wird. Aber wie finde ich das Haus?«

»Es steht am Hafen«, sagte Glenn Barton und gab Amanda genaue Informationen.

»Ich werde gegen 21.30 Uhr hinuntergehen«, sagte Amanda, »und so lange warten, bis Potter das Haus verlassen hat. Dann gehe ich zu Anita. Da Toby sowieso viel zuviel Geld hat, wird es ihm nicht einmal besonders weh tun, wenn er am Ende sogar ein Original von unserem großen Meister kauft.«

Glenn Bartons Mundlinien entspannten sich etwas, und er lachte.

»Wie schön, Sie endlich wieder einmal lachen zu sehen«, sagte eine sich nähernde Stimme. Sie hatten Miß Moon nicht kommen hören. Amanda und Glenn Barton waren etwas aufgeschreckt und schauten schuldbewußt.

»Wie ich sehe, hat unsere kleine Amanda Sie aufgeheitert«, kommentierte Miß Moon hocherfreut. Sie trug heute einen kirschrot gemusterten Leinenrock und eine farblich dazu passende Organzabluse mit einem schmalen Spitzenbesatz. Ihre unmögliche Frisur wurde von einer modischen Tüllschleife in derselben Farbe geziert. Ihr Kostüm vervollständigte ein ellenlanger, durchsichtiger Schal, den sie um den Hals geschlungen hatte und der wie ein Brautschleier hinter ihr herwehte. Die Amethyste und Opale, die sie am Tag zuvor getragen hatte, waren durch Granatschmuck ersetzt, der nicht ganz zu dem vorherrschenden Kirschrot paßte. Die silbernen Filigranketten hatte sie sich auch heute umgelegt, und wieder umhüllte sie eine starke Parfümwolke.

Sie tätschelte Glenn Bartons schmale, sonnengebräunte Wangen mit ihrer von mehreren Ringen glitzernden Hand. »Wie es mich freut, Sie bei guter Laune zu sehen. Amanda, ich hoffe doch sehr, daß Sie Glenn darum bitten, Ihnen die Umgebung zu zeigen. Er muß einfach wieder einmal etwas aus sich herausgehen.«

»Ja, das wird er auch«, sagte Amanda. »Er wird schon morgen mit uns zu einem Picknick nach St. Hilarion kommen. Ich kann aber für nichts garantieren. Glenn wird nämlich von einer bezaubernden amerikanischen Schriftstellerin umworben. Warum kommen Sie nicht auch mit, Miß Moon? Wir gehen doch alle.«

»Das ist sehr lieb von Ihnen«, sagte Miß Moon anerkennend. »Ich hätte auch Lust dazu, obwohl ich mir, ehrlich gesagt, aus Picknicks nie sehr viel gemacht habe. Wegen der Ameisen, wissen Sie. Von den Wespen ganz zu schweigen. Aber ich gehe morgen aus. Lady Cooper-Foot wird eine kleine Bridgeparty geben. Von 15 Uhr bis 18.30 Uhr. Eigentlich ist es völliger Unfug, da Andreas und Euridice beide den ganzen Tag nicht da sind. Sie haben aber versprochen, spätestens bis 19.30 Uhr wieder hierzusein. In Aiyos Epiktitos gibt es einen Jahrmarkt, und sie möchten gern dabeisein. Es gibt laufend irgendwelche Feste, die sie auf keinen Fall verpassen dürfen. Aber andererseits, warum sollten sie sich nicht amüsieren? Deshalb ist es wahrscheinlich ganz günstig, wenn wir beide morgen nachmittag auch nicht daheim sind. Da kommt Euridice zum Tee. Glenn, leisten Sie uns doch Gesellschaft. Trinken Sie mit uns Tee.«

»Das geht leider nicht. Ich muß ins Büro zurück. Monica hat noch ein oder zwei Sachen in den Ordnern, die erledigt werden müssen, bevor die Post morgen abgeht. Kann ich Briefe für Sie mitnehmen, Amanda?«

»Ich hatte bis jetzt noch gar keine Zeit zu schreiben«, gab Amanda lachend zu.

Mr. Barton küßte zum Abschied Miß Moons Hand. Dies war eine offensichtlich übliche Prozedur, und Miß Moon schien sich sehr zu freuen. Amanda begleitete Mr. Barton zur Tür.

»Nach dem Tee werde ich zu Toby eilen und ihm die Sache mit Potter erklären«, sagte sie noch verschwörerisch.

»Viel Glück.«

Mit diesen Worten machte sich Glenn Barton auf den Weg. Er lief eiligen Schrittes die Eingangsstufen hinunter, und kurz darauf fiel die Tür des Vordertors ins Schloß. Amanda hörte das Auto starten und in Richtung Nikosia davonfahren.

9

Gegen 21.30 Uhr eilte Amanda eine der engen Straßen entlang, die zum Hafen führen. Sie wartete im Schatten in der Nähe des Kais.

Ein milchiges Mondlicht erfüllte die Nacht. In der Luft hing der Geruch von Straßenstaub, Knoblauch, Tang, Fischen und starkriechenden Blumen. Straßen und Kai wimmelten von Bummlern, und niemand wurde auf Amanda aufmerksam. Ihr kurzes kaffeebraunes Popelinekleid mit dem ausgestellten Rock paßte sich dem hellen Mondlicht ebenso gut an wie den dunklen Schatten an den Häuserwänden. Um ihr Gesicht zu verbergen, hatte sie sich ein farblich abgestimmtes Chiffontuch wie eine Bäuerin lose um den Kopf gewunden.

Eigentlich rechnete sie nicht damit, in dieser engen Gasse, um diese Uhrzeit, noch jemanden zu treffen, den sie kannte. Aber sie wollte nichts riskieren und auf keinen Fall in die peinliche Situation geraten, irgendeinem ihrer Freunde und Bekannten den wahren Grund ihres Ausflugs erklären zu müssen.

Als sie die Hauptstraße überquerte, ging Alastair an ihr vorbei. Er trug keinen Hut und ging sehr langsam, die Hände in den Hosentaschen. Das Straßenlicht fiel auf sein blondes Haar. Amanda glaubte aber nicht, daß er sie bemerkt hatte, denn seine Augen waren leer und ausdruckslos geblieben, und er war, ohne zu zögern, weitergegangen.

Glenn Barton hatte ihr den Weg sehr ausführlich beschrieben. Amanda hatte keine Schwierigkeiten, das Haus am Hafen zu finden, in dem Lumley Potter ein kleines Atelier gemietet hatte. Sie wartete unter den Bäumen einer schattigen Allee, atmete die würzige Luft ein und nahm die Wärme und Schönheit des mondhellen Abends in sich auf.

Schon sehr bald hörte Amanda in der Nähe gedämpfte Schritte eine hölzerne Treppe herunterkommen. Eine Tür knarrte, und kurz darauf eilte Lumley Potter mit einer großen Mappe unter dem Arm an ihr vorüber. Im Mondlicht wirkte sein rotbrauner Bart grau.

Gut gemacht, Toby, dachte Amanda dankbar. Sie wartete, bis Mr. Potter um die Ecke des Kais gebogen war. Dann wagte sie sich aus der schattigen Allee heraus und ging hinauf zu der Tür, die Lumley Potter nicht hinter sich geschlossen hatte.

Die schmale Diele wurde nur schwach von einer einzigen Öllampe erhellt. Der Verputz fiel von den Wänden, und eine morsche Holztreppe führte steil nach oben in die Dunkelheit. Amanda gab sich einen Ruck und begann die Treppe hinaufzusteigen.

Das Haus hatte mehrere Stockwerke. Die Räume waren aber offensichtlich alle unbewohnt, denn unter keiner der Türen drang Licht heraus. Das Mondlicht, das durch die stark verschmutzten Fenster des Treppenhauses fiel, war die einzige Lichtquelle. Glenn hatte gesagt, Anita wohne in der obersten Etage. Dann mußte also das hier Potters Liebesnest sein . . .

Durch eine schlecht schließende Tür drang ein Lichtstreifen. Eine Schiffslaterne hing an einem eisernen Haken. Die darin flackernde Kerze spendete schwaches, unruhiges

Licht. Von jenseits der Tür war Musik zu vernehmen, die entweder von einem Plattenspieler oder einem Radio stammte. Amanda atmete tief durch und klopfte an die Tür. Sie wartete jedoch die Antwort nicht ab, sondern drückte die Klinke hinunter und trat ein.

Der große, schmale Raum war hell erleuchtet, und Amanda blinzelte. Verglichen mit der Dunkelheit im Treppenhaus und der schwachen Beleuchtung vor der Wohnungstür, war das Licht hier geradezu grell.

Der Raum war in einem lebhaften Lachsrosa getüncht, und am offenen Fenster hingen weiße, handgewebte Gardinen. Auf dem Fußboden lagen rostrote Matten. Riesige Ölbilder, vermutlich die Werke von Mr. Potter, zierten die Wände oder waren reihenweise dagegengelehnt. Mr. Potter hielt offensichtlich viel von seinen Farben, denn er hatte sie pfundweise mit Hilfe eines Spachtels oder sogar einer Maurerkelle aufgetragen. Außerdem schien er dunklen Tönen den Vorzug zu geben.

Dann fragte eine Stimme: *»Pios ine?«* Amanda drehte sich schnell um und erblickte Mrs. Barton.

Mrs. Barton paßte ganz und gar nicht in diese Umgebung. Sie lag der Länge nach auf einem großen Sofa und betätigte den Plattenspieler, der neben ihr auf dem Fußboden stand. Sie drehte sich träge um, doch als sie Amanda sah, sprang sie wie elektrisiert auf.

Anita Barton trug ein dünnes, enganliegendes schwarzes Chiffonkleid, dessen Schnitt sofort verriet, daß es in einem teuren Pariser Salon geschneidert worden war. Sie hatte sich Perlenohrringe und eine Perlenkette angelegt. Ihr glänzendes, dunkles Haar war kurz geschnitten und in weichen Wellen zurückgebürstet. Sie sah aus wie ein Mannequin, das gerade auf den Fotografen wartet.

Sie stand ganz ruhig da und starrte Amanda an. Die Schallplatte war gerade abgelaufen.

»Verdammt noch mal!« rief Anita Barton laut. »Was haben Sie hier zu suchen? Wer hat Sie überhaupt hier hereingelassen?«

»Niemand, ich bin allein hereingekommen«, sagte Amanda entschuldigend. »Ich hoffe, Sie sind mir nicht böse. Die Haustür unten war offen. Ich muß mit Ihnen sprechen.«

»Glenn hat Sie wohl geschickt, wie?« sagte Mrs. Barton. Ihre Stimme klang plötzlich schrill. »Wenn das so ist, können Sie gleich wieder kehrtmachen.«

»Niemand hat mich geschickt«, sagte Amanda beherrscht. »Es war ganz allein meine Idee. Darf ich mich setzen?«

»Wir leben in einem freien Land«, sagte Mrs. Barton. Sie selbst ließ sich förmlich auf das Sofa fallen. Amanda stellte angewidert fest, daß Anita wohl nicht ganz nüchtern war. Sie mußte schon einiges getrunken haben.

»Nun, worum handelt es sich?« wollte Mrs. Barton wissen. »Sie kommen mir doch hoffentlich nicht auf die Mitleidstour. Oder geht es gar um den guten Ruf der Firma? Es würde mich interessieren, was Sie das alles überhaupt angeht?«

Amanda fragte abrupt: »Sind Sie in Mr. Potter verliebt?« Das hatte sie ursprünglich gar nicht sagen wollen, und sie hätte ihre Worte gern zurückgenommen. Denn Anita Barton warf den Kopf in den Nacken und brach in schallendes Gelächter aus.

»In Lumley?« Mrs. Barton hatte sich wieder unter Kontrolle und sah Amanda mit Stirnrunzeln an.

»Hören Sie – Sie sind doch ein liebes Kind. Ich weiß zwar immer noch nicht genau, was Sie von mir wollen, aber ich könnte wetten, daß Glenn dahintersteckt. So trinken Sie doch etwas, bitte!«

Sie füllte ein Glas und reichte es Amanda. »Ouzo. Schieres Gift. Trinkt hier jeder. Los, trinken Sie schon. Es wird Sie nicht umbringen. Es heißt, daß man ihn nicht trinkt, weil er besonders gut schmeckt, sondern weil man sich daran gewöhnt. Also, fangen Sie an, gewöhnen Sie sich langsam daran.«

Amanda nippte mit Widerwillen an dem Getränk und unterdrückte ihren Ekel.

»Worüber haben wir gerade gesprochen?« fragte Anita und schenkte sich nach. »Ach ja, über Lumley. Der gute Lumley! Ich glaube, niemand kann Lumley wirklich lieben. Seine Mutter eventuell. Wissen Sie, auf welchen Namen sie ihn taufen ließ? Auf Alfred! Alf Potts! Aber er meinte, der Name sei nicht distinguiert genug und deshalb nennt er sich jetzt Lumley Potter. Würden Sie gern wissen, warum er mich mit sich hat durchbrennen lassen? Aus zweierlei Gründen! Um Claire zu verärgern und um anzugeben. Das freie Leben, zur Hölle mit den Zwängen. Der kreative Künstler steht über den Dingen, die die phantasielosen Massen leiten. Es lebe die Revolution!«

Mrs. Barton gestikulierte lebhaft mit den Händen und verschüttete dabei nahezu den gesamten Inhalt ihres Glases. Den Rest trank sie.

»Nein«, sagte sie mit finsterer Miene. »Ich bin nicht in Lumley verliebt. Lumley liebt Claire. Claire, die Venus! Die Männer werfen alle ein Auge auf sie. Das glaubt sie zumindest. Die wird sich eines Tages noch wundern!«

Sie ließ das leere Glas auf den Boden fallen. Es rollte auf die Matte, und Anita sah ihm für geraume Zeit mit stierem Blick nach. Schließlich sagte sie halb flüsternd: »Ich mußte einfach mit jemandem durchbrennen. Ich mußte Glenn verlassen. Sie können sich gar nicht vorstellen, was das für ein Leben war. Wirklich nicht! Ich möchte leben. Ich muß hier raus. Weg von dieser engen, todlangweiligen kleinen Insel. Abhauen! Ich wollte mich scheiden lassen, aber es gab keinen offiziellen Grund dafür. Es hilft natürlich auch nicht, den Leuten Geschichten zu erzählen. Glenn fühlt sich zwar getroffen, und er ärgert sich schrecklich, aber vor Gericht gibt es keinen Beweis. Deshalb will ich ihn dazu veranlassen, sich von mir scheiden zu lassen. Und er wird sich scheiden lassen.« Sie schien Amanda vergessen zu haben. »Ich muß einfach von hier fort! Einfach fort!«

Amanda versuchte, noch einmal mit Anita zu sprechen. »Wenn Sie das Leben hier so hassen, dann sollten Sie versuchen, Glenn dazu zu bewegen, sich woanders um einen Posten zu bemühen. Wenn Sie zu ihm zurückkehrten, wäre er sicher bereit, mit Ihnen an einen Ort zu ziehen, der Ihnen mehr entspräche. Er hat mir gesagt, daß er sich nichts mehr wünscht, als Sie zurückzugewinnen.«

Anita Barton hob den Kopf und starrte Amanda an. Dann sagte sie laut und schrill: »Sie können das nicht verstehen. Ich möchte doch nicht lebendig begraben werden. Ich will einfach leben! Spaß haben! Ich möchte lachen und fröhlich sein. Und das werde ich auch, koste es, was es wolle! Wenn ich wirklich zu Glenn zurückgehen müßte, würde ich eingehen. Eingehen! Glenn ist ein netter, ruhiger, hart arbeitender, aber sterbenslangweiliger Kerl. Er ist nicht zu ertragen.«

Mit einer plötzlichen, spontanen Geste hob sie das Glas auf und schleuderte es gegen die Wand. Es knallte gegen eines von Mr. Potters exzentrischen Ölgemälden und fiel in tausend Scherben auf die rostrote Matte.

»Und jetzt wäre es wohl besser, wenn Sie gehen würden«, sagte Anita und erhob sich schwankend. »Danke für Ihren Besuch! Auf Wiedersehen!«

Amanda erhob sich. Es schien völlig sinnlos, die Unterhaltung fortzusetzen. Mrs. Barton war nicht mehr in der Lage, sich vernünftige Argumente auch nur anzuhören. Amanda hatte aber immerhin einige interessante Informationen erhalten, wenngleich sie Glenn Barton damit kaum behilflich sein konnte. Sie verabschiedete sich und ging.

Die Kerze in der Schiffslaterne war indessen erloschen. Das Treppenhaus lag im Dunkeln. Amanda schwankte und überlegte, ob sie Anita um eine Taschenlampe oder um Streichhölzer bitten sollte. Mrs. Barton hatte bereits wieder eine Schallplatte aufgelegt. Amanda brachte es einfach nicht über sich, nochmals zurückzugehen. Sie blieb kurze Zeit auf dem Treppenabsatz stehen, bis ihre Augen sich an die Dunkelheit gewöhnt hatten. Irgendwie verspürte sie einen unerklärlichen Widerwillen dagegen, dieses enge, dunkle Treppenhaus hinunterzugehen. Sie bewegte sich dann aber doch vorsichtig vorwärts, suchte nach dem Geländer und tastete sich Stufe für Stufe abwärts.

Durch das kleine Fenster über dem nächsten Treppenabsatz fiel schwaches Licht ein. Amanda spähte in der Hoffnung, den Schein der Öllampe im Hauseingang sehen zu können, die Treppe hinunter. Aber es blieb stockdunkel. War das Licht da unten etwa auch erloschen? Oder galt es, noch weitere drei Treppenabsätze zu überwinden? Amanda konnte sich nicht mehr erinnern.

Sie hielt inne. Aus Mrs. Bartons Plattenspieler ertönte ein bekanntes französisches Chanson: *La Mer: »Voyez – ces oiseaux blancs – et ces maisons rouillées...«*

Eigentlich war es ein fröhliches und aufmunterndes Lied. Aber merkwürdigerweise empfand Amanda das Gegenteil. Aus unerklärlichen Gründen zitterte sie plötzlich, und ihr Herz schlug unregelmäßig, als sei sie zu schnell gelaufen. Sie sah sich um, aber abgesehen von dem schwachen Mondlicht herrschte im Treppenhaus tiefste Finsternis. Wenn irgend jemand sich darin aufgehalten hätte, sie hätte nichts und niemanden erkennen können. Aber natürlich war niemand da. Es war absurd, sich so etwas einzubilden. Warum sollte sie sich davor fürchten, durch ein dunkles Treppenhaus zu gehen? Das war einfach lächerlich und kindisch!

Sie hatte überhaupt keine Veranlassung, Angst zu empfinden. Sie mußte sich nur mit einer Hand am Geländer festhalten und geradewegs hinuntergehen. Schon in weniger als einer Minute würde sie sich im vollen Mondschein am offenen Kai befinden. Amanda gab sich einen Stoß, ergriff das wacklige Geländer, tastete mit dem Fuß nach der obersten Stufe und bewegte sich in der Dunkelheit weiter vorwärts.

Sie zählte die Stufen – vier – fünf – sechs – sieben. Ganz plötzlich blieb sie wie erstarrt stehen.

Irgend jemand befand sich hinter ihr auf den Stufen. Sie war sich ganz sicher. Amanda horchte gespannt, jede Faser ihres Körpers in Alarmbereitschaft. Aber alles, was sie hören konnte, war die Musik aus der obersten Etage, die aus Anitas Plattenspieler kam. Eigentlich konnte niemand hinter ihr stehen. Es war wohl nur ein Echo oder gar Einbildung gewesen. Sie zwang sich weiterzugehen – acht – neun – zehn.

»... *La Mer – a bercé mon cœur – pour la vie*...« Die Schallplatte lief schließlich mit einem letzten, langgezogenen Takt aus. Amanda hörte hinter sich in der Stille das leise Knarren von Fußtritten. Ohne Zweifel folgte ihr jemand die Treppe hinunter.

Amanda kämpfte innerlich gegen einen Anfall von Panik an. Wie viele Stufen waren es noch bis zum nächsten Stockwerk? Würde es dort wenigstens ein Fenster geben? Sobald sie stehenblieb, verstummten auch die Schritte hinter ihr. Im Haus war es totenstill. Sie hörte jemanden atmen. War es am Ende ihr eigener Atem? Ein Mann, der den Kai entlangging, sang mit Tenorstimme laut und melodisch das Liebesduett aus Madame Butterfly. Es hatte den Anschein, als sei der Sänger, wenn auch nicht gerade betrunken, so doch wenigstens vom Alkohol beflügelt. Der Gesang machte Amanda neuen Mut. Es waren also Leute draußen auf dem Kai, und es würde ihr nichts Böses geschehen. Sie mußte nur den Kai erreichen.

Sie ging schnell weiter, und in der Dunkelheit stolperte sie. Augenblicklich folgten ihr auf leisen Sohlen verstohlene Schritte. Sie wurden jetzt schneller, näherten sich ihr, und jetzt wußte sie ganz sicher, daß es nicht ihr eigener kurzer und schwerer Atem war, den sie hörte. Amanda wurde verfolgt. Der Atem klang wie das lechzende Schnaufen eines Tieres. Die Person hinter ihr würde jeden Moment ausholen und sie ergreifen.

Amanda stolperte und stieß heftig gegen den Treppenpfosten. Sie drehte sich um, preßte sich mit panischem Entsetzen in eine Mauernische und versuchte, die Luft anzuhalten. Eine im Dunkeln tastende Hand streifte den brüchigen Verputz der Wand und verfehlte Amanda nur um Millimeter. Plötzlich, wie eine Erlösung, öffnete sich unten im Flur die Tür, und das Treppenhaus wurde vom Schein einer Taschenlampe erhellt. Amanda vernahm, daß jemand über ihr heftig nach Luft schnappte. Dann hörte sie jemanden mit schnellen Schritten in der Dunkelheit verschwinden.

Sie drehte sich schnell um, sah aber, daß die Treppe menschenleer war. Wer auch immer gerade zur Tür hereingekommen war, ging die Treppe hinauf und summte leise vor sich hin. Es war komischerweise dieselbe Melodie, die noch vor wenigen Minuten aus Anitas Plattenspieler gedrungen war:

»... Et d'une chancon d'amour – la mer – a bercé mon cœur.« Der Lichtstrahl einer Taschenlampe schien Amanda direkt ins Gesicht, blendete sie, und das Summen verstummte.

»Amarantha! Schau an! Und wer hat Ihr Haar dieses Mal in Unordnung gebracht?«

Amanda flüsterte schluchzend und atemlos: »Es war jemand hinter mir auf der Treppe. Hinter mir. Ich ...«

Mit einem starken Griff, der jedes Wort erübrigte, umfaßte Steven ihr Handgelenk.

Seine Stimme wurde etwas lauter, und er sagte: »Ich nehme an, Sie waren in Potters Atelier. Dann können Sie mich ihm ja vorstellen. Ich habe jemanden in einem Café getroffen, der behauptete, Potter sei der neueste Tip. Er sei fähiger und besser als Picasso. Und weh mir, als ich ihm erklärte, daß Potter vermutlich nicht um der Kunst willen, sondern nur zum Broterwerb malt. Als Kollege, dachte ich mir, ist es meine Pflicht, mich erst einmal persönlich von seinem Können zu überzeugen, bevor ich ihn kritisiere.« Mr. Howard sprach ein wenig undeutlich. »Also, gehen wir doch hinauf und besuchen ihn. Was du tun willst, tue gleich! Napoleon hat das einmal gesagt, oder war es Josephine?«

»Er ist nicht zu Hause«, sagte Amanda noch immer außer Atem.

»Nicht zu Hause! Dann kommen Sie. Wir sollten keine Zeit mehr auf diesen Kerl verschwenden. Seine Bilder sind doch keinen Pfifferling wert. Schauen wir uns statt dessen lieber die Stadt an.«

»Aber ...«

»Schweigen Sie!« sagte Steven leise, aber heftig.

Er nahm sie beim Arm, drehte sich auf dem Absatz um und sang mit lauter, froher Stimme: *»Dolce notte. Quante stella.«*

Die Tür schlug hinter ihnen zu. Mr. Howard hielt Amanda noch immer am Arm. Sie gingen eilig den Kai entlang, und er setzte seinen Gesang fort.

Anstatt die Richtung zur Stadt einzuschlagen, schwenkte er entgegengesetzt zum Meer hin. Er zog Amanda mit sich. Die Bummler, die Amanda noch am frühen Abend hier gesehen hatte, waren verschwunden. Der Wall war wie ausgestorben. Auf halbem Wege blieb Steven plötzlich stehen und zwang Amanda dazu, ihm direkt ins Gesicht zu sehen. Sein Blick wanderte den Wall entlang. Auf der einen Seite lag das offene Meer vor ihnen, auf der anderen das dunkle Hafenwasser. Kein Boot hatte in der Nähe angelegt. Vor ihnen, im hellen Mondlicht, zog sich der Wall weiß und leer dahin.

Steven seufzte erleichtert. Seine Stimme war jetzt nicht mehr laut oder undeutlich, sondern leise und schneidend:

»Jedenfalls können wir hier nicht belauscht werden. In der Stadt ist man ja vor nichts sicher. Für den Fall, daß uns aber doch irgendwer mit einem Fernglas beobachten und neugierig sein sollte, wäre es ratsam, den Eindruck zu erwecken, daß ich nicht auf Konversation aus bin. Halten Sie still!« Er umschlang sie mit den Armen und lehnte eine Wange an Amandas Kopf.

»Und jetzt sollten Sie mir vielleicht einmal erzählen, was, um alles in der Welt, Sie in diesem Haus zu suchen hatten.« Steven sprach barsch, ohne jeden gefühlvollen Unterton, und seine Stimme war hart und kurz angebunden. »Toby Gates hat mir erzählt, daß Sie Mrs. Barton besuchen wollen. Ich bin, so schnell ich nur konnte, zu dem Haus gekommen. Also, was wollten Sie dort?«

Seine Schultern waren warm und fest. Der Duft einer wohlriechenden Rasierseife strömte von ihm aus, vermischt mit dem Geruch eines frischen Hemdes und türkischer

Zigaretten. Amanda hatte damit zu kämpfen, sich nicht bei ihm anzulehnen und in Tränen auszubrechen. Vielleicht hatte Mr. Howard sie schon durchschaut, denn er sagte scharf: »Reißen Sie sich zusammen, Amanda!«

Amanda beherrschte sich mit äußerster Mühe und sagte dann: »Ich wollte Glenn helfen!«

»Glenn? Ach, Sie meinen Mr. Barton. War er auch da?«

»Nein. Aber er hat mich aufgesucht und mir von Anita erzählt. Er hatte mir gesagt, sie sei krank. Als er dann aber erfahren hat, daß sie in Kyrenia ist, wußte er, daß ich die Wahrheit herausfinden würde...«

Amanda berichtete, was Glenn ihr am Nachmittag über Anita erzählt hatte, daß sie ihm angeboten hatte, mit seiner Frau zu sprechen, und daß sie Toby Gates dazu überredet hatte, Lumley Potter aus dem Haus zu locken, damit sie sich allein mit Anita unterhalten konnte.

»Und was ist in dem Atelier vorgefallen?« fragte Steven brüsk.

Er lauschte ihren Worten ohne Unterbrechung. Amanda schilderte ihm das unbefriedigende Ergebnis des abgebrochenen Gespräches mit Anita Barton. Als sie damit fertig war, sagte er:

»Was haben Sie doch gleich von jemandem auf der Treppe erzählt?«

»Es war jemand hinter mir«, flüsterte Amanda und zitterte.

Steven umarmte sie heftiger und sagte:

»Erzählen Sie weiter.«

Dann begann sie, ihm von dem kurzen gräßlichen Zwischenfall in dem dunklen, baufälligen Treppenhaus zu berichten, der ihr solch panischen Schrecken eingejagt hatte. »Und Sie sind ganz sicher, daß Sie sich das nicht nur einbilden?«

»Ja, ganz sicher«, sagte Amanda unter erneutem Zittern.

»Haben Sie eine Ahnung, wer es gewesen sein könnte?«

»Nein!«

»Könnte es möglicherweise Mrs. Barton gewesen sein?«

»Nein«, sagte Amanda bestimmt.

»Wie können Sie da so sicher sein?«

»Ihr Plattenspieler lief. Und wenn sie die Tür geöffnet hätte, hätte ich die Musik doch lauter hören müssen.«

»Hm, vielleicht haben Sie recht. Andererseits gibt es möglicherweise zwei Ausgänge aus dem Atelier.«

Steven grübelte einen Moment und drückte Amanda geistesabwesend noch fester an sich. Dann sagte er abrupt: »Wer wußte davon, daß Sie diesen Besuch geplant hatten?«

»Niemand. Nur Glenn, ich meine Mr. Barton, und Toby natürlich. Sonst niemand.«

»Toby hat es mir erzählt und sich dabei ausgerechnet einen Platz ausgesucht, wo jeder es hören konnte. Wahrscheinlich hat er es sowieso noch etlichen anderen Leuten zugetragen. Das hilft uns also nicht weiter.«

Mit Zittern in der Stimme sagte Amanda: »Was stimmt denn nicht mit dem Haus?«

Sie konnte spüren, wie Stevens Körper vorübergehend in Abwehr ging. »Das kann ich Ihnen auch nicht sagen; mir ist darüber nichts bekannt.«

»Warum sind Sie dann sofort gekommen, als Toby Ihnen erzählte, ich sei zu Potters Wohnung gegangen?«

Mr. Howard erwiderte mit lobenswerter Zurückhaltung: »Ich glaube, es ist nicht gut für Sie, nach Eintritt der Dunkelheit hier allein herumzulaufen. Ich habe Sie schon einmal gewarnt und Ihnen geraten, vorsichtig zu sein. Damit war es mir Ernst. Übrigens, falls Sie es noch nicht wissen sollten, heute nachmittag wurde mangels anderer Beweise Julia Blaines Todesursache festgestellt: Selbstmord in geistiger Umnachtung.«

»Das bedeutet also, daß jetzt alles ausgestanden ist«, sagte Amanda. »Wenn die Polizei glaubt, es sei Selbstmord gewesen, dann wird doch jetzt niemand mehr ...«

»Verstehen Sie denn nicht?« unterbrach Steven sie mit rauhem Ton. »Mrs. Blaine wurde umgebracht. Der Mörder muß annehmen, Sie seien die einzige Person, die etwas ahnen könnte. Wenn Sie ausgepackt hätten oder es jetzt noch tun würden, wäre das Ergebnis der Untersuchung nicht mehr gültig. Benutzen Sie doch Ihren Verstand, Amanda!«

»Dann glauben Sie also, daß mich jemand in dem Haus mundtot machen wollte, indem er mich...« Amandas Stimme versagte.

»Ich kann das natürlich nicht beschwören. Nur weil Sie behaupten, jemanden auf der Treppe hinter sich gehört zu haben, kann man natürlich noch nicht sagen, daß es jemand gewesen sein muß, der Ihnen etwas antun wollte. Oder, daß die Person wußte, wer Sie waren. Es ist genausogut möglich, daß jemand anderes Mrs. Barton auch einen Besuch abstatten wollte und daß Sie in der Dunkelheit mit jemandem verwechselt wurden.«

»Mit jemandem, der..., jemand, der wieder töten wollte? Noch ein Mord? Das... das darf doch nicht wahr sein!«

»Es wäre immerhin möglich. Sagen wir, ein Mordversuch.«

»Das glaube ich einfach nicht. Warum denn?«

»Das weiß ich auch nicht genau. Es ist nur eine Theorie. Der Zwischenfall im Treppenhaus könnte aber dafür sprechen. Es gibt natürlich noch diverse andere Möglichkeiten.« In Steven Howards Stimme lag ein seltsamer Unterton.

Amanda unterbrach ihn mit bitterem Ausdruck: »Ja, ich weiß. Eine davon wäre, daß ich Julia Blaine umgebracht und die Geschichte mit dem Treppenhaus nur erfunden habe, um vorzutäuschen, daß ich es nicht gewesen sein kann.«

»Ja, zum Beispiel!« Steven Howard nickte zustimmend. »Sie kommen noch immer in Betracht. Und das hatte ich auch nicht vergessen.«

Amanda schnappte wütend nach Luft, und Steven fuhr nachdenklich fort: »Gift ist nämlich die Waffe der Frau, wissen Sie. In der Regel benutzen Frauen keine Pistolen und Messer schon gar nicht. Lärm oder Blut ist nichts für sie. Frauen benutzen lieber Gift oder schubsen ihre Opfer eine Klippe hinunter. Männern macht die Knallerei nichts aus, und Blut irritiert sie auch nicht sonderlich.«

»Sie, Sie ...!« Amanda war außer sich. »Sie wagen es, zu denken, daß ich ...« Sie versuchte, sich aus seiner Umarmung zu lösen, aber Steven hielt sie um so fester.

»Es gibt überhaupt keine Veranlassung für Sie, so aufzubrausen, Amarantha. Man muß die Sache von allen Seiten betrachten. Es ist eine Möglichkeit. Und wie ich bereits sagte, gibt es noch mehr.«

Amanda stemmte sich gegen ihn und starrte außer sich vor Wut zu ihm auf. Der Mond stand direkt hinter Steven, und Amanda konnte sein Gesicht nicht erkennen. Es hob sich als dunkler Schatten gegen den blassen Himmel und das silberne Meer ab. Atemlos und unter zornigem Flüstern sagte sie:

»Da ist noch etwas, das auch ich nicht vergessen habe. Sie haben mir doch geraten, nichts von dem Röhrchen zu erwähnen. Und Sie haben es schließlich an sich genommen, ebenso das Glas! Woher soll ich überhaupt wissen, ob Sie das nicht getan haben, weil Ihre Fingerabdrücke darauf waren? Ich glaube einfach nicht, daß Sie in Fayid oder auf dem Schiff nichts anderes als Ihre Kunst im Kopf hatten. Ihre Anwesenheit muß einen anderen Grund gehabt haben. Hier geht irgend etwas Schreckliches vor sich, und Sie stecken bis zum Hals in der Sache!«

Dann schwieg sie, am ganzen Leib zitternd und völlig außer Atem. Steven sagte nachdenklich: »Sie sind hübsch, wenn Sie sich ärgern. Sie gleichen dann einer in Rage geratenen kleinen Katze.«

Amanda machte erneut den Versuch, sich aus seinen Fängen zu befreien, blieb aber erfolglos. Seine Arme umschlossen sie plötzlich so fest, daß sie ihr Schmerz verursachten. Aus seiner Stimme klang nun keinerlei Leichtfertigkeit mehr. »Halten Sie sich da raus, Amanda. Ich meine es wirklich ernst. Ein Mord ist schließlich kein Kinderspiel, sondern eine teuflische Sache. Mischen Sie sich nicht in die Privatangelegenheiten von Leuten ein, die auf dem Schiff waren. Das ist zu riskant.«

»Warum denn?« fragte Amanda unsicher.

»Weil Sie unter keinen Umständen den Eindruck erwekken dürfen, Sie seien mißtrauisch oder kümmerten sich um Dinge, die Sie nichts angehen. Es ist gemeinhin bekannt, daß Sie mit Julia Blaine zusammen waren, als sie starb. Es gibt eine Person, die weiß, daß sich ein Röhrchen mit Gift unter dem Kissen in Ihrer Kabine befand. Diese Person muß sich einfach fragen, warum Sie dieses Röhrchen nie erwähnt und was Sie damit gemacht haben. Ein Mörder hat immer ein schlechtes Gewissen. So einem Killer kann es egal sein, ob er zwölf oder zwanzig Leute auf dem Gewissen hat. Schließlich kann man ihn nur einmal hängen.«

Amanda flüsterte mit erstickter Stimme: »Aber, ich weiß doch nichts, und ich will auch gar nichts wissen!«

»Aber Sie wissen von dem Röhrchen«, sagte Steven finster. »Außerdem haben Sie die Stewardeß nach dem Glas gefragt. Ich habe es selbst gehört, und andere Leute können es ebenso gehört haben. Darum könnte jemand, allein schon aus Furcht, Interesse daran haben, Sie sehr sorgfältig im Auge zu behalten. Diese Person könnte es leicht in die falsche Kehle bekommen, wenn Sie sich so wie heute abend verhalten. Es könnte ziemlich unangenehme Folgen für Sie haben.«

»Ich habe doch nur Mrs. Barton besucht. Was sollte daran denn verdächtig sein?«

»Macht es etwa keinen verdächtigen Eindruck, wenn Sie Toby Gates dazu antreiben, Mr. Potter aus dem Haus zu locken? Dann schleichen Sie sich auch noch nach Einbruch der Dunkelheit allein aus dem Haus. Ich gehe jede Wette ein, daß man etwas Verdächtiges dahinter vermutet. Sie verbergen sich in dunklen Ecken, vermummen sich mit einem Tuch, warten, bis Potter gegangen ist, und stehlen sich in das Haus wie der geheimnisvolle Verschwörer in einem Bühnenstück, der eine Zeitbombe im Aktenkoffer des Premierministers deponieren soll. War das gut beobachtet?«

»Nun ja...«, versuchte Amanda sich zu verteidigen.

»Dachte ich mir doch«, sagte Steven Howard matt.

»Hören Sie mal, Amanda. Ich warne Sie ein letztes Mal. Sie befinden sich in der unglücklichen Lage, beweisen zu können, daß das, was bisher als Selbstmord gilt, in Wirklichkeit Mord war. Wenn Sie jetzt auch noch einer Frau, die Sie zuvor gar nicht kannten und die eine Mitreisende auf der ›Orantares‹ war, heimliche Besuche abstatten, wird sich ein Mensch mit schlechtem Gewissen und wenig Phantasie vielleicht fragen, warum Sie sich wie der ›geheimnisvolle Verschwörer‹ aufspielen, wenn Sie Mrs. Barton tatsächlich nur aus menschlichem Interesse besuchen. Dieser Mensch wird sich dann fragen, ob es nicht möglich ist, daß Sie eventuell geheime Nachforschungen unter den Passagieren betreiben. Und wenn ja, was Sie damit bezwecken wollen. Vorausgesetzt, Sie benähmen sich völlig unauffällig, könnte der Mörder andererseits auch denken, daß Sie sich überhaupt keine Gedanken über das Röhrchen gemacht haben, sondern es einfach ins Meer geworfen und die Sache längst vergessen haben. Verstehen Sie jetzt?«

»Ja«, sagte Amanda erschauernd.

»Also, denken Sie darüber nach, und lassen Sie die Finger davon!«

Amanda warf stockend ein: »Aber, wenn Julia... Ich meine, wenn sie wirklich vergiftet wurde, dann wäre es ein Unrecht, den Mörder ungeschoren davonkommen zu lassen, nur weil ich nicht den nötigen Mut aufgebracht habe, die Sache aufzudecken.«

»Machen Sie sich darum keine Sorgen. Man wird ihn schon noch erwischen«, sagte Steven grimmig. »Das verspreche ich Ihnen. Außerdem war es keine Frage des Mutes, daß Sie nichts erzählt haben. Wenn ich Sie nicht daran gehindert hätte, hätten Sie ja alles aufgedeckt.«

»Warum haben Sie mich eigentlich daran gehindert?«

»Mrs. Blaine hätte es nichts mehr genützt. Ich hatte da so meine eigenen Ideen, die ich aber erst noch weiterverfolgen wollte. Nach Ihrer Aussage hätten sich vermutlich alle wie die aufgescheuchten Hühner benommen, wenn sie das Wort ›Mord‹ auch nur gehört hätten.«

»Was für Ideen hatten Sie?«

»Ach, über Zitronen, die Zeit und mondhelle Nächte«, sagte Steven leichthin. »Bevor ich einen Krampf bekomme, sollten wir dieses zärtliche Intermezzo besser beenden. Schauen Sie mich mal an!«

Amanda sah verblüfft zu ihm auf. Steven beugte seinen Kopf zu ihr herunter und küßte sie.

Es war, um mit Persis zu sprechen, durchaus ein Kuß! Mr. Howard bewies damit, daß er diesbezüglich wohl schon einige Abenteuer erlebt haben mußte. Amanda, sie war schließlich unter der Obhut ihres Onkels Oswin von Anstandsdamen erzogen worden, fehlte jede Erfahrung. Sie fühlte den Boden unter den Füßen wanken. Für einen langen Moment kreisten Mond und Sterne über ihrem Kopf.

»Das war für den heimlichen Beobachter«, sagte Mr. Howard und gab sie frei.

»Was sagen Sie?« fragte Amanda noch immer ohne Atem. »Dann haben Sie mich nur . . .«

Steven fing ihre Hand gerade noch rechtzeitig ab.

»Das hätte Sie mehr geschmerzt als mich«, bemerkte er tadelnd. »Das nächste Mal benutzen Sie anstelle der flachen Hand lieber die Faust und zielen aufs Kinn. Wollen wir es noch einmal versuchen?«

»Was, das mit dem Kinnhaken?« fragte Amanda stürmisch.

»Hinreißend weiblich!« lautete Mr. Howards Kommentar. Er sah zu ihr herunter und lachte.

»Entschuldigen Sie, aber ich konnte einfach nicht widerstehen. Seien Sie bitte nicht böse mit mir, Amarantha.« Dann gab er ihr noch einen Handkuß und schob ihren Arm unter den seinen. »Gehen wir, es wird Zeit, daß Sie nach Hause kommen. Sonst wird Miß Moon sich fragen, ob Sie auch wirklich ein anständiges Mädchen sind.«

Sie schlenderten gemeinsam in Richtung Stadt, gingen den Wall entlang, durchquerten die mondhelle Stadt und gelangten schließlich an das Tor der Villa Oleander.

10

Am folgenden Morgen machte Amanda einen weiten Bogen um die Hafengegend. Die heißen, glitzernden Sonnenstrahlen drangen durch die offenen Fenster der Villa Oleander und überfluteten die staubigen, anmutigen Zimmer. Die Vorkommnisse des Vorabends schienen Amanda unglaubhaft und unwirklich, wenn nicht sogar etwas lächerlich. Amanda fragte sich bereits, ob die Schritte im Treppenhaus nicht vielleicht doch ihrer Einbildung entsprungen waren. Hatte sie am Ende doch nur das Echo ihrer eigenen Schritte gehört? Oder waren ihre Nerven durch die Dunkelheit und das ihr unbekannte leere Haus so angeschlagen gewesen? Eine Sache aber wußte sie ganz sicher, nämlich, daß Steven Howard sie geküßt hatte.

Amanda stand im hellen Sonnenschein des Gartens. Sie brachte sich diesen Kuß noch einmal in Erinnerung. Inzwischen war sie schon wieder geneigt, Mr. Howards Ermahnungen beiseite zu fegen. Sie vermutete, er habe einfach ein großes Vergnügen an ihrer Naivität gefunden, die sie so lange zum hilflosen Gegenstand seiner Umarmung gemacht hatte. Hatte er denn nicht erst am gestrigen Vormittag eine flachsige Bemerkung über Liebesgeschichten bei Mondschein gemacht? Ich traue ihm sogar zu, daß er es wegen einer Wette getan hat, dachte Amanda plötzlich verbittert. Er spielt wahrscheinlich nur mit den Frauen, und ich nehme an, daß er Persis auch schon geküßt hat.

Dieser Gedanke verärgerte sie ziemlich. Während sie über Steven Howards empörendes Verhalten nachgrübelte, vergaß sie eine viel wichtigere, entsetzliche Tatsache: Mit an Sicherheit grenzender Wahrscheinlichkeit war Julia tatsächlich ermordet worden. Obwohl am Rande in das Geschehen verwickelt, hatte sie noch gar keine Zeit gehabt, Angst zu haben. Vielleicht hatte Steven Howard bewußt darauf hingewirkt, ihr die Furcht zu nehmen, als er ihrer beider Unterhaltung auf so frivole Weise beendete.

Amanda stand unter den schattenspendenden Zitronenbäumen. Hinter sich, in dem Torbogen der verfallenen Mauer, hörte sie die Tauben gurren. In dieser vom Rosen- und Fliederduft durchwehten Idylle dachte sie überhaupt nicht mehr an Julia Blaine, sondern nur noch an Steven Howard...

Miß Moon, heute ganz in Smaragdgrün, erschien auf der efeubewachsenen Veranda, die sich an das Wohnzimmer anschloß. Sie rief zu Amanda hinüber, Toby Gates sei am Telefon und wolle Amanda zu einem Badeausflug einladen.

»Sagen Sie ihm einfach, ich sei nicht zu Hause«, rief Amanda, die sich plötzlich nach der Einsamkeit des Gartens sehnte. Sie sah sich völlig außerstande, mit Toby Gates oder sonst jemandem Konversation zu treiben. Mit einer Ausnahme vielleicht...

Sie lief durch den Garten auf die Straße hinaus und bog um die nächste Ecke. Dann spazierte sie stadtauswärts.

Nur noch wenige Häuser säumten jetzt ihren Weg. Die Straße zog sich zwischen Olivenhainen, schlanken, dunkelgrünen Zypressen, steinigen, sonnenverdorrten Feldern, wo nur Ziegen die harten Gräser und mageren Kräuter abweideten, hin. Ein knarrender Ochsenkarren kam ihr entgegen. Auf einem Esel saß ein barfüßiger Knirps mit pechschwarzem Haar und ebensolchen Augen. Er winkte Amanda freundlich grinsend im Vorbeireiten mit einem Zweig zu. Die Straße war heiß und staubig. Amanda ärgerte sich, keinen Sonnenhut mitgenommen zu haben. Ein Auto raste vorbei und hüllte Amanda in eine Staubwolke. Plötzlich, in einiger Entfernung, bremste es scharf und fuhr im Rückwärtsgang bis zu der Stelle, an der Amanda erschreckt in den Straßengraben gesprungen war.

»Amanda?« fragte Alastair, sich aus dem Fenster lehnend. »Was, zum Teufel, tun Sie da?«

»Spazierengehen«, sagte Amanda. »Guten Tag, Persis. Was haben Sie denn vor?«

»Wir erfüllen nur unsere Pflicht als ordentliche Touristen«, sagte Persis. »Im Reiseführer heißt es nämlich, man solle sich auf keinen Fall das Kloster von Bellapais entgehen lassen. Und wir befinden uns auf dem Weg dorthin.«

»Steigen Sie ein, Amanda«, sagte Alastair Blaine und lehnte sich aus der offenen Hintertür. »Kommen Sie! Sie werden noch einen Hitzschlag oder einen Sonnenbrand, wenn nicht beides bekommen, wenn Sie bei dieser Hitze in der Sonne herumspazieren. Da Sie sich die Sehenswürdigkeiten ja auch irgendwann einmal ansehen müssen, können Sie doch gleich damit anfangen und mit uns kommen.«

Amanda sah auf die heiße, staubige Straße zurück und gab nach. Sie sagte: »Werden Sie mich um dreizehn Uhr bei der Villa Oleander absetzen?«

»Ja, natürlich! Länger als eine halbe Stunde halte ich es in Ruinen nie aus. Also, steigen Sie ein.« Er knallte die Tür hinter ihr zu und fuhr an.

Persis hatte die Einladung mit keinem Wort unterstützt. Deshalb hatte Amanda plötzlich das ungute Gefühl, daß Persis nicht gerade begeistert war, einen Gast im Auto zu haben. Es war aber schon nichts mehr daran zu ändern, da sie sich bereits auf der Fahrt befanden.

Die staubige weiße Straße führte am Meer entlang. Auf der anderen Seite wurde sie von dem langen, steilen Gebirgszug der Kyrenia-Berge begleitet. In der heißen Luft schimmerten die Berge blau. Nahezu durchsichtig und schwerelos schienen sie am Horizont zu schweben. Der gesamte gezackte Kamm des Gebirges erinnerte in seiner einzigartigen Schönheit an jene Berge, die den Hintergrund zu Leonardo da Vincis Mona Lisa bilden.

Eine leichte Brise wehte vom offenen Meer her, bewegte die Zweige der Olivenbäume und ließ die Blätter silbern aufleuchten. Amanda verlor sich in Tagträume und beteiligte sich nicht an der Unterhaltung. Selbst die sonst eher durchdringende Stimme von Persis Halliday klang heute gedämpft, als habe die Schönheit des Morgens auch sie bezaubert. Amanda war froh, nicht auf das Gespräch zwischen ihr und Alastair Blaine achten zu müssen und ganz ihren eigenen Gedanken nachhängen zu können. Schließlich wand sich die Straße zu einem Dorf hinauf, welches sich an den Hang schmiegte. Es war eines dieser Dörfer, mit weißen Häusern und rosafarbenen Dächern, Glockentürmen und Minaretten, umgeben von Olivenhainen, die der Wind silbern aufleuchten ließ. Dazwischen immer wieder Gruppen schlanker, dunkelgrüner Zypressen.

Persis sagte: »Ist das nicht der entzückendste Ort, den man je gesehen hat? Wo ist die Karte? ... Aiyos Epiktitos. Das muß es sein. Alastair, anhalten! Ich möchte ein Foto machen.«

Major Blaine sah auf die Uhr und sagte: »Aber nur fünf Minuten, und fang nur nicht an, überall herumzuwandern, wenn du das Kloster noch sehen willst und wir um dreizehn Uhr zurück sein wollen.«

Die Straßen wimmelten von Menschen im Festgewand. Selbst die Häuser waren festlich herausgeputzt. Es hingen grüne Zweige und fröhlich flatternde Papierfähnchen daran. Plötzlich entdeckte Amanda in der Menschenmenge ein vertrautes Gesicht. Es war Euridice, das Faktotum der Villa Oleander. Amanda erinnerte sich, daß Miß Moon ein Fest in Aiyos Epiktitos erwähnt hatte und sowohl Euridice als auch Andreas, ihr Neffe, der für die Gartenarbeiten und kleinen Reparaturen zuständig war, den Tag dort verbringen wollten.

Euridice machte jedenfalls überhaupt nicht den Eindruck, als sei sie in festlicher Stimmung. Sie sprach mit einer Gruppe schwarzgekleideter Frauen, von denen eine laut klagte. Ihr sonst so fröhliches Gesicht war vom Kummer gezeichnet. Sie sah auf, erkannte Amanda und eilte dem Auto entgegen.

»Die Vorsehung hat Sie geschickt!« erklärte sie. Euridice sprach nur mühsam Englisch und vermischte es immer wieder mit ihrer Muttersprache. Aber Amanda konnte ihrem aufgeregten Wortschwall entnehmen, daß weder sie noch Andreas in der Lage sein würden, am heutigen Tag zur Villa Oleander zurückzukehren, und daß sie Amanda bat, Miß Moon davon zu unterrichten. Es täte ihnen beiden sehr leid.

»Morgen früh für Frühstück ich komme«, sagte Euridice. »Heute nein!« Ein Verwandter sei gestorben, erklärte sie. Der Mann einer Cousine, der eine Taverne an der Straße nach Nikosia betrieben habe. Anscheinend war er in einer Kneipe in Nikosia in eine Schlägerei geraten und schließlich mit einem Messer im Rücken auf der Straße tot aufgefunden worden.

»Ach, wenn Männer fahren auf Meer!« sagte sie und warf mit theatralischer Geste die Hände in die Höhe. Auf den Schiffen würden sie wie die Ochsen vor dem Pflug schuften, aber an Land gingen sie nur ihrem Vergnügen nach und führten sich auf wie die Wilden. Die arme Almena! Euridice wischte sich die Tränen fort. Wie furchtbar, auf so eine Weise seinen Mann zu verlieren. Dies hier sei ihr Geburtsort. Ihre Familie würde in Kürze zusammen mit Euridice und Andreas mit dem Bus nach Nikosia fahren, um der Beerdigung beizuwohnen. Sie könnten am Abend noch nicht zurück sein.

Amanda sprach ihr Beileid aus und versprach, Miß Moon zu benachrichtigen. Euridice dankte ihr unter Tränen und verschwand.

»Sind Sie mit der Dame befreundet?« fragte Persis, als sie zurückkam. Amanda erklärte die näheren Umstände, während Alastair das Auto wieder in Gang setzte und weiterfuhr.

Die Ruine des ehemaligen Klosters von Bellapais lag am Fuße der Berge. Ihre verblaßten, steinernen Mauern mit Torbögen und einem schlanken Glockenturm ragten voller Anmut aus den umliegenden Olivenhainen. Das Ganze bot ein geradezu märchenhaft schönes Bild, als sei es nicht von Menschenhand erbaut und als könne ein bloßer Windhauch es wieder verschwinden lassen.

Der Hintergrund dieser blaßblauen filigranen Mauern war in allen möglichen Schattierungen getönt: Das tiefe Kobaltblau des Meeres wurde ergänzt vom Blau des wolkenlosen Himmels und dem milchigblauen Kamm der Berge von Kyrenia.

Alastair Blaine parkte den Wagen an einem schattigen

Platz. Beim Aussteigen sagte Amanda plötzlich: »Ich glaube, daß ich nicht mit hineinkomme. Ich schaue mir die Ruinen lieber von den Hügeln aus an. Drinnen liegen sicherlich Broschüren und illustrierte Führer aus. Aber ich möchte einfach nicht, daß sich mein Traum in eine Ansammlung nüchterner historischer Daten verwandelt. Stattdessen werde ich mich dort unter einen Olivenbaum setzen und die Stätte von außen auf mich wirken lassen.«

Persis lachte. »Wissen Sie, was? Entweder Sie sind romantischer, als Ihnen guttut, oder verliebt. Aber ich glaube, ich kann Sie wirklich nicht dazu überreden, hineinzugehen. Außerdem ist man nur einmal jung. Ich für meine Person habe allerdings nicht die Absicht, irgend etwas auszulassen. Wenn ich schon wegen der Sehenswürdigkeiten nach Zypern gefahren bin, sollte ich sie mir schließlich auch ansehen. Selbst wenn ich dabei draufgehe. Wo ist der Reiseführer? Alastair, mein Schatz, wenn du glaubst, du kannst dich gemütlich unter einen Olivenbaum legen und ein Nickerchen halten, hast du die Lage falsch verstanden. Du erinnerst dich doch hoffentlich noch daran, daß du mir eine Führung durch das Kloster versprochen hast. Jetzt mußt du dein Versprechen auch halten. Also, fangen wir gleich an!«

Sie gingen durch einen Torbogen, und sobald Amanda allein war, machte sie sich auf den Weg. Sie erkletterte einen Hang, der über der Straße lag, ließ sich im Schatten einer Stechpalme nieder und lehnte sich an den rauhen Stamm. Fasziniert betrachtete sie die Aussicht, die sich ihr von dort bot.

Hier würde ich gern leben, dachte Amanda verträumt. Sie erinnerte sich plötzlich daran, was Miß Moon über die Zeit gesagt hatte. Nämlich, daß in der Villa Oleander die Zeit ihr Sklave und nicht sie Sklaven der Zeit seien. Vielleicht traf diese Aussage auf die ganze Insel zu. Ganz gewiß hatte dieser wunderbare Tag, an dem alles blau leuchtete, etwas Zeitloses. Es war wie ein Traum. Aber ein trügerischer Traum. Denn auch hier, genau wie in anderen Ländern, deren Klima rauher und kälter war, lief die Zeit davon. Es war lediglich eine angenehme Illusion, daß die Zeit hier langsamer und träger vorbeizog. Eines Tages würde auch Zypern vom Lauf der Zeit eingeholt werden. Eines Tages würden Politiker und Parteien sich gegenseitig aus Machtgier und Furcht bekämpfen und die verschlafene, verzauberte Insel im Namen des Fortschritts zerstören. Betonklötze würden aus dem Boden gestampft werden und die Landschaft vernichten, wie es schon zuvor in so vielen anderen Landstrichen dieser Welt der Fall gewesen war.

Die Sonne wanderte langsam vorwärts, und der Schatten der Stechpalme verschob sich dadurch gleichermaßen. Allmählich wurde Amanda die Rinde des Baumstammes zu ungemütlich. Denn sie drückte sich hart durch das grüne Baumwollkleid. Eine Ameise kroch ihr den Rücken hinunter, weitere erforschten ihre Knöchel.

Amanda erhob sich widerstrebend und ging zum Auto zurück. Weit und breit war von Persis und Alastair nichts zu sehen. Kurz entschlossen zahlte sie bei dem schläfrigen Aufseher am Tor einen kleinen Obolus und betrat entgegen ihrem ursprünglichen Vorsatz das Kloster.

Von dem anmutigen Gebäude war nur noch das Gerippe erhalten. In dem alten steinernen Kreuzgang war es still und ruhig. Die verfallenen Bögen gaben den Blick auf die graugrünen Olivenhaine frei, die sich den Hang hinaufzogen. Meer und Himmel schienen in einem unendlichen Blau zu verschmelzen.

Amanda wanderte über den smaragdgrünen Rasen, der von den Kreuzgängen eingerahmt war. An einem dieser schattenspendenden Kreuzgänge rankten Kletterrosen empor, und eine einzelne schlanke Zypresse hatte sich dort niedergelassen. Der kurzgeschorene Rasen lud eher zu einer Rast ein, als der steinige Hang draußen, auf dem Amanda es sich zuvor vergeblich bequem zu machen versucht hatte. Sie ließ sich erleichtert in dem von der Sonne angenehm warmen Gras nieder. Die duftenden Rosenbüsche boten ihr genügend Schutz vor der Hitze. Sie brach einen Grashalm ab und begann nachdenklich darauf zu kauen. Plötzlich fühlte sie sich ein wenig schläfrig und schloß die Augen...

Erst als Stimmen vom anderen Ende des Kreuzgangs zu ihr herüberdrangen, wachte Amanda wieder auf. Sie erkannte Alastair Blaines Stimme, obwohl sie ganz fremd, scharf und rauh klang und der vertraute gedehnte Tonfall fehlte.

»Laß mich! Jetzt nicht! Du verstehst das nicht!«

Persis Halliday antwortete ihm, aber auch ihre Stimme hatte einen ganz anderen Klang. Sie schien gekränkt, unsicher und irgendwie verletzlich.

»Ja, das glaube ich auch. Zypern ist nicht London. Es ist jetzt ein Jahr her, aber die Zeit bleibt schließlich nicht stehen. So ist es doch, nicht wahr? Du hast dich verändert und ich mich eben nicht. Es gab eine Zeit, da glaubte ich, du würdest fast alles für mich aufs Spiel setzen, deine Karriere, Julia, eben alles. Und beinahe hätte es auch geklappt, aber nur beinahe!«

»Persis, du weißt doch ganz genau, daß das nicht möglich war.«

»Weil du nur deinen Sold und kein anderes Vermögen hattest? Weil alles Julia gehörte? Das ist doch jetzt alles anders, Alastair. Sie ist tot, und alles gehört dir.«

»Du verstehst das einfach nicht«, sagte Alastair müde.

»Was verstehe ich nicht? Ich bin hierhergekommen, weil ich dich einfach wiedersehen mußte. Und ich wollte sie kennenlernen und herausfinden, wie sie ist. Als ich euch beide zusammen sah, war mir klar, daß du dich nicht für sie interessierst. Aber für mich hattest du auch keinerlei Interesse mehr. Wer ist es, Alastair?«

»Was soll diese Frage?«

»Ich fühle, daß eine andere Frau im Spiel ist. Etwa Claire? Du hast die Normans doch hier besucht, nachdem wir vierzehn Tage zusammen in London verbracht haben. Julia war zwar auch hier, aber vor einer solchen Kleinigkeit wie anderer Männer Ehefrauen würde Claire nicht zurückschrecken. Ich wußte jedenfalls, daß du ohne Julia in London sein würdest. So fair bin ich schließlich noch...«

»Um Himmels willen«, sagte Alastair Blaine. »Jetzt fängst du auch noch an.«

Persis sagte: »Mach dir nichts vor, mein Schatz. Sie ist gar nicht scharf auf dich. Sie braucht einfach Männer um sich. In Wirklichkeit kann aber nur George ihr geben, was sie wirklich braucht. George, der all ihre Launen und Eskapaden erträgt, der sozusagen Netz und doppelter Boden für sie ist und alles für sie tut. Kein anderer würde das ertragen. Ist es Claire?«

»Ich weiß gar nicht, wovon du sprichst«, sagte Alastair erschöpft. »Ich habe an Claire Norman keinerlei Interesse. George ist mein Cousin. Er ist jetzt, nach Julias Tod, sogar mein nächster Verwandter. Du kannst dir also vorstellen, daß ich an eine Affäre mit Claire nicht einmal denke. Also, hör auf damit.«

»Jetzt bist du auch noch verärgert. Aber, wenn es Claire nicht ist, wer ist es dann? Amanda? Hast du dich auch, genau wie Toby Gates, in diese großen, grauen Augen und ihr wunderschönes Haar verliebt? Du und Toby! Noch vor einem Jahr ist er mir nachgelaufen wie ein kleiner Schoßhund. Na, man kann es ja verstehen. Sie ist ein süßes Mädchen. Jeder Mann würde sich gern ein wenig Zeit nehmen, um mit ihr im Mondschein spazierenzugehen.«

»Sei nicht albern!« Alastairs Stimme klang aufgebracht und wütend.

»Wer dann?«

»Niemand! Ich schwöre es dir! Verstehst du denn nicht, nach Julias ...«

Persis fiel ihm rücksichtslos ins Wort. »Du hast doch um Julia nichts gegeben. Ich habe beobachtet, wie du sie angesehen hast. Sie konnte dir gar keinen größeren Gefallen tun, als sich umzubringen. Das stimmt doch, oder etwa nicht?«

»Ja«, sagte Alastair Blaine mit schwerer Stimme. »Das stimmt. Aber man kann den Tod eines Menschen doch nicht mit einem einfachen Schulterzucken abtun, Persis. Sie war meine Frau und ... Ich möchte nicht darüber sprechen, ja, nicht einmal daran denken. Siehst du denn nicht, daß ich nur meinen Frieden und meine Ruhe haben will? Sie hat mir doch jahrelang Szenen gemacht. Szenen, Tränen und hysterische Anfälle. Ich habe es satt. Dieses ewige Keifen und dann die unsinnigen Vorwürfe...«

»Alastair, mein Schatz...«

»Nenn mich nicht dauernd deinen Schatz!« Vor lauter Erschöpfung und Wut klang Alastairs Stimme plötzlich wie gebrochen. »In Ordnung! Also, wenn du es nicht anders willst! Ich werde dir sagen, warum ich im letzten Jahr in London mit dir geschlafen habe. Nur weil du es unbedingt wolltest. Du hast dich aufgeführt wie ein verzogenes Kind, das mit dem Löffel auf den Tisch schlägt, weil es nicht bekommt, was es will. Außerdem warst du attraktiv und unterhaltsam. Du hast die ganze Sache auf die leichte Schulter genommen. Ich wußte ja schon von vornherein – oh, wie habe ich das gehaßt –, daß Julia mich einer Affäre bezichtigen würde. Selbst wenn ich die verdammten vierzehn Tage in einer Klosterzelle verbracht hätte, sie hätte mir sowieso endlose Vorhaltungen gemacht.«

»Aber, Alastair...«

»Halte den Mund! Jetzt rede ich! Ich habe mich niemals mit anderen Frauen eingelassen. Hast du das gewußt? Julia war meine erste Liebe, und ich habe sie geheiratet. In all unseren Ehejahren war ich ihr nie untreu. Mit einer Ausnahme natürlich. Und willst du wissen, warum ich sie nicht betrogen habe? Weil ich nun einmal nicht so gebaut bin. Ich kann zwar Frauen, die sich alle Mühe geben, nett zu mir zu sein, nicht vor den Kopf stoßen, aber ich will nicht mit ihnen schlafen. Und glaube es, oder glaube es nicht, die meisten wollen auch nicht mit mir schlafen. Julia hat mir das nie abgenommen. Sie zog es vor, sich einzubilden, ich sei ein gefährlicher Don Juan. Sie glaubte einfach nicht, daß ich ein völlig normaler, langweiliger Kerl ohne jeden Sex-Appeal bin. Und jetzt auch noch du! Das halte ich nicht länger aus. Jahrelang habe ich mir endlose, sinnlose und nutzlose Verdächtigungen anhören müssen. Einmal mußte das Faß überlaufen, und...«

»Und dann kam ich.«

»Ja! Nicht, daß du unwiderstehlich gewesen wärst. Nein, so meine ich das nicht. Aber ich wußte schon ganz genau, daß ich mir, sobald ich sie wiedersah, dieselben unnötigen Vorwürfe würde anhören müssen. Ich habe es einfach nicht mehr ertragen.«

»Also hast du dir gedacht: Was soll's? Wenn ich sowieso Vorhaltungen gemacht bekomme, dann sollen sie jedenfalls einmal berechtigt sein!«

»Genau!«

»Und das war alles? Nur ein zehntägiger Flirt mit einer Frau, die du attraktiv und unterhaltsam fandest? Die alles auf die leichte Schulter nahm?«

»Es tut mir leid. Ich habe wirklich nicht gewußt, daß du...«

Persis unterbrach ihn, bevor er seinen Satz zu Ende sprechen konnte.

»Laß gut sein! Du brauchst mir nichts mehr zu erklären. Es gibt also wirklich nicht einmal eine andere Frau.«

Sie lachte verbittert. Alastair antwortete nicht, und für einen Moment herrschte Schweigen. Dann hörte man sie beide langsam weitergehen. Die uralten Torbögen der Klosterzellen ließen ihre Schritte dumpf widerhallen.

Ein Schatten bewegte sich neben Amanda im Gras, und eine ruhige Stimme zitierte Pucks Worte:

»Vater im Himmel, wie töricht diese Sterblichen doch sind!«

Amanda schnellte hoch. »Sie hier!« sagte sie schnaufend. »Was machen Sie denn hier?«

»Dasselbe wie Sie«, sagte Steven Howard liebenswürdig. »Ich lausche!«

Amanda errötete: »Ich habe nicht gelauscht!«

»Vielleicht nicht gerade absichtlich, aber das Ergebnis ist dasselbe. Sehr aufschlußreich, finden Sie nicht?«

»Warum spionieren Sie uns allen nach?« fragte Amanda hitzig.

»Mein Liebes, Sie klingen so, als seien Sie äußerst

verärgert. Warum sollte ich denn nicht hierherkommen? Schließlich besuchen viele Leute diesen Ort. Alle Touristen, die auch nur etwas auf sich geben, schauen sich das Kloster an. Aber, um es kurz zu machen, ich bin in meiner Eigenschaft als Künstler hier.«

»Ich glaube Ihnen kein Wort«, sagte Amanda. »Außerdem bin ich nicht verärgert und ›Ihr Liebes‹ schon gar nicht!«

»Dann nehme ich diese Äußerung mit dem Ausdruck des Bedauerns zurück. Ich muß aber leider feststellen, daß Ihr Benehmen heute morgen von Bosheit geprägt ist.«

Amanda öffnete den Mund, schloß ihn aber wieder, ehe sie etwas gesagt hatte. Sie erinnerte sich plötzlich an einen Ratschlag, den ihr Miß Binns, die durch nichts aus der Ruhe zu bringende Haushälterin ihres Onkels Oswin, gegeben hatte. Sie atmete tief ein und zählte bis zwanzig.

»Warum sind Sie dann hier?« fragte Amanda jetzt in vernünftigerem Ton.

»Um ein Auge auf Sie zu werfen.«

»Auf mich?« fragte Amanda überrascht. »Aber warum denn?«

»Weil ich Sie so anziehend finde, daß ich mich kaum von Ihnen zu entfernen wage.«

Seine Augen glitzerten spöttisch. Amanda spürte die Röte in ihre Wangen steigen, zählte bis fünfzehn und sagte dann kühl:

»Reden Sie doch keinen Unsinn!«

»Glauben Sie mir etwa nicht?«

»Nein!« sagte Amanda schnippisch.

»Dann versuchen wir mal eine andere Sprache. Ich habe nämlich die fixe Idee, daß man Sie früher oder später umbringen wird. Und ich bin einfach brennend daran interessiert, zu erfahren, wer der Mörder sein wird. Genügt Ihnen das?«

»Sagen Sie eigentlich niemals die Wahrheit?« fragte Amanda frostig.

»Wenn ich sie vermeiden kann, nicht«, gab Steven mit entwaffnendem Freimut zu.

»Die Wahrheit, Amarantha, das wissen Sie mit Ihrer humanistischen Bildung sicherlich auch, ist wie eine nackte Dame, die auf dem Grund eines Brunnens lebt. Deshalb ist es die Pflicht eines jeden Gentleman, der sie aus Versehen in seinen Eimer zieht, wegzuschauen und sie in einen Bademantel zu hüllen.«

Amanda sah ihn voller Zweifel an. Sein braunes Haar war zerzaust, und auf dem Kinn klebte ein blauer Farbklecks. Er trug ein blaues Sporthemd und eine abgetragene graue Flanellhose. Sowohl das Hemd als auch die Hose waren mit Farbe beschmiert.

Sie sagte abrupt: »Was haben Sie denn gemalt?«

Mr. Howard zeigte mit vager Geste auf die sie umgebenden Mauern. »Das da! Allerdings aus einer Entfernung von einigen hundert Metern.«

Amanda sagte: »Ich würde es mir gern ansehen.«

»Sie sind eine wirklich mißtrauische junge Dame. Aber gut, kommen Sie mit!«

Sie gingen durch das Kloster zurück. Ein Ziegenpfad führte sie hinauf zu einem Punkt, jenseits der Hügel. Er war nur etwa fünfzig Meter von der Stechpalme entfernt, unter der Amanda gesessen hatte.

»Wo steht Ihr Auto?« fragte Amanda.

»Oberhalb der Straße, oder besser des Trampelpfads.«

Im Schatten der Bäume lagen Stevens Malutensilien. Er nahm die Leinwand, die er gegen einen Baum gelehnt hatte, auf und hielt sie Amanda vor Augen.

Eine flüchtig hingemalte Ölskizze zeigte die Abtei von Bellapais. Sie erhob sich aus einem Meer sich wiegender Olivenbäume. Das Bild war offensichtlich mit einem Spachtel bearbeitet, denn die Farbe war verschwenderisch dick aufgetragen. Das Ganze erinnerte trotz desselben Hilfsmittels gar nicht an Lumley Potters Arbeiten. Das noch unfertige Bild hatte die traumhafte, ätherische Atmosphäre der vom Alter zerstörten Abtei eingefangen. Amanda verspürte bei der Betrachtung des Bildes denselben starken Eindruck, den sie empfunden hatte, als sie Bellapais vom

Auto aus vor sich hatte liegen sehen. Ohne zu denken, sagte sie, wie schon am Morgen auf der Hafenmauer:

»Sie können ja wirklich malen!«

Verstört und unsicher richtete sie den Blick auf Steven Howard.

»Arme Amarantha«, sagte Steven mit weicher Stimme. »Sie wissen ja nicht mehr ein noch aus. Vielleicht hilft es Ihnen, wenn ich zugebe, daß auch ich völlig durcheinander bin. Aber mich würde etwas ganz anderes interessieren: Warum sind Sie nach Zypern gekommen?«

Diese Frage kam plötzlich und unerwartet. Amanda schaute empört und sagte: »Weil ich hierherkommen wollte.«

»Und warum? Aus einem besonderen Grund?«

»Ja«, sagte Amanda langsam. Dabei verzog sich ihr Mund zu einem melancholischen Lächeln. »Wegen eines Gedichts, das ich in der Schule las. Kennen Sie das, wenn man einen ganz bestimmten Ort sehen möchte, von dem man einmal gelesen hat? So etwas kann sogar zu einer fixen Idee werden!«

Stevens Augen blickten jetzt nicht mehr spöttisch. »Homer«, sagte er lächelnd und zitierte genau die Zeilen, die Amanda noch aus ihrer Schulzeit in Erinnerung waren...

»›Denn kein Schnee, kein Regen noch Grauen des Winters befällt sie, sondern beständig schickt der Okeanus wehenden Westwinds liebliches Säuseln herein und erfrischt die Seele des Menschen.‹«

»Ja«, sagte Amanda. Ihr Blick richtete sich auf das Meer der graugrünen Olivenbäume bis zur fernen Küste dahinter. Ihr Gesicht nahm einen abwesenden Ausdruck an, als sie wiederholte: »›... sondern beständig schickt der Okeanus wehenden Westwinds liebliches Säuseln herein und erfrischt die Seele des Menschen.‹ Eine herrliche Sprache.« Die einzelnen Silben zergingen ihr förmlich auf der Zunge. »Wissen Sie zufällig, wie das Schloß da drüben auf dem Gipfel heißt? Miß Moon hat mir davon erzählt. Es heißt Buffavento und bedeutet: Der Wind bläst. Der Wind bläst...« Ihre Stimme senkte sich bei den Worten zu einem Flüstern.

Steven hütete sich, die Übersetzung zu korrigieren. Von der Straße unten tönte eine Hupe zu ihnen herauf.

»Das wird wohl Blaine sein«, sagte Steven. »Sie sollten jetzt besser zurückgehen. Bis heute nachmittag zum Picknick!«

Amanda sah sich noch einmal das Ölbild an und sagte dann zögernd: »Könnte ich es kaufen? Ich möchte es furchtbar gern besitzen. Verkaufen Sie Ihre Bilder?«

»Ja, das tue ich«, sagte Steven. »Aber im allgemeinen erst, wenn sie trocken sind. Ich würde es Ihnen gern schenken. Sie können es als ein verfrühtes Weihnachtsgeschenk betrachten. Es ist ja auch nur eine flüchtige Skizze.«

Amanda lächelte ihn an, und ihre Augen glänzten. Sie griff nach dem Bild und sagte: »Es ist einfach wundervoll.«

»Vorsicht! Es ist noch naß. Ich lasse es noch etwas stehen. Sie bekommen es dann später.«

Amanda erinnerte sich an einen Satz, den Steven Howard in der Kabine auf der ›Orantares‹ gesagt hatte: »Ich male mittelmäßige Bilder und mische mich leidenschaftlich gern in anderer Leute Angelegenheiten ein.« Sie hatte sich ihre eigenen Gedanken über diesen Satz gemacht und war zu dem Schluß gekommen, daß er Privatdetektiv sein müsse. Außerdem hatte sie an die Möglichkeit gedacht, daß Julia ihn engagiert hatte, damit er ihren Mann beobachtete, um Beweise für ihre hysterischen Vermutungen zu bekommen. Sie hätte Alastair dann zur Rede stellen können und danach versucht, ihn noch fester an sich zu binden.

Aber irgendwie paßte das nicht zu Steven. Und er konnte ja auch wirklich malen, darüber gab es keinen Zweifel. Die Zeichnungen, die sie am Morgen von ihm gesehen hatte, zeugten von einem bemerkenswerten Talent. Sie hatten ihr beinahe noch besser gefallen als das Ölbild mit der Abtei von Bellapais, das allerdings einem ganz anderen Genre angehörte. Amanda fragte sich, ob sie nicht vielleicht zu viele Kriminalromane gelesen hatte.

War Steven Howard vielleicht doch rein zufällig nach Fayid und Zypern gekommen? Wollte er wirklich nur malen, und alles andere war bloße Neugier? Er hatte ja selbst geäußert, daß er es genieße, seine Mitmenschen mit amüsierter Distanziertheit zu beobachten.

Amandas Gedanken schwenkten zu Persis und Alastair über. Die beiden hatten also eine zweiwöchige Affäre gehabt. Amanda erinnerte sich, daß Julia erwähnt hatte, Alastair sei zu einer Konferenz nach London geflogen. Die Konferenz war verschoben worden, und Alastair war nicht nur einige Tage, sondern zwei Wochen dort geblieben. Er war dann, vermutlich auf Grund eines dummen Briefes von Julia, zu dem Punkt gekommen, wo es ihm, wie er selbst zugegeben hatte, zu bunt wurde. Und Persis hatte sich damals wohl in ihn verliebt.

Amanda spürte plötzlich eine Welle heftigen Mitleids für Persis Halliday in sich aufsteigen. Unter der Maske der kalten, ja zynischen Intellektuellen verbarg sich so viel Verletzbarkeit. Doch, so dachte Amanda, mußte man sie eigentlich bewundern. Nichts an ihrem Benehmen verriet, daß soeben, mit einem Schlag, all ihre Hoffnungen vernichtet worden waren und wie sehr ihr Stolz verletzt war.

Was fand sie nur an Alastair Blaine so anziehend? Und ebenso Julia? Er war zwar groß, blond, braungebrannt und blauäugig. In Amandas Augen aber sah er nicht besonders gut aus. Er hatte ein unauffälliges, typisch englisches Gesicht. So wie er sich selbst charakterisiert hatte, war er ein ganz gewöhnlicher 08/15-Typ ohne den geringsten Sex-Appeal. Die Frauen mochten Alastair Blaine, aber es waren nur schwesterliche Gefühle, die sie für ihn hegten. Sie hatten eine Art, mit ihm umzugehen und über ihre Probleme zu sprechen, die zeigte, daß Alastairs Gesellschaft ihren Puls nicht gerade beschleunigte. Amanda wurde klar, daß Alastair nur in Julias eifersüchtiger Phantasie ein unwiderstehlicher Charmeur gewesen war.

Julia war vermutlich die einzige Frau, die sich jemals leidenschaftlich in ihn verliebt hatte. Und jetzt Persis. Aber was empfand sie für ihn?

Sie ist eben eine Amerikanerin und vor allem Schriftstellerin, dachte Amanda. Plötzlich kam ihr eine Erkenntnis.

Persis sah Alastair mit anderen Augen als andere Leute. Er entsprach wahrscheinlich genau dem Bild, das sie von dem introvertierten Engländer im Kopf hatte, war Frauen gegenüber indifferent, und die Frauen hatten Persis' Meinung wohl noch bestärkt. Sie hatte ihn sich zurechtgeschnitzt, ihm ihr wichtige Attribute zugesprochen und sich in dieses Bild verliebt. Es war gar nicht Alastair Blaine, den sie liebte, sondern eher eine Schneiderpuppe aus Fleisch und Blut.

Mich würde interessieren, wie er wirklich ist, dachte Amanda. Oder wie Persis ist oder Toby oder der leichtlebige, ergebene George Norman. Oder, wenn sie schon gerade darüber nachdachte, Steven Howard.

Amandas Blick glitt über die Olivenhaine und das Meer hinweg. Sie nahm beides nicht einmal wahr. Zum ersten Mal in ihrem jungen Leben dachte Amanda darüber nach, daß im Grunde genommen ein jeder Mensch eine eigene kleine, undurchschaubare Insel ist.

11

Amanda überbrachte Miß Moon Euridices Nachricht. Miß Moon schüttelte gedankenverloren den Kopf und sagte: »Ich hoffe nur, daß sie zum Frühstück wirklich rechtzeitig zurück sein wird. Wann gehen Sie zu diesem Picknick, Amanda?«

»Um halb drei«, sagte Amanda. »Ich werde abgeholt.«

»Ich«, sagte Miß Moon mit bedauerndem Seufzen, »werde eine Viertelstunde später gehen. Schade, daß ich nicht mit Ihnen kommen kann. St. Hilarion ist für mich immer wieder ein seelischer Jungbrunnen. Lady Cooper-Foots Bridge-Nachmittage sind nicht so erholsam. Ich habe gar keine Lust hinzugehen. Außerdem bekomme ich Kopfweh, hoffentlich wird keine Migräne daraus. Wie dem auch sei, man darf seine gesellschaftlichen Pflichten schließlich nicht vernachlässigen.«

Amanda fragte: »Miß Moon, wie komme ich ins Haus, wenn ich vor Ihnen zurück sein sollte? Euridice ist ja nicht da.«

»Oh, ich schließe die Haustür nie ab. Ich war immer der Meinung, daß jeder, der mit unehrlichen Absichten in ein Haus hineinkommen will, alle Riegel der Welt öffnen könnte. Schlösser existieren nur dazu, anständigen Menschen Ärger zu bereiten. Das Haus wird also offenstehen.«

Toby Gates kam mit lobenswerter Pünktlichkeit um Schlag halb drei. Amanda nahm ihren breitkrempigen Hut und die Sonnenbrille. Dann verabschiedete sie sich von Miß Moon. Da sie keine Antwort erhielt, dachte sie, Miß Moon sei schon gegangen.

»Wie kommen wir nach St. Hilarion, Toby?«

»Ich habe für den Nachmittag einen Wagen gemietet. Einen netten, kleinen Karren. Die Normans haben zwar angeboten, uns beide mitzunehmen, aber da Alastair Blaine bereits mitfährt und außerdem die ganzen Picknicksachen verstaut werden müssen, dachte ich, es würde etwas eng werden.«

Er half ihr auf den Vordersitz einer kleinen, grauen Limousine, und Amanda sagte:

»Was ist mit Persis?«

»Howard nimmt sie mit.«

Er lenkte den Wagen auf die sanft ansteigende Straße, die von Kyrenia zum Paß hinaufführte, um sich von dort wieder zur Ebene von Nikosia herabzuwinden.

»Übrigens, wenn ich noch einen Funken Verstand besäße, würde ich kein Wort mehr mit Ihnen reden«, bemerkte Toby plötzlich.

Amanda sah ihn von der Seite mit ehrlichem Erstaunen an: »Aber warum denn, Toby? Was habe ich denn jetzt schon wieder angestellt?«

»Sie gefallen mir«, sagte Toby heftig. »Ist Ihnen eigentlich klar, sie langmähniges Frauenzimmer, daß ich Ihretwegen um £ 50 leichter bin? Und daß ich stolzer Besitzer der zwei entsetzlichsten Ölschinken bin, die je eine Wand verunzierten?«

»Ach, Toby!« Amanda hatte plötzlich Schuldgefühle und schämte sich ein wenig. »Das hätte ich beinahe vergessen. Haben Sie etwa echte ›Potters‹ erworben?«

»Mein liebes Mädchen, ich hatte gar keine andere Wahl. Wie befohlen, habe ich Potter eine Nachricht hinterlassen und bin dann ein wenig in der Stadt herumgeschlendert. Erst als ich Howard traf, fiel mir die Verabredung wieder ein. Potter wartete immer noch in der Halle und war mit seiner enormen Mappe nicht zu übersehen. Da konnte ich ihn doch nicht einfach abwimmeln. Er blieb dann stundenlang! Es war ihm allerdings glücklicherweise völlig egal, ob ich redete oder nicht. Er hält mich für einen wirklichen Kunstkenner. Also, ich werde Ihnen seine Bilder als kleine Aufmerksamkeit schicken, und Sie werden sie sich zur Strafe über Ihr Bett hängen! Im übrigen könnten Sie heute abend mit mir ausgehen, zur Versöhnung sozusagen. Das ist das mindeste, was Sie mir schuldig sind.«

»Es tut mir wirklich leid, Toby. Ja, natürlich können wir ausgehen. Miß Moon wird sicher froh sein, wenn sie für eine Person weniger kochen muß. Das Personal hat nämlich heute frei.«

»Das trifft sich prima! Haben Sie sich übrigens mit dieser untreuen Ehefrau gut unterhalten? Sie hat Ihnen sicher Informationen aus erster Hand über die Geschichte geliefert.«

»Nein«, sagte Amanda zurückhaltend. »Wir haben uns lediglich allgemein unterhalten. Toby, sind Sie sicher, daß Sie den richtigen Weg eingeschlagen haben?«

»Nein«, sagte Toby. »Der Autovermieter meinte aber, wir könnten St. Hilarion gar nicht verfehlen.«

Die Straße wand sich höher und höher. Sie fuhren an Olivenhainen, Fichten, Zypressen, Johannisbrotbäumen und Hängen, deren Gras von der Sonne verdorrt war, vorbei. Kurz vor dem Paß bog Toby schließlich rechts in eine Nebenstraße ab, an der ein Straßenschild die Richtung nach St. Hilarion angab. Als sie gerade einbiegen wollten, fuhr ein Wagen aus Richtung Nikosia an ihnen vorbei. Es war ein kleiner zweisitziger Sportwagen mit offenem Verdeck. Er wurde von einer Frau gesteuert, und Amanda glaubte, Glenn Bartons Sekretärin, Monica Ford, darin zu erkennen. Am Rande der Straße nach St. Hilarion zog sich auf der einen Seite das Gebirge hin, dessen Ausläufer an eine Bratpfanne erinnerten. Toby erzählte, daß dies zur Zeit der Kreuzfahrer ein Turnierplatz gewesen sei, und fügte hinzu, die Information von Persis Halliday erhalten zu haben, die im Reiseführer alles über St. Hilarion nachgeschlagen hatte. Persis hatte während des Mittagessens offenbar einen einführenden Vortrag gehalten. Auf einer Felsnadel erhob sich die Ruine der Kreuzfahrerburg St. Hilarion. Sie ragte mehr als 600 Meter über dem Meer in den wolkenlosen Himmel. Amanda dachte an die Legende von Richard Löwenherz, der einst Berengaria von Navarra als seine frisch angetraute Frau hierhergebracht hatte. Von dieser Burg aus war er zum Kreuzzug aufgebrochen. Aus den Bogenfenstern mußte einst die Königin Berengaria sehnsüchtig nach den Segeln seiner Schiffe Ausschau gehalten haben, die an eben dieser Küste gelandet sein mußten.

Es parkte bereits ein anderes Auto im Schatten einiger Bäume direkt vor den Außenmauern der Burg. Sie kannten den Fahrer nicht, denn das Auto gehörte weder den Normans noch Steven Howard.

»Touristen«, sagte Toby mit Geringschätzung.

»Sie sind doch selbst einer«, erwiderte Amanda schlagfertig und kletterte aus dem Wagen. »Ich bin der Meinung, wir sollten nicht lange auf die anderen warten, sondern die Gegend erkunden.«

In der heißen Sonne kletterten sie den steinigen Hang hinauf und erreichten den im kühlen Schatten liegenden Bergfried. Viele abgetretene Steinstufen führten geradewegs hinauf zu dem, was einmal die Hauptgebäude dieser Bilderbuchburg gewesen waren. Sie erstreckte sich hoch über ihnen und wirkte förmlich wie an den Fels geklebt. Und der nackte Fels bildete auch tatsächlich manche ihrer Wände. Unten neben der Treppe saß ein Mann in einem lebhaft gemusterten Polohemd auf einem Campingstühlchen. Er hatte eine riesige Staffelei vor sich, und sein zunächst ärgerlicher Gesichtsausdruck verklärte sich zu einem strahlenden Lächeln.

»Guten Tag, Gates! Sie kommen gerade recht. Wie finden Sie das? Ist natürlich erst im Werden, aber ich glaube doch, einiges vom Rhythmus und vielleicht auch eine Spur von der Aura dieses schönen Fleckchens Erde eingefangen zu haben. Bloß der innere Gehalt läßt sich nicht erfassen – ja, ich muß gestehen, er läßt sich nicht... – aber ich bin sicher, zu guter Letzt krieg' ich ihn doch noch.«

»Oh, ja, das werden Sie sicher«, sagte Toby und starrte mit ungläubigem Entsetzen auf die Leinwand, wo sich so etwas wie das Porträt eines halbfertigen Plumpuddings erkennen ließ, dem jemand versehentlich einen guten Schuß königsblauer Tinte zugefügt hatte.

»Nun?« fragte Mr. Potter.

»Oh, irrsinnig gut!« sagte Toby Gates hastig. »Ich glaube, Sie kennen Miß Derington noch nicht. Amanda, darf ich vorstellen – Mr. Potter.«

Mr. Potter gab seiner Freude Ausdruck, Miß Derington kennenzulernen, und stürzte sich in einen Monolog über seine Kunst. Er wurde unterbrochen von der Ankunft der Normans, Major Blaines, Mrs. Hallidays und Steven Howards.

Sie überließen Lumley Claire und Major Blaine. Claire war offensichtlich von Grund auf vertraut mit der Kunst und ihrer Aura. Währenddessen erforschten die anderen die Burg, wobei Persis mit Hilfe eines Reiseführers die fünf Ahnungslosen belehrte.

Kurz darauf, hinter einer Ecke, stießen sie völlig unerwartet auf Anita Barton.

Mrs. Barton hatte an einem schattigen Plätzchen eine

Decke ausgebreitet und sich, versehen mit einem Buch und einer Schachtel Pralinen, darauf ausgestreckt. Eine leichte Brise wendete die Seiten des Buches, und ein Trupp Ameisen wagte einen Erkundungsgang ins Innere der Pralinenschachtel. Anita Barton trug ein ausgesprochen kleidsames, maisgelbes Leinenkleid, das am Saum und an dem tiefgeschnittenen Ausschnit mit zahllosen, kleinen weißen Stoffblumen besetzt war. Mit den lose angehefteten Leinenblümchen sah es bezaubernd aus, ließ jedoch keinen Zweifel daran, daß für Mrs. Bartons Garderobe das Teuerste gerade gut genug war.

Amanda, die zu ihr herunter sah, hatte plötzlich den Eindruck, daß Anita sehr viel jünger als am Abend zuvor aussah. Sie wirkte irgendwie verloren. Amanda erinnerte sich an die Worte Glenn Bartons, der von seiner Frau als einem ›solchen Kind‹ gesprochen hatte. Sie verstand jetzt, wie er es gemeint hatte. Abgesehen von dem blauen Lidschatten, der übertrieben stark aufgetragenen Wimperntusche nebst Lippenstift und den scharlachrot bemalten Nägeln, lag über ihrem schlafenden Körper, der in dieses anziehende Kleid gehüllt war, etwas merkwürdig Kindliches.

Sie entfernten sich geräuschlos und überließen Anita ihren Träumen.

Als sie bereits außer Hörweite waren, sagte Persis: »Das ist ja vielleicht eine tolle Situation. Meinen Sie, wir sollten Glenn von der Anwesenheit seiner untreuen Ehefrau unterrichten? Er muß jeden Moment kommen. Es ist fast vier Uhr. Oder lassen wir den Dingen ihren Lauf und warten, bis er über sie stolpert, egal, was passieren mag?«

»Das letztere wäre das beste«, riet Mr. Howard träge.

Amanda sagte besorgt: »Ich hatte völlig vergessen, daß Glenn auch kommen will. Wann, sagte er, würde er hiersein?«

»Um vier Uhr, wenn er es bis dahin schaffen könne.«

Amanda sah über die Zinnen, konnte aber auf der Straße, die sich als weißes Band tief unter ihnen wand, kein Auto sehen. Und das war kein Wunder, denn Mr. Barton war aufgehalten worden...

Glenn hatte ursprünglich auf direktem Weg von Nikosia nach St. Hilarion fahren wollen. Es stellte sich aber heraus, daß er unbedingt über Kyrenia fahren mußte, um Akten bei einem Kunden abzuliefern, der im Dome-Hotel abgestiegen war. Zu allem Überfluß hatte ihn kurz vor der Stadt auch noch eine Reifenpanne aufgehalten, so daß er sein Auto an der Landstraße stehenließ und zu Fuß zum Hotel ging, um seine geschäftlichen Angelegenheiten zu erledigen.

Er befand sich gerade auf dem Weg, sein Auto abzuholen, als er Miß Fords schäbigen kleinen Zweisitzer eine Kreuzung überqueren sah. Sie fuhr die Straße entlang, die zur Villa Oleander führte. Diese Begegnung überraschte ihn einigermaßen. Was konnte Monica in Kyrenia zu tun haben? Er hatte sie noch am Morgen kurz in seinem Büro in Nikosia gesehen. Danach hatte er dann in den Weinbergen zu tun gehabt und war seitdem nicht mehr in seinem Büro gewesen. Monica hatte keinerlei Andeutung gemacht, daß sie nach Kyrenia fahren wollte. Bislang war es noch nie vorgekommen, daß sie sein Büro während seiner Abwesenheit verlassen hatte. War etwas vorgefallen, worum er sich sofort persönlich kümmern mußte? Suchte Monica etwa ihn?

Glenn sah auf die Uhr und stellte fest, daß es Viertel vor vier war. Er stand einen Moment lang zögernd auf dem Fußweg, war noch unentschlossen und ratlos. Dann überquerte er die Straße und ging Richtung Villa Oleander.

Monicas Auto stand nicht vor dem Haus. Er sah es aber unter den Maulbeerbäumen der schmalen Seitenstraße grün aufblitzen und stellte fest, daß sie ihren Wagen drüben im Schatten geparkt hatte. Monica hatte soeben die Straße überquert. Mr. Barton sah sie das Tor der Villa Oleander öffnen. Dann verschwand sie aus seinem Blickfeld.

Vielleicht ließ Oswin Derington seiner Nichte irgendeine Nachricht übermitteln. Aber Amanda war sicher schon in St. Hilarion und Miß Moon bei Lady Cooper-Foot. Selbst Euridice und Andreas waren nicht zu Hause, sondern auf einem Fest in Aiyos Epiktitos. Monica würde das Haus leer vorfinden.

Glenn ging durch das Tor, das Miß Ford nachlässigerweise hinter sich offengelassen hatte. Er lief den gepflasterten Fußweg entlang. Die Haustür war offenbar gut geölt, denn sie ließ sich lautlos öffnen. Dann befand er sich in der wohltuend kühlen, dämmrigen Halle. Aus dem Wohnzimmer waren Geräusche zu vernehmen. Glenn trat durch die Halle in das geöffnete Wohnzimmer ein.

Monica Ford stand nahe dem französischen Fenster. Der Anblick ihres verstörten Gesichts ließ ihn stocken.

»Monica! Was ist denn nur los?«

Miß Ford antwortete nicht. Ihr Gesicht war aschfahl und tränenverschmiert. Es war völlig verzerrt, verhärmt und schien von Kummer und Sorge gealtert. Sie war kaum wiederzuerkennen.

»Monica!«

Er eilte auf sie zu, blieb aber sofort stehen, als sie heftig zurückfuhr. Sie ließ ihre Zunge über die trockenen, zitternden Lippen fahren und flüsterte mit hoher, brüchiger Stimme: »Was machst du denn hier? Ich – ich dachte, du seist in Limassol.«

»Monica! Was hast du denn? Ist etwas passiert?«

Sie ließ den starren Blick ihrer weit aufgerissenen, rotgeränderten Augen lange auf ihm ruhen. Dann wandte sie sich hastig ab und ging unsicher und stolpernd zum Sofa hinüber. Sie ließ sich darauf nieder und brach, mit dem Rücken zu ihm, in haltloses Schluchzen aus. Den Kopf hatte sie in den Händen vergraben. Mein Gott! dachte Glenn verzweifelt. Schon wieder eine hysterische Frau! Erst Anita und jetzt Monica! Unter Schluchzen stieß Monica einen hysterischen, wirren, verzweifelten, unzusammenhängenden Wortschwall hervor. Einige Worte waren zu verstehen und wiederholten sich ständig. Der Name ihres verstorbenen Bruders, ihr eigener und der von Glenn – Glenn – Glenn.

». . . Ich habe es nicht früher gemerkt. Ich – ich liebe dich, Glenn, ich liebe dich . . .«

Glenn schloß die Augen und versuchte, ihr nicht länger zuzuhören. Er war angeekelt und spürte eine kalte Wut in sich aufsteigen. Monica aber sprach pausenlos. Sie sagte mit tränenerstickter, häßlicher Stimme:

»Erst heute ist es mir klargeworden. Ich habe es nicht eher gemerkt. Ich weiß, das gibt es eigentlich gar nicht. Ich wollte es einfach nicht wahrhaben. Und heute, du warst schon gegangen, kam Pavlos wegen einer kaputten Weinkiste. Er sagte, du seist nach St. Hilarion gefahren, mit Claire Norman, und da – da habe ich es plötzlich gewußt. Ich habe dich die ganze Zeit geliebt.«

Glenn öffnete die Augen wieder und sah das zusammengekauerte, bebende Häufchen Elend. Er verspürte Wut und Verzweiflung. Ein schwacher Duft von Jasmin wehte durch die geöffneten Fenster herein und vermischte sich mit Miß Fords Veilchenparfüm. Eine leichte Brise bauschte die Vorhänge auf und bewegte die Enden eines Crêpe-de-Chine-Schals, den Miß Moon über der Sofalehne hängengelassen hatte. ›Donnerstag‹, dachte Glenn automatisch beim Anblick der Farbe.

Er wollte etwas sagen, fand aber die richtigen Worte nicht. Es gab nichts zu sagen. Nichts, das die Situation gerettet hätte. Er hätte sie längst wegschicken sollen. Er hätte sie dazu überreden sollen, zu gehen. Die schluchzende, verstörte Stimme konnte sich einfach nicht beruhigen. Als der Name seiner Frau fiel, zuckte er zusammen.

»Anita... Anita muß es gewußt haben. Deshalb hat sie dich verlassen. Ich hätte es auch wissen müssen. Aber ich wollte es mir nicht eingestehen. Ich konnte den Tatsachen nicht ins Auge sehen. Es ist meine Schuld... Ich tat so, als sei alles in bester Ordnung. Aber Anita muß es gewußt haben –.«

Anita, bei dem bloßen Gedanken an sie durchfuhr Glenn ein geradezu körperlicher Schmerz. Stimmte das etwa? Hatte sie es wirklich gewußt? Er hatte immer geglaubt, daß sie die Dinge, die sie über ihn und Miß Ford verbreitete, selbst nicht glaubte und daß ihr Verschwinden nur ein

Vorwand gewesen war. Jetzt aber behauptete Monica, daß sie es gewußt haben mußte. Deshalb war sie also von ihm fortgegangen. Anita...

Die tränenerstickte, häßliche Stimme schien den ganzen Raum zu erfüllen: »Ich weiß nicht mehr, was ich machen soll! Wenn die Sache mit Bobby nicht auch noch passiert wäre, dann hätte ich es noch ertragen können. Aber ich mußte einfach mit jemandem reden. Glenn!... Glenn.«

Die Sonne hatte sich inzwischen gesenkt. Jetzt schien sie durch die französischen Fenster. Sie zeichnete ein helles Rechteck goldenen Lichts auf den verblichenen Teppich, warf ihre Strahlen auf Miß Fords wenig anziehende Figur und erfüllte den ganzen Raum mit einem warmen Glanz.

Glenn betrachtete die zusammengekrümmte, bebende Gestalt mit Abscheu und Ekel. Dann, als ihm klarwurde, daß er gar nichts anderes tun konnte, wandte er sich von ihr ab und verließ eilig den Raum.

Die Standuhr schlug einmal, und als er die Klinke bereits in der Hand hielt, glaubte er ein schwaches Geräusch aus einem der Schlafzimmer oben gehört zu haben.

Er sah sich um und schaute die Treppe hinauf. Es war aber niemand zu sehen, und im Treppenhaus bewegte sich nichts. Miß Moon war außer Haus, ebenso Euridice und Andreas. Die oberen Räume mußten also leer sein. Es konnte eigentlich niemand dasein. Vielleicht hatte er nur eine Taube oder Euridices graue Katze gehört. Er zögerte, seine Nerven waren äußerst angespannt, und es lief ihm kalt den Rücken hinunter. Er stand unsicher und mit gerunzelter Stirn in der Halle. Jetzt hörte er von oben kein weiteres Geräusch. Er wußte nur eines, und zwar, daß er nicht länger mit Monica Ford unter einem Dach bleiben wollte. Also verließ er das Haus und schloß die Tür leise hinter sich. Es war schon Viertel vor fünf, als er in St. Hilarion ankam.

Er fand die Ausflügler malerisch um die Überreste des Picknicks gruppiert vor. Sie saßen auf einem grasbewachsenen Plätzchen in der Nähe eines verfallenen Strebebogens. Weil er mit seinen Gedanken ganz woanders war, sah Glenn zwischen all den anderen abgestellten Wagen Lumley Potters klappriges Vehikel nicht.

»Sie haben es also doch noch geschafft«, bemerkte Persis und machte Glenn einen Platz neben sich frei. »Wir hatten die Hoffnung schon aufgegeben.«

Glenn ließ sich erschöpft ins Gras sinken und nahm dankend eine lauwarme Tasse Tee entgegen, die er gierig trank.

»Es tut mir leid, daß ich so spät komme«, entschuldigte er sich. »Ich mußte noch nach Kyrenia fahren und hatte dann ausgerechnet eine Reifenpanne kurz vor der Stadt. Darüber hinaus traf ich auch noch zufällig Monica Ford, und das hielt mich noch mehr auf.«

Sein Blick wurde bei dem Gedanken an den Zwischenfall in der Villa Oleander noch finsterer. Sekundenlang verzog sich sein Mund voller Abscheu.

Claire sagte: »Monica? Was hatte die denn in Kyrenia zu tun?«

»Nichts Besonderes. Sie wollte Miß Derington besuchen, aber sie war natürlich nicht zu Hause.«

»Mich?« sagte Amanda überrascht. »Sie haben ihr doch hoffentlich gesagt, daß ich zu einem Picknick gegangen bin und daß bis heute abend niemand im Haus sein wird, weder Miß Moon noch das Personal. Sie könnte nicht einmal Tee bekommen. Warum haben Sie sie denn nicht mitgebracht?«

Die Falten auf Glenn Bartons Stirn vertieften sich. Er sagte unsicher: »Sie war nicht gerade bester Laune. Ihr Bruder ist doch gestorben, und sie ist noch ziemlich verstört. Sie . . .« Er brach mitten im Satz ab und fügte nach einer kurzen Pause schwerfällig hinzu: »Sie treffen sie vielleicht später ohnehin noch. Es kann sein, daß sie auf Sie wartet. Sie hat sonst nichts Besonderes vor.« Dann wechselte er das Thema.

Sie packten die Überreste des Picknicks und die Körbe wieder ein. Amanda ergriff die Gelegenheit, Mr. Barton beiseite zu ziehen und ihm über den mißglückten Besuch bei seiner Frau zu berichten.

»Tut mir leid, Glenn, daß nichts dabei herausgekommen

ist. Aber wenn es ihr besser geht, werde ich sie noch einmal besuchen. Zumindest wissen Sie jetzt, daß sie nicht in Lumley Potter verliebt ist.«

»Ja«, sagte Glenn langsam. »Das ist immerhin etwas, obwohl ich das nie so recht geglaubt habe. Sie ist viel zu anspruchsvoll für so einen Chaoten wie Potter.« Er lächelte Amanda an und fügte ein bißchen gezwungen hinzu: »Auf jeden Fall war es ausgesprochen liebenswürdig von Ihnen, zu ihr zu gehen. Ich bin Ihnen sehr dankbar.«

Er nahm ihre Hand und hielt sie einen Augenblick in der seinen. Amanda erwiderte mitleidig seinen festen Händedruck. Sie lächelte ihn herzlich an und bemerkte plötzlich, daß Steven Howard sie beide mit einem merkwürdigen Blick beobachtete. Es war ein harter, klarer und nachdenklicher Blick, der mehr als Ärger ausdrückte. Amanda stellte zu ihrer Überraschung fest, daß ihr Herz einen Sprung machte und ihr das Blut in die Wangen schoß.

Claire rief laut: »Glenn, helfen Sie mir bitte mit all diesen Körben und Decken.« Mr. Barton gab Amandas Hand frei und eilte zuvorkommend zu Hilfe. Er und George Norman trugen die Körbe und Decken zum Auto. Persis ging neben ihnen her.

Die Sonne stand tief am Himmel, und die verfallenen Mauern warfen lange Schatten auf das Gras und auf die zahlreichen Büschel wilden Thymians. Noch einmal leuchteten die kahlen Felsen auf, die fast senkrecht zu den Olivenhainen und der ruhigen See tief herabfielen.

Unten lag das Meer glatt und bewegungslos wie eine polierte Stahlplatte. Aber bei Sonnenuntergang kam eine starke Brise auf. Der Wind blies kräftig und mit schrillem Pfeifen durch die steinernen Fensterbögen und verlassenen Zinnen.

Claire und Toby waren gemeinsam spazierengegangen und hatten sich in eine Unterhaltung vertieft. Amanda lehnte an einer steinernen Brüstung und sah hinunter. Sie erkannte Alastair Blaine, der unten in einer Schießscharte der Zinnen mit Anita Barton sprach. Sie stellte sich die

Frage, ob auch Alastair bald neuer Besitzer eines dieser dunklen Meisterwerke von Potter sein würde. Amanda hoffte inständig, daß Glenn, wenn er vom Parkplatz zurückkäme, seine Frau nicht treffen würde. Er sah müde und krank aus. Amanda glaubte nicht, daß er einer solch heiklen Situation gewachsen wäre.

Sie richtete ihre Aufmerksamkeit auf den mittelalterlichen Turnierplatz, der weiter unten lag. Amanda versuchte sich vorzustellen, wie es wohl ausgesehen haben mochte, als dort noch Banner und Wimpel geflattert und Ritter in ihren Rüstungen vor mehr als 800 Jahren paradiert hatten zur Ehre der Hochzeit von Richard Löwenherz und Königin Berengaria.

»Woran denken Sie, Amarantha?« fragte Steven Howard und lehnte sich neben sie an die Wand. Weil der Wind so laut pfiff, hatte sie ihn nicht kommen hören. Überrascht fuhr sie herum.

»Ich möchte Ihre Gedanken lesen können«, scherzte Steven.

»Wenn Sie das wirklich wollen. Ich stellte mir gerade vor, wie Sie, Toby, Glenn und die anderen Männer in Rüstungen aussehen könnten und Persis, Claire und ich mit langen Schleiern und edlen weißen Leinengewändern mit hermelinbesetzten Jäckchen.«

»Jeder, der so verrückt wäre, in diesem Klima eine Rüstung zu tragen, würde darin in weniger als zehn Minuten knusprig gebraten«, stellte Mr. Howard sachlich fest. »Und das mit dem Schleier stimmt auch nicht. Es wäre vielmehr passender, wenn Sie Ihr langes Haar aus dem nächsten Fenster hängen lassen würden wie einst Rapunzel. Seit wann kennen Sie diesen Barton?«

Die Frage überraschte Amanda. »Glenn? Ich habe ihn in Limassol kennengelernt. Das wissen Sie doch. Warum fragen Sie?«

»Glenn«, murmelte Steven und äußerte mit Schroffheit in der Stimme, daß Amanda und Glenn sich für die Kürze ihrer Bekanntschaft auffallend gut zu verstehen schienen.

»Ich glaube, das sehen Sie falsch«, sagte Amanda beschwichtigend. »Obwohl er, um mit Persis' Worten zu sprechen, durchaus einen Spaziergang bei Mondschein wert wäre«, fügte sie provozierend hinzu. Es freute sie, festzustellen, daß er sich über sie ärgerte. Amanda konnte es nicht unterlassen, ihn noch mehr aufzustacheln: »Ich hätte nicht wenig Lust, es herauszufinden.«

»Versuchen Sie's doch«, sagte Steven und lächelte wenig überzeugend.

Es klapperte etwas auf den Steinen hinter ihnen, und Amanda fiel eine zerdrückte Farbtube vor die Füße. Lumley Potter war zu ihnen getreten.

»Verdammt!« sagte er gereizt.

Er stellte eine zusammenklappbare Staffelei und eine saubere Leinwand ab. Dann bückte er sich, um ein halbes Dutzend Farbtuben zu retten, die aus einer schlecht schließenden Blechschachtel gefallen waren.

»Ich dachte, ich würde hier schnell etwas malen«, sagte Mr. Potter. »Guten Tag, Howard! Arbeiten Sie hier?«

Amanda sah Steven einigermaßen überrascht an. Sie hatte nicht gewußt, daß Steven inzwischen Lumley Potters Bekanntschaft gemacht hatte.

»Leider nicht, das Panorama gibt mir nicht so viel«, sagte Steven ungeheuer würdevoll. »Optisch vielleicht, aber seelisch inspiriert es mich überhaupt nicht.«

»Nun, das klingt sehr interessant«, sagte Mr. Potter ernsthaft. »Ich für meinen Teil ...«

Er stürzte sich mit Begeisterung in seine Theorie. Amanda, die meinte, Steven habe diese Unterhaltung selbst herausgefordert, ließ die beiden allein und wanderte ein wenig umher.

Sie hatte bereits einmal die höchste Stelle der Burg erklommen, aber sie beschloß, dieses Abenteuer zu wiederholen und sich ins Fenster der Königin zu setzen, in dem Berengaria so oft gesessen haben mußte. Von dort aus wollte Amanda den Sonnenuntergang beobachten. Sie kletterte die verfallene Steintreppe hinauf, die auf der einen Seite von einem hohen Zwischenwall begleitet wurde, während auf der anderen ein Grashang steil abfiel. Amanda trat durch einen gemauerten Torbogen und durchquerte winzige steinerne Räume, die einmal Wachstuben, Kornspeicher, Galerien und Ankleidezimmer gewesen sein mußten.

In der Kemenate der Königin fehlte die Decke, so daß sie den Abendhimmel sehen konnte. Große Teile der Außenwände waren eingestürzt oder fehlten bereits ganz, so daß der Wind durch den einstigen Prunkraum blies. Vom Rande des steingepflasterten Fußbodens fiel der Blick auf Baumkronen und einen gähnenden Abgrund. Die Burg St. Hilarion war auf einer Felsnadel errichtet worden, die über 600 Meter steil zum Meer abfiel.

Nur ein kleiner Teil der äußeren Mauern war erhalten geblieben. Von dort gab das Fenster der Königin, ein anmutig gewölbter steinerner Doppelbogen, den Blick auf die traumhaft schöne Szenerie in der Tiefe frei.

Das intensive Blau, das Himmel und Meer am Nachmittag gezeigt hatten, war nun im Abendlicht verblaßt. Als ein zarter lila Streifen war ganz fern am Horizont ein Gebirge der Türkei zu erkennen.

Amanda entfernte sich von dem Fenster und wanderte zu der im Nichts endenden wettergebleichten Steinmauer.

Der Abendwind tönte schrill in ihren Ohren, zerrte an ihrem dünnen Kleid und an ihrer Frisur, so daß sich die schweren Zöpfe lösten und über die Schulter herabfielen. Amanda versuchte, sie wieder hochzustecken, aber die Haarnadel glitt wieder aus ihrer Frisur, fiel auf die Steinfliesen und verschwand im Abgrund.

Das Pfeifen des Windes übertönte die Schritte hinter ihr. Eine Hand stieß sie kräftig in den Rücken, sie fiel nach vorn und stürzte kopfüber in die Tiefe. Der Wind trug ihren entsetzten Schrei mit sich davon.

Die langen, schweren Zöpfe retteten Amanda das Leben. Es waren nur ihr Haar und eine alte, gewundene Kiefer, die aus einer Felsspalte unter der Burgmauer wuchs, die sie auffingen.

Die Zweige schlugen ihr ins Gesicht und brachen unter ihrem Gewicht. Doch ihr Haar verfing sich in ihnen und hielt sie so fest wie einst Absalom. Dadurch wurde ihr Fall abgebremst, und es gelang Amanda, sich an einen stärkeren Ast zu klammern.

Sie hing da, vor Entsetzen sah und hörte sie nichts mehr, und nur ihre Hände klammerten sich mit aller Kraft in Panik an den gefährlich krachenden Ast. Ihr Haar hatte sich in den Zweigen der kleinen Fichte völlig verfangen, während ihre Beine über dem Nichts baumelten.

Amanda hörte über sich jemanden rufen. Sie konnte ihren Kopf aber nicht herumdrehen und traute sich nicht, sich zu bewegen. Von der Anstrengung schmerzten ihre Arme nahezu unerträglich. Sie spürte, wie ihre Finger, die den Ast umkrallten, allmählich taub wurden. Der Wind pfiff durch die Äste und verschluckte alle anderen Geräusche.

Wieder hörte sie den Ast gefährlich krachen, aber zum Glück brach er nicht. Ihr war klar, daß sie versuchen mußte, sich einen anderen Halt zu verschaffen. Sie mußte versuchen, sich rückwärts an den Baumstamm zu schwingen. Aber sie schaffte es nicht. Sobald sie ihre Finger nur ein wenig lockerte, würde sie abstürzen.

Der Baum erbebte, als sei er von etwas Schwerem getroffen worden. Jemand rief ihr ermutigend zu, sie solle noch ein wenig aushalten. Sie erkannte die Stimme nicht, meinte aber, daß jemand aus der Nähe sprach. Aber niemand würde auch nur den Versuch machen, über die glatte Felswand unterhalb der Burgmauer hinabzuklettern. Das wäre reiner Selbstmord. Sie hörte jetzt noch jemanden rufen, und eine Frau schrie vor Entsetzen. Amanda spürte wieder, wie der Baum wackelte und daß der Ast bedrohlich knackte. Dann packte jemand mit festem Griff ihr Handgelenk und sagte keuchend:

»Versuchen Sie, Ihren Fuß auf den Ast hinter sich zu setzen. Den linken Fuß! Einfach nach hinten treten!«

Automatisch gehorchte sie. Amanda konnte sich später

nicht mehr erinnern, wie sie von dem Stamm der Kiefer zu dem schmalen Felsband gelangt war, das sie von oben überhaupt nicht hatte sehen können. Nachdem sie wieder festen Boden unter den Füßen hatte, war es nicht allzu schwierig gewesen, auf einen Arm gestützt, zu den verfallenen Zimmern zu gelangen.

Jemand hatte sich über sie gelehnt und ihre Hand ergriffen. Als sie sich bereits in Sicherheit befand, fiel sie, zum ersten Mal in ihrem Leben, in Ohnmacht.

12

Amanda tauchte langsam aus der schwarzen Tiefe wieder empor in das wärmende goldene Licht der Abendsonne.

Jemand flößte ihr eine scheußliche scharfe Flüssigkeit ein. Sie mußte husten und glaubte zu ersticken. Trotzdem schluckte sie eine gehörige Portion von dem Zeug herunter.

Steven Howard war seltsam blaß im Gesicht und sah mit einem Ausdruck unterdrückter Wut, den sie sich nicht erklären konnte, auf sie herab. Amanda starrte ziemlich verstört und maßlos erstaunt zu ihm auf. Sie konnte sich nicht erinnern, wo sie war oder was sie hier tat. Noch weniger verstand sie, warum Steven Howard wütend war.

Für einen Moment schloß sie die Augen und öffnete sie dann wieder. Sie waren alle noch da und starrten sie mit kreidebleichen Gesichtern an. Claire und George Norman, Persis, Toby, Alastair und Glenn.

»Was ist passiert?« fragte Amanda. »Bin ich...«

Plötzlich erinnerte sie sich wieder an das, was vorgefallen war, und sie brach mitten im Satz ab.

»Sie sind gestürzt«, sagte Steven zornig. »Was, zum Teufel, haben Sie sich dabei gedacht, auf dieser Brüstung herumzubalancieren? Ein zweijähriges Kind hat schon genügend Verstand, um zu wissen, wie gefährlich das ist. Es ist, weiß Gott, nicht Ihr Verdienst, daß Sie noch leben!«

Mr. Howard schien über solide Psychologiekenntnisse

zu verfügen. Amanda wäre nämlich in ihrem Zustand bei dem kleinsten Anzeichen von Mitgefühl in Tränen ausgebrochen. Stevens knappe Bemerkung hatte genau die entgegengesetzte Wirkung.

Amanda setzte sich auf, holte tief Luft und war drauf und dran, ihrem Zorn freien Lauf zu lassen. Daß sie nämlich gar nicht gefallen sei, sondern irgend jemand sie den Abgrund hinuntergestürzt habe.

Aber sie sagte kein Wort.

Sie blieb ganz ruhig sitzen, und ihr wurde plötzlich mit erschreckender Klarheit bewußt, daß außer dem einheimischen Aufseher, Lumley Potter, Anita Barton und ihr selbst niemand in St. Hilarion gewesen war. Abgesehen natürlich von den sieben Personen, die ihr gegenüberstanden.

Dann hatte also einer von diesen neun versucht, sie zu ermorden. Und sieben davon standen jetzt da und sahen auf sie herunter. Sie konnte nicht einmal, wie bei einem Alptraum, die Decke über den Kopf ziehen. Nein, es war also wirklich wahr, irgend jemand wollte sie, Amanda Derington, umbringen. Was hatte Steven noch gerade gesagt? »Es ist, weiß Gott, nicht Ihr Verdienst, daß Sie noch leben.« Es war nicht ihre Schuld gewesen, sondern jemand hatte sich nach Kräften bemüht, sie zu ermorden. Einer von diesen Leuten hier hatte sie über die Brüstung gestoßen.

Amanda lehnte sich an die sonnenwarme Mauer. Sie ließ ihre angstverzerrten großen Augen von Gesicht zu Gesicht wandern. Einer aus diesem Kreis mußte es gewesen sein.

Claire – Alastair – Toby – Glenn – Persis – George – Steven –

Nein, Steven nicht! Da war sie sich ganz sicher. Aber wirklich sicher war sie sich nur bei ihm. Mit angstgeweiteten Augen blickte sie zu ihm auf und klammerte sich an seinen Ärmel.

Steven beugte sich zu ihr herab und stellte sie unsanft wieder auf die Beine. Amanda sagte mit erstickter Stimme: »Würden Sie mich bitte alle in Ruhe lassen. Bitte! Es geht mir schon viel besser. Wirklich! Es tut mir leid, daß ich

Ihnen allen einen solchen Schrecken eingejagt habe. Ich würde hier gern allein sitzen, bis ich mich wieder gefangen habe. Würden Sie bitte gehen!«

Steven Howard konnte ihrem sich krampfhaft an ihn klammernden Griff die Botschaft entnehmen: Sie nicht! Sie nicht!

Persis sagte: »Hören Sie mal, Amanda...«

»Persis«, bemerkte Steven freundlich, »Sie können jetzt gehen! Ich pass' schon auf, daß sie nicht noch einmal über eine Mauer fällt.«

Er schaute auf die Armbanduhr und wandte sich an Toby:

»Würde es Ihnen etwas ausmachen, Mrs. Halliday mitzunehmen, Gates? Ich bringe Miß Derington nach Hause, wenn sie sich besser fühlt.«

»Natürlich«, sagte Toby und sah unsicher von Persis zu Amanda.

»Eine gute Idee«, sagte George Norman, der allmählich seine normale, gesunde Gesichtsfarbe wiedergewann. »Das muß ein furchtbarer Schock für Sie sein. Der Unfall hätte übel ausgehen können. Man sollte diese gefährlichen Stellen wirklich besser sichern.«

Die anderen gingen, und Amanda war allein mit dem Wind und Mr. Howard.

Sie ließ seinen Arm los, stellte sich mit dem Rücken zu ihm und sagte mit kaum hörbarer Stimme: »Würden Sie bitte auf die andere Seite der Mauer gehen?«

»Warum?« fragte Steven. »Müssen Sie weinen?«

»Nein«, sagte Amanda undeutlich. »Ich muß mich erbrechen.« Und so war es auch.

Mr. Howard ertrug dieses wenig appetitliche Schauspiel standhaft. Er reichte ihr ein sauberes Taschentuch und bemerkte trocken, daß es sehr schade um den guten Brandy sei. Ein nächtlicher Regenguß werde hoffentlich dafür sorgen, daß spätere Besucher keinen Grund zur Klage hätten.

»Geht es Ihnen besser?«

»Ja, danke. Gibt es hier irgendwo einen geschlossenen Raum ohne Abgrund?«

»Aber sicher!« Er nahm ihre Hand und hakte sie unter seinen Arm. Dann führte er sie fort, wobei Amanda zwischen ihm und der dicken inneren Burgmauer ging. Sie waren erst wenige Meter gegangen, als Steven plötzlich stutzte und etwas aufhob, das zwischen zwei Steinplatten eingeklemmt lag. Es war eine kleine, zerdrückte Farbtube. Der Verschluß fehlte. Er drehte sie gedankenverloren zwischen den Fingern und steckte sie dann ohne eine weitere Bemerkung in seine Tasche.

Sie gingen zurück durch die unüberdachten Räume, und vor ihnen lag noch einmal der steile Abhang.

Amanda blieb stehen und schloß die Augen. Sie war bislang immer schwindelfrei gewesen. Jetzt aber wußte sie, daß sie in Zukunft immer wieder das Entsetzen packen würde, wenn sie auch nur aus geringer Höhe irgendwo hinuntersehen müßte.

Sie wußte, daß ihre Angst völlig unbegründet und lächerlich war. Die verfallene Treppe war breit und narrensicher. Der Hang, der sich zu ihrer Rechten senkte, war grasbewachsen und geradezu übersät von Büschen, Bäumen und Felsbrocken. Im Notfall hätten sie einen Sturz aufgehalten. Trotzdem hatte sie solche Furcht zu stürzen, daß sie sich nicht bewegen konnte.

Steven Howard hob sie ohne viel Federlesens auf und trug sie die lange, unebene Flucht hinunter zu dem ruhigen und geschützten Platz, wo sie ihr Picknick abgehalten hatten und wo die Ringmauer schützend über ihnen aufragte. Die letzten Sonnenstrahlen des ausklingenden Tages ließen das Gras golden aufleuchten.

»Gefällt es Ihnen hier besser?«

»Ja«, sagte Amanda dankbar. »Entschuldigen Sie!«

»Das wird schon wieder«, sagte Steven. Er steckte sich eine Zigarette in den Mund und zündete lässig ein Streichholz an der Wand an.

Amanda ließ sich mit gekreuzten Beinen im sonnenwarmen Gras nieder. Sie sagte so ruhig wie möglich: »Ich habe mich noch gar nicht bei Ihnen bedankt! Sie – Sie haben mir das Leben gerettet. Der Zweig hätte nicht mehr lange gehalten.«

»Sie müssen sich nicht bei mir, sondern bei Barton bedanken. Der hat Sie da rausgeholt«, sagte Steven kurz angebunden.

»Glenn?«

»Ja, Glenn.«

Bei dem Namen verzog sich Stevens Mund ein wenig. »Er glaubte, jemanden schreien zu hören, schaute sich um und sah Sie. Ich war gerade dabei, die Burg zu erklettern, als er mir etwas zurief. Dann hatte er sich auch schon über die Kante geschwungen und irgendwie Halt unter die Füße bekommen. Von da ließ er sich zu dem Baumstamm hinunter, an dem Sie hingen. Der Mann muß Nerven wie Drahtseile haben. Ich hätte mich nicht getraut.«

»Und ich habe mich nicht einmal bei ihm bedankt!« sagte Amanda betrübt. »Ich dachte, Sie...«

»Leider nein«, sagte Steven ironisch. »Ich war nur unter den staunenden Zuschauern. Wie haben Sie das überhaupt fertiggebracht?«

»Es hat mich jemand geschubst«, sagte Amanda unter Flüstern.

»Sagen Sie das noch mal!«

»Es hat mich jemand geschubst.«

Steven sah sie verdutzt an. Er verkniff den Mund, und seine Augen sprühten förmlich Funken.

Nach einer Weile fragte er ganz ruhig: »Wer?«

»Das weiß ich nicht«, sagte Amanda, der die Stimme fast versagte. »Der Wind heulte so laut.« Sie konnte nicht aufhören zu zittern.

»Und Sie sind sich ganz sicher, daß es nicht ein plötzlicher Windstoß war?«

»Machen Sie sich doch nicht lächerlich«, sagte Amanda. Sie konnte einen aufsteigenden Weinkrampf gerade noch unterdrücken. »Es war eine Hand.«

»Eine Männer- oder eine Frauenhand?«

»Das weiß ich doch nicht! Ich habe weder jemanden gesehen noch gehört.«

»Amanda, reißen Sie sich zusammen! Versuchen Sie, sich zu erinnern, wie sich die Berührung angefühlt hat. War die Hand klein oder groß? Hart? Dünn? Warm? Sie haben da ein ziemlich dünnes Kleid an, Sie müssen das doch gespürt haben.«

»Habe ich aber nicht! Mein Haar hatte sich nämlich gelöst, wissen Sie. Und es hing mir den Rücken hinunter.«

»Verdammt!« sagte Steven leise. Er ließ seine Zigarette ins Gras fallen, trat sie aus und setzte sich neben Amanda. Steven schlang die Arme um die angezogenen Knie und starrte zu den dicken Wänden der Ringmauer hinüber.

Amanda beobachtete ihn und entdeckte tiefe Furchen in seiner Stirn. Auch um den Mund herum hatte er Falten, die ihr vorher nie aufgefallen waren. Sein Blick war leer.

Nach einer Weile fragte er knapp und ohne den Kopf zu wenden: »Wieso haben Sie dort oben nichts davon erwähnt? Ich meine, daß Sie gestoßen worden sind?«

»Ich wollte gerade davon erzählen, als mir ...« Amanda spürte, wie sich ihr wieder die Kehle zuschnürte. Sie schluckte krampfhaft.

»Als Ihnen, was?« drängte Steven.

»Als mir plötzlich klar wurde, daß es einer von ihnen gewesen sein könnte. Jemand, den ich kenne ...« Amanda sprach mit zitternder Stimme und sagte verzweifelt: »Ich verstehe das einfach nicht. Ich habe doch mit niemandem über die Sache gesprochen. Warum hat noch immer irgendwer Interesse daran, mich umzubringen? Jetzt, wo doch alles vorbei ist?«

»Es ist noch nicht alles vorbei«, war Stevens knappe Bemerkung. »Noch lange nicht.«

Er stützte sein Kinn mit den Knien und verfiel wieder in brütendes Schweigen. Dabei hatte er die Ausdauer und Konzentration eines buddhistischen Mönches, der über die Unendlichkeit meditiert.

Die Schatten wurden allmählich immer größer. Schon bald würden die Ruinen von St. Hilarion nicht mehr in einem warmen Goldton leuchten, sondern grau und abweisend über das Meer ragen. Über den Zinnen färbte sich der Himmel bereits blaßgrün. Der ebene Rasen des Turnierplatzes unter ihnen überzog sich mit zarten, purpurnen Schatten.

Schließlich seufzte Steven schwer, und es kam wieder Bewegung in ihn. Er stand auf und streckte sich ausgiebig, bevor er Amanda auf die Beine half.

»Es ist Zeit, daß wir uns auf den Weg machen. Wenn wir uns nicht beeilen, werden wir hier über Nacht eingesperrt.«

Er streckte die Hand nach Amandas Haar aus, das zerzaust und verworren bis über die Hüften herabfiel. Eine der golden schimmernden Strähnen ließ er durch seine Finger gleiten. »Wunderschön!« bemerkte Steven nachdenklich. »Ich frage mich, warum Frauen sich ihr Haar schneiden lassen. Und für Sie ist es ein besonderes Glück, daß Sie es nicht getan haben. Sie sollten sich bei Ihrem Schutzengel bedanken! Ein Bubikopf hätte Sie heute nicht gerettet, Amarantha. Aber jetzt flechten Sie sich lieber einen Zopf oder stecken es irgendwie zurück. Ich komme nur auf dumme Gedanken, und dafür haben wir jetzt wirklich keine Zeit.«

Amandas blasses Gesicht überzog sich puterrot. Sie zog ruckartig den Kopf zurück und flocht mit raschen Bewegungen und immer noch zitternden Fingern zwei dicke Zöpfe, die sie wie ein Schulmädchen aussehen ließen.

»Sie sehen jetzt aus wie ein sechsjähriges Mädchen«, kommentierte Steven. »Schaffen Sie die letzte Strecke allein?«

»Ja, natürlich!« sagte Amanda erhaben. »Es war nur wegen dieser dummen Stufen!«

Ohne weitere Worte drehte Steven sich auf dem Absatz um und ging vor ihr her den Weg hinunter. Dabei pfiff er gedankenverloren, die Hände tief in den Taschen vergraben.

Es befand sich nur noch ein Auto auf dem Seitenstreifen der Straße am Fuß des Burgbergs von St. Hilarion. Die anderen waren schon mindestens eine halbe Stunde früher aufgebrochen.

»Zwanzig nach sechs«, bemerkte Steven, als er die Wagentür öffnete, und blickte dabei auf das Armaturenbrett. »Sie werden es gerade noch schaffen.«

»Was werde ich gerade noch schaffen?«

»Soweit ich informiert bin, wollten Sie doch heute mit dem jungen Gates ausgehen und sich um sieben Uhr in der Bar treffen. Das hat er mir zumindest beim Tee erzählt.«

»Oh, richtig«, sagte Amanda schlicht. »Das hatte ich völlig vergessen. Vielleicht kann er statt meiner mit Persis zu Abend essen.«

»Sie wollen Ihre Verabredung absagen?«

»Ja! Ich glaube, ich möchte jetzt niemand von den anderen sehen. Ich werde mich in mein Schlafzimmer verkriechen, unter das Bett und hinter alle Möbel sehen, jede Tür verriegeln und die Fenster gut schließen. Dann werde ich zu Bett gehen und mir die Decke über den Kopf ziehen. Ja, genau! Das werde ich tun.«

»Ein sehr vernünftiger Plan«, gab Steven zu. »Morgen früh haben Sie dann wieder mehr Mut. Soll ich Sie bei Toby Gates entschuldigen?«

»Wenn es Ihnen nichts ausmacht. Sagen Sie ihm, daß – oh! Sagen Sie ihm nichts. Ich schreibe ihm einen kurzen Brief, falls Sie so lange warten würden. Den könnten Sie ihm bringen. Würden Sie das tun?«

»Es wird mir ein Vergnügen sein, Amarantha!«

Kyrenia und die Küste waren noch ins letzte Sonnenlicht getaucht, als sie in die ruhige Seitenstraße einbogen und vor der Villa Oleander hielten. Die Schatten wurden aber immer länger und füllten fast den ganzen Garten aus. Auch das Haus lag bereits ganz im Schatten. Nur oben, auf den Wipfeln der hohen Zypressen, lag noch ein goldener Widerschein.

Das Wasser rann gleichmäßig aus dem Maul des bronzenen Delphins. Sein Plätschern war das einzige Geräusch, das sich in der Stille des dufterfüllten Gartens vernehmen ließ. Da war nur noch das Gurren und Flattern der Tauben, die sich nun in den Nischen der alten Mauer hinten im Garten zum Schlaf niederließen, und die Geräusche der Stadt, die nur als träges Summen durch Mauer und Bäume drangen. Das Haus selbst jedoch war eigenartig still.

Amanda stieß die schwere Eingangstür auf. Sie stand in der kühlen, schattigen Halle und lauschte in die tiefe Stille hinein.

Miß Moon war also noch nicht zurück. Wenn sie sich nicht gerade niedergelegt hatte, war sie immer in Bewegung. Ohne das Klirren ihrer Halsketten und Ohrgehänge konnte man sich die Villa Oleander gar nicht vorstellen.

»Was ist denn, Amanda?« fragte Steven Howard, als er den irritierten Ausdruck auf ihrem Gesicht bemerkte.

»Ach, nichts! Es ist nur so still hier. Ich hoffte, Miß Moon sei schon zurück.«

»Haben Sie Angst?«

»Ja!« sagte Amanda unter Zittern. »Steven –!« Sie drehte sich zu ihm um und bemerkte gar nicht, daß sie ihn zum ersten Mal beim Vornamen nannte. Persis und Claire ging der Name leicht über die Lippen. »Würden Sie so lieb sein und so lange warten, bis sie zurückkommt? Es scheint Ihnen vielleicht lächerlich, aber das Haus kommt mir so verlassen vor.«

»Ja, natürlich«, sagte Steven in einem Tonfall, als habe sie ihn um Salz gebeten. Seine Stimme klang ausgesprochen sachlich und merkwürdig beruhigend. »Soll ich für Sie unter Ihrem Bett nachsehen?« schlug er mit spöttischem Glitzern in den Augen vor.

»Finden Sie das sehr dumm von mir?« fragte Amanda abrupt.

Steven lächelte sie an. »Nein. Für ein Mädchen, das soeben um Haaresbreite einem besonders unschönen Tod entgangen ist, sind Sie ausgesprochen tapfer. Ich bin richtig stolz auf Sie, Amarantha. Die meisten Frauen, die ich kenne, hätten einen hysterischen Anfall bekommen, wären in Tränen ausgebrochen oder hätten einen Herzanfall bekommen, und dann wären sie schreiend ans Telefon gestürzt, um einen Platz in der nächstbesten Maschine nach Borneo oder in die Antarktis zu buchen.«

Amanda mußte lachen, obwohl sie noch weiche Knie hatte. »Genau das hätte ich am liebsten auch getan. Wenn ich nur ein kleines bißchen bemitleidet worden wäre, wäre ich jetzt auch bereits auf dem Flug nach Borneo.«

»Ich weiß«, sagte Steven grinsend. »Deswegen habe ich Sie ja so angefahren!«

»Sie waren ganz schön streng«, klagte Amanda.

»Die Situation ist bereits unangenehm genug«, stellte Steven bissig fest. »Tränen und hysterische Anfälle sind im Moment völlig fehl am Platz. Wo ist hier bitte das Badezimmer?«

»Den Gang dort entlang und die erste Tür links.«

»Danke!«

Steven ging, und Amanda, der plötzlich einfiel, daß sie einen Brief schreiben wollte, spazierte durch die Halle ins Wohnzimmer.

Die letzten Sonnenstrahlen waren soeben erst verschwunden. Die grünen Fensterläden waren noch geschlossen. Nur die Läden vor den Glastüren, die zur Veranda führten, waren offen. Es war heiß in dem Raum und sehr dunkel. Amanda riß die Fensterläden auf, um das letzte Licht des sinkenden Tages hereinzulassen. Dann setzte sie sich an Miß Moons Schreibtisch. Es herrschte ein lebhaftes Durcheinander darauf. Amanda angelte sich Papier und Füllfederhalter.

Während sie so schrieb, hatte sie den merkwürdigen Eindruck, daß das Kratzen der Feder auf dem Papier die Ruhe des Raumes störte. Es erschien ihr unangemessen laut. Nachdem sie nicht mehr als zwei Zeilen geschrieben hatte, hielt sie inne, um, wie schon zuvor in der Halle, in die Stille hineinzulauschen.

Draußen wehte nicht der leiseste Wind, und aus den dämmrigen Tiefen des Hauses drang kein Laut. Dennoch befand sie sich nicht allein in dem Raum. Das war keine Vermutung; sie wußte es sicher. Außer ihr selbst mußte sich noch jemand in dem Raum aufhalten. Es hatte sich jemand hier versteckt...

Amanda saß kerzengerade und steif auf ihrem Stuhl. Ein kalter Schauer rann ihr über den Rücken. Sie traute sich nicht, sich zu rühren, ja, kaum zu atmen. Sie wollte sich umdrehen – sie hätte sich gewiß sicherer gefühlt mit der Wand im Rücken. Aber sie konnte kein Glied rühren. Sie wollte losschreien und nach Steven Howard rufen –

Steven! Aber natürlich! Es war nur Steven, der inzwischen zurückgekommen war, ohne daß sie ihn gehört hatte.

Mit einem Seufzer der Erleichterung fuhr sie herum. Es war aber niemand zu sehen. Nur die wunderschönen, verstaubten alten Möbel schienen sie anzusehen. Sie erweckten den Eindruck, als betrachteten sie Amanda ruhig und beherrscht, mit dieser eigenartigen Aufmerksamkeit, die manche antike Gegenstände ausstrahlen. Aus der geöffneten Tür zur Halle starrten Dunkelheit und Leere herein. Steven Howard war nicht zu sehen.

Es war wohl nur Einbildung, dachte Amanda – Einbildung und die Atmosphäre eines verlassenen Hauses. Es gab keine dritte Person in der Villa Oleander. Niemand außer ihr war im Raum. Sie zwang sich dazu, sich wieder umzudrehen, sich dem Brief zu widmen und den Füllfederhalter in die Hand zu nehmen. Aber ihre Hand versagte, sie konnte nicht schreiben. Sie war zu nichts anderem in der Lage, als stillzusitzen und zu lauschen...

Die stickige Luft war überladen mit dem süßlichen Duft, der aus dem Garten hereindrang: von Rosen, Jasmin und Veilchen. Merkwürdig, daß ihr die Veilchen im Garten bislang noch gar nicht aufgefallen waren... Amanda legte den Füllfederhalter sorgfältig beiseite. Sie fühlte den merkwürdigen inneren Zwang, nur ja diese aufmerksam lauschende Stille mit keinem Geräusch zu stören. Da war doch noch – noch jemand anderer – ja, es war ganz sicher noch jemand im Zimmer.

Sie stand eilig auf und drehte sich um. Mit eiskalten Händen umklammerte sie die geschnitzte Lehne ihres Stuhls. Sie versuchte, der aufsteigenden Panik Herr zu werden. Ihre verängstigten großen Augen durchsuchten den dunklen Raum. Eigentlich konnte sich niemand hinter den zierlichen Möbeln verbergen. Da war höchstens das Sofa, das unweit der Terrassentür stand. Die Glasschränke mit den zierlichen Intarsien standen in den Ecken des Raumes, und der Inhalt, der wahllos über die einzelnen Fächer ausgebreitet war, glitzerte geheimnisvoll im Dämmerlicht. Schimmernde Elfenbein- und Jadeschnitzereien lagen darin: zierliche Fläschchen aus Rosenquarz, Chrysopras und Lapislazuli und ein märchenhaftes Fabergé-Ei. Es war aus Bergkristall gearbeitet und mit winzigen funkelnden Diamanten besetzt und formte das Monogramm einer ermordeten Kaiserin.

Die verblichenen Brokatgardinen hingen gerade und bewegungslos. Es war ganz ausgeschlossen, daß sich jemand dahinter verbarg.

Über dem Schreibtisch hing ein Zierspiegel, der einen anderen, ähnlichen Spiegel an der gegenüberliegenden Wand reflektierte. Amanda konnte sich darin unendlich oft erkennen. Sie sah eine Vielzahl schlanker Mädchen mit entsetzt aufgerissenen Augen im silbrigen Dämmerlicht. Aber der Spiegel warf noch ein anderes Bild zurück. Es lag zwar eigentlich außerhalb ihrer Sichtweite, Amanda konnte aber dessen Spiegelbild im silbrigen Halbrund über dem Schreibtisch sich abzeichnen sehen. Eine Hand...

Jemand kauerte vor der Terrassentür auf dem Boden und hielt sich hinter dem Sofa versteckt.

Amanda stand bewegungslos da. Ihre weit aufgerissenen Augen starrten auf das Spiegelbild dieser Hand, mit den krallenartig gekrümmten Fingern. Sie wartete darauf, daß diese Finger sich in Bewegung setzten, um sich ihren Augen zu entziehen. Die Hand rührte sich jedoch nicht.

Plötzlich schoß Amanda ein Gedanke durch den Kopf, der sie aus ihrer Lähmung riß. Das ist ja Miß Moon! Mit einem Satz war sie beim Sofa und sah dahinter.

Es war aber gar nicht Miß Moon. Sondern eine andere Person lag dort ausgestreckt, mit dem Gesicht nach unten, auf dem Teppich. Es war eine Frau. Sie trug ein enganliegendes Baumwollkleid, das mit einem Rosenknospenmuster bedruckt war. Um den Hals war ein lebhaft leuchtender Schal aus smaragdgrünem Crêpe-de-Chine geschlungen.

Amanda fiel auf die Knie und berührte die ausgestreckte Hand. Sie war grenzenlos erleichtert, festzustellen, daß die Finger schlaff und warm waren. Was für ein Dummkopf sie doch war. Irgend jemand wollte wahrscheinlich Miß Moon besuchen, hatte auf sie gewartet und war in der Hitze ohnmächtig geworden. Sie drehte die warme, schlaffe Gestalt auf den Rücken...

Aus einem aufgedunsenen, schrecklich verfärbten Gesicht stierten sie glasige, vorquellende Augen ausdruckslos an. Die geschwollene Zunge hing aus dem Mund. Amanda kannte die Frau nicht. Irgend etwas irritierte sie jedoch: diese auffällig helle Kette aus Plastikblumen mit den dazu passenden Ohrringen und das billige Veilchenparfüm, das an Haarwasser erinnerte.

Amanda ließ den leblosen schweren Körper zurück auf den Boden sinken. Sie erhob sich wieder, sprang ein Stück zurück und hielt sich die Hand an die Kehle.

Dann vernahm sie gemächliche Fußtritte, die sich durch die Halle näherten, und Steven Howard stand in der Tür.

Im nächsten Moment eilte er auf Amanda zu, faßte sie so fest bei den Schultern, daß es schmerzte, und fragte:

»Was ist denn los?«

Amanda war außerstande, auch nur ein Wort zu sprechen, und wendete den Kopf. Stevens Augen folgten ihrem verstörten Blick.

Der Druck seiner Finger verstärkte sich, und Amanda wand sich vor Schmerz. Er stieß sie grob beiseite und war mit einem Satz neben der abstoßenden Gestalt.

Er berührte die ausgestreckte Hand nur einmal kurz, und ihm fiel, genau wie zuvor Amanda, auf, wie warm und schlaff sie war. Seine Blicke wanderten fragend hin und her.

Dann sah er Amanda streng an und fragte mit rauher Stimme: »Haben Sie sie berührt?«

Amanda fuhr sich mit der Zunge über die trockenen Lippen. »Ich . . . ich habe sie herumgedreht. Ich glaubte, sie sei ohnmächtig.«

»Kennen Sie sie?« Das war weniger eine Frage als eine Feststellung.

»Ja, sie ist . . . Es ist Glenn Bartons Sekretärin. Monica Ford. Er . . . er sagte, daß sie vorbeigekommen sei, um mit mir zu sprechen.«

»Ja, ich kann mich daran erinnern. Das muß etwa zwischen vier und halb fünf gewesen sein. Vor drei Stunden also«, sagte Steven nachdenklich.

Amanda sagte mit einem Schaudern in der Stimme: »Dann hat sie doch auf mich gewartet. Sie kann unmöglich schon drei Stunden tot sein!«

»Wahrscheinlich sogar weniger als eine halbe Stunde.« Er betrachtete noch einmal das verzerrte Gesicht und sagte langsam: »Sowohl Sie als auch Barton haben bei dem Picknick erwähnt, daß das Haus leer stehen würde. Es kann also sein, daß jemand, der nicht vermutete, daß Miß Ford hier auf Sie warten würde, sich hereingeschlichen hat, um nach etwas zu suchen. Nach dem Röhrchen vielleicht oder nach dem Glas. Diese Person wurde dann beim Verlassen des Hauses von Miß Ford überrascht.«

Amanda sagte mit hoher, gebrochener Stimme: »Aber ich habe sie doch gar nicht! Ich habe sie nicht! Ich –«

Steven nahm mit äußerst schmerzhaftem Griff ihre zur Faust geballten Hände.

»Hören Sie auf damit, Amanda. Genug mit diesem Unsinn! Reißen Sie sich zusammen.«

Amanda schnappte nach Luft, schluckte heftig, biß sich auf die Lippen und wurde allmählich ruhiger.

»Das ist schon viel besser«, stellte Steven fest. »Gibt es hier irgendwo ein Telefon?«

»Ja. Da ganz hinten in dem Gang, der von der Halle wegführt.«

»Trauen Sie sich zu, allein dorthin zu gehen?«

»Nein!« Amanda entzog ihre Hand seinem festen Griff, und ihr Kinn schnellte energisch vor.

»So hab' ich Sie gerne. Also, gehen Sie und rufen Sie folgende Nummer an.« Er nannte die Nummer und ließ sie Amanda wiederholen. »Egal, wer sich meldet, richten Sie aus, daß Steven Howard Mr. Jurgan Calder in der Villa Oleander erwarte und daß es etwas länger dauern könne.

Wiederholen Sie, was ich gesagt habe... Genau! Sagen Sie sonst nichts. Nur das, was ich gerade gesagt habe, und legen Sie dann auf. Und danach rufen Sie am besten gleich Toby Gates im Dome-Hotel an und sagen ihm, daß Sie heute abend nicht mit ihm ausgehen können. Sonst ist er gleich hier, um Sie abzuholen. Und wir müssen erst einmal diese Sache hier regeln. Beeilen Sie sich.«

Er sah Amanda nicht lange nach, sondern ging sofort zu der zusammengekrümmten Gestalt hinter dem Sofa zurück. Als Amanda zurückkam, kniete er auf dem Fußboden. Inzwischen hatte er zwei Lampen angemacht. Steven schaute weder auf, noch machte er sich die Mühe, sie zu fragen, ob sie alles ordnungsgemäß erledigt habe. Es war bereits nach sieben Uhr, und Miß Moon war immer noch nicht nach Hause gekommen. Sie selbst waren erst zwanzig Minuten zuvor angekommen, dachte Amanda dumpf. Wie war es möglich, daß innerhalb so kurzer Zeit so viele Ereignisse auf einen Menschen einstürmen konnten?

Inzwischen war die Sonne untergegangen, und die Dämmerung hatte den Himmel grün gefärbt. Hier und dort leuchteten die ersten Sterne auf. Im Haus war es wieder sehr ruhig. In dieser Stille nahm Amanda das unverkennbare, leise Tappen nackter Füße im Raum über ihnen war.

Auch Steven hatte es vernommen, denn sein Kopf fuhr in die Höhe, und seine Augen weiteten sich voll gespannter Aufmerksamkeit. Kaum war das Tappen von neuem zu vernehmen, war er mit einem Satz auf den Beinen und ging zur Tür. Er bewegte sich so rasch und so lautlos, daß Amanda nur staunen konnte.

Er wandte sich plötzlich Amanda zu und schaute sie an. Von ihr wanderte sein Blick zu den geöffneten Fenstern und dem Garten hinter der Veranda. Amanda bemerkte, daß er etwas in der linken Hand hielt. Es war dieselbe kleine Pistole, die sie schon in ihrer Kabine auf der ›Orantares‹ gesehen hatte.

Er sagte knapp: »Kommen Sie lieber mit mir.« Dann drehte er sich wieder um, ohne darauf zu achten, ob sie ihm folgte oder nicht.

Sie liefen rasch die Treppe hinauf, wobei Steven völlig lautlos ging. Amandas weiße Sandalen mit den flachen Absätzen klapperten auf den gewachsten Stufen. Einmal stolperte sie sogar und konnte sich gerade noch am Treppengeländer festhalten.

Der Raum, der direkt über dem Wohnzimmer lag, war Miß Moons Schlafzimmer. Vor der Tür angekommen, warf Steven Amanda einen Blick über die Schulter zu. Er schob sie mit der einen Hand gegen das Treppengeländer und drückte mit der anderen die Klinke herunter. Dann stieß er mit dem Fuß die Tür auf.

Es folgte der schrille Aufschrei einer weiblichen Stimme und das vertraute Geklimper von Silberfiligranarmbändern. Amanda sagte aufschluchzend: »Das ist Miß Moon!« Sie stürzte an ihm vorbei und ging ins Zimmer.

Miß Moon stand am Fußende ihres zerwühlten Bettes. Sie war in einen Kimono älteren Datums eingehüllt, der derart mit Störchen und Chrysanthemen bedruckt war, daß man annehmen mußte, er stamme eher aus Matsumoto als aus Manchester. Was sie auf dem Kopf trug, sah im ersten Moment eher wie ein Hut aus. Bei näherem Hinsehen stellte sich aber heraus, daß es sich um einen vorsintflutlichen Eisbeutel handelte, den sie mit Hilfe eines schwarzen Seidenstrumpfes wie eine Nachthaube um den Kopf gebunden hatte. Pantoffeln aus Ziegenleder und etliche Armbänder machten den Aufzug komplett.

»Wer ist dieser Mann?« fragte Miß Moon mit vor Empörung bebender Stimme. »Amanda, schicken Sie ihn sofort hinaus! Ich dulde keine fremden Männer in meinem Schlafzimmer!«

Amanda warf ihre Arme um Miß Moon, und ihre Spannung löste sich in einer Flut von Tränen. Miß Moon schloß sie schützend in ihre Arme, preßte sie an ihren Busen, der nach Mottenkugeln, Menthol und Baldrian roch. Sie funkelte Mr. Howard wütend an. Er hatte den Revolver diskret verschwinden lassen und sah aus, als könne er kein Wässerchen trüben.

»Ist ja gut! Ist ja gut! Kleines!« sagte Miß Moon und klopfte Amanda beruhigend auf den Rücken. »Hat er Sie etwa belästigt? Na, mit dem werde ich schon fertig. Mein Herr, Sie sollten sich wirklich schämen!«

»Ich bitte vielmals um Entschuldigung«, sagte Mr. Howard. »Ich wußte ja nicht, daß Sie zu Hause sind.«

»Das scheint mir auch so!« bemerkte Miß Moon kühl.

»Seit wann sind Sie denn schon zurück, Miß Moon?«

»Ich glaube nicht, daß Sie das etwas angeht. Aber wenn Sie es unbedingt wissen wollen, ich bin gar nicht außer Haus gewesen.«

»Was sagen Sie da?« Amanda hob ihr tränenverschmiertes Gesicht von Miß Moons Schulter. »Aber die Bridgeparty ...«

»Ich sah mich genötigt, mich entschuldigen zu lassen«, sagte Miß Moon. »Ich leide von Zeit zu Zeit unter heftigen Migräneanfällen, deshalb war es mir völlig unmöglich, das Haus zu verlassen.«

Amanda sagte: »Dann ... dann waren Sie die ganze Zeit hier?«

»Ja, das war ich.«

»Das ist sehr interessant«, sagte Steven.

Miß Moon fuhr auf: »Warum sollte das interessant sein?«

»Weil«, sagte Steven freundlich, »das bedeutet, daß ... Ich würde Ihnen wirklich dringend empfehlen, niemandem gegenüber zu erwähnen, daß Sie heute nachmittag nicht fortgegangen sind.«

»Entschuldigen Sie«, sagte Miß Moon und richtete sich

auf, »ich verstehe Sie nicht. Selbstverständlich sind sowohl Lady Cooper-Foot als auch ihre Gäste darüber informiert. Sie wissen doch, daß ich zu Hause geblieben bin.«

»Dann ist es natürlich zu spät!« sagte Steven.

Miß Moon sah von Amanda zu Steven. Ihre gerade noch durch die Wirkung des Schlafmittels schweren Lider hoben sich. Plötzlich bekamen ihre Augen einen hellwachen, aufmerksamen Ausdruck.

»So erzählen Sie doch, was passiert ist«, sagte sie mit munterer Stimme. »Warum wäre es ratsam gewesen zu verheimlichen, daß ich das Haus nicht verlassen habe?«

»Weil vor weniger als einer Stunde direkt unter diesem Zimmer eine Frau ermordet wurde«, sagte Steven behutsam. »Und der Mörder hatte allen Grund anzunehmen, daß er mit seinem Opfer allein im Haus war.«

13

Am folgenden Morgen erwachte Amanda spät. Sie blieb zunächst einige Minuten reglos liegen und starrte schwerfällig in die dichten Schleier des Moskitonetzes. Sie fragte sich, warum die Luft so stickig schien. Sie war noch schlaftrunken, aber auch entspannt. Neugierig überlegte sie, wie spät es wohl sein mochte. Es kann noch nicht später als sechs Uhr sein, der Raum ist ja noch dunkel, dachte sie bei sich.

Aber am frühen Morgen war die Luft doch immer kühl und frisch und nicht so heiß wie jetzt. Dann, als sie den Kopf zum Fenster wandte, stellte sie fest, daß es die festverschlossenen Läden waren, die den Raum so dunkel machten. Das schien ihr bemerkenswert, denn nachts wurden sie doch normalerweise aufgestoßen, nachdem sie tagsüber geschlossen blieben, um die Hitze nicht hereinzulassen. Grübelnd starrte sie die Fenster an und stellte fest, daß die helle Sonne durch die Ritzen der Fensterläden hereindrang. Es war also schon viel später, als sie zunächst angenommen hatte. Langsam dämmerte ihr, daß sie selbst es gewesen war, die darauf bestanden hatte, die Läden zu schließen.

Sekunden später saß sie kerzengerade im Bett und war überhaupt nicht mehr schläfrig. Inzwischen war ihr wieder eingefallen, warum sie sich am Abend unbedingt hatte einsperren wollen.

Amanda schlug das Moskitonetz zurück und machte sich daran, die Läden zu öffnen. Dabei stellte sie fest, daß es mindestens Mittagszeit sein mußte. Man hatte ihr offensichtlich ein starkes Schlafmittel verabreicht, denn nur so konnte sie sich ihren schweren Kopf erklären.

Steven Howard, natürlich! Er hatte ihr eine Tasse Kaffee aufgedrängt. Er war schwarz und süß gewesen und hatte einen schwachen Nachgeschmack auf ihrer Zunge hinterlassen. Es mußte gestern abend sehr spät geworden sein. Die Polizei war dagewesen, der Arzt war gekommen, und ein Ambulanzwagen hatte Monica Fords Leiche zum städtischen Krankenhaus nach Nikosia gebracht. Sie konnte endlich schlafen, als die endlose Fragerei vorüber war.

Es waren sehr viele Fragen gestellt worden.

Der Mann mit dem etwas komischen Namen war gerade gekommen, als sie Miß Moon noch die unangenehme Sachlage erklärten. Steven war hinuntergegangen, um ihn in Empfang zu nehmen. Amanda, die inzwischen bei Miß Moon geblieben war, hatte das Gespräch der beiden Männer nicht mitbekommen. Sie war genau in dem Moment aus Miß Moons Zimmer getreten, als er sich bereits verabschiedete. Sie hatte ihn nur noch sagen hören: »In Ordnung, dann inszenieren wir das so, wie Sie meinen. Aber auf Ihre Veranwortung. Ich halte mich da raus...« Als er Amandas Sandalen auf der Treppe klappern hörte, hatte er den Satz abgebrochen.

»Darf ich vorstellen, Miß Derington«, sagte Steven. Aber er stellte ihr den Herrn nicht vor. Es war ein schlanker, ruhig wirkender Mann, der auf Amanda einen eher schüchternen und unauffälligen Eindruck gemacht hatte. Genau der Typ, dachte Amanda, den man nicht wiedererkennt, auch wenn man ihn schon unzählige Male gesehen hat. Nichts an ihm war auffallend oder bemerkenswert. Bis auf die Augen vielleicht. Sie waren genauso kühl und ruhig, aber auch verwirrend und durchdringend wie die von Steven Howard.

Kurz darauf ging er. Steven hatte erst danach die Polizei und den Arzt angerufen. Als sie kamen, war er mit ihnen ins Wohnzimmer gegangen und hatte die Tür hinter sich geschlossen. Erst nach einer ganzen Weile hatten sie Amanda und Miß Moon zu sich gerufen und ihnen Fragen gestellt. Zwei der Polizisten waren bei der Kriminalpolizei in Nikosia beschäftigte Engländer gewesen. Der dritte Polizeibeamte war zwar Zypriote, hatte aber hervorragend englisch gesprochen.

Miß Moon hatte ihnen nur wenig zu sagen. Die plötzlichen und nur allzu vertrauten Anzeichen einer Migräne hatten sie veranlaßt, Lady Cooper-Foot anzurufen und die Einladung abzusagen. Dann hatte sie Schlaftabletten genommen, sich einen Eisbeutel gemacht und sich in ihrem abgedunkelten Zimmer zu Bett gelegt. Ja, sie habe irgendwann im Laufe des Nachmittags Stimmen aus dem Wohnzimmer vernommen. Aber wann, könne sie nicht mehr genau sagen. Vielleicht um halb vier oder vier? Sie habe ziemliche Schmerzen gehabt und sich wenig Gedanken darüber gemacht. Nur habe sie gewünscht, daß die Besucher, wer immer sie auch waren, weniger laut und aufgebracht sprechen würden. Ja, es sei eine Frau gewesen, die wohl völlig aus der Fassung gewesen sei. Nein, Miß Moon sei nicht hinuntergegangen. Sie habe irgendwann angenommen, Euridice sei unerwarteterweise früher nach Hause gekommen. Kurz darauf hätten die Tabletten gewirkt, und sie habe bis kurz nach sieben geschlafen. Sie sei gerade erst aufgestanden, als Amanda und Mr. Howard ins Zimmer geplatzt seien.

Aber sie habe, wenn auch nur leise, doch sicher irgendein Geräusch gehört. Die Frau sei schließlich ermordet worden –

»›Der Tod durch Erwürgen ist meist lautlos‹«, murmelte Steven Howard nachdenklich vor sich hin.

Offensichtlich war dieses Zitat auch Miß Moon bekannt. Denn sie sah Mr. Howard mit leuchtenden Augen und Bewunderung an. Dann sagte sie: »Genau! Ich habe nicht nur keine Geräusche gehört, ich habe auch keine Ahnung, mit wem sie gesprochen haben könnte, vorausgesetzt, es war wirklich Miß Fords Stimme, die ich gehört habe.«

»Mit Glenn«, sagte Amanda. Sie erzählte, daß Mr. Barton beim Picknick erwähnt hatte, seine Sekretärin getroffen zu haben, und daß diese in die Villa Oleander gekommen sei, um Amanda zu besuchen. Sie sei sehr durcheinander gewesen.

Die Polizeibeamten hatten Amanda zu ihrem Treffen mit Miß Ford befragt, das am Tag ihrer Ankunft auf Zypern stattgefunden hatte. Amanda mußte ihre damalige Unterhaltung, so gut sie konnte, wiedergeben. Dann wollten sie noch einmal genau wissen, was Glenn Barton am Nachmittag beim Picknick über seine Sekretärin gesagt hatte. Nachdem Mr. Howard Amandas Aussage bestätigt hatte, ließen sie Glenn Barton zu sich bitten.

Glenn hatte auf der Fahrt von Nikosia die Geschwindigkeitsbegrenzung erheblich überschritten, so daß er bereits kurz nach halb zehn die Villa Oleander erreichte. Sein Gesicht sah grau und zerfurcht, aber auch irgendwie leer und teilnahmslos aus. Steven schenkte ihm einen doppelten Brandylikör ein, den er in einem Zuge hinunterstürzte.

Ja, er war am Nachmittag in der Villa Oleander gewesen und hatte in eben diesem Raum mit Miß Ford gesprochen. Er erklärte die Umstände und bestätigte, daß seine Sekretärin sehr aufgewühlt gewesen sei. Sie hatte erst kürzlich ihren einzigen Bruder verloren, der zugleich ihr einziger naher Verwandter gewesen war. Und da waren noch andere Dinge, die sie bedrückten. Er brach plötzlich stirnrunzelnd ab.

Was für andere Dinge?

Glenns erschöpftes Gesicht schien noch blasser geworden zu sein. Er hatte mit zögernder und verhaltener Stimme das zu berichten gehabt, was er Amanda schon am Nachmittag in genau demselben Zimmer erzählt hatte: den Klatsch, den Anita über ihn und Miß Ford verbreitet hatte.

»Das war natürlich frei erfunden«, fügte er müde hinzu. »Meine Frau hat das selbst nie geglaubt. Sie verbreitete diese Geschichte nur, um... na, um Miß Ford ins Gerede zu bringen, nehme ich an. Sie hatten sich zerstritten, und ich glaube, Miß Ford hat sie ziemlich beleidigt.«

»Anita«, warf Miß Moon rasch ein, »wußte ganz genau, daß die Leute nur zu gern glauben würden, daß Miß Ford sich in ihren Chef verliebt hätte. Aber kein Mensch mit Verstand hätte glauben können, daß er diese Liebe erwiderte. Deshalb mußte Monica diese Geschichte doppelt verletzen.«

»War sie in Sie verliebt?« fragte einer der Polizeibeamten.

Die Röte stieg in Glenns verhärmtes Gesicht, und er preßte einen Augenblick die Lippen zusammen. Er sah dem Mann, der ihm die Frage gestellt hatte, fest ins Gesicht.

»Nein!« lautete die unzweideutige Antwort.

Aber für die Beamten war das Verhör noch lange nicht abgeschlossen. Sie befragten ihn erneut über den Streit zwischen seiner Frau und Miß Ford. Und wieder und wieder wollten sie Einzelheiten über sein Gespräch mit Miß Ford in der Villa Oleander wissen. Irrte er sich auch nicht in der Zeit? Warum war er sich so sicher? Er hatte also den grünen Schal bemerkt? Warum hatte er, obwohl er doch ein Geräusch im oberen Stockwerk gehört hatte, in St. Hilarion behauptet, es sei niemand im Hause gewesen?

»Ich wußte nicht, daß Miß Moon da war«, sagte Glenn müde. »Ich dachte, es sei vielleicht eine Taube oder die Katze.«

Er drehte sich um, um Miß Moon anzuschauen. »Es tut mir leid, Moonchen! Wenn ich gewußt hätte, daß Sie krank sind, hätte ich gewiß nach Ihnen geschaut.«

»Ich hätte Sie gar nicht hereingelassen«, sagte Miß Moon scharf. Dann ging sie, um Brötchen zu belegen und Kaffee zu kochen.

Die Beamten kamen wieder auf das Picknick in St. Hilarion zurück: Sie wollten wissen, wie viele Leute anwesend gewesen waren, als Mr. Barton von seiner Sekretärin gesprochen und erwähnt hatte, daß in der Villa Oleander niemand zu Hause sei. Wann hatte Mr. Barton St. Hilarion verlassen, und wohin war er dann gefahren?

»Nach Nikosia«, sagte Glenn erschöpft. »Ich kann Ihnen das sogar zufällig beweisen. Die Normans haben mich abfahren sehen. Außer Howard und Miß Derington sind alle zur selben Zeit gefahren. Es waren nur vier Autos da. Gates und Mrs. Halliday waren im Wagen vor mir und fuhren Richtung Kyrenia. Ich bin rechts abgebogen, die Normans und Major Blaine fuhren hinter mir her und müssen gesehen haben, wie ich abbog. Sie fuhren nämlich auch nach Kyrenia. Ich bin direkt zu meinem Büro in Nikosia gefahren, und das kann ich zufällig beweisen. Ich habe zwei Soldaten mitgenommen und sie kurz nach sechs in der Stadtmitte abgesetzt. Sie werden Ihnen das bestätigen können. Noch irgendwelche Fragen?«

Sie schienen noch eine ganze Menge wissen zu wollen. Endlich aber hatte die Fragerei ein Ende. Doch als sie sich bereits im Aufbruch befanden, entdeckte einer der Polizisten die kleine Leinenblume.

In der Halle stand eine schwere geschnitzte Truhe. Sie war vom Alter nachgedunkelt und mit Beschlägen aus gehämmertem Silber versehen. Ungefähr an der Stelle, an der wohl der Rocksaum die rauhe Kante gestreift hatte, hatte sich die kleine Leinenblume verfangen.

Der Beamte bückte sich danach und wendete sie zwischen den Fingern hin und her. Von der Mitte hing ein Faden herab, als wäre die Blume irgendwo abgerissen.

Amanda sagte mit ungläubigem Staunen: »Aber das ist doch...« Als sie aber Glenn Bartons Gesichtsausdruck sah, brach sie mitten im Satz ab.

Glenn starrte sie an, und in seinen Augen lag ein flehender und gespannter Blick. Amanda wendete rasch die Augen ab und stellte fest, daß Steven sie beide beobachtet hatte.

Der Polizeibeamte fragte: »Stammt das von Ihnen?«

»Ja!« sagte Amanda, ohne zu zögern. Sie sah, wie Glenn kurz die Augen schloß und sich an der Kante der Truhe aufstützte, als müsse er sich Halt suchen. Sie streckte die Hand nach der Blume aus.

Der Polizeibeamte jedoch sah sie lange und nachdenklich an und steckte dann die Blume in seine Tasche. »Wenn Sie nichts dagegen haben, werde ich sie mitnehmen. Sie bekommen sie natürlich zurück.«

Danach waren sie endlich gegangen. Zuerst Glenn und dann, vielleicht fünf Minuten später, auch die drei Polizisten. Der Arzt war bereits mit dem Ambulanzwagen, der Monicas Leiche schon vor einer Stunde nach Nikosia gebracht hatte, abgefahren.

Miß Moon war in die Küche gegangen, um nochmals Kaffee zu kochen. Als Amanda ihr folgen wollte, hatte Steven Howard in der Tür gestanden, die zur Küche führte. Es sah auch nicht danach aus, als wolle er beiseite treten, um ihr, wie zuvor Miß Moon, den Weg freizugeben.

»Amanda«, sagte Steven ganz freundlich. »Sie sind ein verdammt schlechter Lügner und ein großer Dummkopf obendrein. Was ist denn bloß in Sie gefahren, daß Sie so einen Unsinn machen?«

Amanda versuchte gar nicht erst, sich ahnungslos zu stellen. »Was hätte ich denn sonst tun sollen?« fragte sie lebhaft. »Sie haben sein Gesicht wohl nicht gesehen?«

»Doch, das habe ich sehr wohl«, unterbrach sie Steven Howard brüsk. »Aber das ist noch lange kein Grund für Sie, zu behaupten, das Ding gehöre Ihnen.«

»Ich konnte doch gar nichts anderes tun! Wenn ich ausgesagt hätte, daß die Stoffblume mir nicht gehört, dann hätten sie Miß Moon gefragt. Und ihre ist es ja auch nicht. Die Polizei hätte dann doch herausgefunden, wem sie wirklich gehört.«

»Das werden sie auch so sehr schnell«, sagte Steven grimmig. »Und dann werden Sie wegen Ihrer barmherzigen Lüge noch in Teufels Küche geraten.«

»Warum denn?« fragte Amanda und unternahm den schwachen Versuch, sich zu rechtfertigen.

»Meines Wissens gibt es so etwas wie vorsätzliche Irreführung der Ermittlungsbehörden«, deutete Steven trocken an.

»Das ist jetzt nicht mehr zu ändern«, sagte Amanda. »Ich ... ich war es ihm einfach schuldig.«

»Weil er Ihnen das Leben gerettet hat?« sagte Steven mit einem merkwürdigen Unterton in der Stimme. »Da haben Sie vielleicht recht. Aber er hätte nicht zulassen dürfen, daß Sie Anita aus dieser Falle heraushelfen.«

»Ach, Sie verstehen das nicht«, sagte Amanda. »Er liebt sie doch.«

»Und Sie sind nicht zufällig in ihn verliebt?« fragte Steven ungnädig. »Ist das nicht eher der wahre Grund für diese lächerliche Geste?«

Amanda gab ihm eine Ohrfeige.

Ihr war einfach die Hand ausgerutscht, und sie begriff erst hinterher, was sie getan hatte. Sie hatte rein instinktiv und ohne Berechnung reagiert. Wahrscheinlich war dies die Folge der schrecklichen Ereignisse der vergangenen Tage und der seelischen Anspannung, die sie mit sich gebracht hatten. Steven hatte entweder nicht damit gerechnet, daß Amanda ihn schlagen würde, oder er hatte sich einfach nicht die Mühe gemacht, ihrem Hieb auszuweichen.

Amanda sah erschreckt und ängstlich in Steven Howards Gesicht. Auf der Wange zeichnete sich feuerrot der Abdruck ihrer Hand ab. In ihren weit aufgerissenen Augen lag plötzlich ein fast kindlicher Ausdruck.

»Es tut mir leid«, sagte sie mit leiser, brüchiger Stimme. »Das habe ich nicht gewollt. Mir ist einfach die ...«

»Sie brauchen sich nicht zu entschuldigen«, unterbrach Steven sie zynisch. »Schließlich habe ich Ihnen doch gestern abend einen zweiten Versuch angeboten. Und nur Übung macht den Meister.«

»Sind Sie jetzt sehr böse auf mich?« fragte Amanda so leise, daß man sie kaum verstehen konnte.

»Nein, höchstens auf mich selber«, sagte Steven knapp.

Dann war Miß Moon mit dem frischen Kaffee aus der Küche gekommen. Sie hatten ihn an dem großen alten Eßzimmertisch getrunken, weil keiner von ihnen in das Wohnzimmer zurückgehen wollte und Amanda es schlicht und einfach abgelehnt hatte, zu Bett zu gehen.

Eigentlich hatte Amanda den Kaffee gar nicht trinken wollen. Sie hatte statt dessen um ein kaltes Getränk gebeten. Steven hatte ihre Bitte aber einfach ignoriert. Er hatte ihr eine Tasse Kaffee eingeschenkt, Zucker und offenbar auch irgendein Schlafmittel hinzugefügt. Letzteres hatte er sich vermutlich von Miß Moon oder dem Arzt geben lassen. Dann hatte er die Tasse ohne ein weiteres Wort vor sie hingestellt. Amanda hatten die kühl und überlegen blickenden Augen und dieser Mund, der keinen Widerspruch duldete, genügt. Sie war einfach zu müde gewesen, um sich gegen seine Autorität aufzulehnen. So hatte sie den Kaffee gehorsam ausgetrunken und sich auch nicht über den bitteren Beigeschmack beklagt.

Steven hatte sich in eine ausgedehnte Unterhaltung mit Miß Moon gestürzt, die ganz offensichtlich ihre Meinung über ihn revidiert hatte. Sie nannte ihn inzwischen nämlich schon »mein lieber Junge«. Steven hatte sich nicht weiter um Amanda gekümmert. Vor ihren Augen stieg langsam Nebel auf. Sie sah weder sein Gesicht, noch konnte sie seine Stimme wahrnehmen. Das einzige, was sie noch gehört hatte, war das Klirren von Miß Moons Armreifen, die einfach nicht verstummen wollten.

Amandas Lider waren merklich schwerer geworden. Schließlich mußte sie die Augen schließen. Sie war noch tiefer in ihren Sessel gesunken. Eine Stimme, die so klang, als käme sie vom anderen Ende eines langen Tunnels, war zwar schwach, aber doch deutlich zu vernehmen gewesen und hatte gesagt: »Mein lieber Junge, ich glaube, jetzt schläft sie bald ein.« Eine andere Stimme, die genauso weit entfernt war, hatte erwidert: »Das ist auch höchste Zeit.«

Amanda hatte mit großer Anstrengung die Augen geöffnet, um zu sehen, wer bald schlafen würde. Dabei hatte sie direkt in Steven Howards Gesicht gesehen. Sie erinnerte sich, daß er sich über irgend etwas geärgert hatte. Über etwas, das mit Glenn Barton zu tun hatte. Sie mußte ihm erklären, daß das ein Mißverständnis war. Er hatte sie falsch verstanden. Auch das Sprechen fiel ihr schwer, und sie sagte mühsam und benommen: »Glenn ...« Das Gesicht über ihr verlor seinen besorgten, ja fürsorglichen Ausdruck, und die Augen wurden kalt und ausdruckslos.

Dann fielen ihr die Augen wieder zu. Steven hatte sie aufgehoben und die lange dunkle Treppe hinaufgetragen. Amanda hatte ihren Kopf an ihn gelehnt und sich in höchster Verzweiflung an ihn geklammert. Denn Miß Moons anmutiges Treppenhaus hatte sich in ihren Augen in die Ruinen von St. Hilarion verwandelt. Sie glaubte jeden Moment über die verfallenen Steinstufen ins Nichts zu stürzen.

Die Tür öffnete sich mit einem leisen Knarren. Als Amanda sich rasch umwandte, sah sie Miß Moon, die vorsichtig durch den Türspalt spähte.

Miß Moon, zur Abwechslung ganz in Gelb, schien erleichtert, Amanda wach anzutreffen. Sie sagte anerkennend: »Na, sind Sie endlich aufgewacht? Ich habe schon ein paarmal nach Ihnen gesehen, wollte Sie aber nicht aufwekken. Wie geht es Ihnen, Kleines?«

»Ein bißchen wirr im Kopf«, sagte Amanda und versuchte zu lächeln. »Ist es schon sehr spät?«

»Zehn Minuten vor eins, Kleines. Das Essen wird gleich fertig sein. Ich nehme an, daß Sie hungrig sind. Und ich hoffe doch sehr, daß dieses Schlafmittel Ihnen nicht geschadet hat. Ich habe es immer verblüffend wirksam gefunden. Aber ich muß zugeben, daß ich nie mehr als eine Tablette davon genommen habe. Mr. Howard meinte allerdings, daß es unter diesen Umständen besser wäre, Ihnen zwei zu geben. Er ist ja so ein netter junger Mann! So besorgt und rücksichtsvoll und außerdem noch so belesen. Es gibt nur sehr wenige Leute, die ›Il Conte de Carmagnola‹ in der Originalfassung gelesen haben und mit denen man sich wirklich darüber unterhalten kann. Mein verstorbener Papa hätte ihn als Gesprächspartner sicher sehr geschätzt. Ich werde Euridice jetzt bitten, Ihnen ein Bad einzulassen.«

»Miß Moon«, sagte Amanda mit zögernder Stimme, »kann es sein, daß ich das alles nur geträumt habe?«

Miß Moons sonst immer fröhliches Gesicht wurde ernst, und ihr Mund war nur noch ein schmaler Strich.

»Nein, Kleines! Leider nicht. Die Polizei war den ganzen Morgen über hier. Ich habe ihnen nicht gestattet, Sie zu wecken. Sie hätten ihnen ja doch nichts anderes als gestern abend erzählen können. Es waren außerdem mehrere Leute hier, die sich nach Ihrem Befinden erkundigen wollten. Dieser Captain Gates und eine gewisse Mrs. Halliday, eine Amerikanerin, glaube ich. Sie scheint eine sehr auffallende Erscheinung zu sein. Und Glenn war auch schon hier. Es wird natürlich noch ein Verhör geben. Aber die Polizei hat inzwischen herausgefunden, warum die arme Miß Ford sterben mußte.«

Amanda ließ sich etwas plötzlich auf die Bettkante sinken. »Wer ... wer, glauben Sie, hat es getan?«

»Natürlich ein Dieb«, sagte Miß Moon. Sie gestikulierte ausdrucksvoll mit den Händen, so daß ihre Armbänder klimperten. »O Amanda, ich befürchte, daß ich an allem schuld bin! Wissen Sie, Kleines, es gibt hier so ungeheuer viele wertvolle Dinge im Haus. Mein lieber Papa war ein begeisterter Sammler. Und ich habe natürlich nie etwas hinter Schloß und Riegel gehalten. Es ist allgemein bekannt, daß ich die Tür nie abschließe, außer nachts natürlich. Darauf besteht Euridice. Die Versuchung muß einfach zu groß gewesen sein. Das ist mir jetzt klar. Irgendein unehrlicher Zeitgenosse muß zufällig erfahren haben, daß das Haus gestern nachmittag leer stehen würde. Er wird sich eingeschlichen haben, um soviel wie möglich zu stehlen. Der Dieb hat nicht damit gerechnet, daß irgend jemand im Wohnzimmer sein würde. Er hat Monica Ford wohl zunächst nicht einmal bemerkt. Dann hat er sie gesehen und vielleicht sogar erkannt. Die Polizei nimmt an, daß der Dieb oder einer der Diebe den Kopf verloren hat und sie mit dem Schal nur am Schreien hindern wollte. Er wollte sie eigentlich gar nicht umbringen, das hoffe ich zumindest sehr!«

Amanda sagte: »Aber es fehlt doch gar nichts.«

»O doch! Mehrere von den kleineren und wertvolleren Stücken aus der Sammlung meines lieben Papa sind aus dem Glasschrank im Wohnzimmer entfernt worden. Der Schrank ist ja so vollgestopft mit Wertsachen, daß ich es zuerst gar nicht bemerkt habe.«

Amanda verspürte plötzlich eine grenzenlose Erleichterung.

Sie hätte gar nicht genau sagen können, warum sie sich so maßlos erleichtert fühlte. Hatte sie etwa wirklich geglaubt, daß jemand aus ihrem Bekanntenkreis hier auf der Insel in voller Absicht die unglückliche, harmlose Miß Ford erwürgt haben könnte? Natürlich nicht, das wäre doch absurd! Und doch hatte sie plötzlich ein Gefühl der Befreiung, als sei ihr ein großer Stein vom Herzen gefallen.

»Es wird mir eine Lehre sein«, seufzte Miß Moon. »Ich werde Papas Sammlung wohl in einem Tresor deponieren müssen. Wie dumm so etwas ist. Man sollte schöne Dinge zum Anschauen aufstellen und sich an ihnen erfreuen, anstatt sie in Stahlschränken zu verschließen. Ist das nicht Euridice in der Halle? Das Mittagessen ist fertig, und ich stehe hier herum und halte Sie nur mit meinem Gerede auf.«

Miß Moon eilte davon. Amanda nahm ein Bad und kleidete sich schnell an. Dann bürstete sie sich ausgiebig das Haar, das noch von dem Ereignis des Vortages zerzaust und voller kleiner Aststückchen war. Sie wand es lose zusammen und schob die schimmernde Pracht in ein Haarnetz. Es war ein weißes grobmaschiges Netz, von der Art, wie die junge Kaiserin Eugenie es getragen hatte. Obwohl Amanda nicht mehr an die grauenvollen Augenblicke in St. Hilarion denken wollte, als nur ihr langes Haar sie davor bewahrt hatte, nicht zerschmettert im Abgrund zu landen, konnte sie sich doch nicht dazu überwinden, ihre langen Locken festzustecken. Ihr Instinkt sagte ihr, sie müsse ihr Haar lang und lose tragen.

Sie drehte sich um und betrachtete sich in dem hohen, silbrig glänzenden Spiegel, der dem Bett gegenüber hing. Der schwere Chignon zog ihr mit seinem Gewicht den Kopf nach hinten und ließ ihr Gesicht klein und schmal erscheinen. Ihr schlanker Hals wirkte wie ein zarter Blütenstiel. Ein weißes Leinenkleid. Weiße Leinenschuhe. Amanda rief sich die kleine zerdrückte Leinenblume, die sich an dem rauhen Metallbeschlag der Truhe unten in der Halle verfangen hatte, ins Gedächtnis zurück.

Sie biß sich auf die Zunge. Sie hatte diese verdächtige kleine Blume völlig vergessen. Aber sie war ja sowieso völlig bedeutungslos. Angenommen, dachte Amanda, Anita Barton wäre tatsächlich auf dem Rückweg von St. Hilarion in der Villa Oleander gewesen. Nehmen wir weiter an, sie wäre tatsächlich so extravagant wie ihre Kleider und hätte daher möglicherweise Schulden. Das bewies noch lange nicht, daß sie ein Dieb war, und genausowenig war ihre Abneigung gegen Monica Ford ein Beweis dafür, daß sie die Mörderin war. Amanda hatte Anita Bartons schlafendes Gesicht wieder vor Augen, das so entspannt gewesen war. Es hatte einen so kindlichen Ausdruck gehabt. Nein, Amanda war sich plötzlich ganz sicher, Anita Barton war keine Mörderin.

Die Polizei und Miß Moon hatten recht. Ein kleiner Dieb, der all den Tand aus Jade und Kristall aus der Glasvitrine im Wohnzimmer geräumt hatte, war von Monica Ford überrascht worden. Er war in Panik geraten und hatte sie ermordet.

Amandas Hand war wieder sicher und ruhig, als sie den zartrosa Lippenstift auftrug. Sie schnitt ihrem Spiegelbild eine Grimasse und rannte die Treppe hinunter, um Miß Moon Gesellschaft zu leisten.

Im Eßzimmer roch es angenehm nach Blumen und Obst, außerdem machte sich der Geruch von Euridices Ravioligericht, ihrer Spezialität, im Raum breit. Durch das offene

Fenster strömte das Sonnenlicht aus dem Garten herein. Man hörte die geschäftigen Tauben und die regelmäßigen Axtschläge von Andreas, der draußen Holz hackte. In der Küche führte Euridice eine aufgeregte Unterhaltung mit einer Freundin; auch Miß Moon war so gesprächig wie immer.

»Nein«, sagte Miß Moon und schob die Kanne mit ihrem Gesundheitstee beiseite: »Ich trinke nie etwas zum Essen. Es schadet der Verdauung, weil es den Magensaft verdünnt. Nur zwischen den Mahlzeiten. Obwohl man es zwischendrin so leicht vergißt, und dann ist es schade um den guten Tee. Bei dieser Hitze hält er sich nicht lange. Nehmen Sie doch etwas Melone, Kleines...«

Plötzlich nahm alles wieder seinen geregelten Lauf. Das Haus war aus seinem Dornröschenschlaf erwacht und schien sich behaglich in der Sonne zu wärmen. Amandas blasse Wangen bekamen wieder Farbe, und ihre Augen funkelten. Mit dem unverwüstlichen Optimismus der Jugend schob sie die Erinnerung an die letzten Tage beiseite. Ihre Lebensgeister regten sich wieder, und voll Enthusiasmus stürzte sie sich in den fröhlichen, hellen Tag. All die schrecklichen Ereignisse waren vergessen. Sie war auf Zypern, in Kyrenia, und die Sonne schien hell vom wolkenlosen Himmel. Amanda konnte so vieles unternehmen: mit Toby zum Baden fahren oder mit Persis herumalbern, in die Innenstadt gehen, um in einem der Souvenirläden Leinenstickerei zu kaufen, ein Erinnerungsfoto vom Hafen machen, wie es bereits Hunderttausende sorgloser Touristen vor ihr getan hatten.

Während der ganzen Mahlzeit war sie glänzender Laune, bis Miß Moon die Idylle zerstörte.

Amanda betrachtete gerade bewundernd eine Obstschale aus venezianischem Glas, als ihr plötzlich Miß Moons gestohlene Schätze wieder einfielen: »Ich habe Sie ja noch nicht einmal danach gefragt. Wie unaufmerksam von mir«, sagte sie mit schlechtem Gewissen. »Haben Sie an den gestohlenen Sachen besonders gehangen?«

»Sie sind doch gar nicht verschwunden«, stellte Miß Moon ruhig fest. »Sie sind doch alle wiedergefunden worden.«

»Wiedergefunden? Aber wo denn? Dann hat man den Mann also erwischt?«

»Nein, Kleines! Euridice hat die Sachen heute morgen gefunden. Oder besser gesagt Katina, Euridices Katze. Sie ist sonst wirklich kein sympathischer Hausgenosse. Euridice sah, wie sie gerade mit etwas Glitzerndem den Fußweg entlanglief. Sie rollte es hin und her, und Euridice ging hin, um es aufzuheben. Es war ein Kristallei. Das Fabergé-Ei, wissen Sie. Und da waren dann auch all die anderen Sachen. Sie lagen im Gras, direkt neben dem Weg. Der Dieb muß sich plötzlich klargemacht haben, wie gefährlich der Besitz dieser Dinge für ihn werden könnte. Wenn man ihn damit geschnappt hätte, wäre er wegen Mordes verurteilt worden.«

»Das ... das Fabergé-Ei?« wiederholte Amanda mit einem Flüstern.

»Ja, so ein reizendes Stück. Der Künstler hat unglaublich viele davon gemacht, für die arme Zarin, wissen Sie. Dieses hier ist besonders schön, und die Diamanten erhöhen natürlich seinen Wert. Drinnen ist ein juwelenbesetzter kleiner Vogel, der singt. Ich mag es eigentlich nicht besonders. Es hat eine so tragische Geschichte. Man muß sich einfach fragen, ob man den Russen je über den Weg trauen kann, finden Sie nicht?«

Aber Amanda hörte überhaupt nicht zu. Sie sah auf einmal wieder das halbdunkle Wohnzimmer vor sich, so wie es am Abend zuvor gewesen war, als sie plötzlich den Eindruck hatte, nicht allein in dem merkwürdig stillen Raum zu sein. Sie verspürte erneut das lähmende Entsetzen, das sie gepackt hatte, und die Panik, als sie ihre Blicke durch den Raum hatte jagen lassen. Und sie erinnerte sich an die Diamanten, die im letzten Tageslicht auf dem Fabergé-Ei gefunkelt hatten.

Kurz bevor Amanda die Leiche von Monica Ford entdeckt hatte, hatte sie das Ei noch in dem Intarsienschrank liegen sehen. Es war also gar nicht gestohlen worden. Jemand mußte es am späteren Abend zusammen mit einigen ähnlichen kleinen Stücken herausgenommen haben, um den Eindruck zu erwecken, Monica Ford sei von einem Dieb ermordet worden. Und dann wußte Amanda auch schon, wer es gewesen und wann es geschehen war.

Steven Howard hatte sie zum Telefon geschickt, obwohl er selbst den Anruf viel schneller hätte erledigen können. Daß er sie aus dem Raum geschickt hatte, hatte aber wohl noch einem zweiten Zweck gedient. Er war sie für mindestens zehn Minuten losgeworden, und vermutlich hatte er in dieser Zeit den Intarsienschrank geplündert.

Amanda konnte ihn direkt vor sich sehen, wie er den Schrank öffnete und sich mit überraschend lautloser Behendigkeit bewegte. Wie er jedes der funkelnden kleinen Schaustücke mit seinem Taschentuch aufhob, um keine Fingerabdrücke zu hinterlassen. Genauso wie er damals auf der ›Orantares‹ das Röhrchen mit dem Giftetikett aufgehoben hatte, das sie unter ihrem Kopfkissen fand.

»In Ordnung, dann inszenieren wir das so, wie Sie meinen. Aber auf Ihre Verantwortung. Ich halte mich da heraus«, hatte der unauffällige schlanke Mann mit dem seltsamen Namen gesagt. Höchstwahrscheinlich hatte er da die Beutestücke aus Miß Moons Schrank bereits in der Tasche gehabt. Er hatte Amanda die Hand gereicht und war hinausgegangen. Draußen im dunklen Garten hatte er dann diese falsche Fährte gelegt, indem er die Gegenstände ins hohe Gras neben dem Steinweg gleiten ließ. Auf diese Weise konnte also die Theorie aufgestellt werden, Miß Ford sei das Opfer eines schrecklichen Zufalls geworden, um von der scheußlichen Geschichte abzulenken, die sich schon in Fayid angebahnt hatte und die die kleine Menschengruppe von der ›Orantares‹ mit einbezog. Einer der Mitreisenden hatte Julia Blaine die tödliche Falle gestellt.

14

Amanda unternahm nichts von dem, was sie sich ursprünglich für den Nachmittag vorgenommen hatte. Statt dessen zog sie sich in ihr Zimmer zurück. Nachdem sie unter das Bett, in alle Schränke und hinter sämtliche Möbel geschaut hatte, verriegelte sie die Tür und schrieb drei Briefe. Einer war an ihren Onkel, einer an ihre Tante in Fayid und der dritte an die Reederei der ›Orantares‹ gerichtet. Kaum war sie damit fertig, warf sie sich auf das Bett und weinte herzzerreißend. Dabei hätte sie nicht einmal genau sagen können, warum sie so hysterisch schluchzte.

Auf alle Fälle fühlte sie sich danach wesentlich besser, obwohl sie sich für ihre Tränen ziemlich schämte. Die Uhr in der Halle schlug viermal, und Amanda stellte staunend fest, daß der größte Teil des Nachmittags bereits vorüber war. Euridice dachte schon daran, den Teetisch draußen auf der Veranda vor dem Wohnzimmer zu decken.

Amanda setzte sich aufrecht hin und strich ihr wirres Haar aus dem Gesicht. Sie ging zum Toilettentisch hinüber und blieb abrupt stehen, als sie mit ungläubigem Erschrekken ihr Gesicht in dem ovalen Spiegel wahrnahm.

Lange Zeit stand sie so und starrte in den Spiegel. Ihr Haar hatte sich aus dem Netz gelöst und fiel zerzaust über die Schultern. Ihr Gesicht war blaß und tränenverschmiert. Das Kleid völlig zerknittert.

Als sie sich so im Spiegel betrachtete, fühlte sie sich plötzlich unangenehm an Julia Blaine erinnert und konnte sie wieder vor sich sehen. Amanda sah die verweinte und hysterische Frau in ihrer Kabine auf der ›Orantares‹ niedergeschmettert dastehen. Dieser Anblick hatte alles andere als einen schönen Eindruck auf sie hinterlassen. Wenn sie sich jetzt nicht zusammennähme, sagte sich Amanda, würde auch sie sich bald so aufführen wie Julia Blaine. Sie konnte bereits eine wenig erfreuliche Ähnlichkeit zwischen ihrem eigenen Gesicht und dem von Julia feststellen.

Amanda hörte im Geiste eine vertraute Stimme spöttisch

sagen: ›Los, Sie tapferes Mädchen! Machen Sie Ihrem Ruf Ehre und reißen Sie sich zusammen.‹ Mit einem Ruck straffte Amanda ihre krummen Schultern und hob energisch das kleine Kinn. Jetzt lag auch wieder das trotzige Funkeln in ihren Augen.

Die drei Briefe, die sie geschrieben hatte, lagen auf dem Schreibtisch, nahe dem Fenster. Sie nahm sie in die Hand, zerriß sie in kleine Stücke und warf sie in den Papierkorb. Als sie zehn Minuten darauf ihr Zimmer verließ, um Tee zu trinken, tat sie das hocherhobenen Hauptes, und auf ihrem schmalen Gesicht lag ein sehr energischer Ausdruck. Stimmen klangen aus dem Wohnzimmer herüber, und schon kamen Amanda wieder Bedenken. War das etwa schon wieder die Polizei? Nein, es war nur George Norman.

Mr. Norman hielt in der einen Hand eine Teetasse, in der anderen einen kleinen Teller. Als Amanda auf die sonnenhelle Terrasse heraustrat, stand er rasch auf. Dabei fiel ihm ein Stück Toast mit der Butterseite nach unten auf den Teppich.

»Moonchen hat mir gerade die furchtbare Geschichte über Glenns Sekretärin erzählt«, erklärte George Norman und beugte sich herab, um den Toast zu retten. Dabei verschüttete er prompt seinen Tee. »Einfach gräßlich! Sie können sich ja gar nicht vorstellen, wie uns das alle getroffen hat. Ich habe Moonchen mindestens schon tausendmal gesagt, daß sie die Diebe geradezu provoziert, wenn sie das Zeug einfach so herumliegen läßt. Das gehört schlichtweg in einen Tresor. Eine furchtbare Sache! Claire ist ganz durcheinander. Sie hat letzte Nacht kein Auge zugetan.«

»Letzte Nacht?« Amandas Stimme klang verblüfft und ungläubig. Erfuhr Claire alle unheilvollen Nachrichten früher als andere Leute? War sie eine Art Kassandra? Wie war es möglich, daß sie schon am Abend vom Mord an Monica Ford in Kenntnis gesetzt worden war?

»Glenn hat es ihr erzählt«, sagte George und strich sich Sardellenpaste auf den Toast. »Er rief gestern abend um halb elf bei uns an. Das ist schon ein komischer Kerl. Er wollte doch tatsächlich, daß wir mitten in der Nacht losrasen und Anita eine Nachricht überbringen. Selbst hat er sich wohl nicht getraut. Er sagte, er müsse befürchten, daß die Polizei ihm folgt, und Sie könne er nicht darum bitten, weil die Polizei im Hause sei, so daß nur wir übrigblieben. Natürlich, wir sind langjährige Freunde, aber es hat doch alles seine Grenzen! Er weiß sehr gut, daß Claire und Anita sich noch nie besonders gut leiden konnten. Und dann hat ja Anita seitdem auch all diesen Klatsch über Glenn und Claire verbreitet. Egal wie dringend die Sache gewesen sein mag, ich sah keinen Grund dafür, von uns einen derartigen Freundschaftsdienst zu verlangen. Anita Barton ist nichts weiter als eine Schlampe, und Glenn muß froh sein, daß er sie los ist.«

Miß Moon schaltete sich ein: »Ich muß zugeben, daß ich Anita auch nicht verstehe. Ich hätte nie geglaubt, daß sie sich derart vulgär benehmen würde. Es paßt doch überhaupt nicht zu ihrem Charakter. Sie hat sich in letzter Zeit sehr zu ihrem Nachteil verändert.«

»Sie trinkt«, stellte George Norman lapidar fest.

»Aber«, sagte Miß Moon unter empörtem Protest, »ich bin sicher, daß Sie sich da irren. Obwohl ich natürlich auch schon Gerüchte gehört habe ...«

»Na, das haben Sie bestimmt! Und ich fürchte, diese Gerüchte entsprechen den Tatsachen. Sie säuft wie ein Loch. Dasselbe Mädchen, das lange Zeit nichts Stärkeres als Tomatensaft anrührte.«

»Vielleicht hat sie ihre Gründe dafür«, sagte Miß Moon mit einem leisen Seufzer. »Ich werde den Eindruck nicht los, daß Anita trotz ihres kaltschnäuzigen Auftretens im Grunde ihres Herzens sehr unglücklich ist. Vielleicht hat sie gehofft, im Alkohol Vergessen oder Mut zu finden. Mein lieber Papa pflegte zu sagen, daß manche Leute sich Mut antrinken müssen.«

»Geschieht ihr recht, wenn sie unglücklich ist«, sagte George Norman. »Sie ist doch eine unmögliche Person!« Er leerte seine Teetasse und nahm sich ein Stück Kuchen.

Amanda sagte spontan: »Was haben Sie denn gestern alle gemacht, nachdem Sie von St. Hilarion fortgefahren waren?«

»Oh, gestern? Nicht mehr viel. Ich bin im Club gewesen, wissen Sie. Ich wollte einen Bekannten treffen, von dem ich annahm, daß er dasein würde. Aber er war schließlich doch nicht da. Es war überhaupt kaum jemand da. Lumley hat kurz mal reingeschaut. Er ist eigentlich gar kein Mitglied und wollte bloß jemandem ein paar Bilder zeigen. Claire ist einkaufen gegangen. Alastair hat einen kleinen Spaziergang gemacht, und wir haben uns erst gegen acht Uhr wieder getroffen, als wir auf einen Drink ins Hotel gingen. Alastair hat mit Mrs. Halliday zu Abend gegessen. Sie schlug vor, wir sollten doch bleiben, und das taten wir dann auch. Wir sind erst um halb elf nach Hause gekommen, und kaum waren wir da, klingelte auch schon das Telefon. Dann erzählte Glenn von dieser furchtbaren Geschichte. Ich habe es zuerst gar nicht glauben können, als Claire es mir erzählte. Ich dachte, der arme Kerl sei jetzt endgültig übergeschnappt.«

Amanda fragte beiläufig: »Und was war mit Toby, ich meine Captain Gates?«

»Oh, der ist auch wieder aufgetaucht. Ich glaube, der hat Mrs. Halliday vor dem Hotel abgesetzt und dann das geliehene Auto zurückgebracht. Wir trafen ihn dann beim Abendessen.«

Amanda fiel wieder in Schweigen. Sie hatten sich also alle getrennt. Jeder von ihnen konnte es gewesen sein. Jeder hätte zur Villa Oleander kommen und unbehelligt wieder gehen können. Sie alle hatten bis dorthin nicht mehr als fünf Minuten zu gehen, und es gab drei separate Eingänge, die zum Garten führten. Einer davon war vor dem Haus, einer am anderen Ende des Gartens, der führte nur zur Garage, und schließlich war da noch diese kleine Tür, von der sich die Farbe löste. Es war die Tür in der alten türkischen Mauer, die den Garten nach der abgeschiedenen schmalen Gasse hin abschloß.

Ich darf nicht daran denken, dachte Amanda. Ich darf nicht... Sicher war es nur ein ganz gewöhnlicher Einbrecher. Es kann gar nicht anders gewesen sein. So nette Leute, Leute, die man kennt. Nein, es kann keiner von ihnen gewesen sein. Und trotzdem, der Zwischenfall in der Burg von St. Hilarion hatte sich schließlich auch noch ereignet. Nur nicht daran denken, sagte sich Amanda mit wachsendem Unbehagen.

Miß Moon sagte: »Ja, es haben einige Leute hereingeschaut, die natürlich alle nur ihre Sympathie bekunden wollten. Von Amandas Freunden waren zwei da, um sich nach ihr zu erkundigen. Lady Cooper-Foot und Mrs. Teenley haben auch angerufen. Jeder sagt, was für ein furchtbarer Schock es für mich gewesen sein muß. Aber ich konnte sie heute morgen einfach nicht alle hereinbitten. Schließlich war ja die Polizei da. Nach dem Mittagessen ist Amanda auf ihr Zimmer gegangen, um sich auszuruhen. Ich habe Euridice aufgetragen zu sagen, wir seien nicht zu Hause, und den Hörer von der Gabel zu nehmen. Es ist ja so nett gemeint von den Leuten, aber unter den Umständen ...«

»Neugierige Affen!« schnaubte George Norman verächtlich. »Die alten Klatschtanten sterben offenbar vor Neugier.«

»Das ist doch Unsinn, mein lieber Junge«, warf Miß Moon ehrlich aufgebracht ein. »Schließlich sind Sie ja auch hier, und obwohl wir natürlich über die ganze Geschichte gesprochen haben, bin ich überzeugt, daß die Leute nicht einfach aus reiner Neugier gekommen sind.«

George Normans ohnehin schon gerötetes Gesicht wurde nun wirklich feuerrot, und er beeilte sich zu sagen: »Nein, natürlich nicht. Claire hat auch gesagt... Ich meine...«

Ein unzusammenhängender Wortschwall kam über seine Lippen, bis sich Miß Moon schließlich erbarmte. Sie bot ihm eine Tasse Tee an und riet ihm dringend, seinen Stuhl doch etwas weiter dorthin zu rücken, wo das Rosenspalier ihm ein wenig Schatten bot.

»Ich trinke den Tee am liebsten hier«, sagte Miß Moon.

»Die Aussicht ist herrlich, und man kann so weit sehen. Ich sitze hier oft und betrachte den Sonnenuntergang. Aber obwohl die Veranda nach Westen geht, hat sie doch auch ihre Nachteile. Es ist fast zu sonnig hier. Mein Wohnzimmerteppich ist leider schon völlig ausgebleicht. Aber dann muß ich auch wiederum sagen, daß ich eine richtige Sonnenanbeterin bin. Ich kann nie genug davon bekommen, außer natürlich bei dieser sengenden Mittagshitze, da kann es schon einmal zuviel werden. Finden Sie nicht auch?«

George Norman seufzte. Für einen Moment sah sein Gesicht traurig aus, und seine Augen bekamen einen sehnsüchtigen Ausdruck. »Ja, da haben Sie sicher recht.«

»Sie klingen nicht so ganz überzeugt«, sagte Amanda, wild entschlossen, die Unterhaltung auf das Wetter zu beschränken. »Sagen Sie nur nicht, daß Ihnen ein wolkenverhangener Himmel und ständiger Nieselregen lieber sind als dieses paradiesische Wetter!«

»Aber natürlich ist mir das lieber! Ich liebe England. Schließlich ist es meine Heimat. Der Reiz der Fremde ist ja für eine Zeitlang ganz nett, aber irgendwann wird er einem auch über. Diese Hitze, der Gestank und die schnatternden Stimmen der Einheimischen und dann diese ewige Sonne. Nein, mir ist Suffolk an einem grauen Regentag lieber, wenn der Wind über die frisch gepflügten Felder streicht, wenn Buchfinken und Goldammern in den Hecken herumhüpfen und ...« Mit einem schweren Seufzer brach er ab. »Ach, was soll das. Es hat keinen Sinn, darüber zu reden. Claire verträgt dieses nasse Klima nicht. Wenn sie nicht wäre ...« Dann sank er in Schweigen. Er starrte gedankenverloren in seinen Tee, der langsam kalt wurde. Es hatte den Anschein, als sei er sich der Gegenwart von Amanda und Miß Moon gar nicht mehr bewußt. Sein gerötetes eckiges Gesicht war plötzlich freudlos und bitter.

Miß Moon sagte: »Probieren Sie einmal den Ingwerkuchen. Ich habe ihn selbst gebacken. Nach einem Rezept meiner Großmutter.«

George Norman erwachte plötzlich aus seinen Tagträumen. Er fuhr buchstäblich zusammen und sagte dann hastig: »Nein, vielen Dank! Ich muß sehen, daß ich heimkomme.« Er stürzte rasch den restlichen Tee aus seiner Tasse hinunter und beeilte sich zu sagen, daß er sich wirklich nicht zum Tee habe aufdrängen wollen. »Ich bin wirklich nur gekommen um...«

»Ich weiß schon, um Einzelheiten zu erfahren«, beendete Miß Moon boshaft den Satz. »Ich hoffe, daß Sie jetzt alles wissen. Sagen Sie Claire, wie leid es mir tut, daß sie sich über die Geschichte so aufregt. Ich würde ihr eine ordentliche Dosis Rizinusöl empfehlen. Mein lieber Papa pflegte immer zu sagen, daß es gegen alle eingebildeten Krankheiten Wunder wirke. Es war aber reizend von Ihnen, vorbeizukommen!«

Miß Moon beobachtete, wie er durch den verwilderten Garten davonging, und schnalzte ungeduldig mit der Zunge.

»Es versetzt mich immer wieder in Erstaunen«, bemerkte sie bissig, »was manche Männer sich gefallen lassen. Tatsächlich sind es die nettesten Männer, die die schrecklichsten Frauen haben. Schauen Sie sich Glenn nur an! Und was George angeht, das kann ich kaum noch mit ansehen.«

»Warum, Miß Moon?« Amanda begann sich für die Normans zu interessieren. Vorsichtig, ängstlich und doch auch wieder fasziniert beäugte sie in letzter Zeit jeden einzelnen aus der kleinen Gruppe, der mit Julia Blaine an Bord gegangen war und der in St. Hilarion am Picknick teilgenommen hatte.

»Wegen der schrecklichen Angewohnheit«, sagte Miß Moon, »seine eigenen Pläne und Wünsche denen seiner Frau unterzuordnen und sich anzupassen. Dafür ist Claire verantwortlich. Sie erfreut sich bester Gesundheit, und George weiß das auch ganz gut. Aber um sich einen letzten Rest Selbstachtung zu bewahren, muß er so tun, als ob Claires zarte Natur der Grund für ihren Aufenthalt hier sei. Aber natürlich ist es hier wie anderswo. Wer zahlt, schafft auch an. Claire hat das Geld, und deshalb kann sie sich erlauben, ihn herumzukommandieren. Ich verstehe nur nicht, warum George sich das gefallen läßt. Er ist doch gesund und kräftig und keineswegs dumm. Ich sehe keinen Grund, warum er sich seinen Lebensunterhalt nicht in England verdienen sollte, wenn er es vorzieht, dort zu leben. Sei es mit oder ohne seine Frau!«

Amanda wandte ein: »Aber er hängt doch so an ihr.«

»Tut er das wirklich? Ja, es sieht so aus. Und doch habe ich mich in letzter Zeit öfter gefragt, ob er nicht vielleicht sogar erleichtert wäre, wenn sich seine Frau ein Vorbild an Anita Barton nehmen würde. Die arme Anita. Ich fürchte, sie hat sich da einen gefährlichen Feind geschaffen, als sie sich mit Claire anlegte. Wirklich zu dumm von ihr. Aber sie war immer hitzköpfig und unvorsichtig. Anita ist ein Mensch, der bei jeder Gelegenheit über die Stränge schlägt, wie mein lieber Papa zu sagen pflegte. Und wie oft macht man sich damit nur unglücklich. Ja, Claire ist weitaus raffinierter. «

Miß Moon seufzte, und Amanda sagte: »Ich glaube, Sie mögen Mrs. Barton, nicht wahr?«

»O ja, doch! Man kann gar nicht anders. Sie ist noch so ein Kind.«

»Das ist genau das, was Glenn von Anita auch sagte«, warf Amanda leise ein.

»Da hatte er recht. Manche Menschen scheinen das, was den Charme eines Kindes ausmacht, länger zu bewahren als andere. Aber andererseits behalten manche Leute auch die schlimmsten Eigenschaften eines verzogenen Kindes. Und Anita Barton ist so jemand. Sie ist vielleicht ein wenig verzogen, aber ehrlich und zuverlässig. Bei all dem ist sie allerdings nicht besonders intelligent. Eine Frau wie Claire könnte sie erziehen, ohne daß sie es merkt. Es sah eigentlich so aus, als seien Anita und Glenn ein ideales Paar. Natürlich war sie ziemlich lebenslustig. Sie genoß es, viele Leute um sich zu haben, und sie mag Kleider über alles. Der arme Glenn war so überarbeitet und ist vielleicht nicht genug mit ihr ausgegangen, so daß...«

Miß Moon brach plötzlich ab und verharrte kurze Zeit mit gefurchter Stirn in nachdenklichem Schweigen.

»Was ist denn?« fragte Amanda neugierig.

»Ach, Kleines. Ich habe gerade darüber nachdenken müssen, daß man ein Gerücht nur oft genug hören muß, bis man schließlich glaubt, es sei die Wahrheit, selbst wenn es gar nicht so ist. Wir alle haben in letzter Zeit so oft gehört, wie sehr Glenn Anita vernachlässigt hat. Aber wenn ich es mir genau überlege, so sind sie doch viel miteinander ausgegangen. Jedenfalls hat man nie gehört, daß er seinen gesellschaftlichen Verpflichtungen nicht nachgekommen wäre. Vielleicht hat er sie auch einfach nur gelangweilt.«

»Ich finde, daß sie sich da schon entscheiden muß«, fügte Amanda hinzu. »Wenn er – wie sie behauptet – sich aufführte wie ein Don Juan und gleichzeitig mindestens sechs verschiedenen Frauen den Hof machte, kann man ihn wohl nicht gerade langweilig nennen. Er muß doch irgend etwas Besonderes gehabt haben, zumindest viel freie Zeit.«

Miß Moon seufzte erneut. »Sollte man annehmen. Obwohl ich sagen muß, daß Glenn bei Frauen gut ankommt. Ich habe ihn selbst sehr gern. Und Claire auch. Man kann nicht gerade sagen, daß sie sich über seine Heirat mit Anita gefreut hat. Aber wie dem auch sei, es war jedenfalls ausgesprochen dumm von Anita, sich mit ihr anzulegen. Ich kann den Verdacht nicht loswerden, daß Claire irgendwie für das Scheitern dieser Ehe verantwortlich ist, auch wenn das hartherzig klingt. Was gibt es denn, Euridice?«

Euridice stand hinter ihnen in der offenen Terrassentür. Ihr betont gleichgültiger Gesichtsausdruck deutete an, daß man sie schon mindestens fünf Minuten hatte warten lassen. Ihre Nachricht war kurz und verständlich. Als sie sich abwandte, um den Teetisch abzuräumen, erklärte Miß Moon Amanda: »Es will jemand mit Ihnen sprechen. Wenn es dieser nette Mr. Howard ist, sagen Sie ihm doch, er möchte zum Essen bleiben.«

Amanda erhob sich geschwind. In einer rein instinktiven und weiblichen Geste prüfte sie den Sitz ihrer Frisur.

Miß Moon lächelte herzlich und verständnisvoll. Dann sagte sie: »Sie sehen wirklich reizend aus, Kleines, um nicht zu sagen bezaubernd.«

Amanda errötete, lachte und verschwand rasch durch die Terrassentür. In der Halle blieb sie beim Anblick ihres Besuches abrupt stehen. Sie stellte mit Erstaunen fest, daß sie sehr enttäuscht war.

Es war gar nicht Steven Howard, der dort in der Halle der Villa Oleander stand und auf Amanda wartete, sondern niemand anders als Anita Barton. Anita wirkte verängstigt. Das fiel Amanda sofort auf, und irgendwie übertrug sich diese Angst auf sie. Ein kalter Schauer lief ihr über den Rücken. In der weiten, düsteren Halle wirkte Mrs. Bartons Gesicht wie eine dieser Papiermasken, die Kinder sich basteln und dann grellbunt bemalen. Sie hatte viel zuviel Rouge aufgelegt und war auch mit dem Lippenstift recht verschwenderisch umgegangen. Tiefblauer Lidschatten und dick aufgetragene Wimperntusche vervollständigten ihr Make-up, das das kreideweiße Gesicht puppenhaft starr erscheinen ließ. Nur die Augen schienen lebendig und waren weit aufgerissen wie die einer verängstigten Katze.

Dieses Gesicht konnte man wirklich nicht mehr hübsch nennen. Doch trotz der Furcht und der Erschöpfung, die sie zeichneten, sah Mrs. Barton nicht etwa alt aus. Sie hatte den harten, trotzigen Ausdruck völlig verloren, und das ließ sie um einiges jünger erscheinen. Sie sah wirklich wie das verzogene, eingeschüchterte Kind aus, mit dem sowohl ihr Mann als auch Miß Moon sie verglichen hatten.

Amanda spürte plötzlich Mitleid in sich aufsteigen. Ihr Beschützerdrang regte sich. Mit ausgestreckter Hand ging sie rasch auf Anita Barton zu. »Worum handelt es sich? Wollten Sie zu mir?«

»Ja...« Anita Bartons Augen, die so an eine verstörte Katze erinnerten, glitten nervös durch die Halle und über das Treppenhaus, dessen Stufen sich im Halbdunkel des oberen Stockwerks verloren. Gleichzeitig zupfte sie mit nervösen Fingern an einem zierlichen Spitzentaschentuch, bis das zarte Gewebe schließlich zerriß. Verwirrt ließ sie es fallen und sagte atemlos: »Hier kann ich nicht mit Ihnen sprechen. Könnten wir nicht woanders hingehen? Würden Sie vielleicht mit mir die Straße hinunterspazieren?«

Amanda musterte sie leicht verstört. »Ja, in Ordnung. Einen Moment noch, ich will nur schnell Miß Moon Bescheid geben.«

Sie kehrte auf die Veranda zurück und teilte Miß Moon mit, daß sie zu einem kleinen Spaziergang aufbreche.

Miß Moon sah sie verwundert an. »Anita, sagen Sie? Ich wußte gar nicht, daß Sie sich kennen. Sie sollten eigentlich gerade jetzt nicht mir ihr gesehen werden. Die Leute reden schon viel zuviel. Glauben Sie nicht, daß es vielleicht besser wäre, den Spaziergang abzulehnen, taktvoll selbstverständlich?«

»Das kann ich einfach nicht«, sagte Amanda unglücklich. »Ich glaube, sie hat wirklich Schwierigkeiten. Ich werde nicht lange fort sein.«

Kaum waren sie auf die Straße vor der Villa Oleander hinausgetreten, als Anita nach rechts bog, um die Hauptstraße zu verlassen. Sobald sie außer Sichtweite des Hauses waren, klammerte sie sich an Amandas Arm. Ihre Stimme war rauh und atemlos, als sie fragte: »Stimmt es, daß gestern abend etwas von mir in Miß Moons Haus gefunden wurde? ... Eine Blume von meinem Kleid?«

»Ja«, sagte Amanda kurz.

Sie hörte Anita Barton förmlich nach Luft schnappen. Gleichzeitig verstärkten ihre Finger um Amandas Handgelenk krampfhaft den Druck. Spitze lackierte Fingernägel bohrten sich schmerzhaft in ihr Fleisch.

Mrs. Barton stolperte, fing sich jedoch wieder und blieb schließlich nahe einer Gruppe staubbedeckter Tamarisken vor einer weißgekalkten Mauer stehen. Sie schienen sich in einer menschenleeren Sackgasse zu befinden.

»Dann stimmt es also doch! Ich wollte es zuerst nicht glauben. Ich dachte, es sei nur ein Gerücht aus dem Munde böser Mitmenschen. Aber Lumley sagte ...« Sie hielt inne und starrte Amanda mit weit aufgerissenen, verstörten Augen an. Ihr Gesichtsausdruck war verzweifelt und flehend. »Erzählen Sie mir darüber, bitte. Ich muß es wissen.«

Amanda erzählte ihr, was vorgefallen war. Die nackten Tatsachen waren schlimm genug. Anita Bartons kreideweißes Gesicht schien noch blasser und kleiner zu werden, je länger sie zuhörte.

Schließlich flüsterte sie tonlos: »Hat die Polizei denn nicht gefragt, wem sie gehörte?«

»Doch«, sagte Amanda unglücklich. »Ich ... ich sagte, sie gehöre mir.«

»Was haben Sie gesagt?« Mrs. Bartons Stimme wurde plötzlich laut und kreischend. »Warum haben Sie das getan? Warum sollten Sie so etwas für mich tun?«

»Ich habe es nicht für Sie getan«, bekannte Amanda. »Ich habe es für Ihren Mann getan. Wissen Sie ...«

»Für Glenn?« Anita Barton lockerte den Griff um Amandas Handgelenk. Sie trat einen Schritt zurück und starrte Amanda an. Ihr Gesicht änderte plötzlich seinen Ausdruck. Ihre Augen funkelten vor Zorn.

»Für Glenn?« wiederholte Mrs. Barton. Ihre Lippen waren gar nicht mehr schlaff und zittrig, sondern entschlossen und fest aufeinandergepreßt. »Sind Sie also auch auf ihn hereingefallen!«

Amandas Kinn schnellte aggressiv in die Höhe. Ihre grauen Augen waren plötzlich kalt und verärgert, und ihre Stimme klang nicht weniger wütend als die von Mrs. Barton:

»Wie darf ich das verstehen? Glauben Sie wirklich, daß ich auch nur irgendein Interesse an Ihrem Mann habe? Vielleicht hat sich auch sonst noch nie eine Frau für ihn interessiert, und Sie sind nicht besser als Julia Blaine. Sie bilden sich ein, daß jede Frau, die mit Ihrem Mann auch nur ein paar Worte wechselt, sich einfach Hals über Kopf in ihn verlieben muß. Sie lieben ihn nämlich sehr, habe ich recht? Und Sie benehmen sich nur deshalb so unmöglich, weil Sie eifersüchtig gemacht wurden. Julia war genauso.«

Es dauerte einige Zeit, bis Anita Barton ihre Sprache wiedergefunden hatte. Zorn und Bitterkeit begannen langsam aus ihrem Gesicht zu weichen, das jetzt wieder einen angsterfüllten Ausdruck trug. Sie fuhr sich mit der Hand an die Kehle und sagte kaum vernehmbar: »Ja, Julia war genauso. Aber Julia ist gestorben, und ich will nicht sterben!«

Sie schluckte krampfhaft und sah Amanda wieder voll ins Gesicht: »Wenn Glenn Ihnen nichts bedeutet, warum haben Sie der Polizei dann erzählt, daß die Blume Ihnen gehört. Meinetwegen hätten Sie so etwas bestimmt nicht getan.«

»Weil ich ihm einiges zu verdanken habe. Nämlich mein Leben«, sagte Amanda schlicht.

»Ihr Leben? Wie meinen Sie das?«

Amanda erzählte ihr, was geschehen war, und erwähnte dabei allerdings nicht, daß ihr Sturz kein Unfall gewesen war. »Verstehen Sie jetzt«, schloß sie ihren Bericht, »warum ich glaubte, ihm eine Gegenleistung schuldig zu sein?«

»Deshalb haben Sie also gesagt, daß die Blume Ihnen gehört.« Plötzlich und unerwartet warf Anita den Kopf in den Nacken und lachte. Es war eine laute, gespielte Heiterkeit, die Amanda durch Mark und Bein ging. Dann brach sie ebenso plötzlich ab, wie sie begonnen hatte, und klammerte sich statt dessen wieder an Amanda.

»Passen Sie auf! Ich bin gestern überhaupt nicht in der Villa Oleander gewesen. Haben Sie das verstanden? Ich war nicht einmal in der Nähe.«

Plötzlich klapperte sie mit den Zähnen, als sei ihr kalt. Amanda sagte schnell: »Dann werden Sie es ja auch beweisen können, und dann ...«

»Aber ich kann es nicht beweisen!« unterbrach Anita Barton verzweifelt. »Irgend jemand rief gestern im Hafencafé an und bat die Besitzer dort, Lumley eine Nachricht zu übermitteln. Ein Fremder ließ ihn bitten, ihm im Club ein paar seiner Bilder zu zeigen. Aber der Mann ist nie erschienen, und Lumley hat ziemlich lange auf ihn gewartet. Er ist erst sehr spät nach Hause gekommen. Ich war die ganze Zeit allein in der Wohnung. Ich hätte unbemerkt hinausgehen können. Die unteren Stockwerke sind nicht bewohnt. Sie dienen nur als Lager. Und es gibt zwei Ausgänge.«

»Vielleicht haben Sie das Kleid irgendwann einmal getragen, als Sie Miß Moon besuchten!« gab Amanda zu bedenken. »Diese Blume könnte schon seit Ewigkeiten dort gehangen haben. Euridice scheint nicht gerade die beste Putzfrau zu sein, und ich glaube nicht, daß irgend jemand sie bemerkt hätte.«

»Ich bin seit dem letzten Winter nicht mehr in der Villa Oleander gewesen«, sagte Anita Barton. »Und diese Blume kann gar nicht dort von meinem Kleid abgerissen worden sein, weil ich nie in diesem Kleid bei Miß Moon war. Ich weiß, wer sie dorthin gebracht hat. Man hat es absichtlich getan, und ich weiß auch, warum. Dann haben Sie gesagt, daß die Blume Ihnen gehört, und Sie hätten beinahe die üblen Pläne durchkreuzt. Aber es wird mir nichts nützen. Warten Sie nur ab. Die Polizei wird es sehr schnell herausfinden ...«

Ihre Stimme erstarb in einem verängstigten Flüstern. Sie sah so verzweifelt aus, daß Amanda ihr beruhigend über die Hand strich, mit der Anita immer noch ihren Arm umklammerte.

»Niemand wird darüber reden. Schauen Sie doch nicht so verzweifelt, Mrs. Barton. Die Polizei nimmt an, daß sie mir gehört, und man wird der Sache nicht weiter nachgehen. Miß Moon hat mir nämlich erzählt, daß die Polizei davon ausgeht, daß Monica Ford von einem Einbrecher ermordet wurde.«

Anita Barton seufzte, aber sie war keineswegs erleichtert. Ihre Augen schienen durch Amanda hindurch in die weite Ferne zu blicken. Anita Barton hatte Amandas Anwesenheit völlig vergessen. Kaum hörbar flüsterte sie: »Ich werde vorsichtig sein müssen. Ich werde jetzt sehr vorsichtig sein müssen ...«

Am Horizont zeigte sich ein goldener Streifen, und der

verlassene Weg mit den staubbedeckten Tamarisken lag bereits in tiefem Schatten. Hoch über den Wipfeln konnte Amanda in der Ferne die Ruinen von St. Hilarion erkennen, die die Abendsonne mit ihren letzten Strahlen vergoldete. Bald würde sich die kurze Abenddämmerung des Südens über sie herabsenken, um rasch in eine neue mondhelle Nacht voll funkelnder Sterne überzugehen. Amanda hörte, wie am anderen Ende des Weges ein Ochsenkarren vorüberknarrte. Irgendwo hinter der weißgekalkten hohen Mauer sang eine klagende Frauenstimme eine uralte türkische Ballade, die schon viel älter als das Kaiserreich von Byzanz war.

Anita Bartons Augen fanden wieder in die Gegenwart zurück. Sie seufzte noch einmal auf, sah Amanda wieder und sagte: »Vielen Dank! Es war sehr nett von Ihnen, daß Sie mir helfen wollten. Aber ich glaube, es ist besser, wenn wir beide nicht zusammen gesehen werden. Ich werde mich also hier von Ihnen verabschieden.«

Amanda sagte ganz spontan: »Wenn ich Ihnen irgendwie helfen kann, dann lassen Sie es mich wissen. Ich bin jederzeit für Sie da.«

Mrs. Barton lachte verlegen. »Das ist sehr nett von Ihnen. Ich werde gegebenenfalls auf Ihr Angebot zurückkommen.«

Sie wandte sich rasch um und ging schnell davon. Amanda folgte ihr langsam und sah, wie sie in den schmalen Weg einbog, der hinter der alten türkischen Mauer entlangführte, die den Garten der Villa Oleander abschloß. Es war genau die Stelle, wo die Tauben auf dem altersgrauen Stein herumstolzierten.

15

Amanda schlenderte langsam nach Hause zurück. Am Gartentor besann sie sich plötzlich eines anderen, und anstatt einzutreten, ging sie weiter. Sie wanderte in Richtung Marktplatz.

Amanda mußte unbedingt Steven Howard aufsuchen und ihm von diesem seltsamen Gespräch mit Anita Barton erzählen. Ihr verstörtes Gesicht und ihre geflüsterten Worte: »Ich will nicht sterben!« gingen Amanda nicht mehr aus dem Kopf. Steven wußte sicher Rat.

Als Amanda um die Ecke bog, fiel ihr ein Mann auf. Irgendwie hatte sie das komische Gefühl, als würde er sie beobachten. Und zwar durchaus nicht so, wie ein Mann einem hübschen Mädchen anerkennend nachblickt, sondern vielmehr registrierte er sie aufmerksam.

Sie warf einen raschen Blick über die Schulter. Der Mann stand auf einem Bein an die Mauer gelehnt und war offenbar in das Problem vertieft, ein Steinchen aus seinem linken Schuh zu entfernen. Sie fragte sich, ob ihre Phantasie mit ihr durchgegangen war oder ob die Polizei vielleicht doch nicht so ganz daran glaubte, daß Monica Ford von einem Einbrecher ermordet worden war. Wurde die Villa Oleander etwa beobachtet?

Der Gedanke gefiel ihr keineswegs, doch mußte sie sich eingestehen, daß sie in der folgenden Nacht ruhiger schlafen würde, wenn sie sicher wüßte, daß die Polizei ein Auge auf das Haus werfen würde.

In der Stadt sah sie Claire Norman und Toby Gates, aber sie bemerkten Amanda nicht. Sie standen vor dem kleinen Laden von Karafillides und waren ganz in ein Gespräch vertieft. Als Amanda näher kam, wandten sie sich ab und gingen weiter, ohne ihr Gespräch zu unterbrechen.

Sonst sah Amanda niemanden, den sie kannte. Einige Kinder lachten sie fröhlich an. Vermutlich waren es dieselben Kinder, die an jenem ersten Morgen in Kyrenia Steven Howards begeistertes Publikum auf der Hafenmauer gebildet hatten. Das brachte sie auf eine Idee. Statt ihren Weg direkt zum Dome-Hotel zu nehmen, bog sie zum Hafen ab. Die letzten Strahlen der untergehenden Sonne ließen die dicken Mauern der Burg von Kyrenia wie geschmolzenes Gold erscheinen und färbten die Hügel, die sich hinter der Stadt erhoben, in allen Schattierungen, von Rosa über Fliederfarben bis zu Lavendelblau. Die Hügelkämme warfen lange zartblaue Schatten. Kein Windhauch bewegte das Wasser in dem verschlafenen kleinen Hafen.

Die Wasseroberfläche glänzte wie ein riesiger Opal und reflektierte das klare Bild des kleinen blauen Segelbootes mit seinem orange-braunen Hauptsegel. Es war gerade zu seinem Liegeplatz am anderen Ende des Hafenbeckens unterwegs. Die Hafenmauer bildete die Fassung, den Rahmen für dieses Panorama. Es war ein hinreißendes Bild, wie geschaffen für eine Ballettaufführung oder als Bühnenbild für eine Oper von Puccini. Aber heute abend stand keine Staffelei auf der Hafenmauer, und Amanda konnte auch sonst keine Spur von Steven Howard entdecken.

Ihre Augen wanderten die schmale Häuserreihe entlang, wo unter einem der flachen Dächer Potters kleine Atelierwohnung lag. Sie hatte einen winzigen Balkon mit einem eisernen Gitter. Amanda sah einen Mann auf den Balkon treten und auf den Kai, der unter ihm lag, schauen. Die Entfernung war aber zu groß, um seine Gesichtszüge zu erkennen. Gegen das dunkle Rechteck der geöffneten Balkontür hob sich deutlich das Blond seiner Haare ab, so daß Amanda sich unwillkürlich fragte, ob Alastair Blaine, wenn er es überhaupt war, sich wohl dazu überreden ließ, ein Bild zu kaufen.

Der Mann wandte sich um und ging wieder in die Wohnung. Amandas Blick schweifte den Kai und die vollbesetzten Tischchen vor dem kleinen Straßencafé entlang. Schließlich mußte sie feststellen, daß Steven Howard nicht unter den Anwesenden war. Nach einer Weile gab sie die Suche auf und wanderte langsam Richtung Hotel.

Das junge Mädchen an der Rezeption warf einen Blick

auf das Schlüsselbrett und sagte, es täte ihr leid, aber Mr. Howard sei wohl ausgegangen. Er habe seinen Schlüssel an der Rezeption abgegeben und ihn noch nicht wieder abgeholt. Ob Amanda nicht vielleicht in der Halle auf ihn warten wolle? Amanda zögerte. Sie wußte nicht, ob es besser war, hier zu warten oder eine Nachricht für Steven zu hinterlassen, damit er sie nach seiner Rückkehr in der Villa Oleander aufsuchte. Doch als sie gerade noch darüber nachdachte, hörte sie das rasche Klappern hoher Absätze hinter sich und wurde von einer Wolke teuren französischen Parfüms eingehüllt. Persis Halliday rief hocherfreut: »Hallihallo. Das trifft sich ja prächtig. Ich laufe schon den ganzen Tag hinter Ihnen her, Amanda. Heute morgen war ich schon an diesem alten Palazzo, in dem Sie residieren, und am Nachmittag habe ich zweimal versucht, Sie anzurufen. Ihr Telefon muß gestört sein. Ist es wahr, daß Sie in die Schlagzeilen geraten sind: ›Junge Frau stolpert auf dem Teppich über Leiche.‹ Kommen Sie, wir trinken etwas zusammen, und dann müssen Sie mir unbedingt alles im einzelnen erzählen!«

Mit einer Geste, die zugleich herzlich und besitzergreifend war, nahm sie Amanda beim Arm. Amanda bemerkte, daß jeder Widerspruch sinnlos war. Sie ließ sich zu der Sitzgruppe am anderen Ende der Hotelhalle führen, wo bereits eine Lampe behagliches Licht verbreitete und die Fenster den Blick auf die Weite des Meeres freigaben, auf dem der letzte schwache Widerschein des Sonnenuntergangs lag.

Persis schien erschöpft zu sein. Sie hatte um Augen und Mund kleine Fältchen, die Amanda zuvor noch nie aufgefallen waren. Und sie sah heute nicht so aus dem Ei gepellt wie sonst aus. Amanda stellte fest, daß der scharlachrote Lack von einem ihrer sonst so tadellos manikürten Nägel abzublättern begann, und auch ihre Frisur, die immer perfekt saß, zeigte Spuren der Vernachlässigung.

Als sie Amanda über die Ereignisse des vergangenen Abends befragte, war ihre Stimme leise und drängend. Sie war nicht mehr, wie man es sonst von ihr gewohnt war, unbekümmert hoch und fröhlich.

Amanda erzählte ihr die Geschichte in groben Zügen, vermied dabei aber Einzelheiten. Schließlich gab Persis das Verhör auf und ließ sich in ihren Sessel zurücksinken.

Offensichtlich war sie am Morgen in der Villa Oleander gewesen, nachdem ihr eine Bekannte aus dem Hotel vom Mord an Monica Ford erzählt hatte. Dort war sie Miß Moon begegnet.

»Sie hat mich gar nicht erst zu Ihnen gelassen«, erklärte Persis. »Es hieß, Sie schliefen noch. Das Haus wimmelte förmlich von Polizisten, aber Ihre Wirtin wurde ganz gut mit ihnen fertig. Sie läßt sich wohl von niemandem ausfragen oder herumkommandieren. Wirklich ein Original! Glenn war auch gerade da. Und Toby hat vorbeigeschaut, um sich nach Ihrem Wohlergehen zu erkundigen. Wir sind dann alle hinaufgegangen und haben es uns im Boudoir der Dame des Hauses gemütlich gemacht, während die Polizisten unten im Wohnzimmer herumwühlten.«

»Warum war Glenn denn da? Haben Sie ...«

»Die haben offenbar ein wenig Sherlock Holmes gespielt«, sagte Persis und winkte einem vorbeieilenden Ober zu. Sie bestellte Whisky on the rocks, was den Ober sichtlich verwirrte.

»Es scheint, daß sie Glenn für einen Napoleon des Verbrechens hielten. Schließlich stolperte jemand über die Wertsachen, die am Wege lagen. Möchten Sie Sherry oder Gin? Herr Ober, bringen Sie uns bitte einen Tomatensaft.«

Amanda sagte: »Heißt das, sie haben geglaubt, daß Glenn sie ermordet hat?«

»Ja, natürlich! Er hat doch selbst zugegeben, daß er die letzte Person gewesen ist, die Monica Ford lebend gesehen hat. Offenbar hat seine Frau in der ganzen Stadt herumposaunt, daß er eine Affäre mit dieser Dame hatte. Es wurde ihnen ja regelrecht auf einem silbernen Tablett serviert. Schließlich hat sogar schon der hiesige Wachtmeister von der Sekretärin gelesen, die von ihrem Chef verführt wird!«

»Haben Sie Monica Ford jemals kennengelernt?« fragte Amanda ungeduldig.

»Nein, aber ich habe genügend von denen, die das Vergnügen ihrer Bekanntschaft hatten, gehört, um mir ein Bild machen zu können. Danach scheint sie nicht gerade die aussichtsreichste Kandidatin für den Titel der Schönheitskönigin von Suffolk gewesen zu sein. Habe ich recht?«

»Ja! Sie war eine richtig graue Maus. Tüchtig, rundlich, alternd und...«

»Ich verstehe schon. Aber die Polizisten müssen wohl alle die ›Candid Confessions‹ gelesen haben. Sie waren wie versessen. Anscheinend haben sie geglaubt, Glenn habe die täglichen Liebesspiele im Büro satt gehabt, und als er das arme Kind wie ein gebrauchtes Hemd wegschmeißen wollte, habe sie Schwierigkeiten gemacht. Also blieb ihm nichts anderes übrig, als sie zu erwürgen, die Leiche ausgerechnet in Miß Moons Wohnzimmer unterzubringen und dann nach St. Hilarion zu fahren, wo er zur Feier seiner ruchlosen Tat ausgiebig picknickte.«

»Die müssen verrückt sein!« sagte Amanda. »Sie kann gar nicht so lange tot gewesen sein. Sie war doch noch warm!«

»Ja, ich weiß. Aber vielleicht haben sie auch gedacht, er habe nur so getan, als sei er nach dem Picknick nach Nikosia abgebogen, während er in Wirklichkeit gleich wieder umdrehte und hinter den Normans her nach Kyrenia und wie ein geölter Blitz in die Villa Oleander fuhr. Dort erwürgte er dann rasch seine Sekretärin, war mit einem Satz wieder im Sattel – ich meine natürlich hinter dem Steuer –, und schon ging die wilde Jagd weiter. So könnte es doch gewesen sein.«

Amanda schnaubte zornbebend: »Woher hätte er denn wissen sollen, daß Monica Ford noch immer brav alleine im Wohnzimmer sitzen würde? Das ist doch alles Blödsinn!«

»Das Ganze ist ja auch geplatzt wie eine Seifenblase. Anscheinend hat Glenn zwei Anhalter mitgenommen. Die Polizei hat sie ermittelt, die Zeit verglichen und festgestellt, daß er es nicht gewesen sein kann. Es sei denn, er besäße die Fähigkeit, an zwei Orten gleichzeitig zu sein. Und dann fanden sie ja auch all die Jadefigürchen und den anderen Nippes, der da im Garten herumlag. So ist die Polizei zu dem Schluß gekommen, daß man Glenn zwar durchaus einen kleinen Mord zutrauen könnte, daß er aber wirklich nicht wie ein Dieb aussieht.«

»Woher wissen Sie das alles?« fragte Amanda. »Hat Miß Moon Ihnen davon erzählt?«

»Du lieber Himmel, nein! Die war auch viel zu sehr damit beschäftigt, den Polizisten die Meinung zu sagen. Glenn hat mir davon erzählt. Ich habe ihn mit zum Hotel genommen. Wir haben etwas getrunken und uns über dieses und jenes unterhalten. Er ist ein netter Kerl. Schade, daß er immer noch so an seiner Frau hängt. Mir kommt sie ja ein bißchen verrückt vor. Eine Frau, die einen Mann wie Glenn verläßt, um mit einem Kerl durchzubrennen, der nichts anderes als seinen gepflegten roten Bart im Kopf hat und der sich mit einer Aura von Farbe und Terpentin umgibt. Sie kann einfach nicht alle Tassen in ihrem hübschen Schrank haben.«

Persis nippte an ihrem Glas, verharrte dann eine Weile in Schweigen und sagte danach nachdenklich: »Steven war auch da.«

»Wo?« entfuhr es Amanda gereizt.

»Na, heute morgen bei Ihrer Miß Moon. An dem ist, weiß Gott, ein Diplomat verlorengegangen. Es ist reine Verschwendung, wenn ein Mann mit diesen Fähigkeiten sich zum Künstler berufen fühlt. Er könnte manch einem hohen Tier Nachhilfe in der hohen Kunst der Diplomatie geben.«

»Was meinen Sie damit?«

»Als ich heute morgen in diese entzückende Villa eindrang«, sagte Persis und lächelte hinterlistig bei dem Gedanken daran, »war dort einiges los. Mit anderen Worten, ein Vulkan drohte auszubrechen. Glenn war nicht gerade angetan von den Vermutungen, die die Polizei über ihn und diesen Mord anstellte. Miß Moon fertigte den Oberinspektor in einer Art ab, daß manch eine alte Gouvernante vor Neid erblaßt wäre. Als nächstes bekam das Hausmädchen, die Köchin oder was für einen Posten die Dame auch bekleidet, in der Küche einen hysterischen Anfall. Zu guter Letzt bot der Hausbursche einem Polizisten auch noch eine Ohrfeige an. Der hatte nämlich die Kühnheit besessen, anzudeuten, dieser Andreas habe womöglich jemandem einen Tip gegeben, indem er erzählt habe, daß am Nachmittag des Geschehens niemand in der Villa sein würde. Eine günstige Gelegenheit also, um sich einzuschleichen und ein bißchen Nippes mitgehen zu lassen. Es ging jedenfalls ganz schön rund, und ich kann mir nicht vorstellen, daß man bei der UNO auch nur annähernd so lebhaft debattiert. Dann öffnete sich die Tür, und Steven erschien wie ein Friedensengel in Person. Es fehlte nur noch der Ölzweig. In kürzester Zeit beruhigte er die Gesellschaft. Alle setzten sich gemütlich zusammen und tranken ein Glas Wein zur Versöhnung. Miß Moon titulierte mittlerweile den Oberinspektor bereits mit ›mein lieber Junge‹. Es war wirklich beeindruckend.« Persis holte ein kleines diamantbesetztes Platinfeuerzeug aus ihrer Handtasche und zündete sich eine Zigarette an. Nachdenklich blies sie Ringe in die Luft: »Sie sind in ihn verliebt, habe ich recht?«

»In wen? In Steven Howard? Reden Sie keinen Unsinn! Ich kenne ihn doch kaum.«

»Sie hätten mich fast überzeugt, aber eben nur fast. Im übrigen ist es auch gar nicht wichtig, daß man jemanden kennt, um sich zu verlieben. Eigentlich ist das eher ein Hindernis.« Eine Spur Bitterkeit klang in Persis' Stimme mit. »Hat er Sie schon geküßt?«

Sie bemerkte, wie die Röte in Amandas Gesicht stieg, und sagte trocken: »Mit anderen Worten, er hat. Sie müssen wirklich ein Sonntagskind sein.«

»Sagen Sie mal, Persis, haben Sie nichts anderes als die Liebe im Kopf?«

»Nicht, wenn ich es vermeiden kann«, antwortete Persis aufrichtig. »Ich bin ganz wild nach Liebe. Schließlich lebe ich von Romanzen, und das nicht schlecht.«

»Wollen Sie etwa über alles, was hier passiert ist, einen ›Liebes-Thriller‹ schreiben?«

Für einen kurzen Augenblick zog ein Schatten über Persis Hallidays Augen. Dann lachte sie kurz und bitter.

»Nein! Nicht über alles.«

Amanda sah sie neugierig an und sagte dann plötzlich:

»Persis, sehen Sie uns überhaupt als richtige Menschen an, oder sind wir bloß Schablonen, deren Handlungen Ihnen Stoff für Ihr nächstes Buch geben?«

Persis lehnte sich in ihren Stuhl zurück und blies noch einmal Ringe zur Decke. Ihre Stimme schien von weither zu kommen, als sie sagte: »Wissen Sie, es ist komisch, daß Sie mich das jetzt fragen. Manchmal kommt es mir tatsächlich so vor. Es ist so, als drückte ich meine Nase an einer Scheibe platt, um ein Kasperletheater zu bestaunen, und denke dann nur ›wie aufregend‹. Hin und wieder scheint es mir so, als seien die Personen, die ich für meine Bücher erfinde, viel realer für mich als die meisten meiner Mitmenschen. Vielleicht liegt das daran, daß ich sie besser kenne, daß sie mir gehören. Man fühlt sich wie ein kleiner Gott. Ich kann die Personen in meinen Büchern machen lassen, was ich will. Ich kann sie sich verlieben lassen, kann sie verheiraten, sie durch Reifen springen lassen, dafür sorgen, daß sie sich hassen. Im wirklichen Leben hat man darauf wenig Einfluß...«

Bei den letzten Worten erstarb ihre Stimme in einem Flüstern. Sie lehnte sich zurück und ließ ihren Blick über den sich verdunkelnden Himmel schweifen, an dem sich schon die ersten Sterne zeigten. Eine leichte Brise wehte vom Meer her durch die geöffneten Fenster. Persis' Zigarette verglomm langsam zwischen ihren Fingern.

Von der Tür drang eine zarte, flötende Stimme zu ihnen herüber. Persis ließ die Zigarettenkippe in ihr Glas fallen. Es zischte. Dann warf sie einen flüchtigen Blick zur Tür.

»Da kommt sie ja, die süße kleine Claire«, spottete sie. »Hallo, Claire. Sie haben wohl wieder die gesamte Fußballmannschaft um sich versammelt, wie ich sehe.«

Claire Norman erschien in Begleitung ihres Mannes, Alastair Blaine, Toby Gates' und Lumley Potters. Sie kam zu ihnen herüber und ließ sich erschöpft in einen Sessel sinken, allerdings nicht ohne zu verkünden, daß sie keinen Schritt mehr gehen könne. Sie schien überrascht, Amanda hier anzutreffen, und murmelte einige mitfühlende Worte über die furchtbaren Stunden, die Amanda mitgemacht haben mußte.

»Wir kommen gerade von Miß Moon«, sagte sie. »Wir hatten Sie natürlich dort erwartet. Aber Moonchen teilte uns mit, Sie seien fortgegangen. Sie tat ziemlich geheimnisvoll damit und wollte nicht einmal sagen, mit wem Sie ausgegangen seien. Ich dachte, es wäre Steven, auf Persis wäre ich nie gekommen. Lumley, willst du etwa schon gehen?«

»Ja, leider«, sagte Mr. Potter bedauernd. »Ich habe gesagt, ich sei um sechs Uhr zurück, und es ist bereits nach sieben und ...«

»Armer Lumley!« unterbrach Claire mit ihrer klaren, leisen Stimme. Sie legte ihre zarte Hand in einer Geste voller Mitgefühl und Verständnis auf seinen Arm. Mr. Potter wurde zwar nicht gerade rot, aber immerhin zartrosa vor Verlegenheit.

Persis hatte diese delikate Nebenhandlung nicht ohne schriftstellerisches Interesse verfolgt, und auch Amanda hatte amüsiert zugesehen. Nun trafen sich ihre Blicke, und sie tauschten ein verschwörerisches Blinzeln aus, wobei sich Amanda auf die Zunge beißen mußte, um nicht laut herauszulachen. Sie wandte sich rasch ab und schenkte ihre ganze Aufmerksamkeit Toby, der sich auf ihrer Stuhllehne niedergelassen hatte. Er erkundigte sich höflich und besorgt nach ihrem Wohlergehen.

Mr. Potter zog sich zurück. Alastair bestellte für alle etwas zu trinken, und George Norman lud Amanda zum Abendessen zu sich nach Hause ein:

»Ich hätte Sie schon früher darum gebeten, aber ich dachte, daß Ihnen momentan nicht danach sei«, sagte er. »Ich würde mich wirklich freuen, wenn Sie die Einladung annähmen. Sie müssen natürlich vorliebnehmen mit dem, was es gerade bei uns zu essen gibt. Claire, ich habe Miß Derington gerade zum Abendessen zu uns eingeladen.«

Claire Norman hob ihre zierlichen Brauen und schenkte Amanda ein bezauberndes Lächeln. Doch Amanda hatte das Gefühl, daß sie nicht gerade begeistert von der Idee ihres Mannes war. Deshalb sagte sie rasch: »Es tut mir schrecklich leid, aber ich fürchte, daß ich nicht kommen werde. Ich kann doch Miß Moon nicht einfach ganz allein zu Hause sitzenlassen, zumindest nicht so kurzfristig. Sie hat gestern viel durchgemacht, und der heutige Tag war auch nicht gerade erholsam für sie.«

»Das kann ich gut verstehen«, sagte Claire verständnisvoll. »Sie dürfen sie natürlich nicht allein lassen. Vielleicht klappt es ein anderes Mal.«

Toby sagte mit leiser Stimme: »Warum haben Sie mich gestern abend nicht angerufen und mir erzählt, was passiert ist? Es muß furchtbar für Sie gewesen sein. Sie wissen doch, daß ich sofort zu Ihnen gekommen wäre.«

»Das ist lieb von Ihnen, Toby«, sagte Amanda und war wirklich dankbar für seine Anteilnahme. »Aber Sie hätten auch nichts mehr ändern können.«

»Ich habe gehört, daß Howard auch da war«, sagte Toby, und seine Stimme klang vorwurfsvoll.

»Ja, er hat mich doch von St. Hilarion zurückgefahren. Sagen Sie, Toby, waren Sie heute wirklich alle schon bei Miß Moon?« Sie deutete mit kurzer Handbewegung auf Claire und deren Gefolgschaft.

»Ja, wir dachten, wir schauen schnell einmal vorbei und fragen, wie es Ihnen geht. Wir haben uns nämlich alle zufällig in der Stadt getroffen, und weil es nur noch ein paar Schritte zur Villa Oleander waren, sind wir schnell hineingegangen. Das ist ja wirklich ein tolles Haus. Die gute Miß Moon hat uns vom Keller bis zum Speicher geführt. Es ist ja von oben bis unten mit Dingen vollgestopft, die jedem Antiquitätenhändler das Wasser im Mund zusammenlaufen lassen. Haben Sie gewußt, daß sie in einem der Schlafzimmer eine Skizze von Constable hängen hat? Die muß wohl ziemlich wertvoll sein. Kein Wunder, daß irgendein gewitzter Einbrecher den Versuch unternommen hat, an die Sachen heranzukommen. Ich verstehe gar nicht, warum das nicht schon viel früher passiert ist. Ich wette, die gute Miß Moon hätte nichts davon bemerkt.«

Claire fiel ihm unbekümmert ins Wort: »... Toby kann uns das sicher sagen. Toby, ist es wahr, daß Ihr Regiment im Herbst hierher verlegt wird? Alastair tut so geheimnisvoll und besorgt um die militärische Sicherheit.«

Major Blaine schmunzelte. »Ich tue überhaupt nicht geheimnisvoll. Ich weiß es auch nicht. Und ich wette, Toby weiß es genausowenig. Es wird allgemein angenommen, daß, wer auch immer für die Truppenverlegung zuständig ist, seine Entscheidung im letztmöglichen Moment mit Hilfe eines Würfels trifft. Und das nicht so sehr, um den Feind zu verwirren, sondern die betroffenen Truppen. Was auch fast immer gelingt. Amanda, wie ich sehe, haben Sie Ihren Tomatensaft bewältigt. Wie wäre es zur Abwechslung mit einem Gin?«

Amanda lächelte und schüttelte den Kopf. »Nein, danke, Alastair. Es ist höchste Zeit für mich zu gehen. Ich möchte Miß Moon nicht allzu lange warten lassen.«

»Unsinn. Sie haben noch genügend Zeit für einen zweiten Drink.«

»Die nächste Runde geht auf meine Rechnung«, sagte Toby. Er erhob sich, um nach dem Ober zu klingeln. Alastair setzte sich zu Amanda, stellte ihr leeres Glas auf den Tisch und nahm Tobys Platz auf der Stuhllehne ein. Er begann eine flüchtige Unterhaltung, die Amanda mehr oder weniger passiv über sich ergehen ließ.

Sie schaute ungeduldig auf die Wanduhr und fragte sich, ob Steven Howard inzwischen zurückgekommen war und ob er auch bei den Normans zu Abend essen würde. Wenn ja, dann war es zu spät, um ihm von Anita Bartons Besuch zu berichten. Sie würde dann bis morgen damit warten müssen.

Alastair hatte seine Stimme gesenkt und ihr offenbar eine

Frage gestellt. Jetzt wartete er auf eine Antwort. Amanda wandte ihren Blick vom Zifferblatt ab und sah ihn an.

»Ich... Es tut mir leid. Was haben Sie doch gleich gesagt?«

Alastair überprüfte eiligst, was die anderen Tischgenossen gerade taten. George weihte Persis in die Grundregeln des Cricket ein, während sich Claire und Toby über einen gemeinsamen Freund in Alexandria unterhielten. Er richtete den Blick auf Amanda und fragte mit leiser Stimme, genauso wie Persis es bereits am selben Abend getan hatte:

»Ist es wahr, daß die Polizei gestern abend ein Accessoire von Anita Bartons Kleid gefunden hat?«

»Wer hat Ihnen das erzählt?« fragte Amanda überrascht. »Etwa Miß Moon?«

Alastair schüttelte den Kopf. »Nein! Claire hat es mir erzählt.«

»Claire? Und woher will sie es wissen?«

»Barton muß es ihr wohl gesagt haben. Er hat gestern anscheinend ziemlich in der Klemme gesessen. Denn er rief bei den Normans an und bat sie, zu Potter zu laufen und ihn oder seine Frau zu warnen. Er meinte, sie sollte das Kleid verbrennen oder vergraben oder sonstwie verschwinden lassen. Selbst dorthin zu gehen hat er sich wohl nicht getraut, weil er glaubte, die Polizei sei ihm auf den Fersen. Es ist doch ein starkes Stück von ihm, ausgerechnet Claire um diese Gefälligkeit zu bitten. Er muß doch wissen, daß Claire und Mrs. Barton nicht gerade Busenfreundinnen sind. Andererseits ist es natürlich wahr, daß Claire und George wirklich gute Freunde von ihm sind. Deshalb hat er wohl gedacht, daß sie unter diesen besonderen Umständen Anita wenigstens ihm zuliebe eine wichtige Nachricht überbringen könnten.«

»Und was hat Claire getan?«

»Nichts«, sagte Alastair zögernd und mit gerunzelter Stirn.

»Dafür hat sie sich um so mehr Mühe gegeben, es allen möglichen Leuten weiterzuerzählen«, bemerkte Amanda bissig. »Waren Sie aus diesem Grund vorhin in Lumley Potters Hafenatelier?«

Alastair sah sie verblüfft an.

»Ich habe mir gleich gedacht, daß Sie das waren auf dem Balkon«, erklärte Amanda.

»Ich habe nur auf einen Sprung hineingeschaut«, gab er zu. Es war Major Blaine anzusehen, daß ihm dieses Geständnis unangenehm war. »Ich fand, daß schließlich irgend jemand sie warnen mußte. Lumley behauptete, er habe es Anita schon gesagt. Woher er es bereits wußte, weiß ich nicht. Dann haben wir die Normans und Toby in der Stadt getroffen. Wir wollten Sie in der Villa Oleander besuchen. Ich nehme an, Claire wollte aus Miß Moons Mund hören, ob an dieser Geschichte etwas dran ist. Aber Ihre merkwürdige ältliche Wirtin ließ sich kein Sterbenswörtchen entlokken. Also, stimmt die Story?«

Amanda zögerte. Bevor sie antworten konnte, ließ Claire ihren betörenden Sirenengesang ertönen:

»Steven! Wie sehen Sie denn aus? Ich habe Sie ja noch nie so elegant gesehen. Haben Sie sich extra für uns so herausgeputzt?«

Amanda spürte ihr Herz schneller schlagen und drehte sich um.

Offensichtlich hatte Mr. Howard nicht gemalt. Sein Haar war ungewöhnlich glatt gescheitelt, und statt seiner gewohnten saloppen Kleidung trug er einen sommerlichen Leinenanzug. Zwar hatte er das Jackett nur lässig über die Schulter geworfen, aber das makellose, weiße Hemd, das er darunter trug, stammte ohne allen Zweifel von der Saville Row, und die Krawatte wies ihn als Ehemaligen einer renommierten Privatschule aus.

»Nein, das nicht gerade«, sagte Steven und schenkte Claire ein charmantes Lächeln. »Für die Einladung bei Ihnen wären Frack und Fliege wohl das einzig Angemessene. Da ich aber ausgerechnet das zu Hause gelassen habe, ist das hier das Feinste, was ich in meinem Koffer finden konnte. Und eigentlich ist es hier auch zu heiß für einen Frack.«

Persis fragte: »Wo kommen Sie denn her?«

»Aus Troodos«, sagte Steven und wollte sich offensichtlich auch nicht näher über den Zweck seiner Fahrt auslassen.

»Troodos?« rief Claire fassungslos aus. »Wollen Sie damit sagen, daß Sie die ganze Strecke hin und zurück an einem Nachmittag hinter sich gebracht haben? Warum nur, um alles in der Welt?«

»Ich habe mich wegen eines Hundes mit jemandem getroffen«, sagte Steven nonchalant.

Er zog sich einen Stuhl heran und setzte sich. Die Hände hatte er tief in den Taschen vergraben und seine langen Beine weit ausgestreckt.

Claire lächelte ihn vielsagend an und sagte: »Ich glaube Ihnen kein Wort. Ich kenne Sie! Sie wollen mir doch nicht weismachen, daß Sie sich für einen Mann so in Schale geworfen haben. Es sei denn, Sie hätten eine Verabredung mit dem Gouverneur gehabt.«

Sie lachte über ihre geistreiche Anspielung, und Steven grinste sie vergnügt an. Dann wandte er sich mit der dringenden Frage, ob man auf der Insel auch angeln könne, an George Norman.

George schnappte so gierig nach dem Köder wie eine ausgehungerte Forelle, und Claire blieb ihren Spekulationen überlassen.

Schließlich stand Persis auf und sagte: »Ich brauche jetzt unbedingt ein Bad. Toby, hole mich bitte in einer halben Stunde ab. Wir können dann zusammen zu Claire hinübergehen.«

Amanda warf wieder einen Blick auf die Uhr und war flugs auf den Beinen. »Ich muß leider auch gehen«, sagte sie in die Runde hinein. »Ich habe überhaupt nicht gemerkt, daß es schon so spät ist.«

George sagte: »Wollen Sie es sich nicht doch noch anders überlegen und zum Abendessen kommen?«

Amanda lächelte und schüttelte den Kopf. Steven, der sich inzwischen auch erhoben hatte, sagte: »Ich bringe Sie nach Hause.« Toby Gates, der offensichtlich ähnliche Pläne gehabt hatte, wandte sich enttäuscht ab.

Amanda, der Persis Hallidays halb amüsierter, halb spöttischer Blick auffiel, sagte ein wenig zu schroff: »Bemühen Sie sich bitte nicht. Es ist doch keine Entfernung, und es macht mir nichts aus, allein heimzugehen.«

»Das mag ja sein«, sagte Steven gleichmütig und nickte ihr zu. »Aber ich habe Miß Moon verschiedenes auszurichten. Wie heißt es doch so schön: ›Was du heute kannst besorgen, das verschiebe nicht auf morgen.‹«

»Was haben Sie ihr denn auszurichten?« fragte Amanda. »Kann ich das nicht übernehmen?«

»Ach, nur ein paar Kleinigkeiten wegen des Verhörs. Es ist für morgen früh um elf Uhr in Nikosia angesetzt. Es wird mit unser aller Anwesenheit gerechnet.« Er grinste Amanda an, als könne er Gedanken lesen. Seine Augen funkelten sarkastisch, als er sagte: »Wenn Ihnen meine Gesellschaft allerdings unangenehm sein sollte, gebe ich Ihnen selbstverständlich drei Minuten Vorsprung.«

»Seien Sie doch nicht so albern«, sagte Amanda so würdevoll wie möglich und ging gemessenen Schrittes zum Ausgang.

»Wir erwarten Sie um Viertel nach acht, Steven«, rief Claire ihm nach. »Kommen Sie diesmal pünktlich.«

»Ich werde mir Mühe geben.«

»Schönen Abend, Amanda. Ciao!«

Sie hatten die Hotelhalle schnell hinter sich gelassen und traten hinaus in die warme, mondhelle Nacht. Am Himmel über ihnen leuchteten unzählig viele Sterne.

Amanda schlug ein schnelles Tempo an, aber da Steven sich davon nicht beeindrucken ließ und weiter wie ein Tourist dahinschlenderte, mußte Amanda ihren Schritt dem seinen wohl oder übel anpassen. Wie hätte es denn ausgesehen, wenn er ihr in einem Abstand von hundert Metern gefolgt wäre?

»So ist es besser«, lobte sie Steven. Dann nahm er sie mit einer selbstverständlichen Geste beim Arm. »Ich habe einen anstrengenden Tag hinter mir und bin im Moment nicht zu einem Marathonlauf aufgelegt. Übrigens, was wollten Sie mir denn unbedingt erzählen?«

Amanda blieb so abrupt stehen, daß sie beinahe stolperte. »Woher wissen Sie denn schon wieder, daß ich...?«

»Nein, ich bin leider Gottes nicht allwissend«, sagte Steven bedauernd. »Das junge Mädchen an der Rezeption sagte mir, daß eine junge Dame nach mir gefragt habe. Sie fügte eine sowohl schmeichelhafte als auch im wesentlichen zutreffende Beschreibung von Ihnen hinzu. Und meine angeborene Bescheidenheit ließ mich zu dem Schluß kommen, daß Sie sicher nicht nur Sehnsucht nach meiner Gesellschaft hatten. Also, was ist los?«

Amanda zögerte, runzelte die Stirn und war plötzlich unsicher.

»Haben Sie es sich anders überlegt?« fragte Steven.

»Nein«, sagte Amanda zweifelnd. »Vielleicht hat es keine tiefere Bedeutung. Aber Sie sollten wissen, daß Mrs. Barton mich heute aufgesucht hat...«

Steven Howard verzog keine Miene, noch verlangsamte sich sein gemächlich schlendernder Schritt. Und doch hatte Amanda, die immer noch an seinem Arm hing, flüchtig den Eindruck, als spannten sich seine Muskeln unwillkürlich an.

»Ach, wirklich. Was wollte sie denn?«

Amanda begann zu erzählen. Sie wiederholte den Wortlaut der kurzen Unterhaltung, so gut sie nur konnte, und bemühte sich, keine Einzelheit dabei auszulassen. Steven gab keinen Kommentar ab. Er fragte Amanda, ob sie irgend jemandem von der kleinen Stoffblume und ihrem verhängnisvollen Auftauchen erzählt habe.

»Nein«, sagte Amanda. »Ich nicht, aber Glenn.«

Diesmal war Stevens Schreck unverkennbar. Er ließ Amandas Arm unversehens los und steckte die Hände in die Hosentaschen.

»Oh, Jung Siegfried, der strahlende Held«, bemerkte er mit ironischem Grinsen. »Der hat es also ausposaunt. Ich frage mich bloß, was er damit bezwecken will.«

Amanda erklärte es ihm, und aus ihrer Stimme klang mühsam unterdrückte Gereiztheit. Steven erwiderte scharf: »Der liebe Glenn macht es sich wohl zur Gewohnheit, sich von seinen Freundinnen die Kastanien aus dem Feuer holen zu lassen.«

Amanda biß sofort an und sagte hitzig: »Warum müssen Sie eigentlich immer über ihn lästern? Ich weiß, daß ihn alle für einen ausgemachten Idioten halten, nur weil er nicht froh darüber ist, Anita los zu sein. Aber es ist doch nicht seine Schuld, wenn er sie immer noch liebt. Man kann doch nicht einfach aufhören, jemanden zu lieben, nur weil einem das gerade so paßt. Liebe hat mit Vernunft oder Logik nichts zu tun und...«

Dann brach sie plötzlich ab. Steven sah sie von der Seite fragend an und sagte: »Jetzt haben Sie aber ein glühendes Statement zu seiner Verteidigung vorgebracht! Aber Sie haben recht, Liebe hat wirklich nichts mit Vernunft oder Logik zu tun. Wenn man es alles in allem betrachtet, ist die Liebe nichts weiter als ein primitiver Unsinn. Mutter Natur hat uns da sozusagen eine Fußangel gelegt und sieht vergnügt zu, wie sich Chaos und Verwirrung breitmachen, die Gerechtigkeit am Sieg gehindert wird und alles unaufhaltsam auf die nukleare Vernichtung zutreibt, weil sich die Menschen vermehren wie die Kaninchen.«

Amanda muße unwillkürlich lachen, und Steven fuhr bekümmert fort: »Da gibt es nichts zu lachen, glauben Sie mir nur. Immer dann, wenn man sich mit allen Kräften bemühen sollte, am Ball zu bleiben, kommt so ein unreifer kleiner Bengel daher, dessen Verstand seinem Alter kaum angemessen ist. Irgend jemand drückt ihm leichtfertigerweise eine Mordwaffe in die Hand, und peng! Plötzlich befindet sich die ganze Welt in der Zwickmühle.«

»Sprechen Sie vielleicht aus eigener Erfahrung?« fragte Amanda sehr interessiert.

Mr. Howard seufzte: »Leider, ja!« Wieder funkelte es in seinen Augen, als er fortfuhr: »Ich muß Ihnen gestehen, daß ich nur dann so kurz angebunden bin, wenn wir auf den guten Glenn zu sprechen kommen. Die Eifersucht zerfrißt meine Eingeweide. Mich hat noch niemand so glühend verteidigt. Und meinetwegen vergießt auch niemand Tränen des Mitleids. Ich bekomme nicht einmal einen Sonderapplaus für meinen mutigen Einsatz bei der Rettung einer jungen Unschuld aus tödlicher Gefahr. Es ist wirklich entmutigend.«

Amanda betrachtete ihn grübelnd. Da war so ein gewisses Funkeln in den Augen. Sie glaubte nicht, daß das, was er soeben gesagt hatte, ernst gemeint war. Oder steckte vielleicht doch ein Körnchen Wahrheit dahinter? Während Amanda noch überlegte, waren sie an der Stelle angekommen, wo die Straße, die zur Villa Oleander führte, von der Hauptstraße abzweigte. Amanda stellte fest, daß auch jetzt ein Mann im Schatten der Mauer stand. Er zündete sich soeben eine Zigarette an. Sie konnte erkennen, daß es nicht der Mann war, der ihr schon auf dem Hinweg aufgefallen war. Aber auch er hatte dieses unbestimmte Etwas an sich, dieses Gewollte in Haltung und Miene eines Müßiggängers, das ihr schon an seinem Vorgänger aufgefallen war.

Auf die stille, menschenleere Allee fiel hell das Mondlicht. Nur die Gehsteige zu beiden Seiten lagen im dichten Schatten der Bäume. Amanda war Steven Howard auf einmal unglaublich dankbar dafür, daß er darauf bestanden hatte, sie nach Hause zu bringen. Es wäre, weiß Gott, kein Vergnügen gewesen, allein durch diese unheimliche Dunkelheit zu gehen.

Am Gartentor angekommen, warf er rasch einen Blick auf die Leuchtziffern seiner Uhr und sagte: »Also dann bis morgen bei dem Verhör. Lassen Sie sich von den Fragen nicht durcheinanderbringen, und schweifen Sie nicht in Nebensächlichkeiten ab. Beantworten Sie einfach die Fragen, und zwar so knapp wie möglich. Vermeiden Sie, unnötig ins Detail zu gehen. Fassen Sie sich einfach kurz. Es wird schon gutgehen. Gute Nacht!«

»Aber ich dachte, Sie wollten Miß Moon noch sprechen?«

»Die weiß das alles längst schon. Als ich anbot, Sie nach Hause zu bringen, spielten Sie die Widerspenstige. Um meinem Angebot Nachdruck zu verleihen, mußte ich mir etwas einfallen lassen. Also, bis morgen.«

Er wollte gerade gehen, als Amanda sagte: »Steven ...«

Steven Howard blieb stehen und drehte sich recht gemächlich um.

»Ja, was ist denn?«

»Sie haben doch all diese Sachen aus dem Glasschrank genommen, habe ich recht? Das ...«

Steven war mit einem Satz bei ihr und preßte ihr die Hand auf den Mund. Sie fühlte sich hart und warm an und nahm ihr den Atem. Er warf einen besorgten Blick um sich und atmete dann erleichtert auf. Dann nahm er die Hand von ihrem Mund und sagte leise und erregt: »Wie kommen Sie denn darauf?«

»Das Fabergé-Ei«, sagte Amanda flüsternd. »Ich habe es noch, bevor ich Monica Fords Leiche fand, in dem Glasschrank gesehen. Die Diamanten glitzerten ...«

»Verdammt«, stieß Mr. Howard zwischen den Zähnen hervor.

Er sah auf Amanda hinunter, und im Mondlicht war eine tiefe Falte zwischen seinen Brauen zu erkennen.

»Haben Sie das irgend jemandem gegenüber erwähnt?«

Amanda schüttelte den Kopf.

»Dann sollten Sie es auch nicht tun. Sagen Sie es keinem Menschen.« Seine Stimme klang herrisch und befehlend.

»Ja«, brachte Amanda im Flüsterton heraus.

Noch einmal sah er sich in der Dunkelheit um. Dann zuckte er mit einer schicksalsergebenen Geste die breiten Schultern und ging eilig davon. Seine Schritte waren in der Stille noch nachhaltig zu vernehmen, auch dann noch, als seine große Gestalt von den Schatten der Dunkelheit längst verschluckt worden war.

»Sind Sie es, Kleines?« rief Miß Moon und lugte über das Geländer im oberen Stockwerk. »Ich komme gleich hinunter. Sagen Sie Euridice, sie soll das Essen auftragen.«

Amanda richtete Miß Moons Wunsch in der Küche ordnungsgemäß aus. Dann ging sie nach oben, um sich noch rasch zu frisieren. Als sie wieder hinunterkam, wartete Miß Moon bereits im Eßzimmer auf sie. Sie trug eine wahrhaft königliche Robe aus kanariengelbem Samt und hatte sich mit bezauberndem Topasschmuck behängt, der allerdings eine gründliche Reinigung nötig gehabt hätte.

Amanda besah sich ein wenig schuldbewußt ihr eigenes kurzes Baumwollkleid und entschuldigte sich dafür, sich nicht umgezogen zu haben.

»Unsinn, Kleines, Sie sehen einfach reizend aus, so wie Sie sind. Wenn Sie sich noch lange damit aufgehalten hätten, sich umzuziehen, wäre die Suppe kalt geworden. Ich ziehe mich eigentlich nur aus alter Gewohnheit zum Essen um. Mein lieber Papa hätte es höchst unpassend gefunden, wenn man sich zum Dinner nicht schön gemacht hätte. Aber ich muß oft darüber nachdenken, wie unsinnig es doch ist, daß ich von diesem altmodischen Brauch nicht lassen kann. Warum wollte Anita Sie sprechen? Schade, daß sie gekommen ist. Denn kurz nachdem Sie gegangen waren, sind Claire und etliche andere Freunde von Ihnen vorbeigekommen. Ich hatte also heute einen recht geselligen Nachmittag. Sie haben sich alle so rührend nach Ihnen erkundigt. Obwohl ich gestehen muß, daß Claire wohl mehr aus Neugier als aus Mitgefühl gekommen ist. Aber vielleicht ist es nicht sehr nett von mir, so etwas zu sagen. Dieser Major Blaine ist ein sehr ruhiger Mann mit äußerst angenehmen Manieren. Wie ich gehört habe, hat seine Frau Selbstmord begangen. Das muß ja furchtbar für ihn sein. Sie hat offenbar... Aber, Kleines, was erzähle ich Ihnen denn da, Sie wissen das doch schon alles viel besser als ich. Schließlich waren Sie auf demselben Schiff. Wirklich grausam!«

»Ja«, sagte Amanda mit tonloser Stimme. Sie verspürte nicht den geringsten Wunsch, jetzt über Julia Blaine und deren tragisches Ende zu sprechen. Amanda hoffte inständig, daß Miß Moon das Thema wechseln würde, was sie dann zum Glück auch tat. Sie mußte nämlich ihrer Empörung darüber Luft machen, daß Lumley Potter die maßlose Frechheit besessen hatte, mit Claire und deren Freunden in der Villa Oleander zu erscheinen.

»Stellen Sie sich so eine Unverschämtheit vor! Ich habe ihn ja schon immer ausgesprochen langweilig gefunden. Dieses ständige Gerede von seinem ›Genius loci‹. Ein Mensch, der auf der Leinwand schwarze und schmutziggraue Farbe, dieses ausgesprochen scheußliche Preußischblau nicht zu vergessen, ineinanderfließen läßt und das Ganze dann als Portrait unseres entzückenden Hafens ausgibt, ein solcher Mann sollte sich für seine Unehrlichkeit schämen! Außerdem weiß er ganz genau, wie gern ich Glenn immer hatte, von Anita ganz zu schweigen. Es ist einfach unverschämt von ihm, hier zu erscheinen und so zu tun, als sei nichts gewesen. Natürlich konnte ich ihn auch nicht gut rausschmeißen, insbesondere da Claire es war, die ihn mitgebracht hatte. Aber ich habe ihm durch mein Verhalten ganz deutlich gezeigt, was ich von seinem Benehmen halte. Man kann nicht gerade sagen, er habe sich in seiner Haut besonders wohl gefühlt«, fügte Miß Moon mit Genugtuung hinzu.

Amanda wurde plötzlich an etwas erinnert, das Anita über Lumley Potter und Claire gesagt hatte. Sie wandte sich Miß Moon zu und fragte: »Glauben Sie, daß er Mrs. Barton heiraten möchte?«

»Anita heiraten?« sagte Miß Moon, als sei das eine Sache, die ihr nie in den Sinn gekommen war. »Ich bin ganz sicher, daß er das nicht tun wird.«

»Aber warum, glauben Sie, hat er dann die Ehe mit Glenn zerstört?«

»Ich glaube gar nicht, daß er das getan hat, obwohl ich mich da natürlich irren kann. Ich glaube eher, daß Anita mit ihm durchgebrannt ist. Und zwar lediglich, um einen Skandal zu inszenieren, damit Glenn sich von ihr scheiden läßt. Sie ist offensichtlich wild entschlossen, ihre Freiheit wiederzubekommen. Die Gründe dafür sind mir verborgen. Trotzdem glaube ich einfach nicht, daß sie die Absicht hat, sich mit Lumley Potter zu liieren. Aber Anita ist, wie ich Ihnen ja schon erzählt habe, manchmal merkwürdig kindisch. Wenn sie sich etwas in den Kopf gesetzt hat, dann will sie es unbedingt und sofort und ohne Rücksicht auf Verluste. Und Sie werden überrascht sein, Kleines, wie viele Menschen es gibt, die sich von ihren Launen und Gefühlen beherrschen lassen und sich dann unvorstellbar dumm und kindisch benehmen. Sie sind dann imstande, Dinge zu tun, die sie sich in ihren kühnsten Träumen nicht vorstellen würden, wenn sie nur einen klaren Kopf behielten.«

»Ich wäre gar nicht überrascht«, gestand Amanda geknickt. »Ich bin selbst nicht besser. Erst gestern habe ich jemandem aus lauter Wut eine Ohrfeige gegeben. Ich hätte nie geglaubt, daß ein erwachsener Mensch sich derart gehenlassen kann.«

»Mr. Howard«, stellte Miß Moon sachlich fest. »Man konnte direkt die Fingerabdrücke sehen. Ich muß gestehen, daß ich gern Näheres erfahren hätte. Womit hat er Sie denn so gereizt?«

Amanda lachte, dann runzelte sie die Stirn. »Er hat mich gefragt, ob ich in Glenn Barton verliebt sei.«

»Dumme Frage«, sagte Miß Moon. »Aber so sind die Männer! Sie scheinen keine Augen im Kopf zu haben. Nicht einmal die intelligentesten. Und ein eifersüchtiger Mann legt eine geradezu erstaunliche Dummheit an den Tag. Schauen Sie sich Lumley Potter doch nur an, der Claire immer verehrt hat. Nicht, daß ich ihn für intelligent hielte, ganz im Gegenteil. Ich nehme an, Mr. Howard bildete sich ein, Sie hätten Glenn zuliebe gesagt, daß diese Stoffblume von Anita die Ihre sei.«

»Ihnen entgeht wohl überhaupt nichts, Miß Moon?« stellte Amanda entrüstet fest.

»Oh, das würde ich nicht sagen, aber ich laufe auch nicht gerade mit geschlossenen Augen durch die Gegend.«

»Woher haben Sie gewußt, daß sie Mrs. Barton gehört?« fragte Amanda neugierig. »Haben Sie sie schon einmal in dem Kleid gesehen?«

»Nein«, sagte Miß Moon. »Nicht, daß ich wüßte. Aber mir ist aufgefallen, daß sowohl Sie als auch Glenn die Blume erkannt haben. Als er Sie dann so bittend ansah, habe ich sofort gewußt, daß die Blume von Anita sein muß. Ich habe einfach angenommen, daß Sie Anita schon einmal in dem Kleid gesehen haben.«

Miß Moon nahm einen Pfirsich und schälte ihn. Amanda fragte sich, was Miß Moon wohl schon alles bemerkt und für sich behalten hatte.

»Claire hat auch schon davon gehört«, sagte Miß Moon. »Sie hat versucht, mich auszuhorchen. Das habe ich ihr aber schnell abgewöhnt. Ich nehme an, Glenn hat sie gebeten, Anita zu warnen. Er hätte Claire eigentlich besser kennen sollen. Aber wie ich schon sagte, Männer sind in solchen Dingen beklagenswert kurzsichtig. Ich glaube darüber hinaus nicht, daß Glenn ein überragender Menschenkenner ist, sonst hätte er Claire schon seit Jahren durchschaut. Wollen wir unseren Kaffee nicht im Wohnzimmer trinken?«

Unter lebhaftem Schmuckgeklimper erhob sie sich. Beim Kaffee ließ sie Amanda wissen, daß kurz zuvor ein Polizeibeamter angerufen habe. Sowohl Amanda als auch Miß Moon seien am morgigen Vormittag zu einem Verhör geladen.

»Aber das ist reine Formsache, Kleines«, sagte Miß Moon. »Sie müssen sich wirklich nicht fürchten. Soweit ich weiß, sind auch Leute, die bei dem Picknick in St. Hilarion waren, vorgeladen. Ich weiß eigentlich auch nicht, warum. Ich vermute, daß man nachprüfen will, wann jeder einzelne in St. Hilarion angekommen und abgefahren ist. Lumley und Anita müssen auch erscheinen. Das finde ich wirklich völlig unnötig. Außerdem ist es für Glenn einfach peinlich.«

Miß Moon brachte die Unterhaltung schließlich auf ganz

allgemeine Themen. Um kurz nach neun verkündete sie, daß sie sich jetzt zurückziehen wolle: »Ich glaube, es täte uns beiden gut, einmal auszuschlafen, Kleines.«

Amanda war alles andere als schläfrig, wollte aber auf keinen Fall allein in dem nur schwach erleuchteten Wohnzimmer zurückbleiben, in dem sie erst 24 Stunden zuvor Monica Fords leblose Hand im Spiegel entdeckt hatte.

Euridice war bereits zu Bett gegangen, und Andreas schlief nicht im Haus. Miß Moon schaltete schon die Lichter aus. Dann schloß und verriegelte sie die Terrassentüren. Zuletzt ging sie noch ins Eßzimmer, um dort eine Kanne Kräutertee von der Anrichte zu holen, wobei die Schleppe ihres Samtkleides majestätisch über den Boden schleifte und den Staub aufsammelte.

»Bei dieser Hitze nehme ich immer eine Kanne Tee mit ins Schlafzimmer«, sagte Miß Moon. »Kann ich Ihnen irgend etwas zu trinken anbieten, Kleines? Nun gut! Dann müssen wir nur noch die Lichter ausschalten.«

Amanda nahm ihr die Kanne aus der Hand und trug sie in Miß Moons Schlafzimmer.

»Danke, Kleines! Stellen Sie ihn einfach da drüben auf das Nachtkästchen.«

Amanda stellte die Kanne ab und sah sich neugierig im Zimmer um. Sie war nur einmal in diesem Zimmer gewesen. Da war sie aber viel zu aufgeregt gewesen, um der Umgebung Aufmerksamkeit zu schenken. Miß Moons Schlafzimmer war durchaus sehenswert. Es war mit einem Potpourri aus englischen und französischen Möbeln ausgestattet, die jedem Museum Ehre gemacht hätten. Der schwarze Frisiertisch und die Kleiderschränke waren noch nicht so alt und aus echtem Mahagoni. An dem riesigen Himmelbett mit seinen reichgeschnitzten und vergoldeten Säulen hätte wohl keine Geringere als die Pompadour selbst auf dem Höhepunkt ihrer Macht Gefallen gefunden.

Zu beiden Seiten dieser königlichen Bettstatt standen zwei zierliche Konsolen mit Marmorplatten. Sie waren mit einem Wirrwarr von Büchern, Medikamentenschachteln und allerhand Krimskrams bedeckt. Auf einem der beiden Tischchen stand ein Kandelaber aus massivem Silber, der zur Leselampe umfunktioniert worden war. Amanda betätigte den Schalter, und augenblicklich fiel ein warmes Licht auf das reizvolle Durcheinander. Die vergoldeten Girlanden der Bettpfosten und die etwas verblichenen Brokatvorhänge ließen den Raum äußerst vornehm erscheinen.

Es bewegte sich etwas unter dem Kissen. Amanda schnappte nach Luft und fuhr mit einem unterdrückten Aufschrei zurück. Aber es war nur Euridices graue Katze, die sich in einem abgetragenen spitzenbesetzten Bettjäckchen ein warmes Nest gemacht hatte.

»Was haben Sie denn?« fragte Miß Moon und sah sich um. »Oh, schon wieder diese fürchterliche Katze. Jagen Sie sie fort, Kleines. Ich wünschte wirklich, Euridice würde sie endlich weggeben. Jetzt ist sicher wieder das ganze Kissen voller Haare. Man hat nichts als Ärger mit dem Tier.«

Mit festem Griff packte Amanda die Katze und beförderte sie vor die Tür. Dann schüttelte sie das Bettjäckchen aus und fegte mit der Hand ein paar Katzenhaare fort, die am Kissen hafteten.

Als sie das Kissen gerade ordentlich auf das Bett zurücklegen wollte, machte sie eine erschreckende Entdeckung. Mit weit aufgerissenen, entsetzten Augen starrte sie auf das Bett. Ein eisiger Schauer lief ihr über den Rücken.

Es hatte etwas unter dem Kissen gelegen. Ein eigentlich belangloser Gegenstand, der Amanda jedoch bekannt vorkam.

Es war ein kleines Glasröhrchen, das ein paar weiße Tabletten enthielt und auf dem ein rotes Giftetikett haftete.

Aber es konnte doch unmöglich dasselbe Röhrchen sein! Nein, das war völlig ausgeschlossen! Amanda hatte es doch gar nicht aufbewahrt. Steven hatte es an sich genommen. Er hatte es vorsichtig in sein Taschentuch eingewickelt und es in die Tasche seines Bademantels gesteckt. Und doch war es entweder dasselbe Röhrchen, oder es glich ihm wie ein Ei dem anderen.

Amanda zitterte am ganzen Leib und biß sich heftig auf die Lippen, um ihrer Erregung Herr zu werden.

Miß Moon hatte sich inzwischen an den Frisiertisch gesetzt und war damit beschäftigt, diverse Ketten, Armbänder und Ringe abzunehmen. Den ganzen Schmuck legte sie in ein altmodisches, ziemlich abgeschabtes marokkanisches Kästchen, das die Größe einer kleinen Hutschachtel hatte. Sie redete ununterbrochen, doch Amanda achtete nicht mehr auf ihren Wortschwall. Sekundenlang stand sie angsterfüllt da und zitterte.

Dann merkte sie, daß sie das Kissen noch immer in den Händen hielt. Sie legte es vorsichtig auf das Bett und streckte ihre bebende Hand nach dem Röhrchen aus. Aber bevor sie es berührte, erinnerte sie sich an das, was Steven über Fingerabdrücke gesagt hatte, und hielt inne.

Auf einem von Miß Moons Nachtkästchen lag ein kleines zerknülltes Seidentaschentuch. Amanda nahm es, hob das Röhrchen damit auf und hielt es sorgfältig in den Händen.

Sie betrachtete Miß Moon, die ihr ahnungslos den Rükken zukehrte, und plötzlich wurde es wieder klar in ihrem Kopf. Plötzlich wußte sie...

Amanda wußte, daß es keine Fingerabdrücke auf dem Röhrchen gab und auch, wie es dorthin geraten war.

Es hätte eine Wiederholung der Szene auf der ›Orantares‹ werden sollen. Nur war es diesmal Miß Moon, auf die es der Täter abgesehen hatte. Miß Moon, die eigentlich auf einer Bridgeparty bei Lady Cooper-Foot hatte sein sollen, die aber statt dessen zu Hause geblieben war, wußte so manches, und ihr entging kaum etwas. Wer weiß, vielleicht wartete sie nur auf eine Gelegenheit, um den Mörder von Monica Ford an den Galgen zu bringen...

Sobald ihr Kopf das flache Daunenkissen berührt hätte, hätte sie einen kleinen harten Klumpen unter sich gespürt. Sicher hätte sie nachgesehen, sich vielleicht gewundert und es bis zum Morgen beiseite gelegt – so wie auch Julia das hätte tun sollen.

Amanda sah vor ihrem geistigen Auge bereits den Totenschein ausgestellt. Der Fall wäre ziemlich klar. Eine ältere Dame, vielleicht sogar etwas wunderlich, kommt nicht darüber hinweg, daß in ihrem Hause ein Mord geschehen war. Sie macht sich eventuell sogar Vorwürfe und glaubt, das Unglück heraufbeschworen zu haben, weil sie ihr Haus nie abschließt und insbesondere die Wertsachen frei herumliegen ließ. Sie befürchtet, die Fragen des Verhörs nicht heil zu überstehen. Sie denkt an Julia Blaines Selbstmord, und das ist auch für sie der Ausweg. Ja, so oder ähnlich hätte man die Sache rekonstruiert. Wäre nicht zufällig Euridices graue Katze gewesen, und hätte sie selbst nicht zufällig Miß Moons Gesundheitstee ins Zimmer gebracht, dann ...

Der Gesundheitstee!

Amanda fuhr herum und starrte auf den Krug. Jemand, der von Julias Trick mit dem Zitronenwasser wußte, hatte die Gelegenheit genutzt, Gift in das saure Getränk zu mischen. Hatte man Miß Moon dieselbe Falle gestellt? Es stand zwar kein harmlos aussehendes eisgekühltes Getränk hier auf dem Nachtschränkchen, aber es stand immerhin ein leeres Glas da – und die Kanne, die Amanda selbst dorthin gestellt hatte.

Amanda wartete, bis Miß Moon eine Redepause machte, und zwang sich dann zu sprechen. Sie hatte von Miß Moons Gerede nichts mitbekommen.

»Darf ich etwas von Ihrem Gesundheitstee trinken?« Ihre Stimme klang unnatürlich hoch und eher wie eine zu schnell abgespielte alte Schallplatte.

Miß Moon drehte sich um. »Aber natürlich. Bedienen Sie sich nur.«

Amanda sagte: »In meinem Zimmer steht ein Glas. Ich werde mir etwas Tee eingießen und die Kanne dann zurückbringen.«

»Ja, gern, Kleines.«

Amanda schob das verknitterte Taschentuch mit dem Röhrchen darin in ihre Tasche und nahm die Teekanne in die Hand. In ihrem Zimmer füllte sie ein Glas, wobei ihre Hände derart zitterten, daß sie einiges von der Flüssigkeit auf den Nachttisch vergoß. Den Rest schüttete sie aus dem Fenster und stürzte dann hastig ins Badezimmer, wo sie beide Hähne weit aufdrehte und die Kanne wieder und wieder ausspülte. Nachdem sie die Kanne noch mit einem Handtuch abgetrocknet hatte, füllte sie sie zur Hälfte mit kaltem Wasser. Dann brachte sie die Kanne zu Miß Moon zurück. Ihr Gesicht war kreideweiß, und ihre Hände zitterten immer noch unaufhörlich.

»Es tut mir schrecklich leid«, sagte sie atemlos, »aber ich habe doch tatsächlich Ihren Gesundheitstee verschüttet. Ich habe Ihnen deshalb Wasser in die Kanne gefüllt.«

Miß Moon lächelte nachsichtig und sagte, daß sie sich keine weiteren Gedanken darüber machen solle.

»Ich muß schnell noch jemanden anrufen«, sagte Amanda und gab sich die größe Mühe, ihre Stimme normal klingen zu lassen. »Ich habe noch eine wichtige Frage. Es macht Ihnen doch nichts aus, wenn ich noch einmal telefoniere?«

»Nein, Kleines. Natürlich nicht. Sie wissen ja, wo das Telefon steht. Aber bleiben Sie nicht mehr allzulange auf. Sie sehen gar nicht gut aus.«

Amanda wünschte Miß Moon eine gute Nacht und eilte aus dem Zimmer. Als sie die Tür hinter sich geschlossen hatte, blieb sie einen Moment an die Wand gelehnt stehen und kämpfte gegen die merkwürdige Schwäche in ihren Knien an. Ihr Herz klopfte zum Zerspringen.

Vor ihr führten die Treppen in die Dunkelheit. Sie fürchtete sich plötzlich davor, allein hinunterzugehen, die leere Halle zu durchqueren und dann an der geöffneten Wohnzimmertür vorbeizulaufen. Amanda mußte wieder an Monica Fords leblosen Körper denken. Wenn jetzt jemand dort im Dunkeln lauerte, um sicherzugehen, daß Miß Moon auch sterben würde? Damit man für immer vor ihren wachsamen Augen und ihrer flinken Zunge sicher sein konnte...

Aber das war ja lächerlich! Wer immer Miß Moon diese tödliche Falle gestellt hatte, würde dafür sorgen, daß er so weit wie möglich von der Villa Oleander entfernt sein würde. Außer der Dunkelheit und der Stille gab es nichts zu befürchten.

Amanda biß die Zähne zusammen und zwang sich, das lange Treppenhaus hinunterzugehen. Dabei mußte sie ständig an das kahle Treppenhaus unten am Hafen denken und an die Schritte, die ihr verstohlen gefolgt waren. Sie tastete nach dem Lichtschalter. Augenblicklich war die Halle von dem warmen Licht des staubigen Kristalleuchters erhellt, der von der Decke hing.

Auf der einen Seite der Halle führte der dunkle lange Korridor zur Küche, auf der anderen Seite stand die Tür zum ebenfalls dunklen Wohnzimmer offen. Amanda fröstelte schon wieder. Aber sie ging entschlossen den Gang entlang, und nachdem sie einige Zeit vergeblich die Wand abgetastet hatte, fand sie schließlich den Lichtschalter, der über dem Telefon hing.

Sie brauchte unendlich lange, um die richtige Nummer zu finden. Die Seiten des Telefonbuches glitten immer wieder aus ihren Fingern. Auch das Wählen fiel ihr schwer. Doch endlich hatte sie auch das geschafft.

George Norman nahm den Hörer am anderen Ende der Leitung ab.

»Wen? ... Oh, Howard. Ja, der ist hier. Möchten Sie ihn sprechen?«

»Ja, bitte«, sagte Amanda und versuchte, sich nichts von ihrer Angst und Hilflosigkeit anmerken zu lassen.

»Mit wem spreche ich denn?« fragte George. Es war zum Verzweifeln, wie laut und langsam er sprach.

»Mit wem? Ich kann Sie nicht verstehen. Amanda? – Oh, Miß Derington! Entschuldigen Sie. Ich habe Ihre Stimme nicht erkannt. Soll ich ihm etwas ausrichten, oder möchten Sie lieber ...«

Man nahm ihm den Hörer aus der Hand. Stevens Stimme sagte aufmunternd: »Was gibt es denn, Amanda?«

»Steven!« Amanda schwankte, und sie klammerte sich haltsuchend an der Tischkante fest. »Steven, ich muß Sie dringend sprechen, könnten Sie hier vorbeikommen? Und zwar sofort? Ich weiß, es ist schon spät, aber – Steven, bitte!«

Stevens Reaktion war verblüffend: »Oh, tatsächlich! Sie macht sich Sorgen? Ich dachte, ich hätte ihr gesagt, daß es sich um eine reine Formsache handelt. Vielleicht sollte ich lieber noch einmal vorbeischauen und es ihr genau erklären. Nein, sagen Sie ihr, es macht überhaupt keine Umstände. Ich bin gleich bei Ihnen.«

Es klickte in der Leitung, und er hatte aufgelegt.

Amanda starrte den Hörer in ihrer Hand überrascht an und wollte gerade ein zweites Mal wählen, denn sie hatte den Eindruck, daß er sie mißverstanden hatte. Plötzlich dämmerte ihr, daß Steven wieder einmal für jemanden, der sich ordentlich in etwas hineingeritten hatte, den Karren aus dem Dreck zog.

Sie legte nachdenklich den Hörer auf die Gabel, brachte es aber noch nicht fertig, in die Halle zurückzukehren. Es gab zu viele Türen, die in zu viele dunkle, stille Zimmer führten. Außerdem hingen da etliche wunderschöne silberne, alte Spiegel, die sie schweigend beobachteten, genauso wie am Tag zuvor Miß Ford.

In dem kahlen Gang war es eng. Es roch nach Staub, Schuhcreme und auch ein wenig nach Knoblauch. Das ganze Haus schien ungewöhnlich still. Nicht einmal das Knarren oder Ächzen der alten Holzmöbel war, wie sonst in alten Häusern, zu vernehmen.

Amanda packte plötzlich Furcht vor dieser Stille. Müßte sie nicht eigentlich Miß Moon in ihrem Zimmer oben hören können? Hatte am Ende doch irgendwo in ihrem Zimmer noch ein Glas gestanden? Vielleicht hatte Amanda einfach ein Glas übersehen? Lag Miß Moon etwa, genau wie einige Tage zuvor Julia Blaine und wie Monica Ford, ausgestreckt auf dem Boden?

Amanda stürzte den Gang zurück in die Halle und raste die Treppe hinauf, wobei sie drei Stufen auf einmal nahm. Kreidebleich und mit panischem Entsetzen in den Augen riß sie die Tür zu Miß Moons Schlafzimmer auf. Miß Moon saß an ihrem Frisiertisch und rollte ihre Löckchen mit Zeitungspapier auf. Sie war in einen Morgenmantel gehüllt, der verblüffend demjenigen ähnelte, den die junge Prinzessin Victoria getragen hatte, als sie die Nachricht von ihrer bevorstehenden Krönung erhalten hatte. Miß Moon bemerkte, ohne sich umzudrehen: »Was ist denn los, Kleines?«

Amanda klammerte sich an die Klinke und rang nach Atem.

»Ach, nichts. Ich dachte, ich hätte Sie rufen hören.«

»Es wird wohl jemand von der Straße gewesen sein. War Ihr Anruf erfolgreich?«

»Ja«, sagte Amanda. Sie ließ ihren Blick durch das Zimmer schweifen und stellte erleichtert fest, daß kein anderes Glas vorhanden war. »Steven, ich meine Mr. Howard, kommt noch kurz vorbei. Wegen des Verhörs, glaube ich. Ich hoffe, es macht Ihnen nichts aus.«

»Nein, ganz und gar nicht, Kleines. Ich wußte nicht, daß Sie Mr. Howard anrufen wollten. Er ist ja so sympathisch. Auf der Anrichte steht Brandy und etwas zum Knabbern. Es ist merkwürdig, aber fast alle Männer mögen Brandy. Fragen Sie mich nicht, warum. Er schmeckt doch nun wirklich nicht besonders gut. Eigentlich ist er nur etwas für Notfälle. Aber, Kleines, lassen Sie sich nicht zu lange aufhalten.«

»Bestimmt nicht«, versprach Amanda.

Sie ging langsam wieder die Treppe hinunter und kam sich ziemlich albern vor. Hoffentlich hatte sie Steven Howard nicht am Ende umsonst zu sich gebeten. Es wäre doch durchaus möglich, daß der Gesundheitstee in der Kanne völlig harmlos gewesen war und daß sich in dem Röhrchen ganz normale Kopfwehtabletten befanden. Sie hätte Miß Moon lieber fragen sollen, anstatt selbst äußerst gewagte Schlüsse zu ziehen. Sie mußte mit den Nerven am Ende sein, und Steven würde sie sicher nur auslachen. Es war wohl besser, wenn sie jetzt gleich zu Miß Moon ginge und fragte.

Sie wollte sich gerade wieder zur Treppe wenden, als sie auf dem Fußweg vor dem Hause eilige Schritte vernahm. Mit zwei Schritten sprang jemand die sechs Steinstufen zur Haustür hinauf. Dann dröhnte der Türklopfer durch das stille Haus. Amanda ging langsam zur Tür und fragte sich, ob es wirklich schon Steven Howard sein konnte. Wenn ja, mußte er den ganzen Weg gerannt sein.

Auf jeden Fall ließ er es sich nicht anmerken. Seine große, schlanke Gestalt wurde vom Mondlicht beleuchtet, und er schien keineswegs außer Atem zu sein. Er betrachtete lange und besorgt Amandas Gesicht. Das Ergebnis fiel nicht zu seiner Zufriedenheit aus.

Er fragte freundschaftlich: »Wollen Sie hinein- oder hinausgehen?«

Amanda errötete und trat einen Schritt zurück, so daß er eintreten konnte. Dann schloß er die Tür hinter sich. Er sah sich sorgfältig um, sah die obere Etage und stellte fest, daß die Halle nicht gerade der geeignete Ort für eine Unterhaltung sei. Deshalb lenkte er seine Schritte zum Wohnzimmer.

»Nein!« entfuhr es Amanda. »Nicht da hinein.« Sie ging an ihm vorbei und betrat das Eßzimmer. Dann knipste sie das Licht an.

In der freundlichen Atmosphäre des Eßzimmers gab es keine dunklen Ecken und düsteren Erinnerungen. Steven folgte ihr und schloß die Tür.

»Nun, Amanda. Was haben Sie auf dem Herzen? Aus Ihrer Stimme am Telefon habe ich eigentlich schon geschlossen, daß sich eine weitere Leiche auf der Türschwelle befindet.«

»Es tut mir wirklich leid«, sagte Amanda unsicher. »Ich habe etwas gefunden und bin in Panik geraten. Inzwischen denke ich, daß das Ganze vielleicht gar nichts bedeutet und daß ich mich nur lächerlich gemacht habe.«

»Zeigen Sie mal her«, sagte Steven und streckte ihr die Hand entgegen.

Amanda zog das kleine Bündel aus Seide und Stickerei

aus ihrer Tasche und gab es ihm. Steven nahm es ohne besonderes Interesse in die Hand. Dann schlug er es auseinander und stand wie vom Donner gerührt da.

Eine langanhaltende Stille folgte, und Stevens Gesichtsausdruck enthielt keine Spur mehr von Überlegenheit. Er starrte aufmerksam und mit weit aufgerissenen Augen auf das Bündel in seiner Hand. Amanda hörte ihn leise durch die Zähne pfeifen. Er hob langsam den Kopf und sah sie an.

»Wo haben Sie das her?«

Steven hörte sich Amandas Ausführungen, ohne auch nur einmal zu unterbrechen, an. Seine Augen schauten ihr gebannt ins Gesicht. Als sie geendet hatte, verlangte er das Glas mit dem Tee zu sehen. Amanda verließ das Zimmer und kam kurz darauf etwas außer Atem zurück. Das Glas hatte sie in der Hand.

Steven stand noch immer so da, wie sie ihn verlassen hatte. Er hatte den Schraubverschluß des Röhrchens entfernt, und auf der polierten Platte des Eßtisches lagen zwei Tabletten direkt im Lichtkegel der Lampe. Er nahm ihr das Glas aus der Hand und roch daran. Dann tauchte er kurz einen Finger in die Flüssigkeit und führte ihn zu seiner Zunge. Er schnitt eine angewiderte Grimasse, zerrte ein Taschentuch aus seiner Brusttasche und wischte sich damit über die Zunge. Amanda fragte fassungslos: »Dann ist es also doch Gift!«

»Hm!« sagte Steven geistesabwesend.

Amanda wiederholte ihre Frage, und als habe er ihre Anwesenheit einen Moment lang völlig vergessen, sagte er ungeduldig: »Natürlich ist es Gift.«

Er stellte das Glas ab und setzte sich auf den nächstbesten Stuhl. Die Ellbogen hatte er auf den Tisch gestützt, und auf seiner Stirn zeichneten sich tiefe Furchen ab, als er die zwei weißen Tabletten betrachtete. Irgend etwas fiel ihm an dem Taschentuch auf. Er griff danach und breitete es flach auf dem Tisch aus. Es war einmal ein teures Ziertüchlein gewesen. Drei Initialen waren zu einem Monogramm verschlungen. Das Monogramm war in eine Ecke gearbeitet, und an der Kante war die Spitze schon zerrissen.

»A. B. H.«, sagte Steven grübelnd. »Woher haben Sie denn das? Gehört es Ihnen?«

»Es hat auf Miß Moons Nachttischchen gelegen«, sagte Amanda. Sie beugte sich über den Tisch, um es genauer zu betrachten. »Es heißt nicht A. B. H. Der mittlere Buchstabe berührt die anderen beiden. Es heißt vielmehr A. F. B.«

»Das bedeutet also Anita F. Barton«, sagte Steven ganz in Gedanken.

»Aber ja, natürlich!« sagte Amanda plötzlich. »Ich kann mich erinnern, daß sie es hat fallen lassen. Wir standen da drüben in der Halle. Miß Moon hat es wahrscheinlich aufgehoben und mit auf ihr Zimmer genommen. Sie hatte wohl noch keine Gelegenheit zu fragen, wem es gehört.«

»Mrs. Barton scheint mit ihren Sachen etwas nachlässig umzugehen«, stellte Steven grimmig fest. »Zuerst findet man die Leiche der Sekretärin ihres Mannes, und nebenan in der Halle liegt eine Blume von ihrem Rock. Wenn Miß Moon morgen früh tot aufgefunden worden wäre, dann hätte das Taschentuch sicher keinen guten Eindruck gemacht. Egal wie zufällig es hier hereingekommen ist. Es sei denn . . .«

Er wand sich das Tuch um die Hand, dachte eine Weile nach und fragte dann, ob Miß Moon gewohnheitsmäßig diesen Gesundheitstee mit auf ihr Zimmer nehme.

»Sie hat mir gesagt, daß sie für gewöhnlich bei heißem Wetter immer Tee mit auf ihr Zimmer nimmt«, sagte Amanda. »Außer diesem Tee scheint sie nichts zu trinken. Euridice gießt ihn ihr immer frisch auf.«

»Haben Sie ihn schon einmal probiert?«

»Nein! Außer Miß Moon trinkt ihn niemand. Aber wer sollte schon von dieser Angewohnheit wissen?«

»Oh, einige Leute wissen davon. Ich habe ein ziemlich gutes Gedächtnis, und entweder Sie oder Glenn Barton haben davon beim Mittagessen im Dome-Hotel gesprochen. Das bedeutet also, daß mehrere Leute von Miß Moons Sucht nach Gesundheitstee wußten. Und irgend jemand konnte mit diesem Wissen wohl etwas anfangen.«

»Genau wie bei Julia«, sagte Amanda zitternd.

»Julia?«

»Ja, das Zitronenwasser!«

Stevens Gesichtsausdruck wurde plötzlich leer. Er sah Amanda eine Weile an und schien etwas sagen zu wollen. Dann überlegte er es sich aber doch wieder anders.

Amanda sagte so leise, daß man sie kaum verstehen konnte: »Sie haben schon damit gerechnet, daß so etwas passieren würde. Habe ich recht?«

»Ja! Der Verdacht drängte sich mir förmlich auf. Es war mir klar, daß derjenige, der Miß Ford auf so brutale Weise umgebracht hat, keine ruhige Nacht mehr haben würde, wenn er erführe, daß Miß Moon die ganze Zeit zu Hause gewesen ist. Deshalb sind auch gewisse Vorsichtsmaßnahmen ergriffen worden.«

»Dann wird das Haus also doch beobachtet? Ich habe mir gleich so etwas gedacht.«

»Das war auch kaum zu übersehen«, sagte Steven trokken. »Es war aber eigentlich nicht der Sinn der Sache, daß es jedermann auffällt. Wir haben gehofft, daß das ein geeignetes Mittel wäre, auch den hartgesottensten Killer abzuschrecken«, fügte er bitter hinzu. »Spaziert doch dieser Kerl direkt vor unserer Nase ins Haus und legt diese nette kleine Fußangel. Darf ich Sie einmal berühren?«

Er langte nach Amandas Arm und berührte ihn kurz.

»Was soll das?« fragte Amanda verblüfft.

»Das bringt Glück! Wenn Sie und die Katze der Köchin nicht gewesen wären, hätte Miß Moon dasselbe traurige Ende gefunden wie Julia Blaine. Außerdem scheinen Sie einen besonders guten Schutzengel zu haben. Eigentlich sollte man Sie grammweise als Amulett verkaufen.«

Als Amanda wieder zu sprechen begann, klang ihre Stimme ganz schwach und verängstigt: »Aber wenn das Haus von der Polizei umstellt ist, dann müßte doch einer der Beamten gesehen haben, wer hereingekommen ist...«

»Mein liebes Kind«, sagte Steven ungeduldig, »natürlich haben sie gesehen, wer in das Haus gegangen ist. Ich kann

Ihnen sogar eine Liste geben. Barton war heute morgen die längste Zeit hier. Währenddessen schauten auch Mrs. Halliday und der junge Gates vorbei. Heute nachmittag schneite George Norman herein. Und dann kam schließlich Anita Barton, um Sie abzuholen. Sie ließ ganz nebenbei ihr Taschentuch neben sich fallen und machte einen kleinen Spaziergang mit Ihnen. Während Ihrer Abwesenheit kam eine ganze Horde mitfühlender Zeitgenossen zur Tür herein, darunter Major Blaine und Claire Norman. Lumley Potter war übrigens auch dabei. Miß Moon veranstaltete extra einen Rundgang durch das Haus. Da kommt also eine ganz nette Liste zusammen. Jeder einzelne Besucher hatte reichlich Gelegenheit, eine Handvoll Gift in den Gesundheitstee zu werfen und das Glasröhrchen unter Miß Moons Kopfkissen zu legen. Der Mörder wurde ja geradezu eingeladen. Ich könnte mir eine Kugel durch den Kopf jagen, weil ich an diese Möglichkeit nicht gedacht habe. Ich habe mit allem nur möglichen gerechnet, aber nicht mit der Wiederholung eines bereits gescheiterten Mordversuchs.«

Amanda sagte: »Mrs. Barton kann es nicht gewesen sein. Sie hätte nicht genügend Zeit gehabt, und außerdem war sie auch nicht in der oberen Etage.«

Steven, dessen Augen nachdenklich auf den Indizien in dem Tuch geruht hatten, blickte auf und sah Amanda nachdenklich an.

»Erzählen Sie mir noch einmal von diesem Überraschungsbesuch. Und zwar mit allen Einzelheiten. Wann sie genau gekommen ist, für wie lange sie allein in der Halle war, wo sie gestanden hat, als Sie sie zum ersten Mal sahen. Lassen Sie nichts aus.«

Amanda erzählte ihm langsam alles, was ihr noch in Erinnerung geblieben war.

Steven lehnte sich an den Stuhlrücken, steckte die Hände in die Taschen und blickte mit gerunzelter Stirn an die Decke. »Hm, ich frage mich, ob sie nicht doch genug Zeit gehabt hätte, das Gift in den Tee zu tun. Nachdem sie Miß Moon ziemlich gut kennt, ist es nicht unwahrscheinlich, daß sie nicht nur von der Marotte mit dem Gesundheitstee gehört hatte, sondern daß sie auch wußte, wo die Kanne immer steht. Dreißig Sekunden hätten völlig gereicht. Aber nach allem, was Sie mir gerade erzählt haben, scheint es mir ausgeschlossen, daß sie in dieser Zeit auch noch rasch in das Schlafzimmer von Miß Moon gelaufen ist. Auf jeden Fall wären Sie doch sicherlich neugierig geworden, um es einmal milde auszudrücken, wenn Sie sie die Treppen hätten heruntersteigen sehen.«

Er saß noch eine Zeitlang grübelnd da und wackelte mit dem Stuhl hin und her, bis dieser knarrend protestierte. Schließlich sagte Steven nachdenklich: »Es erscheint mir angebracht, ein paar Worte mit dem Küchenchef zu wechseln. Das werde ich gleich morgen früh erledigen. Aber so, wie es jetzt aussieht, ist Mrs. Barton bereits aus dem Schneider...«

Er redete nicht weiter, sondern begann leise »Sur le pont d'Avignon« durch die Zähne zu pfeifen.

Amanda wartete eine Weile geduldig, und als er immer noch nicht sprach, fragte sie verärgert: »Was hat das zu bedeuten?«

Mr. Howard wandte seinen entrückten Blick von der Decke ab, richtete ihn auf Amanda und sagte gedankenverloren: »Man sollte sich also nie irreführen lassen. Was ich damit sagen will, ist: Wenn man von A nach B will und dabei möglichst wenig Zeit und Nerven verlieren möchte, sollte man sich an die Hauptstraßen halten, anstatt sich auf verlockende Umwege zu begeben. Das zahlt sich nicht aus. Ich muß leider zu meinem größten Bedauern gestehen, daß mir genau dieser Fehler unterlaufen ist.«

»Ich kann Ihnen nicht ganz folgen«, sagte Amanda mit angehaltenem Atem. Steven ließ die Beine seines Stuhls krachend auf das Parkett zurücksinken. Dann stand er auf:

»Gott sei Dank! Aber ich hätte es besser wissen müssen. Die Lösung wurde mir von Anfang an sozusagen auf einem goldenen Teller serviert. Aber nachdem durch ein unglückliches Zusammentreffen noch eine ganze Reihe von zwischenmenschlichen Problemen ins Spiel kam, fing ich an, an dieser Sache noch einen anderen Aspekt zu sehen. Eigentlich sogar mehrere. Das war der große Fehler, Amarantha. In Wirklichkeit gab es immer nur einen Aspekt. Es hat auch immer nur eine Person gegeben, die Sie in St. Hilarion über die Brüstung schubsen konnte.«

Amandas Stimme klang wie die eines ängstlichen, kleinen Vogels: »Wollen Sie damit sagen, Sie wissen, wer der ...«

»Ich glaube, ja«, stellte Steven nüchtern fest. »Aber es wird nicht so einfach sein, das auch zu beweisen. Obwohl sich die Möglichkeit anbietet, ein Lamm als Köder für den Tiger anzubinden. Er würde kaum widerstehen können. Aber ich weiß nicht, ob ich wirklich ein so sicherer Schütze bin, daß ich das riskieren könnte.«

»Meinen Sie etwa, daß Sie dem Mörder eine neue Gelegenheit geben wollen, Miß Moon umzubringen, nur um ihn sicher zu entlarven? Steven, das dürfen Sie nicht machen! Das können Sie einfach nicht riskieren.«

Als Steven auf sie hinuntersah, fiel Amanda der bittere Zug um seinen Mund auf, und ohne ersichtlichen Grund hatte seine Stimme plötzlich einen scharfen Ton, als er sagte:

»Nein! Das kann ich wirklich nicht riskieren. Das ist ja das Verdammte daran. Ich sollte eigentlich ..., aber ich tue es nicht – weil ich nämlich allmählich anfange, die Nerven zu verlieren.«

Er starrte eine Weile auf Amanda hinunter, als haßte er sie. Dann drehte er sich energisch um, riß die Tür auf und stürmte hinaus.

Kurz darauf hörte Amanda, daß er ein Streichholz anzündete. Sie folgte ihm in die Halle und war wegen seiner ihr unerklärlichen Laune völlig ratlos und verstört.

Er stand mit dem Rücken zu ihr unter dem staubigen Kronleuchter, dessen Licht seinen braunen Haaren einen bronzenen Schimmer verlieh. Obwohl er sie gehört haben mußte, drehte er sich nicht nach ihr um.

Amanda stand abwartend in der Tür und betrachtete schweigend seinen markanten Hinterkopf. Sie dachte daran, daß sie ihn mit geschlossenen Augen hätte zeichnen können, und wunderte sich darüber, da sie ihn doch erst seit so kurzer Zeit kannte. Der Rauch seiner Zigarette stieg in die Luft, und der Geruch vermischte sich mit dem besonderen Duft in der Halle. Auf diese Weise entstand eine angenehme Duftkomposition. Der Geruch in der Halle setzte sich aus dem Staub des Raums, dem Duft von Bienenwachs und dem betäubenden Aroma der hohen orangefarbenen Lilien zusammen, die die mächtige kupferne Bodenvase neben der alten Truhe füllten.

Schließlich zog Steven sie mit einer fast abwesenden Bewegung seines Armes an sich. Dabei drehte er sich nicht nach ihr um. Er stand immer noch bewegungslos, drückte sie an sich und starrte vor sich hin, während er nachdenklich an seiner Zigarette zog. Steven schien mit seinen Gedanken Hunderte von Meilen entfernt zu sein.

Nach einer Weile sah er wieder nach unten, blies einen Kringel in Amandas Haar, gab sie wieder frei und ließ seine Zigarettenkippe in die Kupfervase mit den Lilien fallen.

»Höchste Zeit, daß Sie zu Bett gehen, Amarantha. Und ich sollte auch schleunigst wieder zu den Normans laufen. Man nimmt dort an, daß ich Miß Moon einen belehrenden Vortrag über die Vorgänge bei einem Verhör halte. Ich sollte also nicht zu lange bleiben. Glauben Sie, Sie könnten irgendwo eine Flasche auftreiben, damit ich die Reste von diesem Gesundheitstee mitnehmen kann?«

»Ich werde es versuchen«, sagte Amanda, verschwand in der Küche und kam nach kurzer Zeit mit einer Flasche zurück, die Euridices Kochsherry enthalten hatte.

Steven war inzwischen in das Eßzimmer zurückgegangen. Er war damit beschäftigt, die Tabletten in das Glasröhrchen zurückzutun. Zuletzt wickelte er es sorgfältig in ein Stück Papier.

»Ist das etwa dasselbe Gift, an dem Julia Blaine gestorben ist?« fragte Amanda mit halberstickter Stimme.

»Nein! Das hätte unliebsame Vermutungen geweckt.«

»Aber die wären doch sowieso nicht ausgeblieben. Schon allein wegen des Röhrchens.«

»Dabei haben Sie eines vergessen. Sie haben das Glasröhrchen doch nie erwähnt. Deshalb ist das heute wieder passiert – aus dem einfachen Grund, weil Sie, nachdem Sie einmal geschwiegen haben, es auch weiterhin tun müssen. Sonst würden Sie doch selbst in Teufels Küche geraten. Darauf hätte ich eigentlich gleich kommen müssen. Ich muß allerdings gestehen, daß ich auf diesen so naheliegenden Gedanken nicht gekommen bin.«

Steven füllte mit äußerster Vorsicht den Gesundheitstee in die Sherryflasche und schob Amanda das leere Glas zu.

»Spülen Sie das bitte ein paarmal gründlich aus, ja? Ach, und das hier sollten Sie lieber bei sich behalten ...« Damit warf er ihr Anita Bartons zerissenes Taschentuch zu. »Fragen Sie Miß Moon morgen, wie es in ihr Zimmer gelangt ist, und lassen Sie es mich dann wissen.«

Amanda nickte und steckte es in ihre Tasche. Sie nahm das Glas vom Tisch, trug es in die Küche, spülte es gründlich aus und ließ es auf dem Trockengestell stehen. Als sie zurückkam, wartete Steven schon in der Halle auf sie. Er warf einen Blick auf seine Armbanduhr und sagte dann rasch: »Also, dann bis morgen.«

Amanda sagte mit angehaltenem Atem: »Ja, holen Sie denn nicht die Polizei?«

»Warum denn?«

»Um von der Geschichte mit dem Gift zu erzählen.«

Steven schüttelte den Kopf. »Nein, ich glaube, wir sollten vorläufig keiner Menschenseele davon erzählen.«

»Aber – aber dieser Kerl versucht es doch bestimmt noch einmal.«

»Oh, ganz bestimmt. Aber beim nächsten Mal wird er wohl eine andere Methode versuchen. Er hat sich das bislang ja raffiniert ausgedacht, aber es ist schon zweimal danebengegangen. Der wird sich morgen ganz schön den Kopf zerbrechen, um herauszufinden, was dieses Mal schiefgegangen ist. Und weil er das eben nicht herauskriegt, wird er sich auf ein anderes Mittel verlegen.«

Er bemerkte, wie Amanda einen schnellen Blick über ihre

Schulter warf und die leere Halle hinter sich betrachtete. Steven versuchte sie zu beruhigen und sagte: »Sie brauchen sich heute nacht vor nichts zu fürchten. Glauben Sie mir, liebes Kind, wer auch immer hier böse Absichten gehabt hat, legt gerade jetzt größten Wert darauf, in aller Öffentlichkeit gesehen zu werden. Er wird bemüht sein, bis spät in die Nacht genügend hieb- und stichfeste Alibis zu haben. Er wird auch morgen noch nicht in die Nähe des Hauses kommen und neugierige Fragen stellen. Die Männer, die das Haus umstellt halten, lassen bis morgen früh nicht einmal ein Mäuschen herein.«

»Aber sie haben doch auch Sie hineingelassen«, sagte Amanda unsicher.

»Das«, sagte Mr. Howard, »ist etwas ganz anderes. Es hat sich nämlich herumgesprochen, daß ich in Wirklichkeit Marilyn Monroe bin, die hier inkognito Urlaub verbringt. Und sie fiebern alle nach einem Autogramm von mir.«

Damit entschwand er in die Dunkelheit. Amanda verriegelte die Tür hinter ihm und ging zu Bett. Aber sie konnte in dieser Nacht keinen Schlaf finden.

17

Das Verhör, das wegen des Mordes an Monica Ford stattfand, ging unerwartet rasch zu Ende. Hierzulande gab es bei derartigen Verhören keine Jury. Nur ein Richter, der seine Langeweile deutlich zur Schau trug, hörte sich schicksalsergeben den Bericht des Gerichtsmediziners und die Ergebnisse der polizeilichen Ermittlungen an. Und doch hatte Amanda ein ungutes Gefühl bei der ganzen Sache. Ihr schien es, als sei die Oberflächlichkeit, mit der dieser Mann seine Fragen stellte, keineswegs auf Interessenlosigkeit zurückzuführen oder auf die feste Überzeugung, daß der Täter ein auf frischer Tat ertappter Einbrecher gewesen sei. Beunruhigt fragte sie sich, ob nicht vielmehr einer der Anwesenden gedeckt werden sollte.

Es war alles zu glatt gegangen, zu reibungslos. Man behandelte sie mit soviel formvollendeter Höflichkeit. Auf der anderen Seite ließ man aber keinen von ihnen auch nur eine Sekunde aus den Augen. Jede ihrer Bewegungen wurde registriert.

Sie waren alle anwesend. Claire und George, Persis und Toby, Alastair und Glenn, Lumley und Anita, Steven, Miß Moon und schließlich sie selbst.

Amanda hatte plötzlich festgestellt, daß auch sie auf Beobachtungsposten war. Sie betrachtete die anderen verstohlen und ängstlich. Nichts fürchtete sie mehr, als daß eines der vertrauten Gesichter beim Eintritt von Miß Moon Überraschung oder gar Furcht ausdrückte. Als der kritische Moment dann vorbei war, wußte sie jedoch nicht so recht, ob sie enttäuscht oder erleichtert sein sollte.

Steven Howard und sie hatten geschildert, wie sie Miß Fords Leiche gefunden hatten. Glenn hatte berichtet, wie er seine Sekretärin am frühen Nachmittag zufällig in Kyrenia getroffen hatte und ihr dann zur Villa Oleander gefolgt war. Wie aufgeregt und angespannt sie gewesen war und daß er ihren Zustand auf den Tod ihres Bruders zurückgeführt hatte. Er hatte dabei vermieden, seine Frau anzusehen, und man hatte ihm keine weiteren Fragen gestellt. Der Richter wollte nur noch wissen, wann er von St. Hilarion aufgebrochen und wann er in Nikosia angekommen sei. Die Ankunftszeit in Nikosia war bereits durch die Aussagen zweier junger Soldaten bestätigt worden, die er in seinem Wagen mitgenommen hatte. Und alle, die dabeigewesen waren, bestätigten nun seine Ankunfts- beziehungsweise Abfahrtszeit von St. Hilarion.

Miß Moon hatte zu Protokoll gegeben, daß sie infolge eines Migräneanfalls gezwungen gewesen sei, den Nachmittag im Bett zu verbringen. Sie habe außer einer erregten Frauenstimme, die sie irgendwann am frühen Nachmittag aus dem Wohnzimmer vernommen hatte, nichts gehört.

Der Richter hatte ihre Aussage ohne Kommentar zur Kenntnis genommen und sich dann ganz überraschend wieder an Amanda gewandt. Man hatte ihr vier Fragen gestellt. Aber dieses Mal hatte die soeben noch zuvorkommende Stimme des Richters viel schärfer geklungen.

Stimmte es, daß sie in Fayid viel mit Major Blaine zusammengewesen war?

Stimmte es, daß Mrs. Blaine in ihrer Kabine auf der Überfahrt nach Zypern verstorben war?

Stimmte es, daß sie mehrere Minuten lang allein im Wohnzimmer der Villa Oleander gewesen war – vielleicht fünf oder sechs Minuten? –, bevor Mr. Howard zurückkehrte und sie neben der toten Miß Ford stehend fand?

Welches Kleid hatte sie an jenem Tag getragen, und könnte sie es bitte beschreiben?

Die Luft im Saal war heiß und stickig. Alle Anwesenden waren erleichtert, als sie wieder ins Freie treten durften und eine leichte Brise ihnen Kühlung zufächelte. In der Luft hing der Geruch von heißem Straßenstaub und blühenden Bäumen.

Miß Moon lehnte die Einladung der Normans ab, in deren Haus ein Glas Sherry zu trinken. Sie verkündete ihre Absicht, sofort nach Hause zu fahren. Andreas fuhr sie in ihrem eigenen alten Auto. Toby hatte angeboten, Amanda heimzufahren. Miß Moon wechselte noch rasch einige Worte mit Persis Halliday. Da faßte jemand Amanda beim Arm. Als sie sich umsah, stand Glenn Barton vor ihr. Er sagte mit leiser Stimme: »Ich möchte Ihnen danken. Weil Sie das vorgestern gesagt haben. Ich kann Ihnen gar nicht sagen, wie dankbar ich Ihnen dafür bin. Mir ist klar, daß ich das niemals hätte zulassen sollen. Sie sind ein fabelhafter Kerl.«

Amanda sagte eilfertig: »Sie übertreiben, Glenn! Das hätte doch jeder andere auch getan. Aber es gibt nicht viele Menschen, die einen anderen unter Einsatz ihres eigenen Lebens retten, wie Sie es in St. Hilarion getan haben. Und ich habe mich noch nicht einmal bei Ihnen bedankt.«

Glenn Barton lächelte sie an und streckte ihr die Hand entgegen. »Sagen wir einfach, wir sind quitt miteinander.«

Amanda reichte ihm auch ihre Hand, und genau in dem

Moment sagte eine Stimme hinter ihr trocken und ironisch: »Entschuldigen Sie, wenn ich Ihre Zweisamkeit störe, aber ich habe ein paar Worte mit Miß Derington zu reden.«

Amanda zog ihre Hand wie ertappt zurück und fuhr herum. Als sie Steven Howards Gesicht sah, traf es sie wie ein Schlag.

Er sah sie so an, als sei sie eine völlig Unbekannte, eine ganz und gar reizlose Unbekannte obendrein, mit der er ein paar Worte zu wechseln genötigt war. Seine Stimme klang kalt, unbeteiligt und völlig ausdruckslos.

Er sagte: »Ich habe soeben erfahren, daß Sie einen Vormund haben, der sich zur Zeit irgendwo im Nahen Osten aufhält. Ich möchte Ihnen anraten, ihn so bald wie möglich von der Lage hier zu unterrichten. Bitten Sie ihn, herzukommen.«

Amanda starrte ihn verblüfft an. »Ja, aber warum denn nur?«

»Weil es so aussieht, als brauchten Sie jemanden, der Ihnen mit Rat und Tat zur Seite steht. Sie haben vorgestern eine Aussage gemacht, die unwahr ist, und es sieht alles danach aus, als würden Ihnen daraus Schwierigkeiten erwachsen.«

Er warf Glenn Barton einen Blick voll kalter Verachtung zu und fuhr sachlich und emotionslos fort:

»Unter diesen Umständen glaube ich, daß es gut wäre, wenn Sie Ihren Onkel wissen ließen, was hier vorgeht. Er soll dann entscheiden, ob er es für nötig erachtet, hierherzukommen oder nicht. Sie werden schon noch feststellen, daß es in diesen Breiten kein Vergnügen ist, in einen Mord verwickelt zu sein.«

»Aber er ist in Tripolis!« sagte Amanda.

»Ja, ich weiß! Miß Moon hat es mir schon gesagt. Deshalb habe ich Sie ja angesprochen. Ich habe einen Freund hier bei der Royal Air Force, der zufällig morgen nach Tripolis fliegt. Wenn Sie mir also bis spätestens morgen mittag einen Brief geben, kann ich dafür sorgen, daß Ihr Onkel ihn noch am selben Abend bekommt. Wenn

Ihr Onkel sich wirklich bemüht, dann könnte er Montag oder spätestens Dienstag hier sein. Überlegen Sie sich die Sache.«

Steven machte auf dem Absatz kehrt und marschierte davon. Amanda sah ihm hilflos nach, während ihr die Tränen in die Augen stiegen. Sie hatte Mühe, sich zu beherrschen und ihm nicht einfach nachzulaufen, ihn am Ärmel festzuhalten und zu fragen, warum er sie so abweisend behandelt hatte. War er etwa eifersüchtig auf Glenn Barton? Nein, das konnte nicht sein! Hatte er denn keine Augen im Kopf?

Glenn sagte ruhig: »Ich glaube, er hat recht. Sie sollten Mr. Derington von den Schwierigkeiten hier in Kenntnis setzen. Ist es Ihnen vielleicht lieber, wenn ich ihm ein Telegramm schicke?«

Amanda wischte sich die Tränen aus den Augen und sagte tapfer: »Ich werde darüber nachdenken!«

Sie konnte sich überhaupt nicht vorstellen, daß sie sich in Gefahr befand, verhaftet zu werden. Die Vorstellung war geradezu albern, so daß sie sich keine Sekunde damit aufhalten wollte. Im Gegensatz zu Glenn Barton und einigen anderen Leuten hatte sie den letzten drei Fragen keinerlei Bedeutung beigemessen. Auch jetzt dachte sie nicht daran. Sie war in Gedanken bei Steven Howard und bei dem Gesicht, das er zuletzt gemacht hatte. Sie fühlte sich verwirrt und gekränkt. Schließlich wurde sie sogar wütend auf ihn.

Ein Polizeibeamter trat zu ihnen und besprach etwas mit Glenn Barton. Glenn entschuldigte sich bei Amanda und betrat von neuem das Polizeirevier.

Dann war lautes Schmuckgeklimper zu vernehmen, und Miß Moon streichelte Amandas Arm mit ihrer glitzernden Hand. Sie sagte liebevoll: »Regen Sie sich nicht auf, Kleines. Sie dürfen das nicht so ernst nehmen. In Wirklichkeit ist er nicht auf Sie, sondern auf sich selbst böse. Und natürlich auf Glenn. Die Männer sind doch wirklich dumm!«

Amanda lachte ein wenig zittrig und sagte: »Ihnen entgeht aber auch gar nichts, Miß Moon.«

»Das ist möglich. Ihr Jungen scheint noch nicht einmal zu

sehen, was direkt vor eurer Nase vor sich geht. Er weiß doch ganz genau, daß Sie überhaupt kein Interesse an dem armen Glenn haben. Aber ich glaube, er hat jetzt viel im Kopf, und es ärgert ihn, daß er sich ständig ablenken läßt von – sagen wir – Gefühlen, die nicht in diese Situation passen.«

»Gefühle«, wiederholte Amanda. Miß Moon wußte nicht so recht, ob sie dabei kicherte oder schluchzte. »Zwecklose Umwege«, fügte sie sinnierend hinzu.

»Hat er das gesagt? Na bitte! Da haben wir es. Habe ich es Ihnen nicht gleich gesagt? Aber ich werde mich jetzt besser auf den Heimweg machen, nachdem Sie Ihr Transportproblem gelöst haben. Captain Gates sagte mir, er würde Sie gern mitnehmen. Wir sehen uns dann zum Mittagessen.«

Als Persis und Toby zu ihnen kamen, entfernte sich Miß Moon. Die beiden waren in ein Gespräch mit Lumley Potter verwickelt gewesen, und sie hatten sich endlich von ihm losmachen können. Ein paar Meter weiter standen George Norman, Alastair Blaine und Claire. Sie hatten sich ein schattiges Plätzchen gesucht und standen nahe dem Bordstein in einer Gruppe zusammen. Steven Howard saß bereits hinter dem Steuer seines Autos und redete mit ihnen. Amanda stellte verstimmt fest, daß er bester Laune zu sein schien und daß die anderen, die um sein Auto standen, über irgendeine Bemerkung von ihm schallend lachten, obwohl sie doch erst gerade an einem Verhör zu einem Mordfall teilgenommen hatten.

Anita Barton stand ganz allein im Abseits. Sie sah hilflos und verloren aus. Ihr Gesicht mit den dunklen Augenrändern wirkte unglücklich. Die für sie typische trotzige Haltung, mit der sie für gewöhnlich zum Ausdruck brachte, daß sie auf die Meinung ihrer Mitmenschen gut verzichten konnte, war völlig verschwunden. Jetzt fühlte sie sich sichtlich unwohl.

Amanda beobachtete sie eine Weile. Ihr fiel auf, daß Anita ein wenig schwankte. Vermutlich hatte sie getrunken, um den neugierigen Blicken derer gewachsen zu sein, die ihre Abneigung gegen Glenns Sekretärin nur zu gut kannten.

Persis, die wieder aussah, als sei sie einem Modekatalog entsprungen, drückte liebevoll Amandas Arm und sagte neckend: »Nun, wie fühlen Sie sich als Hauptverdächtige?«

»Halt den Mund, Persis«, sagte Toby ärgerlich. »Deine Scherze sind jetzt fehl am Platz. Kommen Sie, Amanda. Wir werden jetzt alle zu den Normans gehen und uns ordentlich betrinken. Das ist das Beste, was man nach so einem Vormittag tun kann.«

»Wer ist ›alle‹?« fragte Amanda.

»Na, die ganze Bande«, warf Persis ein. »Die Verdächtigen GmbH. Als ich mich entschloß, eine Reise zum Geburtsort der Venus zu machen, habe ich mir nicht träumen lassen, daß ich hier statt unsterblicher Liebe nichts als eine Handvoll Leichen vorfinden würde. Höchste Zeit, daß die hier ihre Prospekte mit dem Slogan ›Besuchen Sie die Sonneninsel Zypern‹ einstampfen lassen. Statt dessen sollten sie jedem Besucher empfehlen, einen Revolver einzustecken und sich einen guten Anwalt mitzubringen.«

»Dein Problem ist, daß du das, was du nicht mit eigenen Augen gesehen hast, einfach nicht ernst nimmst«, sagte Toby sichtlich verärgert. »Für dich scheint dies alles so unwirklich wie eine deiner selbsterfundenen Geschichten zu sein. Und zwar deshalb, weil du die Leichen von Julia Blaine und dieser Sekretärin nicht selbst gesehen hast.«

»Hast du sie vielleicht gesehen, Toby?« fragte Persis schlagfertig.

»Nein, ich nicht, aber Amanda.«

Persis wandte sich umgehend an Amanda und sagte zerknirscht: »Ich muß zugeben, daß er recht hat. Leider vergesse ich immer, daß Sie furchtbare Dinge erlebt haben, Amanda. Ich bin bereit, Buße zu tun. Was ist Ihnen lieber? Soll ich mich hier zur Strafe flach auf den Gehsteig legen, oder würden Sie es vorziehen, wenn ich mein nächstes Buch mit einer Widmung wie ›Für Amanda, die mir alle Liebhaber ausspannte‹, versehe?«

»Meinen Sie Toby damit?« fragte Amanda lächelnd. »War er Ihr Liebhaber?«

»Ja, natürlich. Aber auch wenn ich es nicht gern zugebe, so muß ich doch gestehen, daß er zu denen gehört, die noch einmal davongekommen sind.«

»Damit willst du wohl ausdrücken, daß ich einer von denen bin, nach denen es sich gar nicht lohnt, Ausschau zu halten«, sagte Toby. Dann nahm er Persis' Hand und küßte sie.

»Mensch, Toby! Du bist ja noch ein Kavalier der alten Schule!« zog Persis ihn auf. »Ich habe gar nicht gewußt, daß du...« Sie beendete den Satz nicht und sagte in ganz verändertem Tonfall: »Aber was ist in Glenn gefahren?«

Glenns Gesichtsausdruck war völlig verhärmt. Aus seinen Augen sprachen Angst und Verzweiflung. Er stand einen Moment lang da und blinzelte in die blendende Sonne. Dann entdeckte er seine Frau und ging rasch auf sie zu. Er legte ihr bittend eine Hand auf den Arm und sagte:

»Anita...«

Anita Barton fuhr herum. Die Augen waren weit aufgerissen, das Gesicht unter dem zu dick aufgetragenen Makeup kreidebleich. Blitzartig stieß sie seine Hand fort und wandte sich ab, als wollte sie weggehen.

Doch Glenn packte sie rasch am Arm und drehte sie so, daß sie ihm direkt ins Gesicht sehen mußte. »Anita, bitte! Ich muß mit dir reden. Nur ein paar Minuten. Es ist zu deinem eigenen Besten. Bitte, Schätzchen!«

Seine Stimme klang heiser und völlig verzweifelt. Glenn schien ganz vergessen zu haben, daß alle Umstehenden jedes seiner Worte hören konnten. Er registrierte nicht einmal, daß viele neugierige, besorgte oder auch empörte Gesichter auf sie gerichtet waren. Die anwesenden Zuschauer hatten offensichtlich jedes Taktgefühl verloren und starrten das Ehepaar ungeniert an.

Jetzt schoß Blut in Anita Bartons zuvor so fahles Gesicht. Aber sie sah dadurch nicht besser aus. Energisch wand sie ihren Arm aus seinem Griff und schlug ihm dabei mit voller

Kraft mitten ins Gesicht. Einen Moment lang starrte sie ihn noch schwer atmend an, dann drehte sie sich auf dem Absatz um und ging rasch davon. Glenn stand reglos in der glühenden Sonne. Auf seinem Gesicht zeichnete sich der Abdruck von Anitas Hand feuerrot ab.

Persis war die erste, die ihre Fassung wiedergewann und genug Mut hatte, in die Bresche zu springen, wo selbst ein Schutzengel gezögert hätte. Sie ging rasch zu ihm hinüber und sagte: »Hallo, Glenn! Gut, daß ich Sie noch treffe. Ich dachte, Sie seien schon gefahren!« Sie hängte sich kurzerhand bei ihm ein und setzte ihn sozusagen in Bewegung. »Sind Sie mit dem Wagen da? Das wäre fein, denn dann dürfen Sie mich gleich mitnehmen. Aber zuerst brauche ich einen Drink, sonst falle ich noch einem Hitzschlag zum Opfer. Kennen Sie ein nettes Lokal hier in der Nähe?«

Glenn sah sie mit verwirrtem Ausdruck an. Aber allmählich kam er wieder zu sich und lächelte etwas gezwungen. Dann sagte er: »Ach ja, richtig! Jetzt erkenne ich Sie erst, Mrs. –?«

»Persis«, kam diese ihm munter zur Hilfe. »Ist das da drüben Ihr Wagen? Gut! Dann fahren wir los!«

Sie führte ihn energisch mit sich fort, wobei sie ständig auf ihn einredete. Durch ihre Geistesgegenwart nahm der Zwischenfall ein würdevolles Ende.

Steven Howard fuhr hinter dem Auto der Normans her. Lumley Potter folgte peinlich berührt Anita Bartons Spuren, und Amanda, die plötzlich fand, dem zu erwartenden geselligen Beisammensein bei den Normans nicht gewachsen zu sein, bat Toby, sie doch lieber bei der Villa Oleander abzusetzen.

Sie fühlte sich seelisch und körperlich völlig erschöpft. Um halb drei liebäugelte sie mit dem Gedanken, es Miß Moon gleichzutun und sich zu einer Siesta in ihr Schlafzimmer zurückzuziehen. Sie überlegte gerade noch, ob sie sich nicht doch lieber ein schattiges Plätzchen im Garten suchen sollte, als sie draußen auf dem Gehsteig eilige Schritte vernahm. Sie hörte jemanden mit zwei Sätzen die Stufen vor der Haustür hinaufspringen und ohne lang zu klopfen, geradewegs in die Halle marschieren.

»Amanda –!« Bei ihrem Anblick stieß er einen erleichterten Seufzer aus. »Amanda, ich muß mit Ihnen sprechen. Und zwar irgendwo, wo wir nicht belauscht werden können.«

Seine Stimme klang unsicher, seine Bewegungen waren fahrig, und er schien einem Nervenzusammenbruch nahe. Amanda sah ihn lange und besorgt an. Dann ging sie ihm ohne ein weiteres Wort ins Wohnzimmer voraus.

Er folgte ihr, schloß die Tür und lehnte sich an den Türrahmen.

»Was ist denn los mit Ihnen, Glenn?«

»Anita«, sagte Glenn verzweifelt. »Sie will nicht mehr mit mir sprechen. Sie versteht einfach nicht...! Amanda, ich bin sicher, daß sie Monica Ford nicht umgebracht hat. Ich weiß es ganz sicher! Sie läßt sich vielleicht zu unüberlegten Handlungen hinreißen, aber sie bringt es nicht fertig, jemanden zu ermorden. Mein Gott! Ich bin da ganz sicher! Schließlich kennt sie niemand besser als ich. Ich nehme an, daß sie vorgestern hier war. Diese verdammte Blume beweist es schließlich. Aber ich habe keine Ahnung, was sie hier wollte. Auf jeden Fall kann das nichts mit Monica Fords Tod zu tun haben. Sie wollte wahrscheinlich Sie oder Miß Moon besuchen. Dann hat sie Monica Ford hier tot liegen sehen und ist in Panik davongerannt. Das kann man ihr doch auch wirklich nicht verübeln.«

Amanda sagte drängend: »Glenn, stehen Sie nicht so herum. Kommen Sie, setzen Sie sich. Dann erzählen Sie mir in aller Ruhe, was passiert ist. Machen Sie sich doch nicht selbst verrückt.«

Glenn lachte. Es war ein kurzes, zittriges Lachen, das auch nicht eine Spur von Belustigung enthielt. Seltsam unsicher ging er zum Sofa und ließ sich darauf niedersinken, als hätten seine Knie plötzlich nachgegeben.

Amanda sah ihn mit besorgter, gerunzelter Stirn an, bevor sie plötzlich den Raum verließ. Als sie wieder hereinkam, trug sie ein Glas in der Hand, das bis zum Rand mit Miß Moons Brandy für Notfälle gefüllt war. Glenn nahm es ihr aus der Hand und stürzte es in einem Zug hinunter. Dann sah er sie dankbar an.

»Sie sind wirklich ein guter Kerl, Amanda. Ich glaube, das habe ich in letzter Zeit schon einige Male gesagt. Stimmt's?«

Er setzte ein unnatürliches Lächeln auf, und Amanda sagte mitleidig: »Was ist denn los, Glenn? Erzählen Sie mir, was passiert ist.«

»Die Polizei«, brach es völlig verzweifelt aus ihm heraus. »Es ist wegen dieser verdammten Blume. Ich glaube, sie haben herausgefunden, wem sie gehört. Sie haben mich gefragt, ob sie mir nicht irgendwie bekannt vorkommt. Und – sie haben noch mehrere verdächtige Fragen gestellt. Über ihren Streit mit Monica. Und ob es wahr sei, daß sie damit gedroht habe, mich zu verlassen, wenn ich Monica nicht auf der Stelle entließe. Sie habe mich schließlich ja tatsächlich verlassen, als ich mich weigerte. Sie fingen wieder und wieder damit an. Dann haben sie noch wissen wollen, ob mir bekannt sei, daß sie mit Major Blaine befreundet ist –«

»Mit Alastair?«

»Ja! Ich weiß, man hat Sie dasselbe gefragt. Aber das war lediglich Routine. Diesmal waren sie wirklich scharf.«

Glenn stand abrupt auf. Er ging zur Terrassentür und starrte, den Rücken zu Amanda gekehrt, wie blind in den Garten.

Mit rauher, schwankender Stimme stieß er hervor: »Die Beamten deuteten an, daß sie ihn ziemlich gut kenne und daß der Tod seiner Frau ihn zu einem reichen Mann gemacht habe. Sie glauben, daß sie – daß Anita –« Die Stimme versagte ihm plötzlich, und Amanda bemerkte, wie seine Schultern verräterisch zuckten. Doch gleich darauf sagte er mit fast normaler Stimme:

»Sie wollten wissen, ob sie Zugang zu Gift habe und ob ich bestätigen könne, daß ihr Vater Arzt gewesen sei. Sie schienen einiges zu wissen. Da habe ich es mit der Angst bekommen und versucht, mit ihr zu reden. Aber sie hat es abgelehnt –«

In seiner Stimme klang plötzlich ein verletzter, fassungsloser Unterton mit. Er drehte sich um und ging auf Amanda zu. Er sah auf sie hinunter, während sich seine Hände in den Hosentaschen zu Fäusten ballten. Mit schwacher, erschöpfter Stimme sagte er: »Ich weiß, ich sollte Sie nicht darum bitten. Es ist eigentlich sogar unverzeihbar, aber ich weiß mir keinen anderen Rat. Würden Sie mir noch einmal helfen?«

»Ja«, sagte Amanda wie selbstverständlich und ganz ruhig.

Glenn beugte sich mit einer überraschenden Geste über ihre Hand und küßte sie. »Haben Sie tausend Dank!« Die Stimme wollte ihm versagen.

»Was soll ich für Sie tun?«

»Sie dazu bewegen, von hier fortzugehen. Lumley ist ein eingebildeter Affe. Der wird ihr bestimmt keine Hilfe sein. Sie muß für eine Weile verschwinden, damit die Polizei Zeit hat, herauszufinden, wer Monica Ford wirklich ermordet hat.«

»Aber, Glenn! Wie soll ich das denn machen? Wohin soll sie denn gehen?«

»In den Libanon! Wir haben dort Freunde, die sie sicher bei sich aufnehmen würden. Und ich bin mit einigen der hiesigen Fischer gut bekannt. Ich könnte alles für sie arrangieren. Aber irgend jemand muß sie dazu überreden, von hier fortzugehen.«

Amanda sah ihn mit einer steilen Falte zwischen den Brauen an. Sie sagte langsam: »Glenn, dabei kommt doch nichts heraus. Sie können sich doch auch denken, daß, wenn man sie schon bezichtigt, den Mord an Monica Ford begangen zu haben, die Polizei ihren Verdacht nur bestätigt bekommt, wenn Anita jetzt so mir nichts, dir nichts verschwindet.«

»Ja, ich weiß«, sagte Glenn schwerfällig.

»Dann gibt es sicher einen anderen Grund dafür, daß Sie sie von hier fort haben wollen. Sagen Sie es mir.«

Kaum hatte sie die Worte ausgesprochen, fühlte sie den Verdacht in sich aufsteigen, Glenn wisse oder ahne mehr als sie. Wie sehr er auch das Gegenteil versichern mochte, er schien doch im geheimen damit zu rechnen, daß seine Frau tiefer in die Sache verwickelt war, als er je zugeben würde.

Glenn hob seine rotgeränderten, müden Augen und sah Amanda lange an. Er sprach so leise, daß man ihn kaum verstehen konnte:

»Ja! Es gibt einen anderen Grund. Ich weiß nicht, was hier vor sich geht, und das macht mir Angst. Wissen Sie, ich habe die Vermutung, daß es noch einen Mord geben wird. Zumindest einen versuchten Mord. Wenn ich das alles richtig sehe, dann muß es sogar einen geben.«

Amanda hielt den Atem an. Er konnte ja nicht ahnen, daß Steven damals nachts auf der Hafenmauer fast dasselbe gesagt hatte.

Glenn sagte: »Vielleicht habe ich aber auch unrecht. Ich hoffe es sogar sehr. Aber trotz allem werde ich den Gedanken nicht los, daß irgendwie – ich weiß nicht so recht, wie ich es ausdrücken soll –, daß also irgendein Plan hinter alldem steckt. Ein teuflischer Plan, eine Art Spinnennetz. Vielleicht wurden die Fäden schon vor langer Zeit gesponnen. Aber jetzt ist irgend etwas schiefgegangen. Wer auch immer hinter alldem stecken mag, will oder kann seinen Plan nicht aufgeben. Aber jetzt kriegt er es langsam mit der Angst zu tun und braucht einen Sündenbock. Deshalb möchte ich, daß Anita von hier fortgeht, weil ich befürchte, daß sie jemandem in die Fänge gerät. Wenn sie erst einmal bei unseren Freunden im Libanon in Sicherheit ist, dann wird der Mörder sich hinter jemand anderem verstecken müssen. Außerdem könnten wir der Polizei ja sofort sagen, wo sie sich aufhält, wenn ein neuer Mordversuch unternommen worden ist. Man könnte dann leicht erklären, warum sie das Land verlassen hat. Auf jeden Fall wäre sie dann nicht mehr unter Verdacht. Ich kann sie nicht vor einer Gefahr schützen, die ich nur fühlen und ahnen, die ich aber nicht sicher sehen kann...«

Seine Stimme erstarb zu einem Flüstern. Amanda sagte schnell: »Sie glauben zu wissen, wer der Täter ist? Stimmt's?«

Er antwortete nicht, und sie wiederholte die Frage. Glenn sah sie erneut mit abweisendem Blick an: »Ja!«

»Und wer ist es?« Amandas Stimmbänder zitterten merkwürdig.

Glenn schüttelte den Kopf. »Ich kann es Ihnen nicht sagen. Selbst wenn ich ganz sicher wäre –, aber das bin ich nicht. Es könnte zu gefährlich für Sie werden. Und ich bin noch nicht ganz sicher. Ganz sicher noch nicht. Ich glaube, daß es eine Möglichkeit gibt, herauszufinden, wer es ist. Aber solange Anita noch hier ist, traue ich mich nicht. Man würde eventuell alles ihr in die Schuhe schieben. Wenn sie aber als Täter einfach nicht mehr in Frage kommt, muß die Polizei sich einen anderen Verdächtigen suchen. Können Sie mir folgen? Und dann brauchte man nur noch Beweise.«

Amanda wurde von plötzlicher Angst ergriffen, als ihr Steven Howards Vergleich mit dem Lamm einfiel, das man im Urwald anband, um damit den Tiger zu ködern. Glenn wollte sich also selbst als Köder zur Verfügung stellen, um die Bestie zu einem neuen Mord zu verleiten. Wenn Anita irgendwo im Ausland in Sicherheit war, wäre das zumindest der Beweis dafür, daß sie mit der großen Sache nichts zu tun hatte. Und wenn er selbst dabei in den sicheren Tod rannte? Das durfte sie nicht zulassen. Das Risiko war einfach zu groß. Steven hatte gesagt: ›Ein Mörder weiß ganz genau, daß, auch wenn er ein Dutzend Leute umbringt, er selbst nur einmal gehängt werden kann.‹ Jemand, der bereits zwei Morde verübt hatte, würde nicht davor zurückschrecken, noch einen weiteren zu begehen.

Amanda sagte atemlos: »Nein, Glenn! Das dürfen Sie nicht tun. Wenn es für Anita gefährlich ist, dann ist es doch genauso gefährlich für Sie selbst.«

»Für mich? Ich kann ganz gut auf mich aufpassen. Anita hat aber nur diesen Trottel von Lumley. Ich muß sie da einfach rausholen. Wenn mir das gelingt, ohne daß jemand weiß oder auch nur vermutet, daß sie fort ist, dann gibt es eine Chance.«

»Aber, Glenn! Selbst wenn Sie sie von hier fortbringen, wird derjenige, der diese Morde Anita anhängen will, sich doch eher freuen. Dann hat er erreicht, was er wollte.«

»Das würde er durch Anitas Selbstmord viel endgültiger und besser erreichen«, sagte Glenn grimmig.

»Selbstmord?«

»Ja!«Ein bühnenreif inszenierter Selbstmord! Das wäre nicht schwierig. Man findet Anita tot auf, und jeder wird davon überzeugt sein, daß sie lieber Hand an sich gelegt hat, als wegen Mordes gehängt zu werden.«

»Nein!« sagte Amanda flüsternd. »O nein, das darf doch nicht...«

Aber sie wußte, daß es eine realistische Vorstellung war. Noch einmal sah sie plötzlich in Gedanken Julia Blaine vor sich, wie sie das harmlose, beschlagene Glas in der Hand gehalten, daraus getrunken hatte und danach tot zusammengesunken war. Noch einmal fühlte sie das harte Glasröhrchen unter dem Kissen. Sie starrte im Geiste mit vor Entsetzen geweiteten Augen auf ein ähnliches Röhrchen, das am Abend zuvor unter Miß Moons Kissen gelegen hatte.

Glenn hatte völlig recht. Hier benötigte einer also einen Sündenbock, und Anita Bartons Tod – hervorgerufen durch Selbstmord – würde eine akzeptable Lösung des ganzen Falles darstellen.

Glenn sagte: »Es ist durchaus möglich, daß sie sich weigert, fortzugehen. Wenn dem so ist – nun, dann muß ich mir etwas anderes einfallen lassen. Aber wenn Sie es fertigbringen, sie davon zu überzeugen...«

»Ich werde es wenigstens versuchen«, sagte Amanda mit Unbehagen.

Glenn wandte sich schnell ab und begann wie ein gefangenes Tier den Raum zu durchqueren, die Hände in den Hosentaschen und die Stirn in Falten gelegt. Dann stellte er sich plötzlich vor sie und sagte abrupt: »Wenn, dann muß es heute nacht passieren. Morgen könnte es schon zu spät sein.

Wenn sie einverstanden sein sollte, wären Sie dann bereit, bis zur Abfahrt bei ihr zu bleiben? So lange bei ihr zu bleiben, bis sie in Sicherheit ist?«

»Ja!«

»Können Sie Auto fahren?«

Amanda nickte.

»Dann weiß ich, was wir machen. Ich werde heute abend ein Auto an die Straße stellen. Und zwar stelle ich es einfach bei dem unbebauten Grundstück an der Hauptstraße neben der Fahrbahn ab. Sie wissen, welche Stelle ich meine? Etwa fünfzig Meter, nachdem man von dieser Straße in die Hauptstraße einbiegt, genau gegenüber dem Haus mit den blauen Fensterläden. Wenn Sie Anita dazu bewegen können, sich mit der Aktion einverstanden zu erklären, sagen Sie ihr, sie solle nur soviel Sachen mitnehmen, wie sie selbst tragen kann. Und sie soll Kopfschmerzen vortäuschen und sagen, sie wolle früh zu Bett gehen. Gleich hinter dem langen Sandstrand neben der Straße nach Larnaka ist eine kleine Bucht. Anita kennt sie. Ich werde dafür sorgen, daß Yiannopoulos nicht später als zehn Uhr mit dem Boot dort sein wird. Die Stelle liegt genau an der anderen Seite von Nikosia, und sollte heute nacht wirklich schon etwas passieren, dann können Sie –.« Er brach plötzlich ab und sagte dann: »Fahren Sie, sobald Anita fort ist, hierher zurück, und lassen Sie das Auto an der Stelle stehen, an der Sie es abgeholt haben. Ich werde es dann später holen. Da ist nur noch eine Sache ...«

Glenn fuhr sich mit der Hand resigniert durch das Haar. Um seinen Mund lag wieder dieser verbitterte Zug:

»Sie müßten vortäuschen, daß es Ihre oder Miß Moons Idee war. Wenn Anita annimmt, daß ich auch nur irgend etwas mit der Sache zu tun habe, dann wird sie nicht darauf eingehen. So wie die Dinge stehen, läßt sie sich, glaube ich, lieber wegen Mordes vor Gericht stellen, als sich von mir helfen zu lassen. Sie versteht eben den Ernst der Lage nicht. Anita glaubt, tun und lassen zu können, was sie will, und ungestraft davonzukommen. Ihr ist einfach nicht klar, daß mit einem Mörder nicht zu spaßen ist.«

Es kam Amanda wieder wie das Echo von Stevens Worten vor. Steven, wie er im vollen Mondschein an der Hafenmauer stand, die Arme um Amanda geschlungen, und sagte: »Mord ist eine teuflische Sache.«

Amanda sagte: »Ich werde tun, was ich kann.«

»Ich weiß, daß Sie das tun werden. Machen Sie ihr den Ernst der Lage klar. Sorgen Sie dafür, daß sie die Gefahr richtig einschätzt, anstatt sich einzureden, in Wirklichkeit könne ihr nichts passieren.«

Amanda nickte schweigend.

Glenn sagte: »Ich weiß gar nicht, wie ich Ihnen danken soll. Mir ist klar, daß ich Sie da nicht hineinziehen sollte. Eigentlich ist das Risiko zu groß. Aber ich habe keine andere Wahl. Es ist der einzige Ausweg.«

Er war für eine Weile ganz still, dann verzog sich sein Mund zu einem gezwungenen Lächeln, und er sagte: »Ich habe bereits eine andere Möglichkeit ausprobiert, aber es kam nichts dabei heraus. Im Gegenteil, ich habe mich nur zum Narren gemacht.« Das Lächeln auf seinem Gesicht verfinsterte sich, als er wieder zu sprechen begann: »Das Auto wird um neun Uhr dort sein. Und wenn Anita sich weigert mitzukommen, dann ...«

Achselzuckend wandte er sich zum Gehen. Kurz darauf hörte Amanda die Haustür hinter ihm zufallen.

18

Amanda trat auf den Kai hinaus und steuerte langsam auf das Café zu, das an der Hafenecke lag.

Sie fühlte sich außerordentlich erschöpft. Aber irgendwie war diese Erschöpfung mit einer gewissen freudigen Stimmung vermischt. Es war nicht einfach gewesen, mit Anita Barton zu sprechen. Sie war außerordentlich mißtrauisch und ziemlich betrunken gewesen. Aber sie hatte auch große Angst gehabt. Und diese Angst hatte schließlich den Ausschlag gegeben. Anita hatte sich bereit erklärt, die Insel zu verlassen.

Amanda hatte sie zuletzt davon überzeugen können, daß der Plan von Miß Moon stammte. Vielleicht hatte Anita nur aufgrund dessen so plötzlich nachgegeben. Denn sie mochte Miß Moon sehr. Außerdem hatte Amanda in groben Zügen Glenn Bartons Verhör geschildert und dabei den Eindruck erweckt, als seien die Fragen, die Anita betrafen, an Miß Moon gerichtet gewesen. Sie ließ außerdem durchblicken, Miß Moon habe mit einem hiesigen Fischer eine Abmachung getroffen, damit Anita unbemerkt die Insel verlassen könne. Amanda hatte hinzugefügt, daß es schließlich sehr unwahrscheinlich sei, daß Anita selbst eine solche Flucht hätte arrangieren können. Sie hatten vereinbart, daß Mrs. Barton um halb zehn an der Straßenbiegung nahe dem Postamt sein werde. In weniger als einer halben Stunde Fahrzeit würden sie dann an der kleinen Bucht sein, wo das Boot schon auf Mrs. Barton warten würde. Es bliebe ihnen dann noch genügend Zeit übrig, um die Strecke von der Straße zum Strand hinunterzulaufen. Der Weg war zwar steil und felsig, aber nicht einmal hundert Meter lang.

Der Sonnenuntergang war ein überwältigendes Schauspiel. Der Himmel schien zu glühen, und hin und wieder leuchteten rosa und goldene Farbstreifen auf. Die malerischen schmalen Häuser, die den Hafen umgaben, warfen lange lilafarbene Schatten über den Kai und auf das unbewegte Wasser im Hafenbecken. Von irgendwoher erklangen Glocken. Zur gleichen Zeit rief ein Muezzin vom Minarett einer Moschee zum Gebet auf.

Amanda eilte zur Hafenmauer hinüber und ließ sich erschöpft auf den warmen Steinen nieder. Sie wünschte sich nichts sehnlicher, als über das Vorhaben der vergangenen Nacht mit jemandem sprechen zu können. Glenn hatte sie nicht ausdrücklich darum gebeten, die Sache für sich zu behalten. Auf der anderen Seite verstand es sich wahrscheinlich von selbst, daß sie darüber mit keinem Außenstehenden reden sollte. Gesetzt den Fall, Anita Barton befand sich wirklich in Gefahr, dann durfte natürlich niemand davon erfahren, daß sie beabsichtigte, die Insel zu verlassen.

Amanda dachte voller Sehnsucht und Bedauern an Steven Howard. Steven wäre wenigstens vertrauenswürdig. Sie hätte eigentlich zu ihm gehen und ihn um Rat und Hilfe bitten können. Aber sie konnte die gemeine Bemerkung, die er am Abend über Glenn Barton gemacht hatte, nicht vergessen: ›Der liebe Glenn macht es sich wohl zur Gewohnheit, sich von seinen Freundinnen die Kastanien aus dem Feuer holen zu lassen.‹

Wenn Mr. Howard die jetzige Sachlage kennen würde, dann würde er zweifellos trocken feststellen, daß der liebe Glenn kein Recht dazu hatte, Amanda in eine Sache zu verwickeln, die leicht gefährlich werden könnte, und sich so selbst elegant aus der Affäre zu ziehen. Außerdem würde Steven ihr verbieten, sich auch nur im geringsten in die Angelegenheit hineinziehen zu lassen. Vielleicht würde er sogar alle Hebel in Bewegung setzen, um zu verhindern, daß Anita Barton die Insel verließe. Aber selbst wenn sie mit ihm darüber sprechen wollte, wäre es im Moment gar nicht möglich gewesen. Als sie auf dem Weg zum Hafen war, hatte sie ihn nämlich vorbeifahren sehen. Er war mit dem Auto auf der Hauptstraße in Richtung Nikosia unterwegs gewesen. Obwohl er sie gesehen haben mußte, war er weitergefahren, ohne auch nur zu winken.

Amanda seufzte.

Ein Schatten fiel über sie, und eine freundliche Stimme sagte liebevoll: »Ist Ihnen eine Laus über die Leber gelaufen? Na, erzählen Sie schon! Ist es Liebeskummer, oder haben Sie nur Verdauungsbeschwerden?«

Amanda drehte sich sofort um. »Persis, Sie Hexe! Ich wäre vor Schreck beinahe ins Wasser gefallen. Nein, weder Liebeskummer noch Verdauungsbeschwerden. Und eine Laus ist mir auch nicht über die Leber gelaufen!«

»Ach, nein? Was sind Sie doch für ein Glückspilz!«

Persis ließ sich graziös neben Amanda auf der Hafenmauer nieder und sagte abrupt: »Wissen Sie, ich mache mir wirklich Sorgen.«

Amanda sah sie von der Seite an und stellte fest, daß Persis mit gerunzelter Stirn und blassem Gesicht bewegungslos auf das Wasser starrte.

»Was bedrückt Sie?«

»Glenn«, gestand Persis. »Ich weiß nicht, ich mag ihn einfach. Er gefällt mir sehr. Er weckt direkt mütterliche Gefühle in mir. Das ist mir wirklich noch nie passiert. Vielleicht ist es ein Zeichen dafür, daß ich langsam alt werde.«

Amanda fragte behutsam: »Was hat er denn jetzt wieder angestellt?«

»Er hat sich wie ein Narr benommen!« sagte Persis, und aus ihrer Stimme klang plötzlich Wut. »Raten Sie mal, was dieser verrückte Kerl heute morgen gemacht hat! Er ist geradewegs zum Polizeirevier marschiert und hat dort den Mord an seiner Sekretärin gestanden.«

»Was hat er getan? Er muß wirklich übergeschnappt sein!«

»Er hat den Beamten erzählt, er habe in geistiger Umnachtung gehandelt und könne jetzt nicht länger schweigen. Er redete ganz besonnen und kühl. Schließlich behauptete er, er sei von St. Hilarion aus gar nicht direkt nach Nikosia gefahren. Er habe gelogen. In Wirklichkeit habe er gewartet, bis Georges Wagen außer Sichtweite gewesen sei, und dann sei er hinterhergefahren. Er sei geradewegs in Miß Moons Haus gegangen und habe die Dame rasch erwürgt. Danach sei er auf dem schnellsten Wege heimgefahren. Man fragte ihn natürlich, wie er sich die Aussage der beiden Soldaten dann erkläre, die er unterwegs aufgenommen habe. Aber auch daran hatte er gedacht. Er behauptete, er habe die Uhr in seinem Auto zurückgestellt, um sich ein Alibi zu verschaffen. Die Soldaten hätten dort die falsche Zeit abgelesen. Schließlich sagte er, sein Gewissen ließe ihm keine Ruhe mehr und er bäte darum, verhaftet zu werden.«

»Und was ist dann geschehen?« fragte Amanda sprachlos. »Warum haben sie ihn nicht eingesperrt?«

»Weil sie so dämlich nun doch nicht sind«, seufzte Persis. »Sie hatten schon mit so etwas gerechnet. Sie hatten die Aussagen der beiden Soldaten. Die zwei hatten die Uhrzeit gar nicht von der Uhr in Glenns Wagen abgelesen. Die ist sowieso kaputt. Nein, sie hatten beide eine Armbanduhr und können beschwören, daß sie zu der von ihnen genannten Uhrzeit zurück waren. Glenn versuchte noch etwas dagegen einzuwenden, aber die Polizeibeamten haben ihn freundlich, aber bestimmt vor die Tür gesetzt. Ich dachte, jetzt fängt er gleich an zu weinen. Es ist mir nicht einmal unangenehm, Ihnen zu gestehen, daß ich ihn am liebsten mitten auf der Straße in den Arm genommen hätte. Ich konnte mich nur mühsam zurückhalten, ihn zu küssen und ihm zu sagen: ›Mein armer, armer Junge! Erzähle nur alles der Mami. Sie wird schon dafür sorgen, daß sie dich einsperren, wenn das dein Wunsch ist!‹ Und jetzt frage ich mich, wer von uns beiden spinnt. Er oder ich?«

»Das hat er also damit gemeint!« entfuhr es Amanda, der plötzlich ein Licht aufging.

»Was wollen Sie damit sagen?«

»Ach, nichts. Er hat nur irgend etwas darüber gesagt, daß er etwas ausprobiert habe. Er sei aber erfolglos gewesen, und er habe sich selbst zum Narren gemacht.«

»Wann hat er Ihnen das gesagt?« wollte Persis wissen. »Haben Sie ihn heute nachmittag schon gesehen?«

»Ja!« sagte Amanda zögernd.

Sie sah Persis Halliday dabei prüfend und unsicher an. Persis konnte Anita Barton erst an dem Nachmittag auf der ›Orantares‹ kennengelernt haben. Auch von Monica Fords Existenz hatte sie zuvor nichts wissen können. Sie war noch nie auf Zypern gewesen, und es gäbe keinen vernünftigen Grund dafür, daß sie ein Interesse daran haben könnte, Glenn Bartons Gattin zwei Morde in die Schuhe zu schieben.

Amanda faßte ganz plötzlich einen Entschluß. Die Aufregungen und Anstrengungen der letzten Tage, verbunden mit der permanenten Nervenanspannung, waren einfach zuviel für sie gewesen. Sie mußte sich jemandem anvertrauen. Eigentlich hätte es Steven sein sollen. Er war aber so kurz angebunden und unfreundlich gewesen. Außerdem hielt er sich offensichtlich gerade in Nikosia auf.

Amanda sagte: »Persis, ich würde Ihnen gern etwas anvertrauen, wenn Sie mir versprechen, niemandem davon zu erzählen, wirklich niemandem!«

Persis sah Amanda eine ganze Weile mit schmalen, abwägenden Augen an. Dann hielt sie ihr die Hand entgegen. Es war eine kräftige Hand, der man ansah, daß sie auch zupacken konnte, die aber gleichzeitig auch Intelligenz und Feingefühl verriet. Ihr Händedruck war fest und vertrauenerweckend.

»Schießen Sie los!« sagte Persis kurz und bündig.

Sie hörte sich Amandas Bericht von ihrer Abmachung mit Glenn aufmerksam an. Je mehr sie darüber erfuhr, um so gespannter wurde ihr Gesichtsausdruck. Als Amanda geendet hatte, sagte sie geradezu ehrfürchtig: »Das schlägt ja selbst Sherlock Holmes um Längen! Wann fahren wir los?«

»Wir?« fragte Amanda verwirrt.

»Ja klar! Ich werde Sie begleiten. Glauben Sie etwa, ich schaue tatenlos zu, wenn Sie Ihren Hals riskieren? Nein, ich werde Ihnen mit einem Totschläger zur Seite stehen. Für alle Fälle. So etwas lasse ich mir auf keinen Fall entgehen.«

Amanda lachte vor Erleichterung plötzlich laut auf. Nicht einmal sich selbst hatte sie eingestehen wollen, wie wenig verlockend ihr der Gedanke an das bevorstehende nächtliche Abenteuer erschienen war und wie sehr sie sich vor der langen Fahrt zurück nach Kyrenia fürchtete. Sie wäre ganz allein auf der kaum befahrenen Straße gewesen. Aber jetzt, nachdem Persis sich bereit erklärt hatte, mitzukommen, verlor die ganze Sache ihren Schrekken und wurde zu einem spannenden Abenteuer.

Amanda fiel Persis vor Begeisterung um den Hals.

»Persis, Sie sind wirklich ein Engel!«

»Das hat man mir schon oft gesagt«, erwiderte Persis unbescheiden. »Und jetzt schlendern wir ganz gemütlich zu Ihrer schönen alten Villa hinauf und bringen Miß Moon schonend bei, daß ich Sie zum Essen ins Hotel entführe. Dann können wir in aller Ruhe von dort aus zu dem Auto gehen. Sind Sie damit einverstanden?«

Sie erhoben sich beide und führten ihren Plan aus. Amanda ließ die arme Miß Moon nicht ohne Gewissensbisse allein zu Abend essen. Sie tröstete sich jedoch mit dem Gedanken, daß Steven Howard sicher alle nötigen Vorkehrungen für Miß Moons Sicherheit getroffen hatte. Zu ihrer Erleichterung stellte sie fest, daß der ihr inzwischen vertraute, unauffällige Passant an der Straßenecke stand und damit beschäftigt war, nichts zu tun. Unterwegs trafen sie Alastair Blaine im Dome-Hotel. Er schien in Eile zu sein und erzählte, er habe eine Verabredung zum Dinner bei Antonakis in Nikosia.

»Man sagt, daß die Spezialität des Hauses Tintenfisch ist«, sagte Alastair. »Ich habe mir immer geschworen, keinen Tintenfisch zu essen. Es ist aber nicht immer leicht, sich an Vorsätze zu halten. Wenn ich es überlebe, werden wir uns wohl morgen wiedersehen.«

Persis fragte: »Und mit wem sind Sie verabredet, wenn ich fragen darf?« Alastair war aber bereits auf und davon und hatte ihre Frage nicht mehr gehört.

Sonst trafen sie niemanden, den sie kannten. Abgesehen vielleicht von ein paar Hotelbekannten. Lumley Potter speiste allein. Er saß am anderen Ende des Saales und schien in Eile zu sein. Anita hatte es wohl für das beste gehalten, ihn für den Abend fortzuschicken. Von Toby Gates oder Steven Howard war nichts zu sehen. Offenbar aßen sie beide woanders.

Persis und Amanda ließen sich beim Essen viel Zeit.

Die Zeit schien ihnen kaum zu vergehen. Sogar Persis zeigte Anzeichen von Nervosität. Sie zündete sich eine Zigarette nach der anderen an, und das Warten kam ihnen vor wie eine Ewigkeit. Persis schnippte ihre Asche gedankenlos auf den Fußboden. Sie spielte nervös mit den Fingern und rutschte ungeduldig auf ihrem Stuhl hin und her.

Endlich war es neun. Persis blickte auf das diamantverzierte Zifferblatt ihrer Armbanduhr und verglich die Zeit mit der Hoteluhr. Schließlich erhob sie sich:

»Gehen wir!«

Bevor sie sich aber endgültig auf den Weg machten, gingen sie noch auf Persis' Zimmer. Sie nahm einen leichten Seidenmantel aus dem Schrank und studierte ihr Gesicht aufmerksam im Spiegel. Dann legte sie ein Tuch über ihr dauergewelltes Haar, legte etwas Lippenstift auf, wobei sie sich sehr konzentrierte, und verkündete zuletzt, daß sie fertig sei.

Sie liefen durch die Stadt und hielten sich kurz an einer Straßenkreuzung auf, als George Norman an ihnen vorüberfuhr. Er verlangsamte sein Tempo, um auf die Vorfahrt zu achten. Es näherte sich ein anderer Wagen, dessen Scheinwerferlicht auf Georges gerötetes Gesicht fiel. Sein Gesichtsausdruck war wie der eines beleidigten Jungen, den man im Spiel unterbrochen hatte. Er erkannte weder Persis noch Amanda, sondern fuhr auf der Hauptstraße stadtauswärts weiter.

»Ich wette meine weißen Schuhe gegen einen weißen Elefanten, daß die kleine, zarte Claire ihn auf einen Botengang geschickt hat«, kommentierte Persis lächelnd. »Das einzige, was ihm noch fehlt, ist eine gutsitzende Pagenuniform mit blankpolierten Knöpfen. Das wäre der einzig richtige Anzug für ihn.«

Das Auto war unter Bäumen an einem freien Platz geparkt. Es war nicht Glenns Auto.

»Sind Sie sicher, daß es das ist?« fragte Persis und schien gar nicht zu bemerken, daß sie unbewußt flüsterte.

»Ja, das muß es sein. Es ist leer, und der Schlüssel steckt. Seinen Wagen hätte er sicher nicht hier abgestellt, weil seine Frau ihn erkannt hätte.«

»Ja, da haben Sie recht. Der wird es wohl sein. Also, steigen wir ein. Ich setze mich hinten hinein und schicke ein Stoßgebet zum Himmel, daß dieses das richtige Vehikel ist und nicht irgendeinem wildfremden, gutgläubigen Zeitgenossen gehört, der ausgerechnet hier seine alte Kiste abgestellt hat. Ich habe nämlich eigentlich nicht vor, die letzten Tage auf der Insel der Venus im Kittchen zu verbringen.«

Amanda setzte sich hinter das Steuer und betätigte die Innenbeleuchtung. Sie ließ den Motor an und drückte auf den Starter. Kurz darauf glitt der Wagen die Straße hinunter.

Anita Barton stand bereits wartend im Schatten eines Jacarandabaumes. Sie trug ein dunkles Leinenkleid und hatte sich einen Schal um den Kopf gebunden. In der einen Hand hielt sie einen kleinen Koffer.

Amanda öffnete die Wagentür, und einen Moment später saß Anita Barton neben ihr. Sie atmete rasch und zitterte vor Angst oder Anstrengung heftig. Dann knallte sie die Tür hinter sich zu. Der Wagen rollte gerade auf die Straße, als sie Persis Hallidays Spiegelbild in der Windschutzscheibe erblickte. Mit einem erstickten Aufschrei, der schon mehr wie ein Kreischen klang, fuhr sie herum.

»Wer ist das?«

»Machen Sie sich keine Sorgen«, beeilte sich Amanda zu erklären. »Es ist eine Freundin von mir, Mrs. Halliday. Sie fährt mit uns, damit ich den Rückweg nicht ganz allein zurücklegen muß.«

»Ich glaube, wir kennen uns noch nicht«, sagte Persis zuvorkommend. »Es freut mich, Ihre Bekanntschaft zu machen. Ich hoffe sehr, daß Sie mich nicht als zu aufdringlich empfinden. Aber ich dachte, Amanda würde ein wenig Unterstützung guttun. Es ist doch eine relativ weite Strecke und sicherlich kein Vergnügen, mutterseelenallein zurückzufahren.«

»Sind Sie Amerikanerin?« fragte Anita Barton ziemlich unhöflich.

»Ja, vom Scheitel bis zur Sohle«, erwiderte Persis.

Dann schwieg Mrs. Barton, aber es lag eine deutlich spürbare Spannung in der Luft. Sie saß angespannt und zitternd da. Hin und wieder warf sie einen Blick über ihre Schulter, als fürchte sie, von einem anderen Wagen verfolgt zu werden. Zweimal wurden sie von einem Auto überholt. Anita kauerte sich in ihrem Sitz zusammen und beugte den Kopf so weit nach vorn, daß er durch das Armaturenbrett verdeckt war.

Die gewundene Straße, die Olivenbäume und auch die steilen, felsigen Berge von Kyrenia glänzten wie poliertes Silber. Ein helles Mondlicht erleuchtete die laue Nacht. Die Straße wand sich um zahllose Kurven. Sie führte durch malerische Dörfchen, in denen schmale, weißgekalkte Häuser standen. Dann wieder fiel sie in enge Täler ab, wo Steinbrücken in schwindelerregender Höhe über die Bergflüsse führten. So ließen sie Meile um Meile hinter sich.

»Jetzt sind wir bald da«, sagte Anita Barton, nachdem sie für etwa zwanzig Minuten geschwiegen hatte. »Halten Sie hier. Hier bei den Bäumen. Von hier aus können wir sehen, ob alles in Ordnung ist und wir weiterfahren können.«

Amanda parkte genau dort, wo eine Reihe Kasuarinabäume und allerhand Gestrüpp ihre Schatten auf die staubigweiße Straße tanzen ließen.

»Machen Sie die Lichter aus«, befahl Anita Barton. Sie flüsterte zwar nur, aber dennoch klang ihre Stimme ziemlich barsch.

Amanda machte gehorsam die Lichter aus, ließ den Motor aber für alle Fälle leise weiterlaufen. Mrs. Barton öffnete die Wagentür und trat auf die mondhelle Straße hinaus. Persis und Amanda folgten ihr.

Das Ufer lag ungefähr fünfzig Meter von der linken Straßenseite entfernt. Das kleine Stückchen Land dazwischen war mit Felsbrocken übersät, und es gediehen nur einige sehr genügsame Gräser darauf, ein paar verkümmerte Büsche und zwei oder drei Maulbeerbäume.

Anita Barton sagte unter Flüstern: »Ich gehe bis zur Biegung vor, um zu sehen, ob alles in Ordnung ist. Manchmal werden hier bei Vollmond kleine Feste veranstaltet. Miß Derington sollte vielleicht besser in der Nähe des Autos bleiben. Und Sie«, wandte sie sich an Persis, »sind bitte so nett und gehen dort drüben ganz bis an den Rand der Klippen. Von da aus können Sie sehen, ob das Boot schon draußen liegt. Es sollte etwa eine halbe Meile weiter vorn hinter den Felsen liegen. Von dort oben haben Sie eine gute Sicht. Falls es noch nicht dort liegt, fahren wir nicht weiter.«

»In Ordnung«, sagte Persis seufzend. »Ich werde mir wohl die Strümpfe ruinieren, von den Nerven ganz zu schweigen. Aber was tut man nicht alles für einen guten Zweck.«

Damit entfernte sie sich und verschwand im Schatten des Kasuarinabuschwerks. Ihre hochhackigen Sandalen hinterließen im weichen, sandigen Boden des Straßenrands kein Geräusch.

Anita Barton wartete einen kurzen Augenblick und ging dann zur Vorderseite des Wagens. Sie hielt plötzlich inne, beugte sich hinunter, und Amanda konnte sehen, wie sie erschreckt zusammenfuhr.

»Was ist dort los?« fragte Amanda ungeduldig.

»Sehen Sie nur!« sagte Anita Barton unter ängstlichem Flüstern.

Amanda eilte zu ihr und beugte sich ebenfalls hinunter. Sie starrte auf die weiße, staubige Straße und bemühte sich, auf den Punkt zu schauen, auf den Anitas zitternder Finger wies.

»Was ist denn? Ich sehe nichts Auffälliges.«

Aber dann erkannte sie auf der mondhellen Straße den Schatten.

Es war Anita Bartons Schatten. Amanda bemerkte, daß Anita etwas in der Hand hielt. Sie hob lautlos den Arm und ließ ihn dann rasch wieder fallen.

Amanda versuchte noch auszuweichen, aber es war bereits zu spät. Sie erhielt einen kräftigen Schlag auf den vorgebeugten Hinterkopf und stürzte in einen schwarzen Abgrund. Amanda lag ausgestreckt auf der mondbeschienenen Straße.

Anita Barton lachte leise. Ihr hysterisches Gekicher störte die Stille der Nacht.

Von Panik ergriffen sah sie hinter sich, aber Persis Halliday war weder zu hören noch zu sehen. Sie drehte sich wieder um und bückte sich zu Amanda hinunter. Dann ergriff sie Amandas Schultern. Es gelang ihr, sie halb ziehend, halb tragend in das Auto zu befördern. Nachdem sie Amanda untergebracht hatte, knallte sie die Tür zu und ging um den Wagen herum. Sie setzte sich auf den Fahrersitz und löste die Handbremse.

Der Wagen fuhr fast unhörbar die vom Mond erhellte Straße hinunter. Anita hatte das Licht nicht eingeschaltet. Das Auto war in der silberhellen Nacht auf der weißen Straße nur als grauer Schatten zu erkennen. Am Ende eines langen Abhangs wand sich die Straße um eine Kurve und begann dann wieder anzusteigen. Anita raste mit einer Geschwindigkeit von achtzig Stundenkilometern die steile Straße zur Küste hinunter. Schließlich zeigte die Nadel des Tachometers über hundert Stundenkilometer an, und der Motor röhrte bereits auffallend laut.

Vielleicht war es die Geschwindigkeit, die Amanda wieder zu sich kommen ließ. Auf jeden Fall rührte sie sich wieder und stöhnte vor Schmerzen. Endlich öffnete sie die Augen.

Im ersten Moment konnte sie sich nicht daran erinnern, wo sie sich befand und was vorgefallen war. Ein entsetzlich dröhnender Kopfschmerz war das einzige, was sie spürte. Vor ihren Augen flimmerte eine glutrote

Wand, an der blendende Sterne aufzuleuchten schienen. Doch dieses Trugbild verschwand allmählich. Ihre Stirn, hinter der es ununterbrochen hämmerte und pochte, wurde von der Nachtluft angenehm gekühlt. Plötzlich fiel ihr wieder dieser Schatten ein, den sie auf der mondhellen Straße gesehen hatte. Anita Barton hatte also ...

Anita hatte sie mit etwas geschlagen. Sie mußte einen harten und schweren Metallgegenstand dazu verwendet haben. Aber wieder einmal waren es Amandas dicke Zöpfe gewesen, die sie gerettet hatten. Sie hatten den brutalen Hieb stark gedämpft.

Anita –

Amanda hob langsam und unter Schmerzen den Kopf. Sie sah Anita Bartons Gesicht im schwachen Licht der Armaturenbeleuchtung. Es war nichts als eine weiße Maske zu erkennen. Anitas Gesicht war zu einer Grimasse verzogen, die nichts Menschliches mehr an sich hatte. Speichel schimmerte in den Mundwinkeln, und ihre weit aufgerissenen Augen starrten ins Leere.

Sie hatte bemerkt, daß Amanda sich bewegte, und wandte den Kopf. Im nächsten Augenblick nahm sie den Fuß vom Gaspedal und trat heftig auf die Bremse.

Mit kreischenden Reifen kam der Wagen zum Stehen. Amanda, die ohnehin schon ziemlich benommen war, wurde dabei auch noch gegen das Armaturenbrett geschleudert.

Anita Barton zog etwas aus ihrer Tasche, und Amanda erkannte im Mondschein den Lauf einer Armeepistole.

»Machen Sie nur keinen Unsinn«, warnte Anita drohend. Ihre Worte sollten zwar barsch klingen, aber sie hatte ihre Stimme nicht mehr in der Gewalt.

Sie erhob ihre linke Hand, zog an dem Seidenschal, den sie um den Kopf gebunden hatte, löste ihn und sagte: »Drehen Sie sich mit dem Rücken zu mir, und nehmen Sie Ihre Hände nach hinten. Aber rasch!«

Amanda spürte das harte Metall der Revolvermündung in ihrem Rücken und gehorchte willenlos.

Sie spürte, wie Anita Barton mit heißen, unruhigen Fingern den Seidenschal um ihr Handgelenk wickelte und die Knoten schmerzhaft fest anzog. Erst da wurde ihr bewußt, daß sie zu diesem Zweck ihre Waffe abgelegt haben mußte.

»So ist es gut«, sagte Mrs. Barton keuchend und außer Atem. »Und jetzt die Füße.« Sie zerrte grob an Amanda herum und fesselte ihr die Füße mit einem starken Band, das sie wohl speziell für diesen Zweck mitgebracht hatte. Dann steckte sie der nach Luft schnappenden Amanda skrupellos und völlig unerwartet ein Taschentuch in den Mund und band noch einen weiteren Schal darum. Dabei riß sie rücksichtslos an Amandas Haar und zog es straff nach hinten, um sicherzugehen, daß der Knebel auch fest saß. Ganz offensichtlich hatte sie ihren Plan vorher bis ins Detail ausgearbeitet.

»So, das wäre geschafft«, stieß Anita Barton zwar atemlos, aber mit ihrem Werk zufrieden hervor.

Sie sah auf Amanda hinunter und schaute ihr direkt in die verängstigten großen Augen. Daraufhin lachte sie laut und wild. Ihre schrille und hysterische Stimme war kaum zu ertragen.

»Sie sind also auch eine von Glenns Weibern. Das habt ihr beide aber fein ausgedacht! Der liebe, gute Glenn! Für wie dumm habt ihr mich eigentlich gehalten? Er wartet also schon auf dem Boot auf mich, wie? Na, der wird sich wundern. Er wird noch eine letzte Überraschung erleben. Es ist ja wirklich alles perfekt von ihm organisiert. Nur weiß er noch nicht, daß er es ist, der verschwinden wird. Ich habe extra für ihn diesen Revolver aufgehoben. Eigentlich wollte ich mir selbst eine Kugel damit durch den Kopf jagen. Aber ich habe es mir anders überlegt. Glenn hat Sie da hineingezogen, nicht wahr? Natürlich ist es wahr. Aber es wird das letzte Mal gewesen sein, daß er andere Leute für sich arbeiten läßt. Sie haben wohl gedacht, ich wäre Ihnen auf den Leim gegangen? Wie rührend selbstlos Sie doch sind. Alles nur zu meinem Besten, zu meiner Sicherheit. Aber Sie haben es doch nur für ihn getan. Du kleine...!«

Es folgte ein wenig damenhafter Ausdruck. Anitas Augen hatten einen irren Blick, das Gesicht war kreideweiß und wutverzerrt. Gleichzeitig stand ihr aber auch Angst ins Gesicht geschrieben. Sie benahm sich wie ein gehetztes Tier, dem der Fluchtweg versperrt ist. Ihre Augen funkelten Amanda zornig an, und ihre Brust hob und senkte sich unter keuchendem Atem. Ganz unmotiviert lachte sie plötzlich wieder los. Dann machte sie sich daran, die Handbremse zu lösen.

Sie fuhr jetzt langsamer. Schließlich, als sich die Straße wieder senkte, ließ sie den Wagen mit ausgeschaltetem Motor einen langen, sanft geschwungenen Hang hinunterrollen. Diesmal bremste sie weniger ruckartig als zuvor, und der Wagen blieb im Schatten einiger hoher Felsen stehen.

Sie saß ganz still da und horchte aufmerksam. Nach einer kurzen Weile öffnete sie die Wagentür und stieg aus.

Dann drehte sie sich wieder um und schaute Amanda an. Sie flüsterte so leise, daß Amanda sie im Wageninnern kaum verstehen konnte: »Wenn Sie jetzt gleich einen Schuß hören, dann hat der liebe Glenn dank Ihrer eifrigen Mithilfe ein ziemlich fatales Ende gefunden. Ich habe noch nie eine Schußwaffe benutzt, und ich will ganz sichergehen, daß ich ihn nicht verfehle. Bleiben Sie nur hier und hören Sie gut zu. Um Sie kümmere ich mich dann später.«

Sie wandte sich wieder ab und ging geräuschlos über die mondhelle Straße. Dann verschwand sie auf einem sandigen, schmalen Pfad, zwischen heruntergestürzten Felsbrocken und einem ebenen Küstenabschnitt, der etwa fünfzig Meter vom Strand entfernt war. Das Schlagen der Wellen war von fern zu vernehmen.

Amanda warf sich verzweifelt hin und her. Sie zerrte hilflos an dem Seidenschal, der ihre Hände fesselte.

Glenn war natürlich nicht da draußen. Aber seine Frau ließ sich von ihrer fixen Idee nicht abbringen. Irgendein harmloser, hilfsbereiter Fischer würde deshalb sterben müssen. Sicherlich wartete er da unten schon auf Anita. Aber sie würde ihn mitleidslos und ohne jede Warnung niederschießen. Genauso mitleidslos, wie sie auch die arme Monica Ford getötet hatte. Weil sie noch nie eine Pistole in der Hand gehabt hatte, würde sie auf Nummer Sicher gehen und auf die Brust oder den Bauch des Fischers zielen. Er würde unter entsetzlichen Qualen sterben.

Anita Barton war nicht mehr zurechnungsfähig. Die Angst um ihre eigene Sicherheit hatte sie die Grenze zum Wahnsinn überschreiten lassen. Hatte Glenn wirklich schon die ganze Zeit geahnt, daß seine Frau eine Mörderin war? Hatte er deshalb versucht, sie von der Insel fortzulocken? Und hatte er deshalb jeden nur denkbaren Vorwand benutzt?

Amanda krümmte und wand sich wie ein Aal. Sie zerrte hilflos und voller Panik an ihren Feseln. Sie durfte einfach nicht zulassen, daß Anita noch einmal einen Menschen umbrachte. Sie durfte einfach nicht da liegenbleiben und warten, bis sie den Todesschuß hörte, gleichzeitig wissend, daß sie selbst das nächste Opfer sein würde. Amanda bemühte sich, mit dem Kinn die Hupe zu betätigen, weil sie dachte, das laute Hupen würde Anita Barton in Schrecken versetzen. Es blieb aber bei einem Versuch, denn sie verlor den Halt und fiel zu Boden. Als sie sich wieder aufrichtete, schlug sie sich den Kopf am Lenkrad an.

Dann ergriffen sie plötzlich zwei Hände und zerrten Amanda hoch. Eine Stimme an ihrem Ohr flüsterte drängend:

»Wie, um Himmels willen, soll ich Sie hier rausholen, wenn Sie hüpfen wie ein Gummiball? Verhalten Sie sich ruhig!«

Persis! Amandas schmaler Körper sackte vor Erleichterung förmlich in sich zusammen. Sie spürte, wie Persis' Finger versuchten, den Knoten an ihrem Hinterkopf zu lösen. Persis flüsterte: »Zum Teufel mit Ihren Locken. Müssen Sie unbedingt...«

Sie riß den Schal weg, und Amanda spuckte das feuchte Taschentuch aus. In tiefen Zügen sog sie die frische Nachtluft ein.

»Persis! Wie, um alles in der Welt, sind Sie hierhergekommen?«

»Psst! Nicht reden! Oder wollen Sie, daß dieses Frauenzimmer uns wieder auf den Hals kommt?« Persis machte sich jetzt an dem Seidenschal zu schaffen, den Anita um Amandas Handgelenke geknotet hatte. Unter Flüstern erklärte sie: »Die ganze Sache gefiel mir von Anfang an nicht. Dieser komische Blick erinnerte mich gleich an ein Pferd, das ich in meiner Jugend kannte. Und auf dieses Pferd würde ich mich nie wieder setzen. Ich bin also einfach um dieses Gebüsch herumgegangen, habe bis zehn gezählt und bin schnurstracks zurückgekommen. Sie lagen ziemlich k. o. da, während unsere liebe Freundin sich gerade aus dem Staub machen wollte. Da bin ich dann schnell hinten aufgesprungen. Ich hätte mir beinahe das Genick gebrochen, als Anita so heftig auf die Bremse getreten ist. Es war alles in allem eine ziemlich staubige und unerfreuliche Fahrt. So, das hätten wir...«

Amanda konnte die Handgelenke wieder bewegen. Sie beugte sich hinunter, um den Knoten an den Fußgelenken ebenfalls zu öffnen. In Windeseile sprang sie aus dem Wagen und war frei.

»Kommen Sie, wir fahren zurück!« zischte Persis. »So kriegen wir sie!«

»Nein, ich kann einfach nicht«, sagte Amanda verzweifelt. »Sie glaubt, daß Glenn dort unten am Strand auf sie wartet, und sie will ihn erschießen. Sie müssen doch einsehen, daß ich versuchen muß, sie davon abzuhalten.«

»Okay«, sagte Persis resigniert. »Dann komme ich aber lieber mit.«

Sie lief auf die Straße und stieß plötzlich einen halberstickten Schmerzensschrei aus.

»Du liebe Güte«, schnaufte Persis und hüpfte nur auf einem Bein weiter.

»Was ist denn?«

»Ich habe einen Schuh verloren und bin ganz unglücklich auf einen dieser spitzen Steine getreten.«

»Auf einem Bein können Sie doch nicht weiterlaufen«, flüsterte Amanda angespannt. »Bleiben Sie hier, und suchen Sie sich etwas, vielleicht einen starken Ast. Wenn sie zurückkommt, sollten Sie versuchen, ihr ein Bein zu stellen.«

Dann drehte sie sich um und ging den Weg, den Anita Barton ein paar Minuten zuvor eingeschlagen hatte, entlang.

Der Pfad führte genau zu der Spitze der niedrigen Klippe. Darunter lag ein Haufen angeschwemmter Tang und riesige verstreute Felsbrocken.

Auf der glitzernden See trieb ein Boot. Ein Boot, das offenbar an der Klippe auf jemanden gewartet hatte. Amanda hörte das leise Eintauchen der Ruder. Langsam plätscherten die Wellen ans Ufer. Es klang wie das Rascheln trockener Blätter im Herbst. Dann war das Knirschen des Kiels auf dem nassen Sand zu vernehmen.

Es befand sich nur ein Mann auf dem kleinen Boot. Amanda sah, wie er die Ruder einholte, in die Gischt sprang und den Bug etwas weiter auf den Strand zog.

Dann ging er auf Amanda zu. Der Mondschein fiel auf sein Gesicht, und sie konnte den Mann, der sich ihr langsam näherte, erkennen.

Es war Glenn Barton.

Amanda war wie vom Schlag gerührt, so daß sie nicht einmal in der Lage war zu schreien. Als sie sich wieder einigermaßen in der Gewalt hatte und schon den Mund öffnete, um Glenn eine Warnung zuzurufen, fiel ihr ein, daß sich Anita irgendwo in der Nähe versteckt halten mußte. Wenn sie ihm jetzt etwas zuriefe, würde er sicherlich stehenbleiben. Anita würde dann wissen, daß sie entdeckt worden war, und auf ihn feuern.

Amanda kämpfte sich mühsam vorwärts. Sie ging im Schatten der Felsen und näherte sich allmählich Anitas Versteck.

Da trat auch schon ein paar Schritte entfernt von ihr jemand aus dem Schatten. Glenn blieb stehen und sagte ruhig: »Anita.«

Dieses einzige, sanft gesprochene Wort klang in der stillen, mondhellen Nacht erstaunlich laut. Sonst war nur das träge Murmeln der See zu vernehmen.

Mit einer Hand in der Tasche ihres weiten Leinenmantels stellte Anita Barton sich in den Mondschein. Amanda sah, wie sie langsam die Hand aus der Tasche zog. Sie raste vorwärts und stürzte sich auf Mrs. Barton. Sie zerrte Anitas Arm nach unten, so daß der Schuß in den Sand feuerte.

Der Knall, der durch den Schuß verursacht wurde, hallte in der kleinen Bucht etliche Male wider. Amanda ergriff den Revolver in Anitas Hand, klammerte sich daran und zerrte so lange, bis es ihr gelang, ihn ihr zu entwinden und wegzuschleudern.

Glenn bückte sich langsam und hob den Revolver wieder auf. Anita Barton stürzte sich schreiend auf Amanda und versuchte, ihr wie eine wild gewordene Katze das Gesicht zu zerkratzen.

»Sind Sie wahnsinnig? Jetzt bringt er uns beide um! Nein, Glenn! Tu es nicht! Ich will nicht sterben!«

Dann sank sie vor Amandas Füßen zu einem schluchzenden, zitternden Häufchen Elend zusammen. Glenn betrachtete sich die Waffe in seiner Hand und beobachtete danach seine Frau, die noch immer völlig außer sich war. Er hob ruhig und gelassen den Revolver und sagte mit überaus freundlicher Stimme:

»Ganz recht! Ich bringe euch beide um. Ihr zwei seid

in letzter Zeit zu gefährlich geworden. Keine Bewegung, Amanda! Ich bin ein ausgezeichneter Schütze. Außerdem habe ich nicht nur den Revolver, den mir meine herzallerliebste Frau freundlicherweise mitgebracht hat. Es tut mir leid, daß ich auch Sie verschwinden lassen muß. Natürlich sind Sie offiziell mit Anita in den Libanon gefahren. In ein paar Tagen wird ein entsprechendes Telegramm hier eintreffen. Anita hat einen Brief hinterlegt, in dem sie Miß Moon und jedem, den es interessiert, alles näher erklärt. Anitas Handschrift ist wirklich kein Problem für mich. Sollte sich nach einiger Zeit herausstellen, daß Sie nicht mehr zurückkommen, na, dann hat meine Frau eben wieder einen Mord begangen.«

Amanda sagte atemlos: »Aber, Glenn! Was reden Sie denn da! Ich verstehe Sie nicht richtig ...« Ihre Stimme klang völlig fremd und war kaum wiederzuerkennen.

»Doch, Sie haben ganz richtig verstanden«, sagte Glenn ruhig. »Sie sind doch hierhergekommen, um mir nachzuspionieren und um Ihrem Onkel von mir zu berichten, habe ich recht? Es tut mir wirklich leid, Sie erschießen zu müssen. Das geht nicht ohne Lärm und Blut ab, und ich verabscheue beides. Aber es scheint keine andere Wahl für mich zu geben. Gift gegenüber sind Sie ja offenbar immun. Das Zeug, das ich auf dem Schiff für Sie habe bereitstellen lassen, hat eine Ihrer Freundinnen getrunken, und den Ouzo, den ich Ihnen bestellt hatte, haben Sie auch verschmäht. Beide Male hätte es wie Selbstmord ausgesehen und allen Beteiligten viel Ärger erspart. St. Hilarion schien zunächst die Gelegenheit zu sein, aber der Zufall hat Sie gerettet. Als ich mich gerade aus dem Staub machen wollte, mußte ich zu meinem Leidwesen feststellen, daß Howard mir folgte, und es gab keinen Fluchtweg. Also hatte ich keine andere Wahl, als Sie unter Einsatz meines Lebens zu retten. Ironie des Schicksals nennt man so etwas.«

»Nein!« sagte Amanda und schluchzte. »Nein, Glenn! Sie sind doch verrückt. Sie wissen ja gar nicht mehr, was Sie da sagen.«

»Doch, das weiß ich sehr wohl. Einmal hätte ich euch schon beinahe gleichzeitig erwischt. Sie haben mich sogar selbst darauf gebracht, Amanda. Ich konnte kaum widerstehen, Sie die Treppe hinunterzuwerfen, um danach zu Anita zu gehen und sie hinterherzustoßen. Man hätte gesagt, sie sei betrunken gewesen. Sie habe Sie die Treppe hinuntergeschubst und sei dann selbst gestürzt. Die Treppengeländer in dem Haus sind furchtbar morsch. Aber dieser dämliche Howard tauchte auch da wieder auf und hat mir alles vermasselt.«

Mit erstickter Stimme sagte Amanda: »Das kann ich einfach nicht glauben! Das darf doch nicht wahr sein.«

»Aber Anita glaubt es auch. Habe ich recht, Anita? Steh auf... mein Schatz. Ich will dir doch nicht weh tun. Und wenn ich jetzt auf dich schieße, wird es sogar sehr weh tun, so wie du da hockst. Wenn du aber stehst, wirst du gar nichts spüren. Die Fische werden nichts von dir übriglassen, das man identifizieren könnte, falls du jemals in ein Fischernetz geraten solltest. Das ist aber sehr unwahrscheinlich, weil ich deine Leiche beschweren werde. Los, steh auf, Anita!«

Anita kroch im Sand umher und flehte mit vom Schluchzen erstickter Stimme um ihr Leben. Sie bewegte sich auf den Knien vorwärts. Das Gesicht war vom Entsetzen entstellt.

Glenn Barton sah angewidert auf sie hinunter, wobei er seinen Zeigefinger völlig gleichgültig am Abzug hielt und losfeuerte.

Als Anita den Schuß hörte, schrie sie vor Schreck auf und stellte sich sofort hin. Aber Glenn schoß kein zweites Mal.

Er stand da und starrte ungläubig auf den Revolver in seiner Hand. Dann ließ er ihn in den Sand fallen, und in Sekundenschnelle hatte er einen zweiten aus seiner Manteltasche geholt.

Plötzlich tauchte ein Schatten aus dem Halbdunkel der aufeinandergetürmten Felsbrocken auf. Dann noch einer und noch einer, bis der mondhelle, schmale Strand schließlich von schweigenden Männern umringt war. Eine wohlvertraute Stimme sagte freundlich:

»Ich fürchte, der taugt auch nicht mehr.«

19

Glenn Barton schaute sich den Mann, der soeben gesprochen hatte, mit der Pistole in der Hand an. Amanda warf sich in völliger Verzweiflung zwischen die beiden und hauchte:

»Steven...«

Aus der Mündung des Revolvers schnellte erneut ein Schuß. Zum dritten Mal hallte dieses Geräusch in der Bucht wider.

Steven Howard löste sich aus Amandas umklammerndem Griff und sagte: »Er ist nicht geladen.« Glenn schleuderte ihm die nutzlose Waffe wütend an den Kopf.

Steven duckte sich, stieß Amanda zur Seite und sprang ihn erbost an.

Amanda konnte deutlich hören, wie der heftige Hieb Glenn an einer empfindlichen Stelle traf. Er krümmte sich zusammen, hob den Kopf und schnappte nach Luft. Ein zweiter Schlag traf ihn am Kinn. Steven schlug derart kräftig zu, daß es das Geräusch des klickenden Revolvers von vorhin in seiner Lautstärke noch übertrumpfte. Glenn Barton flog durch die Luft, kam nach ungefähr einem Meter jedoch wieder auf dem Boden auf. Er lag wie ein toter Hase im Sand, war aber nur bewußtlos.

»Danach habe ich mich schon seit Tagen gesehnt«, bemerkte Steven. Er atmete noch etwas unregelmäßig.

Dann wandte er sich einem Mann zu, der neben ihm stand. Amanda, die sich allmählich über gar nichts mehr wunderte, erkannte ihn. Es war nämlich der Mann mit dem merkwürdigen Namen, den sie bereits einmal zuvor in der Halle der Villa Oleander gesehen hatte. Das war an dem Abend gewesen, an dem Monica Ford gestorben war.

»So, da haben Sie ihn«, sagte Steven. »Er steht ganz zu Ihrer Verfügung.«

Damit wandte er sich an Anita Barton und sagte: »Wenn Sie meinen, daß Sie es schon schaffen, dann sollten wir besser zum Auto zurückgehen. Amanda, warte mit dem Weinen noch, bis wir auf dem Heimweg sind. Du kannst dich dann an meiner Schulter ausheulen.«

Er hakte sich mit einer Hand bei Anita Barton und mit der anderen bei Amanda unter und führte sie den engen Pfad zum Auto entlang. Plötzlich blieb Steven stehen.

»Das ist Persis«, sagte Amanda.

»Ach, du lieber Himmel!« Steven Howard war offensichtlich verärgert. »Was, zum Teufel, hat die denn hier verloren?«

»Sie hat mich begleitet«, beschwichtigte Amanda.

Persis stand jetzt im Mondschein.

»Hallo, Steven! Ich habe offenbar die Ehre, James Bond persönlich zu kennen. Ich habe die ersten zwei Akte und das Zwischenspiel leider verpaßt, aber für das Finale hatte ich einen Logenplatz. Es war wirklich sehr eindrucksvoll.«

Dann drehte sie sich um und ging mit den anderen zusammen zum Auto. Sie hinkte noch immer und ließ sich sofort auf das Trittbrett des Autos sinken.

Steven zog eine Feldflasche aus seiner Manteltasche, schraubte den Deckel ab, füllte ihn und reichte ihn weiter.

»Herzlichen Dank«, sagte Persis und schluckte den Inhalt hinunter. »Das war genau das, was mir fehlte. Geben Sie Anita auch einen Schluck. Sie braucht ihn nötiger als ich.«

Anita Barton trank mit klappernden Zähnen und sah

Steven Howard dabei an. Sie war noch kreideweiß und tränenüberströmt. Aber ihre Stimme klang jetzt wieder normal.

»Ich weiß gar nicht, wie ich Ihnen danken soll. Wann haben Sie... ich meine, woher wußten Sie, daß Glenn...«

»Sie haben es doch auch gewußt, oder etwa nicht?« fragte Steven freundlich.

»Doch, natürlich! Deshalb habe ich ihn ja auch verlassen. Ich habe auch versucht, Monica vor ihm zu warnen, aber leider wollte sie nicht auf mich hören. Sie war ja ganz vernarrt in ihn.«

»Und wie haben Sie es herausgefunden?«

»Oh, durch Kleinigkeiten, die sich mit der Zeit ansammelten. Dann begann ich, ihn zu beobachten. Und schließlich habe ich es herausgefunden. Da bekam ich es mit der Angst zu tun. Mir war klar, daß er, sobald er herausfinden würde, daß ich Bescheid wußte, auch mich umbringen würde. Er war schon immer ein Mörder. Eigentlich ist er ein anständiger Kerl – ruhig und gelassen –, aber wie Sie sehen, kann er auch morden! Er ist mit Monica Ford ins Bett gegangen, und das habe ich als Vorwand benutzt. Ich mußte ihn einfach verlassen. Es gab keinen anderen Weg!«

Persis sagte mit scharfer Stimme: »Nach dem, was ich heute abend schon alles erlebt und gesehen habe, glaube ich fast alles. Aber Sie können mir nicht einreden, daß er mit diesem Frauenzimmer, die eine Taille wie ein Whiskyfaß hatte, ein Verhältnis hatte.«

»Es ist aber wahr«, sagte Anita Barton traurig. »Sie wurde doch extra hierhergeschickt, um herauszufinden, was hier gespielt wurde. Mr. Derington hat sie persönlich damit beauftragt. Er ist der Meinung, daß Frauen eine bessere Nase für zwielichtige Geschäfte haben. Ich glaube, ihm waren ein paar Gerüchte zu Ohren gekommen. Deshalb schickte er eine tüchtige Sekretärin, die sich einmal umschauen und ihm Bericht erstatten sollte.«

Anita Barton nahm erschöpft auf dem Trittbrett neben Persis Platz. Sie lehnte den Kopf an die Wagentür und sagte: »Glenn hat mit ihr geschlafen. Bei ihm schmolz jede Frau wie Butter dahin. Er hat so etwas jungenhaft Spitzbübisches an sich, das jede Frau anzieht. Ich selbst bin ja auch auf ihn hereingefallen! Monica war völlig aus dem Häuschen. Er war vermutlich der einzige Mann, der sie zweimal angesehen hat. Damit hatte er sie in der Hand. Sie hat alles für ihn getan und schließlich seine Lügen gutgläubig geschluckt. Er hatte noch Affären mit anderen Frauen. Mit Claire zum Beispiel. Claire hat Nachrichten für ihn verschickt und weitergeleitet, was für ihn selbst zu riskant gewesen wäre. Ich glaube aber nicht, daß sie wußte, was sie da tat. Er hat sich wahrscheinlich eine überzeugend klingende Geschichte ausgedacht. Außerdem ist sie alt genug, um auf sich selbst aufzupassen. Aber die Sache mit Monica widerte mich an. Als ich versuchte, sie zu warnen, hat sie nur aggressiv und hysterisch reagiert. Schließlich brachte ich Lumley dazu, mich bei sich einziehen zu lassen. Er hat das nur getan, weil er Glenn und Claire ärgern wollte. Außerdem hat er einen Minderwertigkeitskomplex wegen seiner Dienstuntauglichkeit beim Militär. Jetzt tut er so, als müsse er unbedingt demonstrieren, daß er auf die Meinung seiner Mitmenschen pfeift.«

Amanda warf hilflos ein: »Ich verstehe das immer noch nicht. Was hat Glenn denn gemacht?«

»Waffenschmuggel«, sagte Steven kurz und bündig.

»Was hat er?« Persis erhob sich und fiel dabei beinahe vornüber. »Übrigens, Steven, was haben Sie mit der ganzen Sache zu tun?«

»Nun, ich wurde beauftragt, herauszufinden, wer die Fäden in der Hand hat«, sagte Steven. Er sah über seine Schulter und bemerkte ungeduldig: »Wie lange brauchen diese Detektive denn noch?«

»Sie werden schon noch kommen«, sagte Persis bestimmt. »Aber nun mal heraus mit der Sprache. Sie können sich unserer ungeteilten Aufmerksamkeit sicher sein. Ich jedenfalls rühre mich hier nicht vom Fleck, bevor Sie mir nicht erzählt haben, was Sie damit zu tun haben. Und Sie werden ja wohl kaum mit einer Frau auf dem Trittbrett davonfahren.«

Steven lachte grimmig. Er nahm eine von den Zigaretten, die Persis ihm anbot, zündete sie an und sagte:

»Es war uns bekannt, daß jemand Waffen nach Afrika schmuggelte. Und wir wußten auch, daß sie von einem Satellitenstaat eingeführt wurden, und zwar via Zypern. Was wir allerdings nicht wußten, war, wie die Waffen dorthin gelangten. Allmählich verdichtete sich aber der Kreis, und wir stießen unter anderem auf Glennister Barton. Es schien uns nicht ausgeschlossen, daß er hinter der Fassade des Weinhandels ein einträgliches Geschäft betrieb. Und so war es dann auch. Alles lief glatt, bis Amanda plötzlich auftauchte.«

»Aber was hat das alles mit mir zu tun?« fragte Amanda ungläubig.

»Nachdem Sie sich entschlossen hatten, nach Zypern zu kommen, schrieb Ihr Onkel einen offiziellen Brief, in dem er verlangte, Glenn Barton solle Sie bei sich unterbringen, Ihnen die Gegend zeigen und überhaupt für Sie zur Verfügung stehen. Glenn wußte von der Vorliebe Ihres Onkels, weibliche Schnüffler zu engagieren. Er ging davon aus, daß Sie hierhergekommen sind, um ihm nachzuspionieren, genauso wie Monica. Er hätte vielleicht versucht, sich aus der Affäre zu ziehen, aber es bestand ja noch sein Eheproblem.«

Amanda sagte: »Und was hat das damit zu tun?«

»Sie wissen doch, daß Ihr Onkel bei solchen Sachen keinen Spaß versteht. Wenn Sie auch nur angedeutet hätten, daß Monica Ford ein Verhältnis mit Glenn hatte – von den anderen Geschichten ganz zu schweigen –, dann hätte man ihn entlassen. Oder, was noch schlimmer gewesen wäre, Ihr Onkel wäre mit dem nächstbesten Flugzeug hierher geflogen und hätte sich die Sache selbst angesehen.«

»Ja, Sie haben wahrscheinlich recht«, sagte Amanda langsam. »Das hätte er wohl getan. Solche Dinge findet er gar nicht komisch.«

»Eben. Barton konnte aber weder das eine noch das andere riskieren. Er steckte mitten in einem Bombengeschäft. In drei Wochen wäre er in der Lage gewesen, sich andernorts abzusetzen. Nach Südamerika zum Beispiel. Dort hätte er bis zum Ende seiner Tage von Champagner und Kaviar leben können. Er war also ganz nahe am Ziel. Da er sich aber nicht traute, Ihren Besuch abzusagen, versuchte er, Sie vorher um die Ecke zu bringen. Das Gift, an dem Julia Blaine starb, war in Wirklichkeit für Sie bestimmt.«

Persis sagte empört: »Julia? Sie glauben also, daß sie ermordet wurde?«

»Aber es war doch in ihrem Zitronenwasser«, sagte Amanda verstört.

»Es war kein Zitronenwasser, sondern Limonade. Es war sehr viel Zucker drin. Der Teppich war ganz klebrig davon. Sie wollten sich bloß nicht von dem Trugschluß abbringen lassen, daß es Zitronenwasser war. Sie glaubten, es sei für Julia bestimmt, weil Sie zufällig Ihre Kabine mit Julia Blaine getauscht hatten. Aber Julia hätte so ein Getränk nicht bestellt. Solch ein eisgekühltes Getränk an einem warmen Abend war doch ein recht verlockender Köder. Und als Sie mir dann noch erzählten, Mrs. Blaine sei bereits um zehn Uhr zu Bett gegangen, wurde ich erst recht mißtrauisch. Es sah alles danach aus, als sei das Glas nicht in der falschen Kabine gelandet.«

»Aber, Steven ...«

»Das Eis! Sie sind doch erst gegen elf in Ihre Kabine gegangen, in dem Glas befand sich aber noch Eis. Ich habe einige Stückchen auf dem Teppich entdeckt, als ich in Ihrer Kabine war. Wenn das Glas bereits seit vor zehn in der Kabine gestanden hätte, wäre das Eis doch bereits geschmolzen gewesen. Und wenn es für Mrs. Blaine bestimmt gewesen wäre, hätte man es doch nicht eine Dreiviertelstunde, nachdem sie bereits das Deck verlassen hatte, dort hingestellt. Es gab genügend Zeugen dafür, daß sie das Deck verlassen hatte. Sie aber haben noch getanzt.«

Amanda schnappte nach Luft und sagte: »Aber – aber Glenn, Glenn kann es doch gar nicht gewesen sein. Er war ja gar nicht auf dem Schiff.«

»Nein, er nicht! Aber einer seiner Helfershelfer! Sie werden doch nicht annehmen, daß ein Mann derartig viele Fäden allein in der Hand hat. In der Geschichte stecken noch viele Leute bis zum Hals drin. In diesem Fall handelt es sich um einen Mann namens Kostos, der sich als Matrose ausgab. Wie der Zufall es will, war es der Mann dieser Wirtin, die ein Gasthaus an der Straße nach Limassol führt. Sie hätten dort ja auch beinahe Ihr Leben gelassen.«

»Aber das kann nicht sein. Glenn hat mir doch erzählt, ihr Mann sei ein körperliches Wrack. Er habe zuviel...« Sie unterbrach sich und sagte mit gebrochener Stimme: »Ja, ich verstehe jetzt. Er mußte sich ja etwas einfallen lassen, damit ich den Kopf wegdrehte, und er... Deshalb erfand er schnell irgendeine Geschichte. Die Wirtin erzählte noch, ihr Mann sei auch auf dem Schiff gewesen. Warum ist mir das nicht schon früher aufgefallen? Dann hat Glenn noch eine Zigarettenkippe in mein Glas fallen lassen. Er wollte wohl verhindern, daß jemand aus dem Glas trank, nehme ich an.«

»Er hat auch dafür gesorgt, daß dieser Schiffsjunge verschwand. Jeder glaubte zwar, er sei bei einer Wirtshausschlägerei umgekommen, merkwürdigerweise war sein plötzliches Ableben auch der Grund, weshalb Miß Moons Angestellte, die ja mit der Witwe verwandt sind, an dem Tag, an dem Monica Ford umgebracht wurde, nicht zu Hause waren. Es war derselbe Tag, an dem Sie in St. Hilarion über die Brüstung gestoßen wurden.«

Amanda zitterte heftig. »Aber, Steven. Wenn ich hier

gestorben wäre, dann hätte es Glenn nicht mehr viel genützt. Denn Onkel Oswin wäre mit Sicherheit hergekommen.«

»Meinen Sie wirklich? Nach dem, was ich über ihn gehört habe, würde er seine Nichte wohl kaum in zypriotischer Erde begraben lassen. Dazu ist er auch noch Ihr Vormund. Man hätte Sie sicher im Familiengrab der Deringtons beigesetzt! Barton hätte Ihrem Onkel ein Telegramm geschickt und veranlaßt, daß man Ihre Leiche in einem Sarg nach England geflogen hätte. Und ich könnte wetten, daß Ihr griesgrämiger Onkel sein Geschäft hätte Geschäft sein lassen und das nächste Flugzeug nach England genommen hätte, um die liebe Verblichene am Londoner Flughafen in Empfang zu nehmen, und daß er für eine angemessene Beerdigung gesorgt hätte. Und gesetzt den Fall, er wäre wirklich nach Zypern gekommen, dann hätte er sich in der Situation wohl kaum um sein Weingeschäft gekümmert. Da bin ich ganz sicher. Wenn er wirklich nach Zypern gekommen wäre, dann wohl nur, um den Sarg persönlich nach Hause zu geleiten. Auf gar keinen Fall hätte er die Zeit damit verbracht, seinen Blick auf irgendwelche Geschäftsangelegenheiten von Mr. Glennister Barton zu werfen. Zuerst hätte er Ihre sterbliche Hülle sicher in der Familiengruft untergebracht. Unterdessen hätte sich Barton nach Buenos Aires, Montevideo oder sonstwohin abgesetzt.«

»Ja, ich verstehe«, sagte Amanda noch immer zitternd. »Mit der Familiengruft haben Sie sicherlich recht. Und Onkel Oswin haben Sie wohl auch richtig eingeschätzt. Er hätte mich niemals hier...«

»Statistiken haben ergeben«, unterbrach Steven sie ungeduldig, »daß ein Durchschnittsbürger sich aus allen möglichen nichtigen Gründen das Leben nehmen könnte. Unerwiderte Liebe steht dabei an der Spitze, das Ich-kann-ohne-ihn-nicht-leben-Syndrom. Das wäre immerhin eine Möglichkeit für Ihren Selbstmord gewesen. Es wäre nach Ihrem Tod auch äußerst schwer nachvollziehbar gewesen, was Sie zu einer solchen Tat bewegt hätte. Ich habe eigentlich, genauso wie übrigens die Polizei, nie geglaubt, daß Sie Julia Blaine umgebracht haben, um an ihren Ehemann zu kommen. Eine Möglichkeit wäre es allerdings gewesen. Wenn Sie dann in diesem Gasthaus auch noch an demselben Gift wie Mrs. Blaine gestorben wären, hätte es so ausgesehen, als ob Ihre Gewissensbisse Sie unerträglich gequält hätten.«

»Ja, ich kann mich daran erinnern, daß diese Möglichkeit von Ihnen in Betracht gezogen wurde«, sagte Amanda schnippisch. Sie war sich nicht sicher, ob sie empört sein sollte, weil Steven sie als einen Durchschnittsbürger eingestuft hatte. Schließlich sagte sie: »Und was ist mit Monica? Glenn kann sie unmöglich umgebracht haben. Selbst mit Ihrer blühenden Phantasie ist das nicht vorstellbar.«

»Aber gewiß! Er hat gesehen, wie sie Miß Moons Haus betrat, und ist ihr gefolgt, weil er wußte, daß sie Sie besuchen wollte.«

»Und was wollte sie von mir?«

»Auch Monica war der Meinung, daß, nach dem Brief zu urteilen, den Ihr Onkel geschrieben hatte, Sie als Privatagentin auf Barton angesetzt waren. Und sie wußte inzwischen, was hier so alles getrieben wurde.«

»Aber das wußte sie doch schon länger.«

»Ja, sie hat wahrscheinlich von Anfang an gewußt oder zumindest vermutet, daß hier nicht alles mit rechten Dingen zuging. Sie hat vermutlich ein Auge zugedrückt und sich eingeredet, daß es sich nur um Zigarettenschmuggel oder etwas ähnlich Harmloses handelte. An jenem Nachmittag aber war eine Kiste zerbrochen, die offiziell Wein enthielt. Da Barton nicht im Büro war, öffnete Monica sie selbst und stellte fest, womit er in Wirklichkeit handelte. Eine Woche früher hätte sie wahrscheinlich so getan, als sehe sie nicht, was sich in der Kiste befand. Denn schließlich fraß sie ihm aus der

Hand. Ihr Bruder war aber gerade von Mau-Mau-Terroristen ermordet worden, und die Waffen dafür hatten sie durch Glenn Barton erhalten. Das gab ihr den Rest. Sie fuhr nach Kyrenia, um alles auszuplaudern. Deshalb hat Barton sie erwürgt.«

»Aber, Steven«, wandte Amanda ein, »er kann es unmöglich gewesen sein. Die Polizei hat schließlich bewiesen, daß er von St. Hilarion direkt nach Nikosia gefahren ist.«

»Das ist richtig! Er hatte Monica Ford bereits umgebracht, bevor er in St. Hilarion ankam.«

»Aber sie war doch noch warm!«

»Ich weiß! Deshalb sind wir auch etwas von der Bahn abgeraten. Er hat sie vor die Veranda gelegt. Die Sonne schien also die ganze Zeit auf die Tote. Als wir ankamen, war die Sonne gerade erst untergegangen, erinnern Sie sich? Deshalb war sie natürlich noch warm. Es ist nicht immer so einfach wie in den Detektivgeschichten, exakt zu bestimmen, wann der Tod eingetreten ist. Da spielen viele Dinge mit, und ein wesentlicher Faktor ist natürlich die Temperatur einer Leiche. Glenn Barton ist keiner von den ganz Dummen. Er nutzte die Tatsache, daß die Sonne den ganzen Nachmittag in das Zimmer scheinen würde. Er fuhr also nach St. Hilarion, bemerkte flüchtig, daß er die Frau unterwegs gesehen habe, und verschaffte sich auf diese Weise ein nettes Alibi. Als die Polizei ihn anrief, und er konnte sich ausrechnen, daß sie ihn anrufen würde, versuchte er ganz nebenbei, seiner Frau den Mord in die Schuhe zu schieben, indem er diese Blume ganz unauffällig in der Halle fallen ließ, als er eintrat.«

»Ich wußte gleich, daß Glenn mir diese Falle gestellt hat«, sagte Anita Barton fröstelnd. »Wer hätte es auch sonst sein sollen? Es gab jede Menge von diesen Blumen in seinem Haus. Sie fielen ständig von dem Kleid, und ich habe viele Sachen zurückgelassen. Er hat wahrscheinlich die Schublade meines Toilettentisches durchsucht und sie dabei entdeckt.«

»Das nehme ich auch an«, sagte Steven. »Dann ließ er sich eine ausgesprochen wirkungsvolle Szene einfallen, indem er nämlich aufs äußerste getroffen schien, als er erfuhr, daß die Polizei die Blume gefunden hatte. Amanda hätte beinahe die Show gestohlen, als sie sich wie Florence Nightingale oder Jeanne d'Arc in die Bresche warf und behauptete, die Blume gehöre ihr. Für den Fall, die Polizei wäre naiv genug gewesen, zu glauben, was Amanda ihnen erzählt hatte, ergriff er eine zusätzliche Vorsichtsmaßnahme. Er rief Mrs. Norman an, erzählte ihr, was vorgefallen war, und erweckte den Eindruck, in schrecklicher Sorge zu sein. Er bat Claire darum, Mrs. Barton zu warnen, damit sie das Kleid vernichte. Barton wußte nur zu gut, daß Mrs. Norman Mrs. Barton lieber tot als lebendig sehen würde. Er wußte ganz genau, daß Claire die Geschichte auf ganz Zypern verbreiten würde.«

Anita Barton fügte hinzu: »Er wollte mich als Mörderin hängen sehen!«

Steven schüttelte den Kopf. »Nein, das glaube ich nicht. Er wollte mit Sicherheit vermeiden, daß die Sache vor Gericht kam. Er tüftelte statt dessen einen klugen Plan aus. Und zwar wollte er Sie einfach verschwinden lassen, damit die Leute annehmen würden, Sie hätten die Nerven verloren und sich aus dem Staub gemacht. Er hatte das alles sehr gut ausgearbeitet. Als ich Amanda riet, ihrem Onkel zu schreiben, habe ich ihm die Suppe allerdings versalzen. Wenn nämlich ihr Onkel gekommen wäre, wäre die ganze Sache aufgeflogen. Ich dachte mir schon, daß diese Androhung ihn verunsichern würde. Und so war es dann ja auch.«

Amanda starrte Steven sprachlos an, und Anita sagte völlig erschöpft: »Ich habe geglaubt, Amanda sei in die ganze Sache verwickelt, weil sie ihm genau wie Monica und die anderen Frauen verfallen war. Ich habe ihr den Revolver auf den Kopf geschlagen und geglaubt, ich hätte sie getötet. Entschuldigen Sie vielmals, Amanda! Aber ich wußte, daß er mich umbringen wollte, und dachte, Sie würden ihm bei der Ausführung seines Vorhabens behilflich sein.«

Amanda hörte ihr gar nicht zu. Sie klammerte sich an den Türgriff des Wagens und sah Steven an.

»Wollen Sie etwa sagen, daß Sie wußten, daß er so etwas vorhatte?« fragte Amanda und schnappte nach Luft. »Sie haben mir gesagt, ich solle den Brief schreiben, damit er ...« Amanda fehlten die Worte.

»Aber was sollte ich denn sonst tun, Liebling«, sagte Steven. »Wir mußten ihn doch in Panik versetzen, damit er uns zum Ziel verhalf. Aber falls es dich beruhigt, dies war die angenehmste Arbeit, die ich je verrichtet habe. Wir hätten ihn zwar auch so überführen, ihm dann aber keinen Mord nachweisen können. Es war bereits schwierig genug, die Kugeln aus allen Revolvern, die er besitzt, zu entfernen und sie durch leere zu ersetzen. Das war wirklich nicht so einfach, wie du vielleicht denkst. Ich muß allerdings gestehen, daß ich in meine Kalkulation nicht eingeschlossen habe, daß Mrs. Barton dich mit solch einem Mordinstrument niederschlagen würde. Obwohl ich im nachhinein ihren Standpunkt natürlich verstehe.«

Amanda starrte ihn lange und mit blassen Lippen an.

Dann sagte sie mit leiser, eisiger Stimme: »Wenn Sie uns zurückfahren wollen, dann sollten wir uns langsam auf den Weg machen. Persis, sind Sie fertig?«

»Und ob!« entfuhr es Persis. »Anita, wollen Sie sich nach vorne zum Fahrer setzen? Ich glaube, es wäre eine gute Idee, wenn Sie heute in meinem Hotelzimmer übernachten. Wir werden ein heißes Bad und ein Schlafmittel nehmen, um über die ganze Geschichte erst einmal zu schlafen. Es war für uns alle ein anstrengender Tag.«

Amanda kletterte hochmütig auf den Rücksitz und sagte: »Steigen Sie ein, Persis.«

Persis knallte die Tür hinter Anita zu und schenkte ihre Aufmerksamkeit Steven Howard.

»Steven, was bekomme ich dafür, wenn ich den Wagen fahre?« fragte sie warmherzig.

Steven lachte.

»Persis«, sagte er, »Sie setzen sich sofort hinter das Steuer, sonst...«

»In Ordnung. Ich nehme das Angebot an.«

Amanda versuchte auszusteigen, aber Steven kam ihr zuvor. Er schlug die Tür hinter sich zu und nahm sie fest in die Arme.

Amanda versuchte vergeblich, sich ihm zu entziehen. Dann war es plötzlich ganz still im Wagen, und Amanda sagte etwas außer Atem: »Steven, bitte...«

»Aber, Liebling«, erwiderte Steven, »halte jetzt endlich einmal den Mund. Wir können uns die Unterhaltung für später aufbewahren. Schließlich sind wir nicht allein hier im Wagen.«

»Machen Sie sich um uns keine Sorgen«, sagte Persis herzlich. Sie stellte den Motor an und setzte den Wagen fachmännisch auf den Sandweg. »Haben Sie bloß keine Hemmungen, küssen Sie nur.«

»Was glauben Sie denn, was ich sonst machen würde?« fragte Steven gespielt irritiert.

Persis lachte. Sie verstellte taktvoll den Rückspiegel und fuhr über die mondhelle Landstraße nach Kyrenia zurück.

Tod in Kenia

Aus dem Englischen übertragen
von Rosemarie Hundertmarck

Titel der Originalausgabe: Death in Kenya
Zum ersten Mal erschienen 1958 unter dem Titel:
Later Than You Think
Die überarbeitete Neuausgabe erschien 1983
im Verlag Allen Lane, London

Vorbemerkung der Autorin

Nur noch wenige Leute werden sich heute an die Aufstände der Mau-Mau-Terroristen in Kenia erinnern, und Millionen weiterer werden nie von ihnen gehört haben. Sie waren eine unerfreuliche Angelegenheit. Zufällig lebte ich gegen Ende dieser Zeit in Kenia, denn das Regiment meines Mannes war hingeschickt worden, um sich der »Krise« – so nannten die weißen Siedler es – anzunehmen. Und trotz einiger Augenblicke der Angst und des Schreckens muß ich ehrlich gestehen, daß ich jede Minute meines Aufenthalts in diesem wunderbaren und aufregenden Land genossen habe.

Die Idee für diese Geschichte kam mir eines Abends in den Sinn, als ich in der Dämmerung auf unserer Veranda stand und unten in dem Papyrussumpf am Rand des Naivasha-Sees die Vögel rufen hörte. Aber das Buch selbst, ursprünglich unter dem prophetischen Titel *Später, als du denkst* veröffentlicht, nahm erst nach unserer Abreise von Kenia Gestalt an. Ems Haus *Flamingo* ist zusammengesetzt aus verschiedenen Häusern, die von den ersten Siedlern im Rifttal oder auf dem Kinangop erbaut wurden. Ich verlegte es jedoch an die Stelle, wo unser eigenes Haus stand. Die Meinungen, die die handelnden Personen äußern, entstammen dem wirklichen Leben und sind aus erster Hand. Denn obwohl sich der Sturm, der alles verändern sollte, schnell erhob, wollten nur sehr wenige der in Kenia geborenen Siedler glauben, er könne stark genug werden, um sie aus einem Land zu vertreiben, das jeder einzelne von ihnen als das Land seiner Väter betrachtete und liebte.

1

Eine Schar Pelikane, die weißen Schwingen von der untergehenden Sonne aprikosenfarben getönt, flog mit einem Geräusch wie reißende Seide im Tiefflug über die Akazien des Gartens. Ihr plötzliches Auftauchen und Verschwinden erschreckte Alice so, daß ihr der Atem stockte. Die Schatten der mächtigen Vögel huschten über sie hin. Sie lehnte sich schwach an das Tor in der Plumbagohecke und rang um Selbstbeherrschung.

Sie empfand es als absurd und kindisch, sich von der Angst so überwältigen zu lassen, daß sie beim Vorüberziehen einer Vogelschar zusammenfuhr und sich duckte. Aber sie konnte nicht anders. Sie hatte zu lange dagegen angekämpft, und jetzt war sie am Ende ihrer Kraft. Sie mußte Kenia verlassen, und Eden mußte mit ihr kommen. Sicher sah er ein, daß sie mehr nicht ertrug. Denn jetzt kam zu ihrer Angst vor dem Land noch der Schrecken, der von dem Haus ausging.

Alice hatte sich immer vor Kenia gefürchtet. Es schien ihr ein wildes und unzivilisiertes Land voll dräuender Gefahren zu sein, in dem allein Ems luxuriöses Haus ihr eine kleine Oase der Sicherheit und des Komforts geboten hatte. Und nun gab es nirgendwo mehr Sicherheit, denn seit kurzem geschahen seltsame Dinge in dem Haus. Unerklärliche, bösartige, furchterregende Dinge...

Es war Pusser, die Katze, behauptete Zacharia, oder der alte, grauhaarige Kikuju, der Em seit beinahe vierzig Jahren diente. Damit wollte er das erste Auftreten des Gespenstes, das sich angewöhnt hatte, im Haus zu spuken, verharmlosen. Wer anders hätte die K'ang-Hsi-Vase von dem Schränkchen werfen können, wo sie seit so vielen Jahren gestanden hatte? Es war völlig windstill gewesen. Und was das offene Faß mit roter Tinte anging, die über den für die Herrin des Hauses so kostbaren Teppich gerollt war, so mußte ein Vogel im Zimmer gewesen sein – sieh an, da lag eine Feder! Sicher hatte Pusser den Vogel verfolgt und dabei Tintenfaß und Vase umgeworfen.

Em hatte es nicht geglaubt. Sie hatte getobt und gewütet und die afrikanischen Dienstboten verhört, doch alles vergeblich. Und später, als andere Dinge zerbrochen oder beschädigt wurden, hatte Zacharia Pusser nicht mehr erwähnt. Er und die anderen Hausdiener waren ihren Pflichten mit verängstigten Mienen und unruhigen Blicken nachgegangen, und auch Em hatte nichts mehr gesagt. Sie war nur stiller geworden – und sah grimmig und grau und sehr alt aus.

Lady Emily DeBrett – Em DeBrett von *Flamingo* – war in der Frühzeit der Kolonie als Jungvermählte nach Kenia gekommen. Sie und ihr Mann Gerald gehörten zu den ersten weißen Siedlern im Rifttal.

Gerald hatte in Kenia nie etwas anderes gesehen als ein Niemandsland, aber die siebzehnjährige Emily warf einen Blick auf das große, golden leuchtende Tal mit seinen erloschenen Kratern und wilden Lavafällen und verliebte sich in das Land, wie sich manche Frauen in einen Mann verlieben.

Gerald steckte sich ein Claim am Ufer des Naivasha-Sees ab: Morgen um Morgen jungfräulichen Bodens, auf dem er Schafe und Rinder züchten und Sisal und Mais und Luzerne anbauen wollte. Und auf einer Anhöhe, von der man über den See blickte, baute er eine primitive Hütte aus Flechtwerk und Lehm, die im Laufe der Zeit durch ein kleines Steinhaus ersetzt wurde, viereckig, häßlich und anspruchslos. Em gab der Farm den Namen *Flamingo*, weil an diesem ersten Abend eine Schar der wundervoll rosafarbenen Vögel darüber hinweggeflogen war, und bei *Flamingo* war es geblieben.

Kendall, Ems Sohn, wurde in der Lehmhütte geboren und in dem Steinhäuschen, das sie ablöste, getauft. Andere Kinder gab es nicht, denn als Kendall drei Jahre alt war, starb sein Vater durch einen Sturz vom Pferd. Aber *Flamingo* hatte bereits begonnen, alle Hoffnungen Geralds zu rechtfertigen, und Em weigerte sich, nach Hause zu fahren. »Dies ist jetzt meine Heimat«, sagte sie, »und ich werde sie niemals vergessen.«

Der Besitz gedieh, und sie ließ das häßliche Steinhaus abreißen, das Gerald gebaut hatte, und an seiner Stelle ein großes, weitgestrecktes, einstöckiges Haus nach ihrem eigenen Entwurf errichten. Ein strohgedecktes Haus mit breiten Veranden und geräumigen Zimmern, getäfelt mit unbearbeitetem Zedernholz, das allen Regeln der Architektur Hohn sprach und sich trotzdem in die wilde Schönheit des Rifttals einfügte, als sei es schon immer Teil davon gewesen. Em liebte dieses Haus mehr, als sie Gerald oder ihren Sohn Kendall jemals geliebt hatte.

Sie war eine bemerkenswert hübsche Frau gewesen, kaum zwanzig Jahre alt, als ihr Mann starb, aber sie heiratete nicht wieder. Teils, weil sie so in der Arbeit für die Farm aufging, daß ihr wenig Zeit für andere Interessen blieb, teils weil die unaufhörliche Plackerei jener rosa-weißen Niedlichkeit schnell ein Ende bereitete. Em gefiel es, in Hemd und Hose und einem breitrandigen Filzhut umherzulaufen, und als es ihr zuviel Mühe machte, ihr üppiges Haar zu pflegen, schnitt sie es kurz. Mit dreißig hätte sie fünfundvierzig oder fünfzig sein können, und als sie die Vierzig überschritten hatte und ständig an Umfang zunahm, war sie nur noch eine exzentrische Frau, deren Alter unmöglich zu erraten war.

Kendall wurde nach Eton und von da nach Oxford geschickt. Und von Oxford aus schickte er an seinem zweiundzwanzigsten Geburtstag ein Telegramm, in dem er seine Heirat mit der hübschen Clarissa Brook bekanntgab.

Clarissa erwies sich als ein Mädchen nach Ems Herzen, und als Mr. Rycett, Ems Verwalter, sich in jenem Jahr zur Ruhe setzte, übernahm Kendall dieses Amt. Er und Clarissa zogen in das Verwalterhaus, einen hübschen, aus Stein erbauten Bungalow, kaum 500 Meter vom Haupthaus entfernt und durch einen Akazienhain und eine Plumbagohecke versteckt. Aber Eden DeBrett, Ems erster Enkel, wurde im Herrenhaus geboren.

Em hatte darauf bestanden. »Er muß in diesem Haus zur Welt kommen. Eines Tages wird es ihm gehören.« Und als sie das Kind sah, dachte sie voller Stolz: Ich habe eine Dynastie gegründet. Eine

Kenia-Dynastie! In hundert – in zweihundert Jahren werden DeBretts in diesem Haus leben und dies Land bestellen, wenn Kenia keine wilde junge Kolonie mehr ist, sondern ein großes, blühendes Land...

Sie verlangte ungeduldig nach Enkeln, als sei *Flamingo* ein Königreich und die DeBretts ein Königshaus, bei dem für die Erbfolge gesorgt werden mußte.

Aber es gab keine weiteren Enkel mehr für sie. Wie es keine weiteren Söhne gegeben hatte. Kendall und Clarissa kamen bei einem Autounfall ums Leben, und nur Eden blieb übrig. Der kleine Eden DeBrett, der ein so schönes Kind war und den seine Großmutter verzog und vergötterte und nur um ein geringes weniger liebte als ihre Wahlheimat.

Nach Kendalls Tod war ein neuer Verwalter gekommen. Gus Abbott wohnte mehr als zwanzig Jahre in dem Bungalow hinter der Plumbagohecke und starb in den ersten Monaten der Krise bei einem Mau-Mau-Überfall auf *Flamingo*. Seine Stelle übernahm ein jüngerer Mann, Mr. Gilbraith Markham, und Mr. Markhams Frau Lisa wollte Alice an diesem stillen Abend besuchen. Die arme, hübsche, unzufriedene Lisa liebte die Großstadt und das Kino und die Fröhlichkeit, und das Leben auf *Flamingo* hatte sie schrecklich gelangweilt – bis zu dem Tag, an dem ihr das Unglück widerfuhr, daß sie sich in Eden DeBrett verliebte.

Alice stieß das Tor in der Plumbagohecke auf und folgte dem staubigen Pfad, der von Bambusdickichten und Blütensträuchern gesäumt war. Sie dachte an Lisa. An Lisa und Eden...

Es ist nicht seine Schuld, dachte Edens Frau loyal. Er sieht einfach zu gut aus. Und wenn sich ihm die Frauen an den Hals werfen und seinetwegen den Kopf verlieren und sich zum Narren machen, bedeutet das nicht, daß er... – Sie blieb plötzlich stehen und verzog angewidert das Gesicht. Doch der Anlaß war ein Geräusch und nicht ihre Gedanken.

Der Pfad mündete auf einen weiten Rasen vor einem grün und weiß gestrichenen Bungalow, zu dessen Seiten Akazien aufragten. Und in dem Bungalow spielte jemand Klavier. Gilly natürlich.

Gilly Markham war kein besonderer Erfolg als Farmverwalter, und viele Leute im Rifttal schrieben seine Ernennung eher seinen musikalischen als seinen verwalterischen Fähigkeiten zu. Denn es war eine unerwartete Facette von Lady Emily DeBretts Charakter, daß sie eine heftige Leidenschaft für die Musik hegte. Wahrscheinlich war ein Körnchen Wahrheit an dem Gerücht, sie habe sich von Gilly Markhams musikalischem Talent beeinflussen lassen, als Gus Abbotts Tod die Anstellung eines neuen Verwalters für *Flamingo* erforderlich machte.

Allerdings war Alice nicht wegen Gillys Technik stehengeblieben und hatte angewidert das Gesicht verzogen. Die Musik selbst ärgerte sie. Das Rifttal-Konzert. Als sei es nicht genug, daß Em es Tag für Tag spielte! Und jetzt Gilly auch –!

Das Rifttal-Konzert hatte Guido Toroni, ein italienischer Kriegsgefangener, geschrieben. Er war zur Zwangsarbeit nach *Flamingo* geschickt worden, und durch Zufall entdeckte Em, daß er Konzertpianist gewesen war. Er komponierte das Konzert auf Ems Bechstein-Flügel, und später, nach Beendigung des Krieges, ging er nach Amerika und machte sich einen Namen. Dort hatte er auch eine Langspielplatte eigens für Em aufgenommen und ihr zum Dank und zur Erinnerung geschickt. Em hatte sich sehr gefreut, und außer ihr durfte niemand die Platte anfassen. Aber vor zwei Wochen war die Platte in ein Dutzend Stücke zerbrochen gefunden worden.

Unmöglich, daß das ein Mißgeschick war. Es war ein absichtlicher und häßlicher Streich, der Alice Angst eingeflößt und Em in Wut versetzt hatte. Und das war noch nicht das Schlimmste gewesen, denn Em hatte begonnen, das Konzert aus dem Gedächtnis zu spielen: »Damit ich es nicht vergesse.« Sie hatte es in den letzten beiden Wochen immer wieder und wieder gespielt, bis die wilden, unheimlichen Kadenzen an Alices lädierten Nerven rissen. Und jetzt spielte es Gilly auch noch. Genau wie Em, mit Leidenschaft und Wut. Aber dazu mit einer Technik und einem Zauber, der Ems knorrigen, spatenförmigen Fingern trotz all ihrer Liebe nicht gegeben war.

Alice durchquerte das Lilienbeet, lief über den Rasen und die

Steinstufen hinauf, die auf die Veranda führten. Die Tür zum Wohnzimmer stand offen. Sie trat ohne weiteres ein, beugte sich über Gillys Schulter und stieß seine Hände von den Tasten. Es gab einen scheußlichen Klang.

Gilly drehte sich auf dem Klavierhocker herum und blickte in ihr verzerrtes Gesicht.

»Gott! Haben Sie mich erschreckt! Was ist los? Sie sehen ganz aufgelöst aus.« Er sprang auf. »Es ist doch nichts passiert, oder?«

»Nein. Nein, nichts.« Alice tastete hinter ihrem Rücken nach einem Sessel, berührte eine Armlehne und setzte sich schnell. Ihr Atem beruhigte sich; ein bißchen Farbe kehrte in ihre blassen Wangen zurück. »Es tut mir leid, Gilly. Diese Melodie macht mich nervös. Em hat dieses Konzert so oft gespielt, daß ich es einfach nicht mehr hören kann.«

»Ach ja? Hat sie das?« Gilly mixte einen dreifachen Whisky mit Soda und reichte ihn Alice.

Er goß für sich selbst eine noch größere Menge ohne Sodawasser ein und stürzte es hinunter. »Dann wundert es mich gar nicht, daß Ihre Nerven strapaziert sind. Sie ist eine sehr mäßige Pianistin. Diesen dritten Satz nimmt sie wie ein Elefant, mit einem Affentempo.«

Er setzte sich wieder vors Klavier, als wolle er es ihr vormachen, und Alice erklärte mit gepreßter Stimme: »Gilly, wenn Sie das noch einmal spielen, schreie ich. Das ist mein Ernst!«

Gilly ließ seine Hände sinken und musterte sie einigermaßen beunruhigt. »Wirklich, das ist ja schlimm mit Ihnen! Möchten Sie noch ein Glas?«

»Ich habe das erste noch nicht geschafft.« Alice versuchte zu lachen. »Oh, darum geht es nicht. Es ist, weil – nun, weil die Platte zerbrochen worden ist. Davon haben Sie gehört, nicht wahr?«

»Sie meinen den Poltergeist? Natürlich.«

»Das ist kein Poltergeist! Sagen Sie so etwas nicht! Es muß ein – ein Mensch sein. Aber Em legt für alle ihre Diener die Hand ins Feuer. Sie hat sie seit Jahren, und fast alle leben hier schon in der zweiten Generation. Oder sogar in der dritten! Sie will nicht glauben, daß es einer von ihnen sein könnte. Trotzdem macht es ihr große Sorgen. Das weiß ich.«

Gilly goß sich selbst noch einen dreifachen Whisky ein, ging zum Sofa hinüber und trank verdrossen. Er war ein dünner, unordentlich wirkender Mann Mitte Dreißig mit einem blassen, unzufriedenen Gesicht und wäßrig blauen Augen, und er hatte die Gewohnheit, einem direkten Blick auszuweichen. Seine blonde Mähne sah immer so aus, als müsse sie dringend geschnitten werden. Er trug ein schweißfleckiges Hemd mit offenem Kragen, schmierige Khaki-Hosen und einen rutschenden Gürtel, an dem ein Revolver in einem abgenutzten Halfter hing. In Lisas übertrieben zierlichem Wohnzimmer gab er eine unpassende Erscheinung ab. Ebenso unpassend wie Alice DeBrett mit ihrem gepflegten dunklen Schopf, ihrem teuren, dunklen Leinenkostüm, ihren glänzenden Schuhen und makellosen Perlen und ihrem blassen, angespannten Madonnengesicht, das nur einen leisen Hauch von Make-up kannte.

»Schadet Em gar nichts, wenn sie sich Sorgen macht.« Gilly nippte an seinem Whisky. »Habe ihr vor Jahren gesagt, sie solle alle ihre Kikus hinauswerfen. Jeder hat es ihr gesagt! Aber Em bildet sich ein, alles besser zu wissen als andere. ›Behandle sie gut, und sie verhalten sich loyal.‹ So etwas wie einen loyalen Kiku gibt es nicht. Das haben wir alle lernen müssen – auf die harte Weise!«

Alice meinte unsicher: »Aber sie hat ihre Kikuju-Diener gern, Gilly. Und sie sind wirklich während der ganzen Krise bei ihr geblieben, und jetzt, wo alles vorüber ist –«

»Wer sagt, daß es vorüber sei?« fragte Gilly. »Vorüber, hast du Töne! Was ist mit diesem letzten kleinen Scherz – dem Kiama Kia Muingi? *Was uns Rose heißt,/Wie es auch hieße, würde lieblich duften.* So ist das! Geheime Zeremonien, Folterungen, Einschüchterung – die gleichen alten schmutzigen Zutaten brodeln wieder vor sich hin und können jederzeit überkochen. Und doch gibt es Scharen kleiner Optimisten, die herumspringen und behaupten, es sei alles vorüber! Lassen Sie sich nicht zum Narren halten!«

Er griff hinter sich nach der Whiskyflasche, füllte sein Glas noch einmal und verschüttete dabei etwas auf den rosengemusterten

Chintzbezug des Sofas. »Wer kann sagen, wie viele Mau-Mau noch in den Wäldern oder in Nairobi oder im Rifttal auf freiem Fuß sind? Man hat ja noch nicht einmal ›General Afrika‹ gefangen – und behauptet, es sei vorüber! Kennen Sie –« Gillys Aussprache wurde undeutlich –»kennen Schie Hector Brandon? 'türlich! Also, Hector hat eine Menge alter Mau-Mau-Mitglieder verhört, und er sagt, einer von ihnen habe gestanden, in der *Marula*, dem Papyrussumpf, verstecke sich immer noch eine Bande. Das sei der harte Kern. Die afrikanischen Feldarbeiter von den Farmen um den See brächten ihnen Essen. Und Greg Gilbert sagt, er glaube, General Afrika sei immer noch bei einem Siedler in Lohn und Brot. Da könnte er doch jeder von Ems Kikus sein! Wer kann das wissen? Ein netter, ruhiger Hausboy oder Koch oder Viehhirte bei Tage – General Afrika mit einem Hut aus Löwenhaut bei Nacht. Er könnte sogar einer von Hectors Leuten sein. Wenn Sie mich fragen, ist das nur zu wahrscheinlich!«

»O nein, Gilly! Jeder weiß doch, die Mau-Mau haben geschworen, Hector wegen seiner Tätigkeit für die Sicherheitsstreitkräfte umzubringen. Doch das ist nicht geschehen, und wenn General Afrika einer seiner eigenen Leute wäre, hätten sie es leicht tun können.«

»Vielleicht«, antwortete Gilly skeptisch. »Aber ich will Ihnen etwas verraten, was nicht jeder weiß. Einmal hätte Drew Strattons Gruppe den General beinahe gefaßt. Er lief mit fünf seiner Männer in einen Hinterhalt, und wenn er auch entkam, so ließ er doch etwas zurück: ein Jagdmesser. Es hatte in einer Art Scheide an seinem Gürtel gehangen, und durch einen teuflischen Zufall schnitt eine Kugel es glatt ab, ohne ihn zu verletzen. Aber es war das Nächstbeste nach dem Mann selbst, weil ein Satz seiner Fingerabdrücke darauf war. Der einzige Hinweis auf seine Identität, den die Sicherheitsstreitkräfte je in die Hände bekommen hatten. Und was geschah damit? Nun, ich will es Ihnen erzählen. Hector wischte die Fingerabdrücke sorgfältig ab! Ich habe immer geglaubt, daß er das Messer erkannte und es um keinen Preis darauf ankommen lassen wollte, daß einer seiner prächtigen Jungen angeklagt wurde. ›Ehre des Hauses‹ und so.«

»Gilly, nein!« protestierte Alice. »So etwas dürfen Sie nicht sagen! Es muß ein Irrtum gewesen sein – ein Zufall.«

»Das sagt er. Sagt, er dachte, das Messer gehöre Greg, und er habe es von Gregs Schreibtisch nur hochgehoben, um damit herumzuspielen. Greg ist fast explodiert vor Wut. Es hat keinen Zweck, Alice. Sie begreifen einfach nicht, wozu einige dieser alten Siedler hier in Kenia fähig sind und wie ihr eigenes Fleckchen Erde für sie zum Mittelpunkt des Universums wird, nur weil sie es im Schweiße ihres Angesichts aus dem Nichts geschaffen und dafür gehungert und ihre Jugend hingegeben und Komfort und Sicherheit und Zivilisation und eine Menge anderer Nichtigkeiten dafür geopfert haben. *Brandonmead* ist Hectors Stolz. Nein, falsch. Ken ist sein Stolz. *Brandonmead* ist sein Leben, und er hat immer auf seine afrikanischen Arbeiter geschworen. ›Loyal bis ins Mark‹ und so weiter. Wenn sich einer seiner hochgepriesenen Kikus als ein Meisterkiller der Mau-Mau entpuppt hätte, wäre sein Leben verdammt in Gefahr gewesen. Und trotzdem glaube ich, er hätte so gut wie alles getan, um das zu vertuschen, und sein Gewissen hätte er mit dem Gedanken beruhigt, er könne allein damit fertig werden. Hier draußen sind die Leute ganz groß darin, das Gesetz nach ihrem Gutdünken auszulegen. Ist Ihnen das noch nicht aufgefallen?«

Alice wandte verlegen ein: »Aber Em sagt –«

»Em!« unterbrach Gilly sie grob. »Em ist ebenso schlimm wie alle anderen. Schlimmer! Dumme alte Weiber wie sie sind zur Hälfte an all dem Unheil schuld. ›Meine Kikus sind loyal. Darauf wette ich mein Leben.‹ Und dann verlieren sie die Wette... Sie wollen doch nicht schon gehen?«

Alice hatte ihr halbgeleertes Glas abgestellt und war aufgestanden. Sie sagte kühl: »Ich muß leider gehen. Ich bin nur herübergekommen, weil ich eine Botschaft für Lisa hatte, aber wenn sie nicht da ist, können Sie sie ihr vielleicht weitergeben.«

»Sie ist da. Sie ist nur mit den Brandons und Drew Stratton zur Shamba hinuntergegangen. Bleiben Sie doch! Trinken Sie Ihr Glas aus. Ich wollte Sie nicht kränken. Ich weiß, was Sie für Em empfinden. Sie mögen das alte Schlachtroß. Nun, ich auch – wenn sie mich nicht in Stücke reißt. Ganz Kenia schätzt sie. Em steht unter Denkmalschutz. Verzeihen Sie, wenn ich Ihre Gefühle verletzt habe.«

»Schon gut, Gilly«, fiel Alice schnell ein. »Trotzdem möchte ich nicht warten. Es wird spät. Und wenn Lisa Gäste hat –«

Ihre ruhige Stimme verriet eine Spur von Unbehagen, und Gillys schlaue, wäßrige Augen betrachteten sie interessiert. Er sagte: »Ken ist nicht dabei, wenn Sie das beunruhigt.«

Er lachte ein bißchen boshaft, als das Blut in Alice DeBretts blasse Wangen stieg. »Sie brauchen nicht so zu erröten, Alice. Wir alle wissen, daß Sie Ihr Bestes getan haben, um den armen Jungen zu entmutigen. Das heißt, wir alle bis auf Mabel. Aber Sie dürfen von Mabel nicht erwarten, daß sie von ihrem Glauben läßt, jede Frau sei verrückt nach ihrem Söhnchen. Er ist ihr schwacher Punkt. Komisch, das mit Ken. Ich hätte nie gedacht, daß Sie überhaupt sein Typ wären.«

»Bin ich auch nicht«, erwiderte Alice scharf. »Seien Sie nicht albern, Gilly. Ich bin alt genug, seine Mutter zu sein!«

»Langsam! Tun Sie sich nicht Unrecht! Sie können nicht viel älter als fünfunddreißig sein.«

»Ich bin siebenundzwanzig«, sagte Alice langsam. »Und Ken ist noch keine zwanzig.«

»Wenn schon.« Gilly merkte gar nicht, welchen Schlag er ihr versetzt hatte. »Junge Burschen verlieben sich beim ersten Mal immer in Frauen, die älter sind als sie, und es beutelt sie immer mächtig. Er wird darüber hinwegkommen. Hector sollte ihn fortschicken. Wie sehr ich wünschte, ich könnte dies Tal verlassen! Haben Sie schon gehört, daß Jerry Coles bald in den Ruhestand treten wird? Sie wissen doch, der Mann, der den Besitz der DeBretts draußen bei Rumuruti verwaltet. Das ist der Job, hinter dem ich her bin. Aber Em ist standhaft dagegen, obwohl der Job wie für mich gemacht wäre! Ein schönes Haus, gute Bezahlung und zusätzliche Einnahmen – und weit weg von Em, die mir die ganze Zeit tadelnd und kritisierend über die Schulter späht.«

Alice lächelte zaghaft. »Würden Sie es nicht ziemlich einsam finden? Ich glaube nicht, daß es Lisa gefallen würde, so weit von hier weg zu sein.«

Gilly runzelte die Stirn, und seine wäßrig blauen Augen wurden plötzlich traurig und ernst. Er sagte: »Das ist ein weiterer Grund. Es ist weit weg. Mehr als hundert staubige, unbequeme, herrliche Meilen weit weg. Vielleicht weit genug, um sie davon abzuhalten, sich lächerlich zu machen wegen –«

Alice ließ ihn nicht aussprechen. Sie ging auf die Tür zu, das Gesicht weiß und versteinert, und sprach sehr laut, als wolle sie Worte übertönen, die sie nicht zu hören wünschte. »Ich muß wirklich gehen. Es wird spät, und ich sollte mich auf den Heimweg machen. Wollen Sie Lisa sagen, daß –«

»Sie können es ihr selbst sagen«, fiel ihr Gilly ins Wort. »Da kommen sie alle.«

Von der Veranda her klangen Schritte und Stimmen herüber, und einen Augenblick später waren Gillys Frau und ihre Gäste im Zimmer. Die Brandons, deren Besitz sich westlich an *Flamingo* anschloß, waren ein seltsames Paar. Die kleine Mabel mit der sanften Stimme, dem freundlichen, charmanten Gesicht und den grauen Locken schien gar nicht zu ihrem cholerischen Mann Hector zu passen, der seinem Namen alle Ehre machte. Er war groß, sprach mit dröhnender Stimme und hatte ein wettergegerbtes Gesicht. Ihnen folgten Drew Stratton, dessen Farm fünf Meilen das Seeufer hinunter lag, und Lisa selbst. Ihr glänzendes braunes Haar war mit einem Seidenband zusammengebunden, und ihr Kleid mit dem weiten Rock war fröhlich gemustert.

Gilly erhob sich schwankend und verteilte volle Gläser, und Lisa sagte: »Hallo, Alice! Nett, Sie zu sehen.«

Ihre violetten Augen blickten gespannt an Alice vorbei und nahmen den Ausdruck der Enttäuschung an, was Edens Frau nicht nur bemerkte, sondern auch richtig auslegte.

Lisa und Eden! dachte Alice. Sie schob den Gedanken beiseite, als sei er ein fester Gegenstand, und erklärte etwas steif: »Ich bin nur mit einer Botschaft von Em herübergekommen. Sie hatten angefragt, ob sie Sie bei ihrer nächsten Fahrt nach Nairobi mitnehmen könne, und ich soll Ihnen bestellen, sie führe am Donnerstag, um ihre Nichte vom Flughafen abzuholen.«

»Ihre Großnichte sicher?« berichtigte Lisa.

»Nein«, erklärte Mrs. Brandon mit ihrer sanften Stimme. »Es ist die Tochter ihrer Schwester. Guten Abend, Alice.« Sie ließ ihren Strickbeutel aufs Sofa fallen und setzte sich hin. »Lady Helen war Ems Halbschwester und ein Gutteil jünger als sie. Sie lebte während des Ersten Weltkriegs hier bei Em und heiratete Jack Caryll, dem damals die Farm auf dem Kinangop gehörte. Victoria, die Tochter, wurde dort draußen geboren. Ich erinnere mich noch recht gut an sie – ein dünnes kleines Mädchen, das auf einem Zebra ritt, das ihr Vater für sie gezähmt hatte. Er wurde auf der Jagd von einem Nashorn getötet, und nun haßte seine Frau dafür das ganze Land. Sie verkaufte die Farm an die Lumleys und ging nach England zurück, und jetzt ist sie gestorben. Eine merkwürdige Vorstellung, daß sie etwa zwanzig Jahre jünger gewesen sein muß als Em, und doch ist Em immer noch so kräftig. Aber es überrascht mich, daß Em sich entschieden hat, Victoria herzuholen. Das ist doch recht sonderbar – unter diesen Umständen.«

Ihr Ton verriet eine gewisse Verlegenheit, und Alices schlanker Körper verkrampfte sich noch mehr. Sie sagte kalt: »Lady Emily meint, es sei Zeit, daß ihr jemand die Büroarbeiten abnimmt und ihr bei der Buchhaltung hilft. Bis jetzt hat sie das alles selbst getan, aber sie wird alt, und es wird für sie immer mühsamer.«

»Sie hat doch Sie«, wandte Mrs. Brandon ein. »Und Eden.«

»Leider kann ich nicht tippen, und Eden hat nie etwas für Schreibtischarbeit übrig gehabt.«

»Eden«, platzte Hector Brandon heraus, »hat für gar keine Arbeit etwas übrig! Und es hat keinen Zweck, daß Sie mich so ansehen, Alice! Ich habe Ihren Mann schon gekannt, als er noch ein kleiner Junge war, und wenn Sie mich fragen, ist es ein Jammer, daß seine Großmutter ihn nicht öfter übers Knie gelegt hat.«

Mrs. Brandon warf ihrem Mann einen mißbilligenden Blick zu: »Sie dürfen es Hector nicht übelnehmen, Alice. Er sagt immer, was er denkt.«

»Und darauf bin ich stolz!« dröhnte Hector.

Warum? dachte Alice um ihre Beherrschung ringend. Warum halten Leute es für einen bewundernswerten Charakterzug, ihre Meinung ungehemmt auszusprechen, wenn sie damit die Gefühle anderer Menschen verletzen – das ist ungehobelt und unhöflich!

»Kantiger Individualismus«, murmelte Mr. Stratton geistesabwesend in sein Glas.

Er fing Alices Blick auf und lächelte sie an, und ihre feindselige Verteidigungshaltung lockerte sich etwas. Ihre Verkrampfung ließ etwas nach, und sie erwiderte das Lächeln mit sichtbarer Anstrengung.

Alice mochte Drew Stratton. Er war einer der ganz wenigen Menschen, in dessen Gesellschaft sie sich wohl fühlte. Vielleicht, weil er die Leute nahm, wie sie waren, und darauf verzichtete, sich für ihre Privatangelegenheiten zu interessieren. Drew war groß und blond, so blond wie Gilly, aber Gilly ganz und gar nicht ähnlich. Er war sehr braungebrannt von der Sonne, die ihm Haar und Brauen gebleicht hatte. Seine blauen Augen blickten täuschend mild, und wenn er über kantigen Individualismus in irgendeiner Form verfügte, so machte dieser sich nicht in taktlosen Bemerkungen Luft. Auch hielt er es nicht für notwendig, sich wie Hector in schlechtsitzende und schweißfleckige Sachen zu kleiden, um die Tatsache zu betonen, daß er Arbeit, und zwar schwere Arbeit, in einem jungen und wilden Land leistete.

Gilly hatte von neuem das Wort ergriffen. Er sprach undeutlich und überlaut: »Höre, heute nacht sind Ihnen einige Rinder gestohlen worden, Hector. Geschieht Ihnen recht! Sie müssen eben das Gelände einzäunen. Sie fordern den Diebstahl ja heraus, wenn Sie sie frei herumlaufen lassen. Männer wie Sie sind es, die den Banden in die Hände arbeiten. Ich weiß, das hat man Ihnen nicht nur einmal, das hat man Ihnen schon tausendmal gesagt! Eine Einladung zuzugreifen ist das, wenn Sie Ihre Rinder auf dem ganzen Land frei herumlaufen lassen.«

Hectors großes rotes Gesicht ließ einen nahen Herzinfarkt befürchten, und Mabel Brandon erklärte rasch: »Sie wissen, daß wir unser Vieh während der Krise immer in einem Gehege gehalten haben, Gilly. Aber jetzt, wo sie vorüber ist, ist das doch nicht mehr notwendig. Und Drew hat seine Rinder nie in einem Gehege gehabt!«

»Zufällig beschäftigt Drew Massais«, gab Gilly zurück. »Das ist ein Unterschied. Ein verdammt großer Unterschied! Wem hat das Rifttal gehört, bevor die Weißen kamen? Den Massais – denen! Und wenn damals ein Kikuju auch nur seine Nase hineingesteckt hätte, wäre er aufgespießt worden! Darum wurden Leute wie Drew während der Krise in Frieden gelassen. Aber mehr als die Hälfte Ihrer Feldarbeiter sind Kikus. Sie sind ebenso schlimm wie Em! Sie wollen sie nicht entlassen, und Sie wollen kein Wort gegen sie hören.«

»Es ist nicht einer unter unseren Kikujus, denen ich mein Leben nicht anvertrauen würde.« Mrs. Brandon echauffierte sich leicht. »Sie arbeiten schließlich seit zwanzig und mehr Jahren für uns. Samuel war schon bei uns, bevor Ken geboren wurde.«

»Warum haben Sie dann eine Pistole in Ihrem Strickbeutel da?« fragte Gilly. »Mal ehrlich! Dachten Sie, ich wüßte es nicht?«

Mrs. Brandons Gesicht lief rot an. Sie sah so bestürzt und schuldbewußt aus wie ein Kind, das bei einem Fehler ertappt wird, und Gilly lachte laut.

»Ruhig, Gil«, mahnte Drew freundlich. »Sie sind betrunken.«

»Getroffen, offenbar getroffen! Natürlich bin ich betrunken«, gestand Gilly mit entwaffnender Ehrlichkeit. »Einzig möglicher Zustand heutzutage.«

Drew fragte gelassen: »Wovor fürchten Sie sich, Gilly?«

Das vom Alkohol beflügelte Leuchten schwand aus Gillys blassem, aufgedunsenem Gesicht und ließ es erschöpft und alt wirken. Mit einem heiseren Flüstern, das in diesem überladenen Zimmer unglaublich schockierend klang, antwortete er: »Ich fürchte, daß mir dasselbe zustößt wie Em.«

Er sah von einem der fragenden Gesichter zum anderen. Seine Augen flackerten und schossen so unruhig hin und her wie gefangene Nachtfalter, und seine Stimme erhob sich scharf in dem kurzen, unbehaglichen Schweigen: »Es geht etwas verdammt Komisches auf *Flamingo* vor, und das gefällt mir nicht. Ganz und gar nicht! Wissen Sie, was ich glaube? Ich glaube, es braut sich etwas zusammen. Etwas – etwas Rätselhaftes.«

»Wie meinen Sie das?« erkundigte sich Hector Brandon, plötzlich beunruhigt. »Hat Em Schwierigkeiten mit ihren Feldarbeitern? Davon habe ich bisher noch nichts gehört.«

»Nein. Das könnte ich verkraften. Hier läuft etwas anderes. Haben Sie schon einmal beobachtet, wie ein Unwetter gegen den Wind heraufzieht? So ist das! Es lauert. Das gefällt mir nicht. Alice gefällt es nicht. Em gefällt es auch nicht. Sie ist stur wie ein Maultier – will nicht zugeben, daß auf ihrem kostbaren Gut etwas schiefgehen könnte. Aber in letzter Zeit ist sie nicht mehr sie selbst. Es macht sie langsam fertig.«

»Unsinn, Gilly!« widersprach Hector entschieden. »Ich habe sie noch heute früh gesehen. Sie war ganz die alte! Sie bilden sich etwas ein. Das einzige Problem mit Em ist, daß sie langsam ihre Jahre spürt.« Er erlaubte Lisa, sein Glas neu zu füllen, und setzte nachdenklich hinzu: »In Wahrheit ist Em seit Gus Abbotts Tod nicht mehr sie selbst gewesen. Darüber ist sie nie richtig weggekommen. Es belastet sie das Gefühl, sie habe ihn ermordet.«

»Das hat sie ja auch«, behauptete Gilly. »Mord – Totschlag – Ausrutschen des Gewehrs. Kommt es darauf an, wie man es nennt? Sie hat ihn getötet.«

»Gilly, wie können Sie so reden!« protestierte Mabel empört. »Sie wissen ganz genau, daß es mitten in jenem gräßlichen Angriff passiert ist. Und es war zum großen Teil Gus' Fehler. Er sah, wie sich einer der Bande mit der Panga, einem Buschmesser, auf sie stürzte, und sprang ihn an, gerade als Em feuerte. Sie hat sich von diesem Schock nie erholt.«

»Das stimmt«, bestätigte Hector. »Er war seit Kendalls Tod ihr Verwalter gewesen, und sie ist daran zerbrochen. Sie haben sie vorher nicht gekannt – nur vom Erzählen. Aber wir kannten sie. Dies Ereignis ist nicht spurlos an ihr vorübergegangen. Nicht so sehr Gus' Tod, sondern die Tatsache, daß sie ihn getötet hat. Das muß eine grauenhafte Erfahrung gewesen sein. Sie verlor zwei ihrer Diener in dieser Nacht, die von der Bande ermordet wurden, und zwei ihrer Hunde metzelte man nieder. Die Hälfte der Hütten wurde in Brand gesteckt. Aber sie erschoß drei Angreifer und verwundete mindestens zwei weitere und hielt den Rest zurück, bis Hilfe kam. Ein blutiger, großartiger Kampf!«

»Wohl ist er blutig – Sch-Shakespeare!« zitierte Gilly mit bellendem Lachen. »Und Sie haben ganz recht, Hector. Ich habe sie vorher nicht gekannt. Andernfalls hätte ich bei diesem Job vielleicht nicht mit beiden Händen zugegriffen. Es ist nicht leicht, für sie zu arbeiten. Sie ist so verdammt tüchtig. Ich mag keine tüchtigen Frauen.«

Er setzte sein Glas an und trank es in einem Zug aus. Lisa ergriff die Gelegenheit, auf ein für sie interessanteres Thema zurückzukommen. »Erzählen Sie uns von dieser Nichte, Alice. Wie ist sie? Häßlich oder hübsch, jung oder schon etwas älter?«

»Ich habe sie nie kennengelernt«, antwortete Alice kurz. »Sie muß ziemlich jung sein.«

Ihr Ton ermutigte nicht zu einem Kommentar, doch dafür war Lisa unempfänglich. Außerdem hatte sie das Unglück, in Alices Mann verliebt zu sein, und hegte deshalb brennendes, eifersüchtiges Interesse an jeder anderen Frau, die seinen Dunstkreis betrat – mit Ausnahme seiner Frau, die sie als farblos und unbedeutend betrachtete, offensichtlich älter als ihr gutaussehender Mann und, abgesehen von ihrem Geld, ohne jede Anziehungskraft. Aber dieses neue Mädchen – diese Victoria Caryll. Sie würde mit Eden unter einem Dach wohnen und täglich in Kontakt sein mit ihm, und sie war jung und vielleicht auch hübsch...

»Ich kann mir nicht denken, warum Em, wenn sie eine Sekretärin wollte, keine Teilzeitkraft unter den hiesigen Mädchen hätte finden können«, nörgelte Lisa. »Es sind weiß Gott genug davon da, und einige unter ihnen müssen auch fähig sein zu tippen.«

»Sekretärin, Blödsinn!« Gilly schwankte zu dem Tisch mit den Getränken hinüber und schenkte sich wieder ein. »Wenn Sie mich fragen, hat sie dies Mädchen mit dem Gedanken hierherzitiert, ihr eines Tages die Hälfte des Besitzes zu übergeben. Ihn zwischen ihr und Eden aufzuteilen. Schließlich sind er und sie ihre einzigen Blutsverwandten. Und es muß da eine Menge zu erben sein. Ganze Säcke voll Beute – auch wenn sie halbe-halbe geteilt wird. Ich wette, Hector hat recht! Ich kann mir wirklich keinen anderen Grund vorstellen, warum sie das Mädchen mit solcher Hast herbeordert hat, und warum sollte das Mädchen bereit sein zu kommen. Ich wette, das ist es!«

»Vielleicht«, meinte Mabel versonnen. »Aber wahrscheinlicher ist das, was Alice sagt. Em wird alt, und wenn man alt wird, gibt es Zeiten, wo einen plötzlich das Gefühl überwältigt, daß die Jahre zu schnell verrinnen. Dann beginnt man, sie wie ein Geizhals zu zählen und sich vor Augen zu halten, daß man es sich nicht länger leisten kann, Dinge hinauszuschieben. Man muß sie gleich tun, oder man wird sie vielleicht überhaupt nicht mehr tun, denn bald mag es zu spät sein.«

»Um Himmels willen, Mabel!« Lisa lachte nervös auf. »Man könnte glauben, Sie seien eine alte Frau!«

»Ich bin keine junge Frau mehr«, gestand Mabel mit kläglichem Lächeln. »*Es ist später, als du denkst.*«

»Nicht!« Alice erschauerte. Die Schärfe ihrer normalerweise ruhigen Stimme überraschte sie selbst offensichtlich ebenso wie Mabel Brandon, denn sie errötete beschämt und sagte etwas verwirrt: »Tut mir leid, aber dieser Spruch war in eine Sonnenuhr bei uns zu Hause eingeschnitzt, und er flößte mir schon immer Angst ein. Ich weiß nicht, warum. Ich – ich nehme an, es war die Vorstellung, daß alles früher endet, als man es erwartet. Jeder Tag, eine Party, ein Vergnügen, die Jahre. Das Leben! Ich fand Vorwände, um nicht in die Nähe der Sonnenuhr zu kommen. Töricht, nicht wahr?«

»Nein« rief Gilly hart und abrupt. »Mache ich selber so. Finde Vorwände, um mich von *Flamingo* fernzuhalten. Genau das gleiche. Etwas, das mir Angst einflößt, nur weiß ich nicht, was es ist. Ein Poltergeist, der Sachen zerbricht, macht mir nichts aus, aber wenn seine Angriffe sich gegen lebende Wesen richten, das ist etwas anderes. Das ist – das ist verdammenswert. Als ob er auf etwas hinarbeitet. Sich einschießt. Man fragt sich, wo es enden wird. Was er im Sinn hat...«

Seine Stimme erstarb im Gemurmel. Mabel maß ihn mit einem mißbilligenden Blick und tadelte mit ungewohnter Strenge: »Wirklich, Gilly, Sie reden heute abend eine Menge Unsinn, und Sie regen die arme Lisa auf. Worauf spielen Sie an? Daß die Mau-Mau-Bewegung noch nicht tot sei und Ems Diener den Eid geleistet hätten? Gut, nehmen wir einmal an, sie sei nicht tot und sie hätten den Eid geleistet. Es ist kaum ein Kikuju im Land, der ihn nicht geleistet hat. Das hat jedoch nichts mehr zu bedeuten. Die ganze Sache hat sich zerschlagen, und die paar Terroristen des harten Kerns, die immer noch in Freiheit sind, sind viel zu sehr damit beschäftigt, ihr Leben zu schützen, um weitere Morde zu planen. Und wenn es die Vergiftung dieses unglücklichen Hundes ist, die Ihnen Sorgen macht, so bin ich überzeugt, daß keine finstere Drohung dahintersteckt. Es ist nicht gerade klug, Hunde wie Simba zu halten, die Fremde auf den ersten Blick angreifen, und es erstaunt mich nicht gerade, daß da irgendwer zur Selbsthilfe gegriffen hat. Sogar ich hätte den Versuchungen erliegen können, sosehr ich Hunde mag, aber –«

»Aber Simba mochte Ken nicht, das ist es, nicht wahr?« fragte Alice, wider Willen zornig werdend.

Mabel wandte sich ihr zu. Ihre sanfte Stimme bebte vor Erregung. »Das ist nicht nett von Ihnen, Alice. Wir alle wissen, daß Simba Sie mochte, und natürlich ist Em verrückt auf Hunde. Aber denken Sie daran, daß dieser Köter sogar einmal Ihren Mann angegriffen hat.«

»Nur weil Eden versuchte, mir ein Buch wegzunehmen. Wir machten Spaß, doch Simba dachte, er wolle mir etwas tun. Er hätte niemandem erlaubt, mich zu berühren, und wahrscheinlich meinte er, daß Ken –«

Sie brach mitten im Satz ab, entsetzt über die Schlußfolgerungen, die sich daraus ziehen ließen. Ihre Worte schienen in der Luft hängenzubleiben, und ihre Bedeutung war jedem im Raum peinlich klar, so peinlich klar wie der Ausdruck auf Mabel Brandons entgeistertem Gesicht und Hectors versteinertes Lächeln.

Das unbehagliche Schweigen wurde von Drew Stratton gebrochen, der einen Blick auf seine Armbanduhr warf und sich erhob. Unbefangen erklärte er: »Ich fürchte, ich muß gehen, Lisa. Es wird spät, und meine Scheinwerfer sind nicht ganz in Ordnung. Danke für den Drink. Kann ich Sie ein Stück mitnehmen, Mrs. DeBrett, oder sind Sie mit dem Wagen da?«

Alice sah ihn dankbar an. »Nein, ich habe die Abkürzung durch den Garten genommen. Und ich muß zu Fuß zurückgehen, weil ich Em versprochen habe, ihr ein paar von den Mardan-Rosen für den Tisch im Eßzimmer mitzubringen.«

Drew sagte: »Dann begleite ich Sie ein Stück. Eden sollte Sie abends nicht allein hier draußen herumlaufen lassen.«

»Oh, jetzt ist ja keine Gefahr mehr. Gute Nacht, Lisa. Soll ich Em sagen, daß Sie am Donnerstag mitfahren möchten?«

»Ja, bitte. Ich möchte zum Friseur. Gleich morgen rufe ich an und mache einen Termin aus. Drew, wenn Ihre Scheinwerfer nicht funktionieren, sollten Sie sich besser nicht zu lange damit aufhalten, Alice auf den Weg zu bringen.«

»Richtig«, fiel Gilly ein. »Denken Sie an Alices Sonnenuhr: *Es ist später, als du denkst.*«

Wieder lachte er, und der Klang dieses Lachens folgte ihnen in den stillen Garten hinaus.

2

Die Sonne war hinter der purpurnen Linie des Berges versunken, und der See spiegelte eine Handvoll rosafarbener Wolken und einen einzelnen Stern wider, der noch nicht mehr als ein silberner Punkt war.

Im letzten Monat war sehr wenig Regen gefallen, und der Pfad, der zwischen den Cannabeeten und den Bambussträuchern hindurchführte, war dick voll Staub. Mr. Stratton paßte seinen gemächlichen Gang Alices kurzen Schritten an, aber er sprach nicht, und Alice war dankbar für sein Schweigen. Im Wohnzimmer der Markhams war zuviel geredet worden. Zu vieles war ausgesprochen worden, was besser ungesagt geblieben wäre, und zu viele Dinge waren aufgedeckt worden, die man anstandshalber hätte verhüllt lassen sollen. Dinge, die Alice bisher nie vermutet hatte. Vielleicht war sie mit ihren eigenen Problemen zu beschäftigt gewesen, um etwas zu merken.

Ob es der Streß während der Krise und das gegenwärtige Nachlassen von Anspannung und Wachsamkeit war, fragte sie sich, die diese kleinlichen und persönlichen Dinge an die Oberfläche geschwemmt und unverhüllt in Lisas Wohnzimmer zur Schau gestellt hatten? Hatte sie, Alice, ihre eigenen Ängste, ihre eigenen Gefühle ebenso deutlich gezeigt wie Lisa und Gilly und die Brandons die ihren? War ihre kurze, kalte Antwort auf Lisas Fragen nach Victoria Caryll so verräterisch gewesen wie Lisas Bemerkungen?

»Achtung«, sagte Drew. Er faßte ihren Arm und riß sie gerade noch rechtzeitig aus ihrer Versunkenheit. Beinahe wäre sie auf ein braunes, sich bewegendes Band getreten, das sich über den staubigen Weg spannte. Ein Zug dahineilender Ameisen – der bösartigen Riesenameisen, deren Biß unglaublich schmerzhaft ist.

»Sie sollten aufpassen, wohin Sie treten«, bemerkte Mr. Stratton milde. »Das hätte eine Schlange sein können. Und von diesen Kreaturen hier möchten Sie sicher auch nicht gebissen werden. Das tut nämlich sehr weh.«

»Ich weiß«, sagte Alice entschuldigend. »Ich war ganz in Gedanken.«

»Das ist in diesem Land gefährlich«, meinte Drew. »Was macht Ihnen denn Kummer?«

Jedem anderen hätte Alice die Frage übelgenommen, oder zumindest hätte sie sie nicht wahrheitsgemäß beantwortet. Aber Drew Stratton war bekannt dafür, daß er Klatsch gleichgültig gegenüberstand, und Alice wußte, er hatte aus Freundlichkeit und nicht etwa aus Neugier gefragt. Sie wandte ihm das Gesicht zu. Sein braungebranntes, scharfgeschnittenes Profil hob sich deutlich vor dem stillen Himmel ab, und plötzlich erkannte Alice, daß sie zu Drew sprechen konnte. Sie hatte es bisher nicht über sich gebracht, mit jemandem über Victoria zu sprechen. Nicht mit Eden. Nicht einmal mit Em, die so ängstlich gefragt hatte: »Es macht dir doch nichts aus, Liebes? Es ist alles vorbei, weißt du – lange Zeit vorbei. Aber sie wird nicht kommen, wenn es dir etwas ausmacht.« Alice hatte Em einfach nicht gestehen können, daß es ihr sehr wohl etwas ausmachte. Doch seltsam, Drew gegenüber konnte sie es zugeben.

»Es ist wegen Victoria«, sagte Alice. »Victoria Caryll. Eden und sie kennen sich seit langer Zeit. Sie ist eine Art Cousine von ihm. Em ist ihre Tante und seine Großmutter, und er hat seine Ferien meistens im Haus ihrer Mutter verbracht, als er in England auf der Schule war – und in Oxford. Sie – sie waren verlobt. Ich weiß nicht, was schiefgegangen ist. Ich habe Eden einmal danach gefragt, aber er wollte nicht darüber reden. Ihre Mutter ist vor ein paar Monaten gestorben, und deshalb kommt sie jetzt hierher...«

Alice machte eine kleine, hilflose Geste mit der Hand, und Drew griff nach dieser Hand und zog sie kameradschaftlich durch seinen Arm. Doch er schwieg, und dies empfand Alice als Erleichterung. Tiefe Dankbarkeit ergriff sie. Sie konnte sich keinen anderen Menschen vorstellen, der nicht mit Fragen und Ausrufen, mit scheinbar mitfühlenden Bemerkungen oder Platitüden auf ihren Bericht reagiert hätte. Drew dagegen akzeptierte diese Eröffnung schweigend, und das führte sie gleichzeitig mit seiner beiläufigen, tröstlichen Geste auf ihr richtiges Maß zurück. Im Grunde brauche ich mir gar keine Sorgen zu machen, dachte Alice. Im Gegenteil, es war ein Akt der Vorsehung, daß Ems Nichte nach Kenia kam. Denn dadurch wurde es für Alice leichter, Em beizubringen, daß sie sie verlassen mußte. Es wäre ausgeschlossen gewesen, Em allein und alt und einsam zurückzulassen. Aber jetzt würde sie Victoria haben. Und mit etwas Glück lernte Em mit der Zeit, Victoria beinahe so zu lieben wie Eden. Und wenn das geschah, vermachte sie Victoria vielleicht nicht nur die Hälfte des Besitzes, wie Hector Brandon gemeint hatte, sondern alles, *Flamingo* und das Land bei Rumuruti, so daß sie, Alice, für immer frei war und niemals mehr nach Kenia zurückzukommen brauchte...

Eine große Eule, grau im grünen Zwielicht, erhob sich vom Stumpf eines umgestürzten Baums und schwebte lautlos über ihren Weg. Alice schnappte hörbar nach Luft und blieb plötzlich stehen. Ihre Finger klammerten sich entsetzt an Drew Strattons Ärmel.

»Keine Angst. Das war nur eine Eule«, beruhigte Drew sie.

»Es war eine Todeseule!« Alice erschauerte. »Die Diener sagen, wenn man eine sieht, wird jemand sterben. Sie fürchten sich vor ihnen!«

»Das ist kein Grund, daß Sie sich fürchten sollten«, mahnte Drew. »Sie sind doch kein an solchen Zauber glaubender Kikuju.«

Er sah stirnrunzelnd auf sie nieder. Er war beunruhigt und ein bißchen ungeduldig, und er legte seine Hand über die kalten Finger, die sich in seinen Arm krallten. Er drückte sie fest und beruhigend. »Mrs. DeBrett, ich weiß, es geht mich nichts an, aber meinen Sie nicht, es wäre an der Zeit, daß Sie sich einen Urlaub in England gönnten? Es kann für Sie in den letzten fünf Jahren nicht leicht gewesen sein. Sie dürfen nicht zulassen, daß dieses Land Sie kaputtmacht. Warum sagen Sie Eden nicht, er solle mit Ihnen für ein paar Monate nach Hause fahren? Es wird Ihnen beiden guttun, und diese Nichte wird Em Gesellschaft leisten, solange Sie weg sind.«

»Ja«, sagte Alice ein bißchen atemlos. »Ich – wir hatten daran gedacht...« Die Farbe kam und ging in ihrem Gesicht, und ihr Atem beruhigte sich. Mit sichtbarer Anstrengung beherrschte sie das nervöse Zittern ihres Körpers. »Es tut mir leid, Drew. Ich benehme mich sehr dumm. Sie haben ganz recht; ich sollte nach Hause fahren. Ich werde zu einem schreckhaften, hysterischen Wesen. Wissen Sie, was Gilly heute abend zu mir gesagt hat? Er sagte: ›Sie können nicht älter als fünfunddreißig sein.‹ Und ich bin siebenundzwanzig. Eden ist erst neunundzwanzig. Ich kann doch nicht sechs oder sieben Jahre älter aussehen als Eden, oder?«

»Gilly war betrunken«, stellte Drew sachlich fest.

Er betrachtete sie ernst und dachte, Gillys Bemerkung sei zwar ungalant, aber verständlich gewesen. Allerdings hatte Drew während der Kampfhandlungen Nervenerschütterungen und Schlaflosigkeit gesehen, und er erkannte die Symptome bei ihr wieder. Er sagte: »In meinen Augen sehen Sie recht gut aus« und lächelte.

Er hatte ein beruhigendes und sehr sympathisches Lächeln, und Alice wurde sich bewußt, daß sie es erwiderte. »So ist's recht«, lobte Drew. »Wenn Sie lächeln, sehen Sie wie siebzehn aus, nicht wie siebenundzwanzig. Sie sollten es öfter tun. Gehen Sie und Eden am Samstag zu dieser Tanzveranstaltung in Nakuru?«

Er sprach über Alltägliches, bis sie die Plumbagohecke erreichten, die die Grenze von Markhams Garten darstellte, und Alice verabschiedete sich am Tor von ihm.

»Ich lasse Sie nicht weiter mitgehen, denn dann kämen Sie vor Dunkelwerden nicht mehr nach Hause. Hier fühle ich mich schon völlig sicher, danke. So nah am Haus wird mich wohl niemand überfallen.«

»Es ist unwahrscheinlich«, antwortete Drew. »Aber die Hälfte aller Frauen hier draußen wird bestimmt noch ein paar Jahre brauchen, bis sie sich wieder ohne Schußwaffe sicher fühlt.«

Er sah ihr nach, wie sie quer durch den Garten davonging. Zu seiner Überraschung wallte kurz Mitgefühl für Eden in ihm auf. Nicht ganz der Typ der Siedlersfrau, dachte Drew. Sie wird sich dem Leben hier nie anpassen.

Ein trockener Zweig knackte in dem weichen Staubteppich hinter ihm, und er fuhr herum. Aber es war nur Gilly Markham.

»Wollte eben mal frische Luft schnappen«, stellte Gilly grämlich fest. »Mabel ist hinausgegangen, um einen Salatkopf oder eine Ananas oder sonstwas zu pflücken, und Hector sagt, er will nach Hause gehen. Deshalb hat Lisa den Schnaps weggeschlossen. Frauen sind des Teufels.«

Er lehnte sich schwer auf das Tor. Seine Augen folgten dem lautlosen Flug einer Fledermaus, die an den blassen Blüten der Plumbagohecke entlangglitt. Plötzlich stieß er heftig hervor: »Gott, was für ein Land! Was würde ich nicht dafür geben, dies gottverlassene, unzivilisierte, von Niggern wimmelnde Loch verlassen zu können! Weiß nicht, wie Sie das aushalten.«

»Kein Grund, warum Sie es aushalten sollten, Gilly«, bemerkte Drew ruhig.

»Das denken Sie!« erklärte Gilly leicht verärgert. »Für Sie ist es ja auch einfach. Aber ich kann es mir nicht leisten, meine Arbeit hinzuwerfen und abzuhauen. Glauben sie mir, ich täte es, wenn ich nur könnte!«

Drew sagte gelassen: »Wenn Sie das gleiche Gehalt bekommen wie Gus Abbott, kann es Ihnen nicht allzu schlecht gehen. Wie man allgemein hört, hat Gus eine ganze Menge hinterlassen.«

»Gus hatte keine Frau!« erwiderte Gilly bitter. »Sie kennen Lisa nicht. Auch wenn ich zwanzigmal soviel verdiente, würde Lisa es ausgeben. Sie bildet sich ein, ich ahnte nicht, warum sie sich andauernd neue Kleider kauft und ihr Gesicht und ihr Haar herrichten läßt. Nun ja, ich mag dumm sein, aber so dumm, wie ich aussehe, bin ich nun doch nicht! Hören Sie auf meinen Rat und heiraten Sie nie, Drew.«

»Ich werde es mir merken«, versprach Drew feierlich. »Bis demnächst, Gilly.«

»Nein, gehen Sie nicht!« drängte Gilly. »Bleiben Sie noch ein bißchen. Heute abend wurde ich auf einmal ganz nervös. Tatsache. Wissen Sie, warum jeder gern mit Ihnen redet, Drew? Ich will es Ihnen sagen. Weil Sie so merkwürdig desinteressiert sind. Sie wollen das alles gar nicht wissen, stimmt's? Aber wenn man irgendeinem anderen etwas erzählt, ist es wie ein Lauffeuer im Nu in der ganzen Kolonie herum. Warum kann sich nicht jeder hier um seine eigenen

Angelegenheiten kümmern?«

»Ja, warum nicht?« sagte Drew. »Tut mir leid, Gilly, aber ich muß gehen. Es ist schon spät.«

Gilly ignorierte die Unterbrechung. »Hector, zum Beispiel. Er hat Eden nie verziehen, daß er eine Frau geheiratet hat, die in Hectors Augen nicht ›der richtige Typ für Kenia‹ ist. Was geht das ihn an? Man könnte meinen, er habe dies Land für sich allein gepachtet! Wahrscheinlich denkt er, sobald Em stirbt, wird Alice ihren Mann überreden, den Besitz an dies Syndikat von Südafrikanern zu verkaufen, die letztes Jahr ein Vermögen für *Flamingo* geboten haben. Das würde Hector gar nicht passen, ein Konzern dieser Sorte an seiner Türschwelle! Dann wäre der Markt für ihn ruiniert. Und ehe er sich's versähe, würden sie eine anständige Straße rings um den See bauen, und er würde platzen vor Wut! Hector und seinesgleichen mögen viel über die Entwicklung der Kolonie quatschen. Aber das eine, wovor sie Angst haben, ist Fortschritt rund um ihr eigenes kleines Stückchen davon. Sie lieben es so, wie es ist. Das ist genau wie –«

Er brach plötzlich ab und hob angestrengt lauschend den Kopf.

An diesem Abend regte sich kein Lüftchen. Der weite See lag glasgrün im Zwielicht, und selbst die Vögel waren endlich verstummt. Aber irgend jemand in dem großen, planlosen Haus jenseits der Pfefferbäume und Jakarandas in Ems Garten spielte Klavier. Der ruhige Abend lieh den fernen Klängen Klarheit und eine unheimliche, melancholische Schönheit. Drew, der sich zum Gehen gewandt hatte, blieb unwillkürlich stehen und hörte zu. »Was spielt sie da?« fragte er.

»Das Rifttal-Konzert«, antwortete Gilly geistesabwesend.

Seine nervösen schmalen Musikerfinger bewegten sich über die obere Stange des Tors wie über die Tasten eines Klaviers. Dann ballten sich seine Hände plötzlich zu Fäusten. Wütend schlug er auf das Tor und explodierte:

»Warum kann sie diesen dritten Satz nicht spielen, wie er gemeint ist, statt draufloszuhämmern, als sei es eine Pop-Melodie?«

Er verfiel in melancholisches Schweigen und ließ sich auf einen viereckigen Betonblock fallen, der neben dem Tor im Gras stand. Sein kurzer Wutanfall wich vom Alkohol begünstigter Verdrießlichkeit. Er nahm keine Notiz davon, daß Mr. Stratton sich zum Gehen wandte.

Alice war auf halbem Weg zum Haus, als ihr die Mardan-Rosen einfielen, die Em für den Tisch im Eßzimmer haben wollte. Sie verließ den Weg und ging durch das hohe Gras und das Meer von Rittersporn. Er wuchs hüfthoch und halb wild am Fluß eines kleinen Hügels, den verfilztes Buschwerk und ein umgestürzter Baumstamm krönten.

Von der Kuppe des Hügels konnte sie durch eine Lücke im Gebüsch das saftige Grün der *Shamba* und den breiten Gürtel graugrüner Vegetation sehen, dunkel jetzt im verblassenden Licht. Das war die *Marula*, der Papyrussumpf, der das Seeufer mit einem dichten, fedrigen und beinahe undurchdringlichen Dschungel umgab, zweimal so hoch wie ein großgewachsener Mann.

Ein abgebrochener Ast des gefallenen Baums stützte eine Kaskade weißer Rosen, die nicht einmal am Tag leicht zu pflücken waren, denn sie waren reichlich mit Stacheln besetzt. Aber Em liebte sie. Während der kurzen Blütezeit arrangierte sie sie gern in den Waterford-Glasschüsseln, die ihrer Großmutter gehört hatten. Hatte sie deshalb heute um diese Rosen gebeten? Damit sie andere Schüsseln damit füllen und so tun konnte, als mache der Verlust ihr nichts aus? Denn die Waterford-Glasschüsseln gab es nicht mehr. Sie waren an einem Nachmittag vor fast einer Woche gefunden worden, in Stücke zerbrochen, obwohl das Haus an jenem Tag ruhig gewesen war und die Hunde nicht gebellt hatten...

»Faß sie nicht an!« hatte Alice zu der völlig aufgelösten Em gesagt. »Vielleicht sind Fingerabdrücke darauf. Wir können herausfinden –«

»Und dann schwärmen Polizisten durchs ganze Haus, trampeln überall auf *Flamingo* herum und schüchtern meine Diener ein! Nein!« erklärte Em. Sie hatte die Scherben mit ihren alten, zittrigen Händen aufgelesen und Zacharia gesagt, er solle sie wegwerfen.

Von Anfang an hatte Em sich geweigert, die Polizei holen zu lassen. Sie hatte eine Reihe von Fallen aufgestellt, aber niemand war hineingegangen. Der Poltergeist schien fähig zu sein, Alarmanlagen, Stolperdrähte und andere Sicherungen erfolgreich zu umgehen. Es wurden Gegenstände mit einer Substanz beschmiert, die garantiert auf jeder Hand, die sie berührte, ätzende Wunden hinterließ. Aber der Poltergeist vermied sie instinktiv. Er demoralisierte den ganzen Haushalt stärker als alle Untaten, die die Mau-Mau in den Jahren der Krise begangen hatten. Die Diener waren in Panik, Eden war wütend und nervös und Em grimmig stur.

»Wenn jemand glaubt, er könne mich hier weggraulen, wird er feststellen, daß er sich irrt«, erklärte sie. »Die Mau-Mau dachten, sie könnten uns so verängstigen, daß wir unsere Farm verlassen, aber wir sind immer noch da. Ich weiß nicht, was sich derjenige davon verspricht, Dinge zu zerstören, an denen mein Herz hängt. Aber was es auch sein mag, er wird es nicht bekommen!« Und als wolle sie ihre Unerschütterlichkeit beweisen, setzte sie sich ans Klavier und spielte Toronis »Rifttal-Konzert« aus dem Gedächnis, zornig und laut und nicht sehr akkurat.

Das war an dem Tag gewesen, als die Schallplatte mit dem Konzert zerbrochen worden war. An dem gleichen Abend hatte Em, die müde und geschlagen aussah, den anderen mitgeteilt, daß sie Victoria eingeladen habe.

Victorias Mutter war in diesem Frühling gestorben, und Victoria teilte sich im Augenblick mit zwei Freundinnen eine kleine Wohnung in London. Sie arbeitete als Privatsekretärin des zweiten Direktors einer Importfirma.

»Ich habe sie aufgefordert, hierherzukommen und für mich zu arbeiten«, sagte Em. Sie sah Eden nicht an. Ihr Blick war unverwandt in die Kerzenflammen auf dem Eßtisch gerichtet und – vielleicht – in die Vergangenheit. »Ich bin langsam zu alt, um die ganze Arbeit allein zu tun. Ich brauche jemanden, der mir die Hälfte abnimmt, eine Sekretärin, die mein Vertrauen hat und der ich viel an Leistung abverlangen kann. Und in dieser Zeit sollte es jemand sein, der – der hierher gehört. Gleichzeitig kann ich damit etwas für

Helens Tochter tun. Ihr ein Heim ebenso wie ein angemessenes Gehalt bieten.«

Jetzt sah sie zum ersten Mal Alice an, die Augen vom Flackern der Kerzenflammen leer und verschwommen. Freundlich sagte sie: »Du bist ebenfalls Waise, und du wirst dir vorstellen können, was es für sie bedeuten muß. Aber sie soll nicht kommen, wenn es dir nicht recht ist, mein Liebes.«

Vielleicht hätte Alice es über sich gebracht zu protestieren, wenn ihr nicht plötzlich der Gedanke gekommen wäre, daß sich damit ein Fluchtweg für sie öffnete. Sie hatte keine Lust, dies Mädchen kennenzulernen, das Eden einmal hatte heiraten wollen und einmal geliebt haben mußte. Und sie wollte auch nicht, daß Eden Victoria wiedersah. Doch wenn Ems Nichte auf *Flamingo* einzog, mochte es ihr, Alice, gelingen, Eden zu überreden. Dann würden sie Kenia verlassen und nach England heimkehren. Dann ließen sie Em nicht allein zurück. Sie hätte ja dann Victoria als Ersatz.

Alice blickte auf die weißen Rosen nieder, die ihre Hände füllten. Sie ließ sie zu Boden fallen, setzte sich müde auf den glatten Baumstamm und dachte mit Liebe und Ärger und Verzweiflung an Lady Emily DeBrett. An Em und an Eden. Es würde nicht leicht sein, Em klarzumachen, daß sie Kenia nicht länger ertrug. Em war bekannt für ihre Ungeduld und Dickköpfigkeit, einen ausgeprägten Geschäftssinn, eiserne Nerven und ihre Unfähigkeit, mit guter Miene törichte Personen um sich zu dulden. Trotzdem hatte sie Edens Frau um sich geduldet, die nach ihren Begriffen töricht scheinen mußte. Sie hatte sie bemuttert, beschützt, ermutigt, sich zwischen sie und die Gefahr gestellt.

Wie sie da in der Dämmerung auf dem Hügel im Garten saß, erinnerte Alice sich an ihre erste Begegnung mit Edens Großmutter. Es war ein Schock für sie gewesen. Eden hatte beiläufig erwähnt, seine Großmutter neige dazu, sich exzentrisch zu kleiden. Und dann hielt das Auto, das sie von dem etwa siebzig Meilen entfernten Flughafen von Nairobi abgeholt hatte, vor dem großen, strohgedeckten Haus am Ufer des Naivasha-Sees. Em erschien auf den Verandastufen, und auf eine so groteske Gestalt war Alice nun doch nicht vorbereitet gewesen.

Die Jahre hatten aus Ems stattlicher Figur mehr als ausladende Proportionen gemacht, ihre Abneigung gegen Röcke jedoch nicht beseitigt. Sie war nie bereit gewesen, weibliche Kleidung anzulegen, aber sie hatte eine Vorliebe für leuchtende Farben und auffällige Accessoires. Ems scharlachrote Kattunkleider und knallige Blusen – beides steigerte den bestürzenden Eindruck noch, den ihre Massen hervorriefen – und die theatralischen breitkrempigen Hüte, die sie sich achtlos auf ihr kurzgeschnittenes Haar stülpte, waren seit mehr als dreißig Jahren für die Leute hier ein ebenso vertrauter Anblick wie die umherstreifenden Zebraherden, die wandernden, mit Ocker bemalten Massai-Krieger und der Schnee auf dem Kilimandscharo. Aber sie waren kein Trost für Alice DeBrett, die erst drei Wochen verheiratet war, als sie benommen von wiederholten Anfällen der Luftkrankheit und staubig und durchgeschüttelt von den letzten fünfzehn Meilen über eine unbefestigte Straße, auf *Flamingo* eingetroffen war, ein Neuankömmling in einem von Wildheit und Gewalt zerrissenen fremden Land, wo sogar die Frauen Schußwaffen bei sich trugen und alle Männer sich vor der Nacht fürchteten. Denn sie wußten nie, was die Dunkelheit bringen würde.

Im Rückblick auf diesen Tag ihrer Ankunft war es ein seltsamer Gedanke, daß Em seitdem Alices einzige Stütze gewesen war. Alice hatte weder Mutter noch Großmutter gekannt, doch Em war ihr beides geworden. Wer sie enttäuscht hatte, war Eden. Andererseits war es sicher auch nicht leicht für Eden gewesen, dachte sie bei sich, so fatal schön zu sein, daß die Frauen sich auf den ersten Blick hoffnungslos in ihn verliebten – wie es ihr selbst auch geschehen war. Jetzt war sie fast fünf Jahre mit Eden verheiratet, und sie konnte ihn nicht ansehen, ohne daß sich ihr das Herz zusammenzog.

Sie liebte ihn so sehr, und wenn er *Flamingo* so geliebt hätte, wie Em es liebte, hätte sie sich gezwungen, für immer hierzubleiben. Sie hätte gegen ihr Entsetzen, ihren Haß auf das Land und ihren schlechten Gesundheitszustand, eine Folge der ständigen Angst, der Höhe und des Klimas, angekämpft. Aber sie glaubte nicht, daß Eden so tief im Boden Kenias verwurzelt war oder daß das Land ihm das gleiche bedeutete wie seiner Großmutter. Und in letzter Zeit hatte sie sich eingeredet, er würde in England mit einem eigenen Landgut ebenso glücklich sein. Vielleicht sogar glücklicher; denn er hatte es nie verwunden, daß Em nicht ihn anstelle von Gilly zum Verwalter gemacht hatte. »*Flamingo* wird eines Tages dir gehören«, hatte Em gesagt. »Dann brauchst du einen Verwalter, und es ist besser, einen zu haben, der sich schon auskennt. Gilly ist im Augenblick nicht von großem Nutzen, doch Verwalter sind heutzutage schwer zu bekommen, und er wird sein Handwerk hier lernen. Außerdem braucht er die Stellung.«

»Ich wußte nicht, daß wir einen Wohltätigkeitsverein leiten!« hatte Eden ärgerlich geantwortet. »Du verlierst deinen festen Griff, liebe Großmama.«

»Da irrst du dich. Einen Mann, der seine Stellung braucht, hat man in der Hand. Einen, der sie nicht braucht, hat man nicht in der Hand. Und ich möchte, daß es nach meinem Kopf geht.«

Eden hatte gelacht und sie geküßt. »Du willst dir nur nicht vorwerfen lassen, du hättest eine schwache Stelle. Du hast Gilly den Job gegeben, weil er pleite war, was du wußtest – und weil er den Unterschied zwischen Bach und Brahms kennt.«

Em hatte eine Grimasse geschnitten, aber geleugnet hatte sie es nicht.

Mehr Ems als Edens wegen hatte Alice versucht, sich mit dem Gedanken auszusöhnen, daß sie den Rest ihres Lebens in Kenia verbringen würde. Denn obwohl sie glaubte, Eden vielleicht für den Verlust von *Flamingo* entschädigen zu können, wußte sie, daß es ihr unmöglich war, einen Ausgleich für Em zu finden, wenn sie ihr Eden wegnahm. Aber jetzt war ihre Geduld am Ende. Nicht Victoria hatte ihr den Rest gegeben, sondern das, was in den letzten Wochen im Haus geschehen war, eine Situation, die Eden einmal als »diese dumme Geschichte« bezeichnet hatte.

»Es ist keine dumme Geschichte«, hatte Alice widersprochen, und zum ersten Mal klang ihre sanfte Stimme hysterisch. »Es ist grauenhaft! Begreifst du denn nicht – alles, was hier zerstört wurde, war etwas Besonderes und Unersetzliches. Es ist, als ob jemand, der

Em sehr gut kennt, ihr ganz gezielt weh tut. Jemand – jemand Böses.«

Eden antwortete scharf: »Das ist Unsinn! Du darfst dich darüber nicht so aufregen, Alice. Glaub mir, Darling, es wird sich herausstellen, daß es irgendein dummer Kiku war, der einen Groll hat oder meint, unter einem Zauber zu stehen. Du darfst den Sinn für das richtige Maß nicht verlieren. Schließlich waren diese Sachen, wenn auch unersetzlich, doch tote Gegenstände.«

Zwei Tage später war Simba das Opfer gewesen.

Alice hatte Em nicht für fähig gehalten zu weinen, und der Anblick ihrer roten, verschwollenen Augen war beinahe ebenso erschütternd gewesen wie die Entdeckung von Simbas steifem, verrenktem Körper zwischen den zerdrückten Geranien unter der Veranda. Alice hatte auch vorher schon Angst gehabt, doch so schlimm war es bisher nicht gewesen. Die absichtliche Zerstörung von Ems geliebtesten Besitztümern war schlimm, doch die Vergiftung ihres Lieblingshundes verriet eine kaltblütige Arglist, die tiefer ging als bloße Bosheit.

Gilly hat recht, dachte Alice. Es lief ihr kalt über den Rücken bei den Vorahnungen. Die Gegenstände waren nur der Anfang gewesen. Simba war der nächste Schritt. Angenommen – das nächste Mal ist es ein Mensch? Jemand, den Em liebt. Eden –! Wir müssen fortgehen. Wir müssen! Solange es noch Zeit ist…

Es war ein besonders zermürbender Tag für Alice gewesen. Eden war nach Nairobi gefahren und wollte erst spät zurückkommen, und Em war seit dem Morgen nervös und leicht reizbar. Offenbar hatte sie im Laufe des Vormittags einen kleinen Streit mit Mabel Brandon gehabt, und es hatte sie gar nicht gefreut, als Ken Brandon am Nachmittag auftauchte und zum Tee eingeladen werden mußte.

Auch Alice hatte sich nicht gefreut. Sie fand Ken Brandons unreife und hartnäckige Schwärmerei für sie sehr lästig. Erst gestern hatte sie ihm eine strenge Predigt über dieses Thema gehalten, aber damit war sie schlecht bei ihm angekommen. Zum Schluß drohte er – nicht zum ersten Mal –, sich zu erschießen. Alice verlor die Geduld mit ihm und bemerkte gereizt, das sei kein Verlust für die Menschheit.

Sie hatte gehofft, das werde seiner Liebe den Garaus machen. Trotzdem erschien Ken an diesem Nachmittag wieder und bat, sie sprechen zu dürfen. Es war klar, daß er die Absicht hatte, sich für seinen Ausbruch vom Vortag zu entschuldigen. Em hatte Alice vor einer weiteren Szene gerettet, indem sie den Jungen mit Tee abfüllte und sie sofort danach abkommandierte, mit ihr auf die Jagd zu gehen.

Alice ging nie mit zur Jagd, wenn es sich irgend vermeiden ließ, aber bei dieser Gelegenheit stimmte sie dankbar zu. Sie nahmen Kamau, einen der Boys, mit und fuhren im Landrover hinaus, um einen Bock für die Hunde zu schießen. Em erlegte ein *Kongoni* und half Kamau, es auszuweiden und den schlaffen, schweren Körper hinten in den Landrover zu wuchten. Dort rutschte er in einer klebrigen Blutpfütze hin und her und verschmierte die Sitze. Ems Hände und Kleider waren voll von häßlichen dunklen Flecken. Alice empfand Ekel. Das war eins der vielen Dinge in Kenia, an die sie sich nie gewöhnen konnte: die selbstverständliche Haltung der meisten Frauen gegenüber Feuerwaffen und dem Anblick und dem Geruch von Blut.

Ich habe keinen Mut, dachte Alice trübsinnig und starrte in die grüne Dämmerung. Vielleicht hatte ich früher welchen, aber er ist weg. Wenn ich nur fort könnte... Wenn ich nur nicht in dieses schreckliche Haus zurückgehen müßte...

Em spielte immer noch Toronis Konzert, und die zu vertrauten Kadenzen, gedämpft durch die Entfernung, zerrten an Alices gespannten Nerven, forderten ihre Aufmerksamkeit und zwangen sie, zuzuhören.

Sie hatte Ems und Gillys Bewunderung für diese Musik nie verstanden. Für sie schien es ein Lärm ohne Melodie zu sein, der von disharmonischen Klängen in unerträgliche Öde überwechselte. Aber heute abend schien sie es zum ersten Mal richtig zu hören, und es war, als spräche das Tal selbst. Das riesige goldene Tal und die großen gähnenden Krater erloschener Vulkane – Longonot und Suswa und Menengai – die den Weg versperrenden Fälle toter Lava – der düstere Abgrund des Höllentors – die weiten, seichten, von

Flamingos wimmelnden Seen und die langen Zwillingshöhen des Mau und des Kinangop, die das große Rifttal rechts und links begrenzten.

Em hatte ihr erzählt, Toroni habe das Tal geliebt. Aber Em irrte sich, dachte Alice, der Musik lauschend. Toroni hatte dieses Tal nicht geliebt. Er hatte es gefürchtet. Wie sie selbst es fürchtete. Alice zitterte und krampfte die Hände im Schoß zusammen. Eine kleine Brise wisperte durch die Büsche und bewegte die hängenden Rosenranken, und irgendwo in ihrer Nähe knackte ein Zweig.

Bei diesem Geräusch schien ihr der Garten plötzlich kein freundlicher Ort mehr, sondern so voll von Drohungen wie das Haus zu sein. Alice stand schnell auf und bückte sich nach den am Boden liegenden Rosen. Das Herz klopfte ihr schmerzhaft gegen die Rippen. Sie hatte gar nicht gemerkt, daß es so dunkel geworden war.

Unterhalb des Hügels und jenseits der Shamba begannen aus dem schattigen Gürtel des Papyrussumpfes Vögel zu rufen. Ihre hohen flötenden Stimmen mischten sich mit den süßen klaren Klängen des fernen Klaviers. Der Tag war fast zu Ende. Schon schimmerten blasse Sterne am Himmel, aber der Mond war noch nicht aufgegangen. Um diese Zeit waren sonst keine Vögel zu hören. Hatte irgend etwas oder irgend jemand sie aufgeschreckt?

Alice fiel eine Bemerkung von Gilly ein, die er vor weniger als einer Stunde gemacht hatte. Etwas über General Afrika – trotz des hohen Preises, der von der Regierung auf seinen Kopf gesetzt war, war er immer noch auf freiem Fuß und vielleicht bei einem der Siedler im Naivasha-Distrikt in Lohn und Brot. Etwas über eine Bande unter seinem Kommando, die sich immer noch irgendwo im Papyrussumpf verstecken sollte und der die afrikanischen Feldarbeiter der Farmen um den See Essen brachten.

Alice hatte nicht sonderlich darauf achtgegeben, aber jetzt erinnerte sie sich mit Schrecken daran, und sie erinnerte sich auch an Ems Anweisung, nach Sonnenuntergang nicht draußen zu bleiben. Doch die Sonne war schon lange untergegangen. Es war fast dunkel, und der Abendwind bewegte die Blätter um sie her und erfüllte die grüne Dämmerung mit leisem, verstohlenem Rascheln.

Wieder knackte direkt hinter ihr ein Zweig. Sie fuhr herum und sah gerade noch eine Bewegung, die nicht der Wind verursacht hatte. Ihre Hände schlossen sich fester um die Rosen und trieben ihr die Dornen ins Fleisch. Im Spinnennetz der Panik gefangen, spürte sie den Schmerz kaum. Ihr Verstand riet ihr, zum Haus hinzulaufen, aber ihre Muskeln wollten ihr nicht gehorchen. Sie konnte nicht einmal schreien, und sie wußte, wenn sie schrie, würde sie doch niemand im Haus hören, denn die Klaviermusik übertönte jeden Laut von draußen. Jemand beobachtete sie aus den Büschen heraus, sie war völlig sicher.

Alice stand ganz still, so hilflos und von Entsetzen gelähmt wie das Opfer eines Alptraums. Und dann, gerade als sie meinte, ihr Herz würde aufhören zu schlagen, kam aus dem Dunkel am Fuß des Hügels eine bekannte Gestalt, und das Blut floß von neuem durch ihre betäubten Adern.

Sie ließ die Rosen fallen, und mit einem erstickten Schluchzen der Erleichterung begann sie zu rennen. Sie rutschte und stolperte in dem unsicheren Licht durch das hohe Gras. Sie war nur noch einen Meter von der verschwommenen Gestalt entfernt, als etwas sie im Lauf einhalten ließ. Ein Geräusch...

Da stimmte etwas nicht. Das war Wahnsinn, war unmöglich. Alice blieb plötzlich stehen und starrte. Ihre Augen weiteten sich in ihrem weißen Gesicht, und ihr Mund öffnete sich zu einem tonlosen Schrei. Denn es war jemand anders. Jemand, der ihr plötzlich grauenhaft unvertraut war.

3

»Und wie ich schon sagte, mit der Einkommensteuer und den Streiks und dem Wetter, ja, da ist es kein Wunder, wenn so viele Leute sich entscheiden, im Ausland zu leben. Tatsächlich, so sagte ich zu Oswin – das ist mein gegenwärtiger Gatte –, ich kann nicht verstehen, warum es nicht mehr tun. Finden Sie nicht auch?«

Es kam keine Antwort. Mrs. Brocas-Gill stellte verärgert fest, daß ihre Nachbarin eingeschlafen war, und wandte ihre Aufmerksamkeit den grünen und braunen Weiten Afrikas weit unter ihr zu, über die die große BOAC-Constellation einen winzigen blauen Schatten hinzog, nicht größer als ein Spielflugzeug.

Miss Caryll schlief jedoch nicht. Nur eine außergewöhnlich willensstarke Frau oder auch eine Schwerhörige hätte in Gesellschaft von Mrs. Brocas-Gill, dieser menschlichen Langspielplatte, schlafen können. Auf Victoria traf beides nicht zu. Aber sie hatte den Monolog der unermüdlichen Mrs. Brocas-Gill seit dem Start der Maschine vom Londoner Flughafen fast pausenlos ertragen. Da sie in Rom wegen eines Maschinenschadens für vierundzwanzig Stunden aufgehalten worden waren, bedeutete das, daß sie fast zwei Tage lang gezwungen gewesen war, ihr zuzuhören. Nicht einmal die Nächte hatten Mrs. Brocas-Gill zum Schweigen gebracht, denn sie hatte mit offenem Mund geschlafen und geschnarcht. Und Victoria wollte nachdenken.

Während der letzten drei Wochen hatte sie sich nicht viel Zeit zum Nachdenken zugestanden. Da sie ihre Entscheidung einmal gefällt und Tante Emily mitgeteilt hatte, sie nehme ihr Angebot an, hatte es wenig Sinn zu grübeln. Außerdem hatte sie sich noch um Hunderte von Dingen kümmern müssen. Aber sie hatte ja den Flug nach Kenia vor sich, vierundzwanzig Stunden, in denen sie ruhig im Flugzeug sitzen und nichts zu tun haben würde. Dann war Zeit genug, das Durcheinander in ihrem Kopf zu klären, der Vergangenheit ins Gesicht zu sehen – und der Zukunft. Nur hatte sie nicht mit Mrs.

Brocas-Gill gerechnet. Und jetzt flogen sie über Afrika, und der dunkle Kontinent breitete sich unter ihnen aus. Bis zum Flughafen von Nairobi war es nur noch eine halbe Stunde.

Eine halbe Stunde! dachte Victoria entsetzt. Eine halbe Stunde, in der sie mit sich ins reine kommen und sich darauf vorbereiten mußte, Eden wiederzusehen. All das hatte sie in den letzten drei Wochen feige verdrängt, und seit mehr als fünf Jahren hatte sie sich gezwungen, nicht daran zu denken. Eine halbe Stunde...

Es war schwer, sich an eine Zeit zu erinnern, in der sie Eden DeBrett noch nicht geliebt hatte. Sie war fünf an dem Tag gewesen, als sie Falda, das kleine Zebra, das ihr Vater für sie gefangen und gezähmt hatte, dazu bringen wollte, über das Rindertor an einem der Wasserlöcher zu springen. Falda hatte darauf sehr unfreundlich reagiert, und Victoria fiel kopfüber in den zertrampelten Matsch bei den Wassertrögen. Ihr blieb nicht nur die Luft weg, sie verdarb auch das saubere Baumwollkleid, in dem sie zu einer Lunch-Party hatte erscheinen sollen.

Eden, neun Jahre alt, war damals über das Wochenende zu Besuch bei seiner Großtante Helen und rettete die Situation. Er zog Victoria aus dem Dreck, trocknete ihre Tränen mit einem schmierigen Taschentuch und regte die sofortige Entfernung von Kleidern, Schuhen und Söckchen und ihre – sowie Victorias – Waschung in den Viehtrögen an.

Sein Rat war mit ausgezeichnetem Resultat befolgt worden. Als der Gong ertönte, war sie imstande, in einem zerknitterten, aber zweifellos sauberen Kleid sittsam zum Haus hinaufzugehen. Niemand merkte, daß die Glätte der langen braunen Zöpfe zum Teil auf ihre Feuchtigkeit zurückzuführen war. Edens überlegene männliche Intelligenz hatte sie vor der Katastrophe gerettet, und von dem Tag an war er Victorias Held.

Sie war ein unscheinbares kleines Mädchen gewesen mit der Neigung zu stottern, wenn sie schüchtern oder aufgeregt war, dünn und langbeinig und sehr braun. Braune, sonnenverbrannte Haut, braune Augen und langes glattes braunes Haar. Aber obwohl es sie nicht interessierte, daß es ihr selbst an Schönheit mangelte, war sie von Edens Schönheit tief beeindruckt gewesen.

Schon als Kind war Eden DeBrett schön, und als er heranwuchs, verlor er im Gegensatz zu so vielen anderen Kindern diese Schönheit nicht. Tatsächlich schien sie zuzunehmen, und sie hatte Wirkung auf jeden, der ihn sah. Deshalb gab es nur wenige Leute, wenn überhaupt welche, die erkannten, wie er wirklich war. Oder, um gerecht gegen ihn zu sein: Ihr Urteil wurde stets von seinem hinreißend guten Aussehen abgelenkt.

Er war zehn, als Em ihn ungeachtet ihrer Gefühle nach England auf eine berühmte Schule schickte. Die sechs Jahre alte Victoria stand mit ihren Eltern auf dem Bahnsteig in Nairobi, um ihm Lebewohl zu sagen. Und sie weinte bitterlich und unbeherrscht.

Ihr fröhlicher, charmanter Vater war zwei Monate später gestorben. Die Tragödie seines Todes, der Verkauf der Farm und der Jammer, Kenia verlassen zu müssen – sogar der Abschied von ihren Ponys und dem lieben fetten freundlichen Falda –, waren sehr gelindert worden von dem Gedanken, daß sie Eden wiedersehen würde. Denn es war zwischen Em und Helen ausgemacht worden, daß Eden für die Weihnachts- und Osterferien zu den Carylls fuhr. Einmal im Jahr sollte er nach Kenia zurückkehren und die zwei Monate Sommerferien auf *Flamingo* verbringen.

In Wirklichkeit war er für die nächsten sechs oder sieben Jahre in sämtlichen Ferien mit den Carylls zusammen und besuchte Em und *Flamingo* zwischendurch nicht. Denn auf der Weltbühne wurde eine Tragödie im Ausmaß eines homerischen Epos gespielt, und der Krieg vernichtete Pläne ebenso wie zahllose Leben.

Eden war nicht mehr an die Front gekommen, aber er hatte seiner Wehrpflicht bei den Besatzungstruppen in Deutschland genügt. Danach kamen drei Jahre in Oxford, in denen die Verbindung mit den Carylls beinahe abriß, denn in den Ferien flog er von London nach Nairobi und blieb bei Em in Kenia. Victoria hatte ihn ein ganzes Jahr nicht mehr gesehen, als Em plötzlich ihre Absicht ankündigte, England zu besuchen und bei ihrer Halbschwester zu wohnen. Sie und Eden würden den Juli und August bei Helen statt auf *Flamingo* verbringen.

Victorias Tante Emily, die Edens Großmutter war, sah genauso aus, wie Victoria sie in Erinnerung hatte. Nur hatte sie mit Rücksicht auf die Nachkriegsnerven der Inselbewohner auf ihre Kenia-Tracht mit scharlachroten Kattunkleidern verzichtet und sich nüchtern und etwas enttäuschend in ein braunes Hemdblusenkleid geworfen. Es roch nach Mottenkugeln und erinnerte an die goldenen zwanziger Jahre.

Eden kam zwei Tage später, und er betrachtete Victoria, als sehe er sie zum ersten Male – als habe er sie nie zuvor gesehen.

Sie hatte Rosen geschnitten, und ihre Arme waren voll der üppigen Blütenpracht mit ihrem reizenden Rosa. Das war Zufall und keine Absicht, denn Eden wurde erst zwei Stunden später erwartet. Sie errötete unter Edens verblüfftem Blick, und Eden hatte töricht gesagt: »Vicky –! Was ist denn mit dir passiert? Du bist – du bist ja erwachsen geworden.«

Darüber mußten sie beide lachen, und er beugte sich vor und küßte sie über die Rosen hinweg. So verliebten sie sich ineinander.

Nein, das stimmt nicht, dachte Victoria. Wenigstens stimmte es nicht in ihrem Fall, denn sie hatte sich viele Jahre früher in Eden verliebt, als er sie aus dem Schlamm bei den Viehtrögen gezogen und ihre Tränen mit einem Taschentuch getrocknet hatte, das nach Teerseife und Kaugummi roch. Und sie hatte nie aufgehört, ihn zu lieben.

Eden war es, der sich an jenem Tag verliebte. Wirklich? War es nur Zuneigung für jemanden gewesen, den er sein Leben lang gekannt hatte? Die Stimmung eines Sommerabends und ein hübsches Mädchen in einem gelben Kleid, den Arm voller Rosen? Irgendein hübsches Mädchen? Nein! dachte Victoria. Nein. Das ist nicht wahr. Er hat mich wirklich geliebt. Doch! Ich habe mich damals nicht getäuscht.

Es war ein verzauberter Sommer gewesen. Sie gingen zusammen zum Tanzen und zum Dinner aus, sie machten Spaziergänge und unterhielten sich und planten ihr gemeinsames Leben. Em war erfreut gewesen. Victorias Mutter billigte Heiraten zwischen Verwandten jedoch nicht und hatte sich von Anfang an dagegengestellt.

»Ich würde dir zustimmen, wenn sie Vetter und Cousine ersten Grades wären«, sagte Em, »aber das sind sie nicht.«

»Eden hat das Blut der Beaumartins«, stellte Helen unglücklich fest.

»Und das der Carterets, der Brooks und der DeBretts ebenfalls! Das ist eine hervorragende Mischung.«

Helen verlangte einen Aufschub. Eden war erst dreiundzwanzig und Victoria vier Jahre jünger. Sie konnten es sich leisten zu warten. Eden sollte einen Jahreslehrgang auf einem landwirtschaftlichen College mitmachen, um sich auf die Übernahme von *Flamingo* vorzubereiten. Seine Jahre in Oxford hatten ihn bereits darauf vorbereitet, so hoffte seine Großmutter, eines Tages in dem Land seiner Geburt, ihrer Wahlheimat, ein politisches Amt zu übernehmen.

»Es ist ein Kenianer der zweiten Generation«, sagte Em, »und von denen gibt es nicht viele. Die Kolonie braucht für die Verwaltung Männer, die das Land lieben.«

Da Helen es so wünschte, gab es keine offizielle Verlobung und keine Anzeigen an Freunde. Em kehrte nach Kenia zurück, als der Sommer zu Ende war, und Victoria widmete sich weiter ihrem Sekretärinnenkurs. Denn, so sagte sie zu Eden, so würde sie auf *Flamingo* einmal eine nützliche Hilfe sein.

Sie wollten heiraten, wenn Eden vierundzwanzig war, und er hatte tatsächlich eine Woche vor seinem vierundzwanzigsten Geburtstag geheiratet. Aber nicht Victoria, sondern Alice Laxton. Fünf Jahre war das her... Doch noch heute brachte der Gedanke daran etwas von dem Schmerz und der Qual dieser Tage zurück.

Es war plötzlich und ohne Warnung geschehen. Eden hatte eines Nachmittags ihre Mutter besucht und war gegangen, ohne auf Victoria, die nicht zu Hause war, zu warten. Helen hatte blaß und aufgeregt ausgesehen, aber nur gesagt, Eden habe nicht bleiben können, weil er das Wochenende mit Freunden in Sussex verbringe. Er werde schreiben.

Der Brief kam drei Tage später, und Victoria erinnerte sich noch an jede einzelne Zeile, als habe er sich in ihr Gehirn eingebrannt. Sie hätten einen Fehler gemacht, schrieb Eden, und verwandtschaftliche Zuneigung und Freundschaft für etwas Tieferes gehalten. Nichts könne jene Zuneigung und Freundschaft ändern, und er kenne sie zu gut, um nicht überzeugt zu sein, wenn sie ihm jetzt nicht beipflichte, werde sie es eines Tages tun. Eines Tages werde sie sich in einen anderen verlieben, wie es ihm geschehen sei, und dann würden ihre Gefühle für ihn an ihren angemessenen Platz rücken. Und da sie nie richtig verlobt gewesen seien, sei keiner von ihnen öffentlich bloßgestellt.

Wie es ihm selbst geschehen sei... Angesichts dieser Feststellung blieb Victoria nichts anderes übrig, als ihm ohne jede Hysterie eine Antwort zu geben, in der sie das Unvermeidliche akzeptierte und seine Entscheidung als richtig hinstellte. Sie hatte ihren Stolz und wahrscheinlich auch Edens Gewissensruhe gerettet, indem sie so handelte. Es fragte sich nur, ob das eine oder das andere es wert war.

Helen war erleichtert und machte keinen Versuch, das zu verbergen. »Ich halte Heiraten unter Verwandten überhaupt nicht für angebracht«, erklärte sie. »Inzucht hat noch nie Gutes bewirkt.«

Em schrieb aus Kenia. Ganz offensichtlich hatte sie sich Edens Ansicht zu eigen gemacht, der Bruch sei gegenseitig gewesen. Der Brief war lieb und drückte tiefes Bedauern aus, und er endete mit der Hoffnung, sie möchten es sich noch einmal überlegen. Aber an dem gleichen Morgen, als der Brief ankam, brachten *The Times* und der *Daily Telegraph* die Anzeige der Verlobung von Eden mit Alice Laxton, und nicht einmal einen Monat später waren sie verheiratet.

Oh, die Pein dieser Tage! Das qualvolle Gefühl des Verlustes. Der Schock, als sie zufällig beim Friseur eine Illustrierte öffnete und ihr ein ganzseitiges Foto von Eden und seiner Braut entgegenstarrte, wie sie die Kirche St. George, Hanover Square, verließen. Eden, ernst, ohne Lächeln und so herzzerreißend schön wie der Traum jeder Frau von ihrem Märchenprinzen. Und Alice, eine anonyme Gestalt in weißem Satin, deren Gesicht zum Teil von dem Brautschleier verdeckt war.

»Sieht besser aus als Robert Taylor oder sonst ein Filmstar«, sagte die Friseuse, Victoria über die Schulter spähend. »Der müßte beim

Film sein, wirklich! Die reine Verschwendung. Die Braut finde ich nicht so besonders – was meinen Sie? Kann mir nicht vorstellen, wie sie ihn sich geangelt hat. Geld, nehme ich an. In den Zeitungen heißt es, sie habe jede Menge davon. Ich wünschte, ich hätte es!«

Jede Menge Geld... Hatte Eden sie deswegen geheiratet? Nein, so schlecht konnte er einfach nicht sein! Nicht Eden. Aber *Flamingo,* das wußte Victoria, hatte in letzter Zeit Verluste gehabt, und Eden besaß einen kostspieligen Geschmack. Em hatte ihn verzogen. Es wäre schön, wenn sie glauben könnte, er habe Alice Laxton nur des Geldes wegen geheiratet. Denn dann könnte sie ihn verachten und Mitleid mit seiner Frau haben, und sie hätte einen Trost für ihren eigenen verletzten Stolz gehabt. Doch was war der verletzte Stolz im Vergleich zu der Qual in ihrem Herzen? Ich will nicht mehr an ihn denken, entschied Victoria. Ich werde mir nicht mehr gestatten, noch einmal an all das zu denken.

Es war nicht leicht gewesen, diesen Schwur zu halten. Harte Arbeit hatte geholfen. Endlich kam eine Zeit, wo die Erinnerungen wenigstens nicht jedesmal, wenn sie müde war oder nicht achtgab, in ihr aufstiegen und sie quälten. In den letzten Monaten, bevor ihre Mutter starb, hatte Victoria nicht mehr an die Vergangenheit oder an Eden gedacht, und danach war sie imstande gewesen, seinen Beileidsbrief zu lesen und darauf zu antworten, als bedeute Eden ihr nicht mehr als die Absender eines Dutzends anderer Kondolenzschreiben. Sie verkaufte das Haus und nahm eine Stellung als Sekretärin in London an. Und dann traf dieser unerwartete Brief aus Kenia ein.

Einen Brief dieser Art hatte Em noch nie geschrieben. Victoria las zwischen den Zeilen eine seltsame und beunruhigende Dringlichkeit heraus. Die gleiche Dringlichkeit, die Victorias Mutter manchmal gezeigt hatte, wenn sie etwas unternehmen oder etwas sehen wollte und fürchtete, sie werde vor ihrem Tod keine Zeit mehr finden, es zu tun. Diese Angst war gleichzeitig unheimlich und mitleiderregend. Aber Ems Brief verriet noch etwas anderes. Victoria gelang es nicht ganz, es zu fassen, und das beunruhigte sie um so mehr.

Der Brief hatte nur eine einzige Anspielung auf die Vergangenheit enthalten: »Du weißt, daß ich Dich nie einladen würde, wäre ich nicht ganz sicher, daß Du und Eden Euch als Freunde gegenübertreten könnt. Und ich bin überzeugt, seine Frau wird Dir gefallen. Alice ist ein so liebes Mädchen, aber stark ist keine von uns beiden, und meine Kräfte lassen erheblich nach. Ich brauche Hilfe.«

Em hatte vorsorglich für sie einen Platz in einer Linienmaschine reserviert, die am 23. des Monats nach Nairobi flog. Das bedeutete, daß Victoria sich sofort entschließen mußte, denn die Fluggesellschaft wollte möglichst schnell die feste Buchung vornehmen. Hatte Em es deswegen getan? Damit sie gezwungen war, ihren Entschluß schnell zu fassen, und nicht schwanken und zögern konnte? Fürchtete auch Em sich davor, zu bald zu sterben, und war sie sich wie Victorias Mutter bewußt, daß es später war, als sie dachte?

Und nun, so kurz vor ihrer Ankunft in Nairobi, träumte sie von dem schönen Rifttal und dem Leben, das vor ihr lag. Sie dachte an die ungeheuren sonnendurchglühten Weiden, wo die Rinder grasten und die Zebra- und Gazellenherden ungehindert unter den blauen Wolkenschatten umherstreiften, die so träge dahinzogen wie Segelschiffe auf einem Sommermeer. Es würde wundervoll sein, das wiederzusehen. Es würde wie ein Nachhausekommen sein. *Flamingo* sollte ein Zuhause für sie werden. Tante Emily hatte es geschrieben. Tante Emily brauchte sie, und es war so tröstlich, wieder gebraucht zu werden. Was Eden betraf, so war er glücklich verheiratet, und Alice war »ein so liebes Mädchen«. Gras war über das Vergangene gewachsen. Sie brauchte nicht mehr daran zu denken.

Die Stewardeß forderte die Passagiere auf: »Bitte schließen Sie die Sicherheitsgurte«, und Mrs. Brocas-Gill sagte: »Wachen Sie auf, Liebes. Wir landen gleich. Geht es Ihnen nicht gut? Sie sehen sehr blaß aus.«

»Doch, mir geht es gut«, antwortete Victoria ein wenig gepreßt. »Danke. Es ist nur, daß –«

Das Flugzeug kippte über eine leuchtende Tragfläche, und der Boden raste ihm entgegen. Und dann flogen sie über Dächer und Bäume und Gras und holperten eine lange Landebahn entlang.

Victoria hatte plötzlich ein Gefühl der Unruhe und dachte verzweifelt und völlig sinnlos: »Ich hätte nicht kommen sollen! Ich hätte nicht kommen sollen! Was tue ich, wenn ich Eden sehe? Es ist nicht vorbei – es wird nie vorbei sein! Ich hätte nicht kommen sollen...«

4

Die Sonne lag gleißend auf den weißen Mauern des Flughafens. Sehr viele Leute schienen auf die Ankunft der Maschine gewartet zu haben. Aber keine Spur von Lady Emily oder von Eden.

Ein kleiner stämmiger Mann mit rotem Gesicht und kahlem Kopf, der einen unglaublich zerknitterten Anzug und erstaunlicherweise einen Revolver in einem großen Lederhalfter trug, winkte hinter der Schranke begeistert mit seinem weißen Panamahut und brüllte jemandem namens »Pet« einen Willkommensgruß zu.

»Da ist Oswin«, sagte Mrs. Brocas-Gill.

»Ihr habt Verspätung!« rief Mr. Brocas-Gill, damit eine offensichtliche Tatsache feststellend. »Hatte dich gestern erwartet.«

Er umarmte seine Frau und wurde Victoria vorgestellt. »Gott im Himmel!« sagte Mr. Brocas-Gill. »Jack Carylls Tochter. Ich erinnere mich noch gut an Ihren Vater – nein, verdammt, ich erinnere mich sogar noch an Sie! Ein dünnes kleines Ding mit Zöpfen. Ritt immer auf einem Zebra. Freut mich, daß Sie wieder hier sind.«

Er nahm seiner Frau einen Kosmetikkoffer und eine Reisetasche ab und trottete neben den beiden Damen in die klimatisierte, angenehm kühle Halle des Flughafengebäudes.

»Bei wem werden Sie wohnen? So, bei Em. Hmm. Sie ist aber nicht hier, oder? Verstehe ich nicht! Dumme Geschichte. Zeigt einem, daß man ja nicht zu selbstgefällig werden darf. Wer holt Sie ab?«

»Ich weiß es nicht«, gestand Victoria unsicher.

»Nun ja, irgendwen werden sie sicher schicken. Vorerst kümmern wir uns um Sie. Hei! Pet –!« Er rannte seiner Frau nach, die sich von ihm getrennt hatte, um eine Freundin zu begrüßen.

Victoria, allein zurückgelassen, sah sich mit einiger Verzweiflung um. Sie suchte nach einem bekannten Gesicht, bis ihr ein Mann auffiel, der soeben die Halle betreten hatte und die eingetroffenen Passagiere musterte, als halte er nach jemandem Ausschau.

Er war ein großer, schlanker, sonnenverbrannter Mann Anfang dreißig, der sich trotz seiner Länge mit eigenartig lässiger Grazie bewegte. Irgendwie erinnerte er an die gängige Vorstellung von einem Cowboy. Diese Wirkung wurde verstärkt durch einen Revolver, der ihm ebenso wie Oswin Brocas-Gill vom Gürtel hing. Aber hier endete die Ähnlichkeit mit einem Cowboy, denn der Schnitt seines mit eleganter Sorglosigkeit getragenen Jacketts, ein scharfer Kontrast zu Oswins zerknautschten Sachen, sprach überdeutlich von der Savile Row, während seine Schuhe zweifellos handgenäht waren – allerdings nicht in Kenia.

Es war jedoch nicht sein Aussehen, das Victorias Aufmerksamkeit erregt hatte, sondern die Tatsache, daß er sie mit Interesse und nicht zu verkennender Abneigung betrachtete. Männer sahen Victoria im allgemeinen mit Interesse an. Das hatten sie ungefähr ab ihrem sechzehnten Geburtstag immer häufiger getan, so daß es für sie nichts Neues war. Neu war die Abneigung. Kein Mann hatte sie je zuvor mit einem so kalten, kritischen Blick gemessen wie dieser Herr da am Eingang. Unwillkürlich versicherte Victoria sich, daß ihr Unterrock nicht etwa unter ihrem Rock vorguckte oder ihre Strümpfe nicht zusammenpaßten. Sie war noch mit dieser ängstlichen Überprüfung beschäftigt, als er die Halle durchquerte und sie ansprach.

»Sind Sie Miss Caryll?«

Es war eine angenehme Stimme – beziehungsweise wäre sie angenehm gewesen, wenn sich in Victoria nicht die Überzeugung festgesetzt hätte, daß dieser Mann etwas gegen sie hatte.

»J-ja«, antwortete Victoria verlegen durch diese Mißbilligung und ihr Stottern.

Der Mann nahm ihr stillschweigend das Köfferchen ab. »Mein Name ist Stratton. Lady Emily bat mich, Sie abzuholen. Geben Sie mir Ihren Paß, die Einreiseerlaubnis und alles übrige, und ich werde jemanden finden, der die Formalitäten erledigt. Haben Sie Geld bei sich?«

»Ein bißchen.«

»Sie werden es in die hiesige Währung umtauschen müssen.«

Er streckte die Hand aus, und Victoria überließ ihm gehorsam ihre Tasche.

»Bleiben Sie hier. Sie können sich ja auf das Sofa da setzen«, sagte Mr. Stratton und verließ sie.

Victoria folgte seinem Rat und sah seinem entschwindenden Rücken mit einer Mischung aus Entrüstung und Erleichterung nach. Sie konnte sich nicht vorstellen, warum Tante Emily diesen voreingenommenen Fremden geschickt hatte, um sie abzuholen. Aber wenigstens war es nicht Eden.

So wie jetzt hatte sie sich noch nie gefühlt. So durcheinander und unsicher und so voll Angst, verletzt zu werden. Nun, das war ganz allein ihre Schuld. Sie hatte sich geweigert, den Dingen ins Auge zu sehen, solange noch Zeit war, und nun war es zu spät. Victoria ließ sich auf dem Sofa zurücksinken und lehnte ihren Kopf an die Wand dahinter. Sie war sich nicht bewußt, wie blaß und erschöpft sie aussah.

Eine massige Gestalt, von der eine überwältigende Welle eines teuren Parfums ausging, beugte sich über sie. Mrs. Brocas-Gill war wieder da, und sie atmete schnell, als sei sie gerannt.

»Ah, ich sehe, daß Sie es gehört haben«, keuchte Mrs. Brocas-Gill. »Ist das ein schrecklicher Empfang für Sie! Entsetzlich!«

Victoria raffte sich mühsam wieder aus dem Sofa hoch, bemühte sich, ihre flatternden Gedanken zu sammeln, und berichtete: »Tante Emily hat jemanden geschickt, um mich abzuholen. Einen Mr. Stratton.«

»Oh, Drew«, antwortete Mrs. Brocas-Gill. »Ich wundere mich, daß sie nicht Gilly Markham geschickt hat. Er ist ihr Verwalter, wissen Sie. Ich habe Ihnen doch von ihm erzählt. Meiner Meinung nach wäre er am geeignetsten gewesen, Ihnen zu – aber ich vermute, daß keiner der Bewohner von *Flamingo* heute abkömmlich war. Zu gräßlich für Sie, meine Liebe. Oh, da bist du ja, Oswin. Ist es nicht einfach grauenhaft?«

»Ja, ja, ja!« Mr. Brocas-Gill drückte seiner Frau Pässe und Einreiseerlaubnisse in die Hand. »Fang nicht wieder von vorn damit an. Hallo, Drew. Was tun Sie denn hier? Oh, Sie holen Jacks

Tochter ab, stimmt's? Gut. Sehr gut! Wollte mich selbst um sie kümmern, bis irgendwer auftaucht. Ich dachte mir, daß Em natürlich nicht kommen würde. Bei Drew sind Sie bestens aufgehoben, meine Liebe. Wir besuchen Sie einmal. Komm schon, Pet! Habe keine Lust, den ganzen Tag hier herumzuhängen.«

Er ergriff seine Frau am Arm und zerrte sie weg. Mr. Stratton führte Victoria in den Zollschuppen und sagte: »Hier ist Ihr übriges Gepäck. Haben Sie die Schlüssel? Es könnte sein, daß Sie es öffnen müssen.«

Fünf Minuten später war sie wieder draußen im hellen Sonnenlicht und wurde durch ein häßliches Slumviertel und wenig verlokkende Basare vom Flughafen weggefahren.

Nichts an diesen abstoßenden, überfüllten Straßen kam Victoria bekannt vor, nichts brachte eine Saite ihrer Erinnerung zum Klingen. Und als sie die Stadt hinter sich ließen und Eukalyptusbäume und leuchtende Massen von Bougainvilleen die ärmlichen Hütten und Ladenfronten ersetzten, erhaschte sie zwischen den grünen Bäumen Blicke auf saubere weiße Häuser mit roten Dächern, die auch noch nicht dagestanden haben konnten, als sie vor mehr als sechzehn Jahren zuletzt durch Nairobi gefahren war. Sie waren ganz und gar britisch und ließen eher an Welwyn Garden City als an das dunkelste Afrika denken.

Endlich sprach Mr. Stratton. Seit Verlassen des Flughafens brach er damit zum ersten Mal das Schweigen.

»Wie ich annehme, haben Sie das Telegramm Ihrer Tante nicht erhalten? Das hat sie befürchtet. Deshalb bat sie mich, zum Flughafen zu fahren, für den Fall, daß Sie in der Maschine seien.«

»Für den Fall? Das verstehe ich nicht. Was für ein Telegramm?«

»Soviel ich weiß, schickte sie eins an die Anschrift Ihrer Bank, da sie dachte, Sie würden die letzten paar Tage vielleicht bei Freunden wohnen.«

»Das habe ich«, antwortete Victoria bestürzt. »Aber warum hat sie telegrafiert? Wollte sie nicht, daß ich komme?«

»Kaum, zu einem solchen Zeitpunkt. Schließlich ist es eine scheußliche Geschichte, in die Sie da hineingeraten.«

»Was für eine Geschichte?« forschte Victoria. »Ist Tante Emily krank?«

Mr. Strattons Kopf fuhr ruckartig zu ihr herum, und der Wagen kurvte über die Straße, als habe er das Lenkrad verrissen. Ungläubig fragte er: »Wollen Sie damit sagen, daß Sie es nicht wissen? Sicher haben doch die Brocas-Gills – Ja, hat es denn nicht in den englischen Zeitungen gestanden?«

»Was soll in den englischen Zeitungen gestanden haben?« Victorias Augen wurden groß vor Schrecken. »Tante Em... Eden! Er ist doch nicht –«

»Nein«, sagte Mr. Stratton kurz. »Er ist gesund. Es ist seine Frau. Sie wurde vor drei Tagen ermordet. Tut mir leid. Ich dachte, Sie wüßten Bescheid. Es wurde in den BBC-Nachrichten gebracht, und es muß in den englischen Zeitungen gestanden haben.«

»Nein«, stammelte Victoria. »Ich meine – ich habe mir die Nachrichten nicht angehört. Es gab so viel zu tun. Und die Zeitungen – habe ich nicht in die Hand bekommen. Wie ist es geschehen? Erzählen Sie es mir, bitte. Ich möchte es lieber jetzt hören. Bevor ich... Tante Emily begegne.«

Sie hatte einen Augenblick gezögert, bevor sie den Namen ihrer Tante aussprach, als hätte sie eigentlich einen anderen nennen wollen. Mr. Stratton, dem niemals etwas entging, hatte es wohl gemerkt. Er wandte sich ihr zu und sah sie an. Und wieder lag ganz deutlich Abneigung in der harten Linie seines Mundes und dem kalten Blick seiner normalerweise freundlichen blauen Augen.

Er sah wieder weg und erklärte kurz: »Alice – Mrs. DeBrett – wurde im Garten Ihrer Tante ermordet. Sie wurde mit einer Panga, einem schweren Buschmesser, das die Afrikaner zum Holzhacken und Grasschneiden benutzen, erstochen. Ihre Tante fand sie. Es kann kein angenehmer Anblick gewesen sein, und obwohl sie bewunderungswürdige Haltung zeigt, war sie doch absolut nicht in der Verfassung, über hundert Meilen nach Nairobi und zurück zu fahren, um Sie abzuholen. Und Eden auch nicht. Erst der Schock, dann Polizei und Presse überall auf dem Grundstück – es ist eine schwere Zeit für beide. Und außerdem ist heute vormittag die Beerdigung.«

Victoria antwortete nicht. Wieder streifte er sie mit einem schnellen Blick und empfand flüchtige Gewissensbisse beim Anblick ihres blassen Gesichts. Sie sah ein Gutteil jünger aus, als er erwartet hatte, aber sie mußte mindestens vierundzwanzig sein, wenn sie mit Eden DeBrett verlobt gewesen war, bevor er Alice heiratete. Durchaus alt genug, um Rücksicht auf die Gefühle seiner Frau zu nehmen, die sich kaum über den Gedanken gefreut haben konnte, die ehemalige Verlobte ihres Mannes als ständige Hausgenossin zu bekommen.

Drew hatte Alice gemocht, und sie hatte ihm leid getan. Und wenn er an ihr ausgehöhltes, hilfloses Gesicht und ihren gehetzten Blick dachte, hielt er nicht viel von Miss Caryll, deren Erscheinen ihm vulgär und taktlos, wenn nicht gar absichtlich grausam vorkam.

Endlich sagte Victoria mit einer Stimme, die neben dem Brummen des Motors kaum hörbar war:

»Ich dachte, es sei alles vorbei. Die Krise, meine ich. Mrs. Brocas-Gill behauptete es. Aber wenn die Mau-Mau immer noch Menschen ermorden –«

»Es gibt keinen Grund für die Annahme, daß es ein Mau-Mau-Verbrechen war«, stellte Drew knapp fest. »Das gibt nur eine bessere Schlagzeile in der Presse ab.«

»Aber wer –?«

»Gott weiß! Ein Wahnsinniger. Oder jemand mit einem eingebildeten Groll. Man kann nie wissen, was im Kopf eines Afrikaners vor sich geht. Und auf *Flamingo* hat es in letzter Zeit eine Reihe merkwürdiger und unerfreulicher Ereignisse gegeben.«

»Ich wußte, irgend etwas stimmte nicht«, flüsterte Victoria, und wieder drehte Drew seinen Kopf scharf nach ihr um.

»Warum sagen Sie das?«

»Es war – es war Tante Ems Brief. Sie fragte mich, ob ich zu ihr kommen wolle. Sie werde zu alt, um ohne Hilfe fertigzuwerden, und Eden sei nicht – und sie wolle lieber jemanden aus der Verwandtschaft haben als eine Fremde. Wissen Sie, meine Mutter war ihre einzige Schwester, und sie hatten sich sehr gern. Aber die

Art, wie sie schrieb, machte mich stutzig. Als bedrücke sie etwas, das – oh, ich weiß es nicht. Es war wirklich ein merkwürdiger Brief. Er machte mir fast Angst.«

»Wieso?«

»Nun, vielleicht nicht gerade Angst. Unbehagen. Sie schrieb, als brauche sie mich dringend. Und sie ist immer sehr gut zu mir gewesen. Mein Vater hinterließ nicht viel Geld, und ich weiß, daß Tante Em zu dem Schulgeld beigesteuert hat. Deshalb bin ich hergekommen.«

»War das Ihr einziger Grund?«

»Nein«, antwortete Victoria. Sie blickte hinauf zu dem blauen Himmel und in das gleißende Sonnenlicht und dachte an den Londoner Regen und Nebel und ihre Sehnsucht, wieder unter dieser heißen Sonne und diesem weiten Himmel zu leben. Ihr schöner Mund verzog sich zur Andeutung eines Lächelns, und sie sagte leise: »Nein. Da waren noch andere Gründe.«

»Das habe ich mir gedacht«, brummte Mr. Stratton wenig liebenswürdig.

Victoria sah ihn erstaunt an, verwirrt von seiner Feindseligkeit. Nach einer Weile fragte sie schüchtern: »Was meinen Sie mit den merkwürdigen und unerfreulichen Ereignissen auf *Flamingo?* Was hat sich da abgespielt?«

»Eine oder mehrere unbekannte Personen haben Besitztümer Ihrer Großtante in einer Weise zerstört, die man für gewöhnlich mit Poltergeistern verbindet – oder Hausmädchen mit zwei linken Händen.«

»Ein Poltergeist? Das können Sie doch nicht glauben!«

»Tue ich auch nicht. Ich beginne, an böse Geister zu glauben, wenn alle Möglichkeiten des bösen menschlichen Elements ausgeschaltet worden sind, und nicht eher! Ihre Tante muß verrückt gewesen sein, daß sie nicht sofort nach der Polizei schickte. Sie liefert den Behörden allerdings schon seit fünf Jahren ein Nachhutgefecht wegen ihrer Kikuju-Diener, und ich vermute, sie wollte Greg und dem Kommandeur keine Chance geben, sie alle zu verhören und eine Handvoll unter Verdacht ins Gefängnis zu sperren. Das Problem ist ihre Dickköpfigkeit. Wenn sie sich einmal zu einem bestimmten Verhalten entschlossen hat, bleibt sie auch dabei. Sie sagt jetzt, ihr sei klar, daß es einer der Hausdiener gewesen sein müsse, aber ob dieser oder jener, er habe bestimmt auf Befehl gehandelt oder sei erpreßt worden.«

»Aber warum? Warum sollte einer das tun?«

Mr. Stratton zuckte die Schultern. »Während der Krise wurde *Flamingo* von einer Mau-Mau-Bande angegriffen. Ihre Tante wehrte sie damals ab und tötete mehrere Männer. Einer der Toten soll ein Verwandter des Mannes gewesen sein, der sich selbst General Afrika nennt und immer noch in Freiheit ist. Deshalb ist es nicht ganz unmöglich, daß es sich um einen privaten Rachefeldzug des Generals handelt. Er hat immer zu den listigsten unter den Mau-Mau-Anführern gehört. Schon seit mehreren Jahren kursiert das Gerücht, er sei die ganze Zeit und auch heute noch auf einer der Farmen im Gebiet um den Naivasha-See angestellt.«

»Sie meinen – Sie können doch nicht meinen, daß irgendein Siedler auf seiner Seite steht und ihn versteckt?« fragte Victoria ungläubig.

»Guter Gott, nein! Wenn das wahr ist, so hat sein Arbeitgeber bestimmt keine Ahnung von seiner wirklichen Identität und daß er sich auf diese Weise tarnt. Bei Tag spielt er einen treuen und wahrscheinlich etwas geistesschwachen Hausgenossen, und des Nachts organisiert er Gefängnisausbrüche und Viehdiebstähle und plant blutigen Mord.«

»Das kann nicht sein!«

»Warum nicht? Es existiert keine Fotografie von ihm, und wenn er gesehen wurde, trug er jedesmal eine Maske. Ein Viereck aus roter Seide mit eingebrannten Löchern für Augen, Nase und Mund. Niemand hat bisher sein Gesicht gesehen. Deshalb ist es durchaus möglich, daß er ganz offen umhergeht und von niemandem verdächtigt wird. Ebenso möglich ist es, daß er diese Poltergeist-Geschichte auf *Flamingo* als ein Vorspiel zum Mord geplant und irgendwen durch Einschüchterung gezwungen hat, sie auszuführen. Nach allem, was man von ihm hört, ist er intelligent genug, eine ganz subtile Rache auszuarbeiten.«

Victoria erschauerte trotz der heißen Sonne. »Ich sehe gar nichts Subtiles darin, wenn ein Mensch mit einer Panga ermordet wird!«

»Es ist nicht die Methode«, erwiderte Drew ungeduldig. »Es ist der Mord selbst, der den Höhepunkt einer Folge von schäbigen Gemeinheiten bildet. Wäre Mrs. DeBrett sozusagen aus heiterem Himmel ermordet worden, wäre das grauenhaft genug gewesen. Es hätte jedoch nicht halb soviel Wirkung gehabt wie dies. Besonders auf eine Frau von Lady Emilys Temperament. Em kann eine rechte Gerade einstecken und überleben, während diese schleichende, sich steigernde Bösartigkeit sie verängstigt. Es ist eine Art Aufweichungsprozeß. Fängt mit kleinen Dingen an und wird nach und nach grausamer. Zunächst dachte sie, man wolle sie wegekeln und zum Verkauf ihres Besitzes zwingen. Doch als ihr Hund vergiftet wurde, hätte sie gewarnt sein müssen. Gilly Markham sagte, der Unbekannte ›schieße sich ein‹. Auch ihn hat inzwischen die Angst erfaßt. Er ist der Verwalter auf *Flamingo.*«

Sie fuhren durch das Kikuju-Reservat, und endlich kam Victoria die Landschaft etwas vertraut vor: terrassenartige Hügelflanken und Gruppen von ordentlichen runden Bienenkorb-Hütten, Maisfelder und kleine weiße Flecken der Margeriten, aus denen Insektizide gewonnen werden, das stachlige Blattwerk der Ananas und das lebhafte Grün der Gemüsepflanzen und Bananenpalmen. Meile auf Meile von Eingeborenen-Shambas, leuchtend vor dem rotgelben Lehm und unterbrochen von Eukalyptus-Hainen. Aber Victoria hatte keine Aufmerksamkeit für die Szenerie. Sogar der Sonnenschein hatte aufgehört, warm und fröhlich zu sein. Victoria war kalt und ein bißchen übel. *Er schießt sich ein...*

Sie drehte sich mit einem Ruck ihrem Begleiter zu und fragte atemlos: »Ist es das Ende? Oder –«

Es gelang ihr nicht, den Satz zu vollenden. Aber Mr. Stratton hatte keine Schwierigkeit, sich den Rest zu denken. Er sagte:

»Ich glaube, diese Angst ist es, die Em so fertigmacht. Seit das angefangen hat, fragt man sich: ›Was geschieht als nächstes?‹ Jetzt muß man sich fragen: ›Wer ist der nächste?‹«

»Eden!« hauchte Victoria, sich nicht bewußt, daß sie den Namen ausgesprochen hatte.

Drew maß sie mit einem kalten Blick und fragte knapp: »Warum denken Sie das?«

»Wer sonst sollte es sein? Außer – außer es wäre Tante Em selbst.«

»Oh, ich weiß nicht«, erwiderte Drew mit gezielter Brutalität. »Jeder, den sie gern hat – oder der ihr nützlich ist. Oder *Flamingo.*«

»Ich glaube es nicht!« erklärte Victoria, auf einmal ganz sicher. »So etwas geschieht nicht in Wirklichkeit. Es kann alles nicht wahr sein.«

»Aber es ist so geschehen«, stellte Drew trocken fest.

»Oh, ich wollte damit nicht sagen, Edens Frau sei nicht umgebracht worden. Das ist leider wahr. Aber die anderen Dinge. Dafür wird es eine ganz gewöhnliche Erklärung geben. Schließlich werden in jedem Haushalt Gegenstände zerbrochen. Und der Hund mag Gift erwischt haben, das für Ratten bestimmt war – oder so ähnlich.«

»Denken Sie, was Sie wollen«, sagte Drew.

»Sie glauben nicht, daß es so gewesen sein könnte?«

»Nein. Ich glaube, da hat es jemand auf Ihre Tante abgesehen. Und er war sehr erfolgreich bisher, das muß man schon sagen! Hier geht es nicht nur darum, einen Siedler wegzugraulen. Nicht einmal die von den Mau-Mau Verblendeten brauchten lange, um zu erkennen: Wenn sie den einen weißen Siedler töteten, übernahm ein anderer die Farm – und nicht seine Kikuju-Diener! Wenn Em morgen stürbe und Eden den Tag darauf, würde ein anderer weißer Siedler *Flamingo* übernehmen.«

»Ich«, stellte Victoria fest.

Drews blonde Augenbrauen zogen sich in plötzlichem Erschrekken zusammen. Langsam antwortete er: »Ja, so könnte es kommen. Ich hatte vergessen, daß Sie die nächste Verwandte sind. Aber das meine ich ja. Das ist der Grund, warum ich nicht glaube, mit der ganzen Poltergeist-Aktion habe ein Großgrundbesitzer verscheucht werden sollen. Auf jeden Fall hätte jeder, der Em auch nur ein klein wenig kennt, gewußt, daß es nicht klappen würde. Wer auch immer hinter der Sache steckt, weiß aber eine Menge über sie, und besonders, wie er sie am schlimmsten verletzen kann. Das erweckt mein Interesse für die General-Afrika-Theorie. Der typische Afrikaner findet kein Vergnügen daran, einen Feind einfach zu erschießen. Er zieht es vor, ihn langsam zu töten und leiden zu sehen.«

Das darf nicht wahr sein! dachte Victoria. Und doch waren schlimmere Dinge in diesem Land geschehen, weit schlimmere Dinge. Und Mr. Stratton trug einen Revolver. Er sah nicht wie ein Mann aus, der einen Revolver trägt, ohne einen guten Grund dafür zu haben. Victoria fragte abrupt: »Was ist mit der Polizei? Sie wird doch fähig sein herauszufinden, wer es getan hat?«

»Wer Ems Nippes zerschlagen hat?« fragte Drew zurück.

»Nein. Wer Mrs. DeBrett getötet hat. Mit einem Mord kommt keiner durch!«

»Sie würden staunen, womit die Leute in diesem Land durchkommen!« sagte Drew zynisch.

»Hat denn niemand etwas gehört? Sie hat doch sicher geschrien?«

»Das nehme ich an, das arme Mädchen. Doch zufällig spielte Ihre Tante Klavier, und deshalb konnte niemand im Haus Alice hören. Ich hätte sie nie alleinlassen dürfen.«

»Sie?« fragte Victoria. »Waren Sie dort?«

»Ja«, gestand Drew bitter. »Tatsächlich war ich der letzte Mensch, abgesehen von dem Mörder, der sie lebendig sah. Ich wußte, sie nahm nie eine Schußwaffe mit, und es wurde gerade dunkel. Aber es war nur ein kurzes Stück bis zum Haus und schien ganz ungefährlich zu sein. Ich habe sogar auf das verdammte Klavier gelauscht! Nun ja – was, zum Teufel, hat es für einen Zweck, daß ich jetzt nach Entschuldigungen für mich suche? Es ist geschehen.«

Eine Ziege hatte sich auf die Straße verirrt, und er riß heftig an dem Lenkrad, um ihr auszuweichen. Dann gab er Gas, als könne er durch höhere Geschwindigkeit seinen Gedanken entfliehen.

»Es muß doch wenigstens ein paar Hinweise gegeben haben«, forschte Victoria. »Fußabdrücke – Spuren – Blutflecke. Irgend etwas!«

»Sie haben Kriminalromane gelesen«, bemerkte Drew ironisch.

»Vielleicht wird die Leiche in Büchern nicht bewegt und niemand zertrampelt den Boden, aber im wirklichen Leben geht es meistens anders zu. Ihre Tante dachte nicht an Fußabdrücke, als sie die Frau ihres Enkels tot im Garten fand. Sie konnte an nichts anderes denken, als daß sie möglicherweise noch lebte, und sie versuchte, sie ins Haus zu tragen. Das hätte sie auch beinahe geschafft. Am Ende mußte sie dann doch einen Diener zu Hilfe rufen, und bis der Kommandeur und der Arzt und Greg Gilbert und verschiedene andere Leute eintrafen, war am ›Ort des Verbrechens‹ alles ziemlich durcheinandergebracht.«

Victoria fragte: »Dann hat man überhaupt nichts gefunden?«

»Doch. Ein blutbeflecktes Kissen, das in einen der Verandasessel gehörte, lag im hohen Gras nur wenige Meter von der Stelle, wo Mrs. DeBretts Leiche gelegen hatte. Es sah aus, als sei es dort hingeworfen worden. Und man fand Spuren im Gebüsch, die vermuten lassen, daß jemand eine ganze Zeit dort gestanden und auf Alice gewartet hatte. Es läuft da ein Pfad durch die Büsche und verbindet mindestens drei der Farmen am See. Eine inoffizielle Abkürzung, die die Feldarbeiter nehmen und die auch die Mau-Mau zweifellos während der Krise benutzt haben.«

»Dann war es also doch ein Bandenmord!« rief Victoria aus.

»Vielleicht«, meinte Drew. »Aber nicht nach diesen Beweisen. Der Mann im Gebüsch hat sein Versteck nicht verlassen. Der Boden ist gerade dort ziemlich staubig, und es war leicht zu erkennen, daß er sich nur umgedreht hat und den Weg zurückgegangen ist, den er gekommen war.«

5

Der Wagen fuhr gerade ein langes, gerades Stück Straße hinunter, als Mr. Stratton plötzlich bremste. Die Reifen kreischten. Victoria wurde nach vorn geschleudert, und ihr Kopf entging nur knapp einem heftigen Aufprall an der Windschutzscheibe.

»Verzeihung«, sagte Mr. Stratton, »aber ich glaube, das war ein Freund von mir.«

Er legte den Rückwärtsgang ein, fuhr einige Meter durch die selbsterzeugte Staubwolke und hielt längs einem Wagen, der auf dem seitlichen Grasstreifen abgestellt war. Der afrikanische Fahrer bemühte sich, den Reifen zu wechseln.

Ein großer Europäer in Hemdsärmeln und einem auf den Hinterkopf gedrückten grünen Jägerhut erschien von der anderen Seite her, wischte mit einem Taschentuch Staub und Schweiß von seinem Gesicht, trat näher und stützte die Ellenbogen in das offene Fenster von Mr. Strattons Wagen.

»Ich hätte es mir denken können«, bemerkte er bitter. »Mein Gott, Drew, das nächste Mal, wenn Sie das tun, nehme ich Sie wegen gefährlichen Fahrens fest und sorge dafür, daß Sie sechzig Tage kriegen, die Sie nicht durch eine Geldstrafe ersetzen können. Und wenn es das letzte ist, was ich tue! Haben Sie nicht gesehen, daß ich Ihnen gewinkt habe?«

»Nein«, gestand Mr. Stratton ungerührt. »Ich war mit meinen Gedanken woanders. Greg, Sie werden Miss Caryll noch nicht kennen. Miss Caryll, das ist Mr. Gilbert, unser hiesiger Polizeichef.«

Mr. Gilbert faßte an ihm vorbei nach Victorias Hand. Er war ein langer, dünner Mann, der abgesehen von der Tatsache, daß sein Haar an den Schläfen grau gestreift war, nicht viel älter wirkte als Mr. Stratton. Sein kantiges, sympathisches Gesicht war nicht so tief sonnenbraun wie Drews. Seine schläfrigen grauen Augen waren alles andere als ein verläßlicher Hinweis auf seinen Charakter und seine Fähigkeiten.

»Sie müssen Lady Emilys Nichte sein«, sagte Mr. Gilbert. »Sie erzählte mir, daß Sie kommen, aber ich meinte, Sie habe Ihnen ein Telegramm geschickt, um Ihre Ankunft zu verzögern.«

»Ja, ich weiß. Ich habe es nicht bekommen. Ich –«

»Möchten Sie mitfahren, Greg?« unterbrach Mr. Stratton unhöflich den Satz.

Der Polizeichef warf ihm einen überraschten Blick zu. »Sind Sie in Eile?« erkundigte er sich.

»Nicht besonders, aber Miss Caryll könnte wahrscheinlich etwas zu essen brauchen. Ihr Flugzeug hatte Verspätung. Wo möchten Sie abgesetzt werden?«

»An dem gleichen Ort wie Miss Caryll. *Flamingo*.«

»Oh. Hat sich etwas Neues ergeben?«

»Nicht viel.« Greg Gilbert kletterte hinten in den Wagen. Er rief seinem Fahrer ein paar Anweisungen zu, lehnte sich zurück und ermahnte Mr. Stratton, auf eine Geschwindigkeit von mehr als fünfzig Meilen zu verzichten. »Meine Nerven hängen in Fetzen. Ich dachte, wir wären mit derlei für den Augenblick fertig, und ich finde es ziemlich erschöpfend, wenn es von vorn beginnt. Old James ist ganz erledigt. Ich habe ihn noch nie in so schlechter Laune erlebt. Heute morgen hat er mir fast den Kopf abgerissen, weil ich eine harmlose Bemerkung über das Wetter machte.«

»Wo war das?« Drew ließ den Motor wieder an.

»Oben im Labor. Sie haben einen Test mit diesem blutigen Kissen durchgeführt.«

»Irgendwelche Ergebnisse?«

»Alices Blut natürlich. Jedenfalls die gleiche Blutgruppe. Es konnte ja auch kaum anders sein. Aber es ist richtig, sich zu vergewissern. Trotzdem, merkwürdig.«

Er schob sich den Hut über die Nase und schloß die Augen. Victoria rückte auf ihrem Sitz herum, um ihn anzusehen, und als habe er die Bewegung gespürt, öffnete er die Augen wieder und sagte: »Ich muß mich entschuldigen, daß ich über berufliche Dinge rede, aber ich fürchte, Sie werden davon noch eine Menge zu hören bekommen. Tatsächlich hätten Sie sich gar keinen schlechteren Zeitpunkt für Ihre Ankunft aussuchen können. Ich wünschte, Sie könnten auf dem Absatz kehrtmachen. Doch natürlich weiß ich, daß das kaum durchführbar ist.«

»Und wenn, ich würde nicht umkehren wollen«, erklärte Victoria bestimmt.

»Warum nicht?« fragte Drew kurz.

Victoria wandte sich ihm zu. Jetzt erst erkannte sie, daß seine Feindseligkeit persönlich war und keine bloße Gereiztheit oder schlechte Laune. Sie erklärte kalt: »Ich meine, das liegt auf der Hand. Wenn meine Tante zuvor Hilfe brauchte, wird sie sie jetzt erst recht brauchen.«

Sie begegnete seinem Blick mit einer Feindseligkeit, die seiner eigenen entsprach. Dann drehte sie ihm demonstrativ den Rücken zu und schenkte ihre Aufmerksamkeit der Landschaft.

Die Straße wand sich durch helles Licht und Schatten, kurvte nach rechts und lief urplötzlich auf den Kamm einer gewaltigen Böschung hinaus. Und tief unten lag zu ihren Füßen wie eine auf vergilbtes Pergament gezeichnete Karte das weite goldene Rifttal, voll von sonnengebleichtem Gras, getupft mit Büschen und flachkronigen Dornbäumen und gesäumt von trockenen Wasserlöchern. Rechts und links war es von den beiden hohen Barrieren des Kinangop und des Mau abgegrenzt, und es wurde beherrscht von den hügeligen Lavafällen und dem kalten, gähnenden Krater des Longonot, der am Ausgang des Tales Schildwache stand.

Nichts hat sich verändert! dachte Victoria. Aber sie wußte, das stimmte nicht. Dem Rifttal mochte es nicht viel ausgemacht haben, daß eine Reihe von Jahren vorübergezogen war, aber alles andere hatte sich verändert. Victoria sog diesen überwältigenden Anblick in sich ein und stellte zu ihrer Bestürzung fest, daß ihre Augen sich mit Tränen füllten.

Am Fuß des Hangs hörte die Straße auf, sich zu winden und zu schlängeln. Die Wälder aus Zedern und wilden Oliven fielen zurück. Der Wagen beschleunigte auf neunzig Meilen die Stunde und behielt diese Geschwindigkeit auf dem langen, geraden

Asphaltband, das die italienischen Gefangenen in den Kriegsjahren gebaut hatten. Dann war die schimmernde Fläche des Naivasha-Sees zu sehen.

»Dürfte ich vorschlagen«, sagte Mr. Gilbert liebenswürdig und brach damit ein Schweigen, das beträchtliche Zeit gedauert hatte, »daß Sie auf sechzig hinuntergehen, bevor Sie die Kurve nehmen? Ich habe keine Lust, Naivasha zwei Beerdigungen innerhalb von vierundzwanzig Stunden zu liefern, und ich habe es auch gar nicht eilig, bei den Leidtragenden anzukommen.«

Drew nahm seinen Fuß vom Gaspedal. Der Wagen wurde langsamer und bog nach links in einen unbefestigten Seitenweg ein, der von der Asphaltstraße von Nairobi abzweigte und um den See führte. Victoria fragte heiser: »Wann ist die Beerdigung?«

»Um elf. Hat Drew Ihnen das nicht erzählt? Deshalb konnte Sie ja kein anderer abholen. Aber sie müssen inzwischen zurück sein. Wie lange ist es her, daß Sie Ihre Tante zum letzten Mal gesehen haben?«

»Sechs Jahre«, antwortete Victoria.

»Dann fürchte ich, Sie werden eine einschneidende Veränderung an ihr feststellen. Diese Sache hat sie schlimm mitgenommen. Sie ist mir immer wie ein Stück dieser Landschaft hier vorgekommen – ewig und unzerstörbar. Und jetzt ist sie plötzlich eine alte Dame. Es ist, als sehe man eine Landmarke zerbröckeln. Arme alte Em!«

»Ich verstehe nicht, warum Sie sie ausgerechnet heute belästigen müssen«, meinte Mr. Stratton mißbilligend. »Wenigstens am Tag der Beerdigung könnten Sie ihr und Eden eine weitere Vernehmung ersparen. Es wird schon unangenehm genug für sie werden, wenn sie – Nun ja, das geht mich nichts an.«

»So ist es«, bestätigte Mr. Gilbert gleichmütig, »und dafür können Sie zutiefst dankbar sein. Ich kann Ihnen versichern, es ist nicht gerade eine angenehme Aufgabe, dem Personal und Leuten, mit denen man befreundet ist, bei einem Anlaß dieser Art Fragen zu stellen. Doch die Tatsache, daß wir jetzt sicher wissen, wessen Blut auf dem Kissen war, eröffnet den Nachforschungen ein neues Feld. Es ist eine seltsame Facette dieses Falls, dies Kissen. Was hatte es dort zu suchen?«

Drew sagte: »Niemand hat Alice schreien gehört, sie muß aber doch geschrien haben. Ich weiß, es lag wahrscheinlich daran, daß Em Klavier spielte, aber es mag eine andere Erklärung geben.«

»Sie meinen, das Kissen könnte benutzt worden sein, um ihre Schreie zu ersticken? Das glaube ich nicht. Es muß verdammt schwierig sein, einer sich wehrenden Frau ein Kissen aufs Gesicht zu drücken, während man mit einer Panga auf sie einhackt. Falls nicht zwei Leute beteiligt waren. Aber – nein, irgendwie will mir das nicht in den Kopf. Ich komme von dem Gedanken nicht los, das Kissen könnte uns etwas erzählen, wenn wir nicht zu dumm wären, es zu verstehen. Es paßt nicht dazu.«

»Wozu?« fragte Mr. Stratton und umfuhr ein Loch von ungewöhnlicher Größe, das zu den Gefahren des staubigen, unbefestigten Weges gehörte.

»Es paßt zu keiner der auf der Hand liegenden Theorien. Dies Kissen wurde von der Veranda entfernt, zu der Stelle getragen, wo Alice starb, und dann in das hohe Gras geworfen. Niemand will zugeben, es an diesem Tag angefaßt zu haben.«

Drew fragte: »Ist Ihnen noch nicht eingefallen, daß Mrs. DeBrett es selbst mitgenommen haben könnte, um sich daraufzusetzen, und es nur zurücktrug? Oder ist das eine zu einfache Lösung, als daß Sie und Ihre Spürhunde sie in Betracht ziehen würden?«

»Sie sollten die Antwort darauf wissen«, erwiderte Mr. Gilbert liebenswürdig. »Sie waren die letzte Person, die zugibt, sie lebendig gesehen zu haben. Trug sie ein grellfarbiges Kissen bei sich?«

»Nein«, gestand Drew, »aber –«

»Aber Sie glauben, ungeachtet der Tatsache, daß die Sonne untergegangen war und daß es in der Dämmerung ein bißchen kühl zu werden pflegt, ging sie den ganzen Weg zurück zum Haus, um sich ein Kissen von der Veranda zu holen? Das bezweifle ich! Irgendwer nahm es jedoch dort fort, und ich möchte wissen, wer. Ich glaube, dann wären wir ein gutes Stück weiter. Im Augenblick weiß ich wirklich nicht, was ich denken soll, und alles, was mir einfällt, ist entschieden unerfreulich. An diesem Fall gefällt mir gar nichts, und ich wünschte, ich brauchte ihn nicht zu bearbeiten!«

»Warum übergeben Sie ihn nicht der Polizei von Nakuru?«

»Das ist mir einmal gelungen. Diesmal würde es nicht klappen. Zufällig hat man dort gerade jetzt mit dem Hansford-Fall und dieser Goldfarb-Geschichte alle Hände voll zu tun. James sagt, ich könne, verdammt noch mal, selbst damit fertig werden – auch wenn die Hälfte meiner persönlichen Freunde hineinverwickelt ist.«

»Sie meinen, weil die Hälfte Ihrer persönlichen Freunde hineinverwickelt ist«, bemerkte Mr. Stratton trocken. »Sie kennen uns alle sehr gut. Zu gut!«

Greg Gilbert gab keine Antwort, was alles bedeuten konnte – oder gar nichts.

Der kalte Schatten einer Wolke trieb über die sonnenhelle Szene, löschte die Farben des Grases und der flachkronigen Dornbäume aus und ließ die Landschaft verschlossen und feindselig wirken. Wieder erschauerte Victoria, und plötzlich fürchtete sie sich: vor dem Tal und vor Afrika und vor der Ankunft auf *Flamingo*, dem Haus, das Edens Heimat war und wo Edens Frau einen gräßlichen Tod erlitten hatte.

Worauf habe ich mich da eingelassen? dachte Victoria in panischer Angst. Was meint er? Daß jemand im Haus ein Mörder ist? Edens Frau – sie ist jetzt tot. Er ist frei. Ich hätte nicht kommen sollen...

Der Wagen ließ den Schattenstreifen hinter sich und fuhr an zwei hochgewachsenen Massai-Kriegern vorbei. Jeder trug einen einsatzbereiten Speer. Das Rotgold ihrer schlanken, mit Ocker bemalten Körper, das kunstvoll geflochtene Haar und die klaren Linien ihrer hochmütigen Adlergesichter erinnerten an das alte Ägypten. Sie erkannten den Wagen und grüßten ernst. Es war ein höflicher Salut mit einer Spur würdevoller Herablassung, wie ihn die Abgesandten eines mächtigen Staates dem Mitglied einer kleinen befreundeten Nation entbieten mochten.

»Auch sie ändern sich nicht sehr«, bemerkte Mr. Gilbert, der kurzfristig gedankenversunken dagesessen hatte. »Die Massai sind die einzigen, die sich die Dinge des Westens angesehen und sich dann für ihre eigenen Sitten entschieden hatten. Und sie sind dabei geblieben. Wer will behaupten, sie hätten unrecht? Der moderne afrikanische Jüngling mit seiner europäischen Kleidung und seinen Minderwertigkeitskomplexen ist nicht eindrucksvoll. Den Massai jedoch ist es niemals in den Kopf gekommen, sie könnten im Vergleich zu irgendwem minderwertig sein.«

»Der Fall liegt ganz anders!« sagte Drew lakonisch, und Greg Gilbert lachte.

Victoria erzählte: »Vater hat Mkambas beschäftigt. An die Namen der meisten kann ich mich immer noch erinnern. Sie benutzten damals Bogen und Pfeile – und zwar vergiftete Pfeile.«

»Das tun sie immer noch.« Mr. Gilbert grinste. »Und das trotz der Tatsache, daß es gesetzlich streng verboten ist! Nach vorsichtiger Schätzung werden in diesem Land jährlich mehrere Tonnen Pfeilgift hergestellt. Gehen Sie mir mit dem geheimen Pfeilgift der südamerikanischen Indianer! Dies Gift übertrifft es aus dem einfachen Grund, daß das Rezept nicht geheim ist. Man braucht nicht mehr als einen Kochtopf, eine Schachtel Streichhölzer. Die Zutaten wachsen überall wild, und –«

Er brach ab und kurbelte eilends die Wagenfenster hoch. Eine schwarz-graue Limousine raste auf sie zu, schoß vorüber und hüllte sie in eine Staubwolke.

»Ken Brandon«, stellte Drew fest.

»Oh. Wie trägt er es?«

»Stolz wie immer!« antwortete Drew.

Mr. Gilbert behauptete: »Er ist ein verzogener Bengel. Diese eingebildeten jungen Egoisten treiben mich noch zur Verzweiflung. Hector kann sich über den Splitter im Auge des Nachbarn sehr erhitzen, aber der junge Ken ist der dicke Balken in seinem eigenen.«

»Sie meinen in Mabels«, berichtigte Drew. »Ken ist für Mabel der Inbegriff des Glücks und wird das immer bleiben. Sie ist Hector treu ergeben, aber wahrscheinlich hätte sie ihn verlassen, wenn er ihrem Liebling etwas zuleide getan hätte. Sie mag nur halb so groß wie Hector sein, doch sie ist ihm durchaus gewachsen.«

»Trotzdem finde ich, das entschuldigt ihn nicht«, grunzte Mr. Gilbert. »Und seinen Sohn ebensowenig! Was Alice mit diesem Jungen durchgemacht hat, geht niemanden etwas an!«

»Uns zumindest nicht«, meinte Drew.

»Da irren Sie sich«, widersprach der Polizeichef. »Mich geht es sehr wohl etwas an. Jeder und alles, was mit Alice DeBrett zu tun hatte, geht mich im Augenblick etwas an. Und das«, setzte er ruhig hinzu, »schließt auch Sie ein.«

»Hm«, machte Mr. Stratton nachdenklich und enthielt sich weiterer Bemerkungen.

Nach weiteren fünf Meilen kam eine viereckige verwitterte Tafel mit dem einzigen Wort *Flamingo* in Sicht. Der Wagen verließ die Seestraße und bog auf einen unebenen Pfad ein. Nun ging es über eine Strecke nackten, steinigen Bodens, an deren Ende ein dichter Baumgürtel und das Glitzern von Wasser zu erkennen waren. Die Räder holperten durch tiefe, staubgefüllte Rinnen und Steine, Wurzeln und Hügel trockenen Grases. Statt durch hartes Sonnenlicht fuhren sie unter den gefleckten Schatten von Pfefferbäumen und riesigen Akazien dahin. Schließlich gelangten sie auf eine breite, glatte Zufahrt vor einem langen, weitgestreckten Haus mit Strohdach. Seine Bogenfenster und Veranden gingen auf die Weiten des Naivasha-Sees hinaus, der im vollen Mittagsglanz dalag.

Hunde der unterschiedlichsten Formen und Größen – auf den ersten Blick schien es ein halbes Dutzend zu sein – rasten ihnen zur Begrüßung laut bellend entgegen. Nur wenig später folgten zwei afrikanische Hausboys in grünen Gewändern und mit roter Kopfbedeckung. Sie eilten herbei, luden die Koffer aus und halfen der Reisenden beim Aussteigen. Am hinteren Ende der Veranda öffnete sich eine Tür. Eine erstaunliche Gestalt trat nach vorn und blieb wartend am Kopf einer Steintreppe mit niedrigen Stufen stehen. Das war Lady Emily DeBrett, die Herrin von *Flamingo*.

Em hatte zur Beerdigung ein dunkles Kostüm angehabt, es aber sofort nach ihrer Rückkehr wieder abgelegt und sich umgezogen. Jetzt zeigte sie sich in ihrer Lieblingstracht, scharlachrotem Rock und knalliger Bluse. Ihr weißes, kurzgeschnittenes Haar war mit einem breitrandigen Hut aus vielfarbigem Stroh von der Art geschmückt, wie Touristen sie in Orten wie Ceylon und Sansibar kaufen. Sie hatte Diamanten in den Ohren, an den knorrigen, abgearbeiteten Fingern und an dem imponierenden Busen. Der Anblick hätte grotesk sein sollen, war es aber irgendwie nicht. Sie hätte die Königin eines barbarischen Landes sein können. Hatschepsut von Ägypten. Die alte Tzu-hsi, Kaiserin von China. Oder Elisabeth I., alt und geistig verwirrt und sterbend, aber immer noch unbezähmbar, immer noch königlich.

Em hatte nie gern Gefühle gezeigt, aber sie begrüßte Victoria mit einer ungewöhnlichen Zurschaustellung von Zuneigung, die unabsichtlich auch große Erleichterung verriet.

»Es ist so schön, daß du da bist, Liebes.« Em umarmte sie. »Und so lieb von dir zu kommen. Bitte entschuldige, daß ich dich nicht am Flughafen abholen konnte. Drew wird dir ja alles erklärt haben. Ich möchte jetzt nicht darüber sprechen. Wie gut du aussiehst! Und wie ähnlich du deiner Mutter bist! Du könntest eine zweite Helen sein. Komm ins Haus. Drew wird –«

Sie unterbrach sich, als ihr Blick auf Greg Gilbert fiel. Victoria spürte, daß sie erstarrte. »Greg! Ich wußte nicht, daß Sie hier sind. Wollten Sie mich sprechen?«

»Ich fürchte, es geht nicht anders.« Mr. Gilbert stieg gemächlich die Verandastufen hoch. »Das tut mit alles sehr leid, Em, aber was sein muß, muß sein. Es haben sich da zwei oder drei Dinge ergeben. Ich halte Sie nicht lange auf. Ist Eden da?«

»Sie werden Eden heute nicht mit weiteren Fragen quälen«, verkündete Em mit Nachdruck. »Und damit Schluß! Ich schätze Sie, Greg, aber es gibt Dinge, die ich mir nicht gefallen lasse, nicht einmal von meinen Freunden. Wenn Sie die Dienerschaft von neuem verärgern müssen, kann ich Sie nicht gut daran hindern. Nur lassen Sie Eden in Ruhe. Er kann Ihnen nicht mehr sagen als das, was er bereits gesagt hat.«

»Es tut mir leid, Em«, wiederholte Mr. Gilbert ruhig. »Ich tue das nicht zum Spaß.«

Lady Emilys Busen hob sich beunruhigend, bis die Nähte ihrer scharlachroten Bluse zu platzen drohten. Und dann schien sie plötzlich zusammenzufallen, körperlich und geistig. Sie streckte Gilbert die Hand entgegen. Ihre Stimme klang nicht mehr gemessen und selbstbewußt, sondern flehend.

»Greg, das können Sie nicht tun! Nicht jetzt. Nicht heute. Es hat doch sicher Zeit?«

Mr. Gilbert antwortete nicht. Nach einer Weile ließ Em ihre Hand sinken, drehte sich um und sagte zu Victoria:

»Komm, Liebes, du wirst dein Zimmer sehen wollen. Drew, im Wohnzimmer finden Sie etwas zu trinken. Bedienen Sie sich. Greg sollte besser zum Lunch bleiben, wenn er schon einmal hier ist. Er kann seine Fragen danach stellen.«

Die Einladung hätte kaum weniger dringlich ausgesprochen werden können, aber Gilbert antwortete in aller Gemütsruhe: »Danke« und folgte ihnen ins Haus.

Das Zimmer, das Victoria gehören sollte, war groß und gemütlich. Die Fenster gingen auf einen breiten Rasenstreifen, eine Überfülle von Bougainvilleen und den See hinaus. Em setzte sich auf die Kante des großen, altmodischen Bettes, als sei sie sehr müde. »Ich hoffe, du wirst dich hier wohl fühlen, Liebes. Und glücklich.«

Victoria antwortete herzlich: »Natürlich werde ich das, Tante Em. Es ist herrlich, wieder in Kenia zu sein. Ich kann dir nicht sagen, wie dankbar ich dir für all deine Güte bin.«

»Ich bin nicht gütig«, brummte Em. »Ich bin selbstsüchtig. Aber ich brauche Hilfe, und ich wollte keine Fremde – irgendeine Sekretärin, die überall in der Kolonie Klatsch über *Flamingo* verbreitet. Ich dachte, wenn ich es in der Familie halten könnte...« Ihre Stimme erstarb, und sie erschauderte.

Victoria lief schnell durchs Zimmer, legte die Arme um die hängenden Schultern ihrer Tante und drückte sie. »Du bist nicht selbstsüchtig, liebe Tante Emily. Es ist wundervoll von dir, daß du mich hierher zurückgeholt hast. Wenn du nur wüßtest, wie schön das Gefühl ist, wieder gebraucht zu werden!«

Em streichelte geistesabwesend ihre Hand und schwieg eine Weile. Dann schlossen sich ihre Finger plötzlich um Victorias Handgelenk. Die Augen, mit denen sie in das Gesicht ihrer Nichte blickte, waren glänzend und forschend und voller Angst. Sie stieß hervor, als müsse sie sich zum Sprechen zwingen: »Du mußt selbst entscheiden, Victoria. Ich war – ich war nicht ehrlich mit dir, als ich schrieb. Ich habe dir nicht alles mitgeteilt. Vielleicht fürchtete ich, du würdest nicht kommen. Aber du bist Helens Tochter, und du mußt eine Chance haben, deine eigene Wahl zu treffen, ob du gehen oder bleiben willst. Nein! – Unterbrich mich nicht! Laß mich sagen, was ich zu sagen habe, und dann bist du an der Reihe.

Ich werde dir keinen Vorwurf machen, wenn du dich entschließt, nicht zu bleiben. Vergiß das nicht. Ich schickte dir ein Telegramm, um dich aufzuhalten, aber es hat dich wohl nicht mehr rechtzeitig erreicht. Ich weiß nicht, was Drew Stratton dir bereits erzählt hat, doch sicher weißt du, daß Edens Frau ermordet worden ist. Es geht das Gerücht, die Überreste einer Mau-Mau-Bande versteckten sich hier irgendwo in der Nähe. Die Polizei hat jedoch ihre Zweifel, daß sie verantwortlich sind, weil – weil sich in diesem Haus in den letzten Wochen Seltsames ereignet hat. Diese Ereignisse waren nicht sehr ernsthaft, aber – aber dennoch beunruhigend. Die Folge davon ist, daß alle meine Diener unter Verdacht stehen, und das ist nicht sehr angenehm. Solltest du also vorziehen, nicht zu bleiben, werde ich volles Verständnis dafür haben.«

Victoria rief: »Selbstverständlich bleibe ich, Tante Em. Wenn du mich läßt. Und auch, wenn du mich nicht läßt. Versuch nur, mich loszuwerden!«

Ems Finger lösten sich. »Braves Mädchen«, lobte sie. Erregung und Anspannung wichen aus ihrem Gesicht. Sie stand entschlossen auf und sagte: »Der Lunch wird bereit sein, sobald es dir recht ist. Du findest uns im Wohnzimmer.«

Die Tür schloß sich hinter ihr. Victoria drehte sich um und betrachtete gedankenverloren ihr Spiegelbild: ein schlankes, bemerkenswert hübsches Mädchen in einem limonengrünen Kleid.

»Ja, natürlich bleibe ich!« sprach Victoria laut in die Stille hinein. »Ich gehöre hierher. Und was Eden angeht, das ist alles längst vorbei und abgetan.«

Sie nickte ihrem Ebenbild im Spiegel streng zu und ging ins Badezimmer, um den Staub der Reise zu entfernen.

6

Vier Leute warteten auf sie in dem prunkvollen großen Wohnzimmer: Em, Greg Gilbert, Drew Stratton und Eden.

Bei Victorias Eintritt unterhielt sich Eden gerade mit Drew. Er drehte sich um, als er hörte, daß sich die Tür öffnete, verstummte mitten im Satz und sah sie an.

Für einen kurzen Augenblick herrschte Schweigen. Dann ergriff Eden das Wort. Seine Stimme war das Echo eines sechs Jahre zurückliegenden Tages, als er zu einem Mädchen in einem gelben Kleid sprach, das den Arm voller Rosen hatte. »Vicky –!«

Victoria machte die Tür zu und antwortete leichthin: »Hallo, Eden. Ich hoffe, ich habe euch nicht warten lassen, Tante Em?«

Der Lunch war eine unbehagliche Mahlzeit, voll von merkwürdigen, unvermittelten Gesprächspausen und Fetzen gezwungener Unterhaltung. Die Beerdigung und die Geschehnisse der letzten drei Tage wurden nicht erwähnt. Erst als der Kaffee im Wohnzimmer getrunken war und Zacharia die leeren Tassen abräumte, kam Mr. Gilbert auf das Anliegen zu sprechen, das ihn an diesem Tag nach *Flamingo* geführt hatte.

»Es tut mir sehr leid«, entschuldigte sich Greg, »aber es hat sich da einiges ergeben, und ich sehe mich deshalb gezwungen, Ihnen noch ein paar weitere Fragen zu stellen.«

»Ich dachte, jeder einzelne Afrikaner auf der Farm sei schon bis zum Erbrechen vernommen worden«, bemerkte Eden bitter. »Was, glauben Sie, können Sie jetzt noch aus ihnen herausholen?«

»Nicht viel«, gab Greg gleichmütig zu. »Aber an den Afrikanern bin ich im Augenblick auch nicht besonders interessiert. Ich möchte nur noch einiges über den letzten Dienstag wissen. Was Sie an diesem Tag getan haben zum Beispiel.«

»Was ich –?« Edens Gesicht wurde kreideweiß vor Zorn. Er platzte wütend heraus: »Wollen Sie vielleicht andeuten, ich könne meine eigene Frau ermordet haben? Wenn Sie das glauben, dann –«

»Sei nicht albern, Eden!« fuhr Ems Stimme scharf und befehlend dazwischen. »Natürlich meint er nichts dergleichen! Wir alle wissen, was du empfindest. Andererseits ist es Gregs Pflicht, Fragen dieser Art zu stellen. Deshalb wollen wir es schnell hinter uns bringen und ohne die Beherrschung zu verlieren.«

Greg erklärte friedlich: »Niemand beschuldigt Sie in irgendeiner Weise. Wenn wir jedoch festhalten können, was jeder an diesem Tag getan hat, hilft es zumindest, den Hintergrund auszufüllen. Also fangen wir mit Ihnen an.«

Die Farbe kam und ging in Edens Gesicht. Er steckte die Hände in die Taschen, wandte sich ab und starrte wie blind aus dem Fenster in den sonnenbeschienenen Garten. Er sagte: »Sie wissen bereits genau, wo ich an diesem Tag war und was ich getan habe. Das haben Sie alles schon gehört.«

»In großen Umrissen, ja. Nicht in allen Einzelheiten.« Gilbert hielt inne und sah zu Drew Stratton hinüber. »Wollen Sie gehen, Drew?«

»Ja.« Mr. Stratton wandte sich zur Tür. »Ich glaube nicht, daß mein Bleiben irgendeinem nützlichen Zweck dienen würde. Bis später, Em, und danke für den Lunch.«

Mr. Gilbert hielt ihn jedoch zurück: »Setzen Sie sich bitte wieder. Ich wollte Sie nachher aufsuchen, aber nun, da Sie einmal hier sind, erpart mir das eine Fahrt von zehn Meilen. Und Sie bleiben auch hier, Miss Caryll.«

Em erklärte hochmütig: »Es ist absolut überflüssig, daß Sie meine Nichte befragen.«

»Es gibt zumindest eine Frage, die sie mir, wie ich glaube, beantworten kann«, entgegnete Greg. »Deshalb möchte ich, daß sie bleibt.«

Ehe Em etwas antworten konnte, wandte er sich wieder an Eden. »Sie sind am Dienstag nach Nairobi gefahren, nicht wahr?«

»Ja. Um Jimmy Druce aufzusuchen, der einen Landrover verkaufen will. Wir nahmen den Lunch zusammen in Muthaiga. Das können Sie bei ihm nachprüfen, wenn Sie wollen.«

»Haben wir schon. Und Sie fuhren etwa um zehn Uhr hier ab.

Können Sie sich zufällig erinnern, ob die Verandakissen vollzählig dalagen, als Sie gingen?«

»Natürlich nicht! Ich weiß nicht einmal, wie viele es sind.«

»Vier, glaube ich«, sagte Greg. »Und sie sind ziemlich auffallend.«

»Trotzdem hätte ich nicht bemerkt, ob es drei oder sechs oder ein Dutzend waren! Dinge dieser Art übersieht jeder.«

»Ausgenommen Zacharia«, meinte Mr. Gilbert nachdenklich. »Er müßte es wissen, aber er besteht darauf, er könne sich nicht erinnern.«

»Er wird alt«, entschuldigte Em ihn.

»Ja-a. Trotzdem sollte man meinen, so etwas würde ihm auffallen. Es gehört zu seinen Pflichten. Und Dinge in großflächigem, buntem Karomuster ziehen das Auge an. Deshalb sieht es so aus, als seien alle Kissen dagewesen. Zacharia hätte wahrscheinlich gemerkt, wenn eins fehlte.«

Em fiel ein: »Sie glauben also, daß irgendwer das Kissen im Laufe des Tages von der Veranda entfernte, und Sie glauben nicht, es sei ein umherirrender Terrorist aus einem Versteck in der *Marula* gewesen?«

»Glauben Sie das?« forschte Mr. Gilbert.

»Nein«, erwiderte Em rauh. »Nein.«

Sie hatte in königlich aufrechter Haltung in einem großen Ohrensessel neben dem Klavier gesessen. Doch jetzt schien sie zusammenzuschrumpfen und abzubröckeln und sich vor den Augen der anderen aus einer lebensvollen und beherrschenden Gestalt in eine müde und ängstliche alte Frau zu verwandeln. »Sie haben natürlich recht. Es muß jemand aus dem Haus gewesen sein.«

»Oder jemand, der offen in dies Haus kommen kann«, verbesserte Mr. Gilbert. »Und es besteht natürlich immer die Möglichkeit, daß das Kissen aus einem ganz unwichtigen und alltäglichen Grund weggenommen wurde. So alltäglich, daß derjenige, der es wegnahm, die Sache vergessen hat. Wenn wir nun durch weitere Fragen herausfinden, wo jeder einzelne am Nachmittag dieses Tages war, könnte es bei jemandem eine Erinnerung wecken. Was haben Sie nach dem Lunch getan, Eden?«

Bei dieser plötzlichen Frage fuhr Eden leicht zusammen. »Ich war in der Stadt. Habe einen Anzug von der Reinigung und eine Uhr von der Reparatur abgeholt, zwei Hemden gekauft und einen Film zum Entwickeln gebracht. Ich glaube, das war alles.«

Mr. Gilbert zog ein kleines Notizbuch aus der Jackentasche, schlug darin etwas nach und nickte, als sei er zufriedengestellt. Es war offensichtlich, daß er selbst einige Nachforschungen angestellt hatte, und er machte kein Hehl daraus. Er fragte: »Wo haben Sie Tee getrunken, und wann?«

»Überhaupt nicht. Ich habe den Nachmittagstee ausgelassen.«

»Wann haben Sie die Rückfahrt angetreten?«

»Oh – äh – ungefähr um sieben. Ich bin mir nicht sicher.«

Mr. Gilbert überlegte laut: »Die Geschäfte schließen um fünf, und wie Jimmy Druce sagt, verließen Sie den Club kurz nach zwei. Sind Sie tatsächlich drei Stunden lang von einem Laden zum anderen gelaufen?«

Eden errötete zornig. »Nein, natürlich nicht. Tatsächlich bin ich zum Wildpark hinausgefahren.«

»Wann war das?«

»Gegen vier, würde ich sagen. Mag auch ein bißchen früher gewesen sein. Das können Sie allerdings nicht nachprüfen, weil ich nicht dort angekommen bin. Mir fiel ein, daß der Park in diesen Tagen höllisch überfüllt ist. Deshalb hielt ich statt dessen am Straßenrand und saß einfach da.«

»Warum?«

»Es gab da einiges, worüber ich nachdenken wollte«, erklärte Eden kurz. »Und nichts davon, Greg, wenn ich das sagen darf, geht Sie etwas an.«

Mr. Gilbert zuckte die Schultern und zog von neuem das Notizbuch zu Rate. »Haben Sie eine Vorstellung, wie lange Sie dort saßen? Und ist irgendwer, den Sie kennen, vorübergekommen?«

»Nein. Auf vorüberkommende Leute habe ich nicht geachtet, und ich bin schließlich nur deswegen losgefahren, weil es spät wurde. Ich hatte Alice gesagt, wahrscheinlich würde ich bis neun oder zehn zurück sein, und ich hätte die Absicht, das Dinner in Nairobi oder irgendwo unterwegs zu nehmen. Aber dann entschloß ich mich doch, zu einer späten Mahlzeit nach Hause zu fahren. Ich kam etwa um neun Uhr hier an und hörte –«

Er beendete den Satz nicht, sondern drehte sich wieder um und starrte aus dem Fenster.

Mr. Gilbert sagte munter: »Vielen Dank. Nun zu Ihnen, Em. Zuerst einmal: Ist Ihnen etwas zu dem Kissen eingefallen? Haben Sie es weggenommen oder bemerkt, daß es fehlte oder nicht fehlte?«

»Nein«, antwortete Em unsicher. »Es könnte sein, daß ich – daß ich es weggenommen habe. Aber ich muß gestehen, daß ich mich nicht daran erinnere, und ich kann mir nicht vorstellen, zu welchem Zweck ich es hätte brauchen wollen. Vielleicht war es Alice.«

»Wann?« fragte Greg. »Wie ihr Tag verlaufen ist, haben wir ziemlich genau rekonstruiert. Sie verbrachte den Vormittag mit Einkäufen in Naivasha, den Nachmittag in ihrem Zimmer, trank mit Ihnen auf der Veranda Tee und ging sofort danach mit Ihnen zur Jagd – wie ich mir denken kann, um einem peinlichen Tête-à-tête mit dem jungen Ken Brandon zu entgehen. Und gleich nach Ihrer Rückkehr ging sie mit einer Botschaft für Lisa zu den Markhams hinüber. Im Laufe des Tages scheint es keinen Augenblick zu geben, in dem sie ein Kissen zu dem Hügel hätte tragen können. Erinnern Sie sich, was Sie selbst am Dienstag getan haben, Em? In allen Einzelheiten?«

»Ich glaube schon.« Em runzelte die Stirn. »Mal sehen. – Ich frühstückte im Bett, und erst kurz bevor Eden abfuhr, stand ich auf. Ich bat ihn, die Uhr abzuholen und beim Flughafen anzurufen und nachzuprüfen, wann Victoria eintreffen würde. Wir diskutierten über den Kauf von Jimmys Landrover. Als Eden fort war, sprach ich mit dem Koch und sagte Kamau, was ich als Gemüse haben wollte. Dann stellten Alice und ich eine Liste der Dinge auf, die sie in Naivasha kaufen sollte. Als sie gegangen war, setzte ich mich über meine Buchhaltung. Dann kam Lisa und wollte Eden sprechen, aber Zacharia sagte ihr, er sei nicht da. Sie sagte, sie wolle mich nicht stören, und hinterließ ein Briefchen, in dem sie fragte, ob wir sie das nächste Mal, wenn jemand von uns nach Nairobi fahre, mitnehmen würden. Ich hörte die Hunde bellen und ging nachsehen, wer es war. Da war sie jedoch schon halb durch den Garten, deshalb hielt ich sie nicht auf.«

Greg erkundigte sich: »Bellen die Hunde immer, wenn jemand ans Haus kommt?«

»Falls sie in der Nähe sind. Aber sie hören sofort auf, wenn es jemand ist, den sie kennen.«

»Wieviel Uhr war es, als Lisa kam?«

»Etwa zwanzig vor elf, würde ich sagen. Alice war gerade fort. Dann kam um elf Gilly in einer geschäftlichen Angelegenheit und blieb eine halbe Stunde, und er war kaum gegangen, als die Brandons hereinschauten. Wir tranken Kaffee, und Hector ging hinaus, um mit Kamau wegen eines Futtermittels zu sprechen, das wir ihm verkaufen. Mabel und ich unterhielten uns währenddessen.«

»Worüber?«

Die Frage wurde so beiläufig gestellt, daß Em begonnen hatte, sie zu beantworten, bevor ihr klar wurde, wohin das führen mußte. »Mabel hatte Alices Wagen in Naivasha gesehen und wußte, sie würde nicht zu Hause sein. Sie wollte mich allein sprechen, weil sie sich Sorgen um –«

Sie brach ab. Ihr Gesicht errötete auf die unkleidsame, fleckige Art des Alters, und ihre Lippen preßten sich zu einer harten Linie zusammen.

Eden lachte kurz und unfroh auf und beendete den Satz für sie. »Um Ken. Du brauchst dich nicht aufzuregen, Grandma. Es ist kein Geheimnis. Was hat sie von dir verlangt? Solltest du Alice nach Hause schicken oder ihr Arsen in die Suppe tun?«

»Eden!« Ems Stimme klang wieder scharf und befehlend, und diesmal war sie dazu mit Zorn geladen.

»Tut mir leid«, sagte Eden ungeduldig. »Ich sehe ein, daß das unter den gegenwärtigen Umständen eine verdammt blöde Bemerkung war. Aber du mußt zugeben, daß Mabel nicht normal ist, wenn es um ihren lieben Sohn geht. Es war nicht Alices Schuld, daß der Bengel sich hoffnungslos in sie verliebte. Sie hat wirklich alles getan, um ihn abzuschütteln. Leicht war das für sie nicht, weil Ken mit Selbstmord drohte und sich im allgemeinen wie ein Laienschauspieler benahm, der sich in großen dramatischen Rollen versucht. Sie hätte es mir überlassen sollen, mit ihm fertigzuwerden.«

»Es war sehr richtig von ihr, daß sie es nicht tat«, bemerkte Em gereizt. »Sie ging von dem sehr vernünftigen Standpunkt aus, es sei etwas Ähnliches wie Masern oder Zahnweh – etwas, das jeder durchmacht, wenn er klein ist, obwohl manche Kinder schlimmer leiden als andere. Er wäre bald genug darüber hinausgewachsen. Aber wenn du ihn dir vorgeknüpft und ihm eine Predigt gehalten hättest, wäre daraus eine handfeste Familienfehde entstanden, und das wünschte sich keiner von uns. Hector und Mabel sind gute Freunde von mir und gute Nachbarn, Ken ist ihr wunder Punkt.«

»Ken«, erklärte Eden verdrossen und gab damit Gefühle wieder, die erst kürzlich von Mr. Gilbert ausgedrückt worden waren, »ist ein verzogener, egoistischer junger Knabe, der sich selbst als Kreuzung zwischen Lord Byron und einem zornigen jungen Mann sieht. Um Gottes willen, welchen Grund hat er, verrückt zu spielen? Er mußte seine Wünsche sein Leben lang nur aussprechen, und schon hat er bekommen, was er wollte.«

»Vielleicht ist das der Grund«, seufzte Em. »Er findet soeben heraus, daß jetzt, wo er erwachsen ist, nicht mehr jeder Wunsch so einfach in Erfüllung geht, und nun meint er, er müsse irgend jemandem die Schuld an dieser Misere zuschieben. Er muß schmerzlich erkennen, daß er sich von der Rolle des verzogenen Kindes verabschieden muß.«

»Kommen wir auf Mabel zurück«, griff Gilbert entschieden ein. »Wie lange blieb sie am Dienstagvormittag, und könnte sie das Kissen weggenommen haben?«

»Nein, natürlich hat sie es nicht weggenommen!« fauchte Em. »Warum, in aller Welt, sollte sie?«

»Danach habe ich nicht gefragt, sondern ob sie es hätte tun können. Oder war sie die ganze Zeit mit Ihnen zusammen?«

»Nun, nein«, antwortete Em widerstrebend. »Also – es war alles wirklich ganz dumm. Ich glaube, ich zeigte nicht viel Mitgefühl, und

Mabel war verletzt. Sie sagte, sie wolle im Garten warten, bis Hector fertig sei, und ich kehrte in mein Büro zurück. Aber wenn Sie denken, Mabel habe etwas mit dem Mord an Alice zu tun, so irren Sie meines Erachtens. Sie war ein bißchen aus der Fassung wegen Kens Verliebtheit, und das war alles. Und natürlich hat sie nichts mit diesem Kissen zu tun. Es sei denn –«

Sie hielt stirnrunzelnd inne, und Greg fragte: »Es sei denn was?«

»Ja, vielleicht hat sie das Kissen mit auf den Hügel genommen und sich daraufgesetzt, als sie auf Hector wartete. Der Gedanke ist mir bisher nicht gekommen. Sehen Sie – mehr ist sicher nicht dran. Eine völlig einfache Erklärung.«

»Sicher«, sagte Greg. »Aber wenn es so war, warum hat sie es dann nicht zugegeben? Wir haben am nächsten Tag jeden danach gefragt.«

»Sie hatte es vergessen, denke ich mir«, sagte Em ausdruckslos.

»Vielleicht. Wir können immer noch versuchen, ihr Gedächtnis aufzufrischen. Was haben Sie für den Rest des Tages getan?«

»Nichts Besonderes. Alice kam ungefähr um eins zurück. Nach dem Lunch ruhte ich mich aus. Und wie Sie bereits wissen, tranken wir um halb fünf Tee auf der Veranda. Mittendrin tauchte Ken auf, so daß wir ihm eine Tasse Tee anbieten mußten. Er sagte, er wolle etwas mit Alice besprechen, aber ich antwortete, das müsse er verschieben, da sie mit mir im Landrover wegfahren werde. Ich hatte ziemliche Angst, er werde bei unserer Rückkehr immer noch dahocken, aber er war fort.«

»Wann kamen Sie zurück?«

»Ungefähr Viertel vor sechs. Erst da erinnerte ich mich an Lisas Briefchen. Alice sagte, sie werde hinübergehen und ihr sagen, ich wolle am Donnerstag nach Nairobi fahren, um Victoria abzuholen, und Lisa könne mitkommen. Ich hätte Alice nicht gehen lassen sollen. Aber – wie konnte ich es wissen?«

Ems Stimme brach. Eden durchquerte den Raum zwischen ihnen mit zwei großen Schritten und legte seiner Großmutter den Arm um die Schultern. »Nicht doch, Grandma! Es war nicht deine Schuld. Du brauchst dir keinerlei Vorwürfe zu machen.«

Em flüsterte beinahe unhörbar: »Doch. Wenn ich sie nicht hinübergeschickt hätte – oder wenn ich nur –«

Eden ließ sie los und bemerkte mit sichtlicher Erregung: »Wenn! – Wenn, wenn, wenn! Warum grämst du dich darüber? – Wenn ich Alice nicht geheiratet hätte, wäre sie nicht nach Kenia gekommen. Und wenn sie nicht nach Kenia gekommen wäre, wäre sie nicht ermordet worden. Bedeutet das vielleicht, daß ich für ihren Tod verantwortlich bin?«

Er wandte sich ab und ließ sich in einen anderen Sessel fallen, die Beine weit von sich gestreckt und die Hände tief in den Taschen. Mr. Gilbert musterte ihn einen Augenblick tiefsinnig und wandte dann seine Aufmerksamkeit Drew Stratton zu.

»Und jetzt zu Ihnen, Drew. Ich hätte gern einen Bericht – einen detaillierten Bericht, bitte – über Ihr letztes Zusammensein mit Mrs. DeBrett.«

»Ich will es versuchen.« Drew lieferte einen ziemlich genauen Bericht von jenem Abend. »Alice war ganz aus der Fassung wegen Miss Carylls Ankunft«, schloß er mit voller Absicht.

Victoria drückte sich in ihren Sessel, als habe man sie geschlagen. Eden lief vor Wut dunkelrot an, und Em entrüstete sich: »Das ist nicht wahr! Sie bilden sich das ein. Ich hatte Alice gebeten, es mir zu sagen, falls Victorias Ankunft ihr Kummer bereitete.«

Drew erklärte: »Lady Emily, ich kannte die Frau Ihres Enkels nicht sehr gut. Aber ich kannte sie gut genug, um zu wissen, daß sie es sich nie erlaubt hätte, sich Ihren Wünschen entgegenzustellen. Und ich kann mir nicht vorstellen, daß irgendeine beliebige Frau begeistert wäre von dem Gedanken, eine frühere Verlobte ihres Mannes als Dauergast im Haus zu haben.«

»Ist das wahr?« wandte sich Mr. Gilbert an Victoria. »Waren Sie beide verlobt?«

»Ich –«, begann Victoria, kam jedoch nicht weiter. Eden sprang von neuem auf, das hübsche Gesicht häßlich vor Wut.

»Nein, das ist nicht wahr! Es hat einmal eine Zeit gegeben, wo es ein ›Einverständnis‹ zwischen uns gab, wie der Ausdruck wohl lautet, aber es war eine rein private Angelegenheit und ist es noch.

Deshalb bilden Sie sich bloß nicht ein, Sie könnten eine Menge schmutziger Wäsche in der Öffentlichkeit waschen und Victoria in diese gräßliche Geschichte hineinziehen. Halten Sie sie bitte da heraus!«

»Mein lieber Eden, niemand versucht, Miss Caryll in irgendeiner Weise in die Angelegenheit hineinzuziehen«, beschwichtigte Greg. »Aber unglücklicherweise sind die persönlichen Beziehungen von Menschen, die, wenn auch noch so zufällig, in einen Mordfall verwickelt sind, immer von Interesse.«

»Victoria ist in gar nichts ›verwickelt‹!«

»Nur indirekt.«

Em richtete sich in dem Ohrensessel auf, jetzt wieder ganz die selbstbewußte Herrscherin über *Flamingo*, gebieterisch, königlich und gewöhnt, daß man ihr gehorchte. Sie erklärte: »Das sollten wir sofort klarstellen, Greg. Sie können uns hier nicht für dumm verkaufen, sonst müßte ich Sie bitten, uns nicht weiterhin unsere Zeit zu stehlen. Was Sie bestätigt sehen möchten, ist doch Ihr Verdacht, daß Eden oder möglicherweise ich selbst Alice ermordet haben – ruhig, Eden! So ist es doch, oder?«

»Wenn ich nur für mich spreche«, antwortete Mr. Gilbert, »nein. Das liegt aber daran, daß Sie beide persönliche Freunde von mir sind und ich Sie recht gut kenne. Offiziell gesprochen, liegt es jedoch im Rahmen des Möglichen. Deshalb schadet es nichts, wenn wir diesen Gesichtspunkt prüfen, damit wir ihn dann streichen können. Es hilft, Ordnung zu schaffen, wenn Sie verstehen, was ich meine.«

»Ich verstehe sehr gut«, sagte Em empfindlich berührt. »Aber Sie müssen mir gestatten, meinen Unmut über eine solche Unverschämtheit auszusprechen.«

»Nicht nur unverschämt ist das!« brauste Eden auf. »Es ist eine schamlose Beleidigung!«

Em mahnte müde: »Beruhige dich, Eden. Es eine Beleidigung nennen, heißt, es ernst zu nehmen. Ich vermute, daß so etwas gerade eben möglich ist, aber es ist höchst unwahrscheinlich.«

Drew streifte sie mit einem merkwürdigen Seitenblick und sagte vorwurfsvoll: »Sie sollten bis zehn zählen, ehe Sie Behauptungen wie diese aufstellen, Em. Es war, glaube ich, der verstorbene und tief betrauerte Sherlock Holmes, der verkündete: Wenn bei irgendeinem Problem das Unmögliche eliminiert ist, muß das, was bleibt, die Antwort darstellen, sei sie auch noch so unwahrscheinlich. Oder so ähnlich.«

»Wenn das so ist, sollte Greg mich am besten sofort verhaften!« gab Em temperamentvoll zurück. »Natürlich könnte ich es getan haben! Ich war hier! Tatsächlich war ich ganz allein hier. Eden war in Nairobi, und soviel ich weiß, hat an jenem Abend niemand *Flamingo* einen Besuch abgestattet. Ich versichere euch jedoch, daß ich es nicht getan habe. Und jetzt können wir dies unerfreuliche Gespräch vielleicht beenden. Es sei denn natürlich, daß Greg noch weitere Fragen zu stellen wünscht.«

»Leider, ja«, bestätigte Greg unerschütterlich. »Diese eigentümlichen Vorfälle im Haus – die zerschlagenen Gegenstände. Erinnern Sie sich, wann genau das anfing?«

Em runzelte nachdenklich die Stirn, und nach einer Weile begann sie stockend: »Lassen Sie mich überlegen – der erste Gegenstand war die K'ang-Hsi-Vase. Wir fanden die Scherben auf dem Fußboden, als wir von einer Einladung zum Lunch zurückkehrten. Und überall auf dem Teppich war rote Tinte.«

»Das war die Party bei den Langleys«, ergänzte Eden. »Am Elften des vorigen Monats.«

Greg notierte das Datum. »Wann passierte wieder etwas?«

»Nur ein paar Tage später«, antwortete Em. »Es muß ein Samstag gewesen sein, weil das der Tag ist, an dem ich den *Posho* austeile, und ich war gerade damit fertig, als Zacharia kam und meldete, es sei schon wieder etwas zerbrochen worden. Mutters Rockingham-Schüsseln.«

»Der Vierzehnte.« Greg hatte die Daten anhand eines Taschenkalenders nachgeprüft. »Ich weiß, es hat eine ganze Reihe von Vorfällen dieser Art gegeben. Hat sich dabei irgendein Schema abgezeichnet?«

»Nein. Danach war beinahe jeden Tag etwas. Und dann geschah mehrere Tage lang nichts, und wir dachten, es hätte aufgehört. Doch es fing von neuem an. Langsam ging es mir auf die Nerven.«

Greg rügte: »Sie hätten das sofort der Polizei melden sollen.«

»Das weiß ich – jetzt. Aber damals – Sie wissen doch ganz genau, warum ich es nicht getan habe, Greg! Ich will nicht, daß meine Diener weggeholt und als Zeugen festgenommen oder unter Verdacht eingesperrt werden. Sie konnten nicht alle daran beteiligt gewesen sein, und warum sollten die übrigen leiden, weil ein einziger Mann sich eine verbohrte afrikanische Idee in den Kopf gesetzt hatte und sich einbildete, mir irgend etwas heimzahlen zu müssen? Ich dachte, es würde von selbst im Sande verlaufen. Wenn ich geahnt hätte –«

Em verstummte, und Greg fragte: »Wann entschlossen Sie sich, Miss Caryll einzuladen? Bevor all das begann? Oder danach?«

»Danach. Ich glaube – ich glaube, es war an dem Tag, als die Schallplatte mit meinem Lieblingskonzert zerbrochen wurde. Das – war zuviel für mich. Ich stellte fest, daß ich mich nicht mehr auf Aufgaben konzentrieren konnte, die ich für gewöhnlich selbst ausführte. Und Alice hatte Angst. Ich sagte mir, ich müsse jemanden zur Hilfe haben, und da dachte ich an Victoria.«

Greg sah Victoria an, und sie beantwortete die stumme Frage: »Ich erhielt Tante Ems Brief vor etwa drei Wochen. Das ließ mir gerade noch Zeit für all die Reisevorbereitungen.«

Mr. Gilbert nickte und wandte sich wieder Lady Emily zu: »Nur noch eine Frage. Nachdem Ihr Hund vergiftet worden war, hat es da noch weiteren Vandalismus im Haus gegeben?«

»Nein.« Ems Stimme war ein heiseres Flüstern, und Eden sagte hart, immer noch mit dem Rücken zum Zimmer stehend: »Gilly hat recht. Das war der nächste Schritt, und das hätte uns klar sein sollen. Es fing mit diesen mehr oder minder wertvollen Gegenständen an, und es endete mit – Alice.«

»Wenn das das Ende ist«, meinte Greg ernst.

Eden drehte sich um. »Warum sagen Sie das?«

Greg zuckte die Schultern. »Es ist ziemlich sicher bewiesen, daß jemand, der einmal getötet hat und damit durchgekommen ist, von neuem töten wird. Entweder um den ersten Mord zu tarnen, oder weil das Auslöschen eines menschlichen Lebens auf ihn wie eine Droge wirkt. Furchterregend, aber stimulierend. Aus dem Grund schließen die Einführungsriten jeder Geheimgesellschaft vom Typ der Mau-Mau einen Mord ein. Weil das Morden nur das erste Mal schwerfällt. Danach wird es immer leichter. Es erzeugt Gefühllosigkeit gegenüber einem Menschenleben und Größenwahn. Wir haben keinen Grund zu der Annahme, der Tod Ihrer Frau werde den häßlichen Vorkommnissen hier ein Ende bereiten. Deshalb müssen wir den Mörder finden, und wenn wir jeden Afrikaner – und jeden Europäer! – im Rifttal unter die Lupe nehmen müssen. Dabei fällt mir ein, Em, brachten die Brandons einen Fahrer mit, als sie am Dienstagmorgen hier waren?«

»Ja. Aber Samuel ist seit mehr als zwanzig Jahren bei ihnen. Er würde niemals –«

Er ließ sie nicht aussprechen. »Warum nur«, fragte Mr. Gilbert bitter, »läßt sich niemand von Ihnen trotz allem, was Sie durchgemacht haben, davon überzeugen, daß ein treuer Diener gleichzeitig ein Mann sein kann, der einen Eid abgelegt hat, das Land von allen Weißen zu befreien?«

Er knallte sein Notizbuch zu, steckte es in die Tasche und erhob sich seufzend. »Nun, ich glaube, das ist im Augenblick alles. Morgen müssen wir, so leid es mir tut, Em, noch einmal alle Ihre Hausdiener und Feldarbeiter befragen. Aber das wird Bill Hennessy erledigen. Seien Sie nett zu ihm, ja? Er hat mir erzählt, seit Sie mit einem Stock auf ihn losgingen, als er im Alter von zehn auf der Bullenkoppel Torero spielte, fürchte er sich vor Ihnen.«

»Ich wünschte, ich könnte das glauben«, murrte Em. »Aber das wird ebensowenig wahr sein wie Ihre Behauptung, wir selbst brauchten keine weiteren Befragungen über uns ergehen zu lassen.«

Ihre Stimme enthielt die ganz leichte Andeutung einer Bitte, aber Mr. Gilbert ging nicht darauf ein. Er sagte: »Bis wir herausfinden, wer Mrs. DeBrett getötet hat, werden wir leider weitere Fragen stellen müssen. Und ich kann nicht annehmen, daß irgend jemand unter Ihnen nicht den Mörder gefaßt sehen will.«

Er nahm seinen Hut, nickte allen freundlich zu und ging.

7

Em beugte sich in ihrem Sessel vor und lauschte auf seine sich entfernenden Schritte. Eine Minute später, als sie einen Wagen starten und die staubige Zufahrt hinunterbrummen hörte, seufzte sie tief auf und entspannte sich.

»Dem Himmel sei Dank dafür! Ich hatte Angst, sein Fahrer sei nicht gekommen und er werde sich die nächste halbe Stunde damit vertreiben, die Diener aufzuregen. Für solche Sachen bin ich zu alt.«

Sie drehte sich zu der französischen Ormolu-Uhr um, die am anderen Ende des Zimmers auf einem Lackschränkchen stand. »Schon vier! Wir müssen den Lunch sehr spät genommen haben. Wollen Sie Tee mit uns trinken, Drew?«

Mr. Stratton lehnte die Einladung ab; er sagte, er müsse nach Hause. Em hievte sich aus ihrem Sessel und begleitete ihn auf die Veranda. Victoria und Eden folgten ihnen.

Auf dem Pfad hinter den Jakaranda-Bäumen ging jemand mit einem Schritt, der Eile verriet. Eden hielt einen Moment inne und verkündete nach kurzer Inspektion mit einer Spur von Verärgerung: »Es ist Lisa. Was mag sie wollen?«

»Dich, vermute ich«, antwortete Em mit einiger Erbitterung. »Geh und fang sie ab, Eden. Ich will heute niemanden mehr sehen. Alles, was ich möchte, ist Tee und meinen Frieden!«

Sie wandte sich Drew zu und erkundigte sich bei ihm nach dem Gerücht, auf einer Nachbarfarm sei Schweinefieber ausgebrochen. Eden stieg schnell die Verandastufen hinunter und ging den schmalen Pfad entlang, der durch den Garten zur Plumbagohecke und zum Verwalter-Bungalow führte.

Victoria sah, daß die Frau schneller lief, als er sich ihr näherte, und sobald sie ihn erreicht hatte, klammerte sie sich an seinen Jackenärmel. Sie waren so weit entfernt, daß ihre Stimmen durch Ems beißende Kritik über die Unwirksamkeit der Quarantäne-Maßnahmen nicht zu verstehen waren. Doch selbst aus dieser Entfernung ließ sich aus den Gesten der Frau, ja aus ihren Kopfbewegungen schließen, daß sie sich in höchster Aufregung befand.

Eden warf einen schnellen Blick über die Schulter zum Haus, und Victoria kam sein Gesicht gegen die Baumschatten merkwürdig farblos vor. Die Frau zerrte an seinem Ärmel, als dränge sie ihn, mit ihr zu kommen. Ihre Stimme klang hoch und beschwörend; sie bat oder argumentierte. Dann faßte Eden plötzlich ihren Arm, kehrte schnell zum Haus zurück und zog Lisa mit sich.

Em, ganz vertieft in ihre Angelegenheiten, nahm sie erst wahr, als sie am Fuß der Verandatreppe ankamen und sie das Klappern hoher Absätze auf Stein und das Klingeln der Anhänger an Mrs. Markhams Armband hörte. Sie drehte sich mit einem Blick unverhohlener Ungeduld um.

»Nun, Lisa? Was gibt's?«

Aber es war Eden, der antwortete, nicht Mrs. Markham. Er war erschreckend blaß geworden, und seine Stimme klang aufgeregt.

»Lisa hat etwas zu berichten, das du meiner Meinung nach sofort hören solltest. Sie –«

Em warf mit herrschaftlicher Geste eine Hand hoch und gebot ihm Einhalt. Ihre klugen alten Augen wanderten von einem Gesicht zum anderen und dann zu Zacharia und einem Hausboy, die in einer Ecke der Veranda den Tisch für den Nachmittagstee deckten. Sie erklärte kalt: »Wenn es wichtig ist – und das setze ich voraus –, dann sollten wir lieber ins Wohnzimmer zurückgehen. Auf Wiedersehen, Drew. Danke, daß Sie meine Nichte abgeholt haben. Das war nett von Ihnen. Ich schicke Eden morgen hinüber, damit er sich diese Kälber ansieht.«

Sie nickte ihm zu und wandte sich ab. Victoria sagte ein wenig steif: »Leben Sie wohl, Mr. Stratton. Danke für all Ihre Mühe.«

»Nicht der Rede wert«, brummte Drew. »Ich war zufällig in Nairobi, und das war auf meiner Heimfahrt.«

Er stieg die Stufen hinab zu seinem Wagen. Victoria, die auch nicht ohne Temperament war, blieb mit juckender Handfläche und dem wenig damenhaften Wunsch zurück, ihn zu ohrfeigen.

Em sprach energisch mit ihrem Enkel.

»Mein lieber Eden, wenn es etwas ist, das uns betrifft, muß es auch Victoria betreffen, da sie jetzt zum Haushalt gehört. Übrigens, Lisa, Sie haben meine Nichte Miss Caryll noch nicht kennengelernt. Victoria, das ist Mrs. Markham –«

Victoria gab Lisa die Hand und sah in ein Paar großer tiefblauer Augen, geschickt mit Lidstrich und Wimperntusche betont und zweifelos ebenso feindselig wie die Drew Strattons. Und dann sagte Em: »Gib mir den Arm, Liebes« und ging festen Schrittes zum Wohnzimmer voraus. Aber ihr Gewicht drückte schwer auf Victorias Arm, als brauche sie diese Stütze wirklich, und ihr massiger Körper zitterte vor Erschöpfung.

Em ließ sich wieder in dem Ohrensessel nieder, und Eden begann: »Sieh mal, Grandma, Lisa wollte dich damit nicht beunruhigen, aber ich meine, du solltest es wissen. Sie sagt –«

Seine Großmutter zwang ihn mit einem Blick nieder und befahl: »Laß sie für sich selbst sprechen, bitte. Nun, Lisa?«

Lisa hockte verdrossen auf dem Fenstersitz und rieb sich grollend die blauen Flecken, die Edens unsanfter Griff auf ihrem bloßen Arm hinterlassen hatte. »Ich dachte nur, Eden müsse es wissen, und dann hätte er entscheiden können, was zu tun wäre. Ich hatte nicht die Absicht, es irgend jemand anderem zu erzählen. Nicht einmal Gilly! Obwohl es natürlich früher oder später jeder erfahren wird, weil Wambui es bestimmt weitersagt. Und wenn es einmal bei den Dienern die Runde macht – Sie wissen ja, daß sie nie etwas für sich behalten können.«

Em lachte kurz auf. »Wie wenig Sie dies Land kennen, Lisa. Afrikaner mögen nicht fähig sein, ein Geheimnis vor ihren eigenen Leuten zu bewahren. Dagegen können sie es immer vor uns bewahren. Täuschen Sie sich da bloß nicht! Was haben Sie denn nun zu berichten? Wenn es sich nur um Dienstbotenklatsch handelt, können Sie ziemlich sicher sein, daß es unwichtig ist.«

»Das ist kein Klatsch«, erklärte Lisa wütend, »es ist ernst.« Ihre blauen Augen blitzten plötzlich boshaft auf. »Sehr ernst! Darum wollte ich ja zuerst mit Eden allein darüber sprechen. Na gut, wenn er das nicht will, ist er selber schuld. Es ist wegen Wambui, wenn Sie es unbedingt wissen wollen, meiner Dienerin. Sie benimmt sich seit einem oder zwei Tagen sehr merkwürdig. Läßt Sachen fallen und vergißt alles mögliche, und bei jedem Geräusch schreckt sie zusammen, als sei sie gestochen worden. Heute nachmittag nahm ich sie mir deswegen vor, und es kam alles heraus, sie ist wegen Kamau so nervös.«

»Sie reden von meinem Kamau?« fragte Em.

»Ja. Anscheinend macht er ihr den Hof, und sie haben sich jeden Abend im Gebüsch hinter dem Hügel getroffen.«

Em erstarrte in ihrem Sessel, und ihr Gesicht verlor den Ausdruck müder Geduld. Scharf und ein bißchen atemlos fragte sie: »Sie meinen, Sie haben etwas gesehen? Ist es das? Sie wissen, wer es getan hat?«

Lisa schüttelte den Kopf. »Das weiß ich nicht. Sehen Sie, Wambui konnte am Dienstagabend nicht weg. Kamau muß eine ganze Zeit auf sie gewartet haben. Und jetzt hat er ihr gegenüber Andeutungen gemacht, er wisse etwas über – den Mord an Alice.«

Im Zimmer herrschte plötzlich Stille, und mitten drin hörte Victoria ein leises Geräusch, als bewege sich eine Klinke. Es schien aus der Richtung der Tür zu kommen, die aus dem Wohnzimmer in den Flur führte. Aber im nächsten Augenblick wurde ihre Aufmerksamkeit abgelenkt, denn Em ergriff wieder das Wort.

»Die Polizei hat alle Diener befragt!« sagte Em. »Schon ein halbes dutzendmal. Man hätte uns doch sicher mitgeteilt, wenn man irgendeine Information aus ihnen herausgeholt hätte? Greg Gilbert ist den halben Nachmittag hier gewesen.«

»Wambui sagt, Kamau habe der Polizei gesagt, er wisse von gar nichts.«

Em machte eine zornige, ungeduldige Geste. »Dann wird er wohl auch nichts wissen. Wahrscheinlich hat er sich nur bei Wambui wichtig gemacht.«

»Wir wissen jedoch, daß in jener Nacht jemand im Gebüsch war«, warf Eden ein. »Warum soll es nicht Kamau gewesen sein? Ja, warum soll Kamau nicht der Poltergeist gewesen sein – und der Mörder?«

»Rede keinen Unsinn, Eden«, wies Em ihn ärgerlich zurecht. »Kamaus Vater war einer der ersten Diener deines Großvaters, und Zacharia ist sein Onkel. Er würde mir ebensowenig ein Leid antun wie – wie Zacharia! Und du scheinst zu vergessen, daß er es war, der Gitahi tötete. Wenn er seine Loyalität damit nicht bewiesen hat, möchte ich wissen, womit er sie beweisen soll!«

»Oh, schon gut – schon gut. Ich weiß, es ist sinnlos, dich davon zu überzeugen, einer deiner geliebten Kikus sei nicht hundertprozentig loyal. Aber was ist mit dem Mann im Gebüsch? Das paßt doch zusammen. Denn irgendwer war dort!«

»Wenn es Kamau war, ist es der Beweis, daß er Alice nicht ermordet hat«, stellte Em, steif vor Zorn, fest. »Wer auch immer dort gestanden hat, ist nicht in die Nähe der Leiche gegangen. Das weißt du genau.«

»Natürlich weiß ich das. Aber er könnte etwas gesehen haben, oder? In dem Punkt mag er die Wahrheit sprechen.«

»Wenn das deine Überzeugung ist«, fauchte Em, »schlage ich vor, daß du sofort Greg Gilbert anrufst und ihm genau berichtest, was Lisa uns erzählt hat. Dann kann sich die Polizei damit befassen – und mit Wambui!«

»Das dürfen Sie nicht tun!« keuchte Lisa und sprang auf, die Augen groß vor Entsetzen. »Sie würden sie mitnehmen und zum Verhör dabehalten. Sie wissen, wie sie sind. Vielleicht kommt sie tagelang nicht zurück, und ich kann sie einfach nicht entbehren. Oh, wenn ich bloß nichts gesagt hätte!«

Ihre Augen füllten sich mit Tränen. Sie ließ sich auf einem Stuhl nieder und begann, blindlings und ohne Erfolg in den unzureichenden Taschen ihres Leinenkleids herumzusuchen.

»Hier.« Eden reichte ihr ein Taschentuch. Unbeholfen klopfte er ihr auf die Schulter und sagte: »Nicht weinen, Lisa.« Sie tupfte sich die Tränen ab, tastete nach seiner Hand, umklammerte sie und blickte mit Augen zu ihm auf, aus denen offene und hilflose Anbetung sprach.

Eden entzog ihr seine Hand mit mehr Geschwindigkeit als Galanterie, und Em bemerkte trocken: »Sie wären besser sofort zu mir gekommen, Lisa, auch wenn Sie von mir wahrscheinlich weniger Mitgefühl zu erwarten haben als von meinem Enkel. Doch in einem Punkt haben Sie recht. Die Polizei wird aus Kamau nichts herausbringen, falls sie nicht Gewalt anwendet. Und ich lasse es nicht zu, daß meine Diener eingeschüchtert werden. Ich will selbst mit ihm reden. Er kann heute abend nach dem Dinner mit mir den Rundgang machen. So wird es am besten sein. Ich nehme oft einen der Boys mit, deshalb kann das keinen Verdacht erregen. Und im Dunkeln wird ihm das Sprechen leichter fallen. Das ist immer so bei ihnen. Und jetzt wollen wir Tee trinken.«

Lisa konnte nicht bleiben, aber Eden erbot sich nicht, sie nach Hause zu begleiten. Nachdem sie eine Weile herumgetrödelt hatte, wandte sie sich von ihm ab, warf schnippisch den Kopf in den Nacken und ging den langen Gartenweg hinunter. Eden kehrte zu seinem Sessel zurück, ließ sich hineinsinken und starrte übelgelaunt ins Leere, während sein Tee kalt wurde. Er machte keinen Versuch zu einer Unterhaltung. Victoria saß schweigend da und beobachtete ihn heimlich.

Die Jahre hatten seinem spektakulär guten Aussehen keinen Abbruch getan. Zwar sah er älter und magerer aus, seine Stirn war gefurcht, und das ständige Zusammenkneifen der Augen in starkem Sonnenlicht hatte Fältchen erzeugt. Trotzdem ließ sich nicht leugnen, daß er in seiner äußeren Erscheinung, sofern er sich verändert hatte, noch attraktiver war als vor sechs Jahren.

Das ist ungerecht! dachte Victoria ärgerlich. Niemand kann sagen, wie er wirklich ist, weil man nicht darüber hinwegkommt, wie gut er aussieht! Was weiß ich über Eden? Was habe ich je über ihn gewußt? Liebe ich ihn immer noch...?

Auch Em hatte keine Lust zu einer Unterhaltung gehabt. Jetzt schob sie ihre beinahe unberührte Tasse fort, stand entschlossen auf und verkündete, sie zumindest habe nicht die Absicht, den ganzen Abend untätig herumzusitzen. Und da sie wieder Fleisch für die Hunde brauche, wolle sie den Landrover nehmen und einen Bock schießen. Victoria und Eden kämen am besten mit.

Eden sagte: »Du machst dich nur völlig kaputt, wenn du mit dem

Landrover herumrast. Warum bleibst du zur Abwechslung nicht einmal hier und legst die Füße hoch? Ich werde gehen. Victoria kann mitkommen, wenn sie mag.«

Em warf ihrer Nichte einen schnellen, ängstlichen Blick zu und erklärte widerborstig: »Ich möchte meine Füße nicht hochlegen, vielen Dank. Ich möchte raus aus diesem Haus und an die frische Luft.«

»Damit willst du sagen«, lächelte Eden, »daß du dich aufgeregt hast. Und immer, wenn das passiert ist, reagierst du dich ab, indem du viel zu schnell durch die Gegend fährst. Daß du Fleisch für die Hunde brauchst, ist nur ein Vorwand, das weißt du selbst.«

»Das stimmt nicht«, fuhr Em ihn an. »Dir dürfte bekannt sein, daß sie in etwa vier Tagen mit einem Bock fertig werden – mit dem, was übrig ist, nachdem die Diener die besten Stücke bekommen haben. Außerdem hält sich frisches Fleisch bei diesem Wetter nicht.«

Sie hastete entschlossen über die Veranda davon. Eden sagte mit verlegenem Grinsen zu Victoria: »Du mußt Nachsicht mit uns walten lassen, Vicky. Wir sind alle ziemlich durcheinander. Ein Jammer, daß du gerade jetzt kommen und in all das verwickelt werden mußtest. Ich wünschte, ich hätte dich heraushalten können.«

Victoria erwiderte ernst: »Eden, ich habe noch keine Zeit gehabt, dir zu sagen, wie leid mir das tut mit deiner Frau. Aber –«

»Schon gut«, fiel Eden hastig ein. »Du brauchst gar nichts zu sagen. Hör zu, Vicky –« Er zögerte, wurde rot und platzte dann heraus: »Es ist wohl nicht der richtige Augenblick, es zu erwähnen, aber du mußt denken, daß ich mich damals richtig brutal gegen dich verhalten habe. Und natürlich war es brutal. Es gab Gründe, daß – Ach, es hat keinen Zweck, sie dir jetzt zu erläutern. Aber was ich sagen wollte: Ich bin verdammt froh, daß du hier bist. Ich durfte nicht hoffen, daß du kommen würdest, aber wir haben in diesem Haus ein bißchen gesunden Menschenverstand nötig. Und du hast recht, Grandma braucht dich. Sie steht am Rand eines Zusammenbruchs, und wenn wir nicht aufpassen, wird sie am Ende einen

Schlaganfall bekommen oder den Verstand verlieren. Bitte, versuche, ihr beizubringen, daß sie ein bißchen langsamer treten muß – zumindest bei der Arbeit.«

»Ich werde tun, was ich kann. Das weißt du.«

»Ja, natürlich. Nur wird es nicht leicht sein. Du hast gemerkt, daß du mitten in eine richtig unangenehme Situation hineingeraten bist. Großmutter versucht, sich und andere glauben zu machen, daß nun alles vorüber ist, und ich wünschte, ich könnte ihr zustimmen. Mir hat jedoch gar nicht gefallen, was Greg gesagt hat – schwierig sei nur der erste Mord. Angenommen, er hat recht, und der Mord an Alice war nicht das Ende, sondern der Anfang? Weißt du, Vicky, wenn du der Ansicht bist, du solltest besser nicht bleiben, dann – dann mußt du nicht bleiben. Ich könnte immer einen Rückflug für dich arrangieren.«

»Das hat Tante Em auch gesagt. Versuchst du, mir Angst einzujagen, Eden? Oder willst du mich bloß loswerden?«

»Guter Gott, nein! Wie ich dich kenne, läßt du dir nicht so leicht Angst einjagen, und darüber bin ich sehr froh. Glaub mir, es wird eine angenehme Abwechslung sein, jemanden im Haus zu haben, der nicht jedesmal zusammenfährt, wenn eine Tür sich öffnet oder ein Blatt fällt! Ich möchte nur nicht, daß du das Gefühl hast, du müßtest bleiben. Das ist alles.«

Er tupfte ihr leicht mit einem Finger auf die Nasenspitze, eine vertraute, liebkosende Geste, die er früher so oft gemacht und die ihnen allein gehört hatte. Victoria trat so schnell zurück, als sei es ein Schlag gewesen, wandte sich von ihm ab und ging hinaus.

Em und Eden warteten beide auf sie im Landrover, als sie zehn Minuten später wieder auftauchte. Sie fuhren hinaus ins freie Land, wo Em ein *Kongoni* und eine Thomson-Gazelle schoß.

Bei ihrer Rückkehr war es dunkel geworden. Em erklärte, sie sei zu müde, um sich fürs Dinner umzuziehen. Deshalb aßen sie, wie sie waren, in dem kerzenbeleuchteten Speisezimmer, wo Porträts von verstorbenen DeBretts und Beaumartins auf sie niederblickten. Später, als Zacharia das Wohnzimmer mit dem Kaffeetablett verließ, sprach Em ihn kurz auf suaheli an.

Victoria verstand nicht, was sie sagte, aber Eden fiel scharf ein: »Kamau? Du willst doch nicht etwa heute abend noch mit ihm sprechen? Du bist viel zu erschöpft! Um Himmels willen, Grandma, laß das für morgen! Er wird nicht weglaufen.«

»Woher weißt du das?« fragte Em pessimistisch und ging zur Tür. »Natürlich werde ich mit ihm sprechen. Außerdem sagt Zacharia, er habe ihm schon ausgerichtet, heute abend solle er mit mir die Runde machen, und deshalb wird er auf mich warten. Ich hatte gesagt, er solle eine Lampe mitbringen und sich am Tor mit mir treffen, weil ich nachsehen wollte, ob die Flußpferde den Draht nicht wieder zerrissen haben. Die Gelegenheit ist zu günstig, als daß ich darauf verzichten möchte. Mir sind nach Dunkelwerden schon Dinge anvertraut worden, die ich bei Tag nie zu hören bekommen hätte. Ich kenne diese Leute besser als du – auch wenn ich nicht in Kenia geboren bin!«

»Um Gottes willen, Grandma«, rief Eden bestürzt. »Du hast doch nicht etwa vor, heute abend die Runde zu machen?«

»Warum nicht? Das habe ich noch nie unterlassen.«

»Aber du bist ganz erledigt! Und nötig ist es sowieso nicht mehr. Oh, du brauchst mich nicht daran zu erinnern, was Alice passiert ist! Meinst du, ich brauchte eine Erinnerung? Aber sogar Greg hält das für nichts weiter als einen vereinzelten Angriff. Wenn aber die Krise vorüber ist – und das wird uns doch dauernd erzählt –, was hat es dann für einen Sinn, daß du jeden Abend die Runde machst und dich überzeugst, ob die Feldarbeiter alle drinnen und die Türen richtig verschlossen sind? Das können wir nicht auf ewig durchführen. Hör mal, ich erledige das heute für dich. Ich werde auch gleich mit Kamau sprechen.«

»Nein, mein Lieber«, erwiderte Em ruhig, aber sehr bestimmt. »Er würde mit dir nicht so reden wie mit mir.«

»Dann gehe ich aber mit dir. Du weißt, ich bin nie damit einverstanden gewesen, daß du nach Dunkelwerden allein hinausgehst, aber du wolltest ja nicht hören. Höchste Zeit, daß das aufhört. Victoria –«

Er wandte sich ihr zu, als erwarte er Unterstützung von ihr, und

Em fuhr dazwischen: »Victoria hat nichts damit zu tun, und es ist mittlerweile so spät geworden, daß sie zu Bett gehen sollte. Sei nicht albern, Eden. Du hast bisher nie versucht, mich davon abzuhalten, und ich weiß wirklich nicht, warum du jetzt damit anfängst.«

»Ich habe es versucht, aber –«

»Aber deine Frau wollte dich nicht an meiner Stelle gehen lassen, und sie wollte dir auch nicht erlauben, mich zu begleiten, weil sie sich allein im Haus fürchtete. Ich weiß, mein Lieber. Du mußt jedoch einsehen, daß jetzt nicht der richtige Augenblick ist, in unseren Vorsichtsmaßnahmen nachlässig zu werden. Wenn du wirklich wünschst, die abendlichen Rundgänge zu übernehmen, wollen wir morgen darüber sprechen. Nur geht es jetzt darum, etwas aus Kamau herauszuholen, und dazu muß ich mit ihm allein sein. Laß uns deshalb nicht weiter streiten. Victoria, mein Liebes, geh zu Bett. Du mußt furchtbar müde sein. Und du auch, Eden! Es ist nicht nötig, daß du auf mich wartest. Gute Nacht, mein Junge.«

Sie schloß mit Entschiedenheit die Tür hinter sich. Eden tat einen hastigen Schritt vorwärts, als wolle er ihr folgen. Dann sah er Victoria an und zuckte die Schultern.

»Nun siehst du, was ich damit meinte, es sei keine einfache Aufgabe, Grandma zu helfen! Tu lieber, was sie dir gesagt hat, und geh zu Bett. Wie ich annehme, kannst du ein bißchen Schlaf brauchen. Gute Nacht.«

Er machte kehrt und ging durch die Verandatür hinaus. Victoria blieb allein in dem stillen Wohnzimmer zurück.

8

Trotz der Ängste und Aufregungen des Vortages – oder vielleicht gerade deswegen – schlief Victoria fest und traumlos. Sie erwachte erfrischt und gestärkt und fühlte sich fähig, es mit jedem Problem aufzunehmen, das das Leben auf *Flamingo* ihr stellen sollte.

Der Frühstückstisch war auf der Veranda gedeckt. Eden saß in Reithosen und einer leichten Tweedjacke auf dem Geländer und trank schwarzen Kaffee. Er sah müde aus, und seine Lider waren schwer – als habe er mehrere Nächte lang nicht genug Schlaf bekommen.

Er glitt von dem Geländer und sagte: »Hallo, Vicky. Dich braucht man nicht erst zu fragen, wie du geschlafen hast. Du siehst unverschämt gut aus. Die Hunde werden dich hoffentlich nicht gestört haben? Sie haben in Abständen schrecklich gebellt.«

»Ich bin ein paarmal davon aufgewacht«, gab Victoria zu und setzte sich an den Tisch. »Aber ich war zu schlaftrunken, um mir Gedanken darüber zu machen. Was war denn los?«

»Nichts. Oder alles! Für gewöhnlich laufen sie nachts frei umher, aber die Spanielhündin der Markhams ist läufig, und Lisa bat uns, die Rüden während dieser Zeit einzusperren. Offenbar pflegten sie unter Lisas Fenster zu sitzen und ihr die ganze Nacht Ständchen zu bringen. Nun haben wir sie in einem der leeren Schuppen eingesperrt, und das mögen sie nicht. Hier ist Kaffee. Grandma nimmt ihr Frühstück im Bett. Ich soll dir sagen, sie möchte dich gern nach dem Frühstück sprechen. An deiner Stelle würde ich mir Zeit lassen. Sie ist nicht in der besten Stimmung.«

»Warum? Es ist doch nicht wieder etwas passiert, oder? Ich meine – es ist nicht von neuem etwas zerbrochen worden, oder –?«

»Nein, nichts dergleichen. Nur, daß Kamau gestern abend nicht gekommen ist. Sie stand herum und wartete auf ihn, und schließlich war sie durchgefroren bis auf die Knochen, und das verdarb ihr gründlich die Laune. Sie mag es gar nicht, wenn man sie warten läßt, und sie wird wütend, wenn man ihren Befehlen nicht gehorcht. Wahrscheinlich hatte Kamau eine Verabredung mit seiner Freundin. Oder er hat den Mut verloren und hat sich für ein paar Tage verdrückt. Grandma sieht ganz gelb aus, und ich weiß jetzt schon, es wird so ein Tag werden, an dem alles schiefgeht.«

Zacharia erschien mit einer großen Portion Speckeier. Victoria bediente sich und fragte Eden, ob er ausreiten wolle.

»Ich war schon«, antwortete Eden kurz. Er wies die Eier mit allen Zeichen des Abscheus zurück, goß sich eine zweite Tasse schwarzen Kaffee ein und kehrte zu seinem Platz auf dem Geländer zurück. »Wenn du fertig bist, begleite ich dich zu Grandmas Zimmer. Hoffentlich haben wir Glück, und sie hat sich ein bißchen beruhigt. Wir sollten uns zusammentun und sie zu überreden versuchen, daß sie heute im Bett bleibt.«

Aber beide Hoffnungen schlugen fehl. Em war bereits aufgestanden und außerordentlich schlecht gelaunt. Sie saß vor ihrem Toilettentisch in grauen Cordhosen und einem Oberteil, das den Eindruck eines Seemannspullovers in schmerzhaft grellem Orange machte.

»Oh, ihr seid es.« Em sprach zu dem Spiegelbild der beiden und drehte sich nicht um. »Guten Morgen, Victoria. Ich hoffe, du hast gut geschlafen – was ich von mir nicht behaupten kann!«

In schneidendem Suaheli wandte sie sich an Zacharia, der in einen der Schränke lugte. Ärgerlich setzte sie hinzu: »Er wird zu alt für die Arbeit. Das ist es. Ich werde ihn pensionieren müssen.«

»Was hat er denn jetzt angestellt?« fragte Eden erstaunt.

»Eines meiner Kleider hat er verbummelt. Ein anderes ist noch nicht gebügelt, ein weiteres ist in der Wäsche, und das von gestern ist schmutzig; so bleibt mir nichts übrig, als eine alte Cordhose deines Vaters anzuziehen. Nichts als Nachlässigkeit! Oh, hör auf, in dem Schrank herumzustöbern, Zacharia! Wenn sie vor fünf Minuten nicht da waren, sind sie jetzt auch nicht da. Hier, nimm das da mit und laß es sofort waschen. Es sollte am besten gekocht werden. Und sieh zu, daß sie bis heute abend alle trocken und gebügelt sind.«

Sie faßte nach unten und nahm das Kleid und die Bluse, die sie am Vortag getragen hatte, auf, knäulte alles zusammen und warf es dem alten Kikuju zu, der es geschickt auffing und hinaustrug.

Eden legte seiner Großmutter schmeichelnd den Arm um die Schultern. »Sei friedlich, Grandma. Du kannst doch an Victorias erstem Tag hier nicht jeden im Haus in Stücke reißen. Sie bekommt ja einen ganz falschen Eindruck. Ärgere dich nicht, das ist schlecht für den Blutdruck.«

»Ich ärgere mich nicht. Ich bin wütend! Zacharia meint, Kamau habe sich gestern abend mit dieser Dienerin von Lisa getroffen, statt auf mich zu warten. Wenn er das Mädchen tatsächlich gesehen hat, wird sie ihm erzählt haben, was sie Lisa gesagt hat, und natürlich traute er sich danach nicht mehr, mir unter die Augen zu treten. Wartet nur, bis ich ihn in die Finger kriege! Ich vermute, er hilft heute vormittag beim Schneiden der Luzerne auf dem Ostfeld – er meint wohl, er könne mir aus dem Weg gehen. Ich habe Zacharia gesagt, daß ich ihn in dem Augenblick, wo er zurückkommt, zu sprechen wünsche.«

Em steckte eine Diamantbrosche an. Ihr Blick fiel auf Victorias Spiegelbild. Sie drehte sich um und betrachtete ihre Nichte wohlgefällig.

»Wie nett du aussiehst, Liebes. Ich hatte vergessen, wie hübsch du bist. Hast du schon gefrühstückt? Gut. Dann zeige ich dir jetzt das Büro und erkläre dir ein bißchen, was es dort zu tun gibt. Dann führe ich dich durch das Haus und die Gärten, und nach dem Lunch –«

»Nach dem Lunch«, fiel Eden entschlossen ein, »mache ich mit ihr eine Bootsfahrt. Du hast doch nicht etwa vor, sie von heute an ununterbrochen schuften zu lassen?«

»Nein, natürlich nicht. Ich möchte, daß sie sich amüsiert. Natürlich, fahr mit ihr auf den See hinaus. Das wird ihr gefallen. Und wir müssen ein paar Ausflüge organisieren – Picknick-Partys, damit sie etwas vom Rifttal zu sehen bekommt. Es gibt schließlich keinen Grund, warum wir im Zimmer sitzen und Trübsal blasen sollten. Wie war das gleich – du wolltest heute vormittag einen Blick auf das neue Bohrloch werfen, nicht wahr? Dann sehen wir dich zum Lunch wieder. Komm, Liebes.«

Sie drängte Victoria hinaus, und der Rest des Vormittags wurde dem von ihr umrissenen Programm gewidmet. Eden wurde aufgehalten, deshalb nahmen sie den Lunch spät. In die Mahlzeit hinein platzte der junge Mr. Hennessy von der Polizei, begleitet von zwei schwarzen Hilfspolizisten. Em ließ ihn warten. »Es wird ihm nichts schaden, sich die Absätze auf der Veranda abzukühlen«, bemerkte sie spitz. Sie trödelte beim Kaffee, bis die Zeiger der Großvateruhr auf zwanzig vor drei standen. Erst dann ging sie zu ihm hinaus.

»Um nichts in der Welt möchte ich heute nachmittag in Bill Hennessys Schuhen stecken.« Eden nahm Victorias Arm und eilte mit ihr einen Pfad hinunter, der sich durch eine farbenprächtige Wildnis von Plumbagos und wilden Lupinen zum See hinunterschlängelte. »Sie kann nicht vergessen, daß sie ihn schon gekannt hat, als er ein schmutziger kleiner Schuljunge war. Wenn er ihre Diener im Namen des Gesetzes befragt, heißt das für sie, Beleidigung zum Unrecht fügen. Paß auf, hier sind Dornen.«

Eden öffnete das Tor in die Shamba und führte Victoria in eine üppige grüne Wildnis, wo die warme Luft schwer war vom Duft der Orangenblüten und einschläfernd vom Summen der Bienen. Der feuchte Grund quietschte unter Victorias Sandalen.

»Darin sehe ich bei Grandma überhaupt das Problem«, fuhr Eden fort. »Wenn man in ihr Alter kommt, sind kaum noch Leute übrig, die man nicht als Kinder gekannt hat. Das macht es einem schwer, sie ernst zu nehmen. Sie muß sich wie eine Lehrerin in einem Schulzimmer voll von verantwortungslosen Rangen vorkommen. Dennoch, ich habe es ziemlich satt, behandelt zu werden, als sei ich noch in der vierten Klasse. Würde Grandma sich klarmachen, daß ich jetzt erwachsen bin, setzte sie mich anstelle dieser Null von Gilly auf den Verwalterposten. Verdammt noch mal, ich muß doch lernen, wie die Farm zu führen ist! Schließlich wird sie mir eines Tages gehören. Das heißt, falls Grandma mich nicht aus ihrem Testament streicht und dir alles hinterläßt.«

»Mir?« rief Victoria bestürzt aus. »Unsinn! Warum sollte sie so etwas tun?«

Eden zuckte die Schultern und ging ihr voran in einen schattigen

Wald aus Bananenpalmen. »Frag mich was Leichteres. Warum tut Grandma dies oder jenes? Weil sie es tun will. Außerdem hat sie etwas von einer Feministin an sich. Sie könnte denken, du würdest mehr als ich für *Flamingo* tun – und für Kenia. Denn bekanntlich ist das Weibchen der Spezies zielstrebiger als das Männchen – und so weiter.«

»Blödsinn!« entgegnete Victoria. »Du weißt genau, daß sie dich vergöttert. Das hat sie immer getan. Sie geht nur so streng mit dir ins Gericht, um diese Tatsache zu verschleiern, und täuscht doch niemanden.«

Eden lachte. »Mag sein. Trotzdem ist es nicht ausgeschlossen, daß sie der Meinung ist, ich nähme meine Verantwortung als Thronerbe zu leicht. Um mich zu bessern, führt sie mir vor Augen, daß sie einen anderen Kandidaten nominieren kann, falls ich meine Aufgabe als ihr Nachfolger nicht ernst genug nehme. Sie ist eine liebenswürdige alte Intrigantin.«

»Aber du glaubst das doch nicht?« fragte Victoria beunruhigt. »Ich meine, einmal angenommen, sie würde das tun – aber das wird sie nicht! –, dann glaubst du doch nicht, daß ich dich von *Flamingo* vertriebe?«

Eden blieb stehen, drehte sich mit einem Lächeln um. Victorias törichtes Herz setzte aus und tat dann einen Sprung. Er sagte: »Nicht, Liebes? Das frage ich mich. Du könntest denken, es geschähe mir ganz recht.«

Schamröte überflutete Victorias Gesicht bis an die Wurzeln ihrer braunen Haare. Sie antwortete verwirrt: »Eden, ich habe nie gedacht – ich meine – nun, wir hatten einen Fehler gemacht. Das war alles. Aber wir sind immer noch Freunde.«

»Sind wir das?« fragte Eden ernst. »Sind wir das wirklich, Vicky?«

»Natürlich.« Victoria machte einen entschlossenen Versuch, einen unbeschwerten Ton anzuschlagen. »Ich bin wie Tante Em. Ich kann nicht vergessen, daß wir in der Zeit, als du ein ungezogener kleiner Junge mit zerkratzten Knien und schmutzigem Hals warst, Verbündete gegen die Autorität waren.«

Aber Eden weigerte sich, auf sie einzugehen. Ohne zu lächeln, sagte er: »Ich danke dir, Vicky.« Er faßte nach ihrer Hand und hatte sie an die Lippen gezogen und geküßt, ehe Victoria wußte, wie ihr geschah.

Sie kämpfte den starken Impuls nieder, ihm ihre Hand zu entreißen und wegzulaufen, und einen noch stärkeren, seinen gebeugten Kopf mit ihrer freien Hand zu streicheln. Beiden Versuchungen heroisch widerstehend, fragte sie munter: »Ob wir ein paar von diesen Bananen mit ins Boot nehmen können? Es ist Jahre her, daß ich eine direkt vom Baum gepflückt habe.«

»Sie sind noch nicht reif«, wehrte Eden etwas verdrießlich ab. Er ging auf dem Pfad weiter, nur um ein paar Minuten später mit einem ungeduldigen Ausruf erneut stehenzubleiben. »Verdammt! Die Flußpferde waren schon wieder hier drin. Das ist nichts als grobe Nachlässigkeit von Gilly. Er sorgt nicht dafür, daß die Zäune ordentlich ausgebessert werden. Zum Teufel, was nutzt ein einziger Draht, selbst wenn man ihn mit einem leichten elektrischen Strom lädt? Das hat offensichtlich nicht einmal die Überreste der Mau-Mau-Banden daran gehindert, sich einen Fluchtweg um den See offenzuhalten!«

»Glaubst du, es sind welche da? Banden, die sich in dem Sumpf verstecken?« fragte Victoria ängstlich.

»Nein. Natürlich ist es nicht ganz ausgeschlossen, daß ein einzelner Mann, der sich noch in Freiheit befindet, einen oder zwei Tage dort zubringt. Ein besseres Versteck gibt es ja nicht. Sieh dir das nur an!«

Er zeigte in die grobe Richtung der Papyrussümpfe, die sich wie eine feste graugrüne Mauer zwischen der Shamba und dem See erhoben. Ein dichter, unheimlicher, vom Wind leicht bewegter Dschungel. Ein Mann, der sich hindurchkämpfte, hatte die Ohren voll von dem Geräusch, das er selbst erzeugte. Er konnte einen Meter an einem anderen vorüberkommen, ohne etwas davon zu merken. Der Sumpf erstreckte sich meilenweit am Seeufer. Während der Krise hatten sich die Banden Geheimwege ausgehauen und feste Unterkünfte darin gebaut.

Vor Jahren hatte auch Gerald DeBrett einen breiten Plankenweg durch den Papyrus bis zum See angelegt, wo er im Schutz der hohen Stauden ein auf Pfählen stehendes hölzernes Bootshaus errichtete. Es war jetzt verwittert und baufällig, aber Em hatte den Zugang einigermaßen in Ordnung halten lassen. Dort befanden sich ein kleines Ruderboot, ein mitgenommener Flachkahn und ein schmukkes weißes Motorboot.

»Während der ganzen Krise mußten wir einen Wachtposten hier aufstellen«, berichtete Eden, legte ab und stakte das Motorboot durch eine schmale Rinne zwischen hohen Papyrusstauden. »Das war verdammt lästig. Greg wurde richtig scharf deswegen. Er verlangte, das Bootshaus solle abgerissen und die Boote versenkt oder da an Land gezogen werden, wo sie nicht benutzt werden konnten, damit die Mau-Mau sich ihrer nicht bedienen konnten. Grandma jedoch wollte nichts davon wissen. Sie teilte Wachen ein: Gus Abbott, ein halbes Dutzend der loyalen Kikujus und mich. Sogar der arme alte Zacharia wurde zum Dienst gezwungen. Er hatte viel mehr Angst vor seinem eigenen Gewehr – und vor den Flußpferden – als davor, ermordet zu werden. Kamau weigerte sich, überhaupt ein Gewehr in die Hand zu nehmen. Er setzte seine Zuversicht auf seine Panga und erledigte sogar einen Kerl damit! Er erwischte ihn, als er versuchte, ein Boot loszuschneiden, und schlug im Dunkeln auf ihn ein. Trennte ihm sauber den Kopf ab und brachte die Trophäe am Morgen triumphierend zum Haus. Alice fiel am Kaffeetisch in Ohnmacht, aber Grandma zuckte nicht mit der Wimper.«

Victoria schüttelte sich. »Er hat Ihnen den Kopf tatsächlich gezeigt?«

»Und ob! Er war stolz wie ein Spanier darauf. Und mit Recht! Denn es stellte sich heraus, daß es einer der höchsten Mau-Mau-Führer war, Brigadier Gitahi, kein Geringerer. Es war ein stattlicher Preis auf seinen Kopf ausgesetzt, der Kamau ordnungsgemäß ausgezahlt wurde. Als Folge davon waren sämtliche Feldarbeiter auf *Flamingo* mindestens eine Woche lang hoffnungslos betrunken. Jetzt wollen wir sehen, ob wir den Motor anlassen können.«

Das Boot kam frei von dem Papyrus und dem treibenden Tang. Sie waren wieder im heißen Sonnenlicht, und der weite See breitete sich vor ihnen aus. Leuchtendblaue Lilien tupften das Wasser. Die Rufe der Vögel und ihr Flügelrauschen erzeugten einen ununterbrochenen Lärm. Da waren stattliche weiße Pelikane, zahlreich wie die Schwäne auf dem Liffey, Löffler, Zwergtaucher, Kormorane, Wildenten und Reiher.

Ein großer Kopf, geschmückt mit zwei wild wedelnden Ohren, erhob sich steuerbords am Bug, betrachtete sie mit strenger Mißbilligung und versank wieder. »Zu viele Flußpferde hier im See«, bemerkte Eden stirnrunzelnd. »Höchste Zeit, daß wir ein paar abschießen. Eins oder zwei sorgen für Lokalkolorit, aber zwanzig oder dreißig können den Shambas am Seeufer ebensoviel Schaden zufügen wie eine Heuschreckenplage. Sieh – da sind Flamingos. Sie müssen unterwegs nach Elmenteita sein. Nach Naivasha kommen sie nicht oft. Sind sie nicht schön?«

»Wundervoll!« rief Victoria hingerissen. »Weißt du, ich habe oft an all dies gedacht und mich gefragt, ob es wirklich so schön war, wie ich es in Erinnerung hatte. Aber es ist so schön, jedes kleine bißchen!«

»Dann bist du trotz allem froh, daß du zurückgekommen bist?« fragte Eden.

»Was meinst du mit ›trotz allem‹?«

»Mich – Alice – Grandma, die dabei ist, den Verstand zu verlieren, den Poltergeist im Haus und die sich fast ständig auf dem Anwesen herumtreibende Polizei«, sagte Eden bitter.

»Oh, Eden, es tut mir leid!« Victoria hob ihr errötetes, zerknirschtes Gesicht. »Die Sache mit Alice hätte ich beinahe vergessen. Ich muß dir sehr selbstsüchtig erscheinen.«

»Nein, gar nicht, Liebes. Du bist erfrischend normal. Gott sei Dank dafür! Um dir die Wahrheit zu sagen, Vicky, ich kann es selbst nicht ganz glauben. Wenn ich vom Haus weg bin, scheint mir alles ein Alptraum zu sein, aus dem ich aufwachen werde. Nur wenn ich dann ins Haus zurückkomme. – Ach, zum Teufel! Reden wir über etwas anderes, ja?«

»Ja!« stimmte Victoria dankbar zu. »Wohin fahren wir übrigens? Und wem gehört das Haus da oben auf dem Berg?«

»Drew Stratton. Der Mann, der dich gestern vom Flughafen abgeholt hat.«

»Oh«, machte Victoria bedrückt. Nach kurzem Schweigen erkundigte sie sich: »Wolltest du mir sagen, wem das Haus gehört, oder wohin wir fahren?«

»Beides.«

»Oh«, sagte Victoria noch einmal und verriet einen deutlichen Mangel an Begeisterung.

Eden warf ihr einen belustigten Blick zu. »Du scheinst nicht sehr erfreut darüber zu sein. Hat dir unser Mr. Stratton nicht gefallen?«

»Ich habe ihm nicht gefallen. Ich hatte sogar den Eindruck, daß er sich Mühe gab, unhöflich zu sein. Ist er ein eingefleischter Frauenfeind oder so etwas?«

»Nicht daß ich wüßte. Und da jeder in Kenia die tiefsten Geheimnisse seiner Mitmenschen kennt, kannst du dich darauf verlassen, daß er keiner ist.«

»Dann hat er nur schlechte Manieren, nehme ich an«, stellte Victoria mit einiger Schärfe fest.

»Du bist richtig böse auf ihn, stimmt's?«

»Ich habe mich noch nie darüber gefreut«, erklärte Victoria mit Würde, »wenn mich jemand auf den ersten Blick und ohne Grund ablehnte.«

Eden lachte. »Erzähl mir nicht, daß das schon einmal geschehen ist, denn ich würde dir nicht glauben! Dir muß irgend etwas in den falschen Hals gekommen sein. Drew ist allgemein beliebt.«

»Das kann ich mir nicht vorstellen. Er ist offensichtlich eingebildet und selbstgefällig und dazu flegelhaft und ohne eine Spur von Manieren, und –«

»Halt, halt!« fiel Eden ein. »Gib dem armen Jungen eine Chance! Du darfst unser großes Vorbild nicht einfach von seinem Podest stoßen, weißt du. Er ist einer unserer führenden Bürger. Wir pflegen mit Stolz auf ihn hinzuweisen.«

»Warum?« fragte Victoria kühl. »Weil er mit einem Revolver auf der Hüfte umherläuft und zu schnell fährt, vermute ich?«

»Falsch. Zunächst einmal ist er in Kenia geboren, und seine Großeltern gehörten zu den echten Pionieren – wie Delamere und Grogan und Großvater DeBrett. Das bedeutet etwas in einer jungen Kolonie! Er verlor beide Eltern, bevor er zwanzig war. Während der Landungen in der Normandie bedeckte er sich mit Wunden und Auszeichnungen, und als er zurückkam, stellte er fest, daß sein Verwalter die Farm hatte verlottern lassen. Sie trug eine Schuldenlast statt der fetten Gewinne, die andere während der Kriegsjahre erwirtschaftet hatten. Viele Männer hätten angesichts eines solchen Schlamassels verkauft und wären weggezogen. Aber Drew weigerte sich rundheraus, sich auch nur von einem einzigen Morgen Land zu trennen. Er nahm sich vor, die Farm aus den roten Zahlen zu bekommen, und er schaffte es. Er muß, Gott weiß, wie lange, von Viehfutter und *Posho* gelebt haben, und er arbeitete für zehn. Und dann, als es gerade wieder aufwärts ging, begann die Mau-Mau-Geschichte...«

Eden blickte grübelnd auf den See hinaus und schwieg so lange, daß Victoria schließlich ungeduldig verlangte: »Erzähl weiter. Was ist ihm dann passiert?«

»Wem? Ach so, Drew. Nicht viel, wenn du seinen Besitz meinst. Die Strattons haben immer Massai beschäftigt, und Drew ist praktisch in einer *Manyatta* aufgewachsen. Er ist der Blutsbruder von jedem ockerbeschmierten *Moran* in der Kolonie, und deshalb haben die Mau-Mau einen weiten Bogen um ihn gemacht. Aber er ist ein glühender Patriot. Er übergab die Verwaltung der Farm dem alten Ole Gachia mit Anweisung, sie in seinem Sinne weiterzuführen und bot den Sicherheitsstreitkräften seine Dienste an. Es endete damit, daß Drew mehr oder weniger seinen eigenen Betrieb leitete und mit einer Pseudobande hinauszog, obwohl er so blond wie ein Chormädchen ist.«

»Was ist eine Pseudobande?« erkundigte Victoria sich interessiert.

»Hast du nie Zeitungen gelesen? Das waren die Jungs, die so taten, als seien sie Terroristen. Sie lernten den Jargon und verkleideten sich entsprechend – und wenn sie Briten waren, malten sie sich am ganzen Körper schwarz an. Sie trieben sich in den Wäldern umher, um in Kontakt mit den echten Banden zu kommen. Drew hatte eine eigene Gruppe sorgfältig ausgewählter Leute. Teufelskerle nach allem, was man hört. Sie führten ein paar erstaunliche Coups durch und hatten die reizende Gewohnheit, für jeden, den sie umgebracht hatten, eine Kerbe in das Geländer von Drews Veranda zu schneiden. Es wurde eine eindrucksvolle Reihe von Kerben. Ich weiß aus zuverlässiger Quelle, daß dort, obwohl die Krise offiziell der Vergangenheit angehört, gelegentlich eine neue Kerbe erscheint. Wir können sie uns nachher ansehen. Da wären wir. Halt dich fest, bis wir angelegt haben.«

Er stellte den Motor ab. Als das Boot langsamer wurde, manövrierte er es geschickt längsseits eines kleinen hölzernen Stegs, der in eine enge Bucht hineinragte. Die steilen Ufer leuchteten vor Kaskaden von Bougainvilleen. Eine lange Treppe wand sich von dem Landesteg nach oben. Sie führte durch Rosen und Blütensträucher und lief auf einen Kiesweg, der der Biegung einer Steinmauer folgte. Die Mauer stützte eine grasbewachsene Terrasse vor einem langen, niedrigen, einstöckigen Haus, dessen breite Veranden von blühenden Schlingpflanzen beschattet wurden.

Mr. Stratton mochte auf seinen Feldern Massai beschäftigen, aber seine Hausdiener waren Araber von der Küste. Eine würdevolle weißgekleidete Gestalt, deren Gesicht hätte aus einem polierten Obsidianbrocken herausgemeißelt sein können, begrüßte die Besucher und informierte sie, der Bwana – so nannte sie ihren Herrn – werde sofort von ihrer Ankunft benachrichtigt.

»Ist das eine himmlische Aussicht!« Victoria lehnte sich an das Geländer. Vor ihr breitete sich das Panorama mit dem See, den baumbedeckten Hügeln und dem entfernten hügeligen Grasland aus, umgeben von blauen Bergketten, die in der Nachmittagssonne wie Luftspiegelungen schimmerten. Da fiel ihr Blick auf eine lange Reihe von Kerben, die in das Holz des Geländers eingeschnitzt waren. Sie zuckte zurück. Das Entzücken in ihrem Gesicht wandelte sich in Abscheu.

»Was habe ich dir gesagt?« Eden folgte der Richtung ihres Blicks. »Eine recht hübsche Reihe.«

»Hübsch! Du nennst das hübsch? Es ist widerwärtig! Und – und barbarisch! Wie kann man über tote Männer Buch führen!«

»Über tote Mörder«, berichtigte eine sachliche Stimme hinter ihr.

Victoria fuhr mit brennenden Wangen herum. Mr. Stratton stand in untadeliger Reitkleidung auf der Schwelle eines Raums, der sich zur Veranda hin öffnete. Sein Gesichtsausdruck war sehr liebenswürdig, und sein freundlicher Blick wanderte nachdenklich von Miss Caryll zu Eden.

»Ein Höflichkeitsbesuch, Eden?«

»Leider komme ich in Geschäften – wegen Ihrer Herefords. Grandma möchte, daß ich sie mir ansehe, bevor wir den Handel abschließen.«

»Natürlich. Sie sagte es gestern. Gehen Sie nur auf die Koppel gleich hinter dem Haus. Sie finden Kekinai da draußen. Er wird Ihnen alles erzählen, was Sie wissen wollen. Ich unterhalte Miss Caryll, bis Sie soweit sind.«

Eden sah zweifelnd zu Victoria hin, und dann trat ganz plötzlich ein boshaftes Lächeln in seine Augen. »Gute Idee. Ich werde nicht lange brauchen.« Damit verließ er sie.

Victoria machte eine schnelle Bewegung, als wolle sie ihm folgen. Aber Mr. Stratton war, ob zufällig oder absichtlich, im gleichen Augenblick vorgetreten und verstellte ihr den Weg. »Zigarette?« fragte er und bot ihr sein Etui an.

»Danke. Ich rauche nicht«, antwortete Victoria kurz.

»Macht es Ihnen etwas aus, wenn ich rauche? Der Tee wird in einer Minute gebracht. Oder hätten Sie lieber einen kalten Drink? An einem heißen Tag ist es ein schönes Stück Weg vom See herauf.«

Victoria lehnte das Angebot ab. Ein bißchen stotternd erklärte sie: »Es tut mir leid, daß Sie gehört haben, w-was ich sagte. Wegen der Kerben. Ich wollte nicht unhöflich sein.«

»Sie brauchen sich Ihrer Ansichten wegen nicht zu entschuldigen«, gab Drew ernst zurück.

»Das tue ich auch nicht. Nur dafür, daß ich sie vor Ihnen

ausgesprochen habe.«

»Meine Gefühle sind nicht so leicht zu verletzen«, meinte Drew. »Sie halten mich also für widerwärtig und barbarisch, weil ich den Jungens erlaube, die getöteten Feinde aufzulisten? Da sind Sie nicht die einzige. Es gibt Tausende von weichherzigen und wirrköpfigen – und abgrundtief unwissenden – Leuten, die Ihnen beipflichten würden.«

»Danke«, sagte Victoria süß.

»Nichts zu danken. Im Gegensatz zu Ihnen wollte ich unhöflich sein. Sehen Sie, Miss Caryll, allmählich langweilen mich Menschen, die ihre Ansichten über etwas hinausposaunen, das für sie nur ein auf dem Papier stehendes Problem ist und sie persönlich in gar keiner Weise berührt. Jeder einzelne von uns hat eine tiefe Liebe zu diesem Land und ist bereit, dafür zu kämpfen und zu sterben – und zu töten! Wie viele von den tugendhaften Spießbürgern, frage ich mich, würden nicht auch kämpfen, wenn es gälte, das Leben des eigenen Kindes, der Frau oder Geliebten und die Sicherheit des eigenen traulichen Vorstadthäuschens zu verteidigen!«

Victoria sagte: »Das habe ich nicht gemeint. Ich meinte das da – die eingeschnittenen Kerben. Sie machen ein Spiel aus dem Töten.«

»Es war kein Spiel. Es war bitterer Ernst. Die Männer, die wir jagten, hatten sich aus freien Stücken zu Tieren gemacht. Sie unterzogen sich Eiden und Zeremonien, die so unaussprechlich schmutzig und verabscheuenswürdig waren, daß die Hälfte davon nie bekannt wurde und die andere Hälfte so unglaublich schien, daß keiner sie ernst nahm. Einen Feldzug gegen einen bestialischen Schrecken wie die Mau-Mau kann man nicht mit Samthandschuhen führen. Oder doch – wenn einer nichts dabei findet, ein Grab im Wald zu öffnen und darin die Überreste der Leiche seines besten Freundes zu entdecken, der lebendig über kleinem Feuer geröstet worden ist, nachdem man ihm bestimmte Teile zur Benutzung bei den Mau-Mau-Zeremonien abgeschnitten hatte.«

Weder Drews Gesicht noch seine angenehme Stimme hatten sich verändert. Aber seine freundlichen blauen Augen waren plötzlich so hart und blank und kalt wie Kieselsteine. Schockartig kam Victoria die Erkenntnis, daß er von Dingen sprach, die er selbst gesehen hatte – und immer noch sehen konnte.

Zögernd brachte sie die unzureichende Entschuldigung vor: »Es tut mir leid.«

Die Kälte wich aus Drews Augen. Er warf seinen Zigarettenstummel über das Geländer der Veranda und sagte: »Kommen Sie hierher. Ich möchte Ihnen etwas zeigen.«

Er faßte ihren Arm mit unsanftem Griff, zog sie herum, führte sie auf die andere Seite der Veranda und blieb vor dem Pfosten stehen, der eine Ecke des Daches trug. Auch er war mit Einschnitten gekerbt.

»Das sind unsere Verluste.« Drew berührte die Kerben leicht. »Das hier war Sendayo. Wir haben als Kinder zusammen gespielt. Sein Vater arbeitete für meinen, als wir beide junge Männer waren. Das war Mtua, einer der besten Männer, die wir hatten. Sie hackten ihm Hände und Füße ab und fesselten ihn an einer Stelle, wo die Riesenameisen ihn bekamen. Das hier war Tony Sherraway. Er wurde lebendig verbrannt. Das hier war Barugu. Er war ein Kikuju, dessen gesamte Familie – Eltern, Großeltern, Frau und Kinder – bei dem Lari-Massaker ermordet wurden. Die Mau-Mau steckten alle Hütten des Dorfes in Brand und töteten die Menschen, die ins Freie flüchteten, mit Keulen und Pangas. Barugu arbeitete ein Jahr für uns, bis sie ihn erwischten, und was sie ihm antaten, ist nicht mit Worten wiederzugeben.«

Mit einer ungeduldigen Geste ließ er Victorias Arm los. »Warum soll ich fortfahren? Sie bedeuten Ihnen nichts. Oder sonst jemandem. Aber es half der Moral der anderen, wenn sie für jeden von uns Getöteten eine Kerbe einschneiden durften. Sie gewannen auch ein bißchen Befriedigung aus dem Zählen der Ergebnisse und aus dem Wissen, daß jeder, der fiel, reichlich gerächt werden würde.«

Drew wandte sich ab und sah auf die Schönheit hinaus, die unter und um ihn lag, die Augen vor der gleißenden Sonne zusammengekniffen. Plötzlich sagte er: »Es taugt nicht, Afrikaner so zu behandeln, als seien ihre Denkprozesse die gleichen wie die der Europäer. Das ist die Art der Wahnsinnigen – und Politiker!«

Victoria meinte zweifelnd: »Aber es ist ihr Land.«

»Wessen?« fragte Drew, ohne den Kopf zu wenden.

»Der – der Afrikaner.«

»Welcher Afrikaner? Alles, was Sie hier sehen, das Rifttal und das meiste von dem, was als das Weiße Hochland bekannt ist, gehörte, wenn überhaupt jemandem, den Massai. Aber die Kikujus erheben Anspruch darauf, obwohl sie nie einen Quadratmeter davon besessen haben – und wenn sie einen Fuß hineingesetzt hätten, wären sie aufgespießt worden! Das war ein Niemandsland, als Delamere herkam, und die Tatsache, daß jetzt Rinder und Schafe darauf gezüchtet werden können, ist allein ihm und Männern wie ihm zu verdanken. Dabei haben sie sich das Land nicht einfach angeeignet. Die Handvoll Massai, die es damals bewohnten, tauschten es freiwillig gegen das riesige Territorium ein, in dem der Stamm jetzt zu Hause ist.«

»Aber –«, begann Victoria und wurde unterbrochen.

»All das Geschwätz von wegen ›das Land gehört ihnen‹ ermüdet mich«, fuhr Drew fort. »Vor sechzig Jahren kämpften die Amerikaner noch gegen Indianer und Mexikaner und nahmen denen ihr Land weg. Es ist aber noch nie der Vorschlag gemacht worden, sie sollten weggehen und es den ursprünglichen Besitzern zurückgeben. Unsere Großväter fanden eine öde Wildnis vor, die niemand wollte, und seinerzeit erhob niemand Einspruch dagegen, daß sie Besitz davon ergriffen. Mit Blut, Tränen und viel Schweiß verwandelten sie sie in ein blühendes Land. Und nun erhebt sich eine ahnungslose Menge und verlangt im Namen des ›Nationalismus‹, daß es den Afrikanern zurückgegeben werde. Nun, wenn die Afrikaner fähig sind, den Betrieb aus eigener Kraft weiterzuführen und ähnliches zu leisten, sollen sie es doch beweisen! Afrika ist ein verdammt großes Land. Sollen sie sich ein Stück aussuchen und gleich damit anfangen, um es uns zu zeigen. Doch das paßt ihnen nicht. Sie wollen die Früchte der Mühen anderer ernten.«

Er zeigte auf die grünen Wiesen und Gärten, die Obstbäume, Außengebäude und Koppeln. »Es war nichts und niemand hier, als mein Großvater das zum ersten Mal erblickte. Dies sind die Früchte seiner Arbeit – und der meiner Eltern und meiner eigenen. Ich bin hier geboren, und das ist ebenso meine Heimat wie die von Sendayo. Ich will hierbleiben, und wenn das unmoralischer und unvertretbarer Kolonialismus ist, dann macht sich jeder Amerikaner, dessen Vorfahren in einem Planwagen nach Westen fuhren, desselben Verbrechens schuldig. Und sobald die UNO den Amerikanern befiehlt, das Land zu verlassen, werden wir es uns auch überlegen!«

Er drehte sich zu Victoria um, und zum ersten Mal, seit sie ihn kennengelernt hatte, lächelte er. Es war ein beunruhigend attraktives Lächeln. Gegen ihren Willen fühlte sie einen beträchtlichen Teil ihrer Feindseligkeit schwinden.

Er sagte: »Ich entschuldige mich, daß ich Sie mit einer grob vereinfachten Vorlesung über unseren Standpunkt belästigt habe. Sehr langweilig für Sie. Da kommt endlich der Tee. Möchten Sie eingießen?«

Er hielt ein nichtiges, liebenswürdiges Geplauder aufrecht, bis Eden zurückkehrte. Danach drehte sich die Unterhaltung um rein landwirtschaftliche Dinge, und Victoria erlaubte ihren Gedanken abzuschweifen.

»Ein grob vereinfachter Standpunkt.« Vielleicht. Sie erinnerte sich jedoch noch gut an die Geschichten, die ihr Vater über die erste Zeit ihres Großvaters in dem weiten Tal erzählt hatte: die Schinderei unter der brennenden Sonne, das mühsame Graben von Brunnen und der Kampf, Gras und Feldfrüchte wachsen zu lassen und Vieh aufzuziehen. Die ersten glorreichen Zeichen des Erfolges – die »Wildnis, die wie eine Rose blühte«. Die Jahre der Trockenheit, als erst die Rinder und dann die Felder starben und die Männer den Ruin am Himmel heraufziehen sahen. Trotzdem gaben sie sich nicht geschlagen: die ersten Straßen, die ersten Krankenhäuser, die erste Eisenbahn, die ersten Schulen... Es konnte nicht leicht gewesen sein, aber der Schweiß und die Arbeit und die Verzweiflung und die Entschlossenheit, die es gekostet hatte, machten es doppelt teuer. Victoria ging eine Zeile aus dem Titellied von *Oklahoma* durch den Kopf, dieses mitreißenden Musicals über ein anderes Land, das vor kaum einem Jahrhundert ebenfalls ›bemalten Wilden‹ gehört hatte:

We belong to the land, and the land we belong to is grand.

Victoria wurde aus ihrer Versunkenheit geweckt, als Eden sagte: »Hören Sie, Drew, wenn Sie zu Gilly wollen, können Sie doch mit uns im Boot zurückfahren und den Wagen von Ihrem Fahrer nach *Flamingo* bringen lassen. Dann hätten Sie Gelegenheit, mit Grandma ein Wort über den Handel zu sprechen. Damit wäre alles erledigt.«

Mr. Stratton nahm das Angebot an und ging, seinen Reitanzug abzulegen. Eden hob fragend eine Augenbraue. »Wie bist du mit dem abscheulichen Drew zurechtgekommen? Tut mir leid, daß ich dich allein lassen mußte, aber die Besichtigung der Kühe und Kälber hätte dir doch kein Vergnügen gemacht, und ich verließ mich darauf, daß es nicht zu Tätlichkeiten kommen werde. Macht es dir etwas aus, wenn er auf dem Rückweg bei uns im Boot sitzt? Ich möchte, daß er mit Grandma spricht, und so kriege ich ihn am ehesten dazu.«

»Es macht mir natürlich nichts aus. Warum auch?« fragte Victoria hochmütig. »Ich lasse mich nicht so stark von Vorurteilen beherrschen, daß ich nicht in einem Boot mit ihm sitzen kann. Und ihr werdet sowieso beide viel zu beschäftigt sein, über Milcherträge und Maul- und Klauenseuche zu reden, um Notiz davon zu nehmen, ob ich da bin oder nicht.«

Eden lachte, hielt ihre Hand und zog sie auf die Beine. »Haben wir dich gelangweilt? Verzeih mir, Darling. Ich verspreche, in deiner Gegenwart nie mehr zu fachsimpeln.«

Victoria zuckte innerlich bei dem gedankenlosen Gebrauch eines Kosewortes zusammen, das früher einmal so viel Bedeutung gehabt hatte und ihm jetzt so leicht über die Zunge kam. Sie entzog ihm ihre Hand, die er immer noch festhielt, und sagte in unbeschwertem Ton: »Wenn ich Tante Em irgendwie von Nutzen sein soll, kann ich gar nicht genug über Milcherträge und Maul- und Klauenseuche lernen. Deshalb laß dich von mir nicht abhalten. Glaubst du, die Polizei wird weg sein, wenn wir nach Hause kommen?«

»Wenn sie noch da ist, vermute ich, daß wir kein Abendbrot bekommen«, lachte Eden. »Das Personal hat es an sich, bei solchen Gelegenheiten außer Fassung zu geraten. Ich kann dir nicht sagen, wie oft wir während der Krise Brot und Käse essen mußten, weil Gregs Leute Fragen gestellt hatten und der Koch zu aufgeregt war, um sich auf so weltliche Dinge wie Mahlzeiten zu konzentrieren. Da ist Drew. Wenn du fertig bist, können wir gehen.«

9

Der Tag zog sich widerstrebend aus dem Tal zurück. In den Gärten von *Flamingo* lärmten die Vögel, die auf ihre Schlafbäume zurückkehrten. Aber das Haus selbst war still, und die Polizei war offenbar gegangen.

Während der Fahrt hatte sich die Unterhaltung hingeschleppt, und jetzt war sie ganz verstummt. Victoria sah zurück, um festzustellen, warum Edens Schritte sich verlangsamten, und sein Gesichtsausdruck erschreckte sie. Er starrte das Haus an, als hasse oder fürchtete er es und gehe langsam, um den Augenblick hinauszuzögern, wo er es wieder betreten mußte.

Victoria lief es kalt über den Rücken. Mr. Stratton, der mit den Händen in den Taschen, unbewegtem Gesicht und scheinbar unaufmerksam neben ihr hergeschlendert war, fragte: »Ist Ihnen kalt? Oder haben Sie den Poltergeist gesehen?«

Victoria schrak zusammen, als habe sie schlafgewandelt. Das quälende Unbehagen, das flüchtig von ihr Besitz ergriffen hatte, erzeugte einen unvernünftigen und aggressiven Zorn in ihr.

»Müssen Sie ausgerechnet jetzt den Poltergeist erwähnen? Ich hätte gemeint, wir könnten wenigstens vermeiden – .« Sie brach ab und biß sich auf die Lippe.

Drew hob die Augenbrauen. Seine blauen Augen blickten unangenehm ironisch, aber seine Stimme klang ruhig. »Sie tadeln mich mit Recht. Sehr taktlos von mir. Ich bitte um Entschuldigung, Eden.«

»Was ist?« Eden wurde ebenso aus seinen Gedanken gerissen wie kurz zuvor Victoria. »Tut mir leid, ich habe nicht gehört, was Sie sagten.«

»Nichts von Bedeutung. Es sieht nicht so aus, als sei Ihre Großmutter daheim. Oder sollte sie die Hunde eingesperrt haben?«

»Wahrscheinlicher ist, daß die Polizei alle unsere Feldarbeiter eingesperrt hat!« bemerkte Eden bitter. »Es stehen keine Wagen da.

Also sind Bill und seine Jungens weggefahren – was ein kleiner Trost ist.«

Oben auf den Stufen der Veranda blieb er stehen und lauschte, den Kopf zurückgelegt und das Gesicht angestrengt verzogen. Nichts regte sich in dem stummen Haus. Das Fehlen der üblichen fröhlichen Geräusche aus der Küche und den Hintergebäuden war verdächtig.

Etwas von Edens Unruhe teilte sich Drew Stratton mit, der mit ungewohnter Schärfe fragte: »Stimmt etwas nicht?«

Eden erwachte aus seiner Erstarrung. Er lachte kurz und ziemlich unsicher auf. »Kein Grund zur Besorgnis. Ich fragte mich nur, wo sie alle geblieben sind. Das Haus kommt mir heute abend ein bißchen verlassen vor. Ich werde mich auf die Suche nach Zacharia machen und etwas zu trinken besorgen.« Aber er setzte sich nicht in Bewegung, und die Hand, die er auf das Geländer der Veranda gelegt hatte, spannte sich an, bis die Knöchel unter der sonnengebräunten Haut weiß wurden.

Irgendwo im Haus fiel eine Tür zu. Victoria zuckte bei dem Knall zusammen.

»Es scheint jemand zu Hause zu sein«, bemerkte Mr. Stratton trocken. »Falls das nicht der Poltergeist war.«

Edens Hand fiel von dem Geländer, und Victoria zuckte erneut zusammen. Sein Gesicht verriet Entsetzen. »Er kann es nicht sein – nicht jetzt. Ich meine –.«

Eden rannte auf die nächste Tür zu, doch schon tauchte Em am hinteren Ende der Veranda auf.

»Eden! Gott sei Dank, daß du zurück bist! Ich habe mich zu Tode geängstigt.« Ihre Stimme wurde schärfer, als sie seinen Gesichtsausdruck bemerkte. »Was ist los? Du hast doch nicht – irgend etwas gehört?«

»Nein«, antwortete Eden mit einem Auflachen, das mehr als nur eine Spur von Hysterie verriet. »Keinen Laut. Das war es ja, was mir Sorgen machte. Das ganze Haus war so still wie ein Grab, und plötzlich packte mich die Angst, dir sei etwas zugestoßen. Wo sind die anderen? Erzähl mir nicht, der junge Bill Hennessy habe sämtliche Menschen und Tiere verhaftet! Was hast du mit den Hunden gemacht?«

»Eingesperrt.« Em ließ sich schwer in einen der Sessel auf der Veranda fallen. »Sie mochten die schwarzen Polizisten nicht.«

Jetzt erst schien sie Drew und Victoria wahrzunehmen. Sie nickte ihnen zerstreut zu. »Guten Abend, Drew. Ich hatte Sie gar nicht gesehen. Eden hat Sie mitgebracht, nehme ich an? Nun, ich kann heute nicht mit Ihnen über die Rinder sprechen. Das muß warten. Ich bin zu aufgeregt. War die Bootsfahrt auf dem See schön, Victoria? Eden, geh und sag Zacharia, er soll die Drinks bringen. Ich brauche etwas zu trinken. Am liebsten wäre mir ein Brandy.«

»Hat Bill dir das Leben sauer gemacht, Grandma?« erkundigte sich Eden. »Du hättest erlauben sollen, daß ich hierbleibe und mich mit ihm befasste. Komm, erzähl mir das Schlimmste. Ist die Hälfte unseres Personals hinter Gittern? Ist das Haus deshalb heute abend so ruhig?«

»Nein. Es ist nichts dergleichen geschehen. Er wollte nur eine Menge dummer Fragen stellen, und ich ließ ihn machen. Der Grund ist nicht die Polizei. Es ist Kamau.«

»Warum? Was ist mit ihm? Sag bloß nicht, daß er tatsächlich etwas gesehen hat!«

»Ich weiß es nicht«, antwortete Em müde. »Eden, nun geh doch rauf und ruf Zacharia! Ich bin überzeugt, daß uns allen ein Drink guttut.«

Eden verschwand, und Drew sagte: »Kamau? Ist das nicht der Mann, der den Mau-Mau-Brigadier enthauptet und eine fette Belohnung eingestrichen hat? Glaubt die Polizei, daß er etwas über den Mord weiß?«

»Nein. Ich meine, ja, er ist derjenige, der Gitahi tötete. Lisa dachte, er könne etwas wissen...« Em wiederholte Lisas Geschichte und setzte hinzu, Kamau habe in der vergangenen Nacht nicht auf sie gewartet. »Und als ich heute morgen nach ihm schickte – Oh, Zacharia. Stell es dahin. Nein, nein, die Herren können sich selbst bedienen.« Sie winkte dem alten Mann ab, und Eden füllte die Gläser.

»Weiter«, drängte Drew. »Sie schickten heute morgen nach ihm?«

Em nahm einen dreifachen Brandy mit Soda von ihrem Enkel in Empfang und stürzte die Hälfte davon hinunter, bevor sie antwortete. »Die Leute sagten, sie glaubten, er sei aufs Feld gegangen, um Luzerne zu schneiden, und jetzt sieht es nicht danach aus, als ob er das getan hätte.«

»Abgehauen, nehme ich an«, konstatierte Eden.

Em senkte ihr Glas und musterte ihn. »Warum sagst du das?«

»Nun, es ist die auf der Hand liegende Schlußfolgerung, oder nicht?«

»So sagt die Polizei. Ja, sie sagten genau dasselbe wie du gestern: Vielleicht habe er den Mord selbst begangen, und jetzt, wo dies Mädchen Wambui geplappert hat, habe er die Nerven verloren und sei geflohen.«

»Aber Sie glauben das nicht«, sagte Drew langsam.

»Nein.«

Eden knallte sein Glas so heftig auf das Tablett, daß die Flaschen hüpften und klirrten. »Warum nicht? Sicher aus den gleichen alten Gründen. ›Meine Kikus sind loyal!‹ Mein Gott, das hätte man in goldenen Lettern quer über das Rifttal schreiben sollen – mit der Überschrift: ›Berühmte letzte Worte‹! Warum soll das nicht die Antwort sein? Einer muß es doch getan haben, und es paßt mit allem anderen zusammen, was hier im Haus geschehen ist, mit dem Poltergeist und mit Simbas Vergiftung. Wer dafür verantwortlich ist, muß hier beschäftigt gewesen sein oder einen Komplizen gehabt haben, der es war. Und wenn Kamau nicht daran beteiligt war, warum ist er dann weggelaufen? Erklär mir das!«

»Weil er sich vielleicht denken kann, wer der Mörder ist, und Angst hat.«

»Wieso Angst?«

»Um sein eigenes Leben natürlich! Wirklich, Eden, du bist heute sehr schwer von Begriff. Stell dir vor, er hat im Gebüsch gesteckt und alles beobachtet! Stell dir vor, er hat den Mörder sogar erkannt!«

»In der Dämmerung? Bei der Entfernung?« höhnte Eden. »Das

glaubst du doch selbst nicht, Grandma! Die Strecke zwischen dem Punkt, wo er stand, und der Stelle, wo Alice umgebracht wurde, beträgt mehr als fünfzig Meter. Und es wurde dunkel. Nach dem, was wir wissen, können die Spuren, die er hinterließ, schon Stunden früher entstanden sein – oder sie rühren von einem Komplizen her, der Wache hielt. Wenn Kamau über diese Sache wirklich etwas weiß, dann nur, weil er den Mord selbst begangen hat oder daran beteiligt war!«

»Das glaube ich nicht«, erklärte Em hartnäckig. »Das ist genau die Art von Schlußfolgerung, die die Polizei zieht – und Gilly und Hector und Mabel. Weil es die einfachste Lösung ist, die sich anbietet. Nach meiner Überzeugung hat Kamau sehr wohl etwas gewußt, und das, was er sah, jagte ihm so viel Angst ein, daß er den Mund hielt. Nur konnte er der Versuchung nicht widerstehen, bei seinem Mädchen mit Andeutungen Eindruck zu schinden. Aber ich hätte nicht gedacht, daß er weglaufen oder daß die Polizei sofort zu der gleichen törichten Schlußfolgerung gelangen würde wie du!«

Sie trank von ihrem Brandy und funkelte ihren Enkel über den Rand des Glases entrüstet an. »Männer!« sagte Em verächtlich und sandte ihrer Nichte einen vielsagenden Blick zu. Doch Victorias Aufmerksamkeit wurde gerade durch Mr. Strattons Benehmen abgelenkt.

Drew hatte in ihrer Nähe auf dem Geländer der Veranda gesessen und sich faul gegen einen der Pfeiler gelehnt. Er wirkte entspannt und im Frieden mit der Welt. An der Diskussion schien er nicht mehr als ein höfliches Interesse zu nehmen, bis etwas in Ems letztem Satz ihn wachrüttelte. Victoria wußte nicht, warum sie dessen so sicher war, denn Mr. Stratton machte keine wahrnehmbare Bewegung. Trotzdem merkte sie, daß seine lässige Haltung angespannter Wachsamkeit gewichen war und daß er sehr still dasaß.

Sie streifte ihn mit einem Seitenblick und sah, daß seine Augen groß und glänzend waren und einen merkwürdig erstaunten Ausdruck hatten, als sei ihm plötzlich ein neuer und erschreckender Gedanke gekommen. Aus irgendeinem Grund fühlte Victoria sich von diesem Ausdruck beunruhigt. Schnell richtete sie die Augen auf ihre Tante und forschte nach einem Hinweis auf die Veränderung in

Drews Gesicht. Aber Ems Miene war so hochmütig und verdrießlich wie die eines ältlichen Bluthundes, und es stand nichts darin zu lesen als ihre verächtliche Ungeduld mit der Beschränktheit aller Menschen, die nicht so dachten wie sie selbst.

Eden sagte: »Oh, schon gut, Grandma. Streiten wir nicht darüber. In diesem Punkt werden wir immer verschiedener Meinung sein. Du bist durchaus bereit zu glauben, daß an der Vertrauenswürdigkeit der Kikuju-Diener anderer Leute gezweifelt werden könnte. Aber niemals an der deiner eigenen. Hector und Mabel sind genauso schlimm. Denke nur daran, was Hector im Jahr 1954 mit diesem Messer gemacht hat.«

Em erklärte scharf: »Ich will nicht, daß du Verleumdungen aussprichst, Eden! Es war ein unglücklicher Zufall, das weißt du. Hector und Mabel sind alte Freunde von mir, und –«

»Und können wie Kamau nichts Böses tun«, beendete Eden den Satz. »Ich weiß, Grandma. Entschuldige. Dein Glas ist leer, trink noch eins. Was ist mit Ihnen, Drew? Auf einem Bein kann man nicht stehen.«

»Ich habe noch, danke«, antwortete Drew. »Sind Hector und Mabel heute nachmittag hier gewesen. Em?«

»Ja.« Em reichte Eden ihr Glas zum Nachfüllen hin. »Mabel brachte mir eine Flasche selbstgemachten Chutney. Das sollte wohl ein Friedensangebot sein. Die liebe Mabel! Sie ist eine so gutherzige, vernünftige Frau, außer wenn wir auf das Thema Ken kommen. Dabei fällt mir ein, Eden: Ken war hier, gleich nachdem du weggegangen warst. Er wollte wissen, ob deine *Luger* noch zum Verkauf steht.«

Eden blickte ein wenig überrascht auf. »Ken spinnt. Er weiß genau, daß ich sie erst vor zehn Tagen in den Mays geworfen habe. Er war dabei! Außerdem könnte er gar keine Munition dafür auftreiben.«

»Nun, vielleicht habe ich ihn auch falsch verstanden. Möglich, daß er nur wissen wollte, ob das Ding immer noch im Mays liegt. Ich fürchte, ich war ein bißchen scharf mit ihm. Ich sah nämlich, wie er hinter den Unterkünften der Feldarbeiter mitten durch die Luzerne ritt. Er rechnete nicht damit, mich da unten anzutreffen – ganz zu schweigen, von Hennessy! –, und er stammelte und stotterte wie ein Schuljunge, der mit der Hand in der Keksdose erwischt wird. Mabel sollte ihn für eine Weile an die Küste schicken. Oder noch besser, ihn selbst hinbringen. Der Junge ist ein Nervenbündel.«

Eden erklärte: »Je weiter weg sie ihn bringt, desto besser. Ich hoffe, du warst scharf genug, um ihm Besuche bei uns für die nächste Zeit zu verleiden.«

»Ken ist durch nichts abzuschrecken. So gut solltest du ihn inzwischen doch kennen. Lisa nahm ihn mir ab. Sie kam herüber, um sich Zucker auszuleihen, und er ging dann mit ihr zurück. Seltsam, daß zwei Menschen wie Hector und Mabel ein Kind wie Ken gezeugt haben. Er ist wirklich nicht der richtige Typ für Kenia.«

»Nach seiner Fähigkeit zu urteilen, sich in die Ehefrauen anderer Männer zu verlieben«, sagte Eden säuerlich, »sollte ich meinen, daß er zumindest eine der notwendigen Qualifikationen besitzt.«

»Sei nicht so herablassend, mein Lieber«, wies ihn seine Großmutter zurecht. Sie nahm sich eine Zigarette aus einer Schachtel, die auf dem Tisch neben ihr lag. Drew rutschte von dem Geländer, auf dem er immer noch gesessen hatte, um ihr Feuer zu geben.

»Hat sich Gilly heute blicken lassen?« fragte er leichthin und knipste das Feuerzeug an.

»Ich nehme es an. Er kommt so oft, daß ich ihn gar nicht mehr bemerke. Danke, Drew.«

Drew steckte das Feuerzeug wieder in die Tasche und stellte fest, er habe noch gar nicht bemerkt, daß Gilly so schwer arbeite.

»Es geht nicht immer um die Arbeit.« Em lachte kurz auf. »Mein Bechstein ist sehr viel besser als sein eigenes Klavier. Er kommt her, um zu spielen.«

Eden murmelte etwas vor sich hin, das kein Kompliment für Mr. Gilbraith Markham war, und über Ems Gesicht zog ein Schatten. Sie sagte: »Ja, du hältst mich für eine alte Närrin, weil ich ihn behalte. Aber Gott weiß, was aus ihm werden würde, wenn ich es nicht täte. Als Verwalter ist er sehr wenig wert. Und als Musiker ist er nicht gut genug, um sein Leben einigermaßen komfortabel zu gestalten – ganz zu schweigen von dem Lisas!«

Eden sagte kalt: »Das ist Unsinn. Ihm ist ein sehr guter Job bei einer Tanzkapelle angeboten worden. Ein mehr als angemessenes Gehalt und dazu freie Wohnung. Was mehr ist, Lisa war ganz dafür, daß er annahm. Nairobi ist viel mehr nach ihrem Geschmack als das Rifttal.«

Em sah ihn mit einer Mischung aus Zärtlichkeit und Mitleid an. »Du hast nicht einen Funken meines Gefühls für die Musik geerbt, nicht wahr, mein Lieber? Das ist seltsam, denn dein Vater und alle meine Verwandten mütterlicherseits liebten die Musik sehr. Alle Beaumartins sind musikalisch gewesen, aber du hast nichts davon mitbekommen. Andernfalls würdest du nicht so reden. Gilly ist Musiker genug, um das Spielen in einer Tanzkapelle mit Prostitution gleichzusetzen. Lieber würde er verhungern.«

»Glaub das bloß nicht! Gill besitzt viel zuviel Eigenliebe. Bestimmt hätte er den Job angenommen, wenn du nicht auf seine Schwafeleien hereingefallen wärst und ihm Gus Abbotts Stellung gegeben hättest, um ihn davor zu retten, ›sich mit seiner Kunst zu prostituieren‹. Und wenn er sich bei der Tanzkapelle so wenig Mühe gegeben hätte wie hier, hätten sie ihn innerhalb einer Woche hinausgeschmissen. Wahrscheinlich noch eher! Trotzdem hat er den Nerv anzudeuten, du solltest ihm die Verwaltung von Rumuruti übertragen, wenn Jerry Coles sich zurückzieht.«

Em erwiderte leise: »Vielleicht sind eher häusliche als finanzielle Gründe für seinen Wunsch, nach Rumuruti umzuziehen, ausschlaggebend.«

»Interne Gründe? Aber Lisa graust vor dem Gedanken, dort leben zu müssen.«

»Genau«, stellte Em trocken fest.

Eden starrte sie einen Augenblick lang an, offenbar verwirrt durch ihren Ton. Dann begriff er plötzlich und errötete heiß. Er drehte ihr den Rücken und beschäftigte sich von neuem mit dem Getränketablett.

Em sagte friedlich, aber mit einem boshaften Augenzwinkern: »Doch ich werde ihm den Posten wahrscheinlich nicht geben.

Verstehst du, ich würde sein Klavierspiel vermissen.«

»Hat er heute hier gespielt?« fragte Drew.

»Ich glaube nicht. Ich habe ihn nicht gehört. Allerdings bin ich auch mit Bill Hennessy und seinen beiden Schwarzen zu den Arbeitern aufs Feld gegangen, und von dort hätte ich ihn gar nicht hören können. Mein Gehör hat zu sehr nachgelassen.«

Em seufzte und schüttelte ungeduldig den Kopf, als seien Altersbeschwerden wie lästige Fliegen. Auf einmal erstarrte sie in ihrem Sessel und lauschte.

Ein Wagen fuhr die lange, holprige Zufahrt zwischen den Akazien und stachligen Sisalbüschen herauf. Em erhob sich eilig. »Wenn da noch einer kommt, um sein Beileid auszusprechen, sagt ihm, ich sei nicht da. Oder krank.«

»Mach dir keine Sorgen«, antwortete Eden. »Das wird nur Drews Wagen sein. Sein Fahrer sollte ihn herbringen.«

Es war jedoch nicht Mr. Strattons Wagen, sondern Mr. Gilberts. Einen Augenblick später kam dieser, begleitet von den Markhams, auf die Veranda zu, und als sie sein Gesicht sahen, sprangen alle auf.

Greg schenkte sich die Formalitäten und kam sofort zur Sache. »Hennessy hat mir berichtet, daß einer Ihrer Kikuju-Boys verschwunden ist. Kamau.«

Er ignorierte Drew, Eden und Victoria und wandte sich nur an Em. Hinter ihm zappelte Lisa herum und rang die Hände, das hübsche Gesicht mißmutig und besorgt. Gilly lehnte an einem Pfeiler. Seine bemühte Lässigkeit wurde von dem heftigen Interesse in seinen ruhelosen Augen Lügen gestraft.

Em sagte kalt und herausfordernd: »Ja. Und da Sie Lisa und Gilly mitgebracht haben, nehme ich an, Sie wissen, warum.«

»Hennessy hat mir mitgeteilt, was Sie ihm über den gestrigen Besuch von Mrs. Markham erzählt haben. Ich war unten, um zu sehen, was ich aus diesem Mädchen Wambui herausholen kann.«

Lisa gab ein wimmerndes Schluchzen von sich. »Hätte ich doch nur niemandem ein Wort gesagt! Ich dachte doch nur, Lady Emily müsse es wissen.«

Mr. Gilbert achtete nicht auf die Unterbrechung. »Ich habe eine ganze Menge aus ihr herausbekommen, aber bevor wir weitergehen, möchte ich Ihren eigenen Bericht darüber hören, was gestern geschehen ist, angefangen von Mrs. Markhams Besuch bis zu der Zeit, wo Sie zu dem Schluß kamen, daß Kamau nicht mehr auftauchen werde. Außerdem möchte ich wissen, ob Sie heute vormittag Nachforschungen angestellt haben, und wenn ja, welche.«

Em sah in Greg Gilberts grimmig ernstes Gesicht, und ihre schlauen alten Augen blickten wachsam. Langsam antwortete sie: »Lassen Sie mich überlegen –« Zum zweiten Mal an diesem Abend beschrieb sie Lisas Besuch und die Ereignisse in den darauffolgenden Stunden. Sie schloß mit den Erkundigungen, die sie an diesem Morgen über Kamaus Verbleib eingezogen hatte. Später war sie mit Hennessy aufs Feld gegangen, um die afrikanischen Arbeiter und ihre Familien zu befragen. Dabei stellte sich heraus, daß der letzte Mensch, der Kamau gesehen hatte, Zacharia gewesen war, als er ihm am gestrigen Nachmittag Ems Botschaft ausrichtete. Oder hatte Wambui ihn vielleicht gesprochen?

»Nein, sie war nicht mehr mit ihm zusammen«, erklärte Lisa tugendhaft. »Ich habe streng darauf geachtet, daß sie gestern abend nicht aus dem Haus ging. Ich dachte, Sie müßten unbedingt als erste mit Kamau reden, und wie ich zu Hector sagte –«

Sie biß sich auf die Zunge. Augen und Mund wurden kreisrund vor Bestürzung.

Greg fuhr so schnell auf sie los, daß sie erschrak. Brüsk sagte er: »Sie haben mir gegenüber behauptet, niemandem etwas davon erzählt zu haben. Nicht einmal Ihrem Mann.«

»Erst recht nicht ihrem Mann«, warf Gilly gereizt ein.

»Halten Sie den Mund, Gilly! Haben Sie es Hector Brandon erzählt, Lisa?«

Lisas große blaue Augen füllten sich mit Tränen. Sie jammerte: »Bellen Sie mich nicht so an. Greg! Sie brauchen nicht so –«

»Haben Sie es erzählt?«

»Nun – nun, ja. Aber nur im strengsten Vertrauen. Schließlich kenne ich Hector seit Jahren, und ich wußte, er würde es nicht weitergeben. Und ich machte mir solche Sorgen! Sie scheinen sich nicht klarzumachen –«

»Wann haben Sie es ihm erzählt? Bevor Sie hier waren oder danach?«

»Oh, danach. Denn da war ich natürlich überzeugt, Lady Emily würde die ganze Geschichte aus Kamau herausbekommen und damit wäre alles in Ordnung. Ich meine, wenigstens hätten wir dann etwas über den Mörder erfahren.«

»Hmmm«, machte Greg mißbilligend. Er sah sie so lange forschend an, bis sie unter seinem Blick errötete. Dann wandte er sich abrupt wieder an Em.

»Wir haben Suchmannschaften nach Kamau ausgeschickt, und wenn wir Glück haben, greifen wir ihn ohne große Schwierigkeiten auf. Wahrscheinlich ist er unterwegs zum Reservat. Aber selbst wenn wir ihn erwischen, bezweifle ich, ob wir wesentlich mehr von ihm zu hören bekommen, als wir schon von Wambui wissen.«

Em sagte gereizt: »Bestimmt nicht, wenn sie es so anfangen, daß sie ihm wie einem Verbrecher Ihre schwarzen Polizisten hinterherhetzen. Dabei hat er nichts Schlimmeres getan, als seiner Freundin zu erzählen, er glaube, etwas über den Mord zu wissen.«

»Ich fürchte, er hat ihr mehr erzählt«, entgegnete Greg ruhig.

Em erstarrte. Von neuem wanderte ihr Blick von Greg zu Lisa. Zögernd begann sie: »Aber Lisa, Sie sagten doch –« Sie verstummte.

Lisa zerrte an ihrem Taschentuch, bis der Stoff riß. Ihre Stimme klang hoch und hysterisch. »Ich wußte nicht, daß da noch etwas war! Ich sage Ihnen, ich wußte es nicht! Ich hatte keine Ahnung! Wambui sagte nur, Kamau – er wisse etwas. Aber wenn mir klargewesen wäre, was es war, hätte ich kein Wort gesagt! Eden, Sie wissen doch, ich würde niemals –«

Eden stellte mit völlig ausdrucksloser Stimme fest: »Ich fürchte, ich weiß nicht, wovon Sie reden. Vielleicht ist Greg so freundlich, es uns zu erklären.«

»Ja«, fiel Em barsch ein. »Wenn Sie uns etwas zu sagen haben, Greg, heraus damit!«

Mr. Gilbert sah sie nachdenklich an, und es war etwas in seinem Ausdruck, das Victoria ängstigte. Langsam und nachdrücklich erklärte er: »Wambui erzählte Mrs. Markham, Kamau habe angedeutet, er wisse etwas über den Mord an Mrs. DeBrett. Das war nicht die Wahrheit. Kamau hatte es durchaus nicht mit Andeutungen bewenden lassen, aber sie hatte Angst, es zuzugeben, weil seine Geschichte zu phantastisch klingt, um Glauben zu finden.«

Er machte eine Pause, als sammle er seine Gedanken, und Em befahl: »Weiter.«

»Kamaus Geschichte ist folgende: Am Dienstagabend wartete er wie üblich im Gebüsch am Fuß des Hügels auf Wambui. Kaum war er dort angelangt, sah er Mrs. DeBrett kommen. Sie begann, Rosen zu pflücken. Deshalb blieb er in seinem Versteck und wartete darauf, daß sie wegginge. Aber sie setzte sich auf einen umgestürzten Baumstamm und blieb dort, bis es beinahe dunkel war. Kamau bekam das Warten langsam satt. Er muß hinter den Büschen eine Bewegung gemacht haben, denn Mrs. DeBrett sprang erschrocken auf und lief fort. Und dann, sagte er, sah er eine Person, die ihr entgegenging. Jemand, den sie kannte und auf den sie zulief. Und der sie tötete.«

»Nein!« schrie Lisa. Ihre Stimme klang peinlich schrill nach Gregs ruhigem, sachlichem Bericht. »Sie hat es erfunden! Sie lügt! Ich glaube es nicht!« Sie brach in geräuschvolles Schluchzen aus, aber niemand hatte die geringste Aufmerksamkeit für sie übrig, denn alle sahen wie gebannt Greg Gilbert an.

Eden fragte sehr laut: »Wenn er gesehen hat, wer es war, warum hat er das nicht sofort gemeldet, als er mit den anderen befragt wurde? Warum hat er nicht –«

Em brachte ihn mit einer schnellen, ungeduldigen Handbewegung zum Schweigen. Greg sah stirnrunzelnd auf die Bodenmatten nieder, als wolle er den schmerzhaft starrenden Blicken, die an ihm hingen, lieber nicht begegnen. »Wambui sagt, weil er den Mörder erkannte und Angst hatte.«

»Weiter!« herrschte Em ihn an. »Wer soll es denn gewesen sein?«

Greg riß seinen Blick von der Matte los, hob den Kopf und sah Em gerade ins Gesicht.

Er sagte leise: »Sie, Em.«

10

Einen Augenblick lang herrschte eine so vollkommene Stille, als seien alle auf der Veranda vorübergehend der Fähigkeit beraubt, zu sprechen oder sich zu bewegen. Em wich das Blut aus dem Gesicht. Sie sah gelb und erschöpft und unglaublich alt aus, und ihre Beine trugen sie nicht mehr. Schwer ließ sie sich in einen Sessel fallen.

Das protestierende Quietschen des Korbsessels brach die Stille mit der Wirkung eines Steins, der in einen ruhigen Teich fällt. Eden wütete: »Zum Teufel, wie können Sie eine solche Anschuldigung erheben! Bei Gott, ich habe gute Lust, Sie –« Er tat einen schnellen Schritt vorwärts. Drew befahl scharf: »Ruhig, Eden! Sie machen es nur noch schlimmer.« Er faßte Eden beim Arm und riß ihn zurück.

Greg sagte: »Ich erhebe keine Anschuldigung – noch nicht. Ich wiederhole nur, was ich aus zweiter Hand gehört habe. Nun, Em? Was haben Sie dazu zu sagen?«

Eden schüttelte Drews Hand ab. »Antworte ihm nicht, Grandma! Wenn er jedes dumme Märchen glaubt, das ein schwachsinniger afrikanischer Feldarbeiter zusammengebraut hat, solltest du lieber warten, bis du mit deinem Rechtsanwalt gesprochen hast!«

Em achtete nicht auf ihn. Sie betrachtete Greg mit Augen, die leer waren vor Schock. Als koste es sie Mühe zu sprechen, stieß sie hervor: »Was soll ich denn sagen? Daß ich Alice nicht getötet habe? Das ist jedoch kein Beweis, nicht wahr? Und da ich an jenem Abend hier im Haus war, könnte ich es von Ihrem Gesichtspunkt aus ja getan haben.«

»Grandma, um Gottes willen!« flehte Eden.

»Oh, Eden, sei nicht so albern! Drew hat ganz recht. Es nützt überhaupt nichts, wenn wir den Kopf verlieren und brüllen – oder in Tränen ausbrechen wie Lisa. Wir werden uns doch wohl vernünftig benehmen können? Setzen Sie sich, Greg. Sie sollten mir lieber auseinandersetzen, was Sie dieser – dieser außergewöhnlichen Behauptung wegen zu unternehmen gedenken.«

Mr. Gilbert zog sich einen Sessel heran und setzte sich Em gegenüber. »Wir können nicht viel tun, bis wir Kamau gefunden und ihn dazu gebracht haben, die Aussage des Mädchens zu bestätigen. Von Ihnen möchte ich, daß Sie mir einen genauen Bericht über die Ereignisse jenes Abends geben. Ja, ich weiß, das sind wir alles schon durchgegangen, aber ich möchte es noch einmal hören. Sie waren draußen auf der Jagd und kamen kurz vor sechs zurück. Was taten Sie dann?«

»Ich habe mich umgezogen«, antwortete Em geduldig.

»Was haben Sie angezogen? Dies japanische Ding mit Störchen drauf, das Sie trugen, als ich später am Abend kam?«

»Nein, natürlich nicht! Das war ein Kimono. Ich zog ein Hauskleid an. Ein gelbes, falls Sie das wissen müssen. Aber ich mußte es wieder ausziehen, weil –« Sie hielt plötzlich inne. Nach einer kurzen Pause fuhr sie fort: »Weil es ganz voll Blut war. Ja... ich sehe ein, daß das gar nicht gut klingt. Aber es ließ sich nicht vermeiden. Ich versuchte, sie zum Haus hochzutragen, und – nun, Sie haben sie gesehen.«

»Ja«, stimmte Greg kurz zu. »Was taten Sie dann? Nachdem Sie Ihr Hauskleid angezogen hatten?«

»Ich ging ins Wohnzimmer, um mir einen Drink zu holen, und sah Lisas Briefchen, in dem sie darum bat, nach Nairobi mitgenommen zu werden. Ich hatte es auf dem Klavier liegengelassen. Alice ging hinüber, um ihr zu sagen, daß ich sie mitnehmen könne, wenn ich Victoria abhole.«

»Was taten Sie, als Mrs. DeBrett gegangen war?«

»Ich verließ das Haus und sagte Zacharia und dem Koch, sie sollten das *Kongoni* zerlegen. Danach ließ ich die Hunde füttern und gab Majiri die Vorhänge und Bettbezüge aus Victorias Zimmer zum Waschen – das Wasser ist abends immer warm, weil da gebadet wird. Zacharia kam kurz vor halb sieben herein und schaltete die Lampen an, und ich sagte ihm, er solle die Drinks im Wohnzimmer bereitstellen. Und dann spielte ich Klavier.«

»Bis wann?«

»Bis ungefähr acht Uhr, als Zacharia meldete, Alice sei immer noch nicht zurück und ob er das Dinner auftragen solle. Ich hatte nicht gemerkt, daß es so spät war, und ich rief die Hunde und ging, um Alice abzuholen. Muß ich diesen Teil noch einmal berichten?«

»Nein. Diese Zeit ist in Ihrem Fall nicht die eigentlich wichtige, da Alice ungefähr um sieben Uhr getötet worden sein muß und Sie sagen, Sie hätten von halb sieben an Klavier gespielt. Das ist schon ein recht gutes Alibi.«

»Wieso?« Em versuchte zu lächeln. »Sie haben nur mein Wort dafür.«

Greg zog das Notizbuch zu Rate, das sie am Tag zuvor gesehen hatten, und sagte: »Nicht nur. Sieben Ihrer Diener haben unabhängig voneinander ausgesagt, die ›Memsahib Mkubwa‹ habe während dieser Zeitspanne gespielt und niemals länger als für eine oder höchstens zwei Minuten ausgesetzt. Das ist gewiß nicht lange genug, um Alice zu ermorden und dann saubere Kleider anzuziehen. Sogar der alte Zacharia hätte Blutflecken auf einem gelben Hauskleid bemerkt! Dazu waren zehn bis fünfzehn Minuten erforderlich, und nach den Zeugenaussagen haben Sie Ihr Klavierspiel niemals für so lange Zeit unterbrochen.«

»Sie haben etwas vergessen«, stellte Em fest. »Ich habe ein besonders gutes Radio-Grammophon, und nicht einer meiner Diener würde den Unterschied erkennen.«

Eden stieß heiser hervor: »Grandma, du bist wahnsinnig! Hören Sie, Greg, sie begreift nicht, wie ernst dies werden kann. Sie sollte einen Rechtsanwalt haben. Drew, können Sie dem kein Ende bereiten? Können Sie sie nicht zur Vernunft bringen?«

»Ihre Großmutter«, antwortete Drew, »scheint mir die Situation vollkommen klar zu erfassen. Es wäre nur eine Frage der Zeit, bis irgend jemand das Grammophon einfiele. Deshalb konnte sie es ebensogut selbst erwähnen.«

»Genau!« lobte Em. »Jeder weiß darüber Bescheid – und auch über solche Dinge wie Langspielplatten! Ich halte es für sinnlos, mich auf ein Alibi zu stützen, das voller Löcher ist wie ein Sieb. Außerdem brauche ich keins. Ich weiß genug über Kenia, um sicher zu sein, daß keine Jury in diesem Land eine solche Anklage ernst nehmen würde. Greg auch nicht! Denn jeder einzelne kennt mich. Wäre das nicht der Fall, könnten die Indizien zu einer Verurteilung führen. Schließlich bin ich immer noch ziemlich kräftig – kräftig genug, um ein kleines, schwaches, wehrloses Geschöpf wie Alice zu töten, die zu überrascht gewesen wäre, um –«

Em versagte die Stimme. Sie bedeckte das Gesicht mit den Händen, als wolle sie das gräßliche Bild ausschließen, das ihre eigenen Worte heraufbeschworen hatten: Alice, wie sie hilflos und entsetzt in der Dämmerung stand, gelähmt vor Schreck, unfähig, zu schreien oder wegzulaufen. Heftiges Zittern schüttelte Ems massigen Körper. Dann hob sie ihr schmerzverzerrtes Gesicht mit den starrenden, gehetzten Augen und sagte mit einer Stimme, die kaum mehr als ein heiseres Flüstern war:

»Ich habe in meinem Leben viel Schreckliches gesehen. Männer, die von Löwen zerrissen oder von Büffeln oder Nashörnern zertrampelt worden waren. Und – und Gus Abbott. Aber sie waren Männer. Ich glaube, das macht es anders. Es ist dumm, so zu empfinden. Aber – aber ihr graute vor Wunden und Blut. Ich redete ihr immer zu, sie dürfe nicht so empfindlich sein. Und dann – als ich sie an jenem Abend sah, konnte ich es auch nicht ertragen. Ich...«

Eden fiel ein: »Nicht, Grandma! Bitte –!« Sein Gesicht sah ebenso ausgehöhlt und verwüstet wie ihres aus und war für einen Augenblick häßlich in der Erinnerung an das Grauen. Der Anblick wirkte auf Em wie ein Guß kalten Wassers. Sie straffte ihre gebeugten Schultern mit sichtbarer Anstrengung und bat zerknirscht: »Verzeih mir, mein Lieber. Ich benehme mich sehr schlecht. Das alles ist so absurd. Ich möchte nur wissen, warum Kamau so etwas gesagt hat. Vielleicht hat Wambui es erfunden?«

»Das glaube ich nicht«, meinte Greg. »Ich merke genau, wenn mich jemand hinters Licht führen will. Ich würde sagen, sie hat die Wahrheit gesagt. Die Frage ist nur, ob Kamau auch.«

»Ja«, behauptete Drew entschieden.

Mindestens vier Kehlen gleichzeitig entrang sich ein Keuchen. Em drückte sich in ihren Sessel und starrte ihn in ungläubigem Entsetzen an.

Mr. Stratton betrachtete sein Publikum mit unverhohlener Ungeduld und sagte: »Sie brauchen mich nicht so anzusehen, als hätte ich den Verstand verloren. Das muß doch jedem einleuchten! Natürlich hat Kamau die Wahrheit gesprochen – beziehungsweise das, was er für die Wahrheit hielt. Sehen Sie sich Em einmal an. Sie ist ein auffälliger, leuchtender Farbfleck, nicht wahr? Und sie hat sich auf diese Weise gekleidet, seit ich sie kenne! Eden hat bereits darauf hingewiesen, daß die Entfernung zwischen dem Gebüsch und der Stelle, wo Alice getötet wurde, mehr als fünzig Meter beträgt, und es wurde dunkel. Deshalb war alles, was Kamau sah, eine wie Em gekleidete Person, und natürlich glaubte er, sie sei es. Ich wette alles darauf, daß ich recht habe!«

»Ich werde nicht dagegen setzen«, sagte Greg mit schiefem Lächeln. »Das hätte ich selbst erkennen müssen.«

»Aber warum?« fragte Eden heftig. »Warum sollte jemand versuchen, es Grandma in die Schuhe zu schieben, wo sie doch die am wenigsten verdächtige Person ist?«

Drew zuckte die Achseln. »Vielleicht gerade deswegen. Weil niemand es glauben würde.«

»Nein«, sagte Greg bedächtig. »Meiner Überzeugung nach lag ein noch einfacherer Grund vor. Jeder, ob Mann, ob Frau, könnte diese Art Kleidung tragen und damit durchkommen, weil niemand genauer hinsehen würde. In dieser Verkleidung war es für den Mörder auch kein Risiko, wenn ihn jemand um diese Stunde im Garten sah. Denn wenn zufällig einer des Weges kam, würde er ihn selbstverständlich für Em halten. Es war eine perfekte Verkleidung. Und das ist natürlich auch die Antwort auf das Rätsel um das Kissen!«

»Wieso denn?« fragte Em und erschütterte damit vorübergehend Mr. Gilberts Haltung.

»Nun... äh... ich dachte an – eine Auspolsterung«, deutete er vorsichtig an.

Em blickte verständnislos drein, aber Lisa brach unerwartet in Gekicher aus. Em drehte sich zu ihr um und bemerkte kalt, sie alle würden gern an dem Spaß teilhaben – an jedem Spaß.

»Verzeihung«, japste Lisa, zwischen Erleichterung und Hysterie schwankend. »Ich weiß, ich sollte nicht lachen, aber es ist so ko-komisch! Er meint ihren Bu-busen! Ein Mann hat ja keinen, aber Sie! Ha, ha, ha, ha!«

Wie auf Kommando richteten sich alle Augen auf Ems imposante Vorderfront, und gleich darauf lachten sie alle ebenso hilflos wie Lisa – und aus dem gleichen Grund. Nur Em war wie weiland Königin Victoria nicht amüsiert. Sie verkündete streng, sie sehe nicht, was es zu lachen gebe.

»Das kannst du auch nicht sehen, Grandma. Du steckst dahinter!« sagte Eden und gab sich einem neuen Heiterkeitsausbruch hin.

Em faltete die Hände im Schoß, stellte würdevolle Geduld zur Schau und wartete, bis das Gelächter verebbte.

»Ich bitte um Entschuldigung.« Greg wischte sich die Augen und fing sich wieder. »Für uns alle. Außerordentlich töricht und unnötig, aber irgendwie hat mir das mächtig gutgetan. Im Ernst, Em, dies Kissen machte mir Sorgen. Aber es ist ganz offensichtlich, daß die Person, die Sie darstellte, zu schlank war, um einen Betrachter zu überzeugen, und ein bißchen – nun – Nachhilfe brauchte. Deshalb das Kissen. Und was ist jetzt mit der Kleidung? Wie viele Paare dieser roten Overalls besitzen Sie, und haben Sie in letzter Zeit eins verloren?«

Victoria hielt erschrocken den Atem an, und Em erklärte grimmig: »Daran habe ich überhaupt nicht gedacht! Ich besitze vier, aber eins ist im Moment nicht zu finden.«

»Könnte es schon einige Zeit fehlen?«

Em zuckte die Schultern. »Vielleicht. Ich hatte es nicht gemerkt und Zacharia wohl auch nicht, bis heute morgen eine Situation eintrat, wo zufällig drei Kleider gleichzeitig in der Wäsche waren.«

»Angenommen, jemand wollte eines stehlen. Wäre das einfach oder schwierig? Für einen Außenseiter zum Beispiel.«

»Ich würde sagen, es wäre nur zu einfach. Die ganze Wäsche wird auf Leinen hinter der Küche gehängt, und jeder könnte etwas wegnehmen, wenn er den richtigen Augenblick abwartet. Gelegentlich verschwindet schon einmal ein Stück – im allgemeinen Geschirrtücher. Aber der Diebstahl meines Kleides hätte Zacharia auffallen müssen. Allerdings wird er alt – wie ich.«

Mr. Gilbert betrachtete das kleine Notizbuch, das offen auf seinem Knie lag, mit nachdenklichem Stirnrunzeln. Dann verkündete er: »Übrigens, trotz allem, was Sie zum Thema Klaviermusik gesagt haben, mag sich noch herausstellen, daß Sie doch über ein gußeisernes Alibi verfügen. Können Sie sich erinnern, was Sie an dem Abend gespielt haben?«

»Ja.« Ems Gesicht verdüsterte sich. »Es war Toronis Konzert. *Das Rifttal-Konzert.* Davon gibt es keine Schallplatte. Jetzt nicht mehr.«

»Darüber weiß ich Bescheid. Die Platte wurde von dem Poltergeist zerbrochen, nicht wahr? Und wenn ich mich nicht ganz irre, gab es nur diese eine Platte, und die steht weder zum Verkauf, noch ist sie dem großen Publikum zugänglich. Habe ich recht?«

»Ja. Toroni ließ sie für mich in New York herstellen. Aber ich fürchte, keiner meiner Diener kann eine Melodie von der anderen unterscheiden.«

Greg widersprach: »Da irren Sie sich. Der durchschnittliche Afrikaner hat ein besseres Ohr für Musik, als man meinen sollte. Und in diesem besonderen Stück sind nicht nur eine ganze Reihe von Stammesmelodien und -rhythmen enthalten – wie ich hörte, komponierte Toroni es auch hier auf *Flamingo* und an Ihrem Klavier, und Sie selbst haben es in letzter Zeit ziemlich häufig gespielt. Jedenfalls sagten drei Ihrer Diener aus, Sie hätten ›Bwana Toronis Lieder‹ gespielt. Sie sehen also, das Alibi ist gar nicht so schlecht. Wir müssen es natürlich der Form halber nachprüfen: ein Telegramm nach New York, um sicherzugehen, daß Sie kein Duplikat in Ihren Besitz bringen konnten und so weiter. Und wenn die Antwort zufriedenstellend ausfällt, sind Sie aus dem Schneider.«

»Ich glaube, aus dem Schneider ist Em auch ohne das«, meldete sich Gilly überraschend. »Sie können sich die Kosten für das Telegramm und dem FBI die Kopfschmerzen sparen.«

»Wieso denn das?« Greg drehte sich rasch zu ihm um.

Gilly gab die Pose des uninteressierten Zuschauers auf und

schlenderte näher, die Hände in den Taschen.

Er sagte: »Drew wird Ihnen bestätigen, daß ich mit ihm am Heckentor zusammentraf, kurz nachdem er sich von Alice verabschiedet hatte. Drew ging, aber ich blieb. Ich saß eine ganze Weile auf dem Betonblock vor dem Tor. Bis es dunkel war.«

»Was haben Sie getan?« fragte Greg ungläubig. »Zum Teufel, warum haben Sie mir das nicht eher gesagt? Sie sind nach sieben Uhr dort gewesen? Sie müssen irgend etwas gehört haben. Einen Schrei oder –«

Gilly schnitt ihm das Wort ab. »Ich habe gar nichts gehört! Sie vergessen, daß der Hügel ein Stück weiter rechts liegt und daß Bäume und Bambus und der Himmel weiß was sonst noch zwischen ihm und dem Tor stehen. Aber zwischen Tor und dem Haus liegt eine ziemlich freie Strecke, und ich konnte das Klavier hören. Ich saß ziemlich lange dort und hörte zu, wie Em das Konzert spielte. Ich kenne es verdammt viel besser als sie, jeden Taktstrich und jede Note! Und Sie können mir glauben, es hätte überhaupt nichts zu bedeuten, wenn Sie entdeckten, daß eine halbe Million dieser Schallplatten existiert, die sich sämtlich in Kenia befinden!«

»Warum?« verlangte Greg zu wissen.

»Warum? Weil ich als Musiker gut genug bin, um den Unterschied zwischen Ems Wiedergabe des Konzertes und Toronis zu erkennen. Das ist der Grund!«

Gillys Blick wanderte von Gregs erleichtertem Gesicht zu Ems schmallippigem, verkniffenem Mund und ihrem basiliskenhaften Starren. Er lachte.

»Tut mir leid, Em. Ich weiß, in dem Punkt sind Sie empfindlich. Aber seien wir ehrlich, Sie sind eine ziemlich mittelmäßige Pianistin, während Toroni einsame Klasse war. Und wenn Sie glauben, ich könnte nicht in den Zeugenstand treten und den Unterschied zwischen Ihrer und seiner Wiedergabe des Konzerts beschwören – dann sind Sie als Musikerin noch schlechter, als ich Sie eingeschätzt habe. Nun?«

Der wütende Ausdruck verschwand aus Ems Gesicht, aber sie fuhr fort, ihn hochmütig anzustarren. Nachdem sie eine volle

Minute in verächtlichem Schweigen verharrt hatte, erklärte sie kalt: »Da sowohl Greg als auch Eden zu denken scheinen, daß ich ein Alibi brauche, werde ich nicht mit Ihnen streiten.«

»Es mag nützlich sein, eins zur Hand zu haben«, bemerkte Greg. Munter setzte er hinzu: »Und als nächstes müssen wir dem fehlenden Kleid nachspüren.«

»Nicht heute abend!« fauchte Em. »Zumindest nicht im Haus. Was Sie auf dem Grundstück oder sonstwo tun, ist mir gleichgültig. Aber ich habe für heute genug Aufregung und Unruhe gehabt. Ich schlage vor, wir essen früh zu Abend und gehen ins Bett. Gute Nacht.«

Sie wuchtete sich aus dem Sessel und entfernte sich mit der Würde einer Kaiserinmutter, die eine Audienz beendet. Sie ließ ein schuldbewußtes Schweigen zurück. Es wurde von Eden gebrochen, der eine Flasche Sodawasser mit solcher nervösen Heftigkeit öffnete, daß die Flüssigkeit über die Fußmatten schäumte. Dabei informierte er Gilly, daß er diesmal wirklich ins Fettnäpfchen getreten sei.

»Wenn es eins gibt, auf das Grandma stolz ist«, erklärte Eden, »dann ist es ihr Klavierspiel. Sie mögen ihr ein gußeisernes Alibi verschafft haben, aber sie wird Ihnen dafür nicht dankbar sein. Wahrscheinlich hätte sie es vorgezogen, vor Gericht zu kommen! Wenn Sie sich also in naher Zukunft in einer Schlange vor dem Arbeitsamt wiederfinden, werden Sie wissen, warum. Trinken Sie lieber noch ein Glas, solange Sie können. Es wird wohl das letzte sein, das Sie auf Kosten des Hauses bekommen.«

»Quatsch!« kicherte Gilly unbeschwert, ließ sich nicht länger nötigen und goß sich einen doppelten Whisky ein. Er trank das Glas in einem Zug leer und füllte es neu. »Ihre Großmutter mag in ihrer Jugend eine erträgliche Pianistin gewesen sein – obwohl ich persönlich das bezweifle. Heute ist ihr Verständnis für gute Musik zwar immer noch sehr gut, ihr Spiel steht jedoch im Vergleich zu dem Toronis auf einer Stufe mit dem Gehämmer eines elektrischen Klaviers. Sie meinen, sie werde mich hinauswerfen? Pah! Ich wette, sie gibt mir eine Gehaltserhöhung! Schließlich, was ist verletzter Stolz im Vergleich zu einem langgezogenen Hals?«

»Der springende Punkt ist«, entgegnete Eden, »da sie niemals an die Möglichkeit des letzteren glauben wird, steht ihr eine Menge Entrüstung für ersteres zu Gebote.«

»Sie unterschätzen ihre Intelligenz«, grinste Gilly. *»Skoal!* Sie mag ein eitler alter Pfau sein, aber dumm ist sie nicht. Es war der reine Zufall, daß ich an dem Abend nicht sofort wieder ins Haus zurückging! Beinahe hätte ich es getan. Nur hatte ich von Hector und Mabel für einen Tag genug gehabt und wollte ihnen nicht noch einmal begegnen. Deshalb blieb ich, wo ich war, und hörte zu, wie Em das Konzert runterleierte. Welch ein Glück!«

Greg steckte das Notizbuch in die Tasche. »Eden, meinen Sie, ich könnte wegen dieses Kleides ein Wort mit Majiri und Zacharia sprechen, ohne Em noch einmal über den Weg zu laufen? Natürlich muß ich morgen Bill Hennessy herschicken, der sich eingehender mit der Frage befassen wird. Davon wird er weiße Haare bekommen!«

»Solange Sie sich von dem Koch fernhalten«, antwortete Eden, »ist es mir gleich, mit wem Sie sprechen. Aber nach all dieser Aufregung nichts als Käsebrote zum Abendessen wäre der Tropfen, der das Faß zum Überlaufen bringt. Na gut, kommen Sie mit.« Sie gingen und überließen Victoria der Gesellschaft der Markhams und Mr. Strattons.

Die Sonne war untergegangen, und der Garten war nicht mehr voll von fröhlichen Farben und Vogelgesang, sondern kühl und dunkel und still. Eine Fledermaus schoß unter der Dachrinne hervor und glitt über die Veranda.

Lisa stand auf und verkündete mit hoher, brüchiger Stimme: »Also war alles nur ein Sturm im Wasserglas. Ich weiß wirklich nicht, warum Greg unbedingt wollte, daß wir mit herüberkamen. So peinlich! Und wie sich herausstellte, ganz unnötig.«

Gilly goß sich einen dritten Whisky ein und stellte ungerührt fest, es werfe ein interessantes und unerwartetes Licht auf den Charakter seiner Frau, daß sie einen brutalen Mord als Sturm im Wasserglas bezeichne, und sie wisse ganz genau, warum Greg sie mitgenommen habe. »Beziehungsweise könntest du es dir denken. Schließlich hast du diese Sache in Gang gebracht. Außerdem warst du bereit zu glauben, daß sie es getan hat. Streite das jetzt bloß nicht ab!«

Lisa entrüstete sich: »Gilly, ich wünschte, du würdest keinen solchen Unsinn reden. Drew und ich kennen dich gut genug, um zu merken, wann du Spaß machst, aber Miss Caryll könnte das für Ernst nehmen.«

»Und wie recht Miss Caryll damit hätte! Du hast sogar eine sehr, sehr einleuchtende Theorie darüber vorgetragen, aus welchem Grund Em es getan haben könnte, nicht wahr?«

»Gilly, sei ruhig!« fuhr Lisa mit vor Zorn funkelnden Augen auf ihren Mann los.

Gilly ignorierte sie. »Es war eine verdammt gute Theorie, wenn ich das sagen darf. Bis auf einen einzigen, aber wichtigen Punkt, den du übersehen hast.«

»Gilly!« beschwor Lisa ihn und zerrte an seinem Arm. »Es wird spät. Gehen wir nach Hause.«

»Halt den Mund, Lisa. Drew ist interessiert daran – stimmt's, Drew? Interessanter Fall. Drew glaubt nicht, daß ein versprengter Mau-Mau es getan hat, ebensowenig wie ich – oder Greg oder Em. So gern sie es glauben würden, Lisa, mein Schatz. Aber sie wissen nicht, was ich weiß.«

Er begann von neuem zu kichern. Drew fragte: »Was wissen Sie, Gilly?« Doch die Frage war zu scharf gestellt worden. Der leere Ausdruck, den der Whisky auf Gillys Gesicht hervorgerufen hatte, wich Wachsamkeit und einer Spur Bosheit.

»Wir diskutieren nicht über mich«, sagte Gilly. »Wir diskutieren Lisas Theorie über Em. Em und Alice. Wir alle glauben, daß Em sie gern hatte – auf eine bevormundende Art: Man muß die Schwachen schützen, und das arme Kind weiß sich ja nicht zu helfen. Aber angenommen, wir haben uns getäuscht und Em hat sie unter dieser zur Schau getragenen Zuneigung aus tiefstem Herzen gehaßt? Angenommen, es war nichts als Theater, und in Wirklichkeit war sie eifersüchtig auf sie – wegen Eden oder weil Alice eines Tages Herrin von *Flamingo* sein würde? Es ist kein Geheimnis, daß Em nicht ganz zurechnungsfähig ist, was Eden angeht, und total verrückt in ihrer

Liebe zu *Flamingo*. Für Eden und für *Flamingo* würde sie alles tun – sogar morden! Das war Lisas Theorie. Und bis auf den eben erwähnten Punkt hat sie Hand und Fuß. Wahrscheinlich hat Em nie den Schlager gehört *In Massachusetts ist's verboten, seine Mama zu zerhacken*, aber sie wäre durchaus fähig, die Frau ihres Lieblings in Kenia zu zerhacken, wenn sie das für notwendig hielte. Em bestimmt selbst, was Recht ist. Trotzdem, Lisa hat verschiedenes nicht bemerkt...«

»Was?« Diesmal klang Drews Stimme täuschend beiläufig.

»Oh – dies und das. Oder hat sie es doch bemerkt? Lisa ist ein schlaues kleines Ding. Alle Frauen sind schlau. Ist Ihnen das schon aufgefallen, Drew? Aber natürlich! Nehmen Sie zum Beispiel Mabel... fragt am Dienstagabend, gleich nachdem Alice sich verabschiedet hatte, ob sie zwei Ananas mit nach Hause nehmen dürfe, und ging hinaus, sie zu pflücken. Lisa hat nicht bemerkt, daß sie ohne Ananas zurückkam. Und soll ich Ihnen sagen, warum? Weil Lisa auch hinausgegangen war, um ein paar Tomaten zu holen. Wozu sie sie brauchte, kann allerdings niemand erraten. Wir hatten Entenbraten und Blumenkohl zum Abendessen. Sie glaubt, daß ich diese kleinen Dinge nicht bemerke, aber ich bemerke sie sehr wohl!«

Lisa gab keinen Kommentar dazu ab, aber Victoria sah, daß ihre Augen vor Überraschung groß und starr wurden. Gilly wiegte weise das Haupt und nahm sich noch einen Drink. Drew fragte kurz: »Haben Sie davon nicht genug gehabt?«

»Wovon?« fragte Gilly zurück. »Von den Frauen – oder von Ems Whisky? Wenn Sie die Frauen meinen, dann bestimmt. Aber niemand kann zuviel von Ems Whisky haben. Erstens, weil er gut ist, und zweitens, weil er Em gehört. Er geht auf Kosten des Hauses. Prost!«

Er nahm einen großen Schluck und senkte seine Stimme zu vertraulichem Flüstern. »Drew, ist Ihnen in der ganzen Zeit, wo Greg über Alibis für Em redete, nicht aufgefallen, daß ihm etwas Wichtiges entgangen ist? Es hat nämlich auch sonst keiner ein Alibi! Sie zum Beispiel. Sie sagen, Sie seien nach Hause gegangen, als Sie mich verließen. Sind Sie nach Hause gegangen? Mabel sagt, sie habe

Ananas gepflückt. Ach ja? Hector ging auf dem Weg heim, der oben an den Shambas entlangführt – sagt er. Eden ist angeblich irgendwo herumgefahren, und Lisa ist rund um das Tomatenbeet gewandert. Ist da irgendwo ein Alibi? Nicht die Spur!«

Drew meinte liebenswürdig: »Sie haben ganz recht. Fangen wir mit Ihnen an. Können Sie es beweisen?«

Gilly erschrak. »Was beweisen?«

»Daß Sie eine halbe Stunde lang auf diesem Betonblock saßen und keinen Ton hörten!«

Gilly stellte rasch sein leeres Glas ab. »Halt mal! Wer behauptet, ich hätte keinen Ton gehört? Ich hörte Em spielen – ich hörte Toronis verdammtes Konzert.«

»Das sagen Sie. Aber Em hatte uns bereits erzählt, was sie gespielt hatte, und die Aussage von dreien ihrer Diener bestätigt es. Sie könnten auf den Gedanken gekommen sein, diese Information als Alibi für sich selbst zu benutzen. Oder sollten Sie die Musik zwar gehört haben, aber von einer sehr viel näher gelegenen Stelle? Sehen Sie, was ich meine? Wenn ich also Sie wäre, würde ich nicht in Andeutungen schwelgen, daß verschiedene Leute ein Alibi nötig haben. Denn die offensichtliche Schlußfolgerung daraus ist, daß jeder einzelne einen Grund dafür gehabt haben muß, Alice den Tod zu wünschen, und daß Sie das wissen. Was gefährlicher Unsinn ist.«

»Aber ich weiß –«, begann Gilly. Und hielt inne. Er faßte nervös nach seinem Glas, überlegte es sich dann anders und schob es so heftig weg, daß es vom Tisch kippte und auf dem Steinboden in Stücke zerbrach.

Lisa sagte lebhaft und mit einer Spur von Befriedigung in der Stimme: »Nun sieh dir an, was du angerichtet hast! Das war eins von Ems kostbaren Kristallgläsern, und es wird sie kein bißchen freuen. Oder glaubst du, wenn wir uns einfach wegschleichen, damit sie die Scherben selbst findet, wird sie es dem Poltergeist zuschreiben?«

Sie begleitete die Bemerkung mit einem hohen, klirrenden Lachen, aber als sie begann, die Scherben aufzusammeln, war ihr Gesicht weiß und verängstigt. Victoria, die sich bückte, um ihr zu helfen, sah, daß ihre Hände unkontrolliert zitterten.

Hinter ihnen im Speisezimmer ging das Licht an. Ein warmer gelber Schein fiel aus den Fenstern und der offenen Tür über die Veranda. Und im selben Augenblick war es nicht mehr Abend, sondern Nacht, der Garten dunkel und der Himmel bereits mit blassen Sternen besetzt.

Lisa legte die Stücke des zerbrochenen Glases auf das Tablett. »Würden Sie Ihrer Tante sagen, daß es ein Versehen war und daß es uns leid tut? Oh, und sie hatte etwas über ein Picknick am Neunundzwanzigsten erwähnt. Das ist aber verabredet worden, bevor – bevor alles geschah. Deshalb wird es wohl nicht stattfinden. Würden Sie sie bitten, mir darüber Bescheid zu geben? Leider müssen wir uns nämlich jetzt beeilen. Drew, Sie kommen mit, um diese Papiere abzuholen, ja? Am besten bleiben Sie zum Abendessen, weil es schon so spät ist. Es sind nur wir und Ken. Er ist in einem schlimmen Zustand, der arme Junge, und vielleicht lenkt es ihn ein bißchen ab, wenn wir Bridge spielen.«

Drew erklärte fest: »Nein, danke, Lisa. Ich habe keine Lust, den Abend mit einem Halbwüchsigen zu verbringen, der ›in einem schlimmen Zustand‹ ist. Außerdem muß ich nach Hause.«

»Kann ich Ihnen nicht verdenken«, sagte Gilly ausdrucksvoll. »Gute Nacht, Victoria.« Er nickte ihr zerstreut zu und folgte seiner Frau die Stufen hinunter. Sie verschwanden in dem violetten Dunkel.

Victoria sah ihnen nach. Dann drehte sie sich zu Mr. Stratton um, der sich nicht gerührt hatte. Sie war sich nicht bewußt, daß ihr Gesicht in diesem Augenblick so weiß und verängstigt war wie vorhin Lisas – und Gillys. Aber Drew beschlich bei diesem Anblick eine merkwürdige Beunruhigung.

Abrupt sagte er: »Sie fürchten sich.«

»Ein – ein bißchen«, gestand Victoria. Und sobald sie es gestanden hatte, ließ ihre Angst nach.

»Wovor?«

»Ich weiß es nicht. Es klingt alles so –«

Sie zögerte und zog die Brauen zusammen, und Drew riet: »So gar nicht nach einem Geist?«

»Ich wollte sagen ›so geplant‹, als habe jemand es alles ausgearbeitet und ein sehr sorgfältiges Schema aufgestellt. Das ist es, was mir so Angst macht.«

»Warum? Weil Sie glauben, kein Afrikaner hätte etwas in der Art geplant und durchgeführt? Wenn das Ihre Meinung ist, irren Sie sich. Gerade eine solche Folter würde einem Afrikaner zusagen. Aber jetzt gibt es nichts mehr, wovor Sie Angst haben müßten, denn sollte es einen Plan oder ein Schema gegeben haben, ist Mrs. DeBretts Tod die Erfüllung. Es ist zu Ende.«

Er hatte sehr überzeugt gesprochen, aber fast noch ehe die Worte aus seinem Mund waren, kam ihm mit plötzlichem Schreck zu Bewußtsein, daß er sie nicht glaubte. Wie konnte man zuversichtlich annehmen, Alices Tod sei das Ende all dessen, was auf *Flamingo* geschehen war, wenn ihr Mörder sich noch in Freiheit befand? ›Es ist nur beim ersten Mal schwierig, zu töten.‹ Das hatte Greg erst gestern gesagt…

Ein Vogel flatterte in den hängenden Schlingpflanzen an der Ecke der Veranda. Victoria fuhr bei dem Geräusch zusammen und biß sich heftig auf die Unterlippe. Und Drew wurde zu seiner eigenen Überraschung plötzlich wütend. Auf Em, weil sie das Mädchen hergeholt hatte. Auf Eden, der es erlaubt hatte. Auf Greg und Gilly und Lisa, weil sie ihr Angst machten. Und vor allem auf sich selbst – weil ihm das nicht gleichgültig war.

11

Am nächsten Morgen war das Frühstück kaum vorüber, als der junge Mr. Hennessy und seine beiden Begleiter wieder auf *Flamingo* erschienen.

Em fertigte sie kurz auf der Veranda ab und entließ sie unter Edens Obhut in die Küche und in die Quartiere der Feldarbeiter, damit sie dort ihre Fragen nach dem Verbleib Kamaus und dem des roten Kleides stellen konnten.

Eine Stunde später kam Gilly mit einem Stapel Ordnern. Sie zog sich mit ihm ins Büro zurück. Das Angebot ihrer Nichte, ihr zu helfen, lehnte sie ab.

Victoria holte, sich selbst überlassen, einen Hut und machte sich daran, den Garten zu erkunden. Sie folgte einem schmalen Pfad, der sich durch Büsche von Bougainvilleen, Plumbagos und orangefarbenen Trompetenblumen wand, und plötzlich stieß sie auf eine Fremde. Es war eine Frau mittleren Alters in einem grünen Baumwollkleid und einem breitrandigen Filzhut auf dichten Massen grauer Locken. Offenbar hatte sie etwas verloren, denn sie hielt den Kopf gesenkt und blickte eifrig suchend umher.

»Kann ich Ihnen helfen?« fragte Victoria.

Die Frau erschrak heftig und antwortete atemlos: »Oh, meine Liebe, haben Sie mich erschreckt! Ich glaube, hier drin ist eine Puffotter. Das sind so gefährliche Geschöpfe! Sie müssen Victoria sein. Ich habe Ihre Eltern gekannt – oh, das ist Jahre her. Natürlich erinnern Sie sich nicht mehr an mich. Ich bin Mabel Brandon. Unser Besitz *Brandonmead* liegt gleich da drüben –« Sie zeigte mit einer Hand vage nach Westen und ging, immerzu redend, weiter den Pfad hinunter, so daß Victoria gezwungen war, ihr zu folgen.

»Wir haben so eine Art gegenseitiges Wegerecht zwischen *Flamingo* und unserm Land«, erklärte Mrs. Brandon. »Das spart uns den meilenweiten Umweg über die Straße. Rund um diese Seite des Sees führt ein Fußweg durch mindestens ein Dutzend Farmen. Ich glaube, es ist früher einmal ein Wildpfad gewesen. Als wir herkamen, gab es jede Menge Großwild im Tal. Nashörner und Löwen und Büffel und sogar Elefanten. Heute sind sie verschwunden. Das ist ganz gut so. Es hätte die Farmarbeit unmöglich gemacht. Natürlich kommen immer noch manchmal Löwen aus dem Massai-Territorium herüber, doch sie werden sehr schnell abgeschossen. Ich glaube, einer wurde erst letztes Jahr am Kratersee gesehen. Wir müssen ihn Ihnen zeigen. Em hatte vor, ein Picknick zu veranstalten. Das wird sie jetzt natürlich absagen.«

Mrs. Brandon hatte beim Sprechen einen Schritt zugelegt, und nun ging sie ziemlich flott. Es war beinahe, als wolle sie Victoria daran hindern, sich zwischen dem Buschwerk aufzuhalten, und locke sie davon weg, wobei sie Nichtigkeiten plauderte, um ihre Aufmerksamkeit abzulenken.

Der Pfad beschrieb eine scharfe Kurve nach unten und mündete auf einen langen Gürtel offenen Landes. Karren auf Schienen, die parallel zu der Shamba liefen, beförderten hohe Stapel von Mais, Gemüse und Bananen auf höher gelegenes Gebiet, wo die Lastwagen von *Flamingo* beladen wurden. Mrs. Brandon blieb unentschlossen stehen und murmelte etwas davon, sie wolle bei Gilly vorsprechen.

»Er ist nicht da«, teilte Victoria ihr mit. »Er ist oben im Hause bei Tante Em.«

»Oh«, sagte Mrs. Brandon überlegend. »Nun, vielleicht könnte ich schnell einmal hineinschauen – nur für eine oder zwei Minuten. Nein, lassen Sie uns nicht auf dem gleichen Weg zurückgehen –« Sie verließ den Pfad und folgte den Schienen wieder nach oben. Sie kamen zu einem Akazienwäldchen hinaus. Einer der Bäume war gefällt worden zur Herstellung von Holzkohle.

Mrs. Brandon setzte sich auf den umgestürzten Baumstamm, nahm den Hut ab und fächelte sich frische Luft zu. Sachlich erkundigte sie sich, ob Victoria sich freue, wieder in Kenia zu sein, und wie sie Em finde. »In meinen Augen«, erklärte Mrs. Brandon, »sieht sie gar nicht gut aus. Aber all das ist auch ein fürchterlicher Schlag für sie gewesen. Und jetzt höre ich, daß einer ihrer Boys fortgelaufen ist. Kamau.« Sie hielt erwartungsvoll inne. Da sie jedoch keine Antwort erhielt, fragte sie weiter, was Mr. Gilbert von Wambuis Geschichte halte.

»Von welcher Geschichte?« fragte Victoria unschuldig.

Mrs. Brandons sympathisches Gesicht wurde rot. Sie rutschte verlegen auf dem Baumstamm herum. Aber sie ließ sich nicht ablenken. »Die Geschichte, die sie Lisa erzählt hat. Daß es Em gewesen sei. Das ist natürlich albern, und doch – nun, es erhebt sich dabei eine Frage, nicht wahr? Ich war nie völlig von Ems Liebe zu Alice überzeugt. Und Afrikaner entdecken so etwas immer rasch. Sie beobachten sehr genau. Wenn Kamau glaubte, Em könne Alice nicht leiden, mag ihn das auf die Idee gebracht haben – daß Em sie tötete. Es wäre ihm ganz natürlich vorgekommen. Der Wunsch als Vater des Gedankens. Wenn – wenn Sie verstehen, was ich meine.«

»Nein«, antwortete Victoria, »das verstehe ich leider nicht. Mr. Gilbert sagt, es liege auf der Hand, daß Kamau überzeugt war, sie erkannt zu haben.«

»Aber das ist lächerlich!« protestierte Mrs. Brandon.

»Selbstverständlich«, stimmte Victoria ihr fröhlich zu. »Mr. Gilbert meint, es sei jemand gewesen, der sich wie Tante Em angezogen hatte. Er sagt, das wäre die bestmögliche Verkleidung gewesen, denn auch eine kleinere oder dünnere Person hätte sie tragen können, da ihr niemand einen zweiten Blick geschenkt hätte.«

»Eine dünne Person«, wiederholte Mabel einfältig. Und plötzlich setzte sie sich stocksteif auf. Sie war auf den gleichen Gedanken gekommen wie Greg Gilbert. »Das Kissen! Also das war der Grund –! O nein, es ist nicht möglich. Ausgeschlossen!«

»Was ist nicht möglich?« fragte Victoria verwirrt.

»Das Muster«, lautete Mabels verworrene Antwort. »Es war kein einfarbiges. Es –« Sie kam zur Besinnung, unterbrach sich, biß sich auf die Lippe und lächelte dann ein bißchen gezwungen. »Man weiß einfach nicht, was man denken soll, nicht wahr? Es widerstrebt einem, daß die eigenen Diener unter Verdacht stehen könnten, und Ems Leute sind immer so zuverlässig gewesen. Bestimmt zerreißt es ihr das Herz. Denn natürlich muß es einer ihrer Diener gewesen sein, kein Außenstehender. Was beabsichtigt Greg deswegen zu unternehmen?«

»Ich weiß es nicht«, sagte Victoria völlig der Wahrheit entsprechend und wechselte entschlossen das Thema, indem sie fragte: »Was sind das für merkwürdig aussehende Lehmhaufen, aus denen Rauch aufsteigt?«

»Holzkohle«, antwortete Mabel kurz. »Glaubt Em –«

»Holzkohle? Aber das ist Erde mit Rasenstücken!«

»Die Holzkohle ist innen drin«, erläuterte Mabel geduldig. »Wenn ein Baum stirbt, spalten wir ihn der Länge nach und bedecken ihn mit einem hohen Hügel – alle diese Gräben markieren die Stelle, wo Erde und Grasnarbe abgestochen worden sind. Dann wird an einem Ende des so zugedeckten Baumstamms ein kleines Feuer entzündet, das wochenlang vor sich hin brennt, und wenn es ausgeht, ist die Holzkohle fertig. Im Grunde sind das richtige Meiler. Glaubt Ihre Tante, Alices Mörder habe tatsächlich eines ihrer Kleider getragen? Ich meine, sie muß doch wissen, ob sie eines vermißt? Es kann nicht einfach sein, eins zu stehlen.«

Victoria gab es auf. »Es fehlt tatsächlich eines«, gestand sie resigniert ein. »Und Tante Em sagt, es wäre sehr einfach, es von der Wäscheleine zu nehmen. Ich habe mir den Wäscheplatz heute morgen angesehen, und es stimmt. Sie selbst könnten sich eines holen, wenn Sie Lust dazu hätten. Der Pfad, auf dem Sie gingen, führt ganz dicht an dem Wäscheplatz vorüber.«

»Oh.« Mrs. Brandon war für einen Augenblick aus ihrer Gemütsruhe gerissen. »Ja, ich vermute, es wäre möglich. Es ist sehr leichtsinnig von Em, ihre Wäscheleinen da spannen zu lassen, wo sie sie nicht sehen kann. Das verleitet zum Diebstahl. Und der Hut – fehlt auch einer ihrer Hüte?«

»Ich glaube nicht. Aber ein Schlapphut sieht im Dunkeln genau wie jeder andere aus.«

Mrs. Brandons Blick fiel auf den breitkrempigen Filzhut, den sie in der Hand hielt. Sie ließ ihn fallen, als habe er sie gestochen. Dann bückte sie sich eilends und hob ihn wieder auf. Sie knallte ihn auf ihre aufgelösten Locken, erhob sich und meinte mit dünner Stimme:

»Es ist schrecklich heiß hier, nicht wahr? Alle diese Meiler – sollen wir zum Haus zurückkehren? Em wird inzwischen mit der Büroarbeit fertig sein, und ich hätte gern ein Glas Shandy.«

Sie ging zwischen den Akazien voran und hielt über ein Stück Brachland mit trockenem Gras und verstreuten rauhen Lavablöcken auf einen grünen Gürtel aus Bäumen und Bambussträuchern zu, die den Garten abschirmten. Als sie das Haus erreichten, verschwand sie, um ihren Mann anzurufen.

Victoria machte sich auf die Suche nach kalten Getränken. Sie entdeckte Eden, der sich im Speisezimmer ähnlich beschäftigte – obwohl er etwas Stärkeres als Shandy vorzuziehen schien.

»Hallo, Vicky. Was möchtest du? Scotch oder Rye? Oder wie wäre es mit Gin und Ingwerbier? Du hältst dich besser an flüssige Nahrung, denn es sieht wieder einmal ganz nach einem schnellen Lunch aus. Das ganze Hauspersonal ist hysterisch wegen der Fragen nach Grandmas Kleid. Ist das eine Gesellschaft!«

Victoria lachte. »Ich habe Mrs. Brandon mitgebracht. Sie telefoniert mit ihrem Mann, damit er sie abholt. Sie möchte gern ein Glas Shandy trinken, und ich auch. Ist Eis da?«

»Massenhaft. Ich habe eben erst eine Schale aus dem Kühlschrank geholt. Auch etwas Bier, da hast du Glück. Wie ich vermute, ist Mabel zu dem Zwecke hier, das Neueste zu erfahren. Hat sie dich ins Kreuzverhör genommen?«

»Ja«, gestand Victoria kläglich. »Ich versuchte, ihr auszuweichen, aber das war zwecklos. Sie ist wahnsinnig neugierig.«

»Sie ist verrückt vor Angst«, berichtigte Eden und mischte Bier und Ingwerbier in einem Krug.

»Sie hat Angst? Aber warum?«

»Weil ihr geliebter Sohn eine jugendliche Schwärmerei für meine Frau hatte«, antwortete Eden.

»Das ist doch kein Grund –«, begann Victoria bestürzt.

»Nicht?« Eden fügte Eiswürfel hinzu, füllte ein Glas und schob es Victoria hin. »Du kennst Mabel nicht! Sie spinnt, was ihr Lämmchen angeht. Ich habe den Verdacht, sie ist auf die blödsinnige Idee gekommen, Alice habe ihn abgewiesen, und daraufhin habe er rot gesehen und sie umgebracht, weil er sie lieber tot als für ihn verloren sehen wollte. Alles sehr dramatisch und ganz und gar lächerlich! Damit will ich nicht sagen, Ken wäre nicht dazu fähig gewesen. Tatsächlich ist er genau der Typ des hysterischen jungen Esels, von dem ab und zu in den Sonntagszeitungen berichtet wird, er habe seiner verflossenen Liebe aufgelauert und sie mit seinem eigenen (und identifizierbaren!) Schraubenschlüssel niedergeschlagen. Nur hat Mabel nicht den Verstand, einzusehen, daß er, wäre er es gewesen, sich fünf Minuten später erschossen hätte. Es sei denn, er hätte einen völlig anderen, von niemand vermuteten Grund dafür gehabt, Alice aus dem Weg zu räumen, und das ist absurd. Wenn es nur jemandem gelänge, Mabel das beizubringen! Dann bliebe es ihr erspart, sich zum Narren zu machen. Aber natürlich kann das keiner.«

»Warum nicht?« fragte Victoria ziemlich hitzig. »Weil es ›sich nicht schickt‹, nehme ich an!«

»Nein, Darling. Weil ich persönlich nicht wild darauf bin, mir die Augen auskratzen zu lassen. Versuch nur, Mabel anzudeuten, sie habe einer solchen Möglichkeit gestattet, in ihrem Gehirn aufzutauchen. Sie würde es noch mit dem letzten Atemzug leugnen und dir niemals verzeihen, daß du das gesagt hast. Leider ist der Gedanke trotzdem da und spukt in ihrem Unterbewußtsein herum, wenn sonst nirgends. Nichts anderes erklärt, warum sie sich ständig neue Vorwände ausdenkt, um hier herumgeistern und endlose Fragen stellen zu können und sich im allgemeinen wie eine aufgeregte Henne zu benehmen. Die liebe Mabel. Das Beste, was wir für sie tun können, ist, daß wir ihrem Shandy einen doppelten Brandy hinzufügen.«

Er mixte sich selbst einen Tom Collins und hob Victoria sein Glas entgegen. »Auf dein Wohl, Darling. Laß dich vonall dem nicht unterkriegen. Du bist zu reizend, um in eine so unangenehme Sache hineingezogen zu werden. Halt dich heraus, Vicky.«

Klang in seiner Stimme ein warnender Ton mit oder nicht? Etwas mehr als der bloße Wunsch, ihr Unruhe zu ersparen? Der unbehagliche Gedanke schoß Victoria durch den Kopf wie ein kleiner Fisch, der in tiefem Wasser aufblitzt. Vielleicht hatte es sich in ihrem Gesicht gezeigt, denn Eden stellte sein Glas ab, kam zu ihr, legte ihr die Hände auf die Schultern und sah ihr in die Augen.

»Ich ertrage die Vorstellung nicht, daß du an unsern Kümmernissen teilhaben sollst – an irgendwelchen Kümmernissen. Und wenn ich nur willensstark und aufopfernd statt schwach und abscheulich selbstsüchtig wäre, würde ich auf deiner Abreise bestehen. Doch das werde ich nicht tun, denn du bist der einzige Lichtblick in meiner gegenwärtigen Misere.«

Er lächelte auf sie herab, und wieder, wie am gestrigen Tag, setzte Victorias Herz für einen Schlag aus. Der Druck seiner Hände auf ihren Schultern verstärkte sich. Der Augenblick schien sich unendlich auszudehnen.

»Oh, Vicky«, sagte Eden mit brüchiger Stimme, »was für ein Tor bin ich gewesen!«

Plötzlich ließ er sie los, griff nach seinem Glas und dem Krug mit Shandy und sagte: »Da kommt Mabel. Laß uns hinausgehen und draußen trinken.«

Er wandte sich ab und ging auf die Veranda. Victoria, die ihm langsamer folgte, sah Em und Gilly aus der Flurtür treten.

»Ah!« rief Mr. Markham begeistert, als er das Glas in ihrer Hand erblickte. »Alkohol! Genau, was ich brauche, nachdem ich eine geschlagene Stunde dem Thema Milch gewidmet habe (ein trübseliges Getränk und eins, das ich nie anrühre). Haben Sie etwas Stärkeres als Bier anzubieten, Eden?«

»Sie finden das Übliche auf der Anrichte im Speisezimmer«, antwortete Eden. »Bedienen Sie sich.«

»Danke, das werde ich. Wie ist es mit Ihnen, Em?«

»Nichts, danke. Ich schätze es nicht, mitten am Tag Alkohol zu trinken«, knurrte Em und ließ sich in einen Korbsessel fallen.

»Sie wissen nicht, was Ihnen entgeht«, bemerkte Gilly gutgelaunt und verschwand im Speisezimmer.

Mabel nahm ein Glas Shandy an und setzte sich auf einen langen Korbdiwan, der an der Wand stand. Die Rückenlehne wurde von drei kühn gemusterten Kissen gebildet. Das vierte befand sich wahrscheinlich noch im Besitz der Polizei. Mabel musterte ihre Gastgeberin besorgt und bemerkte: »Sie sehen gar nicht gut aus, Em. Sie sollten sich von Dr. North ein Stärkungsmittel geben lassen.«

»Danke, Mabel, ich habe nicht den Wunsch, mir den Magen mit nutzlosen Mittelchen zu füllen. Ich bin nur müde, das ist alles. Ich habe die Büroarbeit satt und die unendlichen Fragen und die dauernde Anwesenheit der Polizei auf meinem Grund und Boden. Das bringt außerdem die Dienstboten aus dem Takt. Ist der junge Hennessy noch da, Eden?«

»Nein«, antwortete Eden. »Nachdem er das Küchenhaus in Hysterie versetzt hat, zog er sich zurück, um seinen Bericht zu schreiben. Wir werden sicher Greg hier haben, sobald dieser ihn gelesen hat.«

»Hat Hennessy irgend etwas aus den Dienstboten herausgeholt?«

»Nichts als entrüstetes Leugnen und eine Andeutung, die Hunde seien für den Diebstahl verantwortlich. Oh, und mehrere fehlende Geschirrtücher, die in einer der Hütten zutage kamen. Einer der *Totos* hat sich offenbar eine Sammlung davon angelegt. Aber keine Spur von deinem Kleid.«

»Wo sind die Hunde heute?« Mabel beugte sich vor und spähte die Veranda entlang, als erwarte sie, die Hunde unter den Sesseln versteckt zu finden.

»Eingesperrt«, teilte Eden ihr mit. »Und sie sollen bleiben, wo sie sind. Sie mögen Polizei auf dem Grundstück ebensowenig leiden wie Grandma.«

»Vernünftige Tiere«, stellte Em mißmutig fest. »Gilly, da kommt Ihre Frau. Holen Sie ihr etwas zu trinken. Guten Tag, Lisa. Was ist es diesmal?«

Gilly, der mit einem Glas in einer Hand und einer Ginflasche in der anderen aus dem Speisezimmer kam, machte kehrt, um ein zweites Glas zu holen. Lisa stieg die Stufen hoch. Sie wirkte kühl und adrett und hübsch in einem Kleid aus hellblauem Popelin mit weitem Rock und Margeritenmuster. Gilly kam mit einem Glas Gin mit Limone für seine Frau zurück, und Lisa sagte: »Ich bin nur herübergekommen, um wegen des Picknicks zu fragen. Das verschieben Sie doch sicher?«

»Was für ein Picknick?« fragte Em. »Ach ja, ich erinnere mich. Das werden wir morgen veranstalten, um Victoria das Tal zu zeigen. Nein, ich sehe keinen Grund, warum wir es verschieben sollten. Es wird uns allen guttun, für einen Tag vom Haus wegzukommen – und von der Polizei! Mabel, Sie und Hector kommen doch, nicht wahr? Und Ken. Das wäre also geregelt. Wohin sollen wir fahren?«

»Zum Kratersee«, schlug Mabel vor. »Gerade eben habe ich Victoria davon erzählt. Es ist ein faszinierender Ort, Victoria. Ein See im Krater eines erloschenen Vulkans. Es heißt, er sei bodenlos, und –«

Sie wurde durch die Ankunft eines Landrovers unterbrochen. Darin saßen Hector Brandon und ein schlanker Junge, der die übliche Tracht der jungen Männer trug – eine außerordentlich schmutzige graue Flanellhose und einen Pullover mit Polokragen. Eine Locke fiel ihm künstlerisch in die Stirn, die nicht völlig frei von den Pickeln war, mit denen das Erwachsenwerden sensible Jünglinge zu schlagen pflegt. Hectors und Mabels Sohn besaß ein Paar brennender brauner Augen, ein mageres und gar nicht unsympathisches Gesicht und wirkte im allgemeinen wie ein mißverstandener unbedeutender Poet.

Das also, dachte Victoria, war der Junge, auf den sie einen Blick erhascht hatte, als er am Morgen ihrer Ankunft wie ein Wahnsinniger die Seestraße entlanggebraust war, und von dem es hieß, er sei katastrophal verliebt in Alice DeBrett gewesen.

Die unerwartete Ankunft Ken Brandons hatte ihre Aufmerksamkeit so gefesselt, daß ihr das Vorhandensein eines dritten Mannes im Landrover völlig entgangen war. Sie bemerkte ihn erst dann, als Drew Stratton neben ihr Platz nahm und liebenswürdig bemerkte, es sei ein schöner Tag.

Victoria biß sich vor Schreck auf die Zunge. »Was? Oh, Sie sind es. Ich wußte nicht, daß Sie da sind. Was sagten Sie?«

»Ich machte den klassischen Eröffnungszug des gesellig veranlagten Engländers und bemerkte, es sei ein schöner Tag. Nun sind Sie an der Reihe.«

Victoria betrachtete ihn ziemlich skeptisch. »Ich wußte nicht, daß Sie heute vormittag herkommen würden.«

»Wäre es Ihnen lieber, ich wäre nicht gekommen? Ich fürchte, jetzt ist es zu spät, um noch viel dagegen zu tun, aber ich werde nicht lange bleiben.«

Victoria errötete. »Sie wissen ganz genau, daß ich es so nicht gemeint habe. Ich war nur überrascht, Sie zu sehen.«

»Angenehm überrascht, hoffe ich?«

»Nein!« Victorias Augen sprühten Funken. »Es ist wohl nie besonders angenehm, mit Leuten zusammenzutreffen, die einen nicht leiden können, und Sie können mich ganz und gar nicht leiden, stimmt's? Das haben Sie mich vom ersten Augenblick an spüren lassen. Aber warum können Sie mich nicht leiden?«

Drew gab ihren empörten Blick nachdenklich und ohne jede Verlegenheit zurück und machte ihr das Kompliment, auf höfliches Leugnen zu verzichten. Er sagte: »Wegen Alice DeBrett.«

»Alice? Aber ich habe sie nicht einmal gekannt! Das verstehe ich nicht.«

»Wirklich nicht? Ich glaube, das Thema habe ich schon einmal angeschnitten. Sie sind ein sehr hübsches Mädchen, Miss Caryll, und Sie waren einmal mit Eden verlobt. Ich weiß nicht, warum Sie die Verlobung aufgelöst haben. Aus welchem Grund auch immer, Sie können nicht im Ernst damit gerechnet haben, daß Alice sich über Ihre dauernde Anwesenheit im Haus gefreut hätte!«

Victoria erstarrte. Sie merkte, daß ihre Hände vor Zorn bebten, und verschlang sie fest in ihrem Schoß. Mit trügerisch unschuldiger Stimme fragte sie: »Und waren Mrs. DeBretts Empfindungen so wichtig für Sie, Mr. Stratton?«

Sie sah absichtlich zu Ken Brandon hinüber, der verdrossen mit Lisa Markham sprach. Drew bemerkte den Blick und deutete ihn richtig. Er stellte trocken fest: »Ich war nicht verliebt in sie, falls Sie das meinen. Können Sie das gleiche bezüglich Alices Mann sagen?«

Die Zornesröte wich aus Victorias Gesicht. Wieder, wie gestern abend, sah sie jung und verloren und hilflos aus – und verängstigt.

Ihre Entrüstung und ihre starre Haltung fielen von ihr ab. Mit so leiser Stimme, daß er sie kaum verstand, sagte sie: »Ich weiß es nicht. Ich wünschte, ich wüßte es. Dachten Sie, ich wäre hergekommen, weil ich versuchen wollte, ihr Eden wegzunehmen?«

»Nein.« Drew dachte nach. »Sie erzählten mir, Ihre Tante habe Sie gebeten zu kommen. Aber da Sie sich ja denken konnten, wie es Alice zumute sein würde, hätten Sie auch ablehnen können.«

»Sie haben ganz recht.« Victoria sprach immer noch im Flüsterton, der sich mehr an sie selbst zu richten schien als an Drew. »Ich hätte niemals kommen dürfen. Aber – ich sehnte mich danach, nach Kenia zurückzukehren. Mutter war tot, und ich hatte niemanden mehr als Tante Em. Ich wollte wieder – irgendwo hingehören und nach Hause kommen, und ich zwang mich, nicht an Eden zu denken. Er war verheiratet, und es war alles vorbei. Ich habe mir Alice gar nicht richtig als einen Menschen vorgestellt. Sie war nur der Beweis dafür, daß alles vorbei war, und machte es für mich ungefährlich. Doch jetzt ist es anders...«

Drew sah von ihr zu der Stelle, wo Edens ungezwungene Grazie und sein verblüffend schönes Profil sich vor dem gleißenden Sonnenlicht des Gartens abhoben. Es überraschte Drew, daß sich ihm das Herz vor Eifersucht und Abneigung zusammenzog. Mißbilligend fragte er: »Weil er jetzt frei ist? War es das, was Sie sagen wollten? Aber das sollte doch alles erfreulich einfach für Sie machen.«

Victoria schüttelte den immer noch gesenkten Kopf. Es war eine ganz kleine Geste, aber irgendwie enthüllte sie einen solchen Abgrund von Unglücklichsein und Bestürzung, daß sein Zorn nicht standhielt. Er sagte: »Es tut mir leid. Das war unhöflich und zudringlich von mir. Und es geht mich auch gar nichts an. Sollen wir über etwas anderes reden?«

Er begann, ihr von einem Filmteam zu erzählen, das vor kurzem in Nairobi eingetroffen war, bis Em ihn mit einer Frage wegen des Picknicks und der unterschiedlichen Vorzüge von Thermosflaschen und Kesseln unterbrach.

»Keine Kessel«, erklärte Hector. »Ich bin dagegen, daß Feuer gemacht wird. Es ist sehr trocken gewesen, und wir könnten unabsehbaren Schaden anrichten. Werden wir etwas schießen? Wenn ja, muß ich mein Gewehr mitnehmen. Es wäre überhaupt besser, ein oder zwei Gewehre dabeizuhaben, nur für alle Fälle. Schließlich kann man nie wissen. Vielleicht versteckt sich der unvermeidliche Terrorist des harten Kerns in jener Gegend. Das Gerücht will nicht verstummen, die Banden hätten einen Unterschlupf irgendwo in der Nähe vom Kratersee. Sicher ist sicher. Und wir könnten ein Warzenschwein oder ein Perlhuhn vor die Mündung bekommen.«

»Wir müssen eine Liste anlegen«, verkündete Mabel, »damit wir ja nichts vergessen. Hat jemand Papier und Bleistift?«

»Warum die Mühe?« erkundigte Eden sich träge. »Mehr als reichlich Essen und Trinken und genug Decken, um hinterher darauf zu schlafen, brauchen wir doch nicht.«

Mabel maß ihn mit freundlicher Verachtung und bemerkte, das sei typisch Mann. Es gebe Dutzende von Dingen, die man zu einem Picknick mitnehmen müsse: ein Mückenspray und eine Fliegenklatsche, ein Erste-Hilfe-Koffer, Streichhölzer, Schlangenserum –

Eden sagte lachend zu Victoria: »Jetzt weißt du, was dir bevorsteht, Vicky. Schlangen im Gras und Warzenschweine im Unterholz und der unvermeidliche Terrorist, der am Horizont lauert. Ein schöner, friedlicher Nachmittag in Kenia! Sie brauchen sich aber nicht mit dem Erste-Hilfe-Koffer zu belasten, Mabel. Wir haben immer einen im Landrover. Bandagen, Schienen, eine Flasche Jod und so weiter. Mit Morphium und Pinzetten sind wir nicht ausgerüstet, doch vielleicht können Sie das beisteuern.«

»Das kann ich in der Tat«, gab Mabel ungerührt zurück. »Ich halte es für ganz verkehrt, in einem Land, wo es ständig Notfälle gibt, nicht darauf Notfall vorbereitet zu sein. Deshalb habe ich immer eine Flasche Jod in der Tasche. Sie haben keine Ahnung, wie leicht hierzulande ein Kratzer septisch werden kann. Aber bisher haben Hector und ich noch nie eine Blutvergiftung gehabt.«

»Was das angeht – ich auch nicht«, grinste Eden. »Und noch dazu ohne die Hilfe von Jod! Erzählen Sie mir bloß nicht, daß Hector und

Ken das Zeug auch ständig mit sich herumschleppen!«

»Selbstverständlich tun sie das! Es ist eine elementare Vorsichtsmaßnahme, auf der ich bestehe. Man müßte eigentlich auch Kaliumpermanganat bereithaben.«

»Wofür? Um das Trinkwasser zu desinfizieren oder um den Salat zu waschen?«

»Gegen Schlangenbisse natürlich. Serum ist ein bißchen zu sperrig, um es in die Tasche zu stecken, mit der Spritze und all dem. Aber Kaliumpermanganat ist besser als nichts. Wenn man die Wunde über Kreuz einschneidet und die Kristalle einreibt, kann das sehr wirkungsvoll sein.«

»Hören Sie, Mabel«, sagte Eden ernsthaft, »blasen wir das Picknick ab und gehen wir statt dessen lieber ins Kino. Mir kommt das Ganze viel zu gefährlich vor. Meine Vorstellung von einem Picknick ist ein friedlicher Nachmittag, den ich flach auf dem Rücken im Schatten verbringe, nachdem ich bei kaltem Huhn, gefüllten Eiern, Wurstbrötchen und Salat, mit Kuchen und mehreren Gläsern Bier, herzhaft zugelangt habe. Ich bin bereit, es mit Fliegen und Ameisen aufzunehmen, aber ich habe gar keine Lust, mit einem Federmesser an mir herumschnitzen und mich mit Kaliumpermanganat verarzten zu lassen!«

»Äußerst unwahrscheinlich, daß das passieren wird«, meinte Hector beruhigend. »Eine Chance von hundert zu eins. Obwohl ich nicht sagen will, der Kratersee sei nicht wegen seiner Schlangen berüchtigt. Ich sah einmal eine Mamba dort, als ich ein junger Mann war. Kam auf mich zu wie der Wind. Häßliches Vieh. Nur gut, daß ich mein Gewehr dabeihatte. Ich pustete ihr den Kopf weg. Gelungener Schuß.«

Eden bedeckte die Augen und beugte den Kopf auf die Knie nieder. Gilly brach in brüllendes Gelächter aus, in das Em heiter einstimmte. Und sogar Ken Brandon gab vorübergehend seine düstere Byron-Pose auf und erlaubte sich ein Lächeln.

»Es war nicht im geringsten komisch, das kann ich Ihnen versichern!« schnaubte Hector. »Wenn ich sie verfehlt hätte – nun, das wäre mein Ende gewesen. Und Sie können mir glauben, das ist eine sehr schmerzhafte Todesart. Ich habe mal einen Mann daran sterben sehen. Blau im Gesicht, wand und krümmte er sich. Ganz und gar nicht lustig.«

Das zögernde Lächeln seines Sohns erweiterte sich zu einem Grinsen. »Hör schon auf, Dad! Du machst den Mädchen Angst. Lisa mag keine Schlangen. Nicht wahr, Lisa?«

»Nein.« Lisa schüttelte sich. »Gräßliche Dinger! Mbogo sagt, es sei eine Puffotterfamilie in einem Loch unter der großen Akazie am Tor. Er sagt, er habe ihre Spuren im Staub gesehen. Hu!«

Mabel zeigte ein teilnehmendes Erschauern. »In diesem Jahr scheinen sie zur Plage zu werden. Wir kommen auf der Straße ständig an toten Schlangen vorbei, die von Autos überfahren worden sind. Das ist das einzige, was mir am Rifttal nicht gefällt – die Schlangen. Hector und Ken machen sie nichts aus. Sie haben sie früher einmal für das Giftzentrum gesammelt. Dies Institut, wo sie Schlangen halten und ihr Gift zur Serumherstellung gewinnen.«

»In dem Fall«, erklärte Gilly, »sollte jede intelligente Schlange am Mittwoch einen weiten Bogen um uns machen.« Er schwenkte sein Glas und rezitierte:

»Bunte Schlangen, zweigezüngt!
Igel, Molche, fort von hier!
Daß ihr euer Gift nicht bringt
In der Brandons Jagdrevier!«

»Ich weiß wirklich nicht, weswegen du heute so vergnügt bist«, sagte Lisa ärgerlich.

»Das weißt du nicht, meine Süße? Nun, ich will dir mein Geheimnis anvertrauen. Ich habe eine herrliche Überraschung für dich. Em schickt uns nach Rumuruti, wenn Jerry Coles geht. Wie gefällt dir das?«

Erschrockenes Schweigen trat ein. Eden setzte sich aufrecht, während Lisa ihren Mann mit offenem Mund in groteskem Entsetzen anstarrte und Drew erstaunt die blonden Brauen hob. Sogar die Brandons machten einen bestürzten Eindruck. Nur Em blieb ruhig.

Die Wirkung seiner Ankündigung schien Gilly großen Spaß zu machen. Aber Lisas Blick heftete sich unwillkürlich auf Eden, und es entfuhr ihr: »O nein! Das ist nicht wahr! Wir können nicht –«

»Natürlich ist es wahr«, sagte Gilly fröhlich. »Warum blicken Sie alle so überrascht drein? Ich versuche seit Wochen, Em zu überreden, mir den Posten zu geben, und jetzt hat sie endlich Vernunft angenommen. Heute morgen habe ich die Ernennung erhalten. Der Verwalter von Rumuruti. Das bin ich. Beziehungsweise, das werde ich. Wollen Sie mir nicht gratulieren, Eden?«

Eden preßte die Lippen zu einem harten, unheilverkündenden Strich zusammen. Eine drohende Minute lang starrte er Gilly nur an, und dann wandte er sich an seine Großmutter. »Ist das wahr?« fragte er böse. »Hast du ihm tatsächlich Coles' Posten versprochen? Hast du das getan?«

»Komm, komm, mein lieber Junge«, tadelte Hector, mit dem Takt eines angreifenden Nashorns intervenierend. »Vergiß nicht, daß du mit deiner Großmutter sprichst!«

Drew sagte sehr leise: »Vorsichtig, Hector!«, aber Eden achtete nicht auf die Unterbrechung. »Hast du das getan?« drängte er, die Augen auf Em gerichtet.

Em sah langsam und betont von Eden zu Lisa und wieder zurück. Gelassen erklärte sie: »Gewiß, mein Lieber. Ich dachte darüber nach, und es schien mir eine ausgezeichnete Idee zu sein. Ich gebe zu, daß ich früher anderer Meinung war. Aber die Umstände verändern die Sachlage. Und unter den gegenwärtigen Umständen mag sich das schließlich doch als sehr zufriedenstellende Lösung erweisen. Für alle Betroffenen. Victoria, Liebes, du hast uns noch gar nicht gesagt, ob du irgendein bestimmtes Ausflugsziel lieber sehen möchtest als den Kratersee.«

Victoria war es peinlich, auf einmal in die Unterhaltung einbezogen zu werden. Sie versicherte, keine besonderen Wünsche zu haben, und war vielleicht die einzige unter den Anwesenden, die Ems scheinbar zusammenhanglose Frage als einen Versuch deutete, das Thema zu wechseln. Eden streifte sie mit einem schnellen Blick und sah dann zu Lisa hin, deren Augen immer noch verzweifelt auf ihn gerichtet waren. Plötzlich zog ein Ausdruck des Begreifens und etwas, das beinahe hätte Erleichterung sein können, über sein Gesicht.

Die steife Haltung seiner schlanken Gestalt verlor sich, und er lehnte sich in seinem Sessel zurück. Gilly, der seine Frau mit glänzenden, aufmerksamen Augen und einem etwas boshaften Lächeln beobachtet hatte, fragte: »Freust du dich gar nicht, Liebes? Ich dachte, du würdest entzückt sein! Beförderung. Höheres Gehalt. Schönes Haus. Neue Gesichter – hoffe ich. Das alles wird dir viel Freude machen.«

Lisa schwieg. Endlich wandte sie ihren Blick von Eden ab. Ihr Gesicht war weiß und hölzern und ihr Mund eine dünne rote Linie. Hector ergriff als erster wieder das Wort.

»Muß schon sagen«, meinte er kritisch, »das überrascht mich. Hätte nicht gedacht, daß Sie der Aufgabe gewachsen wären, Gilly. Wenn Sie nichts dagegen haben, daß ich offen spreche.«

»Aber ich habe etwas dagegen«, erwiderte Gilly. »Und, offen gesprochen, ich glaube nicht, daß es Sie, verdammt noch mal, etwas angeht. Dabei fällt mir ein –« Er drehte Hector den Rücken und sagte in gemütlichem Plauderton zu Ken: »Was ich Sie schon immer fragen wollte, Ken – war das Kerry Lad, den Sie am Dienstagabend ritten? Denn wenn ja, sollten Sie ihn wirklich für das erste Springreiten bei der Royal Show melden. Es kann nicht viele Pferde geben, die über diese Hecke und den Draht auf der Grenzseite meines Gartens setzen, ohne zu Schaden zu kommen. Sie müßten mühelos siegen.«

Ken Brandon antwortete ihm nicht, und zum zweiten Mal an diesem Vormittag senkte sich verstörtes Schweigen über die Menschen auf der Veranda nieder. Doch jetzt war das Gesicht des Jungen so weiß und verkrampft wie vorhin Lisas, und die Affektiertheit und die Byron-Pose fielen von ihm ab. Er starrte Gilly an wie ein hypnotisiertes Kaninchen und leckte sich die trockenen Lippen. Dann stand Mabel jäh auf und stellte sich zwischen die beiden. Ihre rosigen Wangen und die grauen Löckchen bebten.

»Ich weiß nicht, wovon Sie reden, Gilly«, sagte sie mit ruhiger

Heiterkeit. »Ken hat am Dienstag White Lady geritten. Stimmt das nicht, Em? Und sie ist als Springpferd nicht gut.«

»Ich meine nicht das erste Mal, als er herüberkam«, erwiderte Gilly freundlich. »Ich rede von später.«

»Später war er nicht draußen«, erklärte Mabel bestimmt und wandte sich Lady Emily zu. »Wir müssen jetzt wirklich gehen, Em. Danke für den Shandy. Er war köstlich. Wo treffen wir uns morgen? Ich schlage vor, Sie alle kommen gegen elf bei uns vorbei, da es auf Ihrem Weg ist, und dann können wir uns auf die verschiedenen Wagen verteilen und weiterfahren. Drew, Sie machen doch mit? Ja, natürlich, Sie müssen! Ein Nein als Antwort akzeptieren wir nicht. Wer welches Essen mitbringt, haben wir geregelt, nicht wahr? Dann geht das in Ordnung. Komm, Ken, mein Lieber. Auf Wiedersehen, Victoria. Ich freue mich, Jacks Tochter kennengelernt zu haben. Können wir Sie mitnehmen, Drew? Oh – es ist ja Ihr Landrover, oder?«

»Ja.« Drew erhob sich und drückte seine Zigarette aus. »Ich bin ein ungeladener Gast bei dieser Party. Anscheinend habe ich das einzige Transportmittel, das nicht im ungeeignetsten Moment zusammenbricht. Was seine Nachteile hat.«

Sein Lächeln nahm den Worten die Beleidigung, und die Atmosphäre im Raum entspannte sich beinahe sichtbar. »Das ist richtig«, pflichtete Hector ihm bei. »Leider ist unseres zusammengebrochen. Wieder diese verdammte Kupplung. Drew hat uns aufgelesen. Seinen Vormittag vergeudet, fürchte ich. Ich hoffe, es macht Ihnen nichts aus, uns auch zurückzubringen, Drew?«

»Überhaupt nichts, Sir. Ich bin entzückt. Auf Wiedersehen, Em. Erwarten Sie wirklich von mir, daß ich morgen bei diesem Picknick in Erscheinung trete?«

»Sie haben gehört, was Mabel sagte«, gab Em mit einem Gesichtsausdruck zurück, den man bei jedem anderen als Naserümpfen bezeichnet hätte. »Sie ›akzeptiert ein Nein als Antwort nicht‹. Deshalb erwarte ich natürlich, Sie dort zu sehen.«

»Na gut«, sagte Drew resigniert, »obwohl, ehrlich gesagt – um mir Hectors Lieblingswort auszuborgen –, wenn ich eine Spur von

Verstand hätte, würde ich mich nach Nyali oder an die Nordgrenze begeben, bis die Stimmung hier weniger geladen ist.«

»Greg würde Sie nicht gehen lassen«, erinnerte Em ihn ernst. »Sie haben nämlich auch kein Alibi!«

Der Landrover stob in einer Staubwolke davon. Die Markhams gingen durch den Garten nach Hause. Eden sah ihnen nach und sagte langsam: »Worauf wollte Gilly hinaus mit dieser Geschichte, Ken sei am Dienstagabend über unser Land geritten? Glaubst du, er war hier?«

»Ja«, antwortete Em kurz. »Ich nehme an, er war ziemlich oft hier, und das aus keinem besseren Grund als dem durch die Tradition geheiligten, an dem Haus vorüberzugehen, in dem seine Angebetete wohnte. Verliebte junge Männer tun das seit Jahrhunderten – und werden es weiterhin tun! Aber Ken ist jung genug und töricht genug, um den Versuch zu machen, die Tatsache zu verbergen. Das nutzt Gilly aus, ihn – und Mabel – aufzuziehen. Es ist sehr ungeschickt von Gilly. Ich werde mit ihm darüber reden müssen. Drew hat ganz recht. Die Stimmung hier ist verdammt geladen. Das gefällt mir nicht. Das gefällt mir ganz und gar nicht!«

Sie seufzte schwer, erhob sich aus ihrem Sessel und ging die Veranda hinunter, wobei sie in der Art alter Leute vor sich hin murmelte.

Der Rest des Tages verging recht friedlich. Aber in der Nacht schlief Victoria nur wenig. Stunde um Stunde lag sie wach, anfangs von ihren eigenen Problemen, später von Furcht gequält. Denn während die Zeit langsam verging, begann sich das erst so stille Haus mit zahllosen leisen, verstohlenen Geräuschen zu füllen, bis Victoria manchmal hätte schwören können, es schleiche jemand durch die verdunkelten Zimmer – gehe auf Zehenspitzen über den Flur und bewege offene Türen sehr vorsichtig, damit die Angeln nicht quietschten.

Sie hatte ihre Tür verschlossen, als sie zu Bett ging, und sie hatte sich deswegen geschämt. Aber als sie in der Dunkelheit wach lag und ihre Ohren spitzte, fiel ihr ein, daß es keinen Zweck hatte, die Tür vor einem Geist zu verschließen, und daß, wenn es Poltergeister überhaupt gab, einer in diesem Augenblick in ihrem Zimmer sein mochte, sie beobachtete und sich über ihre Angst amüsierte.

Der Garten vor ihrem Fenster war von weißem Mondschein erfüllt, doch selbst dort war es nicht still. Unten in den Papyrussümpfen riefen die Vögel. Sie kreischten wie Möwen an einem windigen Tag, obwohl kein Wind ging und es Nacht war.

Versteckten sich wirklich noch Überreste der Mau-Mau-Banden im Sumpf? Verzweifelte, gejagte, hungrige Männer, heimlich mit Essen versorgt von solchen, die bei Tageslicht treue und mit Vertrauen belohnte Diener der Siedler rings um den See waren?

Mehrmals während dieser langen Nacht waren die Hunde zu hören. Sie knurrten und bellten und kratzten an der Tür des zweckentfremdeten Vorratsschuppens, in dem sie eingesperrt waren. Sicher konnte es dafür harmlose Gründe geben: eine über das Dach laufende Ratte oder eine streunende Katze. Aber war es nicht auch möglich, daß sie einen Mann anbellten, der mit Lebensmitteln aus den Quartieren der Feldarbeiter schlich? Traf sich der Mann mit einem Schatten, der durch die Dunkelheit der Shamba und des Papyrussumpfes gekommen war? Ein Schatten, der vielleicht Alice DeBrett getötet hatte –?

12

Der Landrover holperte und klapperte und sprang über die unbefestigte Seestraße. Er zog die unvermeidlichen Staubwolken wie ein Zug seine Dampfwolke hinter sich her. Der Vormittag war heiß, der Himmel stahlblau.

Die Landschaft war hier, in der Nähe der Vorberge des Berges Mau rauher. Merkwürdig geformte Hügel, die früher Vulkankegel gewesen waren, reckten sich aus der Ebene hoch. Ihre Farbe wandelte sich von Grün zum dunkelsten Mitternachtsblau, wenn ein träger Wolkenschatten sie einhüllte und den schwarzen Umriß vor dem gleißenden Sonnenlicht der Umgebung abzeichnete.

Zu dieser Stunde des Tages war wenig Wild zu sehen. Während der heißen Mittagszeit zogen sich die großen Zebra- und Gazellenherden, die am frühen Morgen und am späten Nachmittag auf dem weiten offenen Gelände grasten, in den Schatten der Bäume zurück. Aber in einem Akazienwäldchen vor einem kleinen Dorf heulte und sprang und tanzte eine Gruppe von Pavianen in den Zweigen, als der Landrover vorüberfuhr.

Die Teilnehmer an der Picknick-Gesellschaft waren getrennt auf der Farm der Brandons eingetroffen und hatten sich dann zu je drei Personen auf die drei Landrover verteilt. Ken Brandon und Lisa fuhren mit Drew Stratton, Em mit Mabel und Hector, Victoria und Gilly mit Eden.

Eden hatte auch Thuku, Ems afrikanischen Fahrer, und den alten Zacharia mitgenommen, dem langweilige, aber notwendige Arbeiten wie das Säubern schmutziger Messer und Teller, das Beseitigen des Abfalls und das Wegpacken geleerter Körbe zufielen. Auch Samuel, der Fahrer der Brandons, war dabei, denn es galt immer noch als nicht ungefährlich, einen Wagen in den abgelegeneren Teilen des Rifttales unbewacht stehenzulassen. Sowohl Samuel als auch Thuku hatten geladene Gewehre bei sich.

»Da ist der Kratersee«, verkündete Gilly und brach damit ein

Schweigen, das über mehrere Kilometer angedauert hatte. »Oder vielmehr, da ist der Rand des Kraters. Da drüben rechts –«

»Aber dahin führt keine Straße«, wandte Victoria ein.

»Aber liebes Kind, wir brauchen in diesem Land keine Straßen«, sagte Gilly. »Wofür halten Sie uns? Für Schwächlinge? Ich räume ein, daß diese abschreckende Kette von Steinen und Löchern, über die wir die letzten mehr als fünfzehn Meilen gerumpelt sind, sich Straße nennt. Aber Sie werden keinen wesentlichen Unterschied bemerken, wenn wir auf offenes Gelände kommen. Los geht's!«

Während Gilly sprach, hatte Eden den Landrover von der staubbedeckten Straße weggelenkt. Sie fuhren jetzt einen langen Hang hinauf, dessen Kamm mit Felsen, Bäumen, Dornbüschen und Dickichten wilder Oliven bedeckt war.

»Sehen Sie, was ich meine?« Gilly fiel auf seinen Sitz zurück, nachdem er mit dem Kopf gegen das Segeltuchdach geschleudert worden war. Victoria, die sich versehentlich auf die Zunge gebissen hatte, nickte stumm und stemmte sich gegen die scharfe Schlagseite nach Steuerbord. Der Wagen kletterte über die Steine und Wurzeln eines steilen Viehpfads und hielt endlich auf einer kleinen Lichtung, wo die vorausgefahrenen beiden Landrover bereits parkten.

»Ja, weiter können wir nicht fahren«, sagte Eden, zog die Handbremse und wischte sich den Staub aus den Augen. »Von hier aus müssen wir zu Fuß gehen.«

Gilly stieg aus und ging zum Heck des Wagens, um das Ausladen des Biers zu beaufsichtigen, und Eden sprang auf den Boden und streckte Victoria hilfreich die Arme entgegen.

Er hielt sie eine volle Minute lang fest, bevor er sie freigab. Victoria sah in die grauen Augen, die den ihren so nahe waren, und merkte verwundert, daß ihr Puls sich nicht beschleunigt und ihr Herz nicht ausgesetzt hatte. Zum ersten Mal in ihrem Leben sah sie ihn an wie einen Freund oder Cousin und nicht wie den strahlenden romantischen Helden, der er so viele Jahre für sie gewesen war.

Ihre Füße berührten die Erde. Sie fühlte sich rauh und fest unter ihren Schuhen an, und ihr war, als habe sie endlich aus der Welt der Illusion in die Wirklichkeit zurückgefunden.

Eden hatte sie losgelassen, aber sie entfernte sich nicht. Sie stand im hellen Sonnenschein und sah ihn ernst und aufmerksam an. Er zeigte sein bezauberndes spöttisches Lächeln und fragte leichthin: »Was ist, Vicky? Studierst du meine Gesichtszüge?«

»Nein«, antwortete Vicky langsam. »Ich kenne dein Gesicht auswendig. Ich glaube, das ist immer mein Problem gewesen. Ich habe dich nie richtig kennengelernt.«

»Du meinst, du hast nie tief in mich hineingesehen? Dann fang jetzt nicht damit an, Darling. Vielleicht würde ich dir nicht gefallen, und das könnte ich nicht ertragen.«

Er zog ihre Hand an seine Lippen, und dann plötzlich veränderte sich sein Gesicht. Die Wärme verschwand aus seinen Augen, und er ließ ihre Hand fallen. Victoria drehte sich um und sah, daß Lisa und Drew zu den Wagen zurückgekehrt waren und nur wenige Meter von ihnen entfernt standen. Sie mußten Zeugen der kurzen Szene geworden sein. Ebenso offensichtlich war es, daß beide nicht angenehm davon berührt waren. Drew blickte unfreundlich und gelangweilt und sehr mißbilligend drein, und Lisa war unverhohlen wütend.

Es war irgendwie ein äußerst peinlicher Augenblick, der in gar keinem Verhältnis zu der Trivialität des Geschehens stand. Angesichts Lisas eifersüchtiger Blicke und Drews kalter Augen errötete Victoria so heftig, als habe sie sich einer groben Unschicklichkeit schuldig gemacht. Sie wandte das Gesicht ab und entdeckte, daß auch Gilly ein gespannter Zuschauer war. Er war um den Wagen nach vorn gekommen, lehnte sich dagegen und studierte seine Frau mit objektivem Interesse wie irgendeine Fremde, die er bisher nie gesehen hatte. Seine Augen saugten sich fest an ihrer betont weiblichen und gar nicht für ein Picknick passenden Kleidung. Wieder lagen Verstehen und Bosheit in seinem Gesicht und verrieten, daß er genau wußte, für wen sie sich so schöngemacht hatte.

Sein Blick wanderte weiter und blieb auf Victoria haften, die hübsch und schlank in Hemd und Hose war. Nachdenklich und wie ein Mensch, der einen Gedanken laut ausspricht, sagte er: »Ja, ja, sie ist tüchtig, dies Mädchen. Die benutzt ihren Kopf. Lisa wird schnell arbeiten müssen. Sehr schnell!«

Eden fragte kalt: »Was plappern Sie da, Gilly? Sind Sie fertig mit dem Ausladen?«

»Ich sann wie Polonius über die Schwachheit der menschlichen Natur nach«, antwortete Gilly. *»Die, ungestüm von Art, sich selbst zerstört / Und leitet zu verzweifelten Entschlüssen / Sooft als irgendeine Leidenschaft, / Die unterm Mond uns quält.* Und falls Sie von dem Bier sprachen: jawohl. Ich habe es ausgeladen, und es ist auf dem Weg nach oben. Sollte nicht lieber jemand hierbleiben und ein Auge auf unsere Wagen werfen, nur für den Fall, daß der unvermeidliche Terrorist diesen gesunden Ort immer noch als Versteck benutzt?«

Drew ordnete an: »Thuku kann in der Nähe bleiben.« Er nahm Lisa am Arm, drehte sie herum und stieg mit ihr den steilen Abhang hoch. Die anderen folgten ihnen einer nach dem anderen.

Lisa hatte kein Wort gesprochen. Aber Drew, der ihren Arm hielt, spürte, daß sie wie im Fieber zitterte. Er sagte scharf: »Augen auf, Lisa! Wenn sie nicht aufpassen, wo sie hintreten, brechen Sie sich am Ende noch den Knöchel. Und da sind wir schon –«

Sie waren auf einen weiten Platz voller Geröll hinausgekommen. Unter ihnen lag, eingefaßt von den steilen Kraterwänden und umsäumt von einem Dschungel aus Buschwerk und Akazien, ein kleiner, grüner See. Es war der unheimlichste Ort, dachte Victoria hinabblickend, den sie je gesehen hatte. Und der stillste.

Der Himmel über ihnen war klar und blau, doch der See spiegelte ihn nicht wider. Das ganze Kratertal war so grün und dunkel und ruhig, als liege ein kalter Wolkenschatten darauf. Victoria zog sich erschauernd vom Rand der Klippe zurück und meinte zweifelnd: »Das sieht wie ein ziemlich unfreundlicher Ort aus, nicht wahr?«

»Daniel kommt zu richten!« zitierte Gilly. »Genau meine Meinung. Ein Leichenschauhaus. Aber keine Bange, ein paar Drinks werden Ihre Stimmung beträchtlich heben – und meine auch. Und falls Sie sich vor den Gefahren des afrikanischen Buschs ängstigen: Hector, Eden und Ken sind alle erstklassige Schützen, und Drew hätte sogar Annie Oakley mit Glanz und Gloria besiegt. Alles, was

sie konnte, kann er besser. Sie sind so sicher wie in Abrahams Schoß – abgesehen von den Fliegen. Und die wird wahrscheinlich Mabel mit ihrem Giftspray vertreiben. Gehen wir.«

Victoria lachte ein bißchen verlegen. Drew warf ihr stirnrunzelnd einen kurzen Blick zu, drehte sich um und ging am Rand des Kraters voran bis zu einem Punkt, von dem aus ein einigermaßen einfacher Abstieg die Kraterwand hinunter zu den Bäumen und dem See möglich war.

Samuel, der Fahrer der Brandons, kam ihnen auf dem schmalen Pfad entgegen. Er hatte geholfen, die Körbe hinunterzutragen, und Em, Mabel und Hector in aller Gemütlichkeit auf Decken im Schatten sitzend vorgefunden, während Zacharia den Picknickkorb auspackte.

Ken Brandon, der allein auf Kundschaft gegangen war, berichtete, er habe die Pfotenabdrücke eines Leoparden auf einem Fleck feuchten Lehms an der anderen Seite gesehen, und zwischen den Büschen liege das Skelett eines großen Warzenschweins. Er wies einen der riesigen, gekrümmten Hauer vor. »Sehen Sie sich das an! Muß der Urgroßvater aller Warzenschweine gewesen sein. Ich habe noch nie Hauer von dieser Größe gesehen.«

Die Aura verbitterter Düsterkeit war im Augenblick von ihm gewichen, und er sah jungenhaft und erfrischend normal aus, wie er den vergilbten Brocken Elfenbein in Händen hielt.

»Von einem Leoparden getötet?« erkundigte sich Drew.

Ken schüttelte den Kopf. »Nein. Die Knochen sind vollständig. Wahrscheinlich Altersschwäche. Oder vielleicht wurde er irgendwo auf Convilles Gebiet verwundet und ist zum Sterben hierhergekommen.«

»Kann er nicht auch von einer Schlange gebissen worden sein?« meinte Gilly.

Ken ließ den Stoßzahn zu Boden fallen, und sein Gesicht verlor den belebten Ausdruck. »Vielleicht«, antwortete er mit tonloser Stimme. Er ging und setzte sich neben Lisa, die zur Seite rückte, um ihm Platz zu machen.

Es war gut zwei Uhr vorbei, bis Zacharia in dem schaumigen Wasser des Sees das Geschirr gespült und mit Hilfe Samuels die Picknickkörbe den Klippenpfad hinauf zu den Wagen getragen hatte.

Hector ging, um sich die Leopardenspur und das Skelett des Warzenschweins anzusehen. Seine Frau dagegen zog einen dicken Leinenbeutel hervor und setzte sich zum Stricken nieder. Em, die sich vorausblickend mit einem Kissen versorgt hatte, gab ihre Absicht bekannt, mindestens eine Stunde lang zu schlafen.

Die übrigen Mitglieder der Gesellschaft entfernten sich, um den Krater zu erkunden – mit Ausnahme Gillys, der sieben Pink Gins und zwei Flaschen Bier getrunken und erst mit Hector gestritten und dann Ken Brandon beleidigt hatte, worauf Em ihn scharf zurechtwies. Jetzt zog er sich mit einer Decke und einer Dose Mückenspray zurück, um seinen Rausch hinter dichtem Buschwerk auszuschlafen. Lisa, deren Sandaletten nicht für eine Erkundung geeignet waren, klammerte sich an Edens Arm, so daß sie zurückblieben und von den anderen getrennt wurden. Victoria fand sich plötzlich allein mit Drew Stratton und dem jungen Mr. Brandon. Keiner ihrer Gefährten zeigte den geringsten Wunsch zu einer Unterhaltung. Als sie den Krater beinahe umrundet hatten, drehte Victoria sich zu Ken um. Sie wollte ihn fragen, wo er die Pfotenabdrücke des Leoparden gesehen habe, mußte jedoch feststellen, daß auch er seiner Wege gegangen war.

»Er hat uns vor etwa zehn Minuten verlassen«, bemerkte Mr. Stratton gelangweilt. »Möchten Sie sonst noch irgend etwas besichtigen?«

»Nicht hier.« Victoria schüttelte sich. »Mir gefällt dieser Ort nicht. Und ich glaube nicht, daß wir ihm gefallen. Es ist zu ruhig.«

Sie wandte lauschend den Kopf. In der Stille vernahmen sie ein schwaches, aber deutliches Geräusch. Es kam von einer Stelle zwanzig oder dreißig Meter vor ihnen, und gleich darauf identifizierte Victoria es als Schnarchen. Das mußte Gilly Markham sein – oder Em! Das Schnarchen endete mit einem lauten Schnaufer und begann nach einer Pause von neuem. Victoria erkundigte sich voller Unbehagen bei Mr. Stratton, ob er wirklich glaube, daß ein Leopard im Krater sei.

»Schon möglich«, antwortete Drew uninteressiert. »Es gibt Hunderte von Verstecken zwischen den Steinen, und diese Pfotenabdrücke waren ziemlich frisch. Was ein Grund unter mehreren ist, daß man Sie hier nicht allein herumwandern lassen darf.«

Victoria blieb stehen und funkelte ihn an. »Wenn Sie damit sagen wollen, daß Sie nur bei mir bleiben, um mich zu beschützen, können Sie sich die Mühe sparen. Mir wird nichts geschehen, und ich möchte nichts mehr besichtigen.« Sie setzte sich auf einen passenden Felsblock, hob das Kinn und setzte kalt hinzu: »Lassen Sie sich nicht aufhalten.«

Drew sah sie eine volle halbe Minute nachdenklich an. Dann zuckte er leicht die Schultern und ging.

Victoria sah ihm mit einer Mischung aus Ärger und Unruhe nach und geriet sehr in Versuchung, ihn zurückzurufen. Nicht weil sie mit einer Bedrohung durch Leoparden oder Terroristen rechnete, sondern weil es ihr unheimlich war, an diesem geisterhaften Ort allein gelassen zu werden, auch wenn sie wußte, daß neun andere Personen in Rufweite und mindestens drei von ihnen – Tante Em, Mrs. Brandon und Mr. Markham – weniger als dreißig Meter von ihr entfernt waren. Aber Drew war in dem dichten Baumgürtel verschwunden, und sie hörte auch keine Zweige mehr rascheln. Sie saß da und lauschte, doch in dem ganzen Krater schien sich nichts zu bewegen, und die Stille floß in ihn zurück und füllte ihn, wie man ein Glas mit Wasser füllt.

Es war ganz und gar keine friedliche Stille, sondern ein verstohlenes, alles durchdringendes Schweigen. Ohne einen Grund zu haben, fürchtete Victoria sich. Wohin waren alle anderen gegangen? Hatten sie sich weggeschlichen und sie an diesem furchterregenden Ort allein gelassen? Sie mußte sie wiederfinden. Sie wollte zu den Bäumen hinübergehen, wo sie gegessen hatten, und sich neben Tante Em und Mrs. Brandon setzen und dem beruhigenden Klappern von Mrs. Brandons Stricknadeln zuhören.

Aber sie konnte sich nicht aufraffen, die erste Bewegung zu machen, die diese drückende Stille gebrochen hätte. Und als sie schließlich Menschen zwischen den Bäumen hörte, waren die Geräusche genauso unheimlich wie vorher die Stille. Es war, als schreite jemand – oder waren es vielleicht mehrere Leute? – mit unendlicher Vorsicht und so lautlos wie möglich im Krater umher.

Einmal rollte ein Stein mit leisem, metallischem Poltern, das unangenehm an Zähneklappern erinnerte, die Klippe herunter, und dann knackte ein Zweig. Victoria fuhr herum, aber es war niemand da. Nur die Bäume und die Schatten und das hohe Gras – und eine flüchtige Bewegung, was Einbildung oder ein durch die Blätter schlüpfender Vogel gewesen sein mochte.

»Wer ist da?« rief Victoria und erschrak über die Heiserkeit ihrer eigenen Stimme. »Ist da jemand?«

Die Worte klangen erstaunlich laut, aber niemand antwortete ihr. Eine oder zwei Minuten später raschelte das Unterholz, als schleiche sich jemand oder etwas fort. Das leise Geräusch wurde schwächer, bis es von der Stille ganz verschluckt war. Obwohl sich danach nichts mehr regte, stand Victoria nicht auf. Sie saß wie erstarrt und lauschte angestrengt, während die Sonne langsam sank und der tiefblaue Schatten der Klippe über den Kratersee vorwärtskroch. Erst als er sie berührte, gab sie sich einen innerlichen Ruck und erhob sich.

Ich benehme mich wie ein Idiot, dachte Victoria angewidert. Sitze hier und versetze mich für nichts und wieder nichts immer mehr in Panik, nur weil alle anderen vernünftigerweise Tante Ems und Mrs. Brandons Beispiel gefolgt sind und sich zum Schlafen hingelegt haben! Mit diesem Gedanken kehrte der Mut zurück, und ihre Ängste kamen ihr kindisch vor. Sie ging über den sumpfigen Rand des Sees auf die Stelle zu, wo das Picknick stattgefunden hatte. Fast hatte sie sie erreicht, als ein Geräusch an ihre Ohren drang, das sie schmerzlich an ihren Flug von England nach hier erinnerte. Victoria blieb angeekelt stehen. Mr. Markham, vom Schlaf erwacht, war offenbar – und bedauerlicherweise – damit beschäftigt, sich von seinem Lunch und dem Übermaß an Alkohol zu trennen, mit dem er seinen vielgeplagten Magen gequält hatte.

Victoria machte kehrt und zog sich auf Zehenspitzen wieder

zurück. Zum ersten Mal tat ihr Gillys Frau aufrichtig leid. Sie war bis in die Mitte des gegenüberliegenden Seeufers gekommen, als Hector Brandon ein paar Meter vor ihr aus den Büschen drang und ihr fröhlich zuwinkte. Einen Augenblick später schloß sich auch Lisa Markham ihnen an. Sie entdeckten Ken Brandon, der mit einer großen Kamera fotografierte, und als sie die kleine Lichtung erreichten, stieg Drew gerade den Klippenpfad hinunter, und Eden schlenderte zwischen den Baumstämmen hervor.

Em schlief, den Hut bis über die Nase heruntergezogen. Mabels fleißige Nadeln waren verstummt, während ihre Besitzerin sanft schnarchte.

»Ein hübsches und friedliches Bild«, bemerkte Eden. »Aber falls wir den Tee nicht hier trinken wollen, ist es Zeit, daß wir weiterziehen. Wach auf, Grandma, Darling!«

Em grunzte wie ein aufgeschrecktes Warzenschwein, setzte sich mit einem Ruck hoch, der ihren Hut zur Seite schleuderte, und sah ihren Enkel böse an.

»Ich wünschte«, sagte sie ärgerlich, »ihr würdet alle weggehen und mich ein bißchen schlafen lassen. Sicher könnt ihr euch doch eine halbe Stunde lang anderswo amüsieren?«

»Du hast geschlafen, Grandma. Und länger als eine Stunde! Es geht auf halb vier.«

»So ist es«, bestätigte Hector, der seine schlafende Frau ebenfalls geweckt hatte. »Zeit, daß wir uns auf den Weg machen. Da sind schon Zacharia und Samuel, um die Decken wegzutragen. Am besten geben Sie ihnen auch Ihr Kissen. Ich hoffe, wir haben keine Flaschen herumliegen lassen. Wo ist Gilly?«

»Schläft vermutlich immer noch seinen Rausch aus«, sagte Eden. Er erhob die Stimme und rief: »He, Gilly, aufwachen! Wir gehen jetzt! Ken, laufen Sie und holen Sie ihn.«

»Holen Sie ihn selber«, gab Ken mürrisch zurück.

Eden hob die Brauen. Der Junge errötete und sagte: »Schon gut«, und lief um das Buschwerk herum, hinter das sich Gilly zum Mittagsschläfchen zurückgezogen hatte. Sie hörten einen Ausruf des Ekels und dann ein gemurmeltes: »Wieder besoffen!« Dann sagte

Ken laut: »He, Gilly – wir wollen aufbrechen. Wachen Sie auf! Gilly –!«

Es folgte ein unbeschreibliches Keuchen. In der nächsten Minute war Ken wieder da, das Gesicht kreideweiß vor Entsetzen und die Augen groß und glasig. »Ich – ich kann ihn nicht aufwecken! Ich glaube, er hat einen Anfall.«

Drew verschwand im Laufschritt, dicht gefolgt von Hector. Die übrigen Ausflugsteilnehmer folgten dicht danach.

Gilly zitterte heftig. Drew blickte hoch und erklärte kurz: »Es sieht wie ein Fieberanfall aus. Hat er je Malaria gehabt, Lisa?«

»Nein.« Lisa, die sehr blaß geworden war, starrte den schlotternden Körper ihres Mannes voll Abscheu an. »Nicht daß ich wüßte. Aber er hat einmal –« Sie brach ab und biß sich auf die Lippe.

»*Delirium tremens* gehabt«, vollendete Hector geradeheraus. »Ja, das wissen wir. Vielleicht haben Sie recht.«

»Unsinn!« polterte Em. »Er mag zuviel getrunken haben, aber so betrunken war er bestimmt nicht. Muß Malaria sein.«

»Er fühlt sich nicht heiß an.« Drew legte die Hand auf Gillys schweißbedeckte Stirn.

Em beugte sich zu ihm nieder, zuckte japsend zurück und schlug mit ihrem Stock nach etwas, das von einer Falte der Decke verborgen gewesen war.

»Vorsicht!« brüllte Hector und sprang vor: »Schlange!« Er riß Em den Stock aus der Hand und schlug auf die Puffotter ein, die sich neben Gillys Arm zusammengeringelt hatte. Ken Brandon eilte mit einem abgebrochenen Ast herbei, hob das schlaffe, zerschlagene Ding auf und schleuderte es weit fort. Es fiel platschend in den stillen See.

Mabel sagte: »Er ist gebissen worden – sehen Sie doch!« Sie ließ sich auf die Knie fallen und wies mit zitterndem Finger auf zwei kleine, purpurne Löcher auf Gillys bloßem Unterarm. An einem hing ein kleiner Blutstropfen, bereits geronnen. »Hol das Serum, Ken! Lauf! Es ist in der Wagentasche. Schnell!«

Ken rannte los, stolperte durch die Büsche und keuchte den Klippenpfad hinauf. Drew, der kein Wort gesprochen hatte, zog ein

Augenlid Gillys zurück. Nach einem kurzen, prüfenden Blick schob er seine Hand in das am Hals offene Hemd und fühlte nach dem Herzschlag. Er fragte: »Haben wir Brandy da?«

Hector riß einen kleinen Silberflakon aus der Tasche und reichte ihn ihm wortlos. Drew zwang die Flüssigkeit zwischen Gillys bebende Lippen, während Em das Chiffontuch von ihrem Hut riß und damit einen festen Druckverband oberhalb der Bißwunden anlegte. Sie verlangte ein scharfes Messer und machte einen tiefen Kreuzschnitt, aus dem das Blut träge hervorquoll.

Gilly bekam einen neuen Anfall, der ihn zu stoßweisem Atmen zwang. Sonst gab er keinen Laut von sich. Em ließ das Messer ins Gras fallen und fragte aufgeregt: »Wo bleibt Ken denn nur? Mabel, wo ist das Permanganat, von dem Sie sprachen? Er wird sterben, bevor Ken mit dem Serum zurückkommt! Tun Sie doch etwas!«

»Das Serum ist im Wagen«, würgte Mabel hervor. »In dem Erste-Hilfe-Koffer. Aber ich habe Jod hier –« Sie suchte in ihrer Rocktasche und brachte eine kleine Flasche zum Vorschein.

»Es ist vielleicht besser als nichts«, murmelte Em und goß den Inhalt über den Schnitt.

Die Minuten schlichen vorbei. Bis auf Gillys angestrengtes Röcheln war der Nachmittag so still, daß Victoria meinte, die Menschen, die ihn umstanden, müßten den Atem anhalten. Dann hörte sie jemandes Zähne klappern.

Em rief verzweifelt: »Eden, um Gottes willen, geh und sieh nach, wo Ken bleibt. Er müßte längst –« In diesem Augenblick schlitterte Ken den Klippenpfad herunter, riß eine ganze Steinlawine mit sich und krachte heiß und keuchend durch die Büsche.

Em riß ihm die Spritze aus der Hand, füllte sie und stach sie oberhalb der Wunde in Gillys Arm. Alle warteten atemlos, beobachteten das bleiche Gesicht. Mabel rieb seine schlaffen Hände. Das Zittern wurde schwächer, bis Gilly ganz ruhig lag. Sein farbloses Gesicht zuckte. Der Brandy, den Drew ihm in die Kehle gegossen hatte, tröpfelte ihm aus den Mundwinkeln.

Drew stellte den Flakon nieder und fühlte von neuem nach Gillys Herzen. Nach einer vollen Minute stand er auf und klopfte sich geknickte Grashalme von den Knien.

»Er ist tot«, stellte Drew fest.

Mabel stieß einen heiseren Schrei aus, und Lisa verfiel in schrilles, hysterisches Lachen. Es war irgendwie schlimmer, als es Weinen oder Tränen hätten sein können.

Em stand schnell auf und schlug ihr mit der flachen Hand ins Gesicht. Das Lachen brach mit einem erstickten Schluchzen ab.

»Führen Sie sie weg, Mabel!« befahl Em. »Bringen Sie sie zum Wagen.« Sie drehte sich zu Drew um. »Reden Sie keinen Unsinn! Natürlich ist er nicht tot. Das ist nur die Reaktion auf das Serum.«

»Ja, ich würde sagen, wahrscheinlich hat ihm das den Rest gegeben. Sein Herz hat es nicht mehr ausgehalten. Er ist wirklich tot.«

»Nein!« sagte Em heiser. »Nein!« Benommen blickte sie auf die Spritze, die sie noch in der Hand hielt, und dann schleuderte sie sie, von plötzlichem Abscheu gepackt, von sich. Eden drängte seine Großmutter zur Seite, ließ sich neben Gilly auf die Knie nieder und fühlte nach seinem Herzen, wie es Drew getan hatte.

Nach einer oder zwei Minuten hob er sein verzerrtes, entsetztes Gesicht. Bei diesem Anblick brach Lisa los: »Er ist tot, nicht wahr? Er ist tot! O Gott, was bin ich dumm gewesen! Gilly! – Gilly!«

Em sagte ärgerlich: »Mabel, ich hatte Sie gebeten, Lisa wegzubringen! Ist er wirklich tot, Eden?«

»Ja«, antwortete Eden kurz und kam langsam wieder auf die Beine.

Sie standen da und blickten auf Gillys mageres, knochiges Gesicht mit der klugen Stirn und dem schwachen Kinn hinab, und es schien sie zu verhöhnen. Der Mund stand halb offen, ein Winkel war herabgezogen, und die wäßrigen Augen glitzerten so boshaft durch die Wimpern, wie sie es im Leben getan hatten.

Lisa sagte in einem schluchzenden Flüstern: »Er ist nicht tot. Er lacht uns aus! Er lacht uns –«

Mabel legte einen Arm um Lisas Taille. Ihr sympathisches, sanftes Gesicht war grau und eingeschrumpft. Sie sah aus, als würde ihr gleich übel. Mit schwankender Stimme redete sie ihr zu: »Kommen

Sie weg von hier, Liebes. Drew, geben Sie mir den Brandy.«

Drew hob den Flakon auf und reichte ihn Mabel, aber Lisa weigerte sich, daraus zu trinken. Sie riß sich los und keuchte: »Nein – nein, ich will nicht! Woher soll ich wissen, ob er nicht vergiftet ist? Drew hat Gilly davon gegeben, und er ist gestorben! Woher soll ich wissen, daß nicht der Brandy ihn getötet hat?«

»Oh, um Gottes willen, Lisa, nehmen Sie sich zusammen!« fuhr Eden sie an. »Vicky, bitte, hilf Mabel, Lisa von hier wegzubringen.«

Aber Victoria hörte ihm nicht zu. Sie beobachtete Drew, der Gilly ansah, wie er einmal Em auf der Veranda von *Flamingo* angesehen hatte. Es war, als sei ihm plötzlich ein neuer und erschreckender Gedanke gekommen. Dieser Blick hatte Victoria damals beunruhigt, jetzt jedoch, zusätzlich zu dem Schock über Gilly Markhams Tod, ängstigte er sie mehr als Gillys Tod selbst. Sie wich von Drew zurück, tastete nach einer Stütze, fühlte einen Baumstamm hinter sich und lehnte sich dagegen. Ihr war eiskalt, und sie zitterte.

Nun wandte Drew sich ab und suchte in gebückter Haltung im Gras herum. Als er sich wieder aufrichtete, sah Victoria, daß er die Spritze in der Hand hielt, die Em weggeworfen hatte. Die Nadel war abgebrochen, und das Glas schien zerschmettert zu sein, aber er behandelte das Instrument mit der extremen Vorsicht eines Mannes, der eine scharfe Bombe anfaßt. Er wickelte es in sein Taschentuch, steckte es sehr sorgfältig in die Tasche und begann von neuem, aufmerksam in dem verfilzten Unterholz zu suchen.

Em fragte gereizt: »Was ist, Drew? Was suchen Sie?«

»Die Nadel«, antwortete Drew. »Vielleicht brauchen wir sie.«

»Wofür?« Hector verriet seine Ungeduld. »Mit einer abgebrochenen Nadel ist das Ding doch nicht mehr zu gebrauchen, wie Ihnen der gesunde Menschenverstand sagen müßte! Los, machen wir, daß wir hier wegkommen. Wie sollen wir ihn den Klippenpfad hinauftransportieren?«

Drew schenkte ihm keine Aufmerksamkeit und setzte seine Suche fort. Em sagte schwer: »Eden und Ken müßten es schaffen. Wir übrigen sollten lieber zu den Wagen zurückkehren.«

Mabel und die schluchzende Lisa vor sich herschiebend, drängte sie sich durch die Büsche. Sie ging sehr langsam, und als müsse sie sich jeden Schritt ertasten.

Victoria rührte sich nicht. Teils, weil sie sich unfähig fühlte, irgendeine Bewegung zu machen, und teils, weil Entsetzen und Neugier sie an Ort und Stelle festbannten. Warum hielt Drew es für wichtig, einen nutzlosen Gegenstand wie das abgebrochene Ende einer Nadel zu finden? Und warum sahen Hector und Eden ihm mit so gespannter Aufmerksamkeit zu? Warum trugen sie Gilly nicht schnell zu den Wagen? Man müßte ihn doch so rasch wie möglich in ein Krankenhaus bringen! Er konnte nicht tot sein! Nicht einfach so. Sicher konnte ein Arzt noch etwas unternehmen. Warum taten sie nicht irgend etwas – statt Drew Stratton zuzusehen und so –, so verkrampft und angestrengt und wachsam dreinzublicken?

Es raschelte hinter ihr, und sie fuhr herum. Das Herz klopfte ihr in der Kehle. Es war jedoch nur der alte Zacharia, der ruhig die Decken und Matten und verschiedene Kleinigkeiten einsammelte, die zuvor beim Wegschaffen der Picknickkörbe liegengeblieben waren.

Drew gab schließlich auf und machte zu den drei schweigenden Männern, die ihn beobachtet hatten, die unverständliche Bemerkung: »Sie werden auch das Klappmesser haben wollen. Wo ist es geblieben?«

Der Sinn dieser Worte blieb Victoria verborgen, aber ganz offensichtlich verstanden Eden, Hector und Ken sie sehr wohl. Edens Gesicht nahm den hölzernen Ausdruck an, den Victoria kannte, und Ken zog zischend die Luft ein, während Hectors bronzene Züge von einem dunklen Rot überzogen wurden. Er explodierte: »Hören Sie mal, Stratton – Sie halten sich da heraus! Wir wollen keinen hysterischen Unsinn von der Sorte mehr hören. Lisa verzeihe ich es. Sie ist seine Frau, und da ist es verständlich, wenn sie aus der Fassung gerät. Aber von Ihnen nehme ich das nicht hin! Verschwinden wir hier, und zwar schleunigst!«

Drew sagte: »Es tut mir leid, Hector, doch so einfach ist das nicht, das wissen Sie selbst. Wir müssen das Messer haben.«

Nur war das Messer nicht da. Sie stöberten im Gras und unter den

Büschen und schüttelten die Decke aus, auf der Gilly gelegen hatte, aber es war keine Spur davon zu finden.

»Wir verschwenden unsere Zeit«, schimpfte Hector. »Wahrscheinlich steckt es in Ems Tasche. Hören wir doch mit dem Unfug auf, und schaffen wir die Leiche weg. Das ist jetzt das Wichtigste.«

Nach einem langsamen und schwierigen Aufstieg aus dem Krater trafen sie endlich bei den Wagen ein. Und weder Em noch Mabel oder Lisa wußten etwas über das Klappmesser.

»Ich habe es da unten gelassen«, sagte Em. »Ich glaube, ich ließ es ins Gras fallen. Sicher haben Sie nicht richtig nachgesehen.«

»Wir haben alles abgesucht«, stellte Drew fest. »Wem gehörte es? War es Ihres?«

»Nein. Ich bat um ein Messer, und irgendwer reichte mir eins.«

»Wer?«

»Ich erinnere mich nicht. Und was spielt das auch für eine Rolle? Warum legen Sie Gilly in Ihren Wagen?«

Drew erklärte: »Wir sind zu dem Schluß gekommen, daß Eden und ich ihn nach Naivasha bringen sollten. Sie haben alle Hände voll mit Lisa zu tun.«

Er richtete an Mabel die Frage, ob sie Hectors Flakon mit dem Brandy noch habe.

»Ja.« Mabel reichte ihn ihm. »Allerdings fürchte ich, es ist nicht mehr viel übrig. Irgendwo muß noch eine Flasche Whisky sein, wenn Sie den lieber hätten.«

Drew steckte den Flakon ein, ohne zu antworten und wandte sich zum Gehen. Da sagte Em hinter ihm leise:

»Sie haben das Jod vergessen.«

13

Es war beinahe fünf Uhr, als sie wieder auf *Flamingo* eintrafen. Em schickte nach Dr. North und versuchte, Lisa in einem der Gästezimmer ins Bett zu stecken.

Lisa jedoch weigerte sich standhaft und unter hysterischen Ausbrüchen, auf *Flamingo* zu schlafen. Die Aussicht, eine Nacht in einem Haus zu verbringen, das einen Poltergeist beherbergt, kam ihr viel schlimmer vor, als allein in ihren eigenen leeren Bungalow zurückzukehren. Schließlich einigte man sich darauf, daß Mabel mit ihr gehen und die Nacht bei ihr bleiben sollte.

Em und Victoria aßen in dem von Kerzen beleuchteten Speisezimmer zu Abend. Gegen Ende der schweigsamen Mahlzeit stellte Victoria eine Frage, die sie schon seit Stunden beschäftigte.

»Tante Em, was hast du gemeint, als du Drew – Mr. Stratton – sagtest, er habe das Jod vergessen?«

Em sah von dem Essen hoch, das sie kaum berührt hatte. Ihr Gesicht war in dem weichen Kerzenschein grau und düster, so grau und düster wie ihre Stimme.

»Weil Drew alles andere als ein Dummkopf ist.«

Em schob ihren Teller zurück und starrte mit leerem Blick in die Kerzenflamme. Sie schwankte in dem leichten Luftzug, den Zacharia, der schweigend um den Tisch ging, verursachte. Victoria meinte voller Unbehagen: »Das verstehe ich nicht.«

»Nein«, antwortete Em langsam. »Das kannst du natürlich nicht verstehen. Es gibt so wenig Giftschlangen in England. Aber ich nehme an, Drew hat schon Leute an einem Schlangenbiß sterben sehen, und deshalb glaubt er, daß Gilly Markham ermordet worden ist.«

Sie hatte ganz ruhig und beiläufig gesprochen, aber Victoria schien es, als habe Em diese Worte gebrüllt und das ganze Haus halle davon wider. Ermordet...

Em winkte Zacharia ab, der ihr eine Schüssel darbot. Sie nahm eine Zigarette, zündete sie an der nächsten Kerze an und lehnte sich auf ihrem Stuhl zurück. Ihre massige Gestalt war formlos zusammengesackt.

Victoria fragte gepreßt: »Aber warum? Wie kommt er auf die Idee? Es war doch tatsächlich eine Schlange, nicht wahr? Wir alle haben sie gesehen. Denkt er, irgendwer habe sie hingebracht? Das ist doch nicht – er hat auch nichts davon gesagt. Ich war die ganze Zeit dabei, und er hat nichts davon erwähnt, es könne – könne –«

»Mord sein«, ergänzte Em. Und wieder fiel das Wort wie ein Stein in einen stillen Teich. »Er mag das Wort nicht benutzt haben, trotzdem ist er davon überzeugt.«

»Nein!« keuchte Victoria. »Das glaube ich nicht. Angenommen, irgendwer hätte absichtlich eine Schlange dort hingebracht. Dann hätte er keine Gewähr gehabt, daß sie Gilly biß. Sie hätte ihn selbst beißen können. Das würde niemand riskieren.«

»Oh, Drew glaubt bestimmt nicht, daß die Schlange absichtlich hingebracht worden ist«, erwiderte Em ungeduldig. »Sein Gedankengang wird der sein, daß jemand, der zufällig über das Mittel verfügte, die Gelegenheit schnell ergriff und dafür sorgte, daß Gilly auch wirklich starb. Eigentlich dumm, denn wenn er gebissen worden war, wäre er höchstwahrscheinlich sowieso gestorben. Meiner persönlichen Ansicht nach ist Drew auf dem Holzweg. Gilly wird einen Herzanfall gehabt haben, und deshalb hat er nicht aufgeschrien. Aber wenn ich das richtig beurteile, dann hat einer von uns beiden ihn getötet – entweder Drew oder ich. Und – und für keinen von uns ist es angenehm, mit diesem Gedanken leben zu müssen.«

»Du! Du meinst, er glaubt – du glaubst –« Victorias Stimme setzte aus. Sie schob ihren Stuhl zurück, stand auf und umklammerte die Tischkante. »Tante Em, du kannst nicht glauben, daß er es getan hat! Das ist unmöglich!«

»Nein, natürlich glaube ich das nicht.« Em wurde schon wieder ungeduldig. »Setz dich hin, Kind. Ich will keinen hysterischen Anfall. Das hilft nichts, und nach Lisas Gebaren von heute habe ich für viele Jahre genug davon. Und Drew glaubt ebensowenig, daß ich es getan habe – mit Absicht getan habe. Aber nur zwei Personen haben Gilly berührt. Drew und ich selbst. Ich habe die beiden Schnitte in seinen Arm gemacht und habe ihm eine große Dosis Schlangenserum gegeben, und Drew hat ihm eine gehörige Menge Brandy eingeflößt. Das kann man bei einem Mann, der einen Herzanfall hat, nicht machen, ohne ihn zu töten. Und dann wiederum, wenn jemand ihm Gift gegeben hat, um sicherzugehen, daß er starb, stehen vier Möglichkeiten zur Auswahl. Das Gift mag auf der Klinge des Messers oder in dem Jod oder in der Spritze oder in dem Brandy gewesen sein. Obwohl da immer noch die fünfte Möglichkeit ist, daß ihm schon beim Lunch etwas eingegeben wurde. Aber Zacharia hatte alle Gläser im See gespült. Ich habe mich erkundigt.«

Victoria ließ sich wieder nieder und starrte ihre Tante an. Sie sagte beschwörend: »Es ist nicht wahr. Man wird herausfinden, daß es nur ein Schlangenbiß war! Die Ärzte werden sich auskennen. Es kann nur ein Schlangenbiß gewesen sein.«

Em schüttelte den Kopf. »Leute, die von einer Giftschlange gebissen worden sind, sterben nicht auf diese Weise. Zu schade, daß Drew anwesend war. Sonst hätte wahrscheinlich niemand auf Einzelheiten geachtet. Oder wenn doch, hätte er den Mund gehalten.«

»Aber wenn es Mord war –«

»Es gibt Dinge, die schlimmer sind als ein Mord«, sagte Em müde. »Gerichtsverfahren, Hängen, Verdacht, Justizirrtum.« Sie drückte ihre Zigarette aus und zitierte leise: *»Duncan ging in sein Grab,/ Sanft schläft er nach des Lebens Fieberschauern;/ Verrat, du tatst dein Ärgstes: Gift noch Dolch,/ Einheim'sche Bosheit, fremder Anfall, nichts/ Kann ferner ihn berühren.* Hmm. Gilly liebte es, Shakespeare zu zitieren. Das hätte ihm sicher gefallen. *Einheim'sche Bosheit*... Ich frage mich –«

Em verfiel in brütendes Schweigen. Sie sah erschöpft und krank aus. Victoria betrachtete sie besorgt und wünschte aus ganzem Herzen, Eden würde zurückkehren. Aber obwohl es mittlerweile längst neun Uhr vorbei war, gab es keine Spur von ihm. Als Em zu

Bett gegangen war, trat Victoria hinaus auf die dunkle Veranda, um nach dem Auto zu lauschen.

Der Mond stand schon hoch, und der Rasen und die Bäume waren silberweiß und mit schwarzen Schatten gefleckt. Wieder riefen von irgendwo da unten im Papyrussumpf die Vögel.

Eine Fledermaus flatterte über die Veranda und hätte beinahe Victorias Kopf gestreift. Etwas bewegte sich im Dunkeln und ließ ihr das Herz zum Hals springen. Aber es war nur Pusser, die Katze des Hauses, die offenbar in einem der Korbsessel geschlafen hatte.

Ärgerlich auf sich selbst stellte Victoria fest, daß ihr Herz raste und sie so heftig atmete, als sei sie schnell gelaufen. Warum kam Eden nicht zurück? Was machten die beiden – er und Drew? Es war Stunden her, daß sie den Kratersee mit Gilly Markhams Leiche verlassen hatten.

Irgendwo im Haus schlug eine Uhr zehn, und das Licht im Speisezimmer, wo Zacharia das Silber weggelegt hatte, wurde ausgeschaltet. Victoria hörte seine sich den Flur hinunter entfernenden Schritte und dann das Zufallen einer Tür. Und ganz plötzlich herrschte Todesstille im Haus, und nur die Nacht draußen war voll von leisen Geräuschen.

Victorias Hände schlossen sich fest um die Armlehnen ihres Sessels. Sie warf einen schnellen Blick über die Schulter auf die offene Tür, die in die Eingangshalle führte. Aber das stille Haus kam ihr furchterregender vor als der vom Mondschein erhellte Garten. So blieb sie, wo sie war, angespannt und lauschend, bis sie endlich das schwache, weit entfernte Brummen eines Autos hörte.

Es kam näher, und dann fiel gelbes Scheinwerferlicht auf die Pfefferbäume und warf lange schwarze Schatten über die geschwungene Zufahrt. Eden stieg die Verandastufen herauf. Er blieb stehen, als er Victoria erblickte.

»Vicky! Was tust du hier? Du solltest längst im Bett sein. Hast du auf uns gewartet?«

»Uns?« fragte Victoria. Erst jetzt entdeckte sie, daß Drew Stratton und der junge Mr. Hennessy von der Polizei mitgekommen waren.

»Drew hat mich zurückgefahren. Es war sein Wagen. Und Bill wurde mitgeschickt, um ein Auge auf uns zu halten und aufzupassen, daß wir uns nicht in Richtung Grenze absetzen. Beide bleiben über Nacht. So ist es am praktischsten, denn Greg will uns morgen früh alle sprechen. Sie können sich das Doppelbett im blauen Zimmer teilen, und ich hoffe, einer von ihnen schnarcht!«

An der Tür zur Halle fragte er plötzlich: »Es ist doch hier nichts passiert, oder? Geht es Grandma gut?«

»Nein. Ich meine – es ist nichts passiert. Tante Em ist zu Bett gegangen. Ich bin aufgeblieben – weil mir nicht nach Schlafen zumute war.«

»Trotzdem siehst du aus, als hättest du Schlaf nötig«, meinte Eden. Das Licht aus der Halle fiel auf Victorias Gesicht. »Ist mit Lisa alles in Ordnung?«

»Ich glaube schon. Tante Em forderte sie auf, hierzubleiben, aber sie wollte nicht. Mrs. Brandon leistet ihr heute nacht Gesellschaft.«

»Das geschieht Mabel recht. Es wird ihr gar kein Vergnügen machen!«

Nur eine einsame Tischlampe brannte in einer Ecke des Wohnzimmers. Eden schaltete alle anderen Lichter an und sagte: »So ist es besser! Vicky, ob du wohl so lieb sein könntest, uns Kaffee und Sandwiches zu besorgen? Wir kommen geradewegs aus Nairobi zurück. Ich hätte anrufen sollen, aber ich wollte vermeiden, daß Grandma alle möglichen peinlichen Fragen stellt, während das halbe Tal über den Gemeinschaftsanschluß mithört.«

»Kaffee und Sandwiches stehen im Speisezimmer bereit«, antwortete Victoria. »Tante Em sagte, wahrscheinlich würdest du etwas zu essen brauchen, wenn du zurückkommst. Warte, ich hole es.«

»Vielen Dank, Victoria.« Eden ließ sich zufrieden in einen Lehnstuhl sinken. »Oh, bin ich müde!«

Er lehnte sich zurück und schloß die Augen. Victoria blickte auf ihn nieder. Sie kam sich mütterlich vor und als müsse sie ihn beschützen – und als sei sie auf seltsame Weise plötzlich erwachsen geworden.

Da merkte sie, daß auch sie beobachtet wurde. Sie drehte den

Kopf und begegnete Drew Strattons kühlem, gleichmütigem Blick. Aber heute abend lag keine Feindseligkeit in seinen blauen Augen, nur Interesse und eine schwache Spur von Überraschung. Victoria gab ihm den Blick ebenso kühl zurück, und dann ging sie, die Thermosflaschen und die Sandwiches mit Hühnerfleisch zu holen, die Zacharia auf der Anrichte im Speisezimmer bereitgestellt hatte.

In der Halle brannte eine Lampe, aber die beiden langen Gänge, die davon abzweigten, waren voll von Schatten, und das Haus war so still, wie es der Kratersee gewesen war. Wartete es darauf, daß etwas geschah, wie der Kratersee gewartet hatte? Aber das ist absurd! dachte Victoria ungeduldig. Das war nicht das Haus, sondern ihre eigene Nervosität und ihre wilde Phantasie. *Nicht durch die Schuld der Sterne, lieber Brutus,/ Durch eigne Schuld nur sind wir Schwächlinge* – Gilly ... Gilly hatte es geliebt, Shakespeare zu zitieren, und Gilly war tot. Was hatte Em gesagt? *Gift noch Dolch, einheim'sche Bosheit ... nichts kann ferner ihn berühren.* Ja, er war sicher – wenn der Tod Sicherheit bedeutete. Aber Eden und Tante Em? Und sie selbst, Victoria? – Was war mit ihnen?

Von neuem erschauerte Victoria. Sie biß die Zähne zusammen und tastete nach den Lichtschaltern.

Eine einzige rotgefärbte Birne erleuchtete die Anrichte, ließ aber den übrigen Raum im Dunkeln. Ohne sich damit aufzuhalten, weitere Lampen anzuknipsen, ergriff Victoria ein volles Tablett, drehte sich um und sah Drew Stratton hinter sich stehen.

Sie hatte ihn nicht eintreten gehört, und sie war so erschrocken, daß das Tablett zu Boden gefallen wäre, hätte Drew es ihr nicht abgenommen. Ihr blasses Gesicht und die aufgerissenen Augen riefen ein Stirnrunzeln bei ihm hervor. Er fragte: »Was ist los? Haben Sie mich nicht gehört?«

»Nein«, antwortete Victoria atemlos. »Sie haben mich erschreckt.«

»Das sehe ich. Sie hätten nicht aufbleiben sollen. Wie ich annehme, haben Sie allein herumgesessen und sich zu Tode geängstigt?«

»So ähnlich«, gab Victoria mit schwachem Lächeln zu. »Was tun Sie da mit dem Tablett?«

»Ich überzeuge mich, daß die Ware den Ankündigungen entspricht«, sagte Drew. »Allerdings, da nur Eden erwartet wurde, werden die Sachen wohl ungefährlich sein. Wer hat das gemacht? Sie?«

Er hatte das Tablett wieder auf die Anrichte gestellt und schraubte den Verschluß der Thermoskanne auf.

»Nein. Vermutlich Zacharia. Oder der Koch. Warum?«

Drew antwortete nicht. Er zog den Korken heraus, goß einen kleinen Schuß Kaffee in eine der Tassen, roch argwöhnisch daran, steckte dann eine Fingerspitze in die Flüssigkeit und führte sie vorsichtig an die Zunge.

Die Bedeutung dieser Handlung ging Victoria zu ihrem Entsetzen mit einem Schlag auf. Sie wich mit einem Schrei zurück und legte die Hände an die Kehle. »Sie glau-glauben doch wohl n-nicht –« Wieder konnte sie den Satz nicht beenden, denn der Atem stockte ihr.

Drew verkündete: »Scheint in Ordnung zu sein.« Er steckte den Korken wieder in die Kanne und wandte seine Aufmerksamkeit den Sandwiches zu. Einen Augenblick später erkundigte er sich: »Für wie viele Personen hat Em Kaffee bestellt?«

»Ich – ich weiß es nicht. Sie sagte nur, Eden werde sicher gern etwas zu sich nehmen, wenn er zurückkomme, aber sie sprach mit Zacharia auf suaheli, deshalb verstand ich es nicht.«

»Hmm«, machte Drew nachdenklich. »Alle wußten, daß wir mit meinem Wagen gefahren waren und ich deshalb Eden wahrscheinlich zurückbringen würde. Aber da sind vier Tassen. Wenn die beiden zusätzlichen Zacharias Idee waren, zeigt es, daß der alte Gentleman mehr auf dem Kasten hat, als man vermuten sollte, und erwartete, es werde uns jemand von der Polizei begleiten. Das ist bemerkenswert.«

Victoria fragte heiser: »Warum ist ein Polizist hergeschickt worden? Warum nicht zu dem Bungalow der Markhams? Warum zu uns?«

»Nicht nur zu uns. Inzwischen wird nicht nur ein Polizist im Bungalow der Markhams sein, sondern auch noch ein weiterer bei den Brandons.«

»Warum? Ist Gilly wirklich ermordet worden?« Drew stellte die Sandwiches zurück und blickte auf. »Wie kommen Sie denn auf die Idee?«

»Tante Em sa-sagte, Sie würden es glauben. Wurde er ermordet?«

»Ja«, antwortete Drew kurz und nahm das Tablett hoch.

Victoria hatte in der ganzen vorigen Nacht kaum geschlafen und einen schrecklichen Tag hinter sich. Jetzt zeigte sich die Wirkung. Sie begann heftig zu zittern, und Drew stellte schnell das Tablett ab und nahm sie in die Arme.

Es war ein völlig unerwartetes Vorgehen, aber ein erstaunlich tröstliches. Victoria klammerte sich so fest an ihn, als sei er eine Rettungsleine in einer kalten See. Seine Arme waren warm und nahe und ermutigend. Das Zittern hörte auf, und sie sank an seine Brust. Vielleicht zum ersten Mal seit ihrer Ankunft auf *Flamingo* fühlte sie sich geborgen und ganz plötzlich sehr schläfrig. Sie versteckte den Kopf an seiner Schulter und gähnte. Drew lachte und ließ sie los.

»Wissen Sie was?« sagte er. »Das erinnert mich an einen dieser Kriminalromane, in denen die Heldin gerade dann, wenn man vor Hinweisen und Leichen nicht mehr durchfindet, die Handlung drei Seiten lang mit einer sentimentalen Szene aufhält. Trinken Sie noch im Wohnzimmer Kaffee mit uns, oder möchten Sie lieber ins Bett gehen?«

»Bett.« Victoria gähnte von neuem.

Drew begleitete sie den dunklen Gang hinunter zu ihrem Zimmer, und nachdem er das Licht für sie eingeschaltet hatte, unterzog er den Raum einer gründlichen Durchsuchung.

»Niemand im Schrank oder unter dem Bett. Und Bill Hennessy und ich schlafen im Nachbarzimmer und Eden nur ein paar Türen weiter. Deshalb brauchen Sie keine Angst zu haben. Ich muß zurück, oder die Polizei kommt mir nach. Sind Sie jetzt beruhigt?«

»Ja.« Victoria lächelte ihm schläfrig zu.

Drew nahm ihr Kinn in die Hand, neigte den Kopf und küßte sie ganz zart. Dann verschwand er den langen dunklen Flur hinunter. Victoria sah entgeistert auf die Tür, die sie hinter ihm verschlossen hatte.

Es war längst acht Uhr vorbei, als Victoria von einem Klopfen an ihrer Tür erwachte. Sie schloß auf und ließ die besorgte Majiri ein, die offenbar schon mehrere Versuche gemacht hatte, sie aufzuwecken.

Der Tag konnte kaum schöner sein, dachte Victoria, im Sonnenlicht blinzelnd. Es war schwer vorstellbar, daß gräßliche und furchterregende Dinge geschahen, während die Sonne schien und der Wind nach Geranien und Orangenblüten duftete und der See wie ein großer Aquamarin in einer Fassung aus Gold und Smaragden schimmerte. Und doch war Gilly tot.

Duncan ging in sein Grab…

Sie zog sich flink an und ging hinaus auf die Veranda, wo Eden, Drew und der junge Polizist mit ihrem Frühstück schon fast fertig waren. Em nahm das ihre im Bett.

Lisa und Mabel, die beide blaß und erschöpft aussahen, traten ein, als das Frühstücksgeschirr gerade abgeräumt wurde. Eskortiert wurden sie von einem Polizeibeamten, der sie vor den Verandastufen verließ und auf der Rückseite des Hauses verschwand.

Mabel trug das gleiche zerknitterte Baumwollkleid wie am Vortag, und sie sah aus, als habe sie überhaupt nicht geschlafen. Und Lisa Markham hatte zum ersten Mal, soweit ihre Bekannten sich erinnerten, wenig oder gar keine Mühe auf ihre äußere Erscheinung verschwendet. Ebenso offensichtlich war sie von Angst gezeichnet.

Victoria bot ihr schwarzen Kaffee an. Sie trank ihn gierig, und ihre Zähne klapperten gegen den Rand der Tasse. Sie stellte die Tasse so ungeschickt auf den Tisch zurück, daß sie zu Boden fiel und zerbrach.

Es war eine der Rockingham-Tassen gewesen, aber Lisa sagte kein Wort der Entschuldigung. Sie schien nicht einmal zu merken, was sie angerichtet hatte. Em, die auf der Veranda wie eine Königin in all ihrer Pracht auftauchte, warf einen Blick auf die Scherben und enthielt sich jeder Bemerkung. Sie nickte Mabel, Lisa und Drew zu, gab Victoria einen liebevollen und Eden einen etwas oberflächlicheren Kuß und ignorierte Mr. Bill Hennessy, der rosa anlief und akutes Unbehagen verriet. Und dann kamen Hector und Ken mit einem dritten Polizisten, der nach kurzer Beratung mit Mr. Hennessy sich ebenfalls auf die Rückseite des Hauses entfernte.

»Ich vermute, Sie werden alle zum Lunch bleiben«, sagte Em unmutig und betrachtete die Versammlung ohne Freude. »Wenn wir den ganzen Vormittag damit verbringen sollen, vernommen zu werden, sollten wir lieber –«

Sie wurde von Lisa unterbrochen, die unvermittelt aufstand und mit schwankender Stimme verkündete, sie fühle sich gar nicht wohl und bestimmt nicht wohl genug, um heute die Fragen Greg Gilberts oder eines anderen zu beantworten. Sie sei nur herübergekommen, weil Mabel gesagt habe, sie müsse, aber wenn sie gewußt hätte, daß Greg so rücksichtslos und bar jeden Gefühls sei, daß er sie ins Verhör nehmen wolle, wenn –

Ihr Wortschwall wurde schriller und höher, aber ihr Vorsatz, nach Hause zurückzukehren, wurde durch die Ankunft Greg Gilberts, zweier Polizeibeamter von Nakuru, mehreren schwarzen Polizisten und einem unbekannten Individuum in einem braunen Anzug vereitelt.

Greg beschränkte seine Begrüßung auf ein einziges knappes Nicken, das alle auf der Verande Anwesenden einschloß. Und dann zog die ganze Gesellschaft mit Ausnahme von Mr. Hennessy und den beiden Schwarzen in das Wohnzimmer um. Em führte den Zug an und ließ sich in königlicher Haltung in ihrem Ohrensessel nieder.

Greg verschmähte es, sich zu setzen. Er stellte sich mit dem Rücken zu den Fenstern vor den Halbkreis ängstlich gespannter Gesichter. Sein eigenes Gesicht war völlig unpersönlich und seine Stimme so ohne jede Emotion, als lese er einer Versammlung von völlig Fremden das Protokoll eines Klassentreffens vor.

Er sagte: »Sie werden alle wissen, warum ich hier bin. An Markhams Leiche ist eine Autopsie vorgenommen worden, und der Bericht des Arztes ist ganz eindeutig. Gilly wurde nicht von einer Schlange gebissen. Es besteht die Möglichkeit, daß er ermordet wurde.«

»Nein!« Lisa sprang auf, bleich und keuchend. »Das können Sie nicht behaupten! Es war eine Schlange – wir haben sie gesehen!«

Mabel streckte die Hand aus und zog sie wieder auf das Sofa nieder. Sie murmelte: »Lisa, meine Liebe, bitte! Lassen Sie ihn aussprechen.«

Greg sagte: »Sie mögen sie gesehen haben, aber sie hat ihn nicht gebissen.«

»Wir haben die Wunden gesehen, die die Zähne hinterlassen haben«, bemerkte Em ruhig.

»Das haben Drew und Eden ausgesagt.«

»Und ich sage es ebenfalls aus – und Mabel und Ken«, warf Hector ein. »Die Wunden waren so deutlich wie die Nase in Ihrem Gesicht!«

Greg zuckte die Schultern. »Sie haben zwei punktartige Wunden gesehen, die von allem Möglichen verursacht worden sein können, zum Beispiel von einem dieser Doppelstacheln eines Dornbuschs. Wenn sie jedoch von einer Schlange stammten, dann war es eine Schlange, die ihre Giftdrüsen entleert hatte oder zu alt für Gift war. Die Autopsie zeigte keine Spuren von Schlangengift, und ich bin der Meinung, daß die Schlange, die Sie sahen, eine tote Schlange war.«

»Aber –«, begann Em, brach ab und biß sich auf die Lippe.

Greg hakte flink ein: »Können Sie beschwören, daß sie lebte? Haben Sie tatsächlich gesehen, daß sie sich bewegte?«

Em zögerte und krauste die Stirn. »Ich dachte, ich hätte es gesehen. Sie bewegte sich, als ich nach ihr schlug, aber das hätte auch –«

»Natürlich lebte sie!« dröhnte Hector. »Ich habe sie eigenhändig getötet! Verdammt noch mal, ich habe doch Augen im Kopf!«

»Aber zum Lesen müssen Sie eine Brille tragen, nicht wahr? Und zwar eine starke«, entgegnete Greg. »Ebenso ist es mit Ihrer Frau und mit Lady Emily.«

»Das ist etwas anderes! Hören Sie – ich hätte doch nicht meine Zeit damit verschwendet, auf eine tote Schlange einzuschlagen. Ich brach ihr den Hals und zerschmetterte ihren Kopf.«

»Und dann warfen Sie sie in den See. Zu schade. Wenn wir sie in die Hände bekommen hätten, hätte sie uns eine Menge erzählen können.«

»Aber –«, begann Hector und verstummte ebenso, wie Em es getan hatte.

Eine kurze und peinliche Pause entstand. Dann meldete Ken Brandon sich mit prahlerisch langgezogener Aussprache zu Wort. »Ich habe die Schlange weggeschleudert. Na und? Wollen Sie vielleicht andeuten, das hätte ich getan, um ein Beweisstück zu vernichten?«

»Ken, Darling!« flehte Mabel in ersticktem Flüsterton. »Sei nicht so dumm. Bitte, sei nicht dumm, Darling.«

Greg bedachte den Jungen mit einem langen, kühlen, kritischen Blick und erklärte leise: »Niemand klagt Sie irgendeines Vergehens an – noch nicht.«

Mabel sog mit einem leise schluchzenden Laut den Atem ein. Hector trat rasch einen Schritt vor, das Kinn vorgestreckt und die Hände zu Fäusten geballt. »Jetzt hören Sie mal zu, Greg«, begann er kriegerisch.

Mr. Gilbert sah ihn kalt an, und obwohl er die Stimme nicht hob, klang sie so schneidend, daß die Wirkung wie das Knallen einer Peitsche war. »Ich leite diese Vernehmung, Hector, und ich werde es auf meine eigene Weise tun. Sie alle hier haben Fragen zu beantworten, nicht zu stellen. Übrigens möchte ich darauf hinweisen, daß ein bekanntes Sprichwort behauptet, wer sich entschuldige, klage sich an. Ich wiederhole, ich habe niemanden beschuldigt – noch nicht. Wollen Sie sich bitte setzen? Nein, nicht da drüben. Eden, stellen Sie ihm bitte einen Sessel hinter Mabel? Danke.«

Hector ließ sich widerstrebend nieder, wobei er halblaut vor sich hin brummte. Greg wandte seine Aufmerksamkeit von neuem Em zu.

»Sie waren dabei, eine Frage zu beantworten, als Hector Sie unterbrach. Sind Sie ganz sicher, daß die Schlange lebte, als Sie ihr das Genick brachen?«

»Nein«, erklärte Em gequält. »Ich nehme es an, denn ich bin überhaupt nicht auf den Gedanken gekommen, daran zu zweifeln. Vermutlich waren wir alle zu sehr in Sorge um Gillys Leben, als daß wir Einzelheiten hätten wahrnehmen können, und Puffottern sind oft träge Kreaturen. Beschwören möchte ich es allerdings nicht, weil –« Sie zögerte so lange, daß Greg nachhakte: »Weil –?«

Em seufzte, und die Konturen ihres Gesichts wurden schlaff. »Weil mir später klar wurde, daß Gilly, woran er auch gestorben sein mag, nicht an einem Schlangenbiß gestorben ist.«

»Warum?«

Em betrachtete ihn mit ungeduldiger Verachtung und sagte gereizt: »Sie brauchen mich nicht zu behandeln, als sei ich senil, Greg. Sie können sich doch denken, daß ich Leute an Schlangenbissen habe sterben sehen – noch vor Ihrer Geburt! Es ist, milde ausgedrückt, ein unerfreulicher Tod. Gilly ist nicht auf diese Weise gestorben, und wenn Sie meine Meinung hören wollen, so glaube ich, daß er einen Herzanfall hatte. Doch weil wir die Schlange sahen, zogen wir voreilig den Schluß, er sei gebissen worden – und töteten ihn.«

»Indem Sie ihm diese Injektion machten?«

Em nickte. »Drew sagte, das habe ihm wahrscheinlich den Rest gegeben, und er wird wohl recht haben. Hätten wir Gilly in Ruhe gelassen, wäre er vielleicht durchgekommen. Einen Herzanfall kann man überleben. Aber er hatte keine Chance. Die Schlange war schuld. Ich bin überhaupt nicht auf den Gedanken gekommen, es könne etwas anderes sein.«

»Es war nicht dein Fehler, Grandma«, sagte Eden mit rauher Stimme. »Hättest du es nicht getan, dann irgend jemand anders. Wir alle dachten, er sei gebissen worden. Woran ist er denn nun gestorben, Greg?«

»An Herzversagen«, erklärte Mr. Gilbert ruhig.

14

»Was?« brüllte Hector und sprang auf. Er stotterte vor Wut. »Zum Donnerwetter, was fällt Ihnen dann ein, uns auf diese Weise zu befragen? Bei Gott, Gilbert, ich hätte gute Lust, das vor den Gouverneur zu bringen! Sie haben die höllische Frechheit, einen Ihrer Männer in meinem Haus abzustellen und einen zweiten meine Frau und die Witwe des armen Gilly bewachen zu lassen, obwohl Markham eines natürlichen Todes durch Herzversagen gestorben ist!«

Mr. Gilbert wartete geduldig, bis Hector fertig war, und dann noch einmal mindestens eine Minute lang. Sein Schweigen hatte eine ernüchternde Wirkung auf Hector. Mit sehr viel weniger Heftigkeit und eine Spur unsicherer fragte er: »Nun? Was können Sie mir darauf antworten?«

»Eine ganze Menge«, führte Mr. Gilbert liebenswürdig aus. »Erstens einmal erfolgt der Tod in den meisten Fällen aufgrund eines Herzversagens. Was wir nicht wissen, ist, warum Markhams Herz aufhörte zu schlagen. Es ist natürlich nicht ganz ausgeschlossen, daß er gerade einen Herzanfall hatte, als Sie ihn fanden. Er trank ziemlich viel – Verzeihung, Lisa, aber das stimmt doch?«

»Ja.« Lisa, die wie ein verängstigtes Häufchen Unglück in der Sofaecke gelehnt hatte, raffte sich auf. Ihr blasses Gesicht nahm einen geradezu eifrigen Ausdruck an. »Er trank immer zuviel, aber in den letzten paar Monaten wurde es noch schlimmer. Ich sagte ihm, wir könnten es uns nicht leisten und – und es werde ihn umbringen, wenn er so weitermache. Aber er lachte bloß.«

Greg nickte, meinte jedoch: »Trotzdem glaube ich nicht, daß er einen Herzanfall hatte.«

»Aber die Ärzte müssen es doch wissen –«, drängte Mabel ihn bekümmert.

»Die Ärzte sagen, sein Herz sei schwammig und voll von Blut gewesen, und die von Drew und Eden beschriebenen Symptome könnten auf einen Herzanfall hindeuten. Doch sie deuten ebenso auf etwas anderes hin – Acocanthera. Msunguti.«

Für Victoria hatten diese fremdklingenden Wörter keine Bedeutung. Aber dem nun folgenden Schweigen entnahm sie, daß sie für jeden anderen im Raum eine außerordentlich böse hatten. Begreifen und Schreck – und Wachsamkeit – standen deutlich auf sechs Gesichtern geschrieben. Nur Drew zeigte weder Überraschung noch Wachsamkeit, aber es war ganz klar, daß auch er die beiden Ausdrücke kannte.

Greg Gilbert sah im Zimmer umher, als erwarte er, daß jemand das Wort ergreife, aber niemand rührte sich oder sprach. Sie sahen einander nicht einmal an. Sie sahen Greg an, als könnten sie ihren Blick nicht von ihm losreißen, und die Unbeweglichkeit ihrer Körper sprach von gespannten Muskeln und angehaltenem Atem.

Greg erklärte langsam: »Ich sehe, daß Sie alle wissen, was das bedeutet. Nur Miss Caryll nicht, was möglicherweise gut für sie ist. Zu Ihrer Information, Miss Caryll, ich spreche von einem Pfeilgift. Man kann es sich in diesem Land nur allzu leicht beschaffen, und es führt innerhalb von zwanzig Minuten bis zu zwei Stunden zum Tod – zum Tod durch Herzversagen. Unglücklicherweise hinterläßt es keine erkennbaren Symptome. Falls wir also keine anderen Beweise beibringen können, wird der Autopsiebericht über Markham bei ›Herzversagen aufgrund unbekannter Ursachen‹ bleiben. Ein Spruch, dem ich persönlich nicht zuzustimmen bereit bin.«

»Warum nicht?« fragte Em ungehalten. »Er kann schließlich einen Herzanfall gehabt haben. Er hatte viel zuviel getrunken, und gestern beim Lunch war er bereits zu drei Vierteln betrunken – das muß die Autopsie ebenfalls gezeigt haben! Und er war zu dünn und zu nervös. Er lebte von seiner Substanz. Warum müssen Sie das Schlimmste annehmen, wenn es dafür nicht den Funken eines Beweises gibt?«

»Es gibt einen Beweis«, erwiderte Greg. »Nämlich die Tatsache, daß drei Dinge fehlen, die als Beweis für einen Herzanfall hätten dienen können. Wir haben beim ersten Tageslicht einen Trupp unserer Leute zum Kratersee hinuntergeschickt, und sie haben den

Boden mit einem feinen Kamm abgesucht – und mit einem Magneten. Zwar fanden sie die abgebrochene Hälfte der Nadel, aber sie fanden weder das Messer, mit dem Sie die Einschnitte in Markhams Arm machten, noch die Jodflasche, aus der sie ihn verarzteten. Und auch nicht die Schlange, die ihn gebissen haben mag oder auch nicht. Das ist zumindest merkwürdig.«

Ken Brandon beugte sich vor. Seine Hände umschlossen die Armlehnen seines Sessels so fest, daß die Knöchel weiß hervortraten. Mit hoher, angestrengter Stimme, die gar nichts Herausforderndes mehr hatte, fragte er: »Warum hacken Sie dauernd auf dieser Schlange herum? Was hätten Sie denn damit gemacht? Sie in die Tasche gesteckt? Ich wußte nicht einmal, daß sie in den See fallen würde! Es geschah ohne jede Absicht, sage ich Ihnen! Ich –«

Hector fuhr ihn an: »Halt den Mund, Ken! Ich lasse dich nichts mehr ohne Rechtsanwalt sagen. Und wenn ihr übrigen eine Spur von Verstand habt, werdet ihr auch keine Fragen mehr beantworten! Sollte Gilbert einen von uns des Mordes beschuldigen – und mir sieht es verdammt danach aus! –, dann hat er kein Recht zu erwarten, daß wir Fragen beantworten, bevor wir juristischen Rat eingeholt haben.«

Greg musterte ihn nachdenklich, und dann richtete er den Blick auf Em. »Ist das auch Ihre Meinung, Em?«

»Nein, natürlich nicht«, antwortete Em ärgerlich. »Ich verzichte auf Rechtsanwälte! Pah! Der einzige nützliche Rat, den irgendein Rechtsanwalt jedem beliebigen von uns geben könnte, wäre der, die Wahrheit zu sprechen und sich nicht so zu benehmen, als habe er etwas zu verbergen.«

»Wenn das auf mich gemünzt ist«, erregte sich Hector, »ich habe nichts zu verbergen! Nichts! Und trotzdem sage ich –«

»Sei still, Hector.« Mabel brauchte die Stimme nicht zu erheben. Die drei leise gesprochenen Wörter wirkten wie Eiseskälte und ließen Hectors Redestrom erstarren, wie Kälte die Niagarafälle gefrieren läßt.

Niemand hatte jemals zuvor gehört, daß Mabel diesen Ton anschlug oder hatte ihn ihr zugetraut. Und Hectors augenblickliche und automatische Reaktion darauf war ebenso überraschend. Er stand eine Sekunde mit offenem Mund da und sah wie ein großer und törichter Fisch aus. Dann schloß er ihn eilends und setzte sich, danach sprach er nur noch, wenn er angeredet wurde.

Mabel erklärte gelassen: »Sie müssen uns verzeihen, Greg. Wir sind alle ein bißchen aufgeregt. Natürlich werden wir jede Frage beantworten, so gut wir können. Wir alle wissen, daß Sie nur hier sind, um uns zu helfen, und daß es für Sie nicht weniger unerfreulich sein kann als für uns. Ich nehme an, Sie möchten alles über das Picknick wissen? Warum wir es veranstalteten und wie wir hinfuhren und wann. Und was wir aßen und dergleichen.«

Greg schüttelte den Kopf. »Das weiß ich bereits. Ich hörte es gestern abend sowohl von Drew als auch von Eden. Nein. Ich möchte über das Messer Bescheid wissen. Und über die Jodflasche. Em, Sie benutzten das Messer für die Einschnitte auf Markhams Arm, nicht wahr? Wem gehörte es?«

Em begegnete seinem Blick offen und mit Gemütsruhe. Sie antwortete ohne das geringste Zögern. »Mir selbst.«

Die beiden Wörter wurden so kalt und ruhig ausgesprochen wie Mabels, aber sie riefen eine noch größere Überraschung hervor. Fast gleichzeitig entrang sich mehreren Kehlen ein Stöhnen, das Erleichterung oder Besorgnis oder Schreck bedeuten konnte. Dann sprach Eden zum ersten Mal, seit sie das Wohnzimmer betreten hatten.

»Grandma, bist du dir sicher?«

»Worüber?« fragte Em und fuhr fort, Greg Gilbert freundlich anzusehen. »Daß es mein Messer war oder daß ich weiß, was ich tue? Die Antwort auf beide Fragen lautet ›ja‹.«

Zum ersten Mal an diesem Vormittag geriet Mr. Gilbert aus der Ruhe. Das Blut stieg ihm heiß in die gebräunten Wangen. Mund und Augen öffneten sich in zornigem Staunen. »Und warum«, fragte er in drohendem Ton, »sagten Sie gestern, Sie wüßten nicht, wem es gehöre?«

»Habe ich das gesagt?« erkundigte sich Em höflich. »Dann muß ich mit den Gedanken woanders gewesen sein. Wir waren alle ein bißchen –«

»Aufgeregt!« fiel Greg wild ein. »Das hatten wir schon mal. Hören Sie, Em, ich werde mir diesen Unsinn nicht gefallen lassen. Es war nicht Ihr Messer, und das ist Ihnen bewußt. Wessen Messer war es? Sie nutzen niemandem, wenn Sie die Heldin spielen und Lügen erzählen, um jemand anderen zu decken.«

»Sie meinen Eden«, stellte Em ruhig fest. »Aber er trägt nie ein Messer bei sich. Nur ein albernes kleines goldenes Taschenmesser an einer Kette, das Alice ihm einmal zu Weihnachten geschenkt hat. Und ich bezweifle, daß Sie Blutflecken oder Pfeilgift darauf finden werden.«

Einen Augenblick lang sah es so aus, als werde Mr. Gilbert die Beherrschung auf die gleiche Weise wie Hector Brandon verlieren. Dann nahm er sich mit sichtlicher Anstrengung zusammen und sagte ganz ruhig: »Ich warne Sie gar nicht erst vor den Folgen einer absichtlichen Behinderung der Polizei, da sie Ihnen gut bekannt sein müssen. Sie geben keinen Pfifferling auf die Polizei oder sonst jemanden, nicht wahr? Darin sind Sie wie viele der alten Garde. Sie glauben, Sie können sich Ihr eigenes Gesetz machen. Und darin irren Sie sich. Sie können nicht alles gleichzeitig haben.«

An den Kreis angespannter Gesichter gewandt, setzte er grimmig hinzu: »Und das gilt für Sie alle. Sie können einen Mörder nicht der Gerechtigkeit entziehen, nur weil Sie ihn zufällig kennen oder er ein Verwandter oder Freund ist. Ich glaube nicht, daß das Messer Lady Emily gehörte. Wie es mir geschildert wurde, bat sie um ein Messer, und man reichte ihr eins. Gut möglich, daß sie damals nicht darauf achtete, wer es ihr reichte, und ganz gewiß hat sie gestern zu Stratton gesagt, sie wisse nicht, wessen Messer es war. Jetzt hat sie sich aus bestimmten Gründen dazu entschlossen, daß es ihres gewesen sein soll. Aber ein halbes Dutzend von Ihnen hat sie beobachtet, und einer von Ihnen muß sich erinnern, wo sie stand und wer neben ihr stand. Und wenn das Messer nicht ihr eigenes war, muß einer von Ihnen es ihr gegeben haben. Diese Person sollte sich lieber sofort melden.«

Keiner sprach. Das Schweigen zog sich in die Länge und füllte sich mit Verdrossenheit und Nervosität und Anspannung, bis Eden plötzlich und unerwartet lachte. Es war ein ganz echtes Lachen und deshalb um so erschreckender. Er lehnte sich mit den Händen in den Taschen in seinem Sessel zurück und sagte leichthin:

»›Der Junge, der die Fensterscheibe eingeschlagen hat, hebe die Hand!‹ Es hat keinen Zweck, Greg. Dies ist nicht die fünfte Klasse in St. Custards, und Sie können nicht der ganzen Klasse einen Monat lang Ausgehverbot erteilen, falls sich der Schuldige nicht meldet. Vielleicht hat das Messer tatsächlich Grandma gehört.«

»Vielleicht«, meinte Greg skeptisch. »Na gut. Wenn es Ihres war, beschreiben Sie es mir.«

»Gern«, erwiderte Em munter. »Es war ein Messer mit drei Klingen, das früher Kendall gehört hat. Es hat einen Horngriff, in dem seine Initialen eingeschnitten sind, und die kleine Klinge ist abgebrochen. Ich nehme es oft zum Picknick oder zur Jagd mit. Es ist sehr praktisch. Ich hatte es in der Tasche.«

»Ich verstehe«, zischte Greg durch die Zähne. »Können Sie das bestätigen, Eden?«

Eden hatte seine Großmutter mit einem Ausdruck angesehen, der irgendwo zwischen Zweifel und dem angestrengten Bemühen lag, sich eine flüchtige Erinnerung ins Gedächtnis zurückzurufen. Bei Gregs Anrede zuckte er leicht zusammen und versicherte schnell: »Ja. Ja, natürlich kann ich das. Es liegt gewöhnlich in der Dielenkommode. Ich habe es hundertmal gesehen.«

»Und es war das Messer, mit dem Ihre Großmutter Markhams Arm einschnitt?«

Edens Gesicht veränderte sich, als habe er eine Maske darübergezogen. Mit völlig ausdrucksloser Stimme antwortete er: »Leider erinnere ich mich nicht. Wenn sie es sagt, muß es das wohl gewesen sein. In dem Augenblick sahen wir alle zu Gilly hin.«

»Ach, wirklich?« fragte Greg böse. Er wandte sich wieder an Em. »Was haben Sie danach mit dem Messer gemacht?«

»Ich legte es hin – oder vielmehr, ich warf es zur Seite. Ich bin mir nicht sicher.«

»Und Sie gossen Jod auf die Wunde? Darüber möchte ich Genaueres hören.«

Em beschrieb den Vorgang in allen Einzelheiten, gestand jedoch, sich nicht erinnern zu können, was sie mit der Flasche gemacht habe.

»Sie gaben die Flasche also nicht Mrs. Brandon zurück?«

»Ich glaube nicht. Wahrscheinlich ließ ich auch sie einfach fallen. Sie war leer.«

Mabel Brandon betupfte ihr Augen mit einem Taschentuch und putzte sich resolut die Nase. Sie blickte zu Em hinüber und sagte mit zittrigem Lächeln: »Danke, Em. Ich – ich weiß, Sie erinnern sich, und das sagen Sie nur, um mich herauszuhalten. Aber ich werde mich nicht hinter Ihnen verstecken. Sie hat mir die Flasche zurückgegeben, Greg. Ich nahm sie ihr ab und legte sie irgendwohin, und ich dachte nicht wieder daran, bis Drew mich fragte, wo ich sie gelassen hätte.«

Greg drehte sich langsam um und sah Em an, und jeder merkte, daß sie den Blick mit weniger Sicherheit zurückgab.

»Nun, Em?« mahnte Greg leise.

Ems Mund verzog sich zu einem schiefen und etwas beschämten Lächeln.

»Es tut mir leid, Greg. Ja, ich wußte, daß Mabel die Flasche an sich genommen hatte. Aber ich weiß auch, daß sie Gilly nicht umgebracht hat, und ich sehe nicht ein, warum sie in diese gräßliche Geschichte hineingezogen werden soll, nur weil sie vorsorglich immer eine Jodflasche bei sich trägt.«

»Das«, erklärte Greg, immer noch mit leiser Stimme, »ist der springende Punkt. Sie hat immer eine bei sich, und jeder weiß das. Und darum mag es schließlich doch ein Mord des Mau-Mau gewesen sein.«

»Was!« riefen mehrere Stimmen laut. Blitzartig veränderte sich die Atmosphäre im Raum, als sei ein elektrischer Strom abgeschaltet worden. Muskeln, die vor Nervosität und Besorgnis verkrampft gewesen waren, lockerten sich in plötzlicher Erleichterung.

»Ich wußte es!« rief Lisa und begann, heftig zu schluchzen. »Ich wußte doch, es würde alles wieder in Ordnung kommen!«

Em drehte den Kopf, musterte sie mißbilligend und bemerkte kalt, sie freue sich zu hören, daß nach Lisas Ansicht jetzt wieder alles in Ordnung sei. Wenigstens einmal eine originelle Betrachtung des Falles!

»Natürlich ist das furchtbar. Es ist nur, daß ich dachte, Greg könne herausfinden –«

»Lisa!« unterbrach Drew sie scharf und befehlend.

Er hatte bisher nicht gesprochen, und seine Einmischung brachte Lisa zur Besinnung. Sie schluckte und drehte sich nach ihm um.

»Was Sie auch sagen wollten – sagen Sie es nicht.« Drew grinste Greg Gilbert in das wütende Gesicht. »Tut mir leid, Greg, aber ich bin dagegen, sitzende Vögel abzuschießen. Und auf jeden Fall entnehme ich Ihrer letzten Bemerkung, daß wir alle außer Verdacht sind. Allerdings verstehe ich nicht ganz, wie Sie Gillys Tod in Verbindung mit den Mau-Mau bringen können.«

Mr. Gilbert drohte: »Wenn Sie noch einmal jemandem einen Rat geben oder noch einmal jemanden unterbrechen, Stratton, stecke ich Sie zehn Tage lang in eine Zelle, und wenn ich dafür aus dem Dienst entlassen werde!«

»Ich werde ganz still sein«, versprach Drew entgegenkommend. »Aber wie kommen Sie auf die Mau-Mau?«

»Meines Erachtens liegt das auf der Hand«, entgegnete Greg kalt. »Hector leistet immer noch eine Menge nützlicher Arbeit bei den Verhören, und irgendwer mag es auf ihn abgesehen haben – oder auf seine Frau oder seinen Sohn. Es wäre ganz leicht gewesen, das Jod durch ein Pfeilgift zu ersetzen. Und das nächste Mal, wenn einer von ihnen sich eine Schnittwunde oder einen Kratzer zuzog, hätte Mabel ihn mit der Flasche behandelt, und das wäre sein Ende gewesen. Es ist eine Möglichkeit, die wir nicht ausschließen dürfen.«

»Und das Messer?« fragte Em gereizt.

»Dafür gilt das gleiche. Es sei denn – wenn es tatsächlich Ihr Messer war, mag eine Falle entweder für Sie oder für Eden gelegt gewesen sein.«

»Nein. Nicht für uns.« Em dachte nach. »Die Hunde. Ich habe es oft benutzt, um Verletzungen auszubrennen, und es hätte einen von ihnen erwischt. Wie – wie Simba.«

Mabel sagte: »Also wurde Gilly durch einen Irrtum getötet. Es hätte Hector oder Kent treffen sollen – oder mich! Oder einen von Ems Hunden.«

»Oder die erste Person, die Sie mit Jod behandelten oder die sich an meinem Messer schnitt – und das hätte ebensogut ein Afrikaner sein können«, bemerkte Em sachlich. »Mir scheint das an den Haaren herbeigezogen zu sein, und das Verschwinden des Messers und der Flasche erklärt es trotzdem nicht. Wie paßt das zusammen?«

»Es paßt eben nicht zusammen«, gab Greg zu. »Es paßt nicht einmal in meine eigene Theorie über das Verbrechen.«

»Und wie lautet Ihre Theorie? Oder ziehen Sie es vor, uns weiterhin im dunkeln tappen zu lassen?« erkundigte sich Em.

Greg betrachtete eine oder zwei Minuten lang sinnend den Teppich, ohne zu sprechen. Dann sah er bedeutungsvoll von einem der Gesichter, die ihn so angespannt beobachteten, zum anderen. Und es steht zu bezweifeln, daß ihm die kleinste Veränderung in einer Miene entging.

Langsam erklärte er: »Nein. Es gibt keinen Grund, warum ich sie Ihnen nicht mitteilen sollte, denn obgleich ich davon überzeugt bin, daß ich recht habe, kann ich es nicht beweisen. Ich glaube, daß Gilly Markham an Pfeilgift starb und daß der Plan sorgfältig im voraus geplant war. Jeder hier – und auch jeder im Rifttal – wußte, daß er zuviel trank und man fest damit rechnen konnte, er werde auch bei einem Picknick zuviel trinken, vorausgesetzt, es waren genug Getränke vorhanden. Und das waren sie. Ich glaube, daß jemand gestern eine tote Puffotter zum Kratersee mitbrachte und sie irgendwann im Laufe des Nachmittags, während Gilly schlief, neben ihn legte. Dann stach er ihn mit einem gegabelten Instrument, das dick mit Pfeilgift bestrichen war, in den Arm. Es muß ein Ding gewesen sein, das ähnliche Wunden hinterläßt wie die Zähne einer Schlange.«

Lisa sprach als erste. Sie quetschte mühsam heraus: »Aber – warum auf diese Weise, warum die Schlange?«

»Weil Pfeilgift zwar bei einer Autopsie nicht festgestellt werden kann, es aber gut möglich war, daß etwas an der Haut um die Wunde kleben blieb. Genug, um zu beweisen, daß es benutzt worden war. Aber jeder, der sich eines Schlangenbisses annimmt, macht als erstes einen tiefen Schnitt in die Wunde oder gleich oberhalb der Stelle. Darum mußte es eine Schlange sein, weil der Mörder sich darauf verlassen konnte, irgendwer würde den Beweis schleunigst entfernen. Es kam nicht darauf an, wer es tat, solange es überhaupt getan wurde – und natürlich wurde es getan. Dadurch verschwand das zurückgebliebene Gift. Die Schlange war ebenso risikolos. Niemand untersucht erst lange, ob eine Schlange lebendig ist, wenn sie sich in lebensechter Haltung neben einem Schlafenden zusammengeringelt hat. Man schlägt nach ihr mit dem ersten Gegenstand, der zur Hand ist, und unter dem Schlag scheint sie sich zu bewegen. Auch wird niemand sie sich sehr genau ansehen, wenn man sich um einen Sterbenden zu kümmern hat. Sie sehen also, es ist ein ziemlich narrensicherer Plan.«

»Sie sagten doch, das Gift hätte auf dem Messer sein können«, hauchte Lisa. »Oder im Jod. Das haben Sie gesagt!«

»Möglich wäre es. Denn diese beiden Beweisstücke sind rätselhafterweise verschwunden. Viel wahrscheinlicher ist es jedoch, daß Markham das Gift mindestens eine halbe Stunde vor Anwendung von Messer und Jodflasche beigebracht wurde. Acocanthera ruft häufig Erbrechen hervor, und Ihr Mann hatte sich erbrochen. Auch wurde er gleich nach halb vier in einer Art Koma gefunden.«

Mabel rang die Hände auf ihrem zerknitterten Baumwollkleid. Sie sagte entsetzt: »O nein! – Oh, ich wünsche, daß es so nicht war! Ich meine – ich habe ihn gehört. Wie er sich erbrach. Wenn ich sofort zu ihm gegangen wäre, hätte ich vielleicht etwas tun können. Aber ich dachte – nun, er hatte wirklich zuviel getrunken, und ich hielt es für besser, mich fernzuhalten. Wenn ich doch nur hingegangen wäre!«

»Es hätte nichts mehr genützt. Nicht, wenn meine Theorie stimmt. Es gibt kein Gegengift.«

»Aber Sie können nicht recht haben!« Mabel setzte sich plötzlich gerade auf. »Nein, natürlich nicht. Man kann niemanden in den Arm stechen, ohne ihn zu wecken. Er hätte aufgeschrien. Ich hätte ihn gehört. Und«, schloß sie triumphierend, »ich habe nichts gehört! Nicht einen Ton, und Em auch nicht. Nicht wahr, Em?«

»Ich glaube, ich habe zu der Zeit geschlafen«, gestand Em

widerwillig. »Ich habe nicht einmal gehört, wie er sich erbrach, und wenn ich es gehört hätte, wäre ich bestimmt nicht zu ihm gegangen.« Greg sagte: »Markham schlief eine beträchtliche Überdosis Alkohol aus. Vor der Entdeckung der Narkose war es allgemein Brauch, einem Mann vor einer Operation oder Amputation eine halbe Flasche Whisky zu geben, um den Schmerz zu betäuben. Wenn schnell zugestochen wurde, mag er nur für ein paar Sekunden wach geworden sein, und es war anzunehmen, daß er gleich darauf wieder einschlief. Was ist, Miss Caryll?«

»N-nichts«, stotterte Victoria erschrocken. »Ich ha-habe gar nichts gesagt.«

»Aber an etwas gedacht, nicht wahr?«

»Ja. Aber es – es war nichts, wirklich. Nur als ich gestern am See stand, hörte ich jemanden schnarchen, und dann kam ein Laut, als sei der Schläfer plötzlich aufgewacht. Sie wissen schon, so eine Art – eine Art Schnauben. Ich dachte, es sei Gilly – Mr. Markham. Und nach einer Weile begann das Schnarchen von neuem.«

»Hmm. Um wieviel Uhr war das?« forschte Greg.

»Ich habe keine Ahnung. Irgendwann zwischen halb drei und drei, nehme ich an.«

Greg wollte nun von Mabel wissen, ob sie einen derartigen Laut gehört habe. Mabel, die ein wenig schuldbewußt wirkte, gestand ein, geschlummert zu haben, obwohl sie später von Gillys Würgen erwacht sei. »Aber ich habe nichts unternommen. Ich weiß noch, daß ich dachte: ›Also wirklich! Arme Lisa.‹ Oder so ähnlich. Und dann erinnere ich mich nur noch daran, daß Hector sagte, ich solle aufwachen, es sei Zeit zu gehen.«

»Hmm«, machte Greg von neuem und schwieg so lange, daß die gespannte Atmosphäre für Ken Brandon zuviel wurde. Seine Selbstbeherrschung zerbrach unter dem Druck dieses Schweigens, und seine Stimme brach ebenfalls.

»Sie brauchen mich gar nicht so anzusehen! Ich bin nicht in seine Nähe gekommen. Das schwöre ich! Ich habe ihn nicht einmal angefaßt. Das hat keiner von uns getan – nur Stratton und Lady Emily. Ich lasse mir das nicht gefallen, daß Sie mich anklagen, wer weiß was getan zu haben, nur weil ich eine tote Schlange weggeworfen habe! Ich stimme Dad völlig zu. Sie haben kein Recht, das zu tun. Wir stehen nicht unter Arrest, und ich gehe jetzt!«

Er stand auf. Seine Hände ballten sich abwechselnd zu Fäusten und öffneten sich wieder. Trotz seiner neunzehn Jahre sah er viel eher einem kleinen Jungen ähnlich, der unter einem Wutanfall seine Angst verbirgt, als einem zornigen jungen Mann.

»O bitte, Ken!« jammerte Mabel und rang die Hände. »Sprich nicht so! Natürlich bist du nicht in Gillys Nähe gekommen, Darling. Greg weiß das. Wir alle wissen das. Bleib hier, Darling. Bitte!«

Greg sagte geduldig: »Setzen Sie sich, Ken. Sie machen sich nur lächerlich. Ich habe bisher niemanden irgendeines Verbrechens beschuldigt.«

»Noch nicht!« ahmte Ken ihn wütend nach. »Das haben Sie vorhin doch gesagt, stimmt's? Noch nicht! Aber Sie werden es tun, nicht wahr? Obwohl Sie keinen Funken von einem Beweis haben! Obwohl Sie zugeben, Gilly könne an einem Herzanfall gestorben sein. Und worauf gründen Sie Ihre großartige Theorie? Nur auf die Tatsache, daß ein Messer und eine leere Flasche verlorengegangen sind oder verlegt wurden. Und wahrscheinlich liegen sie immer noch da, ins Gras getrampelt von Ihren plattfüßigen, schwachköpfigen Hilfspolizisten!«

»Nicht doch, Ken. Hör auf, Liebling«, schluchzte Mabel in monotonem Gejammer. Aber Ken Brandons Ohr erreichte das Flehen seiner Mutter nicht mehr. Die Worte sprudelten in einem kindischen Wutausbruch über seine Lippen.

»Zum Teufel, kommt es darauf an, ob sie gefunden werden? Sie haben so gut wie zugegeben, daß beides nichts mit dem Verbrechen zu tun hat, sagten Sie das nicht? Und daß es, wenn Gilly vergiftet wurde, eine halbe Stunde vor dem Augenblick geschah, als das Messer und das Jod mit ihm in Berührung kamen. Was bedeutet, daß es verdammt egal ist, ob man die Dinge findet oder nicht. Und trotzdem entblöden Sie sich nicht, sie Beweise in einem Mordfall zu nennen! Wenn das alle Beweise sind, die Sie haben, dann haben Sie nicht einmal einen Mordfall. Nicht die Spur eines Mordfalls – und überhaupt kein Recht, uns hier festzuhalten und auf diese Weise auszufragen.«

Er mußte Luft holen, und Greg erklärte milde:

»Ich sagte Ihnen, das Verschwinden dieser beiden Gegenstände passe in gar keine Theorie. Aber das ist ja der Grund, warum sie mich interessieren, oder vielmehr, warum jemand es für richtig hielt, sie verschwinden zu lassen und jetzt deswegen zu lügen. Dafür muß es einen Grund geben, und ich sage mir, wer auch immer Messer und Jodflasche auf die Seite brachte, vermutete einen Mord und hatte einen bestimmten Verdacht, wer der Mörder sein könne. Er konnte sich recht gut vorstellen, wie der Mord begangen worden war, und kam zu dem gleichen Schluß wie Stratton und Lady Emily: Wenn es Acocanthera war, dann befand es sich entweder auf dem Messer oder in der Jodflasche – und darum versteckte er beides. Aber wenn es Mord war, ist die einzige Person, die es nicht getan hätte, der Mörder selbst, denn es mußte bei einem Todesfall, der möglicherweise als Folge eines Schlangenbisses oder, sollten Fragen gestellt und eine Autopsie vorgenommen werden, als Herzanfall infolge starken Trinkens durchgegangen wäre, erst einmal Gedanken an Mord erwecken. Ich persönlich bin fast überzeugt, daß mit dem Messer und mit der Jodflasche alles in Ordnung ist, und wenn wir sie schließlich finden, werden wir imstande sein, das zu beweisen. Deshalb fordere ich denjenigen, der die Sachen versteckt hat, auf, sich jetzt dazu zu bekennen. Es muß einer von Ihnen sein, und da es nicht der Mörder gewesen sein kann, wird von Ihnen nichts weiter verlangt, als sich vom Verdacht zu reinigen. Und gleichzeitig die Person vom Verdacht zu reinigen, der sie zutrauten, einen von diesen beiden Gegenständen vergiftet zu haben.«

Wieder herrschte angespanntes Schweigen im Zimmer, als Greg seine Ansprache beendet hatte. Doch wenn irgendwer die Absicht gehabt hatte, die Verantwortung zu übernehmen, wurde er daran von Ken Brandon gehindert, der sehr laut und verächtlich erklärte: »O nein, damit bezwecken Sie etwas ganz anderes. Und das haben wir längst durchschaut. Sie versuchen doch nur, einen von uns dazu zu bringen, daß er einen anderen hinhängt. So ist es doch, oder?

Vielleicht ist wirklich kein Gift an dem Messer oder in der Jodflasche gewesen. Aber irgendwer hat es geglaubt, und dafür muß er einen verdammt guten Grund gehabt haben. Diesen Grund möchten Sie gern erfahren, wie? Also, darauf fallen wir nicht herein. Sie können Ihre schmutzige Arbeit allein tun! Ein für allemal, ich gehe. Komm, Mutter, verschwinden wir hier.«

Mabel stand blaß und zitternd auf, und hinter ihr hatte sich auch Hector erhoben, aber langsam und widerstrebend.

Mr. Gilbert postierte sich zielsicher und ohne Hast zwischen Ken und die Tür. »Es tut mir leid, Ken, aber Sie können jetzt nicht gehen. Machen Sie die Sache nicht noch unerfreulicher, als sie es schon ist. Denn wenn Sie versuchen, das Zimmer zu verlassen, muß ich Sie wegen Behinderung der Polizei festnehmen.«

»Wenn ich es versuche? Ich werde es nicht nur versuchen! Ich lasse mir das nicht länger bieten, und mehr gibt es dazu nicht zu sagen. Und nun versuchen Sie einmal, mich aufzuhalten!«

Er machte kehrt und sprang auf das offene Fenster zu. Drew schoß in die Höhe und verpaßte ihm einen einzigen gutgezielten Schwinger.

Ken Brandon brach in die Knie und fiel zu Boden. Seine Nase blutete heftig, und sein Gesicht war in einem dämlichen Grinsen erstarrt.

»Oh, danke, Drew!« stöhnte Mabel aus ehrlichem Herzen.

15

Der Rest des Vormittags verlief ebenso widerwärtig wie der Beginn, obwohl er weniger an unangenehmen Überraschungen brachte und Mr. Gilbert sich mit seinem Gefolge kurz vor eins verabschiedete. Allerdings war die Ruhepause nur kurz, denn eineinhalb Stunden später kehrten sie zurück.

Diesmal setzten sich außer Mr. Gilbert auch die beiden Polizeibeamten ihrem Publikum gegenüber, während der unauffällige Herr in dem braunen Anzug hinter ihnen Platz nahm. Nach dem leisen, unaufhörlichen Kratzen einer Feder auf Papier zu schließen, beschäftigte er sich damit, die Antworten wörtlich mitzustenografieren.

Die Fragen befaßten sich an diesem Nachmittag hauptsächlich damit, wo sich wer wann aufgehalten habe. Es schienen lediglich Routinefragen zu sein, die oft ganz sinnlos klangen, aber eins kristallisierte sich schließlich aus ihnen heraus. Keiner konnte ein Alibi beibringen, das die Zeitspanne deckte, in der Gilly Markham allem Anschein nach ermordet wurde. Denn die ganze Gesellschaft war mit Ausnahme von Em und Mabel nach dem Lunch eigene Wege gegangen. Und nicht einmal Em und Mabel konnten sich ihr Alibi gegenseitig bestätigen, da beide aus, wie Em frostig bemerkte, »offensichtlichen Gründen« zu verschiedenen Zeiten im Gebüsch verschwunden waren. Und später hatten sie geschlafen.

Eden und Lisa, die zusammen weggegangen waren, hatten sich gestritten und getrennt. Nicht etwa, daß einer von beiden den Streit zugab, aber man brauchte sehr wenig Phantasie, um die Lücken in den jeweiligen Berichten zu füllen. Lisa sagte, sie sei »nur so herumgewandert«, und Eden sagte, er habe sich auf einen umgestürzten Baumstamm gesetzt und sei »vielleicht eingeschlafen«.

Ken Brandon behauptete, er habe den Krater verlassen, um die entgegengesetzte Seite zu erkunden, und er sei erst kurz vor dem Zeitpunkt zurückgekehrt, wo auch alle anderen wieder eingetroffen seien. Hector hatte angeblich fast eine Stunde damit verbracht, zwischen den Steinen nach der Fährte des Leoparden zu suchen, dessen Pfotenabdrücke sie zuvor am Seeufer gesehen hatten.

Drew hatte ebenfalls den Krater verlassen und einen Spaziergang gemacht. Victoria wurden endlose Fragen über die Geräusche gestellt, die sie an diesem Nachmittag gehört haben wollte. Sie konnte nur wiederholen, daß sie nach Drews Weggang eine halbe Stunde lang keinen Menschen gesehen habe. Was sie gehört hatte, waren ihrer Meinung nach Laute von Tieren gewesen. Keiner schien auf die Zeit geachtet zu haben, bis es längst nach drei Uhr war. Obwohl Greg die Einzelheiten der letzten fünfundzwanzig Minuten von Gillys Leben immer wieder von neuem durchging, erwies es sich als unmöglich, genau festzuhalten, wo jeder einzelne gestanden oder wer neben wem gestanden hatte. Denn nur Em, Victoria und Drew waren die ganze Zeit hindurch ungefähr an der gleichen Stelle geblieben, und sie und alle übrigen hatten ihre ganze Aufmerksamkeit dem Kampf um Gillys Leben gewidmet, der sich vor ihren Augen abspielte, so daß sie auf die Bewegungen oder den Gesichtsausdruck anderer Leute nicht geachtet hatten.

»Begreifen Sie das denn nicht?« Ems Stimme klang tonlos vor Erschöpfung. »Er starb! Und wir wußten, daß er starb. Keiner von uns ist auf den Gedanken gekommen, es sei Mord. Wie hätten wir auch darauf kommen sollen? Wenn wir einen Verdacht gehabt hätten, dann hätten wir vielleicht einander beobachtet anstatt ihn. Aber wir hatten eben keinen Verdacht.«

»O doch!« widersprach Greg grimmig. »Mindestens drei Personen unter Ihnen hielten einen Mord für möglich. Andernfalls hätte weder Stratton nach der abgebrochenen Nadel gesucht noch Mrs. Markham sich geweigert, den Brandy zu trinken. Und sogar Sie wußten, daß etwas nicht stimmte!«

Em erwiderte müde: »Aber an einen Mord habe ich erst viel später gedacht. Erst als Drew anfing, Fragen nach dem Messer zu stellen, und darauf bestand, wir müßten umkehren und danach suchen. Ich war überzeugt gewesen, Gilly habe einen Herzanfall gehabt, und ich hätte ihn getötet.«

»Ich dachte nicht an Sie, als ich ›drei Personen‹ sagte. Die dritte war derjenige, der das Messer und die Jodflasche versteckte. Oder, falls zwei Leute an dem Mord beteiligt waren, macht es vier. Vier Leute von sieben argwöhnten, daß Markham ermordet worden war, und ich möchte wissen, warum. Vielleicht können Sie mir Ihre Gründe nennen, Mrs. Markham? Warum dachten Sie, Ihr Mann könne ermordet worden sein?«

Lisa umklammerte die Armlehnen ihres Sessels und erhob sich halb. »Das habe ich nicht gedacht! Das können Sie nicht sagen. Sie versuchen nur, mich so weit zu bringen, daß ich Dinge zugebe, die ich nie behauptet habe. Sie verdrehen die Tatsachen! Ich – ich habe Gilly sterben sehen. Drew gab ihm Brandy, und da starb er. Ich hatte keine klaren Gedanken. Ich meinte es nicht so. Ich wollte nur nicht trinken, weil – weil Gilly davon getrunken hatte – und – und starb.«

Greg zuckte die Schultern. Zur Überraschung der Anwesenden drängte er Lisa nicht weiter. Statt dessen verlangte er von Drew, seine Gründe für den Mordverdacht zu nennen. Er wurde jedoch von Eden unterbrochen. Eden bemerkte ziemlich schroff, das scheine ihm eine sinnlose Frage und Zeitverschwendung zu sein. Denn schließlich habe Drew, wie er ja wisse, diese Frage bereits am Abend zuvor ausführlich beantwortet und, mehr als das, ein maschinengeschriebenes Protokoll seiner Aussage unterzeichnet.

»Ich stelle nie sinnlose Fragen«, sagte Mr. Gilbert ruhig. »Nun, Drew?«

Drew antwortete: »Ich wußte aus den gleichen Gründen, die Em Ihnen dargelegt hat, daß es kein Schlangenbiß gewesen sein konnte. Ich habe Männer auf diese Weise sterben sehen. Zweimal habe ich auch einen Mann an einem vergifteten Pfeil sterben sehen. Ich wußte nicht, daß die Symptome eines Herzanfalls dem ähnlich sind. Deshalb dachte ich nicht an das Herz, sondern an Msunguti. Gilly war eine Stunde zuvor zwar ein bißchen beschwipst, aber sonst ganz gesund gewesen, und jetzt starb er. Das war alles.«

»Danke«, sagte Greg kurz.

Der Rest des Nachmittags war nur eine Wiederholung des

Beginns. Der einzige Unterschied war, daß die immer wieder von neuem gestellten Fragen jetzt von jedem einzelnen hinter der geschlossenen Tür des Speisezimmers beantwortet wurden.

Erst lange nach fünf Uhr war Greg mit Victoria fertig, die als letzte an die Reihe gekommen war. Er sah müde und ernst und bekümmert aus, denn mit Ausnahme Victorias waren sie alle seine persönlichen Freunde, Leute, die er seit Jahren kannte, mit denen er gespeist und getanzt und während der schweren Jahre der Krise gelitten hatte. Aber jetzt betrachtete er sie mit dem kalten, unpersönlichen Blick eines Fremden, und seine Stimme war so abweisend und unfreundlich wie seine Augen.

»Wahrscheinlich werde ich Sie während der nächsten Tage alle nochmals vernehmen müssen. Bis diese Sache erledigt ist, wäre ich Ihnen dankbar, wenn Sie sich ständig verfügbar halten könnten.«

Und dann ging er.

»Gott sei Dank, daß das vorbei ist!« Em stieß einen schweren Seufzer aus. »Und er wird wohl nicht gleich morgen wiederkommen, was bedeutet, daß wir wenigstens einen friedlichen Tag haben sollten.«

Doch der nächste Tag konnte kaum friedlich genannt werden.

Gillys Leiche war für die Beerdigung zurückgebracht worden. Nachdem sie Mr. Gilbert von ihrer Absicht benachrichtigt hatten, nahmen sie alle an der Beerdigung teil, deren Feierlichkeit durch Lisas und, in geringerem Ausmaß, auch Ken Brandons Benehmen Abbruch geschah. Lisa bekam einen hysterischen Anfall mit Schreien und Kreischen und mußte unter Gewaltanwendung fortgeführt werden, und Ken Brandon wurde still und unbemerkt ohnmächtig.

Drew fing ihn auf, als er fiel, und fuhr ihn zusammen mit Mabel nach *Flamingo* zurück. Etwa zwanzig Minuten später kamen Em, Eden, Hector und Victoria mit der Nachricht, Lisa sei unter Obhut der Frau des Arztes in ihrem Bungalow und habe eine starke Morphiuminjektion bekommen.

»Was hatte sie denn nur?« fragte Mabel bleich und zitternd. »Sie – Sie glauben doch nicht, daß sie vielleicht... Nein! Nein, natürlich nicht! Man sollte so etwas nicht einmal denken!«

»Daß Lisa es getan haben könnte?« fragte Drew. »Wer kann sagen, wozu irgendein anderer unter einem bestimmten Druck fähig wäre? Oder auch nur, wo der eigene Zerreißpunkt liegt? Aber ich persönlich würde Lisa von der Liste der Verdächtigen streichen, denn falls sie keine bemerkenswert gute Schauspielerin ist, war ihr Ausbruch am Kratersee echt. Ja, sie glaubte, ihr Mann sei ermordet worden, was immer sie jetzt auch behaupten mag, und sie hielt es für möglich, daß das Gift im Brandy war. Damit ist bewiesen, daß sie Gilly nicht ermordet hat.«

»Mein lieber Drew«, stellte Em schroff fest, »alle Frauen sind ausgezeichnete Schauspielerinnen, wenn die Umstände sie dazu zwingen, und je eher die Männer sich das klarmachen, desto besser! Aber natürlich hat Lisa ihren Mann nicht ermordet – obwohl ich nicht daran zweifle, daß es Augenblicke gegeben hat, wo sie es gern getan hätte. Manchmal war mir selbst danach zumute, und ich, das möchte ich betonen, war nicht wie Lisa verpflichtet, Gillys Gesellschaft ständig zu ertragen. Ich sehe sie als eine zweite Mrs. Thompson, jemanden, der davon redet oder träumt, sich einen ungeliebten Mann vom Hals zu schaffen, so wie ein Kind lange und unwahrscheinliche Geschichten erfindet, es aber nie ernst meint.«

Drew sagte leise: »Mrs. Thompson ist gehängt worden.«

Er lehnte eine Einladung zum Lunch ab und ging. Kurz darauf folgten ihm die Brandons. Em sah ihnen nach und gab der Hoffnung Ausdruck, sie – und die Polizei! – würden sich von *Flamingo* mindestens eine Woche lang fernhalten.

Diese Hoffnung sollte sich nicht erfüllen.

Eden und Victoria verbrachten den Nachmittag draußen auf dem See. Als sie in der friedlichen, silber- und rosafarbenen Abendstimmung zurückkehrten, fanden sie sowohl Drew als auch die Brandons wieder im Wohnzimmer, und das Haus war von neuem voll von Polizisten. Denn Kamau, der Liebhaber Wambuis, war gefunden worden.

»Die Hunde haben ihn gefunden«, berichtete Em. Sie wirkte in den Tiefen des großen Ohrensessels merkwürdig eingeschrumpft und hielt das wollene Tuch über ihren Schultern fest, als sei ihr kalt.

»Sie waren wegen Lisas Hündin tagelang eingesperrt und wurden nur an der Leine ausgeführt. Aber ich – ich konnte sie doch nicht für immer einsperren! Ich nehme an, sie haben ihn gerochen...«

Em war auf Kamau gestoßen, als Eden und Victoria kaum eine halbe Stunde fort waren. Em hörte das Bellen, ging mit einer Peitsche hinaus und versuchte, die Rüden zurückzuscheuchen. Ein Boy lief mit den Leinen zu Hilfe und blieb bei der Leiche, während Em ins Haus zurückkehrte, um Greg zu rufen.

Mr. Gilbert und mehrere Polizisten waren innerhalb einer Stunde da. Was die Ameisen von Kamau übriggelassen hatten, wurde aus einem flachen Grab zwischen den Kohlenmeilern, in dem er sorgfältig verborgen worden war, eingesammelt.

Gregs Stimmung besserte sich nicht bei der Entdeckung, daß Eden mit dem Motorboot draußen war und nicht erreicht werden konnte. Er schickte nach den Brandons und Drew und vernahm sie eingehend und getrennt über ihr Tun am Abend von Kamaus Verschwinden.

»Warum Sie und die Brandons?« erkundigte Victoria sich bei Drew.

Sie hatte eine nervenaufreibende halbe Stunde im Speisezimmer hinter sich, wo sie unzählige Fragen beantwortet hatte, und als sie auf die dämmrige Veranda hinaustrat, sah sie Drew Stratton an einem der von Schlingpflanzen bedeckten Pfeiler lehnen und eine Zigarette rauchen.

Drew antwortete düster: »Weil derjenige, der Kamau getötet hat, wahrscheinlich auch Alice DeBrett auf dem Gewissen hat – und Kamau mußte sterben, weil er die Tat nicht nur beobachtet, sondern auch darüber gesprochen hatte.«

Mit schwankender Stimme sagte Victoria: »Aber – aber das ist ja gerade das Sinnlose daran. Etwas anderes wäre es, wenn er ermordet worden wäre, damit er nicht sprechen konnte. Er hatte jedoch schon gesprochen. Er hatte gesagt, es sei Tante Em gewesen!«

»Ich weiß. Das erfuhren wir jedoch erst am Tag darauf, nicht wahr? Und da war er schon tot. Wenn seine Freundin nur gleich die Wahrheit gesagt hätte, statt zu behaupten, er habe nichts als

Andeutungen gemacht, lebte er vielleicht noch – obwohl ich es bezweifle. Offenbar hat jemand es für der Mühe wert erachtet, ihm für immer den Mund zu schließen. Der reine Zufall, daß Gilly, selbst ein Pianist nicht geringen Grades, in der Lage war, Wambuis Geschichte zu durchlöchern. Andernfalls wäre Ihre Tante in einer sehr üblen Lage zurückgeblieben. Allzugut ist ihre Situation auch jetzt nicht. Jetzt, wo Gilly tot ist.«

»Warum?« fragte Victoria ängstlich.

»Wenn Gilly eine Zeugenaussage zu einem Thema gemacht hätte, das er wirklich beherrschte, würde er jede Jury überzeugt haben. Aber das gleiche Zeugnis aus zweiter Hand durch Greg wird bei weitem nicht so unwiderlegbar klingen. Und nun kommt noch diese Geschichte mit Kamau dazu. Gott, was für ein Durcheinander!«

Victoria behauptete: »Niemand wird annehmen, Tante Em habe Kamau getötet!«

»Warum nicht?« fragte Drew ungeduldig. »Sie hatte die beste Gelegenheit dazu. Sie wollte sich an diesem Abend mit ihm am Tor zur Shamba treffen.«

»Wie können Sie so etwas sagen!« flammte Victoria auf, lodernd vor Zorn. »Dazu haben Sie kein Recht! Sie sind einfach d-dumm und – und –«

»Schsch!« Ein Grinsen flackerte um Drews Mundwinkel. »Sie brauchen nicht gleich aus dem Häuschen zu geraten. Sie betrachten das nicht vom Standpunkt der Polizei aus, die sich nur mit harten Tatsachen befaßt und sich von dem persönlichen Blickwinkel nicht beeinflussen läßt – oder das zumindest versucht. Für Sie ist Ihre Tante ein Mensch, den Sie kennen und gernhaben. Aber für die Polizei sind sie alle gleichberechtigte und uneingeschränkt verdächtige Personen.«

Victoria meinte verächtlich: »Dann ist die Polizei auch einfach dumm! Angenommen, sie traf Kamau an jenem Abend und tötete ihn. Gut, und wie schaffte sie ihn vom Tor hinauf zu der Stelle, wo er gefunden worden ist? Und als sie ihn dort hatte, wie brachte sie es fertig, eine Grube auszuheben und ihn zu begraben? Sie ist über siebzig!«

»Zweiundsiebzig, glaube ich – und so stark wie ein Pferd. Aber das ist nebensächlich. Wenn Em es getan hätte, brauchte sie ihn doch nicht am Tor zu töten. Ihr standen ein Dutzend Vorwände zur Verfügung, ihn dazu zu bringen, daß er mit ihr zu den Meilern hinaufstieg, und dann hätte sie ihn an Ort und Stelle umgebracht. Und sie hätte es nicht nötig gehabt, eine Grube auszuheben. Es waren bereits mehrere vorhanden. Es muß ganz leicht gewesen sein, einen Leichnam in einen dieser Gräben zu kippen und mit ein bißchen Erde zu bedecken, die da herumliegt. Und der Qualm von den Holzkohlen-Meilern verdeckte den Geruch, falls Spürhunde eingesetzt wurden.«

»Aber es waren Tante Ems Hunde, die ihn gefunden haben!«

»Ah, das ist etwas anderes. Mittlerweile war er mehrere Tage unter der Erde.«

Victoria zuckte zusammen, und Drew sagte schnell: »Es tut mir leid. Das ist eine gräßliche Geschichte für uns alle, aber wir übrigen haben seinerzeit Schlimmeres gesehen oder gehört. Die Krise war kein Picknick – Verzeihung, das war ein unglücklich gewähltes Bild, nicht wahr? Sie jedoch sind aus einem sicheren und ruhigen Leben in diese Sache hineingeraten, und es muß entsetzlich für Sie sein. Sicher wären Sie lieber nicht hierhergekommen?«

»Nei-n«, antwortete Victoria zögernd. »Ich habe nie daran gezweifelt, daß ich eines Tages zurück nach Kenia kommen würde. Ich wünschte nur, ich hätte...«

Sie beendete den Satz nicht, aber sie lehnte sich neben ihm an das Geländer und blickte hinaus in die Dämmerung. Drew hatte etwas an sich, was allein seine körperliche Anwesenheit tröstlich machte, und solange er sich hier befand, kam ihr das Haus weniger furchterregend vor. Sie sah ihn an und fragte unvermittelt:

»Bleiben Sie über Nacht?«

»Ja, Greg möchte alle seine Verdächtigen unter einem Dach wissen. Oder vielmehr unter zwei Dächern. Die Brandons logieren unter Protest bei Lisa. Er scheint hier wie dort die Hausdiener zur Befragung eingepfercht und die Arbeiterquartiere fast in ein Konzentrationslager verwandelt zu haben.«

»Dann denkt er, es könne vielleicht doch ein Afrikaner gewesen sein?«

»Natürlich. Er ist ja nicht dumm. Sie sind viel strenger verhört worden als wir. Glauben Sie bloß nicht, daß Greg, nur weil er uns auf kleinem Feuer geröstet hat, nicht auch einen Trupp seiner Jungen hat ausschwärmen lassen, um dasselbe bei jedem einzelnen Afrikaner vorzunehmen, der auf diesem Besitz oder auf meinem oder Hectors arbeitet. Es gibt sogar zwei, die bei dem Picknick hätten tätig werden können. Zacharia und Samuel waren unten im Krater. Und dann ist da General Afrika – immer noch in Freiheit und nicht identifiziert, und vielleicht erweist er sich letzten Endes als die Schlange im Gras. Ganz bestimmt hat Greg diese Möglichkeit nicht für einen Moment aus dem Auge verloren. Ja, ich traue ihm zu, daß er dies ganze Theater, er verdächtige einen von uns, nur gemacht hat, um Verwirrung zu stiften und den Anschein zu erwecken, die Nachforschungen in den Arbeiterquartieren seien nichts als Routine und eigentlich ständen die Bwanas unter Verdacht.«

Victoria stieß einen kleinen Seufzer aus, der teils Erleichterung und teils Müdigkeit verriet. »Darauf wäre ich nie gekommen. Sie haben recht. Schließlich kann er uns nicht wirklich verdächtigen. Jedenfalls nicht Sie oder die Brandons.«

»Warum nicht? Wir alle waren an dem Abend, als Mrs. DeBrett ermordet wurde, zufällig hier oder ganz in der Nähe. Und ebenso an dem Abend, als Kamau verschwand.«

»Die Brandons nicht.«

»Doch. Sie sprachen an dem Abend im Bungalow der Markhams vor. Gilly war nicht da, aber Lisa war gerade von hier zurückgekommen, und es hat den Anschein, daß sie ihnen alles erzählte. Was bedeutet, daß einer von ihnen rechtzeitig herüberkommen konnte, um Kamau zu erledigen. Es ist ja zwischen *Flamingo* und *Brandonmead* keine Entfernung, und der Mond schien in jener Nacht.«

Victoria behauptete: »Nur hätten sie ihn nicht dazu gebracht, mit ihnen zu gehen. Sie erwähnten die Möglichkeit, Tante Em habe einen Vorwand benutzt, um ihn zu den Meilern zu locken. Das wäre den Brandons nicht gelungen.«

»Haben Sie bemerkt, daß Schienen für Förderkarren von der Shamba zur Straße laufen und ein paar Yards an den Meilern vorbeiführen? Es wäre nicht nötig gewesen, die Leiche zu tragen. Sogar Sie hätten sie ohne große Schwierigkeiten transportieren können.«

»Ich! Aber –«

»Nein, ich beschuldige Sie nicht, mit einer Axt Amok gelaufen zu sein. Also brauchen Sie mich nicht so entsetzt anzusehen. Obwohl ich sagen möchte, daß Greg diese Möglichkeit in Erwägung ziehen mußte.«

»Welche Möglichkeit?«

»Daß Sie und Eden das gemeinsam geplant haben.«

Victoria begegnete dem Blick aus seinen freundlichen blauen Augen nachdenklich und ohne Zorn. Sie studierte sein Gesicht im Dunkeln, als sei es ein Brief, den er ihr zum Lesen hinhielt – ein sehr wichtiger Brief.

Endlich sagte sie: »Und was glauben Sie?«

»Spielt das ein Rolle?«

Victoria antwortete nicht, und auf einmal sagte Drew langsam und als denke er laut:

»Menschen, die tief und verzweifelt lieben, sind wahrscheinlich zu allem fähig. Dafür gibt es unzählige Beispiele in der Geschichte und in den Zeitungen, die uns beweisen, daß Liebe ebenso eine erniedrigende wie eine erhebende Leidenschaft sein kann und daß sie eine stärkere und rücksichtslosere Kraft sein kann als Ehrgeiz oder Haß. Denn ihnen vermag man mit kühlem Kopf zu folgen, während Liebe immer etwas heißblütig ist. Es gibt Menschen, die für ihre Liebe oder den Verlust ihrer Liebe gestorben sind. Sie haben Verbrechen dafür begangen, Throne dafür aufgegeben, Kriege vom Zaun gebrochen, ihre Familien verlassen, ihr Vaterland betrogen, haben dafür gestohlen, gelogen und gemordet. Und sie werden es wahrscheinlich bis zum Ende der Welt weiter tun.«

Er drückte seine Zigarette an dem Geländer aus und ließ sie zwischen die Geranien fallen. Nach einer Weile fragte Victoria versonnen und ohne den Kopf zu drehen:

»Und Sie glauben, ich könnte – zu allem fähig sein?«

Drew gab ein merkwürdiges kurzes Lachen von sich. »Nicht zu einem Mord. Auch nicht zu einem Mordplan. Aber dazu, jemanden zu decken, den Sie lieben oder auch nur gernhaben. Das ja.«

»Selbst wenn ich wüßte, daß dieser Mensch einen Mord begangen hat? Einen abscheulichen Mord?«

»Nein. Weil sie so einen Menschen niemals lieben würden.«

Victoria wandte sich ihm zu. Das letzte Tageslicht verrann mit der Geschwindigkeit des Sandes in einem Stundenglas, und jetzt war es so dunkel, daß sie die Züge seines Gesichts nicht mehr erkannte.

Sie sagte: »Wenigstens trauen Sie es Eden nicht zu.«

»Das habe ich nicht gesagt. Nach dem, was ich weiß, mag er es getan haben, obwohl ich es für sehr unwahrscheinlich halte. Aber schließlich lieben Sie Eden ja nicht.«

Victoria antwortete nicht, aber sie wandte sich nicht ab, und Drew fragte: »Oder doch?«

Es war eher eine Bestätigung als eine Frage, und als sie immer noch nicht sprach, nahm er ihr Kinn in die Hand, wie er es schon einmal getan hatte.

Victoria stand ganz still und war sich bewußt, an einem Wendepunkt ihres Lebens angekommen zu sein. Sie hatte das Ende einer Straße – oder vielleicht den Anfang einer neuen erreicht. Und dann öffnete sich hinten auf der Veranda eine Tür, und die Schatten zogen sich vor einer Flut warmen bernsteinfarbenen Lichts zurück, und es war nicht mehr Abend, sondern Nacht.

Drew ließ seine Hand sinken und drehte sich ohne Hast um. »Hallo, Eden. Ist Greg endlich mit Ihnen fertig? Wie lange wird er wohl noch bleiben?«

»Das weiß der Himmel«, antwortete Eden. »Was in aller Welt tut ihr beiden hier draußen im Dunkeln?«

»Wir unterhalten uns«, erklärte Drew liebenswürdig. »Was dagegen?«

»Nein, natürlich nicht! Aber im Wohnzimmer sind Drinks, falls Sie einen wollen. Ich habe Grandma ins Bett geschickt.«

»Und sie ist gegangen?«

»Ja, es hat mich gewundert. Sie wird als nächste einen Herzanfall bekommen, wenn wir nicht aufpassen.«

»Einen echten?« forschte Drew. »Oder einen von der Art, wie er Gilly erwischte?«

»Oh, um Gottes willen!« Eden drehte Drew wütend den Rücken und nahm Victorias Arm. »Komm, Vicky. Dir ist sicher kalt geworden. Komm und trink ein Glas Sherry. Oder wir machen den Wodka alle und betrinken uns.«

Sie fanden Mabel im Wohnzimmer, wo sie an einem Glas Brandy mit Soda nippte und die Tür im Auge behielt. Hector war, begleitet von Bill Hennessy, nach *Brandonmead* gefahren, um verschiedene notwendige Dinge für die Übernachtung im Bungalow der Markhams zu holen. Ken jedoch wurde noch vernommen, und Mabel wollte nicht ohne ihn aufbrechen.

»Was machen sie nur mit Ken?« fragte sie unglücklich.

»Er ist schon seit Stunden da drin! Sie müssen doch einsehen, daß er über all das gar nichts wissen kann. Es ist nicht nett von Greg – und das nach all den Jahren, die wir ihn kennen! Drew, ob Sie wohl hineingehen und ihm sagen könnten, daß wir alle sehr müde sind und ob er uns nicht nach Hause gehen lassen will?«

»Nein, Mabel, das kann ich nicht«, erklärte Drew fest, mischte sich einen steifen Whisky mit Soda und ließ sich in einen Armsessel fallen. »Erstens wäre es reine Zeitverschwendung, und zweitens habe ich keine Lust, mich hinauswerfen zu lassen. Er wird aufhören, wenn ihm danach zumute ist oder wenn er bekommen hat, was er will. Nicht eher.«

»Aber wir sollen morgen und übermorgen alle hier sein.«

»Lasset uns hoffen«, meinte Drew trocken. »Nun, auf das Verbrechen.«

Er hob sein Glas und nahm einen tiefen Zug, und Eden sagte wutschnaubend: »Müssen Sie unbedingt einen Witz daraus machen?«

»Verzeihung«, erwiderte Drew sanftmütig.

Eden ließ sich nicht beschwichtigen. Sein hübsches Gesicht war verzerrt, und seine Stimme klang rauh vor Erschöpfung, Angst und

Zorn. »Unter den gegenwärtigen Umständen ist eine Bemerkung dieser Art äußerst geschmacklos und außerdem nicht im geringsten komisch!« Drew hob die Augenbrauen und schnitt eine kleine Grimasse, versagte es sich aber, beleidigt zu sein. Er erwiderte freundlich: »Sie haben völlig recht. Das war gedankenlos von mir, und ich bitte um Entschuldigung. Nehmen Sie eine Olive, Mabel, und hören sie auf, die Tür zu beobachten. Ken kann jetzt jede Minute kommen. Hallo, da fährt noch ein Wagen vor. Wer mag das sein? Der Kommandeur?«

Aber es war nur Hector, der mit einem Sortiment von Pyjamas, Zahnbürsten und Pantoffeln von *Brandonmead* zurückkehrte. Er nahm einen Drink an und sagte nach einem nervösen Blick auf seine Frau mit einer gedämpften Stimme, die keinen Widerhall seines früheren dröhnenden Tons enthielt: »Ist Ken noch drin? Sie behalten ihn sehr lange da. Und dabei muß ihnen doch klar sein, daß der Junge nicht ganz auf der Höhe ist. Habe nie erlebt, daß er umkippt. Er müßte ins Bett und sollte nicht mit dummen Fragen gequält werden.«

»Warum machst du dem dann kein Ende?« Mabel war kurz vor einem Tränenausbruch. »Du bist sein Vater. Sie schüchtern ihn ein, ich weiß es. Oh, wenn er ihr nur nie begegnet wäre! Warum mußte das passieren, gerade als es aussah, als ob das Leben wieder friedlich und glücklich würde? Das werde ich Greg niemals verzeihen – niemals!«

Hector sagte betroffen: »Er tut nur seine Pflicht, Liebes. Warum gehst du jetzt nicht mit mir zu Lisa hinüber? Sie wird keine Anweisungen wegen des Abendessens gegeben haben, deshalb sollten wir uns darum kümmern.«

Mabel fing an zu weinen und erklärte beinahe hysterisch, es sei typisch Mann, mehr an das Essen als an das Wohlergehen seines Sohnes zu denken. Drew stand auf und verließ das Zimmer.

Ein paar Minuten später kehrte er zurück. Er sah ganz hölzern aus. Begleitet wurde er von einem blassen und niedergeschlagenen Ken Brandon. Die wiedervereinigte Familie verschwand in der Nacht.

»Wie haben Sie das geschafft?« erkundigte Eden sich mit widerwilligem Respekt.

»Ich habe meinen Kopf hingehalten«, knurrte Drew, »und er wurde mir ordnungsgemäß abgeschlagen.« Er zog seinen Zeigefinger in einer kurzen, ausdrucksvollen Geste über seine Kehle. »Greg ist gar nicht gut gestimmt, aber immer noch lieber das als Mabel in einem Weinkrampf.«

Wie aufs Stichwort erschien Mr. Gilbert im Wohnzimmer und informierte die Anwesenden kurz, er gehe jetzt, werde aber um neun Uhr morgens wiederkommen. Er wäre ihnen dankbar, wenn sie sich um diese Stunde alle im Haus für ihn bereithielten. Er lasse Bill Hennessy zur Sicherheit da. Einen Drink lehnte er ab. Victoria, Eden und Drew nahmen ein frugales Dinner aus Suppe und Sandwiches zu sich, denn die Mehrzahl der Hausdiener hatte den Tag damit verbracht, im Hauptquartier der Polizei vernommen zu werden. Zacharia und Thuku wurden zusammen mit dem Koch sogar über Nacht dabehalten.

Victoria zog sich gleich nach dem Essen zurück und wurde von Eden bis an ihre Türe begleitet. Im Gegensatz zu Drew durchsuchte er ihr Zimmer nicht. Aber er fragte sie, ob sie Aspirintabletten habe, und als er hörte, sie habe welche, riet er ihr, zwei zu nehmen, um gut zu schlafen. Und dann küßte er sie. Nicht leicht wie Drew, sondern hart und hungrig, und er drückte sie fest an sich.

Victoria machte keinen Versuch, sich seiner Umarmung zu entziehen, doch sie erwiderte den Kuß auch nicht. Und als er sie endlich freigab, hob sie die Hand und berührte seine Wange in einer flüchtigen Liebkosung, die nichts als mütterlich war. Erleichterung und Mitleid und Traurigkeit lagen in ihrem Lächeln, als sei sie eine viel ältere Frau, die eine Seite eines verlorenen Liebesbriefs gefunden hat und ein bißchen beschämt vor sich hin lächelt, weil sie sich an den Namen des Jungen, der ihn schrieb, nicht mehr erinnert.

16

Mr. Gilbert hielt nicht nur Wort, er war sogar pünktlich. Es war genau eine Minute nach neun, und man saß noch beim Frühstück, als der jetzt schon vertraute Trupp aus Polizeibeamten auf *Flamingo* eintraf.

Diesmal machten sie die Sache kurz. Maschinengeschriebene Protokolle des vorangegangenen Tags wurden vorgelegt und mußten unterschrieben werden. Als das erledigt war, erhielten Mr. Stratton und die Brandons den knappen Bescheid, sie dürften in ihre eigenen Behausungen zurückkehren. Allerdings hätten sie in Reichweite des Telefons zu bleiben und sollten das Rifttal bis auf weiteres nicht verlassen.

»Und das bedeutet, daß Sie nicht plötzlich den Entschluß fassen dürfen, an der Nordgrenze auf Safari zu gehen, Stratton. Oder einen Ausflug nach Malindi zu machen, Mrs. Brandon. Ich möchte Sie da wissen, wo ich mich jederzeit mit Ihnen in Verbindung setzen kann. Ich hoffe, das ist klar.«

»Sie haben es überdeutlich gemacht, danke«, antwortete Drew.

»Stehen wir unter Arrest?« fragte Hector, der etwas von seiner früheren polternden Art zurückgewonnen hatte.

Greg bedachte ihn mit einem unfreundlichen Blick, sagte »nein« und ging. Bewaffnet war er mit einer Stoppuhr und einem Fernglas, und es sah aus, als wolle er eine Fremdenführung durch *Flamingo* und von da über den Fußweg nach *Brandonmead* veranstalten.

Nach einiger Diskussion wurde entschieden, Mabel solle noch ein paar Tage bei Lisa bleiben. Eden begleitete sie zum Bungalow der Markhams. Em mußte sich irgendeiner häuslichen Krise annehmen, und bevor sie ging, sagte sie nur noch mißmutig: »Ich bitte Sie gar nicht erst, zum Lunch zu bleiben, Drew, weil es wahrscheinlich keinen geben wird. Aber im Speisezimmer finden Sie Bier – falls die Beamten es nicht zur Analyse mitgenommen haben, um nachzuprüfen, ob wir es mit Arsen angereichert haben.«

Die Tür knallte hinter ihr zu, und Drew lachte. Aber Victoria lachte nicht. Sie stand an dem Bogenfenster und sah Eden und Mabel Brandon nach. Die beiden schritten den schmalen, staubigen Pfad hinunter, der durch den Garten zu der Plumbagohecke und dem Bungalow der Markhams führte. Plötzlich fragte Drew: »Woran denken Sie?«

Er hatte sehr leise gesprochen, als wollte er ihren Gedankengang nicht unterbrechen, und Victoria antwortete ebenso leise: »An Eden.«

Eine Biene geriet ins Zimmer und summte herum. Dann flog sie wieder hinaus in den Sonnenschein und hinterließ eine merkwürdige Stille.

Victoria sah immer noch aus dem Fenster. »Sie sagten gestern abend, es sei möglich, daß Eden seine Frau und Kamau getötet habe. Das glauben Sie nicht wirklich, oder?«

»Nein. Das ist meiner Meinung nach eine Wahrscheinlichkeit von hundert zu eins, trotz der Tatsache, daß die erste Frage bei einem Mord immer lautet: *Cui bono?* – Wer hat Nutzen davon? Und zumindest finanziell hat ihn Eden. Andererseits kenne ich ihn seit vielen Jahren, und diese Geschichte paßt nicht zu dem, was ich über ihn weiß. Eden ist kein Narr. Er besitzt eine Menge Intelligenz und ungeachtet all dieses sonnigen oberflächlichen Charmes einen kühlen Kopf und mehr Willenskraft, als die meisten Leute ihm zutrauen würden. Zum Beispiel hätte er klar erkannt, daß und warum er als der Verdächtige Nummer eins dastehen würde. Und deshalb hätte er sich, wenn er schuldig wäre, mit einem glaubwürdigen Alibi versehen. Wer auch immer den Mord an Alice DeBrett beging, plante ihn sehr sorgfältig. Dafür ist die Tatsache, daß Ems rotes Kleid gestohlen wurden, der beste Beweis. Und nur jemand, der kein Alibi brauchte, würde versäumt haben, sich eins zu verschaffen. In meinen Augen – und ich glaube, auch in Gregs – reinigt das Eden vom Verdacht. Aber ich weiß nicht, wie wir dastehen.«

Victoria sagte: »Tante Em, Mrs. Markham, die Brandons, General Afrika – und Sie.«

Drew lachte, und es war ein Lachen, dem jede Spur von Heiterkeit fehlte. »Das habe ich mir selbst zuzuschreiben.«

Und dann öffnete sich die Tür. Em kam zurück. Sie sah müde und verärgert und abgehetzt aus und schimpfte auf suaheli mit jemandem in der Eingangshalle.

Sie brach ab, als sie Drew und Victoria entdeckte, warf die Tür mit herausforderndem Knall zu, sank dankbar in die Tiefen des Ohrensessels und bemerkte, wäre sie nur eine Stunde vor diesem Geschehen gestorben, dann wäre ihr Dasein gesegnet gewesen.

Drew drehte schnell den Kopf und musterte sie stirnrunzelnd, die blauen Augen zusammengekniffen und die Brauen in einer geraden Linie über der Stirn. Es war, als versuche er, sich an etwas Halbvergessenes zu erinnern. Victoria, die ihr bißchen Suaheli ganz verlernt hatte, erkundigte sich: »Mit wem hast du gesprochen, Tante Em?«

»Mit mir selbst. Das ist das Privileg alter Leute.«

»Auf suaheli?« fragte Victoria lächelnd.

»Oh, das. Das war nur Samuel, Hectors Faktotum. Ich traf ihn, wie er in der Halle herumwanderte und Mabels Strickbeutel suchte, von dem er zu glauben scheint, daß sie ihn hier vergessen habe. Ich sagte ihm, das Ding sei nicht hier und wenn überhaupt irgendwo, dann bei Lisa. Er muß sie mißverstanden haben. Was machen Sie so ein finsteres Gesicht, Drew?«

»Hmm?« brummte Drew geistesabwesend. »Oh – nichts Besonderes. Nur so ein Einfall. Ich muß mich verabschieden. Danke für die erzwungene Gastfreundschaft, Em.«

Er ging zur Tür, öffnete sie und zögerte dann, als widerstrebte es ihm, zu gehen. Er drehte sich um und sah die beiden Frauen an. Seine Stirn war immer noch gerunzelt, und sein Gesicht trug einen merkwürdigen, nicht zu deutenden Ausdruck, der Victoria beunruhigte. Es war, als sei er verwirrt und könne etwas nicht recht glauben – und habe Angst.

Er blieb mindestens eine Minute lang stehen, und sein Blick wanderte zwischen Em und Victoria hin und her. Dann zuckte er die Schultern und ging, ohne noch etwas zu sagen. Sie hörten den Motor anspringen und seinen Wagen die Zufahrt hinunterbrummen.

Em meinte voller Unbehagen: »Irgend etwas macht Drew Sorge. Ich frage mich – Na ja, vermutlich geht diese gräßliche Geschichte uns allen an die Nerven.«

Kurz nach Drews Aufbruch hörten sie auch Gregs Auto abfahren, aber es war beinahe zwei Uhr, bis Eden zurückkehrte. Er antwortete einsilbig auf Ems Fragen, war wenig mitteilsam zum Thema Lisa, lehnte die Speisen ab, die Zacharia ihm anbot, und nahm nur einen Keks und mehrere Tassen schwarzen Kaffee zu sich.

Em zog sich nach dem Essen in ihr Zimmer zum Schlafen zurück und riet Victoria, das gleiche zu tun. Aber Victoria war selten weniger nach Schlafen zumute gewesen. Sie ging in das Wohnzimmer, setzte sich ans Klavier und spielte Bruchstücke von Melodien. Es sollte ihre Gedanken ablenken, aber nicht von den furchterregenden Geschehnissen der letzten Woche, sondern von der Vergangenheit und ihren eigenen Problemen. Doch sobald sie die Hände von den Tasten nahm, warteten diese Gedanken schon auf sie, und sogar ihre Hände verrieten sie, denn sie wandten sich von Bach und Debussy den seichten, süßen, sentimentalen Melodien zu, nach denen sie einmal mit Eden getanzt hatte: »Some Enchanted Evening«... »La vie en rose«... »Hullo, Young Lovers«... Und ein älteres Liedchen aus der Zeit vor dem Krieg. Eden und sie hatten eine Vorliebe dafür entwickelt. *Ich kann recht gut leben ohne dich*...

Ich kann recht gut leben ohne dich,
Na klar.
Ausgenommen vielleicht im Frühling –

Aber sie hatte nicht gut ohne ihn leben können. Weder im Frühling noch im Sommer, Herbst oder Winter...

Wie dumm bin ich doch...!

Ihre Finger stolperten in einem schmerzhaften Mißakkord über die vergilbten Tasten, denn sie hatte Eden nicht eintreten gehört, und sie fuhr heftig zusammen, als er ihr die Hand auf die Schultern legte.

Der Klavierschemel drehte sich, und sie lag in seinen Armen.

Er hatte nicht vorgehabt, sie zu berühren. Er hatte eine schreckliche, erschöpfende Woche hinter sich und eine Unterredung mit Lisa Markham über sich ergehen lassen müssen, an die er niemals mehr denken wollte – und die er doch niemals würde vergessen können. Er hatte es verdient, sagte er sich, obwohl die ersten Annäherungsversuche allein von Lisa ausgegangen waren und er geglaubt hatte, sie kenne die Spielregeln und werde sich daran halten. Es war von vornherein ein Fehler gewesen, und nachdem er Victoria wiedergesehen hatte, war er in arge Verlegenheit geraten.

Eden hatte weder damit gerechnet noch sich gewünscht, Victoria wiederzusehen. Es war ihm jedoch unmöglich gewesen, gegen ihr Kommen Einspruch zu erheben. Denn das hätte zu Fragen geführt, und er hatte weder mit Alice noch mit Em jemals über Victoria gesprochen, und er wollte es auch jetzt nicht tun. Er hatte versucht, Victoria aus seinen Gedanken und seinem Herzen zu verbannen, und das war nicht leicht gewesen. Dies sentimentale Lied aus den dreißiger Jahren, das sie entdeckt und unbeschwert in der ernsten Nachkriegszeit gespielt hatten, erwies sich in der Tat als prophetisch. *Ich kann recht gut leben ohne dich – na klar – ausgenommen vielleicht im Frühling*... Oder wenn eine Melodie gespielt wurde, nach der sie getanzt hatten. Oder wenn ein Mädchen ein gelbes Kleid trug. Oder wenn eine Rose oder ein Duft oder ein Laut ihn an Victoria erinnerte...

Und dann hatte Em sie eingeladen, und er hatte den Mut nicht aufgebracht, Em zu erklären, warum sie nicht kommen durfte. Die Gewißheit, er werde sie wiedersehen, führte ihm endlich und mit aller Klarheit vor Augen, daß ihm weder Alice noch eine der oberflächlichen, törichten Affären, mit denen er die Leere in seinem Herzen hatte füllen wollen, irgend etwas bedeuteten, daß nur Victoria zählte und er sie trotz der Blutsverwandtschaft haben mußte. Daß er jedes Risiko auf sich nehmen würde, um sie zu bekommen! Wenn er nur frei wäre.

Victoria war auf *Flamingo* eingetroffen, und Alice war tot. Er war frei. Doch er mußte sich vorsichtig verhalten. Er durfte nicht wenige

Tage – und auch nicht wenige Monate – nach Alices Tod einer anderen Frau den Hof machen. Er mußte warten. Er wollte Em überreden, ihn nach Rumuruti zu schicken, und wenn genug Zeit vergangen und die Erinnerung an Alices Tod nicht mehr so frisch war, würde er zurückkehren und Victoria bitten, ihn zu heiraten. Er würde mit ihr aus dem Rifttal und all seinen tragischen Erinnerungen weggehen, bis die Leute vergessen hatten. Bis dahin wollte er sie nicht einmal berühren.

Aber er war ins Wohnzimmer getreten, und sie hatte die Melodie gespielt, die ihnen allein gehört hatte, und er hatte ihr fast unwillkürlich die Hand auf die Schulter gelegt. Und sie drehte sich um und lag in seinen Armen, und er drückte sie fest an sich. Anstand, Konvention, gesunder Menschenverstand verflogen wie Spreu im Wind und waren vergessen. Er küßte ihr Haar und flüsterte abgerissene Koseworte. Er erzählte ihr, sie könnten sofort heiraten – und es geheimhalten. Niemand außer Em brauche es zu wissen. Er könne nicht warten und jetzt, wo sie wieder zusammen seien, habe nichts anderes mehr Bedeutung.

Mehrere Minuten lang merkte er gar nicht, daß Victoria sich von ihm freizumachen versuchte, und als er es schließlich merkte und sie losließ, dachte er noch, ihre Gefühle für ihn hätten ihr das Blut aus dem Gesicht getrieben und Scheu und Überraschung ließen sie aufspringen und sich von ihm zurückziehen.

Victoria stieß atemlos hervor: »Nein, Eden! Bitte, nicht! Ich will gar nicht erst behaupten, ich empfände nichts mehr für dich, denn das werde ich wohl immer tun. Nur nicht mehr auf diese Weise. Es ist alles vorbei, und das ist mir gar nicht bewußt gewesen. Nicht einmal, wenn jemand es mir sagte. Ich glaubte es dann trotzdem nicht. Bis du mich gestern abend küßtest. Ich wollte von dir geküßt werden –«

Eden machte mit ausgestreckten Armen einen raschen Schritt auf sie zu, und wieder wich sie vor ihm zurück.

»Nein! O Eden, es tut mir so leid! Aber wie sollte ich wissen, daß es dir ernst war? Damals war es dir nicht ernst gewesen, und –«

Eden sagte: »Vicky, ich weiß nicht, wovon du redest, und es

kümmert mich auch nicht. Ich habe es immer ernst gemeint – mit dir. Gleich von Anfang an. Und ich meine es auch jetzt ernst.«

Victoria rang die Hände. Ihr Gesicht verzog sich wie das eines Kindes, den Tränen nahe. Sie flehte: »Nein, das tust du nicht. Bitte, sag, es ist nicht so! Weißt du, ich dachte, du küßtest mich nur, weil – weil du gern Mädchen küßt. Weil es für dich eine Art Spiel sei und nichts zu bedeuten habe. Ich sagte mir, wenn du mich küßtest, würde ich es erkennen. Und so war es auch. Er hatte ganz recht. Es ist alles vorbei. Es ist, als ob – als ob ich endlich erwachsen geworden bin. Das ist albern, in meinem Alter. Ich sollte längst erwachsen sein. Aber das war ich nicht. Ich habe dich sehr gern, Eden, aber ich liebe dich nicht mehr, und ich bin mir nicht sicher, ob ich dich je geliebt habe – so, wie es sein sollte.«

»Wer hatte recht?« Eden stürzte sich auf diese drei Wörter, als seien sie alles, was Victoria gesagt hatte.

Victoria sah ihn verwirrt an, und er wiederholte die Frage mit einer Stimme, die sie erschreckte: »Wer hatte recht? Mit wem hast du über mich gesprochen? Mit Drew?«

Die Röte überflutete Victorias blasse Wangen, und ihre Augen weiteten sich vor Bestürzung. »Nein – ich meine – ich hätte das nicht sagen dürfen. Es war keine Absicht. Eden, sieh mich nicht so an! Ich habe nicht mit ihm über dich gesprochen. Nicht auf diese Weise.«

»Auf welche Weise dann? Seit wann stehst du mit Drew Stratton auf so vertrautem Fuß, daß du deine Herzensangelegenheiten mit ihm diskutierst? Nein, so habe ich es nicht gemeint. Laß uns nicht streiten, Darling. Ich weiß, ich habe dich damals abscheulich behandelt – Alices wegen. Aber ich mußte es tun. Wenigstens glaubte ich, daß ich es tun müsse und daß es für uns beide das beste sei. Ich will es dir erklären, wenn du erlaubst. Und ich weiß, daß ich dich glücklich machen kann.«

Victoria schüttelte den Kopf. Ihre Augen füllten sich mit Tränen.

»Nein, das kannst du nicht. Jetzt nicht mehr. Ich habe dir die Wahrheit gesagt, Eden. Ich liebe dich nicht mehr. Ich bin frei. Das wurde mir klar, als du mich gestern abend küßtest.«

Eden fragte hart: »Oder als Stratton dich küßte? Hat er dich geküßt?«

Er sah, wie die Röte ihrer Wangen sich vertiefte, und entsetzte sich vor der Flut schierer Eifersucht, die sich erhob und ihn verschlang und über die er keine Kontrolle hatte. Er hatte immer ein hitziges Temperament gehabt, und jetzt mußte er zurückschlagen, blindlings zuschlagen und so böse verwunden, wie er selbst verwundet worden war. Er lachte kurz und häßlich auf.

»Also du hast dich in unsern Mr. Stratton verknallt? Sehr lustig! Und das nach all den Schwüren ewiger Liebe, die du mir geschrieben hast. Erinnerst du dich an sie? Ein Brief pro Tag – manchmal zwei. Ich habe sie alle aufbewahrt. Einen ganzen Kasten voll. Ich brachte es nicht übers Herz, mich von ihnen zu trennen, aber ich könnte sie ebensogut Stratton als Hochzeitsgeschenk schicken. Oder möchtest du ihm ein paar zusenden? Jeder Brief ohne Datum würde seinen Zweck erfüllen. Das ersparte dir Zeit und Papier, und die Ergüsse, die du an mich richtetest, werden für ihn auch gut genug sein, wie? Wenn er eine Liebe aus zweiter Hand bekommt, kann er sich schließlich auch mit Liebesbriefen aus zweiter Hand begnügen!«

Wieder lachte er, als er den Abscheu und die Verachtung in Victorias weißem erstarrten Gesicht und den funkelnden Augen sah, und als er einmal angefangen hatte zu lachen, konnte er nicht wieder aufhören. Er ließ sich in einen Sessel fallen und versteckte das Gesicht in den Händen. Er drückte die Finger auf die Augen, als könne er so die grausame Müdigkeit, die niederschmetternde Verzweiflung und die wilde Eifersucht verbannen und das gräßliche Geräusch seines sinnlosen Gelächters ausschließen.

Endlich hörte es auf, und er flüsterte tonlos: »Verzeihung, Vicky. Es war nicht schön, so etwas zu sagen. Ich habe es nicht so gemeint. Ich weiß nicht, was in mich gefahren ist. Die letzten Tage haben mich fertiggemacht – nicht daß das eine Entschuldigung wäre. Verzeihe mir, Liebes.«

Er ließ die Hände fallen, hob sein hohles Gesicht und stellte fest, daß er mit sich selbst geredet hatte. Das Zimmer war leer.

Fünfzehn Minuten später hörte Victoria, die sich auf die Fensterbank ihres Schlafzimmers stützte, das Geklapper von Pferdehufen und sah Eden vorbeigaloppieren. Er hielt auf das offene Land zu und ritt so tollkühn, als befinde er sich auf der Zielgeraden bei einem Rennen. Für Victoria war es eine Erleichterung, daß er fortritt. Sie hoffte nur, er werde eine oder zwei Stunden wegbleiben und ihr Zeit zum Nachdenken lassen. Eins war jetzt wenigstens klar. Sie mußte Tante Em mitteilen, daß sie nicht auf *Flamingo* bleiben konnte. Daß Eden es wagte, so mit ihr zu reden! Daß er sich gegen sie wandte wie ein rachsüchtiger Schurke aus einem drittklassigen Roman! Hatte er ihre Briefe wirklich aufbewahrt? Victoria hatte eine flüchtige Vision von Drew Stratton, wie er einen davon las, die blauen Augen kalt vor Verachtung. Ihr Gesicht brannte bei diesem Gedanken.

»Aber Eden ist nicht so!« sagte Victoria laut in das leere Zimmer hinein.

Es war unmöglich! Er konnte sich nicht in nur fünf Jahren so verändert haben. An seine kurzen Wutausbrüche war sie gewöhnt. Sie hatten nie lange gedauert und nie etwas zu bedeuten gehabt. Und wenn sie vorbei waren, hatte er sich immer sehr geschämt und zerknirscht entschuldigt. Nein, etwas so Grausames und Gemeines würde er niemals tun. Doch der Gedanke an die Briefe ließ sich nicht vertreiben. Victoria fürchtete eigentlich nicht, daß Eden seine unüberlegte Drohung wahrmachen würde. Vielmehr hatte sie Angst, Greg Gilbert werde die Briefe finden.

Wer konnte wissen, ob Mr. Gilbert nicht eine zweite Hausdurchsuchung anordnen und diesmal die Briefe finden – und lesen würde? Es mußten undatierte dabei sein, und die mochten ihn zu dem Schluß verleiten, sie habe mit Eden noch nach seiner Heirat korrespondiert. Er mochte sogar denken, was Drew angedeutet hatte – sie und Eden hätten Alices Tod gemeinsam geplant. Eden, und nicht Tante Em, habe sie herkommen lassen.

In einem impulsiven Entschluß verließ Victoria ihr Zimmer und schritt rasch den Flur hinunter. Vor der Tür zu dem Flügel, den Alice und Eden bewohnt hatten und in dem Eden jetzt allein schlief, blieb sie stehen. Zögernd hielt sie den Türknauf in der Hand.

Es waren die einzigen Räume in dem großen, weitgestreckten Haus, die sie noch nicht gesehen hatte. Der Gedanke an Blaubarts verschlossene Kammer schoß ihr durch den Kopf, und sie fand ihn ganz besonders unerfreulich. Und wenn nun wirklich etwas auf der anderen Seite dieser Tür wartete? Der Poltergeist, der nach der ersten Bluttat seine zerstörerischen Streiche eingestellt hatte?

Ich darf nicht hineingehen, dachte Victoria, plötzlich ganz überzeugt davon. Wenn ich hineingehe, wird es mir leid tun. Es sind Edens Räume. Ich habe kein Recht, die Räume eines anderen Menschen zu durchsuchen. Nicht einmal nach meinen eigenen Briefen –

Aber Mrs. Thompson war aufgrund der Briefe an ihren Liebhaber verurteilt und, wie Drew betont hatte, gehängt worden...

Victoria biß die Zähne zusammen und drehte den Türknauf.

17

Alices Schlafzimmer war ein langer, blauweißer Raum, von dem man auf den Rosengarten blickte. Ein unpersönliches Zimmer: ordentlich und kühl und nüchtern – ganz wie seine Eigentümerin.

Es gab ein blauweißes Bad, ein kleines Schreibzimmer, in dem außer einem Schreibtisch aus Rosenholz noch ein Sekretär mit Rollklappe stand, und schließlich Edens Ankleidezimmer, in dem er offensichtlich schlief, denn es war darin ein Feldbett aufgeschlagen. Fotografien von Alice waren nicht zu entdecken, aber ein einziger kleiner Schnappschuß in einem mitgenommenen Lederrahmen schmückte den Toilettentisch. Er war sehr verblaßt, denn er war vor vielen Jahren aufgenommen worden, und Eden hatte ihn selbst entwickelt und abgezogen. Ein Schnappschuß von einem dünnen kleinen Mädchen, das auf einem Zebra ritt.

Bei diesem Anblick geriet Victorias Entschluß ins Wanken. Sie hatte bestimmt keinen Grund, in Edens Besitztümern nach ihren Briefen zu stöbern. Sie brauchte ihn nur darum zu bitten, und er würde sie ihr geben, es sei denn, Greg Gilbert fand sie als erster –

Das war ein ernüchternder Gedanke, und Victoria machte Schluß mit ihrem Zögern. Aber fünfzehn Minuten später mußte sie sich eingestehen, daß entweder Edens Behauptung, er habe ihre Briefe aufbewahrt, eine Lüge war, oder daß sie sich nicht hier befanden. Gerade wollte sie das Zimmer verlassen, als ihr Auge auf eine Unregelmäßigkeit in der Wandtäfelung hinter dem Feldbett fiel. Victoria kehrte um, zog das Bett von der Wand und entdeckte erst jetzt, daß es noch einen Schrank im Zimmer gab, einen langen, niedrigen Schrank, der in die Wand eingebaut und wahrscheinlich für das Spielzeug eines kleinen Jungen gedacht gewesen war.

Sie kniete nieder und öffnete den Schrank. Er war tiefer, als sie angenommen hatte, und vollgestopft mit alten Schachteln und Koffern, die sie mit einiger Bestürzung betrachtete. Wenn sie voll waren, würde sie nämlich Stunden brauchen, um sie durchzusehen.

Aber die ersten zwei oder drei, die sie herauszog, waren leer, und deshalb würden es wahrscheinlich auch die übrigen sein.

Ein kleiner Kabinenkoffer enthüllte, ans Licht des Tages gezerrt, eine angeschlagene Sammlung von Vogeleiern und eine alte Kamera, fraglos diejenige, mit der Eden das Bild von Victoria auf Falda gemacht hatte. Victoria schloß den Koffer seufzend und holte einen nicht zu den übrigen Gepäckstücken passenden, längst aus der Mode gekommenen Behälter hervor, der nur Edens Großvater Gerald DeBrett gehört haben konnte: einen zinnernen Hutkoffer von vorsintflutlichem Aussehen. Er war leer bis auf einen Haufen vergilbtes Seidenpapier und einige tote Motten, aber Victoria betrachtete ihn mit Interesse. Sie erinnerte sich an ein ähnliches Relikt aus vergangener Zeit, das auf dem Dachboden einer Schulfreundin gestanden hatte: ein Hutkoffer mit einem falschen Boden, in den, wie ihr berichtet worden war, Straußenfedern gepackt werden konnten. Dieser hier war nach dem gleichen Muster hergestellt. Ohne nachzudenken, drückte sie den fast unsichtbaren Verschluß, und der geheime Hohlraum öffnete sich.

Es waren keine Straußenfedern darin, aber etwas anderes. Ein flaches Päckchen, sehr sorgfältig in mehrere Lagen weicher Seide verpackt.

Victoria wußte selbst nicht, warum sie es auswickelte, denn es konnte nicht das sein, was sie suchte. Sie handelte ganz automatisch. Einen Augenblick lang wunderte sie sich nur über den Gegenstand, den die Seidentücher preisgaben. Sie wollte ihn schon zurücklegen, als ihre Hände ihr den Dienst versagten und ihr Herz aussetzte. Sie hockte sich auf die Fersen und starrte das Ding mit großen Augen an. Hundert aufgeregte Gedanken wirbelten in ihrem Gehirn, fielen in phantastische Muster und zerbrachen zu chaotischen Fragmenten, die keinen Sinn ergaben.

Der Poltergeist... Wer hatte doch gesagt: »Ich werde erst dann anfangen, an böse Geister zu glauben, wenn jede Möglichkeit des bösen menschlichen Elements eliminiert ist«? Drew –! Und Drew hatte ebenfalls gesagt: »Wer weiß, wozu ein Mensch unter einem bestimmten Druck fähig ist?«

Ein Dutzend Dinge, die sie in der letzten Woche gesehen oder gehört hatte, isolierte Ereignisse, die keine Verbindung miteinander zu haben schienen, nahmen Gestalt und Bedeutung an – eine grauenhafte Bedeutung. Aber die Niedertracht dabei ängstigte sie am meisten. Em hatte ihre liebsten Besitztümer verlieren müssen, angefangen mit den kleinen, aber in Ehren gehaltenen, und von da an voranschreitend zu immer größeren. Ihren Hund. Die Frau ihres Enkels. Ihren Stolz und ihren guten Namen. Und als letztes würde die Erpressung folgen.

Doch würde Em sich erpressen lassen? Nach dem, was Victoria von ihr wußte, war es ganz gut möglich, daß Lady Emily angesichts einer solchen Drohung eher das Gesetz in die eigenen Hände nehmen, den Erpresser erschießen und die Folgen tragen als nachgeben würde. Hatte der ›Poltergeist‹ daran gedacht? Oder hatte dies bösartige Gehirn hier einen Fehler gemacht?

Victoria wickelte das Päckchen wieder in die glänzende Seide. Ihre Hände zitterten so, daß sie es kaum halten konnte. Sie legte es in sein Versteck zurück, schloß den Hutkoffer und schob ihn in den Schrank. In diesem Augenblick hörte sie draußen vor dem offenen Fenster ein leises Geräusch: ein Kratzen und Rascheln, das von einem Vogel zwischen den Schlingpflanzen kommen mochte. Oder hatte jemand sie beobachtet? Sie fuhr in die Höhe, schob das Feldbett an seinen alten Platz und rannte aus dem Zimmer.

Em ging langsam durch die Halle am hinteren Ende des Flurs. Sie stützte sich auf einen Stock und war offenbar auf dem Weg zur Veranda und zum Teetisch. Victoria tat, als habe sie sie nicht gesehen, und suchte Zuflucht in ihrem eigenen Zimmer. Sie warf die Tür hinter sich zu und verschloß sie. Gerade jetzt wollte sie Tante Ems klugen alten Augen nicht begegnen.

Schwer atmend und zitternd lehnte sie sich gegen die geschlossene Tür und kämpfte mit dem verzweifelten Wunsch, aus dem Haus zu laufen, weit weg, bis sie eine möglichst große Entfernung zwischen sich und *Flamingo* gelegt hatte.

Sie mußte es Drew erzählen. Er würde wissen, was zu tun war. Oder Mr. Gilbert. Nein, nicht Mr. Gilbert! Er war zuerst Polizist, und er würde sich nicht erinnern, daß er auch ein Freund war. Das konnte sie nicht tun. Sie war ebenso schlimm wie Em oder Mabel – oder jede andere Frau.

Erst eine Viertelstunde später trat sie auf die Veranda hinaus, wo der Tee und ihre Tante auf sie warteten.

Em sah nicht so aus, als habe der Mittagsschlaf ihr gutgetan, aber ihre alten Augen beobachteten so scharf wie eh und je. Sie entließ Zacharia mit einer gebieterischen Handbewegung und fragte: »Was ist geschehen, Liebes? Du siehst aus, als habest du einen Geist erblickt.«

»Einen besonderen Geist«, antwortete Victoria mit schwankender Stimme. »Einen Poltergeist.«

»Was um alles in der Welt meinst du?«

»N-nichts«, stotterte Victoria. »Ich wollte nicht – Tante Em, ich muß dir etwas sagen. Ich kann hier nicht länger bleiben. Ich möchte so bald wie möglich gehen. Ich weiß, ich bin undankbar, aber ich muß gehen.«

Em sagte sanft: »Setz dich, Liebes. Ich sehe, es ist etwas geschehen, das dich aus der Fassung gebracht hat. Hier – laß dir Tee eingießen. Nein, trink ihn erst aus... So ist's brav. Jetzt erzähl mir, was los ist. Ist es Eden?«

Die Tasse in Victorias Hand zitterte so heftig, daß der Tee in die Untertasse schwappte. Sie stellte sie schnell ab und stieß hervor: »Warum sagst du das?«

Em seufzte schwer und zuckte die Schultern. »Ich weiß es nicht. Du warst einmal mit ihm verlobt. Zwar glaubte ich, das sei alles vorbei, aber in den letzten paar Tagen war ich mir nicht mehr so sicher. Ich kenne ihn sehr gut, weißt du, und ich beobachte ziemlich genau – auch wenn ich eine törichte alte Frau sein mag! Hat er dich gebeten, ihn zu heiraten? Ist es das?«

»J-ja«, antwortete Victoria. »Aber das ist es nicht. Und ich kann ihn nicht heiraten. Niemals! Nicht einmal, wenn er der – der einzige Mann auf der Welt wäre!«

Sie erschauerte so, daß ihre Zähne klapperten, und war nicht fähig, weiterzusprechen.

Ems Brauen zogen sich ärgerlich zusammen. Sie sagte gereizt: »Wirklich, ich hätte Eden mehr Intelligenz zugetraut! Es wundert mich gar nicht, daß du dich abgestoßen fühlst. Man freut sich schließlich nicht über einen Heiratsantrag von einem Mann, dessen Frau soeben ermordet worden ist. Das ist sehr geschmacklos! Er muß den Verstand verloren haben. Allerdings hat er unter sehr starkem Streß gestanden, und du mußt Nachsicht mit ihm üben, Liebes. Er ist im Augenblick nicht er selbst. Ich werde ihn für einen Monat oder so wegschicken. Nach Rumuruti vielleicht, sobald diese gräßliche Geschichte aufgeklärt ist. Es gibt gar keinen Grund, warum du gehen solltest.«

Victoria stammelte verzweifelt: »Du verstehst nicht! Das ist es nicht. Es ist – etwas anderes. Ich kann es nicht erklären! Heute nachmittag habe ich etwas herausgefunden, das – das mich überzeugte, ich muß entweder abreisen oder zur Polizei gehen. Da-das ist alles!«

Victoria schob ihren Sessel zurück und stand auf. Sie brauchte ihre ganze Kraft, um nicht in Tränen auszubrechen, und sie wich Ems entsetztem Blick aus.

Em keuchte: »Victoria!«

»Es tut mir leid«, sagte Victoria mit hoher, angestrengter Stimme. »Das hätte ich nicht sagen sollen. Ich habe es nicht so gemeint. Ich werde kein Wort mehr sagen. Aber ich muß weg. Ich muß! Ich weiß, es ist feige von mir, aber ich kann nicht anders.«

Ems Gesicht war grau und verzerrt vor Zorn, doch sie sprach mit ganz beherrschter Stimme, als sei sie eine tüchtige Gouvernante, die ein ungezogenes und hysterisches Kind zurechtweist.

»Ich weiß nicht, wovon du sprichst. Ich sehe nur, daß du im Augenblick nicht in einem Zustand bist, der dir erlauben würde, vernünftige Entscheidungen zu treffen. Leider kommt es absolut nicht in Frage, daß du Nairobi sofort verläßt. Greg Gilbert würde es gar nicht erlauben, und wir können ihn heute auch nicht mehr erreichen, um ihm zu erklären, daß du dich weigerst hierzubleiben. Wenn du morgen früh noch der gleichen Meinung bist, kannst du selbst mit ihm sprechen. Vielleicht gelingt es dir, ihn zu überreden, daß er dich gehen läßt. Du wirst dich jedoch damit abfinden müssen, daß du wenigstens noch eine weitere Nacht unter meinem Dach zu verbringen hast.«

Victoria verlor den Mut. Sie hatte Mr. Gilbert vergessen. Nun starrte sie ihre Tante in hilfloser Verzweiflung an und setzte sich langsam wieder. Sie fühlte sich schwach und sehr verängstigt.

»Nein«, flüsterte Victoria, »ich kann nicht gehen. Das hatte ich vergessen. Ich muß hierbleiben.«

»Jedenfalls für den Augenblick«, stellte Em fest und ging davon, sehr steif und sehr aufrecht.

Zehn oder fünfzehn Minuten später kehrte sie zurück, grimmig und unerbittlich und unvorstellbar alt wirkend. Sie befahl Zacharia, Thuku mit dem Landrover herzuschicken. Victoria hatte sich nicht bewegt. Sie kauerte immer noch in einem der Sessel auf der Veranda, den Blick ins Leere gerichtet.

»Ich fahre jetzt los, um Fleisch für die Hunde zu besorgen.« Em ließ sich nicht herab, sie anzusehen. »Ich werde nicht lange wegbleiben. Zacharia sagt mir, Eden inspiziere oben das neue Bohrloch. Deshalb werde ich in die Richtung fahren und ihn informieren, daß du es vorzögest, im Augenblick nicht mit ihm zusammenzutreffen.«

Der Landrover fuhr vor, und Em stampfte die Veranda hinunter. Victoria sah sie steif einsteigen und ihren massigen Körper auf den Fahrersitz wuchten. Ihr fiel ein, daß Eden erzählt hatte, Em reagiere sich immer auf diese Weise ab, wenn sie sich aufgeregt habe. Arme Tante Em! So schnell sie auch fuhr, es würde ihr nicht gelingen, davor zu fliehen!

Der Landrover schoß mit gefährlicher Geschwindigkeit davon und verschwand in einer wirbelnden Staubwolke. Stille ließ sich auf *Flamingo* nieder wie eine graue Wolke auf eine Bergkuppe.

Em hatte die Hunde mitgenommen. Pusser lag auf dem Korbsofa vor dem farbenfreudigen Hintergrund der drei Kissen, die Zacharia ordentlich in eine Reihe gelegt hatte. Jetzt stand sie auf, streckte sich genüßlich, sprang auf die Bodenmatte, stolzierte davon und verschwand über die Stufen im Garten.

Die niedrigstehende Sonne färbte die Akazien mit einem warmen

Orangeton. Blaue Schatten krochen immer weiter über das grobe Gras des Rasens. Jetzt war der richtige Zeitpunkt, Drew anzurufen. Das Haus war leer, und niemand konnte mithören.

Leider hatte Victoria die Schwierigkeit unterschätzt, eine Nummer eines Gemeinschaftsanschlusses zu bekommen. Als sie endlich mit Strattons Nummer verbunden wurde, war Drew nicht im Haus, und der Diener am Telefon sprach nur sehr schlecht Englisch. Nach einer kurzen, aber wirren Unterhaltung sah sich Victoria gezwungen, den Versuch aufzugeben, sich verständlich zu machen.

Sie kehrte auf die Veranda zurück und traf dort zu ihrem Schrecken Zacharia an, der die Kissen zurechtklopfte, die Sessel geradestellte und die Aschenbecher leerte. Er mußte im Speisezimmer gewesen sein. Er betrachtete Victoria mit dem leeren, uninteressierten Blick einer ältlichen Schildkröte, stieg die vorderen Stufen hinunter und bog um die Hausecke.

Em kam erst eine gute halbe Stunde später wieder. Offensichtlich hatte die körperliche Anstrengung bei dieser Gelegenheit keine beruhigende Wirkung auf sie ausgeübt. Sie sah gereizt und erschöpft aus. Ihre Kleider waren fleckig und schmutzig und voll von Staub, den sie in großen Wolken abklopfte. Sie wischte sich das Gesicht mit einem Taschentuch ab. Es mußte das gleiche sein, mit dem sie sich nach dem Ausweiden der Gazelle, die eben ausgeladen wurde, die Hände gesäubert hatte. Kurz verkündete sie:

»Eden kommt heute abend nicht nach Hause. Er ist zu Hector hinübergeritten und wird dort übernachten.«

Auf das Gespräch mit Victoria kam Em nicht mehr zurück. Statt dessen sprach sie von den Fortschritten an dem neuen Bohrloch und der zu dieser Jahreszeit unüblichen Trockenheit. Draußen auf dem freien Land hatte sie Mabel und Lisa getroffen, die aus keinem besonderen Grund, sondern nur, um etwas zu tun zu haben, hinausgefahren waren. Em berichtete, Lisa sei schon wieder ganz die alte.

»Sie sagt, sie habe einige der Kontobücher, die Gilly auf den neuesten Stand gebracht hatte, und sie fragte, ob du sie nicht abholen könntest. Sie wolle dir zeigen, welche Konten vervollständigt werden und welche nur nachgeprüft werden müssen. Ich wäre dir für deine Hilfe bei der Buchhaltung dankbar, falls du Kraft genug dazu hast. Ich fürchte, ich habe sie nicht.«

Victoria antwortete erfreut: »Natürlich mache ich das. Ich will gleich gehen. Es wird schön sein, etwas zu tun zu haben.«

»Das war mein Gedanke«, meinte Em. »Arbeit ist etwas sehr Nützliches in schweren Zeiten. Sie muß weitergehen, und deshalb geht sie weiter. Bleib nicht zu lange. Es wird sehr schnell dunkel, sobald die Sonne einmal untergegangen ist. Du könntest mir einen Strauß Rittersporn schneiden, wenn du nicht zu spät dran bist. Seit Tagen habe ich mich nicht um frische Blumen gekümmert. Ich konnte mich einfach nicht dazu aufraffen. Aber irgendwann muß man ja einen neuen Anfang machen. Du findest eine Gartenschere irgendwo auf dem unteren Brett des Bücherregals im Büro.«

Ems Büro war nicht für seine Ordentlichkeit bekannt, denn sie hatte die Gewohnheit, es als Abstellraum zu benutzen. Victoria entdeckte die Schere zwischen einem Wirrwarr von Bindebast und alten Samenkatalogen und stieß, als sie danach griff, eine Pyramide staubiger Pappschachteln um, die zu Boden polterten.

Als Victoria sie wieder aufstapelte, öffnete sich eine von ihnen und spie mehrere Dutzend Holztäfelchen der Art aus, wie man sie zur Markierung von Saatbeeten benutzt. Unter ihnen hatte ein schwererer Gegenstand gelegen, der mit dumpfem Aufprall hinausglitt.

Es war nichts Verwunderliches daran, diesen Gegenstand an diesem Ort zu finden: ein vielbenutztes und etwas altmodisches Klappmesser mit Hornschalen. Aber Victoria, die es mit zitternden Fingern berührte, sah, daß die kurze Klinge abgebrochen und daß Initialen tief in das Horn eingeschnitten waren. K. D. B.

Also wußte Em es! Und wenn sie es nicht wußte, hatte sie einen Verdacht gehabt. Sie hatte das Messer, das Eden ihr gegeben hatte – seines Vaters Messer! –, in der Faust verborgen, weil ihr klar war, daß Gilly Markham nicht an einem Schlangenbiß gestorben war und weil sie sich fürchtete. Und später, als sie ihren Irrtum bemerkte, konnte sie nicht erklären, warum sie das Messer versteckt hatte. Deshalb hatte sie hartnäckig behauptet, sie selbst habe es zum Kratersee mitgebracht. Das hätte sie für niemanden getan als für Eden.

Victoria hob das Messer mit unsicherer Hand auf, legte es schnell in die Schachtel zurück, bedeckte es mit den Holztäfelchen und verstaute den Karton zuunterst, ganz hinten auf dem Brett.

Sie stand auf, ergriff die Schere, verließ das Büro und schloß die Tür sehr vorsichtig, als sei es lebenswichtig, daß kein Geräusch Tante Em daran erinnerte, wo sie gewesen war.

Aber Em hätte sowieso nichts gehört, denn sie saß am Klavier und ertränkte ihre Sorgen in Fluten von Melodien. Die Musik füllte den Raum und strömte durch die offenen Fenster in den stillen Garten. Victoria blieb auf der Veranda stehen und hörte zu. Da sie selbst nur durchschnittlich Klavier spielte, kritisierte sie die Darbietung ihrer Tante nicht, wie Gilly es getan haben würde. Em spielte eine Fuge von Bach, und zwar nach Meinung ihrer Nichte bemerkenswert gut. Victoria lauschte, besänftigt und verzaubert.

Sie hätte nicht sagen können, in welchem Augenblick ihr bewußt wurde, daß auf der Veranda etwas fehlte, oder warum sie es überhaupt merkte und sich Gedanken darüber machte. Irgendeine flüchtige, bruchstückhafte Erinnerung quälte sie. Ein sechster Sinn flüsterte ihr Worte zu, die sie nicht ganz verstand, und lenkte ihre Aufmerksamkeit auf etwas, das sie nicht sehen konnte.

Sie sah sich beklommen um, aber nichts hatte sich verändert. Die schäbigen Korbsessel und der Tisch standen, wo sie immer gestanden hatten, und Pussers Futter und Milch waren noch unberührt. Warum meinte sie, es sei ein Unterschied? Es fehle etwas?

Victoria zuckte ungeduldig die Schultern und wandte sich ab. Erst als sie das Tor in der Plumbagohecke erreichte, schwebte die Antwort auf sie herab wie ein trockenes Blatt von einer der Akazien über ihr – und fiel so sanft nieder, daß sie darüber lächeln konnte und nur dachte, nun sei es doch eine ganz harmlose Sache gewesen...

Eins der drei übrigen Kissen hatte gefehlt. Nur zwei der auffällig gemusterten Vierecke hatten auf dem langen Korbdiwan an der Wand gelegen, obwohl es früher am Tag drei gewesen waren.

18

Der Bungalow der Markhams schien leer zu sein. Victoria hörte keine Stimmen, doch von irgendwoher aus dem stillen Haus kam ein schwaches, immer wieder aussetzendes Geräusch, das sich als das klagende Winseln eines Hundes herausstellte.

Es gab keine Klingel, und da niemand auf ihre versuchsweisen Rufe antwortete, trat Victoria durch eine offenstehende Tür ein und fand sich in Lisas Wohnzimmer.

Es war ein ganz und gar weiblicher Raum: rosa und weiß und voller Volants, Bänder und Rosen. Aber im Augenblick wirkte er verödet. Die Blumen in den weißen Vasen welkten, eine Staubschicht lag auf dem Klavier und den verschiedenen Tischen, und die Aschenbecher sahen aus, als seien sie tagelang nicht geleert worden.

Ein Victoria bekannter Gegenstand lag auf dem Sofa und brachte eine unpassende Farbnote in all diese Chintz-Niedlichkeit: ein großer Strickbeutel in einer scheußlichen Zusammenstellung von Blau und Orange. Er war das Eigentum Mabel Brandons. Doch von seiner Besitzerin gab es keine Spur, auch nicht von Lisa. Nach einigem Zögern öffnete Victoria eine der Türen, die aus dem Wohnzimmer führten, und stand auf der Schwelle eines unordentlichen Büros. Die Bücher konnten nirgendwo anders als hier sein. Victoria sah sich zweifelnd um. Da merkte sie, daß sie beobachtet wurde, und machte schnell kehrt.

Lisa war durch eine der Verandatüren ins Wohnzimmer gekommen. Sie stand ganz still, den Blick auf Victoria gerichtet.

Im ersten Augenblick erkannte Victoria sie nicht, denn sie hatte Lisa noch nie auf diese Art gekleidet gesehen. Sie trug Hosen und ein verblaßtes Khakihemd, und beides machte den Eindruck, als habe es ihrem verstorbenen Mann gehört. Anstelle ihrer üblichen hochhakkigen Sandaletten hatte sie schäbige Tennisschuhe an, die erklärten, daß Victoria sie nicht gehört hatte.

Im Zimmer wurde es bereits dunkel. Lisa stand mit dem Rücken zu den Fenstern, und Victoria konnte ihr Gesicht nicht sehr deutlich erkennen. Aber selbst in dem unsicheren Licht war sein Ausdruck so beunruhigend, daß Victoria bedauerte, mit dem Abholen von Gillys Büchern nicht bis zum Morgen gewartet zu haben.

Lisa lächelte – aber nur mit ihren roten, steifen Lippen. Ihre violetten Augen fixierten Victoria wie die einer Katze, die einen Vogel oder ein Mauseloch belauert.

Eine Weile herrschte ein merkwürdiges Schweigen, das laut war von unterdrückten Geräuschen. Dann lachte Lisa.

Es war ein fröhliches Lachen, leicht und ehrlich belustigt. Sie kam näher und sagte: »Sie sind also doch gekommen? Ich habe mich gefragt, ob Sie kommen würden. Em hat Sie nach den Büchern geschickt, nehme ich an? Sie sind da drin. Auf dem Tisch hinter Ihnen.«

Victoria antwortete konfus und sich bewußt, daß sie heftig stotterte: »Ent-entschuldigung. Da-daß ich einfach so ein-eingedrungen bin. Es wa-war unhöflich von mir, a-aber es schien niemand dazusein.«

Lisa ging an ihr vorbei ins Büro und nahm einen Stapel Kontobücher von einem der Tische.

»Ich weiß. Die Diener sind wegen Greg und seiner Boys ganz außer sich, und ich habe keine Ahnung, wo dies kleine Biest Wambui steckt. Sie ist in einem schrecklichen Zustand, seit man ihren Freund tot gefunden hat. Ich werde sie hinauswerfen müssen. Hier – das wollten Sie wohl haben? Es wird jedenfalls für den Anfang reichen. *Wetter, 's ist genug!*«

Wieder lachte sie wie über einen guten Witz und meinte ganz erstaunt: »Wissen Sie, Gilly sagte so etwas dauernd, Bruchstücke aus Shakespeare-Zitaten. Es hat mich immer verrückt gemacht. Aber es ist komisch, wie diese dummen Bemerkungen oft passen.«

Sie kehrte in das Wohnzimmer zurück. »Darf ich Ihnen etwas zu trinken anbieten? Es ist Gin und Sherry da und vielleicht auch noch etwas Whisky, falls Hector und Ken ihn nicht ausgetrunken haben.«

»N-nein, danke«, lehnte Victoria rasch ab. »Ich muß nach Hause.«

»Warum haben Sie es so eilig? Es ist noch nicht dunkel.«

»Das ist es nicht, aber Tante Em ist allein. Außerdem habe ich ihr versprochen, einen Strauß Rittersporn mitzubringen. Wir haben seit Tagen keine frische Blumen mehr gehabt.«

»Ich auch nicht.« Lisa warf einen vagen Blick auf die schlaffen, verblaßten Stengel, die über die Vasenränder hingen und das Zimmer mit einem schwachen, unangenehmen Geruch erfüllten. »Der beste Rittersporn wächst am Hügel. Die hohe Sorte mit den rosa Blüten –«

Sie stürzte sich in einen langen und unzusammenhängenden Bericht über die Schwierigkeiten, Blumen in einem trockenen Jahr zu ziehen. Da sie zwischen ihrer Besucherin und der Tür stand, war es Victoria nicht möglich, sich an ihr vorbeizudrängen und zu gehen. Und Victoria wünschte sich ebensosehr, den Bungalow zu verlassen, wie sie von *Flamingo* hatte abreisen wollen. Und Lisa plauderte mit ihrer hellen, spröden Stimme weiter und hielt sich ständig zwischen ihr und der Tür...

»Es würde mich so freuen, wenn Sie ein Glas mit mir tränken. Ich trinke nicht gern allein. Mabel wird es leid tun, daß sie Sie verpaßt hat. Sie dachte, Sie kämen ein bißchen später vorbei. Sie kann jetzt jede Minute kommen. Sie hat Dinah ausgeführt.«

Ein schwaches Winseln strafte ihre Worte Lügen, aber sie schien es nicht gehört zu haben. »Das ist wirklich nett von ihr. Mabel ist überhaupt nett. Sie weiß, daß ich es hasse, mit Dinah spazierenzugehen, weil Ems Rüden uns manchmal nachlaufen. Sie wollen doch nicht schon gehen? Ich habe Ihnen noch gar nichts zu den Kontobüchern gesagt.«

Victoria hatte ganz vergessen, daß sie die Bücher umklammert hielt, und blickte erschreckt darauf nieder. Lisa forderte sie auf: »Geben Sie sie mir, ich will sie Ihnen zeigen.«

Lisa nahm die Bücher und trug sie zu einem kleinen Tisch am Fenster. Dort legte sie sie langsam und sorgfältig aus, als verschwende sie absichtlich Zeit. Nachdem sie sie mehrere Minuten lang studiert hatte, verkündete sie, die Bücher mit den grünen Einbänden befaßten sich mit dem Verkauf von Futtermitteln und Gemüse, die roten mit Obst, hauptsächlich Orangen, und die schwarzen mit Vieh.

»Kinderleicht, nicht wahr? Gillys Idee! Sie werden bestimmt gar keine Schwierigkeiten haben.«

Victoria sammelte die Bücher hastig ein. »Nein. Sicher nicht. Haben Sie vielen Dank. Ich muß jetzt wirklich gehen.«

Lisa blickte über ihre Schulter durchs Fenster und zum Himmel hinauf. »Ja. Das glaube ich auch. Die Farbe Blau ist in der Dunkelheit schlecht zu erkennen. Ich meine den Rittersporn.«

Sie lachte leise und trat zur Seite. Victoria sagte: »Gute Nacht. Und danke.« Schnell verließ sie den Raum.

Die Sonne war untergegangen, und die Fledermäuse führten ein unheimliches Ballett unter den Bäumen auf, während Victoria den staubigen Pfad entlanghastete, der sich zwischen Bambusbüschen, Pfefferbäumen und Jakarandas hindurchwand. Erst als sie außer Sichtweite war, schlug sie ein gemäßigteres Tempo ein. Da flog ein Ziegenmelker mit einem heiseren Schrei auf, und sie erschrak. Etwas raschelte im Gebüsch. Ein Tier, vielleicht eine Antilope, mochte ungesehen an ihr vorbeigeschlüpft sein.

Sie blieb stehen und lauschte. Aber vom See her kam eine Brise, säuselte durch Laubwerk und Gras und übertönte alle anderen Geräusche. Und als sie erstarb, hörte Victoria nichts anderes mehr als die fernen Rufe der Vögel aus dem Papyrussumpf und Ems Klavier, süße Klänge in der Stille.

Sie eilte weiter, bog um eine Ecke und erreichte das Tor. Sie mußte vergessen haben, es zu verriegeln, denn es stand offen. Jetzt schloß sie es sorgfältig hinter sich und durchschritt schnell eine Akaziengruppe. Immer noch tönte die Musik aus Ems offenen Wohnzimmerfenstern über den Garten hin.

Em hatte mit Bach Schluß gemacht und spielte etwas, das Victoria nicht kannte. Es war ein seltsames, leidenschaftliches, eindringliches Stück, das irgendwie in die Landschaft paßte, als sei es stofflich und ein fester Bestandteil des Tals.

Das Rifttal-Konzert! dachte Victoria. Es konnte nichts anderes sein. Toroni mußte diese Landschaft sehr geliebt – vielleicht aber auch gehaßt – haben, um so etwas komponieren zu können.

Victoria hätte den Rittersporn beinahe vergessen. Das Gewicht der Gartenschere in ihrer Tasche erinnerte sie daran. Sie verließ den Pfad und ging durch das Gras zum Fuß des Hügels, wo die Blüten ein Meer aus Blau und Rosa und Purpur bildeten.

Sie hatte gerade mit dem Abschneiden begonnen, als eine neue Brise durch den Garten fuhr und die grüne Dämmerung mit leisem, verstohlenem Geraschel füllte. Victoria richtete sich auf und strengte ihre Ohren an. War das wirklich nur der Wind gewesen, der sich in den Büschen regte?

Die Schere glitt ihr aus der Hand und verschwand zwischen den Blumen. Victoria spürte ihr Herz schmerzhaft gegen ihre Rippen klopfen. Sie hatte nicht gemerkt, daß es schon so spät war, oder sie hatte nicht daran gedacht, daß es hier nur eine kurze Zeitspanne zwischen Sonnenuntergang und Dunkelheit gab. Unten in dem Papyrussumpf jenseits der Shamba riefen und schrien Vögel. Als seien sie von etwas aufgeschreckt worden . . .

Victoria verhielt sich instinktiv ganz still, wie es ein Tier in der Hoffnung tut, übersehen zu werden, statt durch Weglaufen die Aufmerksamkeit auf sich zu lenken. Und während sie dastand, kam eine vertraute Gestalt aus der Dunkelheit und lief auf sie zu, und ihr Herz machte einen Satz vor Erleichterung.

Ein wenig atemlos rief sie: »Es tut mir leid, daß ich mich so verspätet habe. Ich wollte die Blumen noch schneiden –« Und sie bückte sich, um sie aufzuheben.

Ihre Hände waren voll von Rittersporn, als die Erkenntnis sie mit voller Wucht traf. Ihr wurde eiskalt, und es flimmerte ihr vor den Augen. Das war doch unmöglich!

Das Klavier spielte immer noch.

Die Blumen fielen zu Boden. Victoria richtete sich mit einem Ruck auf und starrte die Gestalt an, die ihr im Dunkeln gegenüberstand. Sie starrte wie gelähmt auf eine Fremde, auf jemanden, der sich plötzlich in grauenhafter Art verwandelt hatte.

Ihre Augen waren groß in ihrem weißen Gesicht, ihr Mund öffnete sich zu einem lautlosen Schrei – wie bei Alice. Aber Alice hatte nicht gekämpft. Sie war dem wilden, weitausholenden Schlag mit der scharfen Panga nicht einmal ausgewichen.

Victoria sah ihn kommen und warf sich zur Seite. Die Panga verfehlte ihr Ziel, schnitt durch den kurzen Leinenärmel und ritzte ihre rechte Schulter.

Sie sah die Klinge im Dunkeln aufblitzen, als sie sich von neuem erhob. Und dann rang und kämpfte Victoria. Sie packte etwas, das weich und nachgiebig und erstickend war wie ein Federbett, ihre Hände klammerten sich um ein Handgelenk, das aus Eisen zu sein schien, und drückten es zurück. Ihre Ohren waren voll von grunzenden, röchelnden Atemzügen.

Sie machte keinen Versuch zu schreien, denn sie brauchte ihren Atem und ihre jungen Kräfte für den Kampf um ihr Leben. Ihr Fuß verfing sich in einem groben Grasbüschel. Sie stolperte und fiel auf die Knie, und sie sah die Panga von neuem hochschwingen. Sie fiel nicht mehr nieder.

Es war noch jemand da. Eine dunkle Gestalt, die aus dem Nirgendwo erschien und ihren Angreifer mit der lautlosen Wildheit einer Riesenkatze ansprang.

Victoria hörte, im Gras kauernd, einen heiseren Aufschrei. Die formlose, scharlachrot gekleidete Masse brach zusammen und fiel zur Seite. Und dann wurden der grüne Himmel und die purpurne Dämmerung schwarz und schlossen sie ein. Victoria sank vornüber, und tröstende Bewußtlosigkeit hüllte sie ein.

Da war irgendwo ein Licht, das ihren Augen weh tat. Ihr war kalt und sehr übel, und in ihrer rechten Schulter spürte sie einen brennenden Schmerz.

Da waren auch Stimmen, und eine sagte: »Sie wird wieder gesund. Es ist nur eine Fleischwunde.«

Eine Hand berührte ihre Stirn. Victoria öffnete die Augen. Sie lag auf ihrem Bett, und Drew Stratton beugte sich über sie.

Mit erstickter Stimme flüsterte sie: »Drew! – O Drew!«

Drew sagte: »Es ist alles in Ordnung, Darling. Alles vorbei. Trink das –«

Er lehnte sie an seine Schulter, hielt ihr ein Glas an die Lippen und zwang sie, etwas zu schlucken, das einfach scheußlich schmeckte. Als er sie wieder hinlegen wollte, hielt sie sich an ihm fest.

»Geh nicht. Bitte, geh nicht.«

»Ich bleibe.« Drews Stimme klang ruhig und ausgeglichen und sehr tröstlich. Und plötzlich wußte Victoria, daß sie in Sicherheit war – für immer.

Jemand, der außerhalb ihres Gesichtskreises gestanden hatte, verließ das Zimmer und schloß die Tür. Aber Victoria drehte den Kopf nicht, und Drew bewegte sich auch nicht.

Sie hörte Wagen ankommen und wegfahren und immer wieder das Telefon klingeln. Das Haus war voll von gedämpften Stimmen und Bewegungen. Irgendwo weinte eine Frau mit hysterischer, verzweifelter Unablässigkeit. Doch nichts davon hatte irgend etwas mit ihr zu tun. Und dann hob Drew ihren Kopf und küßte sie, und Zeit und Tod und Gewalt hatten keine Bedeutung mehr.

Endlich sagte sie, den Kopf an seiner Schulter:

»Es war Tante Em.«

»Ich weiß, Liebes.«

»Warum hat sie es getan?«

»Das erzähle ich dir morgen früh.«

Victoria drängte: »Nein! Erzähl es mir jetzt. Ich kann sonst nicht schlafen.«

Drew lächelte auf sie nieder. »Du wirst gar nicht umhin können zu schlafen, Darling. Nicht nach dem Zeug, das du gerade eingenommen hast.«

»Dann werde ich davon träumen, und das wäre noch schlimmer. Erzähl es mir jetzt.«

Aber Drew schüttelte nur den Kopf, und sie schlief ein. Als sie erwachte, stand die Sonne hoch am Himmel. Mabel Brandon, die Augen rot vom Weinen, brachte ihr ein Frühstückstablett, und nachdem sie ihre Schulter neu verbunden hatte, half sie ihr beim Anziehen.

Mabel wollte jedoch ihre Fragen nicht beantworten. Sie sagte nur: »Sie ist tot. Sie starb um drei Uhr heute morgen. Eden war bei ihr.

Man soll von den Toten nichts Böses reden.« Sie putzte sich heftig die Nase und machte keinen Versuch, ihre Tränen zu verbergen. Dann ging sie hinaus.

Das Wohnzimmer war von der Sonne durchflutet. Drew stand am Fenster und sah auf den Garten hinaus. Er drehte sich um und lächelte ihr zu, und Victoria sagte mit schwankender Stimme:

»Mrs. Brandon sagt, sie – sei tot.« Sie konnte sich nicht überwinden, den Namen auszusprechen, denn damit hätte sie zugegeben, daß das Unmögliche Wirklichkeit geworden war. »Drew, was ist geschehen? Ich verstehe das nicht. Ich verstehe überhaupt nichts mehr!«

Drew meinte: »Greg weiß mehr darüber als ich. Frag ihn.« Victoria drehte sich schnell um und entdeckte erst jetzt, daß noch jemand im Zimmer war.

Greg Gilbert bedachte sie mit einem kurzen Lächeln, das seine Augen nicht erreichte und seinem Gesicht nichts von dem grimmigen Ausdruck nahm. Er sprach, aber nur, um eine anscheinend völlig unwesentliche Frage zu stellen:

»Haben Sie je erfahren, warum Eden die Verlobung mit Ihnen löste und Alice Laxton heiratete?«

»Nein«, antwortete Victoria merklich betroffen. »Ich nehme an, er – Was hat das damit zu tun?«

»Mehr, als Sie vielleicht glauben«, sagte Greg müde. »Er löste die Verlobung, weil Ihre Mutter ihm mitgeteilt hatte, daß Geisteskrankheit in der Familie war.«

»Geisteskrankheit! Sie meinen, daß ich –« Victoria wurde blaß.

»Nein. Nicht in Ihrer Familie. Ihr Großvater war zweimal verheiratet. Aber sowohl Lady Emilys Mutter als auch ihr Großvater starben in Irrenanstalten, und es hat immer Zweifel daran gegeben, wie Edens Vater den Tod fand.«

»Aber – aber es war ein Autounfall!«

»Ja. Nur ein recht merkwürdiger. Merkwürdig genug, um ein Gerücht in Umlauf zu setzen, er habe ihn vielleicht absichtlich herbeigeführt. Es gab nicht den Funken eines Beweises, daß er nicht normal oder auch nur nervenleidend war. Aber Ihre Mutter hörte von dem Gerücht, und da sie über Ems Familiengeschichte gut Bescheid wußte, glaubte sie es. Und trotz allem, was die Ärzte darüber sagen, daß Geisteskrankheit nicht erblich sei, war sie gegen Ihre Heirat mit Eden.«

»Ja«, flüsterte Victoria. »Ich erinnere mich.«

»Am Ende teilte sie es Eden mit, weil das der einzige Weg war, die Heirat zu verhindern. Er war jung und leicht zu beeinflussen, und für ihn war es ein furchtbarer Schock. Wie er mir sagte, verschwand er für eine Woche, betrank sich sinnlos, und dann entschied er sich zu einer heroischen Geste. Er wollte Sie nicht aufklären, denn Sie würden sich darüber hinwegsetzen wollen, und er meinte, etwas Unwiderrufliches tun zu müssen. Er wollte die Brücken hinter sich abreißen, bevor er schwach werden konnte. Er hatte Alice Laxton ein paar Wochen zuvor kennengelernt und durch eine Cousine von ihr ihre Geschichte erfahren. Alice hatte als Teenager einen schweren Reitunfall gehabt und würde niemals Kinder haben können. Das war der entscheidende Faktor. Er heiratete sie in einem Nebel aus Selbstaufopferung, jugendlichem Heroismus, Verzweiflung und Alkohol – und purer Eigensucht! Als er daraus erwachte, sah er ein, welche Dummheit er begangen hatte. Aber da war es zu spät.«

Victoria konnte gerade eben kein Interesse und nur wenig Mitgefühl für Eden erübrigen. Sie wischte die Information beiseite und fragte unumwunden: »War Tante Em geisteskrank?«

»Nein«, entgegnete Greg, »sie war durchaus bei Verstand. Aber sie liebte *Flamingo* zu sehr. Ihre Absicht war, eine Dynastie zu gründen. Als sie erfuhr, daß Alice keine Kinder bekommen konnte, bedeutete das für sie nur eins: Es würde nie einen Erben für *Flamingo* geben. Sie hatte den Verdacht, daß Eden Sie immer noch liebte, und sie glaubte, Sie seien das richtige Mädchen für Kenia – was Alice nicht war! Ich vermute, daß der Keim zu ihrem Plan schon sehr lange in ihr geruht hat.«

Victoria sagte: »Aber der – Poltergeist. Es waren ihre Besitztümer. Ihr Herz hing daran. Das kann sie doch nicht getan haben!«

»O doch. Nicht das erste Mal. Da war die Katze im Wohnzimmer hinter einem Vogel hergewesen. Dieser Vorfall gab ihr eine Idee für ein Alibi ein – und das Gerücht, General Afrika verstecke sich irgendwo um den Naivasha-See. Sie beschloß, den Poltergeist zur Tarnung zu benutzen. Vermutlich sagte das irgendeinem verdrehten Instinkt in ihr zu. Sie scheint es als eine – eine Strafe für das, was sie vorhatte, angesehen zu haben. Eine Art Brandopfer auf dem Altar von *Flamingo*. Em hatte zuviel von einer Fanatikerin an sich. Außerdem war sie sehr schlau, denn sie sagte sich, wenn die zerbrochenen Gegenstände ihre eigenen Schätze waren, werde sie als letzte in den Verdacht geraten, den Poltergeist zu spielen. Es muß für sie ein kleines Martyrium gewesen sein.«

»Gegenstände mag sie zerschlagen haben«, sagte Victoria. »Aber sie hat doch ihren Hund nicht vergiftet!«

»Ah! Mit dem Hund lag die Sache anders. Er war ihr Liebling gewesen, und er hatte seine Treue auf Alice übertragen. Das konnte sie nicht verzeihen.«

Victoria erschauerte und flüsterte: »Sie sagten einmal, der erste Mord sei der schwierigste. Vielleicht mußte sie es deswegen tun. Um – zu üben.«

»Es war nicht ihr erster Mord. Sie hat Gus Abbott, ihren Verwalter, getötet. Wir glaubten immer, es sei ein Unfall gewesen, aber anscheinend irrten wir uns. Abbott verlor die Nerven, und als *Flamingo* angegriffen wurde, wollte er nicht bleiben und kämpfen. Er wollte sein eigenes Leben retten, und er dachte, er könne weglaufen und sich im Garten verstecken. Aber wegzulaufen, und das vor einer Mau-Mau-Bande, war für Em eine unverzeihliche Sünde. Offenbar hat sie ihn mit voller Absicht erschossen. Das muß ihr hinterher ein Machtgefühl vermittelt haben. Daß sie es getan hatte und damit durchgekommen war. Vielleicht beseitigte das ihre letzten Hemmungen und machte es ihr möglich, den Mord an Edens unpassender Frau zu planen. Denn sie hat ihn geplant. Sie baute auf der ersten zerstörerischen Tat auf, für die Pusser verantwortlich war, und inszenierte selbst eine Reihe weiterer. Im psychologisch richtigen Moment lud sie Sie ein. Dazu hatte sie ja jetzt einen guten Vorwand.«

Victoria protestierte: »Sie lud mich ein, weil meine Mutter

gestorben war!«

»Nein, das war nicht der Grund. Wenn, dann hätte sie Ihnen sechs Monate früher geschrieben. Sie sollten jetzt kommen, weil ihre Pläne sich zu verwirklichen begannen, und sie ermordete Alice, sobald Sie England verlassen hatten und nicht mehr umkehren konnten. Hätte sie es früher getan, wären Sie nicht gekommen, nicht wahr?«

»Nein«, sagte Victoria langsam.

»Wegen Eden. Ja, sie wußte das. Sie dachten, es sei ungefährlich zu kommen, weil er verheiratet war? Aber bis zu Ihrer Ankunft würde er frei sein, und Em rechnete fest damit, daß Sie ihn heiraten würden.«

Victoria ging hinüber zu dem Fenstersitz, setzte sich und blickte hinaus auf den grünen Rasen und den ruhigen See. Ohne den Kopf zu wenden, sagte sie:

»Da ist so vieles, was ich nicht verstehe. Das Klavier. Gilly Markham. Hat es zwei Platten von dem Konzert gegeben? Eine habe ich gefunden, wissen Sie. Sie lag unter dem falschen Boden eines Hutkoffers in Edens Zimmer. Ich dachte, das bedeute, er – er sei der Poltergeist gewesen, und er habe die Platte behalten, um Tante Em damit zu erpressen.«

»Das haben Sie geglaubt? Ironie des Schicksals! Em wußte das nicht. Sie haben zu ihr gesagt, Sie hätten etwas gefunden und müßten *Flamingo* sofort verlassen oder zur Polizei gehen. Em sah sofort in Edens Zimmer nach und stellte fest, daß Sie an dem Schrank gewesen waren. Natürlich konnte sie sich denken, was Sie gefunden hatten. Daraus zog sie den Schluß, Sie wüßten alles, und deshalb wollte sie Sie umbringen. Sie hat uns eine Menge erzählt, bevor sie starb. Bestimmt hatte sie Angst, wir würden Eden verdächtigen, und sie wollte ihn vom Verdacht reinigen.«

»Dann hat es also zwei Schallplatten gegeben!«

»Nein. Nur eine. Sie brauchte sie, um sich ein Alibi zu verschaffen, und sie brachte es auch nicht fertig, sie zu vernichten. So zerbrach sie eine andere. Die Bruchstücke von verschiedenen Langspielplatten lassen sich nicht mehr unterscheiden, und niemand machte sich die Mühe, sie zusammenzusetzen und den Aufkleber zu lesen. Em hatte bis dahin alles genau ausgearbeitet. Sie fuhr hinaus, um einen Bock zu schießen, wie sie sagte. Doch in Wirklichkeit brauchte sie eine gute Ausrede für die Blutflecken auf ihrer Kleidung. Diesen Punkt hatte ich übersehen. Als sie zurückkam, schickte sie Alice zu den Markhams, zog einen Hausmantel über und begann, Klavier zu spielen. Und als sie Zacharia losgeworden war, legte sie statt dessen die Platte auf, zog den Hausmantel wieder aus und ging, Alice abzufangen.

Sie tötete Alice mit einer Panga, um General Afrika in Verdacht zu bringen. Ins Haus zurückgekehrt, ließ sie die Panga mit einem Bindfaden um das Heft in den Regenwassertank vor ihrem Fenster gleiten. Dann suchte sie ihr Zimmer auf, legte die blutbefleckten Sachen ab, schlüpfte wieder in den Hausmantel und begab sich ins Wohnzimmer. Dort fand Zacharia sie eine halbe Stunde später immer noch am Klavier. Danach war alles leicht. Sie nahm die Platte ab, trug sie in ihr Versteck, holte ihre schmutzigen Kleider, sorgte dafür, daß sie in den Waschkessel gesteckt wurden – den Großteil der Wäsche besorgt Majiri immer abends – und machte sich auf die Suche nach Alice.«

»Aber das Kissen!« rief Victoria. »Wozu hat sie das gebraucht?«

»Sie hat es nicht gebraucht. Da haben wir einen Fehler gemacht, ich ebenso wie alle anderen! Das Kissen lenkte mich von der richtigen Spur ab, und es war der Grund, daß Mabel sich fast zu Tode ängstigte. Offenbar sind bei einem Wohltätigkeitsbasar sechs von diesen Kissen verkauft worden. Mabel hatte zwei gekauft, und eins davon war vor etwa zehn Tagen verschwunden. Ken sagt, er nahm es zu einem Picknick auf dem See mit und ließ es über Bord fallen. Aber Mabel begann, zwei und zwei zusammenzuzählen, und brachte fünf heraus.«

»Warum hat es dann dort gelegen?«

»Jemand hatte es auf dem Geländer der Veranda in der Nähe des Regenwassertanks liegengelassen. Em stieß es hinunter, und es fiel gegen die Panga und wurde ganz blutig. Es konnte mit dem Fleck nicht auf der Veranda bleiben. Deshalb rannte sie mit ihm zurück und warf es ins Gebüsch. Es war das beste, was sie tun konnte, und wie sich herausstellte, versorgte sie das mit einem Alibi, an das sie gar nicht gedacht hatte. Darum nahm sie ein zweites Kissen mit, als sie Ihnen auflauerte. Sie meinte, sich nach allen Seiten hin abgesichert zu haben, aber das war ein Irrtum.«

Victoria sagte: »Sie meinen Kamau.«

»Kamau – und Gilly Markham.«

»Gilly? Er hat sie doch gar nicht gesehen! Er hörte sie nur spielen. Das hat er gesagt.«

»Nein, hat er nicht. Wir zogen nur den voreiligen Schluß, das habe er mit seinen Worten gemeint. Gilly ließ sich auf eine sehr dumme und gefährliche Sache ein. Er gab Em zu verstehen, daß er ihr Klavierspiel von dem Toronis zu unterscheiden vermochte. Er wußte ganz genau, wann Em die Schallplatte mit dem Konzert abspielte. Und er wollte den Posten auf Rumururti haben und dachte, er könne Em erpressen, sie ihm zu geben. Er hätte es besser wissen müssen.«

Victoria flüsterte: »Dann – dann ist sie das auch gewesen.«

»Ich fürchte, ja. Es war für sie leicht zu bewerkstelligen, und sie machte es so, wie ich angenommen hatte. In ihrem Kissen verborgen nahm sie eine tote Puffotter zum Picknick mit. Doch Mabel hatte ihren Plan vereitelt, indem sie das Klappmesser versteckte, und Hector, indem er die Jodflasche in der Hand verbarg.«

»Aber warum?« fragte Victoria. »Welchen Grund hatten sie dazu?«

»Sie wußten beide, daß Gilly nicht an einem Schlangenbiß gestorben war und daß Ken sich an dem Abend, als Alice ermordet wurde, in der Nähe von *Flamingo* herumgetrieben hatte, weil er sie zu sehen hoffte. Und Gilly hatte ihn bemerkt. Außerdem besitzt Ken eine ziemlich umfangreiche Sammlung von vergifteten Pfeilen – es ist hierzulande verdammt leicht dranzukommen! Und das Messer gehörte Ken. Hector hatte es sich zuvor ausgeliehen. Mabel warf es in den See, und offenbar tat Hector das gleiche mit der Jodflasche, weil sie aus Mabels Tasche stammte. Beide scheinen im Augenblick den Kopf verloren zu haben.«

»Nur war es nicht Kens Messer!« widersprach Victoria. »Es hat Eden gehört. Oder vielmehr seinem Vater. Es ist hier, im Büro. Ich habe es gefunden.«

Greg zeigte nicht viel Interesse. »Ach ja? Eden sagte, es liege irgendwo herum, aber er erinnerte sich nicht, wo er es gelassen habe. Es war verlorengegangen. Deshalb behauptete Em, sie habe es zum Picknick mitgenommen, und beschrieb es in allen Einzelheiten. Sie dachte, es werde nicht wieder auftauchen. Ihr war inzwischen klargeworden, daß kein Mensch mehr Gillys Tod als Unfall ansah. Wenn sie nun sagte, es sei ihr Messer gewesen, machte es den Eindruck, sie schütze jemanden. Ein recht guter doppelter Bluff, wenn man es sich recht überlegt. Em war eine ausgezeichnete Pokerspielerin.«

»Dann hat sie vermutlich auch Kamau getötet.« Victoria sah sehr blaß und krank aus. »An dem Abend fuhr sie nach Mrs. Markhams Besuch ebenfalls zur Jagd. Wie – wie beim ersten Mal und gestern abend. Hat sie ihn umgebracht?«

»Ja. Ironie des Schicksals! Em meinte, eine Menge zu wissen, aber sie wußte nicht, daß sie den Mann getötet hatte, den die Sicherheitsstreitkräfte des Landes seit Jahren gejagt haben. Kamau war General Afrika.«

»Großer Gott!« rief Drew verblüfft. »Sind Sie ganz sicher, Greg? Um alles in der Welt, wie können Sie das wissen?«

»Wambui hat es uns gestanden«, antwortete Greg. »Sie wußte Bescheid. Ebenso der alte Zacharia. Na ja, wahrscheinlich wird es von hier bis Nairobi kaum einen Kikuju geben, der es nicht wußte. Aber sie hielten den Mund, weil sie schreckliche Angst vor dem Mann hatten. Besonders nachdem er seinen einzigen wirklichen Rivalen Brigadier Gitahi umgebracht hatte. Und dann kassierte er dafür noch die Belohnung der Regierung ein!«

Greg sah von Victoria zu Drew und wieder zurück. »Sie wissen gar nicht, wieviel Glück Sie gehabt haben, Miss Caryll. Wäre Wambui nicht gewesen, hätte Sie wahrscheinlich das gleiche Schicksal ereilt wie Alice. Wambui hat Ihre Tante erstochen. Sie hatte sich nach ihr auf die Lauer gelegt. Kamau hatte ihr erzählt, die Herrin von *Flamingo* habe die ›kleine Herrin‹ getötet, und sie war überzeugt, daß auch Kamau durch ihre Hand den Tod gefunden hatte. Nun ist er gerächt. Zum Teufel, ich weiß nicht, was wir mit dem Mädchen machen sollen. Theoretisch müßte sie wegen Mordes gehängt werden, aber praktisch hat sie Ihnen das Leben gerettet. Erst ziemlich spät erfuhren wir, daß Sie versucht hatten, Drew anzurufen. Es wäre uns nicht mehr gelungen, rechtzeitig einzutreffen.«

»Und – und wenn Sie zu spät gekommen wären, hätten Sie geglaubt, der Mörder sei jemand anders gewesen.« Victorias Stimme war kaum hörbar. »Eden oder Mrs. Markham oder einer der Brandons. Oder ein Afrikaner.«

Greg schüttelte den Kopf. »Diesmal nicht. Das Schema wurde zu deutlich. Noch einmal wäre sie damit nicht durchgekommen. Ich vermute außerdem, daß Mrs. Markham endlich über die Wahrheit gestolpert wäre. Anscheinend hatte Em ihr gegenüber bemerkt, sie werde Sie hinüberschicken, um ein paar Kontobücher abzuholen, die augenblicklich gar nicht gebraucht wurden. Und Em hatte auch Alice gebeten, ihr Blumen mitzubringen. Der Hügel ist außer Sicht des Hauses. Lisa muß es erraten haben.«

Victoria nickte. Sie dachte an das merkwürdige Gespräch im Wohnzimmer der Markhams. Sie hatte den Eindruck gehabt, Lisa halte sie absichtlich auf – bis es dunkler geworden wäre. Lisa, die Eden geliebt und vor Eifersucht den Verstand verloren hatte!

Ein Wagen hielt vor dem Haus, und sie hörten Stimmen auf der Veranda. Greg Gilbert blickte auf seine Uhr. »Das wird für mich sein. Ich muß gehen.«

Zu Victoria sagte er: »Ich fürchte, vor Ihnen liegen zwei oder drei böse Tage, und Sie werden eine Menge Polizeiverhöre über sich ergehen lassen müssen, bevor Sie das alles vergessen können. Aber ich habe Drew versprochen, Sie bis morgen in Ruhe zu lassen. Auf Wiedersehen.«

Er verließ das Zimmer und schloß die Tür hinter sich. Victoria schwieg lange Zeit, drehte die Hände im Schoß und starrte vor sich hin.

Endlich sagte sie: »Du hast sie in Verdacht gehabt, nicht wahr?«

Drew antwortete nicht gleich, und sie wandte sich ihm zu.

»Ich – fragte mich«, sagte Drew langsam.

»Warum?«

»Ich weiß nicht. Da waren eine Menge Kleinigkeiten. Aber sie summierten sich. Das erste Mal wurde ich stutzig, als Kamau verschwand. Sogar Greg dachte, er sei ins Reservat geflohen. Doch als Em von ihm sprach, benutzte sie die Vergangenheitsform. Als sei er tot.«

»War das alles?«

»Nein. Sie konnte nicht aufhören, davon zu reden, was sie getan hatte. Denke daran, wie oft sie sich anklagte, Alice getötet zu haben – und Gilly! Sie drückte es so aus, daß wir es nicht ernst nahmen. Aber es war interessant. Und dann sagte sie plötzlich etwas, das mehr als interessant war, und ich begann von neuem, mir Fragen zu stellen. Sie zitierte etwas aus Macbeth; erinnerst du dich?«

»Ja.« Victoria überlegte. »Etwas in dem Sinne, wäre sie früher gestorben, dann hätte sie lange genug gelebt gehabt. Ich wußte nicht, daß das aus Macbeth ist.«

»Wär' ich gestorben eine Stunde nur, / Eh dies geschah, gesegnet wär mein Dasein!« zitierte Drew. »Macbeth sagt das, nachdem er Duncan ermordet hat und der Mord entdeckt wird. Ich grübelte über Ems Gedankengänge nach, und sie gefielen mir gar nicht. Ich bekam Angst um dich und zog ernsthaft die Möglichkeit in Erwägung, Em könne die Mörderin sein. Ich ging zu Greg, deshalb war ich nicht da, als du anriefst. Bis ungefähr sechs Uhr war ich in seinem Büro. Dann rief ich zu Hause an, um Bescheid zu geben, daß ich später heimkäme. Und da wurde mir ausgerichtet, die neue Herrin von *Flamingo* habe mich sprechen wollen. Das mußtest du gewesen sein, und du hättest es nicht getan, wenn du dich nicht gefürchtet hättest.«

Victoria nickte schweigend und sah von neuem aus dem Fenster. Und dann stellte Drew ihr wie schon einmal in diesem Raum die Frage: »Woran denkst du?«

»An Eden«, antwortete Victoria, wie sie damals geantwortet

hatte. »Drew, die Sache mit Eden macht dir doch nichts aus?«

»Müßte sie mir etwas ausmachen?« forschte Drew.

»Nein«, antwortete Victoria. »Jetzt nicht mehr.«

Sie drehte den Kopf nicht, aber sie tastete nach seiner Hand, und als sie sie fand, hielt sie sie an ihre Wange. Er fühlte ihre Tränen und wußte, sie weinte: um Eden und Alice – und Em.

Draußen auf der Zufahrt fuhr ein Wagen ab. Greg und die Polizei waren fort, und das Haus war wieder ruhig. Aber es lag keine Gespanntheit mehr in dieser Stille. Der Druck und die Sorgen, die es erfüllt hatten, waren endlich verschwunden. Es hatte aufgehört, ein Götzenbild zu sein, das Opfer fordert, denn seine Hohepriesterin war tot. Jetzt war es nur noch ein behagliches, weitläufiges Haus, dessen Fenster über grüne Gärten auf das reizvolle Glitzern des Naivasha-Sees und all die Schönheit des Rifttals blickten.

Leseprobe Arthur W. Upfield

»Mord im australischen Busch
Mit Arthur Upfield begann der ethnische Kriminalroman.«
Frankfurter Rundschau

»Seine 30 Krimis gehören zum Besten, was die australische Literatur zu bieten hat.«
Reclams Kriminalromanführer

Von Arthur W. Upfield sind
im Goldmann Verlag lieferbar:
Der sterbende See (214) · Der neue Schuh (219) · Die Giftvilla (180) · Der Kopf im Netz (167) · Die Leute von nebenan (198) · Der Schwarze Brunnen (224) · Der streitbare Prophet (232) · Bony und die schwarze Jungfrau (1074) · Fremde sind unerwünscht (1230) · Bony stellt eine Falle (1168) · Bony wird verhaftet (1281) · Bony und der Bumerang (2215) · Todeszauber (6244)

Als Leseprobe stellen wir die beiden ersten Kapitel aus Upfields berühmtestem Roman »DER STERBENDE SEE« vor:

Inhalt

Der Lake Otway in Südaustralien, dessen Wasserspiegel während einer anhaltenden Dürre unaufhaltsam sinkt, birgt ein Geheimnis. Kriminalinspektor Napoleon Bonaparte versucht ein Verbrechen zu klären, das vor Jahren in dieser Gegend geschah.

Leseprobe

Arthur W. Upfield

Der sterbende See

I

Der Lake Otway lag im Sterben. Bald sollte von ihm nichts weiter übrig sein als flache Bänke eisenhart getrockneten Lehms. Vom Vorwerk der großen Schafzuchtfarm, auf einer niedrigen Klippe am Südrand dieses Sees, lief ein einzelner Telefondraht fünfzig Meilen weit über noch jungfräuliches Land bis zum Stammsitz, der ›Porchester-Farm‹, wo der Eigentümer, Mr. Wallace, wohnte. Er besaß über eine halbe Million Morgen Land, auf dem seine sechzigtausend Schafe weideten, betreut von zwanzig bis fünfundzwanzig Männern unter dem Verwalter Richard Martyr.

Martyrs äußere Gestalt täuschte über seine Qualitäten. Er war klein, aber drahtig, in jeder Bewegung seines gewandten Körpers voll verhaltener Kraft. Gesicht und Arme hatten die Farbe alten Zedernholzes, so daß seine hellgrauen Augen merkwürdig scharf hervorstachen. Stets tadellos gekleidet, trug er an diesem Morgen sauber gewaschene Reithosen, ein weißes Seidenhemd und Reitstiefel aus Känguruhleder mit silbernen Sporen. Das konnte er sich leisten, denn er war immerhin der Stellvertreter des Chefs und leitete das ganze Vorwerk selbständig.

Er stand auf der breiten, zum See gelegenen Veranda und betrachtete den Lake Otway, diesen See, der vor drei Jahren in einer stauberfüllten Senke geboren worden war, drei Jahre lang gelebt, im Wind getanzt und seine eigene Melodie gesungen hatte – und jetzt den Tod erwartete. Die volle Sommerhitze mußte jeden Tag einsetzen, dann mordete die Sonne ihn unweigerlich.

Mit den Fingern auf dem Geländer der Veranda trommelnd, stierte Martyr schwermütig über die große Fläche, die wie ein mit Diamanten besticktes Tuch glitzerte. Drei Meilen breit war der See bis zu dem Buchsbaumwäldchen, hinter dem sich lachsfarben die Sanddünen als Vorläufer der weiten Hügellandschaft erstreckten. Links von der Klippe machte das Ufer einen weiten Bogen, nach rechts zeichnete es über eine Strecke von vier Meilen eine Anzahl kleiner Halbinseln und winziger Buchten ab, um dann zum Bach einzubiegen, der das Wasser vom See aufnahm. Dort stand eine Windmühle mit unbewegtem Flügelrad, und das eiserne Dach eines Schuppens war sichtbar. Hier, bei ›Johnsons Brunnen‹, sollte, wenn der See geschwunden war, Wasser auf Vorrat gepumpt werden. Dann mußten ein oder zwei Mann auf längere Zeit dort wohnen, sechshundert Meilen von der Meeresküste.

Hell klimperte der Triangel: Die Küche rief alle Mann zum Frühstück. Martyr zog wieder blinzelnd die Augen zusammen, um die Zahlen an dem schon weit vom ursprünglichen Ufer abgerückten Pegel lesen zu können. Den Höchststand hatte der See mit neunzehn Fuß gehabt, jetzt erkannte er die ›3‹. Nur drei Fuß Wasser noch, nein; weniger sogar. Zwei Fuß zehn Zoll. Brachte der Februar eine längere Hitzewelle, dann hatte der Lake Otway keine fünf Wochen mehr zu leben.

Die Männer kamen aus ihren Quartieren, um im Anbau neben der Küche zu essen. Der Hofknecht brachte die Arbeitspferde von der Weide in den Wirtschaftshof, die Hühner tummelten sich tüchtig, bevor die Sonne sie zwang, den Schatten aufzusuchen, die Kettenhunde kläfften die trabenden Pferde an, über den Schlachtpferchen krächzten die Krähen, und ein Schwarm Galahpapageien, der über das Anwesen zog, stieß leise Töne aus, die wie freundliche Grüße klangen. Stadtmenschen vermochten nie zu begreifen, wie jemand sich hier, sechshundert Meilen von der nächsten Stadt entfernt, wohl fühlen könnte.

Martyr drehte sich um und trat in das große, hohe und helle Eßzimmer, wo er allein am weißgedeckten Tisch aß. Er konnte die Männer im Anbau reden hören und Mrs. Fowler, die Köchin, die ihnen auftrug. Er hob den Blick, denn vor ihm stand ihre Tochter, Joan.

»Morgen. Mr. Martyr. Was soll's sein, außer den Haferflokken? Kotelett vom Grill oder Lammbraten mit Speck?«

Joan mit ihren zwanzig Jahren hatte einen schmiegsamen, starken Körper, ihr Haar sah aus wie australisches Gold, die Farbe ihrer Augen spielte zwischen Blau und Grün. Ihr Mund war groß und sah, wenn sie freundlich war, hübsch aus, doch ihre Stimme klang hart, oft schrill.

»Koteletts bitte, Joan. Keine Flocken. Aber reichlich Kaffee.« Er bemerkte, wie sie den Mund verkniff: »Na, Krieg heute morgen?« fragte er.

»Ach, Mama hat wieder ihre Tour.« Sie schleuderte sich das seidig glänzende Haar mit einem Ruck aus der Stirn und verließ mit den Schritten einer trainierten Balletteuse das Zimmer. Martyr mußte daran denken, daß sie genauso gegangen war an dem Morgen, als der See entstand und sie erst siebzehn war. Damals hätte der Boss sie und ihre Mutter beinahe entlassen, weil dieses Mädchen hier, unter lauter Männern, eine Gefahr werden konnte.

»Worüber regt sich ihre Mutter denn auf?« fragte er, als sie ihm eine zugedeckte Schüssel vorsetzte.

«Oh, über alles mögliche.«

»Haben Sie auch nicht mit ihr genörgelt, wie?«

Leseprobe

Sie kam um den Tisch herum und blickte ihn voll an. Die Augen sind doch grün, nicht blau! dachte Martyr. Als sie ihre üppige Brust straffte und leise wiegend die Hände in die Hüften stemmte, ward ihm klar, daß einem leichtfertigen Frauenzimmer diese Künste angeboren sein mußten.

»Nörgeln tun junge Mädchen nie, Mr. Martyr – erst, wenn sie verheiratet sind.«

»Na, ich will's mal glauben, Joan. Nun gehen Sie, aber ärgern Sie Ihre Mutter nicht mehr.«

»Ach, sie hat ja angefangen.«

»Was angefangen?«

»Oh, nichts weiter«, sagte die und ging hinaus, indem sie mit den Hüften wackelte.

Martyr widmete sich seinem Frühstück bis Viertel nach sieben. Mutter und Tochter stritten ständig über Dinge, von denen die Männer nichts Näheres erfuhren. Als Köchin und Hausmädchen bildeten sie ein Paar, wie es bisher am Lake Otway noch keins gegeben hatte. Das Essen wurde vortrefflich zubereitet, die Haushaltsführung war ohne Tadel. Der Hauptgrund der Streiterei zwischen diesen beiden Frauen mußte wohl, wie Martyr ganz scharfsinnig erkannte, in ihrem geringen Altersunterschied liegen, denn die Mutter war noch jung und in ihrer lebhaften Art auch reizvoll. Ihr war noch das Leichtfertige anzumerken, das sie auf ihre Tochter vererbt hatte. Über ihren Mann war noch nie ein Wort gefallen.

Martyr mußte daran denken, wie es am Lake Otway aussah, als er seine Stellung angetreten hatte. Damals war das Seebecken trocken gewesen, das ganze Hauspersonal bestand aus einem männlichen Koch und der Frau eines eingeborenen Knechts. Das Haus diente nur als Schlafquartier; erst diese zwei sich zankenden Frauen hatten Leben hineingebracht.

Leseprobe

Als Martyr in sein Büro trat, klingelte das Telefon, zweimal. Das mußte der Anruf für Barby sein, den Mann, der für die Viehhüter an der zwischen der Hauptfarm und dem Vorwerk liegenden Station am ›Sandbrunnen‹ kochte.

Martyr setzte sich an den Schreibtisch und stopfte seine Pfeife. Als er sie anzündete, klingelte es dreimal. Aha, die Anfrage nach dem See! Er zählte bis zehn, ehe er den Hörer abnahm.

»Morgen, Richard«, sagte eine tiefe, wohlklingende Stimme.

»Morgen, Mr. Wallace.«

»Na, wie steht der See heute früh?«

»Zwei Fuß zehn. Seit gestern nachmittag um ein Zoll gefallen.«

»Hm! Kein Anzeichen für Regen, und nach den Wetterpropheten auch bis zum achtzehnten März keiner zu erwarten. Noch genug zu essen da?«

»Innerhalb zwei Meilen vom See, ja. Karnickel zu Millionen. Auch mehr Känguruhs diese letzte Woche. Hab' so viele auf einmal noch nie gesehen. Kommen jetzt aus den Dürregebieten 'ran. Der Weißdammbach hat nur noch vier Fuß Wasser.«

»Dann lassen Sie lieber die Jährlinge den Weidegrund wechseln«, riet der Boss. »Wir müßten eigentlich sowieso eine Menge Schafe aus Ihrer Gegend auf die Koppeln beim ›Sandbrunnen‹ umsetzen. Wenn der See verschwindet, ist er fix weg. Das letzte bißchen Wasser kann in einem Tag austrocknen. So wie voriges Mal. Sie haben ja davon gehört. Damals sind uns in dem Priel zweitausend Mutterschafe umgekommen. Was wollen Sie heute machen lassen?«

»Carney soll die Koppel am Weißen Damm abreiten, und MacLennon wollte ich nach ›Johnsons Brunnen‹ schicken, er soll das Windrad, die Pumpe und den Tank überholen.«

»Schicken Sie lieber auch Lester mit, und sie sollen erst ein

Leseprobe

Licht in den Pumpenschacht 'runterlassen, ehe sie hineinsteigen. Nach so langer Zeit wird er unten voll Gas sein.«

»In Ordnung, Mr. Wallace. Wie wird's mit den Pferden? Noch keinen Zureiter gefunden?«

»Doch. Das wollte ich noch erwähnen«, gab der Boss zurück. »Habe gerade einen Mann hier, der das machen will. Hat gute Empfehlungen. Ich schicke ihn morgen auf dem Lastwagen mit 'raus. Geben Sie mir bis heute abend durch, was Sie sonst noch brauchen.«

»Der Zureiter – soll er hier freie Hand haben?«

»Ja, weil er in festem Kontrakt arbeitet. Ißt natürlich mit bei den Leuten. Er heißt Bony.«

»Wie noch?«

»Bloß Bony. Redet wie 'n Universitätsprofessor. Kommt, glaube ich, aus Queensland. Wenn Sie die Jungpferde für ihn aussortiert haben, schicken Sie die übrigen am besten hierher. Wir werden sie auf die Bogenkoppel bringen. Na, gut jetzt – ich rufe Sie abends wieder an.«

Martyr legte den Hörer auf und langte nach seinem breitkrempigen Hut. Er verließ das an der Seite des Haupthauses gelegene Büro. Von dort sah man hinter einem geräumigen Hof das Schlafhaus für die Männer. Rechts lagen vor einer Gruppe von Pfefferbäumen das Vorratshaus, der Schuppen für Maschinen und Motoren, die Geschirrkammer, der Stall für das Nachtpferd, und hinter diesen Gebäuden die Viehhöfe und Pferche, der Brunnen mit Windradantrieb und das Pumpenhaus. Am Schuppen warteten die Männer auf ihre Tagesbefehle.

Es waren sieben – fünf Weiße, zwei Schwarze. Die Eingeborenen trugen grellfarbiges, eigentlich zu gutes Zeug, die Weißen waren mit ihren schlichten Baumwollhemden und den enganlie-

Leseprobe

genden Hosen zufrieden, die schon so oft gekocht worden waren, daß sie ihre alten Farben längst verloren hatten.

Der Verwalter rief einen Namen. Ein Eingeborener kam zu ihm und erhielt den Auftrag, eine fünfzehn Meilen lange Koppel abzureiten. Der zweite Eingeborene sollte nachsehen, ob sich nirgends Schafe in einem Winkel zusammengekauert hatten. Einen Schweden, der schon vierzig Jahre in Australien lebte und noch immer nicht richtig Englisch sprach, schickte Martyr nach einer Windmühle, die er ölen und schmieren sollte, und einem kleinen, zäh aussehenden Kerl mit grauen Augen, namens Witlow, gab er den Auftrag, nachzusehen, ob an einem bestimmten Platz am Bach das Vieh ungestört zur Tränke gehen konnte. Carney, ein junger blonder Mensch, der sich lebhaft bewegte und vergnügt lächelte, sollte am Weißbachdamm wieder die Wassertiefe nachmessen. Jetzt blieb noch Edward MacLennon übrig, ein düster dreinblickender Mann mit schwarzem Schnurrbart und vorgeschobenem Kinn, der sich gut auf Maschinen verstand.

»Sie sollten mir mal ›Johnsons Brunnen‹ ordentlich überholen, Mac«, sagte Martyr. »Werden die Handpumpe mitnehmen müssen, um den Wasserspiegel im Schacht zu drücken. Dann nehmen Sie die Bodenpumpe 'raus und überholen sie. Auch das Windrad sehen Sie genau nach und merken sich, welche Teile ersetzt werden müssen. Morgen kommt der Lastwagen dann 'raus.«

»Ist auch ganz richtig. Der blöde See wird's sowieso nicht mehr lange machen, wenn Sie mich fragen, Mr. Martyr.«

»Und nicht vergessen: den Schacht erst mit Licht prüfen, eh Sie hineinsteigen.«

«Oh, da komme ich schon klar.«

»Das hat der gute Mann oben in Belar auch gesagt«, erinnerte Martyr ihn kühl. »Der Brunnen da ist auch jetzt noch ›klar‹, Mac, aber der Mann, der vor fünf Jahren ohne Lichtprobe einstieg, ist schon fünf Jahre tot. Ich gebe Ihnen Lester mit, zu zweien geht's besser. Lester soll für euch Essen einpacken lassen.«

Bob Lester kam eben vom Frühstück heraus. Ein Mann in mittleren Jahren, von Sonne und Wind wie eine Mumie eingeschrumpft. Um seine lange Nase möglichst zu verbergen, pflegte er mühsam einen kümmerlichen Schnurrbart. Seine blaßblauen Augen waren stets rot umrändert und wässerig, und er machte immerfort schnüffelnde Geräusche, die manchmal wie Kichern klangen. Mit dem Vieh verstand er gut umzugehen, war zuverlässig und hatte vorläufig die Arbeiten des Hofknechts übernommen, das heißt, alles vom Hereinholen der Zugpferde in der Frühe bis zum Kühemelken und dem Schlachten der Schafe für den Küchenbedarf spät abends.

»Morgen, Bob.«

»Morgen, Mr. Martyr.« Die wässerigen Augen lugten unter grauen, buschigen Brauen hervor.

»Eigentlich nicht Ihr Fach, Bob – aber wollen Sie nicht mal mit Mac zum Brunnen fahren?« Ohne auf Antwort zu warten, fuhr Martyr fort: »Holen Sie Verpflegung für beide und dann helfen Sie Mac die Handpumpe aufladen. Übrigens kommt morgen der Zureiter.«

Lester schnüffelte. »Morgen, so? Kennen wir den?«

»Ich nicht. Reist unter dem Namen Bony. Ein Mischblut, wie ich den Boss verstanden habe. Schon von dem gehört?«

»Nee – jedenfalls nicht unter diesem Namen. Diese Kerle sind, wenn sie was taugen, ganz groß mit Pferden. Aber wenn sie nichts taugen, ist's äußerst faul.« Lester hielt das für eine große Weisheit. »Wollen Sie ihm gleich ein schwieriges Pferd geben?«

»Weiß ich noch nicht«, erwiderte der Aufseher, plötzlich reserviert. Lester zog schnüffelnd zur Küche ab, um sich bei Mrs. Fowler die Verpflegung zu holen.

Martyr ging langsam zu dem Schuppen, in dem der Dynamo untergebracht war, und ließ ihn anlaufen. Dann ging er zu den Viehhöfen hinüber, wo die übrigen Männer ihre Pferde sattelten. Das sogenannte Nachtpferd, das Lester benutzt hatte, um die Arbeitspferde einzuholen, stand noch bereit. Martyr schwang sich in den Sattel und trieb die nicht benötigten Zugpferde wieder auf die Koppel hinaus, was sonst die Aufgabe des Knechts war. Als er zurückkam, half er MacLennon und Lester die Handpumpe aufladen und prüfte nach, ob sie alles für die Arbeit am Brunnen nötige Werkzeug zusammen hatten. Nachdem sie abgefahren waren, ging er ins Haus und stand zum zweitenmal an diesem Morgen auf der vorderen Veranda, wie versunken auf den See starrend.

Von Richard Martyr, der als Viehzüchter und Wollfachmann einen großen Namen hatte, wurde manchmal behauptet, er passe trotz dieser Vorzüge nicht recht hier in das Land der riesigen Weiten unter dem glühend heißen Himmel. Vielleicht paßte gerade er besonders gut hinein. ›Ein mürrischer Kerl‹, lautete Mrs. Fowlers Urteil. ›Hat's hinter den Ohren‹, das ihrer Tochter. Einem Psychiater wäre Martyrs heimliches ›Laster‹ interessant gewesen: Er machte nämlich Gedichte. Wahrscheinlich hätte der Arzt ihm, nach Proben aus seiner Feder, den Rat gegeben, sich nicht in morbiden Phantasien zu ergehen.

Ihn bedrückte die nahende Austrocknung des Lake Otway immer mehr, er formte im Geist schon Verse zu einem geeigneten Grabgesang für den See. Vielleicht kamen seine poetischen Schrullen davon, daß er zuviel allein war, wie der Kapitän eines Schiffes oder ein Direktor mit großer Verantwortung, der seine Autorität nur durch Unnahbarkeit wahren kann.

Leseprobe

Er hatte die Entstehung des Sees erlebt und wußte auch, was sein Tod bedeutete. Er hatte gesehen, wie die Wasserflut sich in diese achttausend Morgen große Senke ergoß, die achtzehn Jahre trocken gelegen hatte. Eigentlich war es eine Wiedergeburt gewesen, da der See schon jahrhundertelang in gewissen Zwischenräumen immer wieder entstanden und vergangen war.

Wo die Libellen den ganzen Tag geschwirrt, die Luftspiegelungen wie brennendes Wasser gelegen hatten, tanzten funkelnd die wechselnden Himmelsfarben auf den Wellen, die singend ans Gestade rauschten und die Vögel aus der Ferne herbeiriefen, sogar die Möwen vom Ozean her. In Riesenschwärmen kamen Pelikane gesegelt, um hier zu nisten und sich zu vermehren. Mit den Stelzvögeln erschienen die Kormorane, und wenn in den dichter besiedelten Gebieten Australiens die Entenjagd anfing, kamen die Enten zu Tausenden in die Geborgenheit an diesem See.

All das lag nur drei Jahre zurück. Neunzehn Fuß hoch bedeckte damals das Wasser die drei Meilen breite und fünf Meilen lange Bodensenke. Und dann begann der See – so wie der Mensch im Moment seiner Geburt schon zu sterben beginnt – unter Auszehrung durch Sonne und Wind zu leiden. Im ersten Jahr trocknete er bis auf vierzehn Fuß aus, und im zweiten auf acht.

Im zweiten Jahr war Ray Gillen auf seinem Motorrad von Ivanhoe gekommen und hatte nach Arbeit gefragt. Er wußte sein Motorrad auf den unmöglichsten Wegen und auch im pfadlosen Gelände geschickt zu handhaben und war außerdem ein guter Reiter. Noch jetzt glaubten die anderen manchmal sein frohes Lachen zu hören, das so lange schon, seit jener Mondnacht, verklungen war, da er zum Schwimmen ging und nicht zurückkehrte.

Eigentlich hätte er an den Strand treiben müssen. Seltsam

auch, daß die Adler und die Krähen nie die suchenden Männer an die Leiche geführt hatten, denn im See gab es nur wenige Stellen, an denen sie sich verfangen konnte, und in diesem Jahr reichte das Wasser nicht einmal bis zum Übergang in den Bach, der den Namen Tallyawalker trug.

Wenn man bloß das Benehmen dieses Mädchens und ihren Körper vergessen könnte! Sie hatte immer den Atem angehalten, wenn Ray Gillen lachte, und wenn er sie neckte, waren ihre Augen blau gewesen, so blau wie – wie ein blauer See.

2

Und bald geschah etwas, das keiner von denen, die es miterlebten, vergessen sollte. Die in die Polizeiakten aufgenommenen Einzelheiten studierte viele Monate später der Kriminalinspektor Bonaparte.

Ray Gillen war am dritten September beim See erschienen und am nächsten Morgen von Martyr in die Lohnliste eingetragen worden. Wie hierzulande üblich, wurden ihm keine Fragen nach seiner früheren Tätigkeit und seinem sonstigen Lebenslauf gestellt, da es dem Arbeitgeber einzig darauf ankam, ob er die vorgesehene Arbeit leisten konnte. Und mit Vieh verstand er gut umzugehen.

Neun Wochen später, am Abend des siebten November, ertrank Gillen im Lake Otway, und spät nachmittags am folgenden Tag erschien der oberste Polizeibeamte aus Menindee mit Mr. Wallace, dem Besitzer der Farm. Myrtyr übergab dem Sergeanten Mansell sämtliche Sachen von Gillen, nachdem er in Gegenwart von Zeugen den Inhalt von Gillens Handkoffer und seine sonstige Habe registriert hatte.

Leseprobe

Damals wohnten im Männerhaus nur Lester, MacLennon, Carney und George Barby. Ihr Quartier bestand aus einer Baracke mit je drei Schlafkammern zu beiden Seiten des gemeinsamen Wohnraums. Eine Kammer für sich hatte Lester, MacLennon und Barby. Carney hatte mit Gillen zusammen gewohnt.

Da der November mit großer Hitze begonnen hatte, waren die Männer oft die in die Klippenwand geschlagenen Stufen hinabgestiegen, um im See zu baden, der damals über dreieinhalb Meter tief war. Weder Lester noch MacLennon konnten schwimmen. Barby konnte wohl, hielt sich aber stets in Ufernähe. Gillen und Carney, ungefähr gleichaltrig – fünfundzwanzig – waren ausdauernde Schwimmer, besonders Gillen, der sich rühmte, bei etwas Übung es quer über den See und zurück schaffen zu können.

Am Abend des siebten November war der Mond fast voll. Tagsüber war es sehr heiß gewesen und abends noch drückend warm. Die Männer spielten Poker – um Streichhölzer – bis Viertel vor elf, dann gingen sie schlafen. Carney sagte später aus, Gillen habe ihm, als sie beide schon lagen, erklärt, er wolle noch schwimmen gehen. Er selbst habe, weil er schon am Einschlafen war, Gillens Aufforderung, mitzukommen, abgelehnt. Erst morgens beim Wecken sei ihm aufgefallen, daß Gillen nicht wiedergekommen war. Er habe ihn zuletzt gesehen, als er beim Fortgehen das Licht ausdrehte. Gillen trug nur die Hose von seinem Schlafanzug. Eine rasche Überprüfung seiner Kleidung ergab, daß er nicht – was zuerst für möglich gehalten wurde – vom See zurückgekommen und sich zu Bett gelegt haben konnte, um vorzeitig aufzustehen, sich richtig anzuziehen und so hinauszugehen. Als vermißt gemeldet wurde er erst nach dem Frühstück, als Martyr die Tagesarbeit einteilen wollte.

Sergeant Mansell erledigte seine Arbeit vorschriftsmäßig. Er untersuchte Gillens Zeug, seine Decken und den Inhalt seines guten Lederkoffers. Nirgends fand sich ein Hinweis auf Verwandte des Mannes. Mansell untersuchte auch das Motorrad, eine starke, gut gepflegte Maschine, notierte sich die Kennummer und die Motornummer und fuhr dann zu seiner Dienststelle zurück.

Wallace und sein Aufseher teilten die Leute zur Suche ein. Vom Fluß wurden Eingeborene herbeigeholt, während Lester, Carney und MacLennon die Gegend um den See absuchten, obgleich es höchst unwahrscheinlich war, daß Gillen sich dort verirrt hatte.

Am dritten Tage, und später noch, patroullierten alle Männer am Gestade, um das Antreiben der Leiche zu erwarten. Die Windrichtung und die durch den Wind verursachte Strömung wurden dabei sorgsam beachtet, aber die Leiche kam nicht ans Ufer, so daß schließlich angenommen wurde, sie müsse sich in dem Drahtzaun verfangen haben, der quer über dieses Gelände lief, bevor die Senke sich mit Wasser füllte.

Unter Gillens Sachen fand sich weder ein Führerschein noch die Zulassungspapiere für sein Motorrad, doch es konnte festgestellt werden, daß als Besitzer des Rades ein Waldarbeiter in Süd-Queensland eingetragen war. Der Mann wurde in Toowoomba gefunden, wo er in einem guten Hotel wohnte und große Zechen gemacht hatte. Er sagte, er habe das Rad an einen gewissen Gillen verkauft, und beschrieb ihn. Ferner erklärte er, seinen augenblicklichen Wohlstand verdanke er dem halben Gewinn aus einem Lotterielos, das er zusammen mit Gillen gespielt habe. Es habe fünfundzwanzigtausend Pfund gebracht.

Gefragt, auf welche Weise sie das Geld geteilt hätten, erklärte er, sie hätten sich geeinigt, den vollen Betrag in bar bei der Bank abzuheben, die den Gewinnscheck in Verwahrung hatte. In einem Hotelzimmer hatten sie dann den Betrag, in kleinen Banknoten, gleichmäßig geteilt. Sie hätten gern ›einen dicken Batzen Geld beisammen sehen‹ wollen. Am nächsten Morgen sei Gillen mit seinem Motorrad davongefahren, angeblich um eine Tour durch Australien zu machen.

Das Außerordentliche an diesem Bericht vom Lotteriegewinn und der Teilung einer großen Summe in lauter Scheinen von kleinem Wert war, daß alles stimmte. Gillen hatte Toowoomba mit ungefähr zwölftausendfünfhundert Pfund verlassen.

Als seine Sachen das erstemal durchsucht wurden – von Martyr in Gegenwart Lesters und MacLennons –, war kein Geld gefunden worden.

Sämtliche Banken in Australien wurden befragt, ob bei ihnen ein Konto auf den Namen Gillen eröffnet wurde. Kein Ergebnis. Gillens Fahrt konnte nach Süden bis ins Gebiet von Neusüdwales und ein Stück weiter nachgewiesen werden. Verschiedene Leute erinnerten sich, ihn gesehen zu haben. Ein hübscher flotter Mensch, der Abenteuer erleben wollte. Ob er viel Geld gehabt habe? Nein, den Eindruck hatte er nicht gemacht. Und was hatte der Waldarbeiter über Gillen gesagt? Ray Gillen habe sich über Geld nie Gedanken gemacht. Auch mit zwölftausendfünfhundert Pfund in der Tasche würde er sich ganz unbesorgt bewegen.

Fragen: War er zum Lake Otway gekommen, um Arbeit anzunehmen, während er über zwölftausendfünfhundert Pfund verfügte? Der Waldarbeiter fand das durchaus wahrscheinlich. Er meinte sogar: Ray würde überall Arbeit annehmen, wo ›was Gutes‹ in der Nähe sei.

Nun, beim See gab es ja ›was Gutes‹. Den zwölftausendfünfhundert Pfund kam man nicht auf die Spur. Gillen war als ausgezeichneter Schwimmer bekannt. Die Aussagen von vier Männern stimmten darin überein, daß sie alle mit ihm Poker gespielt

Leseprobe

hatten, immer nur um Streichhölzer. Fünfzehn Monate nachdem Gillen angeblich ertrunken war, kam Inspektor Bonaparte zufällig an die Untersuchungsprotokolle.

Es gab verschiedene Gesichtspunkte, die zwar ungewöhnlich schienen, aber psychologisch durchaus nicht unmöglich waren. Erstens: Die Persönlichkeit dieses Gillen. Er war in Tasmanien geboren und erzogen worden. Nach dem Verlassen der Schule hatte er auf der Farm eines Onkels gearbeitet, wo es ihm offenbar zu eng geworden war, denn er ging weiter ins Binnenland, arbeitete an verschiedenen Stellen und verpflichtete sich schließlich, nachdem er zuletzt als Viehhüter in Nord-Queensland tätig gewesen war, freiwillig als Soldat für Korea. Als er seine Zeit dort abgedient hatte und nach Queensland zurückgekehrt war, sicherte er sich mit zwei anderen eine Holzungslizenz. Seit seiner Tätigkeit auf der Farm in Tasmanien war er nie in Geldverlegenheit gewesen, und auch als er durch das Los plötzlich in den Besitz einer großen Summe gelangte, hatte er nicht, wie seine Partner, leichtsinnig das Geld ausgegeben. Er war zufrieden, durch das Glückslos größere Bewegungsfreiheit gewonnen zu haben.

Also hatte er einfach die rund zwölftausendfünfhundert Pfund in seinem Gepäck verstaut und war mit dem Motorrad losgefahren, um sich Australien anzusehen. Das paßte gut zu den Beobachtungen, die Bony schon an vielen jungen Männern gemacht hatte. Auch schien es ihm ganz zum Charakter des Vermißten zu passen, daß er sich am See nach Arbeit erkundigt hatte, als er wußte, daß es dort ›was Gutes‹ gab, und nicht eher anfing, bis er dieses Gute gesehen hatte. Mit anderen Worten: Ihn hatte das Mädchen und nicht der Arbeitsplatz bewogen, dort in Dienst zu treten.

Selbstverständlich mußte sich die Frage erheben, was dahintersteckte, wenn ein guter Schwimmer, der kurz vor Mitternacht

Leseprobe

ins Wasser geht und dann ertrinkt, zufällig Besitzer einer großen Summe baren Geldes ist. Ein Telegramm an die Polizei in Menindee brachte eine Auskunft, die verschiedene Schlußfolgerungen erlaubte. Der dortige Sergeant meldete nämlich, daß von den auf der Farm am See beschäftigten Männer seit dem Tode Gillens noch keiner die Gegend verlassen hätte. Demnach hatte vermutlich keiner von ihnen das Geld gestohlen, da der Dieb wohl kaum dort geblieben, sondern fortgegangen wäre, um anderswo seinen Raub zu genießen. Auch davon abgesehen, war es merkwürdig, daß kein einziger sich von seiner Arbeitsstelle entfernt hatte, denn außer dem Inspektor waren diese Männer alle typische Wanderarbeiter, die es selten länger als ein Jahr an einem Platze aushalten.

So ergab sich, daß fünfzehn Monate nach dem angeblichen Tod Gillens Inspektor Bonaparte in die Fahrerkabine eines Lastwagens kletterte, um als Pferdezureiter mit zum Vorwerk zu fahren. Von dieser Eigenschaft waren nur Sergeant Mansell und Mr. Wallace, der Besitzer und Leiter der Porchester-Farm, vertraulich unterrichtet.

Als Zureiter war Bony schlicht und sauber mit einem braunen Körperhemd und Hosen aus demselben Stoff bekleidet, trug Reitstiefel mit Gummizug und einen alten, breitrandigen Filzhut. Der Lastwagenfahrer mit den sieben Tage alten Bartstoppeln trug fettige, geflickte graue Beinkleider, ein blaues Baumwollhemd und war barfuß. Er war etwas kleiner als Bony, aber doppelt so schwer. Der Boss hatte ihn mit Red Draffin angesprochen. Sobald sie aus den heimischen Koppeln und all den Weidegattern heraus waren, rollte Bony sich eine Zigarette und richtete sich auf eine lange Fahrt ein.

Zu dieser Jahreszeit, Ende Januar, brannte die Sonne, und die Luft war klar. Red klopfte seine Pfeife außen an der Wagentür aus, daß die Funken stoben. Er sagte: »Also aus Queensland kommen Sie? Hm. Aus dem alten Uradangie. Schon lange her, daß ich da mal war. Zu meiner Zeit gab's da fünf Kneipen. Sind die alle noch im Gang?«

»Vier noch. Das ›Einhorn‹ ist abgebrannt.«

»Wahrhaftig!? Na so was! Kenne ich, das ›Einhorn‹. Gehörte dem alten Ted Rogers. Der war vielleicht scharf aufs Geldverdienen! Und seine Alte nicht minder. Bedienten abwechselnd an der Theke, jeder 'ne Woche, immer umschichtig. Länger konnte das keiner aushalten. Wenn er 'ne Woche 'rum hatte, oder sie, fielen sie beinah um, so erschossen waren sie. Ted soll ja 's Delirium gehabt haben, und aus war's.«

»Seine Frau ebenfalls. Sie hatte gerade einen Anfall, als die Kneipe abbrannte.«

»Ist ja toll!« Red Draffin spuckte kräftig aus, während er fast mechanisch das beladene Fahrzeug über den schlechten Weg lenkte, der sich zwischen niederen Sanddünen, über Flächen von Salzgras und Blaubusch, über Wasserrinnen und durch trockene Bachbetten wand. »Na ja, ›Ma‹ Rogers konnte Ted im Saufen jederzeit die Stange halten, und der putzte allerhand weg! Hab' mal gesehen, wie er 'ne Buddel Rum aufzog und in einem Zug 'runterkippte, ohne mit der Wimper zu zucken. Junge, Junge, damals gab's noch Männer! – Was hat denn Sie hier nach dem Süden gezogen?«

»Wollte bloß mal 'ne andere Gegend sehen«, erwiderte Bony. »Ich ziehe gern ein bißchen umher.«

»Genau wie ich früher«, erwiderte Red Draffin. »Hielt's nie länger als vier Wochen auf demselben Fleck aus.«

»Aber jetzt sind Sie mehr fürs Seßhafte, wie?«

»Ja. Zuletzt ist man ausgepumpt, verstehn Sie. Da findet man, daß ein Sandberg genauso aussieht wie der andere und Australien

Leseprobe

bloß 'n Pfannkuchen ist, wo die Kneipen als Rosinen drinsitzen, eine auch genau wie die andere. Natürlich haben die Zeiten sich mächtig geändert. Die jungen Leute heutzutage sind zu schlapp vom vielen Fruchtsaft und Milch in 'n Tee, und wenn heute einer 's Delirium kriegt, wird das übelgenommen. Früher, da wurde 'n Mann, der 's noch nicht gehabt hatte, gar nicht für voll angesehen.«

»Wann haben Sie denn zuletzt 'n ordentlichen Zug gemacht?« fragte Bony höflich.

»Ach, das ist schon lange her. Werde ja älter, und wenn ich jetzt richtig einen hebe, dann kriege ich's furchtbar mit der Verdauung. Muß mich 'n bißchen schonen.

»Wie alt sind Sie denn?«

»Weiß ich gar nicht genau. Bei der letzten Volkszählung hat der Boss mich auf sechzig geschätzt. Was halten Sie von Natron?«

»Gegen Delirium?«

»Nein, wegen meiner Verdauung.«

»Soviel ich weiß, ist Natron für alles gut.«

»Da haben Sie ganz recht. In der Zeitung stand, daß ein Kerl in Rußland hundertvierzig geworden ist, weil er sich jeden Tag mit Natron gewaschen hat. Vielleicht mache ich das auch noch so. Billig ist ja das Zeug.«

Bony fand die Idee ausgezeichnet. Er fragte: »Wie lange arbeiten Sie schon auf Porchester?«

»Ich? Etwas über neun Jahre. Bin hier sozusagen schon zu Hause. Wallace ist ein prima Chef und, wie ich vorhin sagte, sind die Kneipen in Menindee auch nicht anders als früher die in Uradangie. Nur kommt jetzt mehr Wasser in den Whisky, und er kostet doppelt soviel.«

»Sie kennen also diesen Weg hier ganz genau, ja?«

Leseprobe

Red Draffin spie aus dem Fenster und hob die Schultern. »Ich kenne jedes Wasserloch, jeden Sandhaufen, jeden Grashalm auf ›Porchester‹. Jedes Schaf kennt mich beim Namen, und dies Jahr haben wir über sechzigtausend Stück. Mit Pferden habe ich mich nie viel abgegeben. Aber Sie haben Pferde gern, was? Müssen ja.«

»Ja, ich mag Pferde gern. Wie ist der Verwalter da am See?«

»Mr. Martyr? Ganz guter Kerl«, erwiderte Draffin. »Versteht seinen Kram. Hat wohl noch keinem was Böses getan. Hält sich an seinen Job und verlangt von uns dasselbe. – Verheiratet?«

»Ja.«

»Ich auch. War's mal. Hat knapp elf Tage gedauert. Stellte fest, daß meine Frau mit einem Schlachter in Cobar verheiratet war. Brannte mir mit einem Schafscherer durch, und der Schlachter ist 'n guter Kumpel von mir geworden. Die Weiber! Seien Sie beim See bloß vorsichtig mit den Weibern.«

»Sind denn da Frauen?«

»Zwei. Die Mutter kocht, und die Tochter besorgt die Hausarbeit.« Draffin kicherte. »Ein paar tolle Termiten, die beiden.«

»Wieso?«

»Sie bohren die Männer richtig an und ziehen ihnen das Geld aus der Tasche. Und es gibt welche, die sich das gefallen lassen. Sitzen hier fest wie angeklebt. Denken, sie haben entweder bei der Mutter 'ne Chance oder bei der Tochter. Schreiben nach Sydney oder Adelaide und bestellen Geschenke für die Weiber. Na, das werden Sie bald spitzkriegen.«

Sie passierten eine verlassene Blockhütte aus Kiefernstämmen, die nur während der Schafschur benutzt wurde. Eine Stunde später sichteten sie eine Windmühle und zwei teilweise von einer hohen Schilfgraswand verdeckte Schuppen.

»Der ›Sandbrunnen‹«, sagte Draffin. »Wollen 'n bißchen essen hier.«

Leseprobe

»Die Hälfte, wie?«

»Richtig. Sechsundzwanzig Meilen bis zur Stammfarm und sechsundzwanzig bis zum See. Hier kocht ein gewisser Barby, wenn er nicht mit seinen Fallen auf Pelztierjagd ist. Guter Kerl, George Barby, gibt bloß ’n bißchen viel an.«

Drei Hunde kamen dem Lastwagen entgegengerast und rannten neben ihm her bis zum Durchgang an der Schilfwand. Bony konnte sich beim Anblick der Sanddünen ringsum wohl denken, welchen wichtigen Dienst diese Schutzwand erfüllte, wenn Stürme toben.

Aus dem Durchgang kam ein schlanker, schwarzhaariger Mann mit bleichem Gesicht. Er trug weiße Segeltuchhosen und eine weiße Baumwollweste. Hinter ihm erschienen ein unerhört fettes Hausschaf, zwei riesige schwarz-weiße Katzen und ein zahmer Galah mit roter Brust und grauem Rücken. Komisch watschelnd flappte der Papagei mit den Flügeln und stellte den roten Kamm steif, während er zur Begrüßung kreischte.

Das dicke Schaf jagte Red Draffin im Spiel um den Wagen herum, und George Barby sagte zu Bony: »Kommen Sie ’rein auf ’nen Becher Tee.«